获奖证书

北京联合出版公司

你社出版的《量子江湖》一书,经评选委员会评审,被评为"2012年度中国影响力图书"。

特发此证。

新华网股份有限公司　中国图书商报社

2013年1月11日

姑蘇城

陈怅 —— 著

量子江湖 II

北京联合出版公司
Beijing United Publishing Co.,Ltd.

图书在版编目（CIP）数据

量子江湖·姑苏城 / 陈怅著. —— 北京：北京联合出版公司，2017.5

ISBN 978-7-5596-0359-3

Ⅰ.①量… Ⅱ.①陈… Ⅲ.①长篇小说－中国－当代 Ⅳ.①I247.5

中国版本图书馆CIP数据核字(2017)第107523号

书　　名	量子江湖·姑苏城
作　　者	陈怅著
责任编辑	丰雪飞
出版发行	北京联合出版公司
地　　址	北京市西城区德外大街83号楼9层
	邮编：100088
策划经销	北京崇贤馆世纪文化传媒有限公司
	北京市朝阳区建外SOHO西区15号楼1层1515号
	邮编：100022
印　　刷	北京墨阁印刷有限公司
开　　本	787×1092毫米　1/16
印　　张	24.5
字　　数	306千字
版　　次	2017年10月第1版　2017年10月第1次印刷
标准书号	ISBN 978-7-5596-0359-3
定　　价	45.00元

目录

序 …………………………………………… 1

第一章　观前龙聚 ………………………… 7

第二章　微澜蝶舞 ………………………… 46

第三章　忠孝贞廉无寻处 ………………… 82

第四章　沧浪飘渺欲追逐 ………………… 119

第五章　岂难料云断归途 ………………… 156

第六章　神堂格物 ………………………… 198

第七章　月柳春福 ………………………… 240

第八章　谷雨梦醒乱姑苏 ………………… 278

第九章　寒山一愿终是空 ………………… 311

第十章　却不如相忘江湖 ………………… 352

尾声 ………………………………………… 383

序

正如书法学家们总是偏爱魏晋时期"篆隶真行草"的诸体咸备和承上启下，修习武林历史的学者永远对宋朝抱有一种特别的情怀。

这缠绵而豪放，华丽又凄婉的三百年，是武林真正的繁华盛世、黄金时代。宋朝不仅起源了华山论剑这样冠盖千古的武林盛会，还诞生了如打狗棒法、一阳指那样机巧绝伦的武功招式，更是孕育了像黄裳、王重阳那样高深莫测的武学宗师。

然而，正如初涉历史的学童，在"唐宋元明"朗朗的歌诀下容易把宋代简化成一个简单一统的王朝，武林史学家们也一度以为宋代诞生的那些灿若星辰的内功秘诀和武功招式虽然表面上千变万化，但多年以后都会在张三丰的天才和洞见之下汇成一股东去的江流，归入黄张体系的浩瀚海洋中。

只有真正走近宋代的历史，才能看清"辽宋夏金"的纷繁复杂，而武林史学者们，也是在轩辕一七四年周远奇迹般地创立量子武学以后，才重新回过头去审视宋代的武林史，才逐渐醒悟，宋代武学所发出的嫩芽里，有许多其实早已生长成了和张三丰体系完全不同的独立的枝杈。

现在我们回想起来，高宗绍兴十二年时，王重阳已经对墨子创立的几何学中的平行公设提出了疑问，之后黄药师在《落英集》里按照与平行公设相反的假设推导出了一套与墨氏几何完全不同却自洽的体系。黄药师创建的这种"曲面形学"最终为"相对武学"提供了坚实的算学基础。

孝宗乾道六年，周伯通被困桃花岛石洞，于百无聊赖之中左右互搏掷骰子为戏，却在《易经》的启发下于石壁上刻下《概率三论》，开启了对随机现象的系统思考；光宗绍熙三年，大理功极皇帝段智兴在和天龙寺高僧的讨论中，提出了可能存在不同种类的微尘作为构筑世界的"基本粒子"的哲学思想。这些关于离散粒子和随机算学的论述都被还施水阁里博览群书的周远所吸收，成为"量子武学"的萌芽。

宁宗庆元四年，晚年的西域武学家欧阳锋在以音律暗喻武学的巨著《古筝要旨》的前言里甚至提出了"琴弦即宇宙"的观念，这一从现代角度来看仍然是石破天惊的前沿观点最终催生了旨在将"相对武学"和"量子武学"的理论融合起来的"超弦武学"。

经过大量艰辛的史料挖掘工作，多个被忽略、被遗忘的宋代武林的侧面开始渐渐展露出来。有意思的是，围绕着这些侧面的各种分支和线索虽然扑朔迷离却仿佛又殊途同归，追根溯源地都指向了一位叫慕容复的武学家，一座叫姑苏的城市，和一本叫《慕容家书》的书信集……

神宗熙宁九年，鲜卑贵族、前燕皇室后裔慕容复第一次来到姑苏城。

那一年他十二岁，面如冠玉，凤表龙姿。乌篷船载着他划过两岸成对的垂柳，随波摇摆着驶入高大的城门。在远端尽头的微光里，隐隐传来丝竹管弦之声，伴随着城市车水马龙的喧嚣，扑面而来。

一直在燕子坞岛上出生长大、读书习武的他，第一次感受到了都市的繁华。

这种繁华让他沉醉，让他目眩神迷，让他骄奢纵情。在人生的得意里，他曾踌躇满志地离开，去追寻镜花水月般的复国之梦；跌坠到人生的谷底后，他又心灰意冷地回来，在灯红酒绿的放纵与颓废中渴求庇护。都市的穷奢极欲、纸醉金迷让他苦痛，让他窒息，在一日比一日更昏聩颠倒的宿醉尽头，他终于又一次看到了远处的那一缕微光，那种仿佛隐含着无尽奥秘的光彩和那种能平复一切创痛忧伤的温暖竟指引他如莲花出泥般苏醒，让他如破茧成蝶般顿悟……

于是在一个雨意空濛的清晨，他悄悄离开姑苏城，踏上了一条将开启无尽华丽篇章的云游之路。

慕容复究竟去了哪里，做了哪些事，拜访了哪些人，一切早已深锁在历史的迷雾中，有些细节可能永远都无法厘清了。

通过相关资料的交叉参照，我们基本确信慕容复曾在扬州和暮年的黄裳有过长达半年的交流，两人碰撞了关于内力基本原理的思想火花。之后又在潼关拜会过当时最负盛名的武学理论家和教育家——教导出了卢俊义、林冲和岳飞的一代宗师周侗。

我们也大致能够肯定，慕容复在云游后期见过正苦思全真教义理的血气方刚的王重阳、沉浸于奇门遁甲之术的年轻的黄药师、尚在西域莽莽大漠中提炼蛇毒的青涩的欧阳锋、还有仍是少年皇子却已经为大乘佛理着迷的段智兴。

如果说这些相遇让那几位才华横溢的青年人受到睿智的启迪，让他们踌躇满志地走上钻研武学的道路，直至最后各辟蹊径，分别为武学繁茂的大树添枝加叶，应该并不为过。

然而慕容复在云游路途上的思考却远远超越了武学。或者说，武学从来就不是他踏上云游之路的初衷。

他在洛阳和司马光研讨前朝政治得失、在江宁和王安石纵论变法的经济影响、在黄州和苏轼品说词赋渊源、在徽州向毕昇学习工程技术要诀、在杭州与朱淑真展望服饰流行趋势、在润州向沈括求证记忆与生死的原理，他甚至有可能在汴京跟李师师探讨过情爱与缘分的因果律……

正是这些横跨政治、经济、文艺、算学、格致、哲学的瑰丽思想让《慕容家书》挣脱束缚，展开自由的翅膀，成为了一部直指宇宙深处又直抵我们内心的终极奇书。

每一个踏上求道之旅的人都很清楚这是一条没有归途的路。因为真理从来没有止境，就像举着烛火走向旷野，每一片新照亮区域的边缘背后都隐藏着更多的黑暗。然而环环相扣的因果律却总在暗示，或许存在某种第一性的、包罗万象的、可以描述一切、解释一切的终极之道。这种所谓的终极之道，无论多么虚无缥缈，多么可望而不可即，却总能吸引不同年代里最聪慧的头脑如飞蛾扑火一样前赴后继、义无反顾。

只有屈指可数的人有幸能够在有限的生命里隔着云雾弥漫的山谷远远眺望真理的山峰，更多的人终其一生都被那种在虚空中无可措手的痛苦折磨，直到临终都未能窥见隧道尽头的那一点点微光。

慕容复或许是他们当中走得最远的一个。当他带着远远超越同时代的对天地星群、人世万物的认知和身心疲惫回到姑苏城后，原本可以带着平和与满足告别一生漂泊、安享晚年。可是未知远方里却总有一丝执念像磁石一样吸引着他，让他再一次踏上了一段神秘莫测的旅途。这一次，传回来的是《慕容家书》首册里最不可思议的预示，以及末册里最玄妙深奥的箴言。

毫无疑问，慕容复这一次可能真的已经穿越了那条长长的隧道，触摸到了天地间某种最本质的秘密。然而所有人都没有预料到的是，这种形而上的、看似对凡尘俗世的日常毫无影响的本质秘密，有朝一日竟会以最直接、最形而下的方式关乎到了整个人世、关乎到我们所有人。

而所有这一切，最终都要等到一千多年以后，从一个清瘦苍白的男孩身上得到延续……

——节选自《武林史·当代卷·慕容家书考》
张塞 燕子坞武术学院武林历史系博士备选

观前龙聚，微澜蝶舞，忠孝贞廉无寻处。

沧浪飘渺欲追逐，岂难料云断归途。

神堂格物，月柳春福，谷雨梦醒乱姑苏。

寒山一愿终是空，却不如相忘江湖。

《踏莎行》北宋·黄裳

第一章　观前龙聚

（一）

　　《武林传奇》日报社位于姑苏城平安坊最繁华的路段上。

　　北面是观前街，一里半长的街道两旁全是雕栏玉砌的大戏院和全姑苏城最高档奢侈的成衣铺；南面则是在整个江南都极有名气的太监弄，姑苏城里最大牌的酒楼和小吃店几乎全开在这里，无论早晚都弥漫着精心烹制的佳肴的诱人香味。间杂在酒楼之间的，是各式各样的赌坊、歌苑和评弹馆。

　　就衣食玩乐而言，百步之内可谓应有尽有。

　　作为一座城市的核心地段，自然聚集着城市中最显赫的势力。报社正对面就是丐帮的苏浙分舵，大青石筑成的高楼和可以进出八乘马车的宽大拱门彰显着江湖第一大帮派独一无二的气势。

　　丐帮往南两铺之隔便是唐门旗下最大的药房"仙寿堂"。整个临街的门面都用昂贵的波斯琉璃砌成，晶莹剔透，流光溢彩。堂里新开的"养颜斋"专卖祛斑美肤的药品，每天都吸引许多姑苏贵妇名媛坐着宝马雕车前来选购，常惹得成群的路人隔着琉璃驻足观看她们在店内对着镜子试用药妆的婉转体态。

　　"仙寿堂"对面是一座种满郁郁森森柏树的大庭院，两扇红漆大门大多数时候都关着，门上挂着一面醒目却又不过分招摇的大旗，上面写着"海升平"三个大字。这个字号普通老百姓并不熟悉，但其实这家行会控制着长江以南一半的私盐销售……

　　除此之外，姑苏城最大的当铺、商行和金玉珠饰店也都扎堆似的开在这条半里多长的平安坊上。

　　按理说一家报社选址在这样的闹市有些格格不入。

　　像《武林日报》《江湖周刊》这样的大传媒在姑苏城的驻地都选在城

西偏僻幽静、古意盎然的运河之畔，《晓生评论》的总部更是在枫桥旁一座明朝嘉靖年间的古朴老宅内。不过考虑到《武林传奇》是一家以街头流言和市井传闻为主要内容的报刊，也就不足为奇了。

报社门面不大，只是一幢三层高的小木楼。

张塞的采编室位于底楼最靠北的一个阴暗角落，冬日阴冷潮湿，夏天酷热沉闷。所有工龄不满一年的初级"采记"都被分配在那里写稿。

张塞的书桌摆放在房间唯一的一扇小窗前，正好对着观前街历史最悠久的"翠玲珑"大戏院的背面。别看"翠玲珑"的正门金雕玉砌，一派奢华，在后街上的出口却肮脏破烂。每天戏院底层的杂工和龙套都是从那里进出，废物垃圾也分中午晚上两次从那里倾倒出来。

今天是进入三月以来的第一个艳阳天，久寒乍暖，阳光猛烈地照射进这条浮华背面的阴暗弄堂，许多乞丐趁着浚污司的大车到来之前争相在垃圾堆里翻找残羹和值钱之物，恶臭阵阵蒸腾起来，伴随着暖暖的和风四散飘扬。

张塞早已关紧窗户，并点上了一炷浓香，却仍难掩透过窗缝渗进来的酸馊腥腐之味。他捂着鼻子，紧靠着椅背，一边转动着手中的墨笔，一边目不转睛地盯着屋子里侧那面巨大的、纵贯三个楼层的黑色墙壁。

这并不是一块普通的黑墙。整面墙被隔成八个纵列，每一列从上到下嵌着八块木板，每块木板上都写着白色的文字。更为神奇的是，这六十四块木板每隔一段时间都会翻动，随着咯咯的响声，新的木板被翻转过来，新的文字便随之显示在墙上。

这些文字，正是目前从姑苏城乃至整个中原传来的各路最新消息——比如海升平的监制跳槽去了丐帮做了六袋长老，唐门的田掌柜去了苏浙府侯大人的府邸拜访，五岳泰山分校开除了三个在剑试中舞弊的学生，太监弄的"饕餮馆"即将推出谷雨节新菜式，甚至平安坊街角发现了一只走失的西域名种猫……

三个楼层的采记们如果对哪条消息感兴趣，可以走到各自楼层的控制台前，转动标识着纵横位置的旋钮，然后摇动手柄，相应的木板便通过一道道相互联结的细丝传输到采记们的手中。这些采记们会拿着木板去向编审报选题，然后跟进采访和写稿。

张塞并不喜欢这家报道市井流言的报社，却不能不欣赏这套整个中原独一无二的新闻归集与分拣系统。他享受每天坐在那里看着"新闻墙"不断翻转更新的时光，这让他回忆起过去在燕子坞博士备选室里查阅历史文献的日子：一段一段的当代史实从墙上翻过来、显现,又翻回去、消失,在他的眼前忽现忽隐,如同家乡池塘里明灭的涟漪。

当然,大多数采记从墙上只能看到一桩桩孤立发生的市民纠纷、绯闻凶杀或者流行时尚,然后依照这些事件的流行趋势或耸人听闻程度决定自己的选题。但是张塞受过整个中原最好的学术训练,懂得抽丝剥茧地把不同时间甚至不同领域看似孤立的事件交叉参照,通过内在逻辑整理出一条脉络。

所以只有张塞知道这面新闻墙其实是一套被严重低估、未尽其用的杰作——如果给他足够长的时间,他可以利用如此庞大的信息和数据轻松写出当代姑苏城饮食发展、服饰流行、人群迁徙的风俗史来。

如果不是因为他实在太懒,而且武功极差,他甚至可以为姑苏城破获不少悬案。

过去半年里,张塞通过新闻墙至少分析出了三桩命案、两桩窃案的重大线索,这些最终都从姑苏巡捕公布的结案报告里得到了证实。

今天姑苏城最大的新闻也恰恰是一桩罪案,而且是一桩非常轰动的案子——官敕的"贞妇"姚氏清早在南城道士桥菜市买菜时,竟在光天化日之下被两个蒙面黑衣人绑走了。

新闻墙上六十四块木板里至少有二十几块都和此事相关,二楼三楼的采记们不时转动扭盘、摇动摇杆,把相关线索摇到手中,然后急匆匆地下楼去报选题。许多新闻对于当事人来说是悲剧,但是对于这些像是无时无刻不在海水中寻找血腥的鲨鱼般的采记来说,却是莫大的喜讯。

和姑苏巡捕案情发布会相关的木牌首先被抢空——此类报道很容易在头版找到位置。

姑苏巡捕重案台捕头岳衡早前带着一队巡捕封锁了富仁坊集进行盘查,这种和姑苏巡捕动向有关的线索自然也是抢手货。

姚贞妇的贴身侍女红儿在接受官府讯问后已经回到贞妇府邸,消息一出来,立刻就有眼疾手快的采记摘了木牌去跟进采访。

就在剩下的采记焦虑和担心自己错过了最有价值的线索时,新闻墙又发出咔咔一阵响声,新的一批木牌又翻转过来:

邻居目击姚氏昨晨从道士桥铁匠家后门匆匆离去。

姚贞妇旧相识爆姚氏不检点旧事。

重案台知情内幕人称姚氏前夫死因有新说。

整个报社立刻嗷嗷地爆发出激动兴奋的吼声，对于娱乐报刊来说，这种捕风捉影的线索显然更受欢迎，三个楼层的采记们都蜂拥到控制台前，争先恐后地去摇手柄。

张塞坐在那里一直没有动，他的目光落在两块被其他的采记忽视和冷落的线索牌上：

王姓青蟹商贩称黑衣人从背后突袭姚贞妇。

李姓车夫指认劫匪穿过灯笼巷一路向北逃窜。

作为姑苏城官府认定的道德楷模，姚贞妇被强人掳走的事情让整座城市感到震惊，但是张塞却没有觉得特别出乎意料。因为早在三个月前，张塞就从新闻墙上注意到一系列的绑架案——只不过被绑架的对象都是菜场里的清扫工、勾栏里的妓女等下层人物，每个案子间隔较长，且分散在城市的各个角落，所以无论是媒体还是官府，都没有引起注意。

这些绑架案有许多共同点：受害人都是被武功高超的蒙面黑衣人从身后击晕；劫匪都是朝城内而不是城外逃窜；所有的绑架案都没有提任何赎金的要求；许多受害人的尸首最后被发现遗弃在垃圾场和护城河里，全都查不出致命的死因，只是额头都会有一块红色的印记。

绑架案之后沉寂了一段时间，但是张塞现在有理由相信姚贞妇的劫案有很大的可能性和这些案子有着关联，是这一系列阴谋的延续。城南道士桥的地形他不算陌生，从菜市有好几条路可以轻易就逃入荒僻的小弄堂，进而逃出城去。但是劫匪却选择穿过灯笼巷一路向北，这分明是往城中最热闹的地方而去，这一点和之前所有的那些绑架案都是出奇地一致。

"啪"的一声，一颗桃核掉落到张塞的桌上，把张塞吓了一跳。

楼上传来放肆的笑声。张塞抬头看去，报社两个最资深的采记正倚着三楼的栏杆看着他，其中一个像猴子一般鼓着腮帮子正不停地咀嚼。

"喂，大家都出去采访了，你一个人在这儿躲着偷懒不好吧！"

"如果你是在等赎金的新闻，就死了这条心吧！"

张塞懂他们的意思。一般绑架案的规律是，绑匪在二到六个时辰内会提出赎金的要求。这两个老资格的采记显然是在等着跟赎金的新闻，因为这必定是一篇省时省力的头版文章。

张塞当然不想和他们抢赎金的新闻——如果他的分析是对的，那么根本就不会有什么赎金。

张塞只是一个初级采记，不敢去跟他们计较，他拉开桌子抽屉，从一堆杂乱的纸张里找出一块木牌，上面写着"东河沉尸疑是月前失踪杂工"的文字。张塞用手摩挲着木牌上工整的小楷字，有些犹豫。

这是张塞一个多月前曾经报过的选题，却被编审以"鸡毛蒜皮不值一提"为由骂了一顿退了回来。但现在既然绑架案又开始发生，而且从妓女杂工升级到了姑苏名人，张塞觉得是时候发一篇把这一系列的案子联系起来的报道了。他从衣架上拿起那件穿了好多年的粗麻布外套，在楼上两人的嬉笑声中走出了采编室。

采编室的隔壁就是"新闻分拣室"，里面和往常一样一片忙碌，不时传出各种指令声和机械装置的转动声——姑苏城和整个中原的新闻探子们将各路消息通过驯雁、信鸽递送到这里，然后由分检员把消息分门别类写到木板上，再通过转盘、传送带发送到"新闻墙"上。

张塞每次经过都会忍不住看一眼这套令人惊叹的系统，他注意到，在那些精密的机械装置的部件上，都刻写着"老一寺"的字样，字的下方还绘有一座寺庙大殿的图案。张塞从来没有听说过"老一寺"这个名字，难道说这套仪器竟是由这个寺庙制造的？那里的僧侣工匠，应该都是精于设计与制造技术的天才吧？

转过新闻分拣室，张塞来到了门厅，他看到扶梯口第一间屋子的房门大开着，一张漆黑的桌子后面坐着一个四十岁上下的女人，已经冰冷地盯住了他。

这个女人叫潘曼丽，是报社专司版面审核的副总编审。据张塞观察，潘曼丽除了头有些过大以外，年轻的时候应该还是有些姿色，不过如今小腹上早已积起了一层肥肉，脸上也有了不少明显的皱纹。这本不是什么太可怕的事情，但她却总喜欢在脸上涂抹厚厚的白色粉底，并描上反差过大的眉毛和唇彩，乍见之下，总让张塞联想起小时候在鬼节社戏上看到过的一个放在大锅里受油煎酷刑的人偶。

以潘曼丽的职位，完全有资格在三楼拥有一间照得到阳光，通风良好的编审室，但是她这么多年来却偏偏喜欢待呆在这间底楼的屋子里上班，一边是楼梯口，一边是报社大门，每个进出的人都逃不过她的视线。

"出去采访吗？"潘曼丽见他过来马上用尖锐的语调问道。她显然刚吃过什么点心，正用牙签毫无遮拦地在两片刺眼的红唇间剔着牙，嘴里呵出和后街弄堂里相若的气味。

"是。"张塞走过去，屏住呼吸，小心翼翼地把手中的木牌递给她。潘曼丽在报社里卡选题是出了名的严格。若不合她的意，动辄就是一顿训斥，甚至常会把木牌劈头盖脸地砸回去。

潘曼丽扫了一眼木牌，果然脸色一沉，啪地就把木牌朝张塞丢了回去。

"东河沉尸案，怎么又要跟这种老掉牙的线索！"

木牌飞得很快，但是上面并没有内劲，张塞伸手接住。报社里没有人知道潘曼丽的来历，也没有人清楚她是不是会武功。

"潘编审，这桩绑架沉尸案，或许和今天姚贞妇被掳的案子有关联。"张塞解释。

"胡说八道！"潘曼丽气得涨红了脸，"姚贞妇是什么身份，怎么能跟肆坊杂工相提并论！"

"掳走姚贞妇的绑架者和之前的一样，全都一身黑衣，黑布蒙脸，都是从后颈大椎穴击昏目标，逃遁时都……"

"绑架犯全都用黑布蒙脸，这有什么稀奇？"潘曼丽不耐烦地说，"姑苏城那么大，每天都有人失踪，难道都有联系？不是早告诉你不要再去碰那些芝麻绿豆大的事情了吗！"

潘曼丽的愤怒，与其是对张塞选题的不满，不如说是对他直接违抗自己指令的气恼。

"回去重新选题！"

潘曼丽武断专横的态度让张塞非常郁闷，但他却不敢再辩解。他转身往采编室走回去，知道免不了又要被楼上的两个老采记讥讽一顿。却听潘曼丽突然又说了一声"等等"。

她拿过手边的一本红色的簿子翻了翻："张塞，你已经三个月没有发文章了吧？"

张塞吓了一跳——报社内部一直有一条不成文的规定，如果连续三个月发不了文章就必须卷铺盖走人。

"应该还没有到……还差三四天。"张塞小声回答，一边观察潘曼丽的脸色。

潘曼丽显然是真的非常生气，她拉开右手边柜子的抽屉，从里面拿出一块黑色木牌啪地拍到张塞面前："你去跟这条线索，三天之内不发出文章来，就别回来上班了！"

张塞没想到潘曼丽要动真格，战战兢兢从桌上拿起木牌，看到上面写着"丁香月秘密定制春季新款湖滩裙"。

丁香月，是半个月前翠玲珑大戏院横空出世的新当家花旦的艺名，是眼下姑苏城最受追捧的明星，也是整个中原最受追捧的新闻人物。

半个月来，整个姑苏娱乐报业在丁香月身上展开殊死竞争，关于这位美丽明星的各种新闻线索，包括小时候住过的村庄，儿时的玩伴，仍在乡下的父母，还有她过去在月柳街上做歌女的经历都成为了各家报馆争夺的焦点。她每个季节选择的服饰款式，自然也是千家万户少女追随的时尚，因此各大娱乐报纸也都希望能够抢先刊出细节。

"这个……不是二楼的前辈们擅长的题材么？"张塞语调里有些惶恐。

"没错！"潘曼丽脸上涌起怒意，"这条线索原先就是交给郑老四跟的。"

潘曼丽没有继续说下去，但是张塞已经听懂了——郑老四是《武林传奇》很资深的采记，专门负责明星时尚版块，但是前天突然就被潘曼丽解雇了。

潘曼丽的恼怒也不是完全没有道理。过去半个月《武林传奇》在有关丁香月的报道上一直没有什么出彩的文章，风头完全给《姑苏晚报》《江湖人物》这些规模更小的报社盖过，销量也因此被夺去了不少。

可是张塞完全不擅长这样的题材，他不知道潘曼丽是存心要刁难他，还是真心已经绝望到要死马当活马医。

他把木牌捏在手中反复摩挲着，"嗯……那我一会儿会去翠玲珑和乔家宅那里都打听打听。"

潘曼丽听到这句话脸上的盛怒急剧转为了冷笑，"你以为别人都不认识翠玲珑、乔家宅在哪儿吗？"

张塞涨红了脸。他其实也明白，《姑苏晚报》《江湖人物》的采记们绝不是靠走访一下这些官方渠道才写出那些极具时效性和娱乐性的文章的。

"张塞，你知道你的问题出在哪里吗？"潘曼丽又从冷笑转为了语重心长。

张塞低下头，心中悔恨不该再纠缠东河沉尸这条线索。选题被否不说，还摊上了丁香月这样棘手的题材，现在还要遭受一顿训斥。

"你的问题就是太自命清高，放不下读书人的架子！"潘曼丽继续说道，"你整天坐在那里盯着新闻墙，总想着那些国计民生的大新闻，不屑去采访市井绯闻，也放不下身段去和酒徒、赌棍、歌女、老鸨们打成一片，从他们那里套线索、探消息……你这样的我见多了，高不成低不就！你要真有本事，就去把书读到底，去做学者教授。既然来我这里，就别端着那副臭架子。"

潘曼丽的话说得很难听，让张塞无地自容。不过他知道潘曼丽说的道理并没有错，光从新闻墙上汲取线索——也就是媒体术语里说的"线上"——是不够的，还需要去积累广泛的社会关系——也就是媒体术语里说的"线下"，只有线上线下相结合，才能够成就一个好的娱乐采记。

"我……也没有只看新闻墙。"张塞试图表达对潘曼丽的认同，"我也很努力地去月柳街积累人脉的……"

月柳街，是姑苏城南一条歌苑妓馆扎堆的繁华街道，在整个苏浙地区都极有名。

潘曼丽却看成是张塞试图辩解，讥讽道，"是吗？你去过几次月柳街？你知道'流花陌'在哪里吗？你去过隐市吗？"

张塞哑口无言。他听说过箫音馆，听说过拢翠阁，却还真没听说过这些地方。

"你以为在月柳街上来回走两圈就算去过了？"潘曼丽冷笑，"好好去问问吧，该塞钱的塞钱，该请吃饭的请吃饭。三天之后，把丁香月湖滩裙的独家报道放到我桌上，否则就去《姑苏道德导报》找工作吧……"

潘曼丽的眼睛里放出慑人的光芒。整个报社的人都知道，潘曼丽特别喜欢解雇人，别人失去生计的痛苦绝望仿佛可以带给她精神上的满足。

"是，潘编审……我会努力的。"张塞说道。他向一脸冰冷的潘曼丽行了个礼，转身开门离去。

张塞走出报社，来到喧闹的平安坊上，头顶上许多只新闻信鸽"扑扑"地飞过，在报社大楼和这座繁华都市的角角落落间穿梭。身穿精纺衣料的男女从丐帮、唐门、海升平等豪华府邸里进出，在青石的街道上匆匆往来。

张塞汇入人流中，回想起刚才的一幕，突然由衷地感到屈辱。

读了这么多年书，满腹经纶，一腔求学论道的志向，到头来却沦落到在一个浅薄粗暴的女人手下以打听艺伎绯闻的方式谋生，真是莫大的讽刺。

如果黄毓教授还活着，这些本来都不会发生。

张塞应该可以在今年夏初顺利拿到博士学位，然后留在燕子坞，或者去少林、武当的武学历史系做一名助讲，从事他喜爱并且擅长的历史研究。

可是黄毓教授已经不在了，这个江湖从半年前开始，也一去不回地发生了改变。

第一章　观前龙聚

燕子坞武术学院的教学和研究工作已经停顿了下来。校长慕容迟去世，武学理论系主任杨冰川教授北上帝京城参加朝武联会。大部分的老师和学生仍在康复之中，少数中毒较轻或没有中毒的四年级生都放弃了等待学位，立即开始工作。新生和二、三年级的学生则都申请了休学，由父母接回。偌大一所千年武校已经名存实亡。

少林和武当更是遭受了重创，几乎全军覆没。少室山和武当山仍然处在军队的严密封锁下，禁止任何人进出，除此之外，却没有更多的消息。没有人知道少林方丈、达摩堂、戒律院首座、武当掌门、三真三清这些武林中赫赫有名的前辈们究竟是死是活，也不知道两校的学生有多少幸存下来。

张塞不敢暴露自己燕子坞博士备选的身份，因为这意味着麻烦和潜在的危险，他选择用他原先泰安武校的学士学历加上几篇文章去三大传媒应聘，却连个面谈的机会都没有得到。他不得已只能将履历发往姑苏城的几家娱乐报刊，总算收到了一些回复，其中《武林传奇》因为张塞过去曾用"土弓"的笔名在上面发过一篇不错的稿件，给的薪酬最高，张塞就接受了。

和尊严相比，谋生更加重要，因为他还有一些重要的责任要去担当和完成。

张塞沿着平安坊径直朝南走去，"仙寿堂"门口停着许多豪华马车，车夫们看到张塞走过来，都隔着街一齐冲他兜生意。张塞朝他们摆手，这些带绫罗华盖的楠木大马车都十分昂贵，一般都只有附近商铺里比较体面的职员和伙计才叫得起。

张塞向南一连走出去七八条街，平安坊的两边仍然是商铺林立，熙熙攘攘。

姑苏城实在是太繁华了。原本就是江南重镇，历史名城，四十多年前扬州发生惨案后，那里幸存下来的商贾巨富和工行盐市又全都迁到了这里，于是地价、物价飙涨，内城的人被挤到了外城，外城的人被挤到了乡村，整个城市的规模向外扩了整整一圈。

在摩肩接踵的人潮里，时不时可以看到几个穿着官服带着刀剑的捕快。他们在几个重要的路口间来回巡逻，看到形迹可疑的人就会叫他们停下来检查身份牌和手里的包裹。后街里弄的墙上也贴满了被风雨浸渍后的"百毒不侵丸"、"蓝实解毒冲剂"和"重阳呼吸法速成"的小广告。

张塞转向东面又走了大约一刻钟，来到了一个巨大的集市跟前。姑苏人管这里叫"富仁坊集"，既有肉铺菜场，又有牲口交易市场，还有一个马车租赁中心。

张塞直接去了租赁中心，押了十两银子租了一辆带油布篷的双人骡车。

他要去接一个人，而这个人指定要他租一辆两座、有篷且背后带行李厢的车子。

张塞小时候在泰安乡下生活的时候就赶过驴车，他驾轻就熟地提缰绳一吆喝，那头骡子立刻顺从地跑了起来。

张塞驾车三转五拐，来到宽阔的三元坊上。朝东行了半里地，街道的左前方出现了一个古木苍郁的大院子，透过高高的围墙，仍可以看到里面许多精致的亭台楼阁的尖顶。

张塞和那人正是约好了在此会合。

三元坊是一条车来车往的繁忙大道，可是那座大宅院的周围却行人稀少，两扇大门紧闭，上面交叉贴着官府的封条。两个懒散的衙役拿着水火棍在门前值岗。头顶上一块大牌匾略有些歪斜，积满了蛛灰，匾上的四个字却仍清晰可辨，乃是"安护镖局"。

（二）

张塞在等待的时候将自己蜷缩在骡车的座位上，这样可以让他整个身体都没入路边一棵大树投下的阴影里。这种感觉不知为什么给他带来一种安慰，好像这片荫泽可以将他从无奈的现实世界里暂时庇护起来。

他知道自己很难在三天之内写出一篇让潘曼丽满意的丁香月报道。张塞学历史出身，所擅长的是搜集史料、梳理逻辑，然后撰写深度分析。争分夺秒地去打听一个歌女的服饰，绝不是他的强项。

想到马上将要被解雇，失去生活的来源，张塞就感到胸口压抑的痛楚。他并不特别担忧自己，贫穷从小就与他如影随形，他所害怕的，是因此而无法承担别的一些职责……

他就这样蜷缩着等了差不多一刻钟后，突然从"安护镖局"北面的方向传来了许多人急促的呼喝。这么大的动静听上去绝不是普通街头的争执，似乎像失火或者出了什么大案子。

约定的时间已到，张塞不知道是应该等在原地，还是找个安全的地方暂避。他刚从左边探出头想看个究竟，却感到骡车微微一震。他转回头，一个裹着麻布长袍，戴着大圆斗笠的瘦长之人灵巧地从右边滑进车里，打开后面的行李厢盖板一下子就钻了进去。

这人合上盖板之前急促地对张塞说道，"快赶车，往南出盘门！"

张塞在恍惚中确定自己并没有眼花，他虽然没有看清来人的面目却认出了声音，于是慌乱地挥手朝骡背上甩了一鞭。骡车启动，橐橐地沿着三元坊朝南驶去。过不多久便有十四五匹快马追了上来，夹着路上每一辆车子盘查询问。

很快他们就拦住了张塞的骡车，两个表情严肃的官差一左一右撩开篷帘，朝里扫了一眼，然后大声说道，"证件！"

张塞看那两个官差都着黑黄色制服，胸口绣着"苏浙"两字，便知道他们是苏浙省的缉尉。安护镖局事件发生后，苏浙缉尉营和斜塘的城安军都介入了姑苏城的城防。除了普通的偷盗凶杀案子仍由姑苏巡捕负责，其余凡是涉及城市安全的事件，一律由这两个部门追究。

张塞从腰间摸出采记的身份牌，缉尉仔细看了一眼又问道，"你看到一个穿黑袍子的男人跑过去了吗？"

"没有。"张塞尽可能若无其事地摇摇头。

缉尉们把身份牌还给张塞，准备放下帘子去查下一辆车，但这时一匹高大精瘦的白马突然从后面疾驰而至，马上蹬坐着一个一身白袍、方脸暴眼的武官，一看就善于骑射，久经阵仗。

张塞只偷偷瞥了一眼就认出来这个人叫方烈，是苏浙府著名的四大府监之一。传说四大府监的武功全都高深莫测，他们都直接受命于新任苏浙巡抚侯瑞侯大人。

方烈一到，两个缉尉都停下来等他示下。

"就你一个人吗？"方烈狐疑地看着张塞，他的目光扫过明显过于宽敞的两座车厢，落到后面的行李厢上。

"就只有……我一个。"张塞心脏怦怦跳动起来。

方烈怀疑的神情变得更重。

"哦……对了，我刚才倒是看到一个戴斗笠的男人……往那边鬼鬼祟祟跑了。"张塞运用他仅有的一点急智，胡乱往左后方一指。

"的确戴着斗笠！"两个缉尉确认。

方烈立刻朝周围的缉尉呼喝了几句命令，拨转白马，顺着张塞所指的方向追了出去。

张塞等他们走远，狠狠朝那头看上去年岁已经不小的牲口背上抽了两鞭，骡子卖力地蹬开四蹄，可是因为车上多了个人，速度并没怎么加快。好在没有更多的缉尉追来，待他来到南边的陆城门"盘门"时，两扇大门依然敞开着。

和平时一样，盘门的四条通道有三条用来进城，只有一条用来出城。但是出城的道路通行得很快，而进城的那三条道却都排着有半里长的队伍。每一个行人每一辆马车都要接受非常仔细的检查。

姑苏城现在常说的一个笑话是，运一袋面粉进城比偷运皇上的玉玺还要难。

为了防止空气传播的大规模伤害性毒药入城，守城的军士对密封起来的粉状物检查得格外仔细。据说药督府还专门拨给姑苏城十几条受过特训的官犬，配置在水、陆八个城门口，用来闻嗅可疑的毒药成分。

张塞看到出城的车流很顺畅，心中大喜，却突然看到斜前方的天空掠过一只毛色纯白的信鸽，直向城头的一个瞭望塔飞去。在姑苏城的天空看到信鸽并不稀奇，但是毛色如此纯白的信鸽显然是一只官鸽，张塞马上预感到了麻烦，果然不一会儿，城楼里就涌出来一队城安军，拦住出城的车辆开始仔细检查起来。

张塞忙使劲一拉缰绳，骡车在城门前最后一条小巷拐了个急弯。

那是一条狭窄的碎石路，骡车从大路的石板道上疾驰而入，顿时剧烈地颠簸起来。行李厢里发出一声轻叫，过了一会儿，盖板打开，一个穿着白色衣裤的修长女生轻盈地钻出来。她迅速前后观察了两眼，然后整理了一下衣衫坐到张塞身旁。

"这是怎么回事？"张塞惊惶地问。

"没什么。"女生若无其事地回答，"前面左转吧，哎哟，这路真是的……"

"没什么？"张塞急了，"刚才有好多苏浙缉尉呢，城门都戒严了，那是在抓你吗？"

"好像是的吧。"女生表情淡然，像是在讨论一桩稀松平常的事情。

这个女生就是和张塞约了见面的人，名叫谢雪莹，毕业于五岳恒山剑校，现在是《江湖周刊》的采记。她比张塞小两岁，但已经工作了一年多。

"所以你才特意叫我租一辆带行李厢的马车？"张塞顿时恼了。

他是一个多月前遇到谢雪莹的，当时她也在查访姑苏城连环人口失踪案，虽然相识不久，但这位同行胆大妄为、肆无忌惮的行事风格却让他无法忘记。

他意识到自己刚刚成为谢雪莹精心设计的脱身计划里的一枚棋子。

"哼，你也记得是让你准备一辆马车！"谢雪莹把重音放在"马"字上，露出不满意的表情，她鹅蛋脸形，小巧的鼻翼和嘴巴，眼睛里却有一种超越年龄的干练。

"你听出来刚才那人是谁了吗？"张塞提高了声音问道，他被谢雪莹这种完全不顾及他人的态度激怒了，"那是四大府监之一的方烈，出了名的心狠手辣，如果刚才他打开行李厢检查怎么办？我也会被牵连进去的！到时候叫我怎么解释？"

"有什么好解释的，你这本来就算是同谋。"谢雪莹一副就事论事的态度。

张塞不敢相信谢雪莹居然压根就没有替他的安危考虑过，他正要发作，谢雪莹却突然把食指按在唇上，压低声音说道，"有人追上来了……你刚才拐弯是没错的，不过就是太急了，人家一看就会起疑。"

张塞屏息静听，果然听到身后隐隐有马蹄声接近。

"那……那怎么办？"他一阵慌乱，扬起手中的鞭子就要往骡子身上落下去。

"你怕什么！"谢雪莹拦住他，"在那边停一下……"

"停下来？"张塞惊惧交加，不知道谢雪莹究竟想干什么。

"快一点，就是那里！"谢雪莹催促道。

张塞不情愿地将车子在巷口停下。谢雪莹从行李厢里拿出麻布长袍和斗笠，仔细地塞到一堆垃圾下面。

"好了，现在被拦下来也找不到证据了。"她说道，"接下来你遇到路口就先右转，下一个路口再左转，就这样走'之'字形，只要他们看不到你，就只能散开来慢慢搜查……"

张塞不得不佩服谢雪莹遇事的镇定，他依言驾驭着骡车在岔道纵横的狭窄小巷里左右迂回前行，身后追来的马蹄声果然缓了下来。可是不一会儿，空中又掠过一只白鸽，朝着前方飞去。

张塞知道这一定是去通知前方的官兵设卡拦截，心里焦急，却见谢雪莹探身从路上捡起两枚石子，就要发出去。张塞更是吓得魂飞魄散，丢开缰绳，去拉谢雪莹的手臂。

骡子失去控制，往斜里歪跑了几步，正好遇着个大坑，车子狠狠颠了一下。

谢雪莹已无法瞄准，眼看着白鸽消失在射程外。

"射杀传讯的官鸽可是重罪！"张塞余悸未消地说，"要坐五年牢的。"

"你以为现在被逮住，就不会坐牢了吗！"谢雪莹满脸恼怒地瞪着他呵斥道，"现在前边官兵已得了讯息，必然四处围堵我们，你就等着被逮吧！"

张塞一听，知道自己慌乱中干了傻事，后悔却又不知如何补救，"那……我们怎么办呀？"

谢雪莹看张塞的样子是真心着急绝望，颇觉解恨，她朝右边一指道，"快从那条巷子拐进去。"

张塞此时已经完全六神无主，狠命揽住缰绳，依言拐入右手边一条幽暗的巷子。

"前边是什么地方？"张塞紧张地问。

"你马上就知道了。"

谢雪莹显得胸有成竹，但是张塞总觉得她神情里憋着一股顽皮促狭，像是预见到有什么事情发生。

骡车在黑巷子里快速前行，过了片刻，眼前突然开朗。

张塞吓得惊叫起来，巷子的尽头，竟然是一条泛着污迹，发臭的小河。他手忙脚乱地去拉缰绳想停住骡车，但是谢雪莹已经抓住他的后领一提，两人凌空而起，稳稳落在了旁边的土路上。

老迈的骡子看到前方路尽，也本能地想停下脚步，但是后面车厢的惯性巨大，在它屁股上狠狠一撞，推着它一起翻入河里。可怜的牲口拼命挣扎，但是很快和车厢一起陷入了河滩的淤泥里，不一会儿就没有了踪影。

张塞站在那里几乎要哭出来，"我交了十两银子的押金的！"

谢雪莹见张塞到了这种时候还婆婆妈妈地担心押金，又好气又好笑，"你这破骡车特征这么明显，不处理掉，我们怎么逃得出去！"

张塞呆呆地朝着小河的水面望了好一会儿，才长长叹了口气，转过头来严肃地问道，"你刚才是不是溜进安护镖局去了？"

谢雪莹并不回答他，而是观察着周围的情况，然后选择沿着小河朝西走。

"你胆子实在太大了！"张塞一脚深一脚浅地跟上去，"'未央宫禁令'你是知道的，武林现在已经无权调查安护镖局事件了。"

"江武府半年来对安护镖局事件的调查，你满意吗？"谢雪莹头也不回地问。

张塞当然一直在关注和安护镖局有关的新闻，知道江武府虽然声称把全国各地的安护镖局都翻了个底朝天,并坚持不懈地追捕余党,至今已经抓捕了几百号人,但事实上这些抓捕的人里连镇坛级别的都没有几个。镖局总镖头崔敏虬至今逍遥法外,四大分局的掌旗,除了东南分局的江灏远死在曼陀山庄,其他三个也都不知所踪。安护镖局如何能够在朝廷的眼皮子底下迅速崛起,为何能够得到神迷散这样的毒药,江武府也都没有提供满意的解释。

"你觉得这样正常吗?"谢雪莹又问。

张塞无法反驳。他很清楚这不正常。

轩辕朝很可能是中原历史上在部府设置、吏控体系、政务流程上最进步的一个朝代,太祖先皇亲自设立的江武府更是极大增进了朝廷和武林之间的联系,并通过给予武林尊严和自由,激励了武林的自律和透明,反而消除了大量游走在律法边缘的灰色地带。

可是江武府倾全国之力耗费了半年时间去追查一家完全暴露在光天化日之下的机构,却几乎没有取得任何像样的进展。这绝对不正常,一定有什么地方出了问题。

《武林日报》一位资深主编曾经写了一篇在江湖广为流传的分析安护镖局调查的文章,最后结尾的一句话就是:江武府追查安护镖局事件所表现出来的无能、低效、遮遮掩掩,比安护镖局摧毁少林武当,劫持峨眉燕子坞师生的恶行更让江湖感到深深的担忧。

这句话可以说概括了许多武林有识之士的观点。可是不知为什么,后来这样的文章,这样的声音也渐渐少了。

"江武府既然不能查个水落石出,我们武校生就应当站出来,这不仅是《华山备忘录》赋予我们的权利,也是备忘录精神召唤我们必须承担的义务!"谢雪莹虽然声音不响,却说得慷慨激昂。

张塞一边在河滩高低不平的道路上跟紧了谢雪莹一边摇头,"朝廷颁布'未央宫禁令',就是用来制约《备忘录》的!这半年来以少林武当燕子坞为首的武校毕业生在各地私自调查,公开扬言要复仇,鱼龙混杂的小帮派趁机兴风作浪,已经闹出了一千多条人命……"

"《华山备忘录》是太祖轩辕和武校会盟签下的神圣约定,朝廷单方面是制约不了的。"谢雪莹不屑地说道,"当年华山上太祖轩辕和各门各派掌门立下重誓,只有朝廷和少林、武当、燕子坞、五岳华山剑校一致同意,才能对《备忘录》进行修改。"

"这我当然知道,但'未央宫禁令'旨在维护武林和世俗世界的正常秩序,也没什么不对的。"

"怎么能因为一些小帮派的趁机捣乱,死了几个人,就放弃大是大非呢?少林、武当那么多老师和同学难道都白死了吗?苏浙府一直控制着安护镖局东南分号却不透露任何进展,我们为什么不能有所行动?"

张塞看着谢雪莹这种无所顾忌的样子,心中涌起担忧。

谢雪莹毫无疑问是一名优秀的采记,她人本就聪敏,加上武校毕业,会恒山剑法,就更加有恃无恐。但张塞偏偏是安护镖局事件的主要经历者,他深知谢雪莹低估了自己正在做的事情的危险程度。

"那……你刚才找到什么了吗?"

"我找到了有用的东西。"谢雪莹终于停下脚步,脸上有掩饰不住的得意,"不过还不是告诉你的时候。"

张塞看着她,很想对她说"你可以不告诉我,但倘若真有什么关键线索,千万要告诉一个值得信任的人,这样万一你出了事,这条线索还不至于会断掉"。

当然这样的话他说不出口,只是看着谢雪莹那胸有成竹的表情。她如果不是成天扎起头发穿着裤装一副男生打扮的话,大概勉强算得上是个美女,有着武校女子修长的身段和姑苏姑娘特有的白皙皮肤,张塞实在不想去想象她遭遇不测的画面。

"我也不要知道。"张塞说,"你坚持要调查安护镖局我阻止不了你,只求你下次干这种危险的事不要再来找我,我不想去坐牢,只想安安稳稳地过日子。"

谢雪莹的情绪原本已经没有那么慷慨激昂了,可是听到张塞说出"安安稳稳"四个字,顿时又恼怒起来。她停下脚步,转回身瞪视着张塞。

"张塞,你好天真!你真的以为接下来还有安安稳稳的日子吗?"她说,"少林、武当、燕子坞三大名校在一夜之间都毁灭了。斜塘江武营郭鹏统领神秘死亡,丁向臣投靠魔教,何都督引咎辞职,苏浙府卞大人也被调走,整个姑苏城只剩下叶太守独立支撑,可是城中大小事务他也说了不算了。帝京城那边每天都捎过来'朝武联会'的负面消息,'三山堂'的势力重返姑苏城,三个月来城里犯罪率上升了十倍,不断地有人失踪,连官救'贞妇'也在光天化日下被人绑架……你觉得这像是可以安安稳稳过日子吗?"

张塞低下头,没有去争辩。谢雪莹说的这些事实,张塞知道得跟她一样清楚。事实上，张塞还比她知道更多、更加可怕，甚至是超越常人想象的事情。正因为如此，他才不可能表现出谢雪莹那样的无畏。真正的暴风雨很快就会到来，他只奢求当暴风雨来临的时候，他可以在汪洋中找到一叶小小的孤舟躲避——如果到时候还存在这样一叶孤舟的话。

谢雪莹见张塞不说话，以为他自觉理亏，便缓和了语气说道，"那东西你还要不要了？"

她说着从衣兜里掏出一个大信封。

张塞一看才想起这是他今天来找谢雪莹的主要原因，连忙伸手去接，谢雪莹故意促狭地缩了缩手才把信封递过去。张塞抽出里面厚厚一叠纸略微看了一眼就又放了回去，这正是他几天前拜托谢雪莹帮忙找的东西。

谢雪莹观察着张塞谨慎的动作，问道，"这些可都不是普通人，全是朝廷高官和大帮派大行会里的骨干，要搜集他们的信息可不容易……不过话说回来，你们《武林传奇》难道不是应该去研究丁香月、杜如烟她们的履历才对吗？"

张塞听出了谢雪莹的怀疑，淡淡地回答道，"我只是帮朋友一个忙……"

两人继续沿河走了一段，转入了一片低矮破旧的屋舍群落。张塞已经完全失去了方向，一番七拐八弯后，谢雪莹突然向他招招手，然后领着他翻入了一个院子。张塞不知道谢雪莹又要做出什么出格的事情，浑身紧张。好在院落和房屋里都没有人，谢雪莹熟门熟路地从后院穿到前门。

张塞跟着谢雪莹走出前门，发现竟已然来到了城南的闹市。

城南远没有平安坊、观前街那么考究精致，但是热闹的程度却大抵相若。街两边鳞次栉比地排列着酒馆商家，里面客来客往，还有许多茶农鱼贩在路边摆着大小摊头。

张塞注意到所有街口都被一队队的缉尉营军士把守着，凡是从北面东面过来的人都要被严格搜身。不一会儿，大队人马从北面东面追来，散入街市里四处查看。

张塞吓得连连后退，却被谢雪莹一把揪住。

"你放心吧，看到过你脸的人是苏浙府缉尉营，发现骡车转向的是斜塘城安军，两边的信息互通没那么高效。现在骡车已经毁去，我也换了装扮，不会有人怀疑我们的。"谢雪莹说着拉住张塞的手，一边假装在选看摊贩手里的发簪，一边朝前走。

张塞原本就紧张得要命，突然被谢雪莹温热的手拉住，头脑更是一晕。但正如谢雪莹所说，无论是缉尉营还是城安军，都无法从这两个俨然是一对情侣的人身上看出可疑之处。他们顺利地混入人流，远离了缉尉营官军的视线。

谢雪莹甫一脱险，就立刻像甩掉什么晦气之物一样甩开张塞的手，"你看，这不是没事嘛，就你这点心理素质，以后再不敢叫你来帮忙了。"

"那我就谢天谢地啦！"张塞忙对谢雪莹作了个揖。

他虽然这样说，心里却突然觉得有些惆怅。他已经拿到了此行要取的东西，却也意味着今后没了再去找谢雪莹的理由。

谢雪莹没理会他。她望着两边的街景，脸上突然有些许忧郁。

"听我妈讲，她小的时候这里还是一片开放的小园林。"谢雪莹说，"后来越来越多的有钱人从江南江北搬来姑苏城，把许多本地人都挤到了城外，唉，姑苏城原本是一个多么清隽的地方，现在变得如此拥挤嘈杂！我在这里出生长大，但是现在已经有些不喜欢了。"

张塞看着谢雪莹，她脸上真挚地流露出一个姑苏女孩对自己家乡的爱恨交织。他想了想，出言安慰道，"可是那么多财富汇聚到这里也不是什么坏事啊，姑苏城这些年路面的铺设，排水浚污的设施都改善了许多吧？到处都有商铺集市，酒肉蔬果的种类是从前的好几倍，生活也比以前方便了不少呢。一座如此繁华的都市，你不能光看到醉生梦死，也要看到生生不息。观前街的戏院里每天都写出那么多新的诗词曲赋，'新汉风气'，'后宋思潮'都是在姑苏城兴起的吧？剑舞这样风靡整个中原的表演形式是在姑苏城诞生的吧？这些都会在轩辕文化史上留存下来。还有那些最新的楼宇设计、起居摆设和衣帽样式，江南江北的女孩子春天裁新衣服之前，都会先问问姑苏女子们今年流行什么吧……"

张塞说到这里突然"哎哟"一拍大腿，"差点忘了，我还要去采访丁香月春季新款湖滩裙呢。"

谢雪莹听张塞提到丁香月，自然更加来气，"你也好意思说，你们这些娱乐报纸，一味迎合市井心态，整天散播绯闻闲话的恶趣味，你看如今姑苏城里的生活，变得越来越无聊奢靡，人们也越来越沉迷在物质享受中，难以自拔，安护事件的血海深仇，除了武校生外，有几个普通百姓还记得？江武府的办案不利，遮遮掩掩，那么多报刊总共又花了多少版面去追究？对于世俗世界来说，少林达摩堂首座的生死，还不如丁香月的绯闻情史来得更引人关注……"

张塞笑了，"我知道谢大采记看不起我们这种娱乐小报已经很久啦！"

"我是说真的!"谢雪莹皱起眉头,"我真的很担心,有一天武林会变得多余,江湖的生活方式和侠义精神会慢慢消失,被世俗和享乐所取代……"

张塞不知道谢雪莹是被什么触动,突然认真了起来。他作为研究江湖历史的专业人士,在这上面的见解其实要深刻得多,他准备了一年多的关于侠文化的起源、兴盛和衰亡的博士论文里有一节就专门论述"江湖的近世俗化和去侠义化"。

"你不用担心,就算江湖真有终结的一天,也是很久很久以后的事了,你我都看不到。"张塞说道,"世俗世界随着物质生活的发展和物欲的膨胀会排斥江湖,却终究又离不开江湖……"

"离不开吗?"谢雪莹有些怀疑地看着张塞。

"嗯,因为当江湖衰微到一定程度的时候,邪恶和暴政就会有可趁之机,将维系平稳安逸生活的秩序打破,人们便会从纸醉金迷中惊醒,重新认识到武林和侠义精神的价值,江湖于是又逐渐在黑暗里重生,迎来新的黄金时代……如果你读了足够多的武林史书的话,你会发现世俗世界和江湖一直就是这样在对立和依存中经历一个又一个的轮回……"

谢雪莹的眼光停留在张塞脸上,像是在思考他话中的道理。其实她从第一次碰到这个瘦长的男生,就隐隐感觉到他并非如自己刻意宣称的那样只是一个想明哲保身的小市民。他明显受过极良好的教育,常常能在不经意间说出许多鞭辟入里的见解来。只不过更多的时候他选择把自己锁在犹疑和冷漠中,就好像过去经历过什么可怕的事情,心口上一直压着一块很大很大的石头。

"我不信你说的话!"谢雪莹摇摇头,"那你就躲在家里等着下一个轮回到来吧。"

谢雪莹说完一转身,快速走出几步,消失在了穿梭来往的人流中。

张塞望着谢雪莹消失的背影,心中有些不舍。但他立刻又提醒自己,和谢雪莹这样一个冲动而胆大,执着又爱冒险的女孩子不再见面是一种正确的选择。命运已经让他卷入了漩涡的中心,稍有不慎,就会掀起千重风浪。他唯有谨小慎微,步步为营,让自己暂时在这风浪的中心保持微妙的平静。

（三）

第二天，张塞一直提心吊胆地坐在桌前，生怕潘曼丽来追问关于丁香月报道的进展。

昨天和谢雪莹分别后，他先是跑到翠玲珑和乔家宅，试图打探一些丁香月新款裙装的线索，在毫无悬念地一无所获后，他甚至按照潘曼丽的建议去了姑苏城南的烟花之地月柳街，试图进行一番"线下"的摸索。

他在那一片莺歌燕舞灯红酒绿中徘徊了很久，才鼓起勇气找了几个年轻的姑娘搭讪，还请其中一位喝了一碗茶，送了点小礼物，虽然颇增加了一些之前闻所未闻的"常识"和"见闻"，可是有关丁香月这种紧俏人物的消息，所获却非常有限——社会关系、线下资源，毕竟不是可以一蹴而就的。

幸好潘曼丽中午外出后，就一直没有回来。

整个报社很空，连三楼那两个老资格采记也不见了踪影。姚贞妇被掳走已经超过了十二个时辰，可是正如张塞猜测的那样，绑匪并没有提出任何赎金的要求。

张塞左右看看无人，便拉开抽屉，拿出谢雪莹昨天给他的那个大信封，取出里面厚厚的纸张。然后他又取出另外几个写得密密麻麻的记事簿，这一堆资料合在一起，详细地记录着大约五百多个人的生平履历信息。这些人都是当今朝廷和地方各省的重要官员，以及大地主、大财团、大帮会、大工坊的首脑和骨干人物。

《武林传奇》的新闻分拣系统在传递消息的速度上天下无双，但是这套系统投入使用还不到十年，因此说到信息的齐全和归类，还是远远比不上《江湖周刊》《武林日报》这些历史悠久的期刊的数据库。过去半年里，张塞花了大量的精力和时间，才从各个渠道把这些资料凑齐。

张塞拿出几张空白的纸，用墨笔在纸上列了几个方格，开始梳理这些人的年龄、学历、仕途和在各地任职的时间。五百多人是很大的一组信息，但是和华山剑宗气宗那笔糊涂账比起来就显得微不足道了。张塞作为准史学博士，对这些事当然驾轻就熟，两个时辰不到，他就已经把五百多人都过完了。

张塞看着整理好的结果，发觉情况比他猜想的还要糟糕。如果和新闻墙上隐隐连结起来的线索相印证，那么张塞几乎可以肯定，姑苏城，乃至整个江湖正处在难以想象的危险之中。

然后他苦笑着"嘿"了一声，把那几张白纸都揉成了一团——他早就已经下了决心，不介入到这些复杂而危险的事情当中去。

不是因为他怯懦，而是因为他完全不具备应付这些事的能力。

黄毓教授在琴韵小筑临终前托付给他的几件事他都办得很糟糕。他几乎丢失了黄教授牺牲生命才制成的解毒催化剂，而为了弥补这个过失，他又险些导致王素落入韩家宁的手里。他没有勇气按照黄教授的意愿去杀死周远，却换来了周远对自己刻骨的憎恨……

换成了别的任何人，大概都不会比他做得更差吧。

所以他现在能做的最正确的事情，就是远离江湖的纷争，保证一个稳定的经济来源，以一个旁观者的身份去整理、分析和记录历史，完成《武林史》的当代卷，让黄教授毕生的心血能以完整的面目在江湖上流传下去。

这是他唯一擅长的事情了。

张塞正想着，忽然听到楼上楼下同时爆发出一阵惊呼，报社里剩下的采记全都稀里哗啦围拢到新闻墙的跟前。

张塞也放下手中的墨笔，站起身来，看到新闻墙中间的一块刚翻过来的木牌上赫然写着：姑苏官敕"廉德"郭本愚被掳。

周围的木牌也迅速开始转动：

两名蒙面黑衣人身后突袭，疑为姚贞妇之劫匪再次作案。

姑苏巡捕护卫台紧急赶往孝子、忠义住所护卫。

郭妻子贾氏急火攻心，昏迷不醒。

……

终于开始了！张塞颓然跌坐到椅子上。

姑苏城一共有"忠孝贞廉"四位官敕的道德楷模，分别是"忠义"廖磊、"孝子"朱仕显、"贞妇"姚氏和"廉德"郭本愚。两天之内，其中的两人已经在朗朗乾坤下被掳走了。

张塞不知道绑架对象为什么从菜场农工和勾栏女子突然升级为了姑苏名人，但是他非常肯定，这新的一系列事件不仅没有结束，甚至还只是刚刚开始。

果然过了不到半个时辰，新闻墙上的几十块木牌再次像发了疯一样地转动起来。

这一次，墙最中心的木牌上显示的新闻线索赫然是"朱孝子廖忠义双双被掳，姑苏城四楷模尽数失踪"！

旁边的木牌都是关于现场姑苏巡捕护卫台的死伤情况，还有实施绑架的黑衣人的武功分析。如果说姚贞妇和郭本愚是被突袭，那么孝子和忠义则是在姑苏巡捕护卫台的严密守护下被强行掳走的。从目击者的描述来看，护卫台巡捕完全不是黑衣人的对手，死伤惨重。

各路的线索继续传来，其中终于有一些开始把这次的绑架案和几个月前的妓女杂工失踪案的一些特征联系起来。

张塞苦笑着叹了口气，如果他当时的选题没有被否决，那么现在早就已经写出了好几篇有价值的深度报道，不仅远远走在《姑苏晚报》那些竞争对手的前面，甚至可以超越《武林日报》《江湖周刊》这些一线的媒体。

可是现在他的任务却是要搜肠刮肚地凑出一篇丁香月新款服饰的报道。如果再过两天无法完成，他就会惨遭解雇，失去生计。

二楼三楼的几个高级编审看到剩下的采记已然不多，开始狂乱地调度美工、司编、排版师甚至搬运杂工领了线索出去采访。他们的脸上虽然都有打了鸡血般的兴奋，但却也有掩饰不了的惶恐不安。

两天不到，忠、孝、贞、廉四大道德楷模就这样在光天化日之下被绑架，事情恶化的速度让报社的采访力量都跟不上，这样的状况，自安护镖局劫持燕子坞以来就再没有出现过。

张塞不敢继续留下来研究那些材料，他披上衣服，随着一群刚报完选题的同事一起走出了报社。

头顶的信鸽比以往更密集地穿梭往来，街头站着许多三三两两的人群，他们有的已经从小道消息听说了发生的事情，有的则即将从各大报社发布的号外里得到官方的消息确认。

张塞沿着繁华的街道一路走过去，感到这座城市的上空已经布满了乌云。待到夕阳西下，张塞已经在平安坊兜了一大圈，来到了太监弄最繁华的那一段。

弄堂的灯笼烛火已经纷纷点起，把街面照得透亮。两旁高高低低的各色招牌令人眼花缭乱，上面写着诸如"饕餮馆""珍馐斋""龙肝凤髓"那样华丽的店名，许多店家门口都站着穿着时尚的年轻姑娘，端着笑脸，拿着精美的菜单揽客。

张塞径直走进了一家叫作"林记"的饭馆。和两旁豪奢的酒店相比，这家店的门面颇小，门口没有揽客的姑娘，也看不到进出的食客。走进门，是一个狭小的前厅，白墙前有一个小小的桌台，两旁放着几盘朴素的盆栽。

桌台后面立着一个高挑的少女，穿着黑底粉绣的裙装，式样古典保守，可是这少女的容姿却比那些在大街上揽客的女子们高出不知几倍。

"这位公子如何称呼，请问是否有订座？"少女吐字清楚，语音动听。

"我叫张塞，是周云松周公子订的席位。"

少女在眼前的一本名册上快速检视了一眼立刻说，"张公子，欢迎光临林记，周公子订的是'疏影阁'，这边请。"

少女纤手一指，她身后一扇小门立刻开了，一位穿着银底红绣裙装同样美丽的少女走出来朝张塞盈盈一福。

"请问公子带兵器了吗？"

张塞摇摇头，随着这个少女走进门里，眼前顿时豁然开朗。

原来这门后，竟有着比前厅大好几十倍的空间。挑空的中庭里假山流瀑，石桥溪泉，搭建得气派又雅致，左右是金装彩绘的两条回廊，一眼竟望不到头。

张塞随着少女在游廊里转了一个弯，从一条楼梯上到二楼，那上面是一间间雕梁画栋的堂屋，门上分别刻着"珠润""暗香"这样的名字，从墙的装饰到门的缀边，无不体现出奢华的品位。

张塞如果不是之前来过一次，必是要张大了嘴巴惊叹一番的。这家林记酒馆乃是姑苏城最有名的饭馆之一，之所以门面上异常清冷，是因为这家饭馆只接受姑苏城里有武林世家身份的客人的预定。

少女将张塞领到"疏影"，打开门，引他进入门厅，然后帮他脱下外套，挂到雕着生肖兽头的衣架上。张塞在一个金色的盆内洗了手，用少女递过来的毛巾擦干，又拿起旁边的茶盅漱了口。张塞几个月前第一次来的时候完全不知道这些程序，都是领位的少女耐心地指导他一样样地完成。

里面的正堂金碧辉煌，一张黑色楠木八仙桌摆在正中，周云松正一个人坐在那里紧皱着眉头看着《武林日报》的增刊，上面正是关于姚贞妇、朱孝子和廖忠义全被掳走的报道。

周云松穿着一件白色的斜襟内衫，仍是和读书时一般的俊朗潇洒。他看到张塞马上站起来和他见了礼。少女拉开周云松旁边的椅子侍候张塞坐下，替他斟上一盅开胃香茶以后又朝周云松投去请示的目光。

"暂时不需要什么了，小香。"周云松冲她摆一摆手。

那个叫小香的少女立刻施礼，缓缓地退出房去。

张塞对于这种过于雅致的场所仍不是太适应，他左右扭动几下开口道，"云松，我只是把东西给你们送来，饭就不吃了。"

"学长不必客气。"周云松忙说，"你难得过来，就多待一会儿，和大家叙叙旧吧。"

周云松坐回椅子上，指着手中的报纸，"学长，这事真是诡异，忠孝贞廉是姑苏名人，却并不富有，冒那么大险，成为众矢之的，却未见得能勒索多少赎金……"

张塞摇摇头，"这事恐怕不是冲着赎金来的。"

他把自己通过"新闻墙"看到的一系列人口失踪案略略和周云松说了说。

周云松从来就没有听说过那些下层人的失踪案，自然大吃一惊。

"绑架了这么多人，却不要赎金，那目的是什么呢？"周云松正待和张塞详细讨论，却听到门厅里传来脚步声，一番洗漱的声音之后，章大可和季菲两个人走了进来。

张塞起身和他们都比较正式地行了礼，周云松却坐在位子上没有动，显然他们几个人平常一直见面，都已经没有了拘束。

"快给我吧。"季菲和张塞见礼完毕急着向章大可催促。

章大可从怀里拿出一个用花纸包着的盒子递给季菲。后者立即手舞足蹈地接过去。

"又是什么护肤霜露吗？"周云松问。

"嗯，仙寿堂的新产品，用白獭骨髓还有琥珀粉末研磨制成，很名贵的。"季菲说。

"配方是我参与改良的，这个东西最重要的就是几种辅料的调配比例。"章大可有些得意地在旁边补充。

张塞的这两个学弟学妹在安护镖局事件以后全都离开了学校，直接开始工作。药理系的"小华佗"章大可进了唐门旗下"仙寿堂"的药研司，刀法系的系花季菲则到"宝生钱庄"就职，他们两个和张塞上班的地方都很近。周云松原来是要直升斗转星移博士的，所以没有找工作，不过他这样的大公子本就无所谓，现在就在父亲的商行里帮着料理一些事务。

几个年轻的伙计端着冷盘跟进来，在桌上摆放起来。

"周大哥你已经都点好菜啦，可要了'竹笙香鲍'了么？"季菲把护肤霜露收起来以后挨到周云松的另一边坐下。

她看上去是下了班直接过来，穿着黑色的裤装和带褶子边的白色上衫。和谢雪莹一样，出来工作的女孩如今都流行裤装，只不过谢雪莹是在外面跑的人，那条长裤只求宽松舒适，而季菲这条裤子却裁剪得十分贴身，尽显她优美的身材。相比起半年前的娇生惯养，季菲如今微微开始散发出一个独立工作女孩的成熟气质。

"点啦，知道你喜欢吃。"周云松笑着说。

"哎哟，怎么老是吃这个。"章大可做出受不了的表情，"这个又不是此地的招牌菜，等到了八月，这里的'橙香蟹'才好吃哪！"

"这不是还没有到八月嘛。"季菲嘟起了嘴。

"俊峰呢？怎么还没到？"章大可这时询问——毛俊峰是燕子坞暗器系的优等生，安护镖局事件中，他们几个一起在"鬼蒿林"经历了生死与共，今晚他也是说好了要过来的。

"哦，他……工作上有些事情耽搁了。"季菲一边说一边偷偷朝章大可挤挤眼睛摇一摇头。

周云松当然敏锐地看到，心中也猜到了原委，恼怒地说，"他又去参加寒山盟的聚会了！"

张塞知道周云松所说的寒山盟聚会指的是"未央宫禁令"禁止武林调查安护镖局事件后，许多依旧不愿放弃的武校毕业生私底下一起秘密讨论并制定向魔教复仇计划的聚会。其中一些武校生的聚会最初在寒山寺附近举行，他们便索性称自己为寒山盟。张塞估计谢雪莹很可能也是此类聚会上的常客，甚至就是寒山盟的成员。

杨冰川教授去帝京城之前特别叮嘱过这几个学生，叫他们不要轻举妄动。如今朝野两头暗流涌动，武校生任何过激的行为，都可能授人以柄，为人所利用。现在看来，毛俊峰并没有遵从杨教授的告诫。

张塞也注意到剑术系的袁亮没有来，在他印象里袁亮和季菲在学校里时的关系就一直非常亲近。当然张塞没有开口去问，他并不想把娱乐小报采记的职业习惯带到同学聚会上来。

"不等他了。"周云松不悦地拿起筷子，顾自先吃了起来。季菲和章大可见周云松生了气，互相看一眼，也只能默默举起筷子夹菜。

张塞坐在那里，等大家闷头吃了几口冷菜后，打破沉默说道，"你们要的资料我已经都凑齐了。"

他说着把所有收集到的履历信息拿出来递给周云松。

周云松接过这厚厚的纸页翻看了几眼，很快说道，"年份履历都列得真详细啊，学长，这样的东西也只有你们做采记的才搞得到了。"

"不过这材料如此之多，我们该如何梳理呢？"章大可在对面问，"李天道选择记忆种植的对象，可有什么规律么？"

"必然都是日后有可能成为朝廷高官和帮会栋梁的年轻才俊吧。这样一旦记忆被唤醒，魔教就可以轻而易举地大权在握。"周云松回答，"我们需要仔细梳理，找出所有年龄相符的潜在对象。"

"我下午正好有些空闲，就初步研究了一下……"张塞这时说道，他略微迟疑了一下才从口袋里拿出那几张团成了球状的纸头来。

季菲"扑哧"就在旁边笑了，心想这就是搞学术研究的博士生的风格吧。

张塞难为情地把皱巴巴的纸头按平，然后说道，"这里一共有三百二十五个官员和一百八十三个民间帮会、财团、工坊的骨干。其中一百三十几人在二十九年前的时候已经是非常重要的官员，身边有相当严格的保护，所以李天道应该无法轻易接近。另外这七十几人当时官职极低，李天道应该不会注意到他们，剩下的原则上都有可能……"

张塞的话音刚落，就听见外间门开的声音，只隔了一瞬，身后就掀来一股劲风，一个健硕的身影已经晃到桌边。

"俊峰你来了。"章大可和季菲一齐道。

进来的这个年轻人正是毛俊峰。他离开学校以后，进了"海升平"工作。"海升平"从以前的"盐帮"演变而来，是一家低调却实力非凡的大帮会，本来以毛俊峰燕子坞暗器系的优秀背景，稍加努力便可很快获得晋升，前途无量，但是这半年来他对升职加薪却完全没有兴趣，把所有时间都用在和一帮武校朋友私下调查和追杀安护镖局余党上面。

"你没事吧？"季菲注意到毛俊峰左手的袖子被划开，头脸上都是尘土。

"没事，刚才过来的时候碰到几个三山堂的混混，忍不住出手教训了一下他们。"毛俊峰满不在乎地说。

周云松不满地看着毛俊峰。能够把他的衣袖划开的人，绝不是泛泛之辈，刚才一战很可能十分凶险，而不是如他说的那么轻描淡写。不过周云松看他似乎没有受伤，便也没有去追问。毛俊峰早知道周云松的态度，倒也无所谓，拉开章大可旁边的椅子坐下，狼吞虎咽地夹了几口菜，然后高声叫到，"怎么没有酒啊？小香，给我们拿一壶十里香来！"

第一章 观前龙聚

周云松不理睬毛俊峰，继续刚才的话题道，"这样的话，大约还剩下三百多人都有可能成为李天道当年记忆移植的目标……"

季菲和章大可对望一眼，表情都有些愁苦，毕竟三百多人仍是很大的一组数据。

"有一些办法可以再缩小些范围。"张塞又说道，"在武林史学界研究光华教的圈子里一直有一个难解之谜，就是李天道在魔教覆灭前一年里奇怪的行踪。那一年里魔教和朝廷进行了许多次重要的会战，可是李天道却既不到前线督战，也不在青冈梁孤鸿岭上坐镇，反而在一些无关紧要的地方出现，杀了几个莫名其妙的小人物……没有人搞得清他这样做的目的是什么，很多史学家都觉得他这种不当的指挥直接导致了魔教的节节败退和最后的覆灭……"

周云松他们听到这里，已经开始明白张塞的意思。

"因为李天道那时候已经知道魔教会覆灭，他最终也会死，所以已经不关心和朝廷会战的胜负了。"周云松说道，"他只是忙着去各地寻找朝廷和帮派行会里最有潜质的年轻人，作为种植记忆的对象。期待着多年以后这些记忆会被唤醒，魔教就可以卷土重来。"

张塞点点头。

"如果是这样，"章大可说道，"那我们只需找来李天道那一年的行程和这些履历做对比，就可以缩小不少范围了。"

"这个……可需要非常详细的史料呢。"季菲说，"可是现在燕子坞的两个图书馆都已经被毁掉了，我们到哪里去找李天道行踪的资料？"

张塞伸出手指，指了指自己的前额，说，"没关系，都在我的脑袋里。"

他将头两张皱巴巴的纸页翻过来，一张上面写着一连串的日期和地点，那是李天道在魔教覆灭前所有的行踪，另一张上面则罗列着几十个名字，都用炭笔打了圈，应该都是张塞最后筛选出来的和李天道行程相符合的人。

周云松没想到张塞竟然只用了一个下午就解决了这样的大难题，忙欣喜地将纸页移到面前。

"啊……"季菲眼尖，一下子就看到了纸上的第一个名字，惊恐地叫喊起来。

"是谁？"章大可在桌子对面急切地问。

"是侯大人。"周云松回答。他显然也极为震惊。

这侯瑞侯大人正是几个月前刚调来接替卞大人的新任苏浙巡抚，统辖包括金陵、扬州、姑苏、杭州在内的七十二个市县。苏浙省的府衙便在姑苏城中的凤凰街上，虽然姑苏城日常事物仍由叶太守管理，但是巡抚大人以及他直接控制下的苏浙缉尉营对姑苏城的安全无疑也是极为重要。

"按照时间来说，李天道第一个去的古怪地方就是蕃藏。"张塞说道，"这是所有史学家最百思不得其解的地方。蕃藏作为臣属国在剿灭魔教这件事上的立场和朝廷完全一致，根本没有什么空子可钻……可是现在或许有解释了，当时侯大人正好在蕃藏出任督使……"

张塞从材料里抽出侯大人的履历纸，放到桌上。他的意思再明确不过，李天道当年不远万里赶赴蕃藏，很可能就是为了在年轻的侯督使的身上种下某个魔教教徒的记忆。

这时候伙计们端着五个精致的热菜进来，一一摆放到桌上，小香也给毛俊峰拿来了一壶十里香，大家暂时中止了话题，默默地吃起菜来。这些菜每一样都是材质色味俱佳的珍馐，可是周云松他们都已经没有了胃口，只有毛俊峰一脸莫名的兴奋。

等伙计离去后他自己斟了一杯酒一饮而尽后说道，"侯大人在名单的第一个，难道你们很吃惊吗？缉尉营的官兵几个月来不去抓捕三山堂那些流氓败类，反而每天稽查武校聚会，没收我们的兵器，扣留了我们十几个同学，照我说，如果侯大人不是魔教的人，那才奇怪哪！"

他在桌子上擂了一拳又说道，"我们现在就应该昭告所有武林人士，号集各校同学，大家冲进苏浙府，把侯大人抓起来，盘问个清楚！"

"你疯了吗！"周云松怒视着毛俊峰，"苏浙府手握重兵，如果侯大人真的变成了魔教中人，你以为他会那么容易束手就擒？再说，学长的这份名单，只是说有可能被李天道种植了记忆。倘若侯大人并不是魔教徒，我们闯进苏浙府去，袭击朝廷命官，便是叛乱的死罪，即使是《华山备忘录》都保护不了我们！"

"那你说我们该怎么办？"毛俊峰反问，语气里颇有不服。他在燕子坞读书的时候，凡事都还是比较听周云松的，但安护镖局事件以后，出于对魔教的切齿仇恨和强烈的复仇欲望，让他变得越来越冲动，因为多次意见的不同，两人也早已经生出了嫌隙。

"我们把名单交给叶大人，同时驯雁传书给杨教授，这是最稳妥的办法。"周云松说。

"叶大人只是姑苏城的太守，官比侯大人小一级，他又能怎样？"毛俊峰显然对这个办法不满意,"杨教授还在和帝京城的官僚们开朝武联会,那些官员连神迷散的事都死不承认,怎么能够指望他们去相信魔教卷土重来的事实?"

周云松瞪着毛俊峰,却没有再说话,因为在这一点上毛俊峰倒没有说错。

半年前鬼蒿林解除封禁的那一晚,周远将量子内力提升到极致,杀死了苏醒于慕容校长身上的魔教教主李天道。杨冰川教授和王素从试剑台上下来将那晚的真相告诉叶大人以及之后赶到的朝政部和江武府官员,但是除了叶大人之外,没有一个人相信他们所说的话。

毕竟记忆移植和灵魂永生这样的话题远远超出了一般人的想象。如果不是在鬼蒿林里经历了空间的闭环、时间的倒错这样匪夷所思的事,就连周云松他们或许也不会相信。

江武府最后决定对外宣布:慕容校长在试剑台英勇地和魔教新教主周远同归于尽,保卫了燕子坞和整个江湖。

杨教授虽然不赞同,却也没有办法,只能和药理系龚一平教授一起押解杨益樵北上帝京城。

杨益樵在燕子坞岛上被灌下真言露后突然自称是魔教早已死去的玉衡坛教使谭志,算是目前记忆移植最直接的证据。但是杨教授去帝京城已经几个月,目前来看并没有太大的进展。

毛俊峰见周云松不说话,索性把纸页从他面前夺了过去。他只看了一眼,便叫起来,"天啊,朝政部的温侍郎,斜塘的华副都督,还有我们海生平的二掌柜,丐帮的金长老……这名单上的每一人现在都手握重权,只要有一个变成魔教,就能在江湖上造成一场灾难!云松,我们难道真的要在这儿坐等吗?"

"坐等,总比鲁莽行事要更好。"周云松低声说。

毛俊峰涨红了脸正要反驳,章大可在一旁插话道,"云松说得不错,此事事关重大,我们不可莽撞行事,但是我们除了坐等,或许可以想办法去确证名单上的人是否真的被移植了记忆。"

"怎么确证?"季菲马上在旁边问,她显然也并不满足于坐等这个选择。

"龚教授临走前曾跟我说起,"章大可道,"一个人的头脑里如果长期有异体的记忆蛰伏,脑功能必定会发生紊乱。比如慕容校长最近几年一直受脑病的困扰,常常出现奇怪的幻象,所以……"

"太高明啦!"毛俊峰已经听明白了章大可的意思,"我们可以去查名单上的人是否得了奇怪的脑病。如果他们像慕容校长那样经常产生幻象的话,那十有八九就一定被种植记忆了！"

毛俊峰说完看着周云松。周云松想了想，觉得这的确算是件可做之事，便问道，"名单上但凡是住在姑苏城的几位，生了病一般都是到哪家医堂看病，大可你知道吗？"

"不是三元坊的程氏医堂，就是桃花桥的德春堂。"章大可回答，"侯大人、金长老和华都督应该都是在程氏医堂。"

"原来是程太医开的那家。"毛俊峰兴奋地说，"那就简单了，大可你一定很熟吧？"

章大可为难地摇头，"认识是认识，但是程太医和我父亲当年同在朝中时关系其实很不好……程太医虽然医术高明，却是个一心想在政治上有所钻营的人，我父亲有些看不惯他。再说医堂都有一条基本的规定，就是为病人的病情保密，就算程太医当我是他的世侄，也不会随便透露侯大人的病史的。不过……"

章大可说到这里，朝季菲望了一眼。季菲被他目光触到，顿时绯红了脸。

周云松和毛俊峰都看出章大可的目光中有深意，也一齐去看季菲。

季菲一脸的不情愿，但是看到大家的目光都盯着自己，只能说道，"我二年级时叔父重病，找了程氏医堂出诊，碰巧就遇到了一起来的程太医的儿子程少斌，他后来几次三番约我出去……"

大家都听明白了，原来这程氏医堂的少东家程少斌竟是钟情于季菲。

"程太医只有这一个儿子，以后自然是要把医堂传给他。"章大可又说道，"听说现在已经把大部分问诊事务都交给他了……"

章大可还没有来得及把下面的话说出来，季菲就红着脸说道，"你们不要让我去见程少斌……我只和他出去吃过一次饭，一点都不喜欢他，我最讨厌自我感觉良好的官宦子弟了！"

周云松和章大可互望一眼，都没再说话。

"就算我去……确认侯大人真的患有脑病，真的变成了魔教徒，我们应该怎么办呢？"季菲看看两人为难的样子，又小声说道，"我们可以把记忆消除吗？还是说，我们只能连侯大人也一起消灭？"

章大可显然被问住了，他叹了口气，"我也不知道，对于记忆移植的原理，我们基本一无所知。"

季菲从章大可那里得不到答案，却并不显得失望，好像早就预料到一样。她微微犹豫了片刻，然后像是突然下定决心似的转头望向张塞，"学长，你说……

周远对记忆种植的原理是不是会有更清楚一点的认识呢？"

众人没有想到季菲会突然提到周远，全都大吃了一惊。在过去的很长一段时间里，他们之间的谈话都没有再涉及这个名字。

张塞刚才面对两个学弟的争执，一直置身事外，揉捏着手中的纸团，此刻听到季菲提及周远，表情马上变得僵硬，"是又如何，不是又如何？"

"也许，他可以帮我们的忙……"季菲说。

"周远现在的情况你们不是不知道，"张塞打断她，"孟婆苓让他失去了所有的记忆。"

"从我上次诊断的情况来看，周远的经历记忆肯定都已经丧失了。"章大可这时说道，"不过他似乎仍保留着一些人格记忆和知识记忆，我最近一直在研究《青牛药经》，或许可以想出一些办法来逆反孟婆苓的药性……"

"绝对不行！"张塞断然地说，"周远是预言里魔教的转生教主，你们难道忘了吗？"

"没有忘，可是……他在试剑台上亲手消灭了李天道，难道学长忘了吗？"季菲有些不满地反驳，"鬼蒿林里如果不是他相救，我们都未必能活着出来。解救三合堂的同学和老师，也全靠是他领会了杨教授的意图，后来更是多亏他把我们大家引到巨阙阁上，才没有被鬼蒿林解除封禁时放出来的洪水冲走……"

"周远成功地唤醒了李天道的记忆，这就足以说明他和李天道之间确实存在着某种神秘的联系。"张塞冷冷地说，"这难道还不够让你们害怕吗？如果魔教有一天真的卷土重来，你们谁能肯定他会站在哪一边？"

季菲和章大可对望了一眼，都不知道该如何回答这个问题。那个叫骆一川的魔教长老在三合堂里救走周远，目的便是把他带到慕容校长面前，而周远的确按照李天道二十九年前计划的那样，将这个魔头的记忆唤醒了。

"就让周远保持现在的状态吧，这样对他，对我们，对整个武林，都是最好的选择。"

张塞说到这里站了起来，"我帮你们整理出这份名单，是我唯一帮得到你们的地方了。其余的事情，我都无能为力。我晚上还要写稿，就先告辞了，云松，谢谢你请的晚饭。"

他对四人深深行了一礼，又说道，"抱歉了……"

周云松他们也立刻都站了起来。季菲还想要说些什么，但是周云松用眼神制止了她。

"哪里的话，学长，这份名单除了你之外只怕没有第二个人能够整理得出来，这已经帮了我们的大忙。"周云松说，"学长，我到下面帮你叫辆马车。"

"不用不用。"张塞连连摆手，"你们……万事小心，多保重！"

周云松、章大可和季菲还是坚持将张塞送到楼下大门口，帮他叫了一辆马车，并抢着预付了资费。

张塞坐上马车，看着站在路边的这三个学弟学妹，既觉得感慨，又有些感动。他们三人全都出身名门富贵之家，都有一份体面的工作，衣食富足，前程无忧，却仍坚持不懈地去追查那些必定会将他们置于风险之中的事情。这便是他们从千年武校的教育里继承下来的侠义精神吧。只是，在整个武林即将发生巨变的当下，这种侠义精神不知还能存在多久。

周云松三人送走张塞，转回餐馆时，却发现毛俊峰已经穿上外衣走了出来。

"我还有一个聚会要去。"他平淡地说，语气里带着明显的疏远。

毛俊峰这种疏远的口吻，比冲动或者争辩的样子更让周云松担心，他伸手拦住他，"俊峰，千万不要做任何冲动的事情。"

"一件事算不算冲动，取决于形势的急迫性。"

"形势越是急迫，才越需要冷静！"

"是吗？像你们这样冷静？"毛俊峰嘴角露出讥讽的笑容，"药理系的高才生，却每天研究给贵妇们做高级霜露？刀法系的优等生，每天在钱庄里给富人们理财？燕子坞最大的天才，继承家业，生意做得红红火火？对不起，我做不到你们这么冷静。"

他说完推开周云松，头也不回地走向了灯火闪烁的街道。

周云松气得满脸通红，却没有再说话，只是目送着毛俊峰的背影消失在太监弄口，心中的气恼转为一阵难过。

燕子坞事件已经过去了半年，七位同学历经劫难虽然坚强地从鬼蒿林里走了出来，但如今周远失去了记忆，王素返回蜀中后就杳无音信，张塞凡事总想置身事外，毛俊峰复仇心切、行事鲁莽，在周远的问题上，季菲、章大可和周云松的意见又颇不相同……每个人都已不再是从前的那个未经世事、单纯天真的校园学子，都已经一去不回地改变了。

周云松沉浸在难过中，突然感到有人拉了拉他的袖子。他转头看到季菲。

"我们去找程少斌吧。"她说。

（四）

张塞坐着马车驶离姑苏城的闹市，一路向东而去。

姑苏城东边的城门之外，有一片叫"官郎浦"的住宅地，那里有近百幢毗连的屋舍，许多来姑苏城打工寻梦的外乡人都居住在那里，不少各地的会馆也在那里选址，张塞租的房屋就在齐鲁会馆的后面。

张塞进了院子，打开东首的房门，屋子里漆黑一片。

他擦火点亮了门口的油灯，屋里简单的摆设从黑暗中隐现出来。那是一个大通间，左右两角各摆着一张窄小的单人床，中间靠窗的地方是一张书桌，另外还有几个零散的橱柜。

左边的那张床上折射出一个年轻男生的剪影，随着油灯渐渐变亮，他清秀苍白的面容也变得明晰起来。

周远蜷缩着，看上去睡得并不安稳，他的眉头紧锁，额头上渗出微小的汗珠。在他身下，压着一张皱巴巴的报纸，上面是两幅很大的画像。

那是一张一个多月前的《武林传奇》，画像中一位是柔逸飘渺的绝美少女，另一位是气宇轩昂的英武青年，下面的大标题写着"六皇子七夕成婚，缘定江湖第一美少女"。

张塞吃了一惊，飞快地走过去将报纸从周远身下抽了出来。

潘曼丽允许员工每天免费拿一张当天的报纸回家，张塞也会买一些其他报刊回来给周远看，权当给他解闷，不过他每天都会对报纸的内容做仔细的检查，但凡有报道量子武学，或者六皇子与王素婚事的那几期，他都会仔细地甄选出来，谨慎地过滤掉。

周远的身体抽动了一下，睁开了眼睛。他的神情疲惫中带着焦灼，仿佛一直浸没在某种深沉的臆境中。他的目光聚了一会儿焦才看清张塞站在床前，直直地望着他。

"你又做梦了？"

周远点点头。从几个月前开始，他就一直反复做着一连串相似、模糊而跳跃的梦。梦境总是从延绵的城墙和一座宏大的城门开始，然后是波光闪耀的水面，缓缓倒退的垂杨，伴随着若隐若现的灯火，低低的丝竹管乐……然后是一片城市的灯红酒绿、熙攘喧嚣和穷奢极欲……紧接着则是一片破败的屋舍，几个衣衫褴褛面目模糊的乞丐，一片悲苦压抑的气息。这种奢靡与悲苦交替闪现，充满了焦躁与不安，直到出现一个高高耸立的挑檐亭阁、一畦种满鲜花的园圃、一个蝴蝶形状的池塘，最后，是一张隐隐约约的女孩子的面容……

"我问你，你怎么会拿到这报纸的？"张塞的声音里有明显的不安。

周远坐起来，揉着他的眼睛，"在院子里捡的，是柴大娘包完东西扔在那里的吧，不记得以前看过这一期。"

"那……这上面的文章……你都看了？"张塞试探着问。

"是啊。"周远回答，"六皇子和王仙子，金童玉女，真是令人羡慕！报上说，他们谷雨节会来寒山寺还愿，这是真的吗？"

"也许吧，据说六皇子去年在寒山寺求了姻缘签，然后果然很快就订婚了，按道理，是要来还愿的吧。"张塞小心翼翼地观察着周远的表情，确定没有特别的异常后，才稍稍舒出一口气，然后将报纸折起来。

"有什么问题吗？"周远盯着他手中的报纸，眼睛里闪出一丝疑惑。

"没有啊。"张塞背过身去，走到书桌前面，把报纸塞进了一个抽屉里。

"那你为什么紧张？"

"我哪里紧张了？你晚饭吃的什么？"

"没吃。"

"没吃？你是不是又睡了一个下午？睡太多不好的。"张塞转身准备到厨房去帮周远热晚饭。

"睡太多不好？那我还能做什么？"周远话语里带着点怨气，但更多的是沮丧，"你不让我到外面去，我就只能待在屋里看报纸，现在你连《武林传奇》也不给我读，我就更只有睡觉了。"

"我没有不让你读《武林传奇》。"张塞摊开两手做出冤枉的表情。

"那就是你故意没有让我读那一期。"周远说，"六皇子和王仙子的报道占了整个头版，一定是很重大的新闻吧，之后肯定有许多后续报道，可是我却一篇相关的文章都没有看到过。"

周远的语调很缓慢，逻辑却很分明，让张塞感到一股寒意。他后悔不该在看到报纸以后那么紧张地去追问，如果他刚才表现得更若无其事一些就好了。他原来以为一个失去记忆的人反应会变得比较迟钝，但是最近一个多月来周远的思维已经恢复到差不多和从前一样敏锐。这大概就是因为章大可所说的他仍保留着一些人格和知识记忆的缘故吧。

张塞走回到桌边，哗地拉开抽屉，把报纸拿出来，然后几个快步走到周远面前。

"你要看就看。"他把报纸扔到床上,"皇上的儿子要结婚,新娘是武林第一美少女,难道还能和你有关系?"

周远微微低下了头,没有说话。

"你呀,的确是在家里闷太久了,什么事情都疑神疑鬼。"张塞说道,"我去灶房给你热两个馒头吧。"

"不用了,我不饿。"周远摇摇头,他将床上的报纸拿起,若有所思地凝视着那幅巨大的图画。

张塞心里自然又是一阵紧张,生怕王素的画像会勾起周远对过去的记忆,忙引开话题说道:"六皇子七夕成婚以后,他就正式有资格备选皇太子啦。"

周远的视线果然从王素转到了六皇子的画像上,问道,"那六皇子会被立为太子吗?"

"九位皇子里面,大皇子和六皇子应该是最热门的人选,大多数朝代选太子都以立长立嫡为原则,轩辕朝虽然并未强制规定,但最近的四任皇帝都是非长即嫡。"

张塞精研历史,对历朝历代的续统问题都如数家珍。

"可是这长和嫡之间又如何选择呢?"

"这个就很难讲了。"张塞说,"决定权当然在当今圣上手中,但是根据本朝惯例,他定夺之前都会广泛地征求王爷、大臣还有军队、武林等各方面的意见。六皇子驻守边关,屡立战功,在军队中威信极高。大皇子这几年在各地做钦差,把长安、洛阳等几座城市治理得井井有条,深得大臣们的赞赏……因此从文治武功的角度来说,两人可以说是各有所长、不相上下。"

"这文治和武功,哪个又更重要呢?"周远又问。

"本朝边关,虽偶有敌患,但相比汉唐,却微不足道。轩辕朝自立国以来,一直重视吏治的革新与民生的经营,因此一个懂得治国安民的太子,或许更容易胜出吧。"张塞回答,"坊间一直有传闻,说大皇子已经在圣上面前立下军令状,长安洛阳之后,就要来监理姑苏城。圣上也已经答应,倘若大皇子能将姑苏城治理得井井有条,便会立他为太子。"

"如此说来,六皇子岂不是机会不大了?"

"也不一定。"张塞说,"姑苏城的人口规模比长安洛阳加起来还要大一倍,居民结构、帮派关系也要复杂数倍,就算那传言是真,监理姑苏城既可以是胜机，也可能是败因呢。"

"那六皇子和王仙子成婚，必是会赢得武林的支持吧？"周远又问。

"这个……或许有一些关系。"张塞仍是尽量避免提到王素，"六皇子曾在少林学习过两年，也算是半个武林中人，而大皇子对武林的态度……则比较负面。所以武林无论如何都会支持六皇子的。"

"比较负面？"

"嗯……朝廷里一直有一股势力认为对江湖的管制太松，千方百计地想要限制武林的影响力，大皇子比较认同这样的观念。"张塞解释道。

其实他这话已经说得比较委婉了，大皇子轩辕昊在安护镖局事件之后马上就在洛阳发表了一番非常强硬的讲话，认为安护镖局之所以可以避开官府的监督，在短时间内发展壮大，并谋划如此大的阴谋，就是因为《华山备忘录》对武林的不当庇护。

这样的表态自然在朝廷和武林两边都引起了巨大的反响。大皇子后来又联合几十位朝臣，敦促当今圣上在未央宫颁布了《未央宫禁令》。虽然《未央宫禁令》只是针对安护镖局事件，但却是自太祖轩辕在华山之巅面对天下武林发表历史性讲话之后第一次有条律对《华山备忘录》进行了制约。

"这种事自有朝廷和武林的头头脑脑们去关心。"张塞见周远似乎在认真思索这事，便做出无所谓的表情，"对你我这样的小老百姓来说，无论是大皇子当皇上，还是六皇子登基，都没有什么大区别的，是不是？"

张塞这话显然是违心的，他其实极为关心这次立皇储的事情。和许多武林人士以及朝政分析家一样，张塞感到这次的立储可能是轩辕朝一百七十多年历史里最能决定政治走向的一个事件。一些悲观的人甚至认为，六皇子战胜大皇子成为皇储，是武林和朝廷扭转近来紧张局势的唯一希望。

周远并不知道张塞的这些担忧，他勉强地点点头，放下手中的报纸，呆呆地望向屋角。

张塞见他不再追究报纸的事，总算放下心来。他走到书桌边坐下，想起潘曼丽的最后通牒，心情又变得烦乱起来。

章大可帮忙把周远的身体状况稳定下来以后，张塞就一直在计划带着周远离开姑苏城，去一个彻彻底底远离是非的地方，这一次，连章大可季菲他们都不告诉。

可是一来，张塞一直没能攒到足够的钱——托谢雪莹的福，他昨天刚刚又损失了十两银子；托潘曼丽的福，他马上可能还将面临失业的危险。

二来，不管他在周云松他们面前表现得多想置身事外，却还不想离开姑苏城。至少，在他做完最后的一些研究之前，还不能离开。

他从怀中取出一个厚厚的黑色本子，摊开到桌上。

本子上的字迹有些潦草，但每一笔的收束却仍然雄浑刚劲，显然是一位内力深厚之人所书——这个本子，是半年前张塞从鬼蒿林逃出来后，去曼陀山庄武学历史研究所拿出来的资料的一部分。

黄毓教授临终前将办公室书橱钥匙交给张塞，托付他整理并续写自己花费大半生心血的巨著《武林史》。张塞从办公室不仅搬走了《武林史》手稿，也拿了这个黑色的笔记本。

张塞早先曾经因为好奇偷看过这本笔记，从里面第一次知道了"琴韵小筑"、"听香水榭"、"慕容家书"这些名词。当时他以为那些只是道听途说的野史，后来他才意识到，这个笔记本里记载的，竟都是黄毓教授生前关于《慕容家书》的研究。

张塞来到姑苏城后开始仔细研读，笔记里的内容主要分两部分，一部分是黄毓教授通过各方考证得到的关于慕容复的生平，从他的身世一直到外出云游的经历。还有一部分是对通过多种渠道收集到的关于《慕容家书》的各种说法和猜测。

张塞翻看的过程中，发现本子里面还夹着一张姑苏城的地图。从标注地名的字迹看，似乎并不是黄毓教授绘制的。地图画得很详细，却不知是哪朝哪代，张塞和现今官版的地图做了对比，发现有很多地方画的并不一样。比如黄毓教授地图里的沧浪亭就比官版的要大将近一半，里面的许多屋舍小径在如今的沧浪亭里都是不存在的。

张塞每天都会花半个时辰研究笔记和那张古怪的地图，虽然进展并不顺利，但有一个结论是肯定的——姑苏城对于理解《慕容家书》来说是一个至关重要的地点。

根据黄毓教授的研究，慕容复在人生最失意的时候，隐姓埋名在姑苏城生活了很长一段时间。在这段时间里，慕容公子几乎只做三件事情——在酒馆里买醉、在妓院里纵情恣意、在赌场里散尽家财。

就在慕容公子即将和大多数人生失意的没落贵族一样，如流星般朝着悲剧命运坠落之时，他却突然在一个雨意空濛的清晨悄悄离开了姑苏城，踏上了一条长达十年的云游之路，并写下了最终被编纂成《慕容家书》的一系列有划时代意义的书信。

《慕容家书》是一部武学瑰宝，也是一部哲学奇书，但令人害怕的是，这部书却偏偏又和魔教以及魔教教主传延的预言纠缠在一起。慕容公子和魔教究竟有什么关系？他是以一个旁观者的身份预言了魔教的更迭，还是他自己就是魔教的创始人？听香水榭的玄机谷成为魔教圣地究竟是巧合还是必然？黄毓教授的笔记里并没有足够的史料来系统地回答这些问题。即使把所有未经考证的传闻和道听途说的轶事都拼接起来，慕容公子的面目仍模糊地隐藏在重重的历史迷雾之中。

张塞抬起头望向窗外，官郎浦成片的屋舍阻挡住了来自远方城市的灯火，但他透过沉沉的夜幕似乎更想穿越时间，回到一千年前的姑苏城，回到慕容公子的时代。那时的姑苏城，在地域人口、贸易商业方面，或许及不上现在的规模，但是那种锦衣华服、极尽繁荣、穷奢极欲、纸醉金迷的城市风景，却颇为相似。

究竟是什么原因让慕容公子离开了姑苏城？抑或，他从未曾真正地离开，他的书信，他的预言，在一千年后再次把未解的谜团引回了这座城市，这究竟是姑苏城的福祉还是劫数？

黄毓教授给出了悲观的答案。直到临终之时，黄毓教授仍然坚信，末代教主的转生，会让武林进入一个前所未有的黑暗时代，而这一切，将会从姑苏城开始。

以现在姑苏城混乱的情形来看，黄毓教授的担忧正在变成事实。

张塞忍不住转头去看周远，他已经躺回床上朝着里侧睡去了。昏黄的灯火将他孤独的背影投射到墙上，微微地晃动着。

就是这个人即将把姑苏城、把整个武林带入黑暗时代吗？

张塞想起黄毓教授临终时最后一个嘱托。周远瘦弱的身躯在烛光投影下显得那样脆弱和毫无防备，只要张塞下了决心，他可以有好多种方法立即结束周远的生命，完成教授的遗命。如果是在睡梦中动手，周远或许也不会感到痛苦。就这样，用一个人的牺牲，一个生命的消逝，或许可以让武林免于进入黑暗时代的命运，拯救成千上万的人……

但是张塞早就知道自己是下不了决心的。既然在鬼蒿林里下不了手，既然他已经将周远从太湖上救起，现在就更不可能做这样的决定。

无论已经有多少印证和预兆，张塞无法就这样去相信一个预言，一个宿命。他无法接受，四大道德楷模的被掳，以及姑苏城必定还将继续发生的罪案甚至浩劫，都要怪罪到这个失去记忆、一天里大多数时间都在昏睡的人身上。

一定会有一种解释，也一定会有一个解决的方法。只是张塞还没有找到。有时候张塞觉得自己已经看到了长长隧道那一头的微光，但向它走了很久，却仍然闪烁不定、遥不可及。

周远微微翻动了一下身体，发出轻轻的略带痛苦的声音。张塞心里涌起一股悲伤。周远是他见过的最聪慧的人，可是半年来他却刻意限制他，禁锢他，将他困在这一间小屋里，在昏睡中耗费着年轻的生命。他不知道自己是否真的在做一件正确的事。

他愣了好一会儿，终于站起来走到床前拍一拍周远，轻轻地问，"你睡着了吗？"

周远翻过身来。

"我答应过你要带你去看戏的。"

"是啊。"周远点点头，迷蒙的表情里露出一丝欣喜。

"你现在想去吗？"

第二章　微澜蝶舞

（五）

　　"竟陵子台"位于姑苏城最古老的园林"沧浪亭"的东北面，紧邻着安护镖局的旧址。

　　半年前，听琴双岛解除了封禁，大雾弥漫了整个姑苏城，奔涌的水流也淹没了城西好多条街道，沧浪亭虽然没受什么影响，但是东北边的一幢屋舍突然倒塌，附近地面陡然爆裂，喷出一股七八丈高的污浊之水。

　　这污水喷涌了足足十二个时辰，然后水流陡然转清，附近有大胆的老百姓试着饮用，竟是清洌甘甜，用来泡茶，更是香郁无比。帝京城一个叫"新天地会"的地产商会于是将此处买下，建起了一座奢华无比的茶楼，取名为"竟陵子台"。

　　周云松、章大可和季菲虽然都听说过这个地方，但从没有来过——有武林传统的良正世家一般都去"林记"喝酒吃饭，只有官宦子弟和商人，以及背景复杂的帮派人物才会来这里玩乐。

　　三人坐马车从沧浪亭东面一个僻静的小门进入，拐过一扇巨大的照壁之后就看到了这座映出各色灯火的气派高楼。

　　"你确定程少斌在这里？"周云松问。

　　章大可点了点头。

　　三人在门厅存了佩剑，柜台后面几个伙计朝他们的脸和兵刃反复看了好几眼。周云松注意到他们衣服的袖口都绣着一高两低三个朝上的尖形图案，他朝章大可使了个眼色，章大可微微点头，表示自己也注意到了。那图案正是三山堂成员的标志——幸好毛俊峰没有一起来，否则可能立刻就要大打出手了。

　　三山堂十几年前曾是苏浙最大的帮会，规模甚至超过丐帮，他们在姑苏城欺行霸市，钻朝廷律例的漏洞做了不少坏事。太守叶大人碍于《华山备忘录》

的约束，只能对他们进行一些无关痛痒的惩治，最后不得不请燕子坞出面。

慕容校长于是出来公开批评三山堂违背江湖道义的所作所为，要求他们限期改正，否则就离开姑苏城。三山堂当然不服，并倨傲地对燕子坞下了战书，要按照江湖规矩进行五台三胜的比武。这就是著名的"虎丘之擂"，是除灭魔教之后江南武林最轰动的大事件。

当时除了黄毓教授正好在外远游以外，燕子坞可谓是尽遣精英应战。结果慕容校长、剑术系陶昂教授和刀法系童京南教授干净利落地三战全胜，打败了包括三山堂堂主在内的三大高手，赢得了绝对的胜利。

"虎丘之擂"的过程其实颇让许多人感到意犹未尽，因为大家都盼着想看坐镇第五台的杨冰川教授出场，而未能如愿。当然燕子坞狠狠地灭了三山堂的威风还是让姑苏百姓拍手称快，三山堂依约十年内绝不踏入姑苏城一步。

十年之期其实早过，但因燕子坞的威慑，三山堂竟一直不敢再回来经营地盘。半年前燕子坞出事以后，三山堂的势力才趁机重回姑苏城。

三人转过门厅，走入一座圆形的大拱门，一进去就听到一阵震耳欲聋的快节奏的鼓乐，在一个被各色灯火照得绚丽缤纷的圆形舞台上，八个身姿苗条的少女正在表演带点西域风情的舞蹈。一道弯曲的沟渠从中间穿过，让圆形的舞台状如八卦，清澈的水流从沟渠中流过，想来就是那半年前突然冒出来的甘泉水了。

跳舞少女都穿得极其暴露，舞蹈的编排也都极尽挑逗之能事。这个中央舞台的上方一直挑空至第四层，每层的雕栏旁都倚着许多人拿着茶杯边喝边居高临下地欣赏表演。

不要说是季菲，就连两个男生对这样的场合也颇不习惯，但为了找到程氏医堂的少东家程少斌，他们只能硬着头皮朝里走。

舞台周围的客人大都是年纪在四五十岁上下的男人，几乎清一色穿着在"乔家宅"定做的传统而精致的对襟绸褂，他们都是整个中原有财富有地位的官吏和富商。这些人三五成群地围坐在几张桌子旁边，一边喝茶看表演一边低声交谈着。许多漂亮高挑的年轻女孩子在旁边替他们斟茶，或为他们按肩捶腿。

许多上百万两银子的大生意、大买卖就是在这里谈成的。

"程少斌应该是在五楼。"章大可向上指一指说。

三人沿着墙边的楼梯兜着圈子往上走去，每一层的四周都是许多豪华的包间，里面传出各种嬉笑和行令的声音。走到五楼时，正好围着底下的舞台绕了一圈。

"竟陵子台"这最高一层是一个长宽各有数十丈的大平台，四面都是巨大的落地琉璃窗，可以眺望沧浪亭和姑苏东城的景致。头顶是一个圆形的拱顶，上面点缀着许多盏鲸脂灯，罩着各色的灯罩，曲面周围的一圈彩绘着各种形状的茶树叶，而正中间则是一个白袍飘然的老者的画像，乃是有"茶圣"之称的陆羽。他别号竟陵子，这个高台正是因此得名。这里原是供客人用完餐后喝茶聊天的地方，如今却已是姑苏城里最新潮的"斗茗"场所。

台上已经聚了约有一百来人，他们都围坐在一条镶着透亮云石的弧形柜台前，柜台后面的红木橱里琳琅满目地摆放着几百个瓶罐，里面都是各种茶叶、香料和佐茗。

从唐代开始全国许多地方就有各式各样的斗茶风俗，这种几年前开始在姑苏城兴起并流行到全国的"斗茗"在样式上倒并没有什么特别之处。具体而言就是一方调配一杯由一种茶叶外加若干种香料或佐茗搭配而成的茶，另一方通过品尝如果能将茶叶配料全部猜出来的话，就算胜。双方可以赌钱，也可以事先抽签决定惩罚的方式。

"程少斌在那边。"章大可眼尖，伸手一指云石柜台左侧坐着的一个年轻男子。

程少斌看上去和周云松身高相当，也算长得十分风流倜傥，但是相比习练武功的周云松，他的肤色里有一种过分阴柔的白皙。最近一段时间，程少斌迷恋上了"斗茗"这种游戏，几乎夜夜在竟陵子台厮混。

"那两个应该是他的保镖，看上去武功不弱。"周云松低声说。章大可微微点头，他也已经看见了程少斌身后远远站着两个穿深棕色布衫的男人，从他们沉稳的站姿上就可以看出来都身怀武功，两人一个目不转睛地看着程少斌，另一个则警觉地关注着周围的情况。

这时斗茗台上，一个粉色裙袍的少女走到中间，用清脆的声音宣布道，"确实是高桥银针配乳桂、清荷、山艾和紫琼蓉。东首边的姑娘获胜。抽到的惩罚是……青梅骑竹马！"

底下顿时爆发出一阵叫好声。

斗茗台左面的一个少女立刻款款地走到中间，她的年纪比季菲略小些，眼眶深邃，从眉间处就挺直起鼻梁，看着不似是中原人士，倒像有蕃藏国那边的血统。她穿着一条相当雍容华贵却又颇为新潮的错边及膝裙装，胸口绣着一朵淡红色的小花。

这个红花标识"竟陵子台"上的人恐怕都认得，是如今最高档的成衣品牌之一。

姑苏城历史最悠久的服装字号当然是宋代大布商乔智创立的"乔家宅"，但大约二十年前，一位在乔家宅工作的藏族女设计师阿玛妮却在观前街上自立门户，用自己的名字创立了一个新的品牌，并用藏红花作为标志。阿玛妮走的是年轻新潮的时尚路线，一推出便受到大量富家子弟的青睐，如今更是成为了时尚的引领者。

对面输了的那个男生几乎是迫不及待地奔到少女的面前，恭恭敬敬地递上一杯香茶，说道，"桑央小姐，请喝茶，我输得心服口服！"

季菲听到"桑央"二字，忍不住轻轻叫了一声，"原来她是阿玛妮桑央！"

其余三人也都很讶异，都说"竟陵子台"上富家子弟云集，这一进来就看到了服装业巨擘的千金。

"怪不得我觉得她身上这条裙子与众不同，肯定是只此一件的特别款呢。"季菲有些羡慕地说。

桑央饮了一口茶后，男生就立刻趴到地上，桑央一提裙子跨坐了上去。台下立刻发出嘻笑喝彩之声。那男生等桑央坐稳就开始绕着台子爬了起来，桑央顽皮地伸手到他的屁股上"啪啪"打了两下，下面顿时一起"驾"、"驾"叫着起哄。

原来"青梅骑竹马"竟是这样的一种惩罚，如果惩罚方式都是这样带点暧昧的话，就难怪姑苏城的纨绔子弟们对"斗茗"乐此不疲了。

"菲菲，怎么会在这里碰到你！"程少斌这时候突然瞥见了人群中的季菲，立即一脸兴奋地分开人群朝她走来。

季菲没想到这么快被程少斌认了出来，看到头发梳得油光锃亮的程少斌逼过来，她只能硬着头皮上前对他施了一个礼说，"程公子，好久不见。我一直听说这里好玩，就过来看看。"

"我半年多来一直担心你呢，安护事件你可中毒了？"

"没有……多谢你的关心。"季菲勉强地道谢。

程少斌不加掩饰地上下打量着季菲，"你这身可是如今标准的职业女子的打扮，比学生的时候成熟妩媚多啦……"

"这两位是我的朋友……大可你应该认识吧。"季菲打断他。

程少斌这才把目光从季菲身上移开，有些不情愿地跟章大可打了个招呼。章大可介绍了身边的周云松。

"原来是周公子，幸会幸会！"程少斌的表情立刻有了变化，他显然听到过周云松的名字。

"兄弟们，今天真是难得啊，竟陵子台有燕子坞的高材生赏光！"他又朝周围高声说道。程少斌的话带了一个做作的尾音，听不出来是真心嘉许还是暗含着讥讽。

旁边的许多公子哥立即回过头来，好奇地打量起周云松等人，他们平时都很少跟武校的毕业生打交道。远处程少斌两个保镖的锐利眼光也立刻朝这边扫过来。周云松心里暗暗叫苦，他绝不想引起这么大的关注。他一边向程少斌回礼，一边再次打量周围的情势，人群里大部分是姑苏城的富家子，有许多因为父亲的人缘关系他还都认识，但还有不少一看就是帮派人物，好几个袖口绣着三山堂标识的人一听到"燕子坞"三个字，马上就朝这边围拢过来。

"打架我们一定不是你们的对手，不过这'斗茗'倒可以好好比试一下呢！"程少斌兴高采烈地说，"怎么样菲菲，敢不敢和我比一场？"

"我不行的。"季菲连忙摆手。

"你都来了这里，哪有不斗茗的道理。"程少斌不满地说道。

"对呀，都说武校生矜持，估计是怕输了丢丑吧。"周围的人也开始起哄。

"我尝味道的本事最差了，让大可去吧。我们……我们正好可以在这里聊一会儿。"季菲说。

她之前对程少斌一直非常冷淡，此刻居然主动提出要和他聊天，程少斌顿时欣喜不已，马上说道，"行行，大可你去挑战吧。那一位可是阿玛妮家的千金，不管输赢都是美事一桩呢。"

章大可回头朝周云松望了一眼。周云松朝他点点头，事已至此，他和章大可的任务就是尽量把众人的关注从季菲身上引开，好让她见机行事。

章大可只能带着一脸不情愿磨磨蹭蹭走上斗茗台的西首，对刚刚胜了一局后洋洋得意的阿玛妮桑央行了一礼，说："在下章大可，不自量力，斗胆向桑央小姐挑战。"

阿玛妮桑央刚才也听到"燕子坞"的名号，看到章大可走上来攻擂，一双大眼睛毫不遮掩地朝他上下打量起来。章大可很少被一个少女这样大胆地直视，脸顿时就红了。

粉色裙袍的仲裁少女从柜台上端出了一个锦盒，里面装着的都是惩罚的选签。

章大可正想提议是不是可以赌钱，桑央却已经婷婷走过去从锦盒里抽出一个签。

"如果东首胜，男生的惩罚是'金风玉露'。"仲裁少女看着签宣布。

台下立即爆发出哄笑。章大可当然不知道这惩罚具体是什么意思，但是他也没有出口询问，因为他并不怎么担心自己会输。

粉裙少女朝章大可示意，章大可没有办法，一脸尴尬地走过去，也从锦盒里抽了一个签。

"如果西首胜，女生的惩罚是'如坐春风'！"

台下的动静更大了，但这一回与其说是哄笑，不如说是惊呼，许多男生眼里甚至露出嫉妒的神情。章大可低头去向粉袍少女询问。少女捂嘴笑着解释道，"如坐春风就是女生坐在男生腿上给他喂茶呢。"

这个签显然属于极其暧昧的惩罚，来这里玩"斗茗"的男生一般都盼着可以抽到这样的签，可是章大可却顿时面红耳赤。

另一边，程少斌正灼灼地望着季菲，和她交谈着。

"……宝生钱庄很不错啊，你现在应该在不同的职位上轮值吧，我和你们黄老板很熟的，到时候去跟他打个招呼，必可让你快些晋升……"

"令尊身体都好吧？"季菲问道。

"嘿，老头子身体可硬实啦。"程少斌说，他语气里颇不恭敬，倒像是不喜欢自己父亲身体健康似的。

"他现在还忙着行医吗？"

"诊所的大部分事现在都是我来做了。"程少斌说，"那些老主顾们都想我早点接手，毕竟青出于蓝么，不过一些最重要的客人老头子还在亲自出诊，比如像侯大人还有你们钱庄的黄老板他们几个……"

这时候人群中发出一阵嘈杂，原来桑央已经到屏风后面完成了调配，端出来一杯带着奇异的碧绿色泽的香茗来。

章大可接过茶，端到差不多胸口的高度，右手轻轻挥动，然后闭上眼睛浅浅一吸。桑央站在对面，满脸的自信。

台下的人虽然嫉妒章大可抽到"如坐春风"这样的好签，但他们都是竟陵子台的常客，知道阿玛妮桑央调茶辨茶的技术俱是一流，从来没有输过，因此都只等着看这个燕子坞毕业生丢丑。只有周云松心里知道这场比试根本没有悬念。

所谓"斗茗"其实无非比两点，一是对香料佐茗成分的熟悉程度，再就是辨味的能力。章大可出身医药世家，又是药理系高才生，不光是香草蔬果，对中原异域的各种植物花卉的涉猎都极其丰富。至于辨味，章大可完全就是一个天才。在他只有两三岁的时候，他就喜欢跑到父亲工作的宫廷药房里，在高高的墙梯上爬上爬下，拉开一个个小抽屉去闻里面的药。到了七八岁，父亲把任何一碗药端到他面前，章大可只闻一下就立即可以随口把每一味成分都讲出来。

果然，章大可甚至都不品尝，只闻了短短几秒钟就说道，"是东竹绿牡丹茶，配上姜桂汁、兰芷、卷溪梨、苏蜜、蕙柑……还有曼丹宁。这最后一味是本朝初年从波斯传到蕃藏的香料，中原很少可以见到，没想到竟陵子台也有进货。"

章大可行云流水般地回答完，却没有高兴之色，反而是一脸的不自在。

桑央听完章大可的答案，顿时呆立在那里。她之前的自信，全都是因为这一味曼丹宁，如章大可所说，其实只在蕃藏国才有，她是特意为了斗茗托人从家乡带来，以为无人能识，却没想到章大可只闻了一闻就知道了。

粉袍少女看了一眼事先递交的配方单，宣布道，"回答无误，西首的公子获胜！"

此言一出，整个斗茗台四周顿时一阵哄然。章大可脸已通红，忙朝桑央抱拳，结结巴巴地说道，"这个……桑央小姐，斗茗只是为一个情趣，又何必拘泥输赢。惩罚不提也罢。"

可是桑央虽然心中懊恼，却仍大大方方地说道，"竟陵子台上从来愿赌服输，章公子又何必说这样的话。"

她说着便端茶走到章大可的面前。仲裁少女已经拿来一张椅子给章大可坐下，桑央盈盈一倚，便似沾未沾地坐到章大可腿上，把茶递到他的口边。

人群里山呼海啸地狂嚎起来，就连周云松都忍不住笑了，心中都叹这藏地来的少女不似多数汉族姑娘那般腼腆，倒也显得可爱。

季菲顾不得看这有趣的画面，仍抓紧这机会向程少斌问道："那令尊迟早也会把侯大人那样的重要主顾交给你接管的吧。"

"早就该交了。"程少斌语气里颇不耐烦，"不过老头子非说要等我娶亲成家以后，才把医堂整个传给我。"

程少斌说到"娶亲"时，眼光热烈地看着季菲。

第二章　微澜蝶舞

"那……应该会有不少压力吧？"季菲躲开他的目光，"侯大人那样重要的人物，诊断开药都出不得半点差错的。要是还有个疑难杂症什么的，一定更不好办。"

程少斌一听这话，脸色突然一变，像是想起了什么事。过了一会儿他才恢复先前的神情说道，"咦，菲菲，你怎么突然关心起这些来了？你若真体谅我，不如考虑做我们程家的媳妇，老头子就能早点把医堂传给我了。"

程少斌说完露出一脸得意的笑容，他从来就自我感觉良好，季菲一反常态地对他表露出兴趣，让他禁不住飘飘然起来了。

他瞥见台上的章大可正窘迫地在喝桑央小姐敬的茶，因为紧张，一口茶倒有大半都滴到了衣襟上。他又看看身边娇美的季菲，不禁想入非非起来。

"怎么样菲菲，我们也去打一场擂吧，很有趣的！走吧！"他不由分说，已经一把拉着季菲的手，把她往台上拽去。

周云松一直在关注季菲这边，他想过去阻止，但是季菲回身微微对他摆了摆手。她知道程少斌是个极要面子的人。如果这样当众回绝他，给他难堪的话，接下来是别想从他那里打听到任何的信息了。

"我们来比一场！"程少斌拉着季菲兴高采烈地冲上台去。

章大可此时已经面红耳赤地从椅子上站起来，看上去就像受惩罚的是他一般。季菲从怀内掏出一块手绢，替章大可擦去衣襟上的茶水。

"菲菲你没关系吧？"章大可趁机悄悄问她。

"不用担心。"季菲轻声说。

章大可于是从台上退回来走到周云松身边，两人脸上都有不安的神色。

斗茗开始，由季菲先抽了签。她抽到的男生惩罚是"金鸡独立"。而程少斌抽到的则是"相濡以沫"。

台下的人一听仲裁少女报出"相濡以沫"的名目，立即近乎疯狂地嘶喊起来，不少人对着季菲吹起了响亮的口哨。

周云松看这气氛，心里已经有不好的预感，他转头去问身边的一个年轻公子。那公子哥立刻一脸兴奋地告诉他，"相濡以沫就是女生用嘴给男生喂茶。锦盒里一共有两百多支签，而相濡以沫只有一支，十天半个月里才有人能抽到一回呢！"

台上的季菲也从仲裁少女口中得悉了"相濡以沫"的意义，顿时涨红了脸。周云松暗自运起内力，做好了准备。季菲如果此时说要退出，程少斌必然愤怒，周围到处是他的狐朋狗友，还有各种身怀武功、来历不明的人物，难保不会有人突然发难，到时候就只能凭武力解决问题了。

可是季菲却什么都没有说，径自向柜台后面走去。

周围的气氛已经热烈到了顶点，"竟陵子台"上常有在乔家宅、阿玛妮做试装女郎的美女出现，可是像季菲这样气质不凡的武校女孩却绝不多见。

周云松心中越来越担心，程少斌自小接受医堂教育，辨味能力应当也是极强的。他思索了几秒钟，转头低声向章大可询问，"如果内力足够强，应该可以改变佐茗的口味吧？"

"燕子坞高级内功心法的确可以做到用一种佐茗模拟另一种茶料。"章大可回答。

周云松略松了一口气。程少斌没有读过武校，如果内力可以改变茶味，那么季菲应当有胜算。

"但是我怕菲菲会过于轻敌。"章大可又说，"程少斌虽然没有接受过正规武学教育，但是程府里却有一大批拳师、护卫，其中不乏高手，程少斌或许受过他们的指点……"

周云松听完点点头，没有再说话。

大约五分钟后，季菲也端着一杯绿莹莹的茶款款走了出来，那颜色看上去跟刚才桑央调的那杯几乎一样。负责取料的伙计也同时将写着正确配方的纸笺递给了仲裁少女。

程少斌带着笑意接过茶，微微啜了一口含在嘴里慢慢回味。他先是有些狐疑，然后像是想明白了什么一样嘴角露出得意。他将茶吞下以后对着季菲说道，"菲菲你好促狭，你调配的分明和桑央小姐刚才的那杯一模一样，是也不是？"

仲裁少女正要说话，程少斌却伸手做了个"且慢"的手势，又道，"不过我知道季姑娘是不会给我出这么简单的题目的，这底茶确实是东竹绿牡丹，姜桂汁、兰芷、卷溪梨、蕙柑，还有曼丹宁，只是苏蜜换成了芦蔗！"

季菲一听他的回答脸立刻红了。台下同时"轰"地爆发出一片议论。

"程兄确定吗？"

"苏蜜和芦蔗差好远哪！"

"芦蔗太简单了吧，我都尝得出来哩！"

程少斌转过来对着台下满脸得意地说道，"诸位有所不知，像季姑娘这样的武校高才生，是可以用内力来改变佐茗的香味的！"

此言一出，台下大部分人都惊呼起来。

"她刚才一定是先用内力将蕙柑中的蜜甜味逼入芦蔗里，然后再用内力将之均匀打散在绿牡丹里，彻底去除芦蔗的干涩口感，这样一般人都会以为那是苏蜜啦！"

程少斌说完举起了右手，表示回答完毕。

周云松绝望地去看章大可，没想到程少斌居然真能识破季菲用内力做的手脚，而且还把详细过程都一一点穿。

可是章大可的表情却仍镇定自若。

"答错了！"季菲脆声说道，"虽然确实用的是芦蔗，但是曼丹宁却换成了沙罗霜！"

程少斌一听，立刻就像馒头吃到一半被噎住一样，高举的右手连同脸上的得意一起僵在了那里。过了半响，才懊恼地一拍大腿。台下众人看他的表情，便知他确实输了，都发出失望的叹息，毕竟"相濡以沫"是很难出现一次的。

原来程少斌猜到季菲一定会使用内力，因此把全副精力都用在鉴别内力引起的变化上，却忽略了沙罗霜这种原产印度的香料和曼丹宁极其相似。沙罗霜虽然在中原也相当罕见，但程少斌出生医药世家，原本也是识得的，因此懊悔不已。

"菲菲真行啊，"周云松长舒出一口气，"竟懂得用这么冷门的配方。"

"她哪里懂，"章大可说，"沙罗霜有很高的药用价值，我一直都是随身带的，刚才菲菲替我擦茶渍的时候，我趁机偷偷塞到她手里了……"

周云松一听立刻在章大可肩头打了一拳，"原来是你安排的，刚才居然还装出一副紧张的样子骗我！"

"我又何苦骗你，"章大可揉了揉肩膀，"我刚才是真的紧张，因为……"

他说完看了周云松一眼，才接着说道，"我塞给菲菲的，还不止是沙罗霜……"

周云松瞪大眼睛。

章大可咽了一口唾沫，缓缓说道，"沙罗霜这种印度香料还有一个特点，就是味道和真言露极为相似……"

（六）

张塞领着周远在"官郎浦"纵横的小巷里穿梭。时间已经很晚，绝大部分的住家都闭了门户、熄了灯火，只有几扇窗户里仍透出来昏黄的光亮。

"这是你的身份牌和我们家的地址。"张塞边走边把一块刻着"袁吉"的名字以及杭州府印的铜牌和一张写着地址的纸片塞到周远的衣袋里。这块赝造的身份牌是张塞冒着风险花了许多钱才搞到的。

"千万别弄丢了，如果出了什么意外的状况，我们分开了，你可以拿着这个去问人。"张塞又叮嘱道，"不要跟别人说你失忆的事……"

可是周远此刻已经完全没有心思去听张塞的叮咛，他就像一只刚刚从牢笼里放出来的小野兽一样，兴奋地望着四周，打量着每一间房屋，每一条小巷。

"官郎浦"并不是什么繁华的地段，房子的外形几乎千篇一律，偶尔路过一两家仍开着的店铺酒馆，装饰陈设也极为粗陋，但是周远仍然觉得有看不够的新奇。

"我们去哪儿看戏？"

张塞没有回答他，只是踩着周远勉强能够跟上的步伐快速走着。

"其实去哪儿都无所谓啦。"周远顾自兴高采烈地说。

两人行了大约一刻多钟，渐渐离开了成片的住宅区，到了一块像是荒郊野外的地方。周远心中有些纳闷，他不觉得这里像是可以有戏看的地方。又走了一会儿，前路变得更加荒凉，已经完全没有人迹，也看不到灯火，幸好天上的星月很明亮，尚能看清楚脚下的地面。

即便如此，张塞却似乎仍然在故意找着更偏的道路，不一会儿，两人已经爬上了一个山坡。

"我们到底是去看戏还是去掘坟啊？"周远喘着气问，"难道咱们家附近没有戏院吗？"

张塞停下来，瞪着他说，"你究竟想不想看戏？"

"想啊，可是……"

"那就闭上嘴，跟着我赶路！"

张塞说完回过头又朝前急奔起来。周远仰天看了看如辉的星月，咬紧牙跟了上去。

两人很快又翻过一个山谷，那里已经完全没有了道路。张塞分辨了一会儿方向，然后抓住周远的胳膊，携着他在高低不平的山石上攀爬起来。张塞不想在周远面前表露自己会武功，所以没有施展轻功，只是手上暗暗用劲，保持着周远的平衡。

周远不一会儿就大汗淋漓，不过好在他的体能已经恢复了八九分，所以依然可以坚持，张塞又暗暗加大了几分托力，帮助他前行。

两人穿过山谷，又在一片密林里行走了一刻多钟以后，终于来到一块陡峭的山壁之前。这山壁高且平滑，几乎无可措手，在周远看来，这里已是死路，然而张塞却嘴里念念有辞地来回走着，像是在寻找什么。

"我还以为只有我失去了记忆呢。"周远不知道张塞要搞什么名堂，在后面一边喘气一边笑着说。

张塞瞪他一眼，继续寻找，突然欣喜地叫了一声朝周远招手。

周远过去一看，发现这道山壁原来并不是完全平整，在张塞站立的地方，竟有一个小小的缺口，只是被两道山岩一前一后交错地遮挡住，很难被发现。张塞在前面领路，两人就在这条一肩多宽曲折的山隙里穿行起来。

大约一炷香的工夫之后，眼前豁然开朗。

两人已经来到了山壁的另一面，在他们的脚下，是一小段平缓的山坡，紧接着却又是一道约二三十丈高的陡峭的岩壁，一路向下形成一个环状的小山坳，并渐渐收拢，就像是一个朝上放着的大喇叭。山坳的底部是一个小湖，在月光的照耀下，黑色的湖水微微泛着幽蓝。

湖中心有一个小小的岛屿，上面种着树木，盖着庭阁，俨然就是一个精致的花园。在与他们相对的山坡上，依山建着一片有数十间屋舍的大宅院，红墙碧瓦，显得极为气派。大宅院和湖心小岛之间，则有一条长长的石板路相连。

湖心花园里此刻被灯笼火把照得通亮，有许多穿着锦衣华服的男女正在上面饮酒交谈。

张塞朝周围警惕地张望了一番后，便在山坡上找了一块平坦的大石头坐下来，看来这里就是今晚的目的地了。

"这是哪儿啊？"周远在他身边坐下。

"这里叫微澜谷，从前是姑苏人常来远足踏青的地方，十多年前被姑苏城的大富豪黄宗耀整个买下，建了一座消暑别墅，取名叫微澜山庄。黄宗耀以前是朝廷商市府总管，现在是宝生钱庄的大老板，喏……就是中间穿蓝色衣服很胖的那个。"张塞说。

周远对这位位高权重的大人物似乎并不感兴趣,他打量着四周围一圈渐渐要生出翠绿的山坡,仰头望望天上泛着银白光辉的明月,又朝下新奇地看着岛中间那些精致的桌椅摆设以及周围那潭静谧的湖水,终于叹了一口气说,"唉,有钱真是好啊,可以住在这么美的地方。"

他话音未落,小岛上骤然响起了丝竹管乐之声,两个穿着华丽服装的男女走到庭院中间,开始唱起了戏。

"原来这里可以免费看戏呢!"周远终于明白了张塞千辛万苦带他来这里的用意。

"黄老板家的歌女优伶相貌才艺都是一流的,并不比翠玲珑差多少。"张塞像是在替黄府做宣传似的说道,但话音里还是略略有些歉意。

以张塞现在的收入,要想带周远去姑苏城正儿八经的戏院看戏是件过于奢侈的事,所以只能费尽周折带他来赶这免费的场子了。

周远却毫不为意,兴奋地说道,"我们再下去些吧,岂不是可以瞧得更清楚一些?"

"如果你不怕被乱箭射死的话。"张塞回答。他指了指身后的月亮和山脊,"这里已经是我们看得见他们、他们看不见我们的最近的位置了。"

"原来如此。"周远做了一个后怕的表情,姑苏城巨富的别墅想来一定是有着很严密的防范。

这时候庭院中间的戏已经唱完了一段,红墙碧瓦的大宅子的侧门突然间打开,一大群人簇拥着一个穿着华丽红裙的女子沿着石板路缓缓地走上岛来。花园中的人一下子都停止了交谈,把目光都移到了这个女子的身上。

周远也立即被那女子吸引住,只见她身段窈窕,走起路来花摆枝摇,有一种特别妙曼的风情,只可惜距离太远,看不太清楚她的容貌。周远苏醒过来后唯一真实见过的女人就是隔壁那个膀大腰圆的房东柴大娘,此时突然看到装扮和姿态都如此精致的女子,心竟忍不住怦怦跳动起来。

他刚想去和张塞说话,却看到张塞正瞪大了眼睛,像是看到了什么不敢相信的事物。

"我们今天真是走了大运了。"张塞努力压抑着激动,但声音里仍带着颤抖,"她……她是丁香月!"

"真的吗?"周远每天看一期《武林传奇》,当然知道这个如今观前街上人气最旺的女明星。

"黄老板果然权势通天，居然能请到她来献唱，翠玲珑最差的位置都要五两银子，还不一定买得到票。我们今天真是来值了。"张塞忍不住兴奋地拍了一下周远的肩膀。

丁香月缓步走到花园中间的台子上，盈盈朝着呈扇形围坐着的主人客人们施了一礼。跟随她而来的一群拿着箫笛琴鼓的乐师也跟着行礼，然后到她身后坐下。

"那条……那条红裙子一定是在乔家宅秘密预订的春季新款湖滩裙啊！"张塞想起潘曼丽给自己布置的任务，激动地竟要哽咽起来。

周远却没有说话，只是目不转睛地盯着舞台，不一会儿，丝弦之声响起，丁香月开口轻轻唱道：

假若轮回里我们重逢，

我不会再松开你的手。

从幽冥忘川的彼岸，

直到时间的尽头。

城市里锦衣华服玉宇琼楼，

愿独倚一棹兰舟，

看遍两处闲愁。

亭阁上红巾翠袖新橙纤手，

因醉在故国梦里，

贪恋凭栏的邂逅。

待到飞花如雪，

细雨亦非如昨，

而相思不问因果，

归帆皆已错过，

是否你仍笃信佛说的姻缘，

抑或执迷拈花的寄托。

霞落孤鹜，路绕重山，

只为遗忘的承诺，

而你朝生暮死的心魔，

已度化为执着。

……

丁香月的声音轻柔婉转，如诉如怨，一曲唱毕，整个山谷都寂静无声。

过了许久，花园里才响起了一阵拍手叫好之声。

"真好听啊！"张塞由衷地赞叹。他虽然在娱乐报纸工作，但是作为一名初级采记，能够欣赏到这样高水准表演的机会也不多。

他转过头去看周远，发现他如石雕泥塑般一动不动地坐在那里，眼睛紧紧盯着舞台，目光里，竟闪动着几个月来都未曾看到过的光芒。

这样的眼神让张塞担心，但是他很快告诉自己，这是因为周远整整半年都被禁闭在一间狭小的房间里的缘故。

"这歌词……写得真好……"周远过了半晌才喃喃地说道。

"这是'十里长亭'里的一个唱段，据说是丁香月姑娘自己写的词，"张塞道，"这种散句现在特别流行，《晓生评论》把这称为'新宋风尚'。"

"新宋风尚？"

"对，因为很多直接从宋代的诗词作品中寻找灵感，但是又摆脱了诗和长短句在字数格律上的束缚，能够表达更世俗更丰富的情感和意象……"

"我喜欢这种散句……假若轮回里我们重逢，我不会再松开你的手……"周远一边轻轻念着，一边抬起头，仰望着山谷上空的点点群星。他举起两手，伸向虚空之中，既像是坐久了伸个懒腰，却又好像是伸手想去抓取什么东西。

这时候下面花园里又响起乐声，丁香月开始唱起第二首曲子。

周远没有再低下头，而是躺到身后的大石头上，倾听着丁香月的歌声。一阵略带着清凉的夜风吹过，他舒服地闭上了眼睛。

张塞看着周远很享受的样子，心中涌起一股暖意。

虽然这样带周远出来颇有些冒险，但是看到他如此舒心，张塞便觉得是做了正确的决定。

环境和气氛常能影响人的心境，张塞坐在这片优美的山谷中，沐浴着春夜的和风，听着悠扬的乐曲，又想到可以写出一篇丁香月的报道向潘曼丽交差，心中竟难得地生出了乐观的情绪。

一切也许都会慢慢好起来的！也许他的担心都是多余的，也许在试剑台上周远已经完成了他作为魔教最后一任教主的使命，恢复成了那个聪明善良、充满了书呆子气的少年。这样的话，他就可以心安理得地把黄毓教授临终的嘱托放到一边……

接下来，他可以带着周远离开姑苏城，去一个遥远的地方安定下来，找一份简单的工作，替周远物色一个贤惠勤劳的女子做媳妇。如果上天护佑，他就能像个普通人一样，平平安安地度过一生。

这样他们就还可以做最好的朋友，就像在燕子坞的那些岁月一样。一起肆无忌惮地嬉闹，一起天南海北地聊天，一起长大成人，支撑起家庭，再一起看着他们各自的儿孙长大成人……

"我……好像想起什么了。"周远这时突然坐起身来说道。

"你想起什么了？"张塞被他这么一问顿时从刚才的思绪中脱离出来，心情又重新变得紧张。

"是我小时候的事。很模糊，好像有人带我坐船去看戏……是一个很温柔的女人……我想她是我的母亲……那是很宽阔的江面，有好几百只船，围着一个戏台……"

张塞曾经听周远讲过这段往事，那是在痛苦的丹田通径测试以后母亲带着他去绍兴梅山江看清明节社戏。那大约是周远小时候和母亲相依为命时最美好的记忆之一了。

张塞没有想到丁香月的歌声竟让周远依稀记起了这个片段。一个失忆的人如果要开始恢复记忆的话，往往是从最深刻的执念开始——这是章大可的原话。

"我觉得我母亲没有死。"周远喃喃地说，"我能感觉到她的存在，我要去找她……"

张塞看着周远痛苦迷茫的样子，不知道该说什么。他不知道周远到底回忆起了什么，也不敢去问，怕更加打开他记忆的闸门。

丁香月又连续唱了三首曲子，不知不觉就过了子时，夜晚渐渐生出凉意。那位穿着蓝色"乔家宅"对襟长衫的黄老板站起身来，说了几句答谢的话语后，花园里的聚会便散场了。

客人们纷纷起身告辞，在家丁的陪同下沿着长长的石板路离开了这个山谷中的小湖，穿过有着数不尽的回廊的大府宅，然后从豪华气派的大门口坐上马车，返回他们各自的府邸。

黄老板把客人们送到石板路口以后又折回了花园。

"我们走吧。"张塞这时候拍了拍周远说，"好戏已经散场啦。"

"这里风景这么好，再待一会儿吧。"周远仍怔怔地坐在石头上，沉浸在丁香月的歌声里。

"不行！"张塞立即说，"我们说好的，一切都要听我的安排，否则下次不带你出来了！"

周远不情愿地站起来，沿着山坡往上爬，一边仍是留恋地朝下面的花园中张望。

"咦，为什么丁香月还没有走？黄老板也没有走。"周远突然停下来说道，"会不会她还要给黄老板单独表演几首曲子呢？"

"快走，别看啦。"张塞突然提高了声音，有些急切地说道，好像他知道接下去会发生什么一样。

"等一等嘛，说不定还有节目哪。"周远仍是固执地留在原地。

张塞几步冲回来就要去拉周远。

这时候，只见花园里丁香月缓缓地走到黄老板的面前，解开腰上的束带，一袭红裙突然之间滑落到地上，裸露出她雪白的肌肤。

"啊……"周远呆立在那里，脸一下子涨得通红，"这是怎么……"

"叫你快些走的。"张塞没好气地说，他一把拉住周远，带着他往坡顶的山壁走去。

"等一下！"周远突然猛一下子挣脱张塞，像是着了魔似的回头去向那花园里面看。

"喂，这么远你能看清楚什么呀？"张塞有些哭笑不得。他回转身，准备再去拉周远，却一下子也呆住，才明白周远挣脱他的原因。

原来岛屿上的花园里转眼之间已经多出来三个黑衣人。他们显然不是黄府的宾客，全都带着刀剑，正敏捷地朝黄老板和丁香月扑去。

黄宗耀"呀"地惊叫了一声，肥胖的身躯跟跄着向后退去。三个黑衣人转眼已经到了他的面前，黄宗耀试图抵抗，但显然是徒劳的，其中一个黑衣人在他颈部击了一掌，他肥胖的身躯就立刻软了下去。黑衣人拿出一个大麻袋，将他兜进去，然后拽起来扛到肩上。

另一个黑衣人同时奔向正慌忙穿裙子的丁香月跟前，也是拿出一个麻袋，将她套了进去。

这时候，湖岸宅院那边的几扇府门同时打开，十几个紧身装束，手执利刃的侍卫冲了出来。他们显然听到了动静，快速扑向小岛去救他们的主人。

"快走，快走！"张塞有些惊慌失措地喊起来，尽管他们身处百丈以外的山坡上，和那花园还隔着小湖和陡壁，但是直觉还是让张塞想要尽快离开这是非之地。他原以为今晚一切已经要顺利结束，却不料还是发生了意外。

周远显然对这转眼之间发生的变故没有任何思想准备，仍是呆呆地立在原地，看着花园里正发生的一切。

黄府的侍卫们训练有素，在其中一个队长的命令下布开阵势，向黑衣人包抄过去。

山坡上的张塞拉着周远一边走一边也在观战，他心里想这些黑衣人也太过大胆了，这岛屿花园为湖水环绕，只有一条石板路通向岸边，黄府里肯定还有上百名家丁侍卫即将赶来增援，想要掳了黄宗耀和丁香月离去几乎是不可能的。

可是那三个黑衣人却并不紧张，他们既不和那些侍卫交手，也不以手中人质相威胁，而是背着黄宗耀和丁香月朝着岛屿的另一头疾奔。侍卫们见黑衣人朝绝路上跑，便严守阵势，不紧不慢地追逼过去。

黑衣人几个起落已经快奔到岛屿的尽头，但他们竟毫不减速，仍是朝前急冲。张塞不由得张大了嘴巴，不知道他们意欲何为。只见三人奔临到小岛边缘后一齐朝湖面上跃了出去。

"咦！"山上的张塞、周远和岛上的黄府家丁不约而同惊叫起来。

即使是在这种紧迫的局面下，这一幕也显得非常滑稽，仿佛是那三人慌不择路时没有看清前方是湖面一样。

但是接下来事情就立刻显得无比诡异。

只见那三个黑衣人一跃而起以后，他们前方的湖面立刻出现了三个圆形的凹面，就像是湖水突然自己陷了下去一样。然后三人下落，分别踏上了水面，脚下立即生出三组波纹急速地荡漾开去。但这三人并没有沉入水中，而是从湖面上再次跃了起来，仿佛是踏在花园里的石板上一样。

黄府侍卫们全都发出大声的惊呼，而三个黑衣人重复着刚才的动作，两脚轮番踏着湖面，激起一轮又一轮的波纹朝湖对岸漂去。

周远立即就惊呆了。他转头朝张塞看过去，想向他求证，难道说他失去记忆的同时也失去了部分的世间常识，人居然是可以在湖面上踏浪而行的？

张塞脸色煞白，如同梦呓般地说道，"这……这难道是……凌波微步？"

岛上的黄府侍卫们奔到湖边，脸上同样都是做了噩梦的表情，许久之后，才有人回过神来，摘下背上的弓箭要向黑衣人射去。

"别，不要伤了黄老板！"领队的侍卫急忙制止。

几个特别镇定的侍卫于是赶忙从另一头的石板路冲回到岸上，绕着湖两边去追赶。

三个黑衣人十来步之后就已经越过整个湖面踏上对岸，他们没有继续奔行，却立刻都单膝跪倒，伏在地上。黄府侍卫们叫喊着从两头急速地追赶过来，过不多时，便要绕到湖的这一侧，可是那三个黑衣人却仍跪在那里。

"他们……是在休息吗？"周远仔细观察着说。

张塞摇摇头，这个问题显然在他的知识范围以外。

就在侍卫们已经快到达数丈之外时，三个黑衣人才重又站起，然后向前疾冲，腾跃着从陡壁攀了上去。

张塞这时候才突然如梦初醒。刚才看到黑衣人在湖面上飘行，他下意识地和周远一样如同旁观者似的站在那里观看，此刻他反应过来，如果那三个黑衣人攀上陡壁的话，就会来到他们所在的山坡上。

"快走！"张塞几近绝望地喊道。他心底里最为担心的事终于发生了。

两个人转身跌跌撞撞地奔跑了十来步，张塞再一回头，发现三个黑衣人竟已经携了丁香月来到山坡之上，离他们只有不到十丈的距离。

张塞顿时觉得要糟，但是黑衣人却都再次单膝跪地，蹲伏到了地上。

张塞和周远这下已经再也不关心这些人究竟是在干嘛，拼命地冲进山隙里，慌不择路地穿行起来，身上全都擦出了不少伤痕。

两人奔回到山壁另一面，冲入树林。林中有不少高低不平的乱石，周远只跑了没几步就摔倒在了地上。张塞一把拉起他，施展起轻功疾奔起来。

"啊，你会武功？我就猜到你是会武功的！"周远惊喜地叫起来。

张塞暗暗叫苦，心想你高兴什么，我这点武功，后面随便一个人使出两成功力就能送我们一起上西天。

"不要说话！"他喊了一句，然后憋足了劲朝前狂奔。

张塞这辈子从来就没有奔跑得如此之快过。如果被他在泰安武校的轻功老师看到的话，那个脾气暴躁的秃顶老头虽然未必感到满意，但起码也能证明张塞已经尽力了。

但是很快身后就响起了枝叶被拂动的声音，黑衣人已然穿出山隙，奔入了树林里。

张塞很清楚光傻跑是不行的。那些黑衣人能够在水面上漂行，轻功必定高过他好几个量级。他于是强迫自己镇定下来，思索眼下最佳的选择。

黑衣人并不是来追杀他的，张塞告诉自己，他们的目的是要劫走黄宗耀和丁香月。所以如果现在他转个方向，把朝大路而去的这条小径让出来，或者找棵大点的树暂时隐伏片刻的话，黑衣人应该不至于会专门绕道来将他们赶尽杀绝。

但问题是身后还有上百个黄府的侍卫即将漫山遍野地追杀过来，如果被他们在树林里发现，也必然是百口莫辩的处境。当然如果只是张塞孤身一人的话，他也不会特别担心，喜欢守在富豪别墅附近打探消息的娱乐采记并不止他一个，大不了被打一顿送到官府，查明身份后罚点银子。但问题是如今身边还有周远，他身上那块赝造的身份牌平时在路上朝官差晃晃是可以的，但正儿八经拿到府衙里去核对的话就一定会露馅儿，再细细追查下去的话，后果就不堪设想了。

张塞终究不是个临危不乱的人，一想到这样的可能性心下就慌乱起来，脚下也随之变得虚浮，连续滑了两步，速度骤然下降。等张塞再度稳住重心时，身后面已经响起了风声。

张塞把周远往后一带，然后凌空跃起，在左前方一棵大树的树干上伸足一点。树干被他踩出一个凹印，但是张塞借着这力道和周远一起猛地向右转去。这是教科书式的通过借力在不减速的情况下做急转弯的动作。以张塞的水平，他已经无法完成得更好了。但是他没有料到的是，这些有着怪异轻功的黑衣人原本就是划着曲线前进，他这一转弯，竟然很背运地正好插向其中一个黑衣人高速奔跑的路线上。

张塞反应过来之后吓得叫了一声，无奈之下只能猛地一推周远，两人互相借着体重一左一右弹了开去。

三个黑衣人当然早就注意到前方这两个不速之客，其中那个背着丁香月的黑衣人看到张塞陡然出现在前方，立刻不由分说一剑刺了过去，被张塞闪开以后，紧接着就跟上第二剑横着一划。

张塞根本就不敢接招，只是向后疾退，心中只盼望那黑衣人不愿继续在他身上浪费时间。

张塞后退之后，黑衣人的剑仍是在虚空中一划到底，只见张塞刚刚掠过的两棵树的树干上顿时被划出了两道深印。

张塞一阵后怕，黑衣人的剑上竟然带着如此之强的剑气！幸好他刚才无条件地后退，如果他想逞逞能，企图使两招掌法周旋一下的话，可能已经受了重伤。

黑衣人向前跨了一步，从右往左又斜着带出一剑。张塞根本不知道该如何应对，只能继续朝后猛退，但是黑衣人前进的速度远快于他后退的速度，等这一剑削出时，两人的距离已经比刚才近了许多。只要剑上的剑气跟刚才一样强的话，就必定能够划到张塞。

眼看张塞已经无可闪避，却听他突然"哎呀哇"一声大叫，整个人平平地向后倒了下去。

黑衣人的剑划了个空。他心中颇惊讶，这个看上去武功底子极差的人居然懂得在这时候使出类似"铁板桥"的招数来化解自己这一剑。这几乎是刚才唯一的选择，只不过使这种高明的招数一般是不带"哎呀哇"这种怪叫的。

黑衣人正在犹豫要不要继续追击，却发现张塞的身体竟不停地向后远远滚了出去。原来张塞对这里的地形并不熟，刚才一味后退，正好踩入了一条沟堑，翻滚着就向下滑去……

另一边，周远被张塞一推，顿时摔倒在地。他翻身起来，并没有就势朝前跑，而是茫然地转回来寻找张塞，结果一个黑衣人腾身到他面前当胸就是一剑刺来。

周远惊得连喊叫都没来得及，只是本能地挥手一抹。长剑在月光下闪着寒光，看上去极为锋利，又是被灌注上极大的力量刺来，周远用手这样去抹，只怕不仅整个手掌都会被切断，而且还会被继续前行的剑刺穿胸膛。

周远感觉到了死亡来临前的恐惧，同时头脑里蓦地就闪出奇怪的画面来，仿佛他正在朝下急速坠落，一块黑色的湖水越来越大，迎面袭来。

周远并不记得这是他记忆中曾经十分接近死亡的时刻，只是浑身生出一股悲凉。但不知道是命运的因果使然，还是出于强烈的求生意志，周远突然感到一股灼热的感觉从丹田猛地一跳，然后手臂上就随着生出一股力量来。

面前的黑衣人"咳"地惊叫一声，手上的剑被抹得脱手就飞了出去。不仅如此，旁边另一个正划着弧线腾跃在空中的黑衣人也身体一斜，朝外跌落了出去。

周远自己也是"啊"地惊叫一声，不知道发生了什么事情。然后从他左边突然冒出来一个背着大布袋的黑衣人引肩朝他一撞，周远只觉得一股剧痛从后背一直传到前胸，立刻重重摔倒在地上。

刚才那个被震飞了剑的黑衣人立刻赶过来，挥掌就要朝周远的头顶拍下去。

"等一下！"背着黄宗耀的黑衣人说道，"他刚才那一招很蹊跷，把他也带走。"

周远躺在地上，觉得每块骨头都像已经折成了三五段。他不懂那拿布袋的黑衣人说的"蹊跷"是什么意思，只看到眼前的黑衣人出指点向自己的胸口，紧接着一个大布袋朝自己的头上面罩落下来……

（七）

周云松马上就听明白了章大可的意思。

对于当代药理学来说，"真言露"是一个隐匿在历史迷雾中的神话。传说任何人服下这味药物以后，都会在一种介于醒和睡之间的状态下诚实地回答任何问题。安护镖局劫持事件时，章大可因机缘巧合从前代药督府总管柳铭卿留下的遗物里得到了配方，成功调制出了"真言露"。

沙罗霜和真言露的味道相似，便意味着可以将真言露混在茶里，让程少斌品鉴时喝下去。看章大可的表情，他显然正是让季菲这样做了。

周云松的脸沉下来，心中责怪章大可过于鲁莽，先不说有被程少斌当场识破的可能，就算成功瞒过了他，这竟陵子台上人多眼杂，不远处还有两个明显身怀武功的保镖，如果事情败露，只怕很难收场。

但事已至此，已经无法回头了。

"药力发作要多久？"周云松问。

"几分钟吧。"章大可回答，"他只啜了一口，所以药力大概也只能维持几分钟。"

这时候，仲裁少女已经拿了一摞茶盅出来，准备执行惩罚。所谓"金鸡独立"，是要单腿站立，同时在头顶、两肩以及一条腿的膝盖上摆四个茶盅，然后向胜者敬茶。程少斌一边摇摇晃晃地摆着"金鸡"的造型，一边给季菲倒茶，看他的表情倒也挺受用。

人群里发出阵阵哄笑，但是周云松却皱起了眉头，"他十有八九是练过武功的。"

章大可听周云松这么说，也注意到程少斌虽然摇摇欲坠做出一副滑稽的样子，但四个茶盅里的茶却一滴都没有洒出来，这其实比纹丝不动要更有难度。

惩罚完毕后，台下的公子哥们立刻争先恐后地要向季菲挑战，他们全然不管自己能不能赢，只盼可以在这个俏丽的武校少女跟前受个惩罚。

季菲连连摆手，一拉程少斌说道，"我玩得有些饿了，想吃些点心。"

她知道"真言露"药性马上会发作，必须尽快将程少斌从他的两个保镖的视线里引开。她远远看见周云松和章大可脸上写满担忧，但已经没有时间去跟他们交流。

"好呀。"程少斌被季菲温热的手拉着，一时神魂颠倒，连忙说道，"我们去楼下包厢吃吧。"

程少斌在众人羡慕的目光下领着季菲下到四楼，唤来小二开了西面的一个包间，那两个保镖远远地跟着下来，一左一右守在走廊的两头。

小二很快端来了十几样各色精致的点心和一壶酒。

"这里不需要你了，退下吧。"程少斌朝小二摆摆手。小二答应一声，退出房间关上了门。

季菲立即装作很饿的样子吃了起来，可是程少斌却不动筷，他朝季菲看了一会儿才慢条斯理地说道，"菲菲，咱们这么久不见，你一来就暗算于我，是何道理？"

季菲心里一惊，却故作镇定地说道，"斗茗可没有说不能用内力的呀，我也只是觉得好玩而已，程公子可不要见怪。"

"我说的暗算，可不是指用内力改变佐茗的味道。"程少斌嘴角露出狡黠的笑容。

"这……我就不懂程公子的意思了。"季菲看着程少斌不阴不阳的表情，心中恐慌起来。

"这沙罗霜我也是认识的，只是没想到你会用，所以才着了你的道。"程少斌冷笑着说，"等我回过味来，嘿嘿，便觉出有些不对劲了，你在茶里放的，并不纯粹是沙罗霜吧？"

"就只是沙罗霜啊。"季菲尽量显得无辜，"印度许多地方都产沙罗霜，或许味道上略微会有差别吧。"

她知道这样的话并骗不了出身医药世家的程少斌，她只是想拖延些时间，等着"真言露"的药性发作。

程少斌像是看穿了她的心思，说道，"你不会以为我那么傻，真的喝下去了吧？"

他说着从桌上拿过一只酒碗放到面前，"我之前是怕你耍赖，所以鉴茶之前先封住了中脘，茶水便不能入肠胃。我现在只要把茶吐出来，叫手下拿去巡捕司做个鉴定，就能知道是不是只有沙罗霜了。"

季菲一听程少斌竟没有把茶喝下去，顿时有些绝望。她第一个念头就是将手中的筷子掷过去封住程少斌的天突、膻中两穴，让他失去行动和语言的能力，但是程少斌既然懂得封住自己的中脘穴，多少有一些武功底子，如果一招之内无法完全控制住他，门外的保镖就必然会察觉。

程少斌看出季菲的惶急，得意地说道，"要是鉴定出来是什么迷药毒药的话，事情就不好办了，我们程家有皇上钦赐的世袭官爵，你和你的朋友可就是犯了重罪，《华山备忘录》也救不了你们……"

"我的朋友跟这事可没有关系。"季菲马上说。她说完意识到自己等于已经承认了在茶中做了手脚。

程少斌嘿嘿地笑了，"沙罗霜肯定是章大可那小子的主意，整个事情只怕都是周云松指使的吧？"

季菲俏脸煞白，僵在那里，一时不知道该如何回答。

"为什么要这么做？是冲着我，还是冲着我老爹？"程少斌板下脸来，"菲菲，只要你把实情都告诉我，我可以对你网开一面，否则，就别怪我无情了！"

程少斌说着伸手朝自己的中脘穴拍去……

斗茗台上不少时髦女生来找章大可挑战，章大可都红着脸拒绝了。他和周云松也下到四楼，倚在雕栏旁装作在看底层大舞台上的表演。他们不知道包间里面季菲的进展，心里都颇为紧张。

很快，又有十来个人陆陆续续从五楼走下来。其中六七个一看就是三山堂的人，他们每人身边都揽着一个花枝招展的女伴，看似是倚着栏杆看楼下的表演，但左边右边三三两两，已经隐隐然将周云松和章大可包围起来。

"嘿，燕子坞的兄弟，要不要也给你们找两个姑娘来陪着喝两杯，我请客！"左手一个瘦高的男子带着挑衅的语调朝他们打招呼。

周云松环视了一圈，发现这几个人虽然倚着栏杆，但和他一样，重心其实仍都在脚上，而且各人的重心和脚尖的方位都不相同，瞬间启动的话，竟立刻能构成非常厉害的阵法。

"既然来了竟陵子台这种地方，就别再装啦！"

"听说燕子坞的学生都中毒了，身体恢复了没有啊？"

"一会儿出去比划几招怎么样，别是浪得虚名吧？"

那些三山堂的人见周云松不答话，便都跟着起哄。

如果是毛俊峰在这里，只怕三枚暗器已经发射出去了。但是周云松知道现在不是和这些人计较的时候，保护季菲，探得侯大人等人的病情信息是当下最紧要的事。

"抱歉，我们一会儿晚上还有约，改天一定再来，定会请几位朋友喝上几杯。"周云松尽量不卑不亢地说。

"这话也太假了。"

"燕子坞的高才生怎么这么不爽快？"

几个三山堂的人显然并不准备罢休，他们一边起哄，一边慢慢向周云松和章大可这边围过来。

周云松看这情势，知道三山堂的人对燕子坞学生怀有深深的敌意，今晚恐难避免一场恶战，他于是紧盯着他们每一步动作，心中迅速构思了一个先发制人的计划。周云松是这届燕子坞最优秀的学生，对阵法学和招式优化都有很深刻的理解，但是要制定一个合理的攻击方案，此时却欠缺了一个最重要的条件——对方武功高低的估算。

抢先攻击时，势必会限制自身的退路，如果错误地估算对手实力，则会带来灾难性的后果。

更让周云松头疼的是，那走廊一左一右两个程少斌的保镖，一直似望非望、阴晴不定地看着这边。

就在这场恶战一触即发的紧要关头，却见阿玛妮桑央带着一个小侍女从五楼走了下来。她朝围栏四周张望了一圈，径直分开众人来到周云松和章大可面前。那十来个人见这位名门千金出现，都停住了脚步。

"周公子！章公子！"桑央款款施礼。

章大可看到桑央马上想到刚才她坐在自己身上时散发出来的体温和好闻的香味，竟呆立着一言不发。周云松一时搞不清这位阿玛妮大小姐和三山堂有无关系，但仍礼貌地回礼。

"周公子身上这件衣服可是我们今年春季的新款哦。"桑央说道。

"正是。"周云松笑了笑，"我很喜欢阿玛妮品牌的样式，这衣料穿着也很贴身舒适。"

"这一款是织入了羚羊绒的，所以虽然轻薄，却很保暖。"桑央说完转向章大可，"章公子的辨茶技术实在令人倾佩，小女子甘拜下风，这一年多里我常来竟陵子台玩，却从来没有看到不用尝，只靠鼻子闻就能够把所有成分辨得一清二楚的高手呢。"

"哪里……我只是……碰巧罢了。"章大可又是紧张又是紧迫，结结巴巴地回答。

"章公子不必过谦，我这里还有一杯茶要来请公子指点呢。"桑央说着从侍女手中接过一杯茶来。

第二章　微澜蝶舞

周云松心想章大可刚才让这位大小姐当众难堪，必然是惹了她，此时她竟是趁机追下来要找茬。她说手里这杯是茶，却难说不是什么厉害的暗器，周云松和章大可都微微向后退了半步。

桑央一看他们紧张的表情突然"噗"地笑了，"两位公子不要误会，我是真心来请教的。这杯茶是台上的执领谭先生之前考我和程公子的，我辨到现在只辨出六味成分，还有一味却不识得，才想到请高人来指教。"

章大可看桑央语气轻松、表情爽朗，才放下戒心，朝前走了一步，"不敢不敢，替姑娘辨识是我的荣幸。"

他接过茶，仍是像刚才那样轻轻闻了一下。桑央和周围三山堂众人都一齐好奇地看着章大可，听他有何分说。没想到章大可只微微一嗅，脸色陡然就变了。

周云松一看章大可的脸色，知道有什么不对，也紧张起来。

章大可又闻了一闻，问道，"桑央小姐，那位谭先生是你的朋友吗？"

"算挺熟的吧，他在五楼做了快一年的执领了。"

"那他现在何处？"章大可又问。

桑央笑了，"难不成这道茶这么难，连公子都辨不出吗？"

"桑央姑娘，这茶里的最后一味叫三迭香，是一种隔很长时间才发作的迷药。"章大可很严肃地说道。

众人听到"迷药"二字，都"啊"地发出惊呼，程少斌的两个保镖显然一直在对面关注他们的对话，其中一个脚朝后只一靠，身子已经飞起，在栏杆上只一点，瞬间便已经来到章大可和桑央中间，"三迭香？程公子也喝了这茶了吗？"

桑央已经惊得脸煞白，含糊地应道，"嗯，我和他都喝过好几口……"

她说完，突然身子一歪，软软地倒了下去。

包厢里，程少斌正得意扬扬地要将茶水逼出来，却突然感到丹田一股绞痛。他惊恐地看着季菲，满脸是不相信的神情。

程少斌虽然出身医药世家，但是毕竟不如章大可接受过名校药理系最顶尖的教育，因此对于"三迭香"这种非常罕见的江湖迷药竟是不识。他还以为是季菲的茶里又做了手脚，所以惊恐，他想呼喊自己的保镖，却一下子已经发不出声音，情急之下抓起面前的碗就朝墙上砸去，盼望他的保镖能够听到。

季菲原本已经绝望了，正想尽力把事情都揽到自己身上，程少斌却突然像中了邪一样面部扭曲起来。她虽然不明所以，但是反应还是极快，一纵身已经离开座位，后发先至将程少斌掷出的碗接住。她迅速回过身，生怕他再用别的方法发出声音，但是程少斌却已经瘫倒在了椅子上。

季菲停在原地确认外面没有动静之后，才走过去解开程少斌的中脘穴，然后顺着他胸口朝下揉了两把，被锁住的茶水便流入了胃里。然后她又依次在程少斌的人中、气舍、天枢等几个穴位注入内力，这是短时间内让人保持清醒的手法。

程少斌过了片刻果然悠悠地睁开了眼睛，但是目光却变得逐渐呆滞，这正是真言露开始发作的征兆。

"你看过苏浙巡抚侯瑞大人的病历吗？"季菲知道时间不多，急切地问。

程少斌机械地点点头，"我爹让我帮着研究过。"

"那侯大人他可患过什么脑病么？"季菲急切地问。

"侯大人……侯大人的确患过脑病，且已入脑髓，幻视幻听，已无可救药……"程少斌用机械的声音回答，"不过我向我爹推荐了一味药，侯大人吃了三个疗程后，就痊愈了。"

程少斌说到这里，僵硬的脸上极不协调地露出一丝自负得意的笑容。

这回答让季菲浑身冰凉，她正要再问，却听到一声爆响，房间的门被猛地撞开，一个身材瘦高，额头有一块青胎的男子急冲进来。

季菲本能地以为事情已经败露，伸脚勾起椅子朝他甩去。那男子双臂交叠到面前一架，椅子"啪"一声碎裂开来。

季菲早已经准备好了后招，正要出手，却又是一声爆响，包厢的整面墙壁轰然倒下，程少斌的两个保镖冲了进来。

季菲几个翻滚躲开飞散的尖木碎片，一咬牙，准备应战三人。但是那两个保镖却不看她，其中一个朝瘦高男子扑去，另一个则一边焦急地高叫"少爷"，一边抱起程少斌奔出了包厢。

与此同时，那瘦高的男人脚步奇快，纵身而起将整扇琉璃窗撞碎，直直从四楼坠下，然后在楼边几块突起的木楞上几个措手，就到了楼下，朝沧浪亭内奔去。程少斌的保镖不依不饶，敏捷地用同样的身法追了下去。

这一切发生在转瞬之间，让季菲不知所措。这时周云松奔了过来。

"那瘦高男人是这里一个姓谭的执领，他之前在桑央小姐和程少斌的茶里掺了三迷香，只怕是想要绑架二人。"他简短地解释，"你这边的情况如何？"

季菲把程少斌的话转述了一遍，周云松听完也是浑身冰凉。

"那我们现在怎么办？"季菲问。

周云松回头看了看正在替桑央治疗的章大可，说道，"这里应该没事了，我们也追出去看看吧，或是和忠孝贞廉的绑架案有关。"

说罢两人足底一点，一齐轻灵地从窗口跃下。

（八）

周远浑身无法动弹，也发不出声音。他先是被人扛在肩上高低起伏地狂奔了许多路，腰部被折得生疼，然后被重重地扔到了一块平板一样的东西上面。他的两旁随即又各发出一下震颤，然后从左边飘过来一股很好闻的香味。

周远想了一想明白过来，那一定是黄宗耀和丁香月被扔到了他的旁边。

身下那平板一样的东西立刻就飞快地移动起来，周远虽然被蒙在布袋里，却依然能够感觉到这种快速的移动掀起来的劲风。前方传来一种清脆的有节律的声音，就好像有许多东西轮流敲打着地面。周远觉得那应该是几匹马在拉着平板飞奔。他感到一会儿向左倾，一会儿向右摇，似乎马车在一条非常曲折的道路上行驶，鼻子里先闻到菜花在夜风里散发出来的气味，随后则好像有隐隐的农田和家禽的味道。不过他对外面的这个世界毫无概念，就算没有被塞进布袋，也完全不会知道自己正被人拉向何处。

过了很长的一段时间，平板的速度才渐渐慢了下来，直到静止。远处传来低低的交谈声，其中一个黑衣人正在指挥另外两个黑衣人做着什么事。

"李大，你去把船划过来，衣服在曾贵那里，先换上。"周远依稀听到为首的黑衣人说。

周远开始有些绝望起来。他是不是再也见不到张塞了？

目前在这个世界上，他只认识张塞一个人。而根据张塞所说，家乡杭州发生瘟疫后，他的父母就都病故了。高烧数十天后奇迹般地从鬼门关兜了一圈回来的他，也失去了记忆，被好心的邻居送来姑苏城投奔了他这位表哥。

虽然这位表哥老是神神秘秘的样子，但是一直关心他照顾他，给他一角屋檐睡觉，给他煎药熬汤蒸馒头，如果就这样离开了他，让他被一群陌生人带到陌生的地方，他便真的不知道该怎么办才好了。

周远想到这里拼命地挣扎起来，但是胸口却像是被人塞进了什么东西堵住了一样，让他呼吸困难，手脚也不听使唤。他憋足了劲，试图再从小腹唤起刚才那种灼热跳动的感觉，可是无论他怎么努力，却都只是让胸口变得更闷更疼而已。

突然，有人把他提起来，从布袋中倒了出来。

周远摔在平板车上慌乱地看着四周，发现自己在一个寂静无人的河滩边。那三个黑衣人已经换了装束，打扮成了仆从的模样。

紧接着，黄宗耀和丁香月也被他们从布袋里倒出来，拖上了一条泊在岸边的乌篷船里。两人都被点住了穴道，无法说话，但黄宗耀一直睁圆了眼睛怒视着那三个黑衣人，显然是用表情在说"等我的人来救我，一定把你们都碎尸万段"之类的话。

可是旁边的丁香月却自始至终只是静静地看着周远，仿佛认识他一般，直到被拖进船舱里拉起了帘子。

周远迎着丁香月的目光，并不躲闪，似乎也想交流什么，但三个黑衣人中最魁梧的一个已经走到他的面前。那人的脖子出奇的粗，几乎和脸颊同宽，用一种威吓，但更多是好奇的目光上下打量着周远，然后朝他的胸口拍了一掌。周远顿时觉得身体消除了部分滞塞，可以一定程度上活动了。

"你是谁？"那人问。

"我……我叫袁吉。"周远回答，"我表哥……他在哪里？"

"你刚才使的是什么武功？"那人并不理会他的提问。

"武功？我不会武功的……"

魁梧之人对他的回答并不信服，但是看他惊惶无助的样子却又不像假装。他正待细问，手下叫李大的那个人走过来说道，"洪掌旗，有人过来了。"

被称为洪掌旗的这个人点点头，然后他一把抓住周远衣服的前襟将他从平板车上拉起来说道，"一会儿进城的时候，你就待在我旁边，不许有任何动作，否则我一掌拍死你。你明白吗？"

周远顺从地冲他点一点头，表示明白自己的处境。

"洪掌旗，你真的要带这小子回去？万一总镖头怪罪怎么办？"叫曾贵的人说道。

"少废话，我自有主张！"洪掌旗斥道，"你们快去撑船！"

李大和曾贵只能应了一声，跃上船，一人拿起一根长篙。洪掌旗提起周远也跃上船去，周远踉跄了几步才稳住了重心，船就离开了岸边，缓缓朝前驶去。

第二章 微澜蝶舞

船行了约有一刻钟，周远便看到在前方大约半里路之外的地方赫然耸立着一段高高的城墙和一座雄伟的城门。深夜里的郊外弥散着淡淡的雾气，城楼上点点的灯火若隐若现，还不时微微传来丝竹管弦之声，像是星河里的玉宇仙宫一般。河水流淌得很安静，只是微微击打着船舷，两岸是成排的垂柳，缓缓地向后倒退……

周远忍不住深深吸了一口气，全身一下子被一种极不真实的感觉所包围。这画面正是他几乎每夜都会做的梦的开头！

当许多人一生中第一次看到一样特别宽广雄伟的事物的时候，往往都会有一种深深的震撼，比如第一次走到金陵城外宽广的长江边上，比如第一次立在帝京城的皇宫之前。周远自从苏醒以后，平日里看到的就只有张塞租的那个破败的院落。所以当他第一次真正来临到姑苏城面前的时候，那种震撼是不言而喻的。

随着他慢慢地走近，姑苏城迎面向他压过来。他的脖子依然疼痛，无法抬头，只能直视着前方，城门变得越来越大，就像是一个巨大的洞口将要吞噬了他。同时变大的还有透过城门远远窥见的楼阁和街道。那是一个闪耀着金色光亮的地方，出现在一段长长的甬道的尽头。

是的，他曾经来过这里，就这样，乘着一艘乌篷小船。

他曾经也和现在一样，慢慢地走进这座到处是绚烂灯火的繁华城市，渐渐地被无处不在的热闹喧嚣所包围。只不过那发生在很久很久以前，在飘渺的记忆里，又像是在别人的梦境里……

洪掌旗不停地观察周远，提防着他走到城门口时会不要命地做出什么突然的举动。但是周远却令他很满意地只是安分地站立着，就好像对自己被挟持的处境已经认命或者浑然不觉一样。

他们来到东边的城门"相门"时，夜已经很深。陆城门那边，只有大约十几个人四五辆马车在排队。水城门这边，只有他们孤零零一条船。

他们向守城的军士递交了身份牌，文牒。负责闻嗅毒药成分的官犬上船跑了两圈，军士们把乌篷前前后后检查了一番。为首的军官掀开乌篷的帘子，确认了里面尊贵船客的身份，也许是黄宗耀圆睁着双眼显得心情很不好，那军官立刻盖上了帘子，匆匆下令放行了。

洪掌旗进城后，待河流拐弯，就立刻弃船登岸。李大和曾贵从岸边一个小库房里抬出来一顶预先存放在那里的大轿子。他们把黄宗耀和丁香月放入轿子里，然后一前一后抬起，在洪掌旗的带领下，他们拣了一条相对冷僻的小巷向姑苏城的深处走去。

洪掌旗的步伐渐渐加快，脸上的表情也慢慢放松下来，似乎感觉到他的使命即将完成。

可是就在这个时候，一个黑影突然从前面的街角闪出来。那是一个身材瘦高、额头有一块青胎的男子，穿着相当体面的衣服。洪掌旗一看到这人脸色立刻一变，停下了脚步。瘦高男子并不看他，却快速跑到他的身边轻声说道，"我失手了，有人在追我，先到临时的地点去交货。"

洪掌旗大吃了一惊，想开口询问，但是瘦高之人已经朝着他身后的方向匆匆地离去了。

抬轿子的李大和曾贵停下来，有些不安地等待着洪掌旗的命令。洪掌旗略想了一想，说道，"前面左转。"

他的话音刚落，街角处又转出来一个壮实的男人，一看就是身怀武功之人，行动和站立的姿态都蕴蓄着力量。他用锐利的目光朝巷子里打量了一番，分明是在追踪着什么人。他盯着轿子看了一会儿，便迅速朝下一个路口掠去。

"别停，继续走。"洪掌旗说道。

几个人走到巷口，正准备朝左转的时候，从横着的那条路上突然又匆匆跑过来一个身材苗条的女孩子。那女孩同样盯着轿子和轿夫看了一会儿，眼神里闪过一丝怀疑，却又渐渐黯淡下去。

她准备转身离开，可是移动中的身体却突然又停顿在了原地。因为在她的眼光即将从这群人身上移走时却正好瞥见了洪掌旗身旁呆呆站立着的周远。

周远也看到了她。那是一个很漂亮的女孩，穿着贴身的裤装，双腿修长，如同《武林传奇》头版上常画着的时尚女孩。可是她手中却提着两把收在鞘内的刀，显得英姿飒爽。

"等一等。"那女孩抬手示意。但是没等她说完，洪掌旗已经陡然暴起，拔出剑来朝那女孩扑去。

洪掌旗显然意识到这个女孩发现了什么，而这样的速度和爆发力完全昭示着一种想转瞬之间就置女孩于死地的决心。周远不禁替那女孩担心起来。

可那衣着时尚的女孩的反应也是奇快，分秒之间一长一短两柄柳叶弯刀已经出鞘。喳喳两声，两人已经迅捷无比地过了两招。女孩显然一开始也没有料到洪掌旗的剑招里竟然蕴含着极为厉害的剑气，但她的武学修为比张塞要高出许多，立即刀尖点地连做了两个侧空翻化解了。

李大和曾贵见领头的出手，便立即放下轿子，一个执刀，一个空手从左右两边合围过去。

李大看准了女孩右后方的破绽，挥刀朝她的腰部攻去一招。他在洪掌旗手下多次一起行动，所以这一招配合得极好，再加上女孩穿着时装，毕竟不是很便于闪展腾挪，顿时就要落了下风。

但是李大的这一刀才刚出手，却感到身后逼来一股劲风。李大有着非常丰富的江湖经验，知道劲风如此之强，意味着来人武功不低，且已经很近。他不敢大意，弃了已经使到一半的招数，向左边急闪，同时转过身去。

李大转身一看却吃了一惊，来人是一个穿着白衣的男生，竟还在十丈远的巷口。在这样的距离能逼得他撤招，足见其武功极高。

时尚女孩见增援来到，立刻转守为攻，长刀一划，朝洪掌旗面门自上而下砍去。洪掌旗却毫无慌乱，身形一晃，滑出一道诡异的弧线，不仅晃出了女孩长刀的攻击范围，还正好回转身来向那白衣男生拍去一掌。

这一掌看上去使足了力气，但是却听不到任何风声和响动。

那白衣男生身体立即一斜，抬腿朝右边的墙壁一蹬，人就直直地往左边弹了开去，同时也打出一掌，无论是姿态角度，竟和洪掌旗拍出的那掌一模一样。

两人之间立刻无中生有般地掀起了一股强大的劲风，竟把巷口的一张石台整个掀起，重重砸到墙上，撞了个粉碎。

"斗转星移！"洪掌旗惊讶地叫了一声。他心中的诧异是难以言喻的，刚才他所拍出的一掌，使用的是一种特别的武学，如果是第一次交手，不管是谁，哪怕是顶尖武校毕业的高才生，也必然会吃亏。但是这个穿白衣服的年轻人却显然不是第一次面对这种特殊的武学。他不仅看穿了他的掌路，居然还一模一样地还了一掌，能够做到这一点的，只可能是燕子坞的绝学"斗转星移"。

"走！"洪掌旗喊了一声，然后用不可思议的身法拐了个弯朝轿子猛冲了过去。只听一阵木头碎裂的声音，整个轿子被撞散，洪掌旗从轿子前面扑入，从后面穿出，肩上已经扛了一男一女两个人。

一堆碎木屑朝周远疾飞过来，他身体的穴道仍没有完全解开，根本无法动弹，好在最尖锐的几块木屑只是擦过他的脸。洪掌旗扛着黄宗耀和丁香月又划过一道诡异的弧线，几乎就要撞上周远，瞬间又朝外荡开去。

那白衣服的男生虽然看穿了洪掌旗刚才的一掌，并逼得他不敢恋战，可是对于洪掌旗变化莫测的轻功却仍是始料未及，竟完全料不准他的去势。这种弧线移动如此诡异，明显违背武学原理，可是对于施发者来说却显得特别自然，就好像是天经地义的移动轨迹一样。等到白衣男生看清洪掌旗携着两人最终是往墙头跃起以后，才赶紧施展轻功追了上去。李大和曾贵得了"走"的命令后也不再恋战，同样划出一道弧线摆脱了战局，各挑了一个方向分头逃逸。

周围一下子安静了下来。

苗条的女生收起双刀，缓缓走到周远的面前。这女孩，自然就是和周云松一起追踪谭执领而来的季菲。

她从周远僵硬的姿态上早就看出他是被封住了穴道，于是将手放到他的胸口。一股暖暖的力量递送过去，渐渐化解了周远胸口的阻滞。片刻之后，周远猛地呼出一口气，整个人瞬间一软，就往地上摔去。

季菲忙扶住他。

周远抬起头，近距离看着眼前的女孩。在他每晚梦境的最后，都是一张若隐若现的女孩的脸。

巷口传来姑苏巡捕的哨声。刚才骤然发生又戛然而止的一场遭遇战还是引起了巡夜的捕快的注意。

季菲紧张起来，周远还活着这件事，是绝不能让姑苏巡捕发现的。她使出内力托住周远，将他拉着往哨声的反方向疾走。

前面往西就是西园巷，那里街市热闹，人流拥挤，应该很容易就可以叫一辆马车。但是在西园巷口巡逻的几个巡捕一听到哨音，也立刻朝这边跑过来查看情况。季菲没有办法，只能拉着周远拐进了一条小巷。

小巷黑暗而脏臭，凹凸不平的地上都是污水和垃圾，两边则是低矮简陋的平房，每间狭小的斗室里都并排睡着七八个人。

这里就是分布在姑苏城各个角落的十几个贫民窟之一，是这座城市里所有做着底层杂工的人的居所。他们白天为姑苏城的有钱人拉车擦鞋、倒粪扫街，晚上便疲惫不堪地蜷缩在破烂的草席上酣睡。

周远脚下磕磕绊绊，几次就要摔倒，他紧紧拉住季菲的衣袖，表情里满是迷惘和困惑。

熟悉的感觉再次袭来。黑暗里左右破旧房屋的轮廓一排排压倒过来，空气里的酸腐恶臭弥漫荡漾、挥之不去……周远觉得自己同样来过这里，只是记不清是何时何日。

季菲以为周远是受了惊吓。她托住周远的身体，一边拉着他往前走，一边问道，"刚才那些人是谁？你为什么会跟他们在一起？"

周远摇摇晃晃走了好一会儿才慢慢从恍惚中恢复过来，他简单地把张塞带他去微澜山谷听戏，却正好碰上有人劫持黄宗耀和丁香月的事情经过讲述了一遍。

季菲听到刚才被劫走的那两人居然是自己的老板黄宗耀和当红艺人丁香月，自然大为震惊，回想刚才凶险的一幕也略微有些后怕。

不过听上去周远和张塞只是碰巧误入了绑架案的现场，倒让季菲稍微宽心了些。

"你知道回家的路吗？"她问。季菲只知道张塞住在官郎浦一带，却并不知道具体的地址。

周远下意识伸手到衣服口袋里，摸到张塞交给他的那张写着家里地址的纸。但他把纸片往外掏到一半时，却停住了。

"我不记得回家的路了。"周远回答。

季菲倒没有觉得失望，周远失去了记忆，她本来也不指望他能够记住自己家在哪里。甚至在季菲的心里，有一点暗暗盼望周远忘记了回家的路。

就这样在黑夜的街口和周远相遇，究竟只是巧合，还是上天的某种安排？姑苏城危机四伏，记忆移植的阴谋扑朔迷离，季菲一直希望可以借助周远的聪慧来帮助大家拨开迷雾，窥出端倪，只是张塞一直坚决反对。可是现在周远就在她身边，正紧紧拉住自己的衣袖，而张塞已经下落不明，再也无法来阻止。

"没关系，我先带你去我家。"季菲脱口而出。

周远的脸上现出欣喜，似乎也在等待着季菲的这句话，"多谢姑娘，你叫什么名字？"

季菲略微一犹豫，才回答，"我叫季菲。"

她说完盯着周远，想看看他对这个名字有没有什么反应。

"我叫袁吉。"周远的表情里并没有什么异样。

"往这边走。"季菲带着周远在陋巷里穿梭，逐渐远离姑苏巡捕的哨音。她从来没有来过这片贫民窟，但凭着对方位的判断，已经渐渐绕回到了西园巷附近。

季菲只感到心扑通直跳，身上微微冒汗，竟是比刚才和武功怪异，施发强劲剑气的黑衣人对战时还要紧张。在内心的深处，她也不知道是自己选择了去挑战那古老的预言，还是被那跨越千年的命运推着走向未知……

走过了最后一段坑坑洼洼积满脏水的道路，季菲拉着周远回到西园巷上，周围一下子变得光亮热闹。虽然早已过了子时，这条路上却仍然车水马龙，人声鼎沸，就像是正午一般。周远出神地望着街道两边的茶肆酒楼和进出着的穿着各色鲜丽衣服的男女，一时间又涌起了恍惚的感觉。

季菲招手叫了一辆带华盖的楠木马车，拉着周远坐了上去。车夫扭头看看他们，仿佛有些奇怪两个穿着差异如此之大的人为什么会在一起。季菲说了地址，车夫喊一声"知道了，客官请坐稳"，一扬马鞭，马车就在街道上行进起来。

周远侧着头，贴着车窗迷失般看着外面繁华热闹的街景。

但这繁华热闹的街景并没有持续很长时间，马车驶了一段路后又转入一片破旧的屋舍群落里。这里和刚才的那片贫民窟有些相似，路面开始变得高低不平，空气中隐隐传来酸腐的味道，路边垃圾堆旁躺着几个满体疮痍的乞丐，散发着垂死的气息。姑苏城的繁华和贫穷并不是截然分开的，而是像五花肉那样并行存在的。

"这是条近路，姑娘请担待片刻！"车夫回头说道。

果然，不一会儿周围就开始重新变得明亮。马车一个转弯，驶进了观前街，转瞬之间，他们就像是汇入了灯火的海洋。气派的高楼，奢靡的装潢接踵而至地映入周远的眼帘，又迅速朝他的身后倒退而去。周远轻轻地发出了一声惊叹，和这里相比，刚才已经算相当热闹的西园巷就立刻显得像是朴素的乡村一样。

"看到那大金字招牌没有？那就是翠玲珑……这儿是仙寿堂，你看那西域进贡的琉璃墙……"车夫开始自说自话地介绍起观前街和平安坊上标志性的建筑来，"这位公子，你是哪里人氏？是第一次来姑苏城吧？"

车夫虽然热情，但是话语里却透着一种居高临下的态势。他显然拉过许多初来姑苏城的乡下穷书生，也不是第一次看到周远这样被这一片金碧辉煌惊得目眩神迷的样子。

周远没有回答他，而是慢慢转回了头，靠到马车柔软的靠垫上。他用手抓住自己头的两边，使劲地揉搓起来。

"你怎么了？"季菲看到周远这种反常的举动，关切地问道。

周远摇着头，并不回答。悲苦压抑的贫穷和灯红酒绿的奢靡，交替袭来，和自己每天梦到的何其相似。虽然在梦里并没有清晰的房檐轮廓，招牌门庭，高楼牌坊，但是这种一会儿悲哀潦倒，一会儿又穷奢极欲的极大反差，压得他几欲窒息的感觉却是一模一样的。

　　周远拼命地揉搓了一会儿才用一种带着深深的迷惘的语气说道，"我……是要到这里来做一件事情……可是我怎么都想不起来了。"

　　季菲听到他说出这样的话，心中既惊讶，又微微感到害怕。她想要询问，却看到周远把头埋到膝盖上，已然完全沉浸在了冥想中……

第三章　忠孝贞廉无寻处

（九）

　　第二天一早，谢雪莹和往常一样在运河边的一家小店里吃了点简单的早饭后就来到《江湖周刊》上班。

　　她下了马车，刚准备走进报社的大楼里，却瞥见街道对面的一个报亭旁挤了一大群人，正在争购报纸。谢雪莹有些奇怪，姑苏城四大道德楷模尽数失踪的新闻昨晚就已经见报了，没想到今天早上还会这么火爆。

　　一个做采编的同事手中捏了一张报纸从人群中奋力挤了出来，他刚过马路就朝谢雪莹招手："听说了吗？"

　　"不是昨天就见报了吗？"

　　那同事愣了一愣，立刻说，"不是不是，那都是旧闻了。是黄宗耀！还有丁香月！他们也被人绑架了！"

　　谢雪莹当然大吃了一惊。姑苏城近来这一系列绑架案，虽然远比不上半年前燕子坞、峨嵋师生被挟持以及少林武当被毒药攻击的事件那么严重，但以黄宗耀在轩辕朝金融界的地位，以及丁香月在观前街上的名声，再加上"贞妇""廉德""忠义"和"孝子"的道德影响力，也已经是震惊江南乃至整个中原的特大新闻了。

　　谢雪莹一边从那同事口中听着细节一边走进报社的门厅里，负责接待的小姑娘看到她立刻喊道，"主编叫我跟你说，让你不用签到了，直接去巡捕总部采访昨晚的绑架事件。"

　　谢雪莹今天本来是要继续追查之前从安护镖局里找到的线索的，但既然是主编的直接命令，她只能无奈地点了点头，返身又走回到街上。

　　载她来的马车仍然还在原地，但是车夫却没有了踪影。谢雪莹往对面报亭一张望，果然那车夫也正挤在人群里面。他看到谢雪莹出来，立刻隔着街大声喊道，"姑娘要去别的地方吗？你等我一下，马上就好。"

过了片刻，他抢得了一份报纸，三步并作两步地冲了回来。

"姑娘去哪里？"

"大井巷，姑苏巡捕总部！"

"上车吧。"车夫满脸都是兴奋的神情，他替谢雪莹拉开车门，一边把手中的报纸塞到她手里，"姑娘一定知道吧，翠玲珑的丁香月和宝生钱庄的黄老板昨晚让强人给掳去了！"

谢雪莹坐定以后摊开了报纸，发现居然是一张《武林传奇》。整幅头版上只有一篇文章，左边是一幅很大的丁香月的画像，图画里丁香月被麻绳缚住，新款的湖滩裙凌乱不堪，显得极其香艳撩人，右边则是"独家报道：丁香月遭强人绑架，凌波微步重现江湖"的大标题。

她心中暗暗冷笑，心想这么多人被绑架，这娱乐报纸居然仍只是炒作丁香月一个。

作为传媒行业的习惯，她去看标题的署名，竟赫然写着"土弓"。谢雪莹当然知道这是张塞的笔名，不禁吃了一惊。

车夫一扬鞭子启动了马车，然后迫不及待地说道，"姑娘，你快给我念念吧，那到底是怎么一回事儿。"

谢雪莹匆匆浏览了一遍文章，说道，"说是昨晚丁香月在黄宗耀别墅里献唱的时候，两人突然被三个黑衣男子掳走……"

"微澜山庄，我知道的。"车夫冷笑道，"观前街上好多漂亮艺人都会去黄老板家献唱，你别看她们平时那么受欢迎，一幅高高在上的模样，其实骨子里都是很风骚的女人。我这样的人要攒一两年的钱才能看她们一场戏，那些达官贵人都是在家里舒舒服服地等着她们上门去献唱哪……唱一晚上，就给几百两银子的赏钱……唱完以后，还要伺候那些达官贵人睡觉哩……"

车夫一边说一边回过头来，朝谢雪莹露出一脸不正经的笑容。他似乎觉得在这样一个年轻女子面前谈论这样的话题很过瘾，又接着说道，"不知道掳走丁香月的是什么来头呢，如果是练塘山里的那些山贼的话，就惨啦，嘿嘿，姑娘，你想知道那帮贼人都是怎么折磨他们掳去的女人的吗？"

谢雪莹瞪了车夫一眼，把报纸丢到一边，说道，"你仔细看好前面的路了，要撞了车，当心我让你把去年赚的钱都通通赔出来！"

"别别别，姑娘别生气，我知错啦。"车夫嬉皮笑脸地说道，"求你再帮我看看吧，那报纸上还说什么了。"

谢雪莹扭过头去，不再理他。她倒不是真的被车夫轻浮的态度气恼了，她常年在外面采访，三教九流的人都要打交道，被人在言语上占个便宜，轻薄几句都是常事。她此刻有些纳闷的是张塞如何能够在抢在其他报纸之前写出一篇这么详尽的报道来？

那车夫见谢雪莹不再替他读报，哪里忍得住，立刻就姑娘长姑娘短地又是道歉，又是祈求。谢雪莹经不住他每过一两个路口就央告一遍，只能又拿起了报纸。

"说那三个黑衣人武功怪异，用的不是常规的掌法和剑法……"谢雪莹捡了条不容易勾起肮脏联想的内容说道，"他们逃走的时候，使轻功踏过了湖面……"

"哎哟，那不是'凌波微步'吗？这不是早就失传的神功吗？"车夫惊叫起来，"难不成用的是最新的量子内力！那可是魔教的功夫哩，难道丁香月是让大魔头抓去做压寨夫人啦？"

"你知道什么是量子内力吗？"谢雪莹摇着头讥讽地问道。

"我当然知道啦，"车夫说，"那是魔教转生教主发明的新武学，可厉害啦。姑娘你不要小看我呢，我小的时候可极具武学天分，丹田通经可粗哩，可惜我爹没钱，还是个酒鬼，就这样把我耽误了……"

"哦，对了，搞不好也可能是相对武学！"车夫又顾自说道，"那可是当年的老魔头李天道最擅长的武功，据说朝廷过去几十年里一直偷偷在研究呢……"

谢雪莹忍俊不禁，车夫的话一听就是来源于街头巷尾的传言，但是把这件事情和魔教联系起来却未必没有道理。黄宗耀家里的护卫全都是江湖上有名有姓的高手，凭练塘山上的那批贼人，是绝对没有可能冲进他们的府邸掳人的。

在车夫的高谈阔论中，马车很快到了大井巷。谢雪莹付了车钱就纵身下了车，匆匆走入姑苏巡捕总部阴森的青砖大楼。

巡捕总部门厅里专门有一个接待报社人员的柜台，不过谢雪莹连看都没有朝那里看一眼，而是径直上了二楼。那个柜台是新采记，或者没有本事的采记才去的地方，从那里只能得到千篇一律的官方说辞。

谢雪莹对整个巡捕总部早就已经熟门熟路。二楼西首那一片分别是轻案台和城安台。轻案台顾名思义是处理小案子的地方，比如街头斗殴，小偷小摸什么的。城安台是安护事件后新成立的部门，专门负责姑苏城的防护，特别是针对大规模空气传播毒药，但是这些职能现在已经完全被苏浙省的缉尉营接管。

而东首那边则是护卫台和重案台。护卫台的人负责姑苏城高级官员和重要场所的安全护卫工作，因此台里的巡捕几乎总是在外执勤，而重案台则负责凶杀、团伙抢劫那样的重大案件。黄宗耀丁香月被绑架的案子，肯定是交由重案台调查。

楼梯口值班的一个看上去乳臭未干的年轻捕快一看到谢雪莹连忙上来拦住，一边陪笑一边说道，"姐姐，今天可不行，这案子上边可重视了，先不让采访。"

"谁说我来采访案子啦？"谢雪莹说道，"我是来找你们岳捕头的。"

"岳捕头一早就出去办案了。"年轻捕快嬉皮笑脸地说。

"你这小子几天不见已经学会说瞎话啦。"谢雪莹朝那捕快挥手做一个要打的动作，然后往他身后不远处一指，"他不是在那儿吗？"

年轻的捕快回头一看，果然见到一个身材不高但却相当壮硕的男子正站在那里同几个人说话。他的谎话被当场戳穿，只能尴尬地挠挠头，"岳捕头一定是刚回来吧……"

那壮硕的男子四十多岁，正是重案台的捕头岳衡。他这时候也抬眼看到了谢雪莹，脸上立时堆起了笑容。这个岳衡从前在巡捕总部专门负责刑讯，一干就是十几年，生性非常残忍。每次他笑的时候，谢雪莹总觉得他脸上被牵动起来的是一组错误的肌肉群，给人一种极阴森、极倒胃口的感觉。

"哎呀，是谢采记。"他挥挥手打发了身边的人，走过来说道，"没想到你会来采访这个案子。来，到我屋子里说话。"

谢雪莹每次来，岳衡都会把她让进屋里单独说话。谢雪莹当然很不舒服，但毕竟是主编亲自交待的任务，她还是跟着他进了办公室。

岳衡把门关上，走到自己的办公桌后面，朝上面摊着的一张《武林传奇》揺了一拳说道，"嘿，说起这消息灵通啊，还真没有人比得上你们这些采记了，不过在这件事上，你也输给了那帮搞娱乐新闻的吧？"

谢雪莹不置可否地扬了扬细眉，在办公桌前的客椅上坐了下来。

"岳捕头，关于作案的三个黑衣人有什么线索吗？"

"嘿嘿，谢采记，你一定有数的，这可不是一般的案子。"岳衡拿起桌上的一支炭笔摆弄着，"上头还没有明确的意思，我可不敢随便透露。"

"我是写深度分析的，只是来了解一些事实。"谢雪莹说，"什么东西能写，什么不能写，我自然有数，过去那么多次我可从来没有让岳捕头为难过。"

对岳衡这种暧昧的态度，谢雪莹已经司空见惯，如果他真的不想透露什么，大可不必把她请进办公室里来。

"话是这么说。"岳衡又道，"不过我帮了谢采记这么多回，你老是对我那么冷淡，从来都不愿意陪我去太监弄吃个饭喝个酒什么的，真让我心寒啊。"

谢雪莹冷笑一声说道，"岳捕头，你这话就没意思了。就算我愿意陪你喝酒，你太太会答应吗？"

岳衡听到这话，脸上一红，讪讪地笑起来。岳衡虽然绝非善类，在巡捕府里却是出了名的惧内，他的夫人是两广巡抚管大人的亲妹妹，一个有心机有手段的女人。岳衡如今这个重案台捕头的位置，在巡捕总部里仅次于总捕头和副总捕头，自然是靠了家里的关系。

岳衡的这位夫人醋意极重，坚决不允许他纳小，对他在外面拈花惹草的事也非常在意，直接冲到巡捕府里就至少闹过两三次。

一年前，谢雪莹因为机缘巧合，在采访中发现岳衡偷偷在城外养了一个观前街上年轻漂亮的小戏子，从此两人便心照不宣。谢雪莹一直保守着这个秘密，岳衡也就被迫时常给谢雪莹透露点内幕消息。

"你瞧瞧，谢采记，又拿我夫人威胁我。"岳衡靠到椅背上说道，"我真是命苦啊，这辈子是逃不出你手掌心啦。"

他虽然这样说，脸上却似乎是很享受的样子。

"岳捕头言重了！我哪里敢威胁你。"谢雪莹摆出委屈的样子说道，"过去你提供的线索，我确是感激不尽，不过我也都回馈给你不少情报的，说帮你破过三四个大案子，不算是我夸张吧？"

"那是，那是。"岳衡说，"谢采记那真是顶聪明的人，我最喜欢你这样秀外慧中的女子啦……说真的，今晚陪我去吃个饭吧，'龙肝凤髓'怎么样？"

谢雪莹心想一定是出了黄宗耀、丁香月这样的大案子，岳衡可以有名正言顺的理由晚回家了。她冷笑着说道，"岳捕头又要说笑了，你在观前街、月柳街上那么多貌若天仙的相识，又怎舍得把你宝贵的自由时间浪费在我身上。"

岳衡对谢雪莹的讥讽毫不在意，说道，"你还别说，我见过不少大家闺秀，也见过数不清的风月场上的妖娆女子，可是我还就喜欢谢采记这样武校毕业有侠女气质的女子哩……"

谢雪莹见他开始没完没了，赶紧打断他说道，"岳捕头，你应该一早就去现场勘查过了吧？"

岳衡被谢雪莹突兀地岔开话题，脸上掠过一丝不悦，但还是叹了口气说，"是啊，这案子可很不好办……"

"三个人，劫走了黄老板和丁香月以后从微澜谷东面的一条隐蔽的小山隙跑进了后山的树林里，那里发现了打斗的痕迹……"岳衡继续说道。

"是和黄府的护卫？"

"嗯，黄府的护卫是那样说的。"岳衡说道，"他们说，在林中和三个劫匪进行了激战……"

岳衡讲到这里停顿了下来，谢雪莹已经听出他话中有深意。岳衡虽然好色，但总的来说也算是个有一定脑子的捕头。

"怎么，还有什么隐情么？"谢雪莹问。

"那些黄府的护卫讲述的经过和现场的勘察完全不符，逃跑的路线更是偏差很大。"岳衡说道。

"你的意思是，黄府的护卫中有内贼？"

"这个可能性不大。"岳衡摇摇头，"黄府挑选侍卫是极其严格的，都做过详尽的背景调查……我的猜想是，那些护卫恐怕压根就没有能够追上那三个劫匪。只不过因为怕被怪罪无能，才瞎编了一场激战。"

"《武林传奇》你也看过了吧？"岳衡说着又擂了一拳桌上的报纸，"这三个劫匪可是会凌波微步的啊！"

"什么时候重案台开始照着娱乐报纸上的消息查案啦？"谢雪莹讽刺道。

岳衡讪笑了两声说："开个玩笑，不过黄府的侍卫也有类似的描述。那三个劫匪的确是踏过了微澜湖。"

谢雪莹点点头，"既然如此，那么林中打斗的痕迹是谁留下的呢？"

"所以说这案子蹊跷啊。"岳衡抓抓脑袋，"搞不好还有第三拨人介入……而且这第三拨人的武功很高。"

"为什么？"

"因为一名劫匪手中的剑居然被打落了。"

"这么说，现场找到兵器了？"谢雪莹激动起来。

"只是件低劣的三级兵器。"岳衡朝她摆摆手，"江武府没有备案的。"

"那内力测试呢？"

"应该正在做吧。"

谢雪莹听到这里，立刻站起身朝门外冲去。

岳衡想阻止她，却根本来不及，他气得在桌上捶了一圈，然后七颠八晃地追了出去。

谢雪莹冲出岳衡的屋子，熟门熟路地右转，沿着走廊朝重案台内部疾奔。只拐了两个弯，她就来到一扇红漆的大门之前。

"谢采记！"

她听到岳衡在后面喊。她自然不会理会，推门走了进去，里头是一个密闭的没有窗户的大屋子。这里便是巡捕总部的"内力测试室"，是严格禁止外人，特别是采记进入的。

屋子很暗，只有中央一盏巨大的油灯照在一个呈长方体的大琉璃箱子上，两个捕快正低头在箱子旁边操作，看到谢雪莹突然闯进来，都吃惊地抬起头看着她。

岳衡随后冲了进来，他看着谢雪莹肆无忌惮的样子，却只有强压怒火，对两个捕快挥挥手说道，"你们继续吧。"

两个捕快不知谢雪莹是何人，但岳衡既然下了命令，便重新开始操作。

谢雪莹不是第一次来内力测试室，知道正中央这个大琉璃箱子叫作"佛沙琉璃盏"，是巡捕府用来测试器物上沾染过的内力的仪器。

两个捕快分别从两个雕刻着八卦阴阳纹的箱子里小心翼翼地拿出一黑一白两块石头来，安装到琉璃盏的两头。岳衡曾经跟谢雪莹解释过"佛沙琉璃盏"的原理，这两块石头分别是玄阴石和太阳石，分别是这世上至阴至阳之物。

天然的玄阴石和太阳石是上古神话中的宝石，据说分别被融入了"玄阴"和"太阳"两把宝剑之中。玄阴剑、太阳剑和倚天剑一样，都是江武府认定的超一级兵器，只不过这两把剑没有被允许在江湖上流传，而是被锁在江武府的兵器库里。

因此捕快手中的这两块玄阴石和太阳石都是刑狱府用不外传的工艺人工铸造的。

两个捕快装好了石头，然后从旁边一张小台子上拿起一把长剑，看上去应该就是微澜山庄现场找到的那件三级兵器了。他们将长剑的剑柄和剑刃拆开，分别放入了琉璃盏里面。

这时候两个捕快又抬头朝岳衡请示了一眼，岳衡对他们点点头。一个捕快就在琉璃盏的上方罩上一层纱纸，另一个则端起了一个双耳长颈瓶，倒过来在纱纸上来回地移动着。长颈瓶口流出来很细很细的沙子，透过纱纸，缓缓地落入琉璃盏里。

这瓶子里倒出来的沙子，便是所谓的"佛沙"。

这些佛沙全部都是从蕃藏国的三大圣湖中采集而来，是一种有着奇妙性质的沙。这些沙分为"阴沙"和"阳沙"两种，"阴沙"属阴，与至阳之物相吸，与至阴之物相斥，"阳沙"则反之。在圣湖的湖滩和湖底，这两种沙天然就混合在一起，无法被分开。

圣湖的水流将这些细沙冲入大河，一路向南流去，许多分支最终汇入了印度恒河。佛经中反复提到的"恒河沙"据说特指这种有奇妙性质的沙，所以这种沙后来又被称为"佛沙"。

因此如果把佛沙倒入琉璃盏中，阳沙就会被玄阴石吸附，而阴沙则会朝太阳石飘去，从而均匀地分离开来。但是如果琉璃盏中放着碰触过内力的物件的话，两种沙因为残存内力的干扰就不会分得均匀，而是形成有特定形状的"内力图谱"。

只要是已知的内力，在刑狱府和全国各地的巡捕部里就都存有该内力的图谱。通过对比，就可以鉴定出某样兵器最后被何门何派使何种内力的人使用过，或者是最后和哪种内力碰触过。

捕快细细地将佛沙撒了一遍以后，岳衡和谢雪莹都立刻向前跨了一步，透过琉璃盏顶上的透镜去仔细地看生成的"内力图谱"。

刚才谢雪莹之所以听到现场发现了兵器时那么激动，就是因为她知道可以用"佛沙琉璃盏"进行测试。这种方法极其严密可靠，许多重大的案件都是用它获得了突破性的线索。

可是谢雪莹和岳衡凑过去看了一会儿后，互相望了一眼，都愣住了。两个捕快更是瞪大了眼睛惊叫起来。

琉璃盏里，在剑柄的下方，形成了数道奇异的曲线内力图谱。从当年李天道在江湖上横空出世以后，这种"曲线内力图谱"就频频出现在全国各地巡捕府的"佛沙琉璃盏"中。因为是在剑柄的下方，这内力应是由使剑之人所留下。因此昨晚绑架丁香月的人使用的是魔教的武功，这已经没有疑问。

但是这并不是两个捕快惊叫的原因。他们之所以大惊失色，甚至微微有些害怕，是因为在剑刃的下方，出现了一种从来没有人见过的图形——佛沙自右向左，由细变粗，形成一种如风帆般的形状，关键是，组成这个形状的每一粒佛沙都被分离了开来。

这几乎是不可能的事。佛沙是如此之细，虽然玄阴石和太阳石的吸附能力很强，但总是会有许多异性的沙仍然粘附在一起，形成连续的条纹。但是眼前的这个图谱里，阴沙和阳沙之间，每一颗，每一粒都被完全分离开来。

两个捕快已经从事佛沙图谱成像近十年，他们不需要去翻看案头上那本厚厚的《刑狱府编内力图谱总集》就可以肯定，这种怪异的图形一定不在其中——目前已知的所有内力，都绝不可能做到这一点。

"这什么情况？佛沙琉璃盏坏掉了？"岳衡朝两个捕快喝斥道，"还不快重做一遍！"

两个捕快显然被惊吓得不轻，听到岳衡喝斥后仍然呆呆地对着图谱愣了半晌才拿来刷子把佛沙都刷到旁边的回收槽里。

然后他们开始重做分析，但是两人握着双耳长颈瓶的手都开始微微发抖。他们只能拿来一个立架，架在琉璃盏的两头，又搬来一个带着把手的像筛子一样的扁平的盒子放到上面。他们把双耳长颈瓶中的佛沙倒入筛盒里，然后来回移动把手，佛沙便像刚才一样，均匀地透过纱纸，撒入琉璃盏内。

几个人重新聚拢过去，琉璃盏内形成的内力图谱和刚才的一模一样。

"这是……怎么回事呢？"岳衡涨红了脸，瞪着两个捕快，"这是什么内力？"

其中一个捕快紧张得嘴都张不开，只觉得自己马上要被革职。另一个慌乱地看着岳衡，一副想说又不敢说的表情。

"说话！"岳衡怒道。

"岳捕头……这……我……"那捕快深吸一口气后终于颤颤巍巍地开口，"我琢磨着，我们搞不好正在看这世间的第一幅量子内力的图谱哩。"

"量子内力"四个字自从燕子坞事件里周远在三合堂主席台壁上写下公式，和杨冰川教授做了讨论后，便如燎原之火般传遍了整个中原。但至今为止并没有任何人真正能够彻底理解量子武学的概念，更不要说能够应用了。因此在巡捕府的测试室里严肃地谈论量子内力仍然有一种滑稽荒诞的感觉。

"量子内力！胡说八道！"岳衡两只眼睛死死地盯着琉璃盏里那柄长剑，"你见过量子内力吗？你会使量子内力吗？你怎么认识量子内力的图谱！"

"属下该死！"捕快吓得扑通跪到地上。

岳衡狂躁地在测试室里走了一个来回，"再说，世上会用量子内力的人，不是已经死了吗？"

谢雪莹站在旁边一直没有说话，但是她从第一眼看到那怪异的图谱后，心里已经在想着同样的事情。

她对量子武学的理解十分粗浅，但是过去六个月里整个中原所有的报纸都在热炒量子内力，许多二三流武校的专家教授们也发表了各种文章来论述。谢雪莹毕竟受过良好的武校教育，多少明白这种新武学最基本的假设就是内力，并不是如连续流动的风，而是由许多非常微小的"量子"组成。如果是这样，那么佛沙呈现出这种奇异的离散形状的图谱，应当是一个比较合理的推论。

这种新的内力图谱形成在剑刃的一段切面上，因此记录的就不是用剑之人所发的内力，而是最后击打在长剑上的内力。如果一切假设都成立，那么昨天晚上树林里的这第三拨人中，就至少有一个人会使用量子武学。

张塞昨天晚上究竟去了哪里？他为什么能够在第一时间对丁香月的绑架案做出如此详尽的报道？谢雪莹的心里突然再一次冒出这个疑问。

（十）

延绵的城墙，宏大的城门……然后是波光闪耀的水面，缓缓倒退的垂杨，伴随着若隐若现灯火的是低低的丝竹管乐……然后是一片城市的熙攘喧嚣和贫穷悲苦交替闪现……再是一座高高耸立的挑檐亭阁、一畦种满鲜花的园圃、一个蝴蝶形状的池塘，最后，是一张隐隐约约的女孩子的面容……

周远睁开眼睛，发现自己又一次大汗淋漓，几近虚脱。

他挣扎着坐起来，背脊上仍残留着刺痛的感觉。

这种感觉让他确信昨天晚上的一系列遭遇并不是一场梦。对于像他这样失去记忆、茫然不知道自己是谁的人来说，很容易会分不清真实和梦境。

大约六个月前，周远蒙胧地睁开眼睛，发现自己躺在一间黑暗狭小的屋子里，空气里弥漫着浓烈的药味。

他的头脑中完全是一片空白，就像一夜风雪后骤然开门的那个清晨，所有的一切都被白色覆盖，辨不清轮廓。

接下来的两天里，周远像一具行尸走肉那样在床上躺着，不言语，也没有什么表情。他隐隐可以感觉到有人在他的床边走动。通过眼睛的余光，他似乎看到是两个年轻的男生。每次他醒来时，其中一个男生会喂他食物，另一个则会端来汤药，然后把他的脉搏。周远则机械地将食物和药吃下，然后又沉沉睡去。

差不多要到七八天之后，他才慢慢感觉到一些最底层的对这个世界的认知开始恢复过来。

再过了十来天，他终于渐渐恢复了基本的语言能力，也想起了天地星辰，人兽花草，寒来暑往，秋收冬藏以及诸如此类的世间常识。

但是无论他多么努力，他都无法记起任何在他醒来那刻的时间点之前的事情。他是谁，他曾经做过什么，他的父母家人在哪里，全都遗忘得一干二净。

那两个守在他身边的男生，一个就是张塞，另一个，周远依稀记得张塞叫他"大可"。那是一个长得不像大夫，但是举手投足、语气神情都很像个大夫的人。

大可在替周远做了一次非常详尽的身体检查后，和张塞跑到屋外说了很久的话。自那以后周远就再没有见过大可。

又过了许多时日，周远开始能够保持长时间的清醒，并下床简单走动。张塞于是开始给他讲过去的事情，说他们两个是表亲，几个月前杭州城郊爆发了一场瘟疫，他的父母不幸都病逝了，他也病得奄奄一息，好心的邻居把他带来姑苏城投靠他的表哥。他最终在连续数十天的高烧中被抢救了过来，但是却失去了记忆。

周远听了这些叙述后难过了很久。世上承受失去双亲的痛苦的人并不止他一个，但许多人至少保留着关于父母的回忆，可是他不管怎么努力，却连一点母亲温柔的触感和父亲有力臂膀的依托都想不起来。这种挫折让他的孤独感变得格外强烈，几乎让他丧失恢复身体机能的欲望。

然后梦境开始时不时地在夜晚侵袭他。

梦境古怪而令人费解，却惊人地一致，反复重现。梦境遥远而疏离，像是完全发生在别的地方，甚至别的时代，却又有令人窒息的现实感。

这让周远忍不住想去探求梦境的意义，却又不知道从何入手。

有时候，当张塞出去上班以后，周远会产生想偷偷溜出去看一看的冲动。哪怕只是在附近，哪怕只走出去一两条街道，或许就可以给他一些提示，让他回想起什么来。但是对外面世界的空白记忆还是让他怀有恐惧和不安，就像要他用赤裸的肌肤去贴向冰冻的湖面一样。这种恐惧和不安与他对外面世界的好奇维持着一种微妙的平衡，总是在他跃跃欲试的时候让他踌躇不决。

但是自从昨晚发生了这一系列事件后，当他终于在现实中体会到了梦境的真切，并追随着梦境，从姑苏城宏大的城门经过，融入那一片灯火辉煌和阴暗鄙陋之后，这一切便都不同了。

周远站起来，在房间里来回走了一圈，疏松一下酸疼的肌肉。这是一间简单而整洁的客房，散发着一股好闻的清香。书架上散乱地摆着一些书籍，床头的一个柜子上整齐地叠着一套洗净烤干了的黑白色的衣裤。昨晚季菲带他来到了这个位于姑苏城闹市却幽静的宅院里，让他洗了个热水澡，换上了现在身上这套睡衣。

这时房门上响起了几下轻敲，然后打开，季菲端着一盘丰盛的早餐走了进来，她穿着淡粉色的裙装，和昨晚相比，少了几分成熟的妩媚，多了几分少女的青涩。

"早安！"

季菲把餐盘放到桌上，招手让周远过来吃，同时把一张《武林传奇》放在餐盘边上。

周远坐下后立刻看到了黄宗耀和丁香月被劫的新闻，又瞥见标题下面"土弓"的署名，知道张塞今早回到报社对微澜山庄的绑架案做了报道。张塞既然还能写报道，便说明他滚落山沟后并无甚大碍，这让周远舒了一口气。

报纸当然是季菲故意放在餐盘旁边的，她观察着周远的表情，知道他认出了张塞的笔名。这样，便算是默默地替张塞报了一个平安。

周远昨晚没有吃饭，此刻是真有点饿了。他就着豆浆狼吞虎咽地把汤包和糕点吃完，抹抹嘴巴说道，"我还没有感谢季姑娘昨晚救了我呢。原来你是燕子坞的毕业生，怪不得武功这么好。"

他边说边指着书架上许多印着双燕徽章的武学教科书。周远过去几个月一直在看张塞的那套《武林史》手稿，知道燕子坞是一所有着千年传统的伟大武校。

季菲淡淡笑了笑，拉过一把椅子坐在周远对面，顺手递给他一块手绢。

"不用客气，我会尽快帮你找到表哥的。"她说。

"谢谢你，季姑娘。"

两人很客气地相视一笑，同时也都各怀心事地舒了一口气。

周远那一边，很庆幸季菲并不知道他的表哥就是写桌上这篇绑架案报道的采记，因此不用担心会马上将他送回到张塞的那间方寸小屋里去。自从昨晚经历了梦境的真切,他的心中涌起了一股强烈的想要去完成一件什么事的使命感。尽管这种使命感仍然模糊不定,让他很痛苦迷茫,但是想要把这种感觉弄清楚的渴望已经完全压倒了一切。

而季菲那一边,也很满意周远看到报道后并没有急着要去找张塞,好不容易和周远相遇,她绝不愿意让他再次被张塞隔绝起来。尽管很忐忑,季菲的心中仍是在隐隐期盼,周远会是解决姑苏城眼下各种危机的关键。

"昨天晚上,路过平安坊的时候,你的样子有些奇怪……"季菲说,她的语气尽量显得很不经意。

周远有些不好意思地挠挠头,"让季姑娘见笑了。我去年底得了一场大病,虽然侥幸活了下来,但生病前的事情,却一桩都想不起来了,总是觉得很恍惚,所以常常会有些失态……"

"昨晚听到你说,你依稀记得来姑苏城,是要做一件什么事……究竟是什么事呢?"

"这个……"周远略有些犹豫,"我最近一段时间,每天晚上睡觉时,都会做一连串很奇怪的梦,在梦里我好像要去一个地方,去做一件很重要的事,但醒来时,却总是忘了梦的内容,只剩一种模糊的印象……我原本以为这只是一个梦而已,可是昨天我被劫持后,坐船回到姑苏城时,那小河垂柳、城门灯火,竟是和梦里的有几分相似,好像我要去的地方就是这里,就是姑苏城……"

"那……你最终想起来是要来姑苏城做什么了吗?"季菲并不想让周远有被逼迫的感觉,但还是忍不住追问。

周远看着季菲认真的样子,略略有些奇怪,不知道这位燕子坞的侠女为什么对自己的梦境那么感兴趣。他摇摇头,"想不起来……不过就算梦境和现实有些相似,也未必有什么真实的意义,或许只是巧合吧。"

他一边这样说,一边把眼光聚焦到季菲的脸上。

在那些悠长的梦的最后,每次都会出现一个模糊的女孩子的脸,他现在已经醒悟,既然梦境里的城墙垂柳、屋宇巷道可以在现实中如此真切,那么梦中的女孩,很有可能也真实存在。

昨晚他第一眼看到季菲,就觉得这个美丽的女孩似曾相识,之后他就一直在回忆和印证,但却始终无法确认季菲是否就是那个梦中人。

季菲对周远的回答当然不满意。她不认为周远的梦境是没有真实意义的。相反,周远昨晚那种样子让她相信这些梦境隐含着重大的线索,不仅关系到姑苏城的安危，甚至可能和那跨越千年的预言有关。

"那你能不能说说梦留给你的那种印象，比如说，你是来做一件愉快、欢喜的事情，还是一件不好的、可怕的的事情？"季菲不依不饶，换了一个角度继续追问。

周远愣了一愣。每天早晨他从床上坐起来，总是努力去回想梦的细节，却从来没有思索过梦的感情色彩，因为这毫无必要——梦境是那样的煎熬和难受，奢靡的喧嚣和沉重的悲苦就像冰与火一样，轮番袭来，一遍一遍地烧灼他，冻伤他，带走所有的希望和快乐。每次从梦中醒来，他都会一身冷汗，在压抑的心悸与恍惚中滞留很久才能渐渐摆脱出来。

周远不想直接说出这样的答案，他犹豫了一会儿说道，"梦里的感觉是很阴沉，不过……每次在梦里，我都努力在想办法改变这种阴沉的感觉……"

他低下头思索了片刻，又说，"似乎……我来到姑苏城……就是为了找到改变的办法……"

周远这番话在别的人听来，或许显得有些莫名其妙，不知所云。梦境本来就很虚幻，和现实未必有所联系。但是以季菲现在的心情听来，却正好迎合了她一直以来的担忧和焦虑。梦境的阴沉，正好对应着姑苏城局势的暗流涌动，危机四伏，想出改变的办法，岂不就是要来拯救这座城市？

"那，是要怎样去改变呢？"

周远无奈地摇摇头，"季姑娘，那些梦境，都只是一些割裂的片段，并无什么实质的内容或因果，虽然梦境时常驱使我有一种想要去做点什么的冲动，却也没有任何明晰的指引。再说我只是一个失去了记忆的孤儿，既没有什么能力，对外面的世界也一无所知，又如何能去改变什么？"

季菲看着周远，心想说到能力，只怕没有人比你更有资格去拯救姑苏城，只是你自己不知道罢了。

"季姑娘似乎在担忧着什么事情？"周远这时反过来问季菲。

季菲叹了口气，点点头，"怎么能不担忧呢？"

她用手指一指案几上的报纸，"丁香月姑娘如今可是整个中原演艺圈子里最瞩目的人物，掳走她简直是冒天下之大不韪，要怎样丧心病狂的人才能干出这样的事！黄老板是我们宝生钱庄的创立者和最大的财东，江湖上一直以心狠手辣、两面三刀、六亲不认出名。他手下有几百个武功高强的家丁，却没有想到竟有人敢绑架他。这两件事，都不可能轻易地了结。"

"季姑娘是担心接下来会有很多报复与仇杀？"

"绝不是这么简单。"季菲摇摇头，"姑苏城的贞妇、孝子等道德名人也被人绑架了。另外，昨晚还有人试图在竟陵子台绑架阿玛妮家的千金和程太医的公子，不知道这些绑架案是不是同一伙人干的，如果是的话，那这些人实在是太嚣张了，竟敢在同一天里对那么多有权有势有名望的人下手，这肯定不止是绑架那么简单，他们简直是在炫耀他们的实力，是在向姑苏城示威，这一切的背后，一定有更大的阴谋！"

"我不知道背后是否一定有更大的阴谋。"周远这时若有所思地说道，"不过在同一天做这些事，也许是个合理的安排。"

"为什么？"季菲没想到周远会这么说。

"就像季姑娘说的，昨晚被绑架这些人，全都是有权有势有名望的人，无论谁出事，一定在姑苏城引起轰动，大家就会多几分警惕，剩下的几个也许就不那么容易下手了。"周远回答。

"哦，你这么一说，还真有点道理。"季菲点点头，心中禁不住佩服周远思索问题独特的角度。黄宗耀被绑架的事情如果被曝光，程太医和阿玛妮家一定会加强戒备，甚至禁止程少斌和桑央晚上外出吧。这样要在竟陵子台上对他们下手就会变得更难甚至是不可能了。

可尽管如此，这也反映了绑架者所属组织的强大，居然有能力多线作战，而且每条线上的实力都很强。

那三个黑衣人季菲昨晚亲自和他们动过手。典型的魔教武功，高深莫测，使人自然而然地联想到"安护镖局"。他们一开始出手时分明就是准备要杀死她，后来看到周云松使出"斗转星移"才为了确保完成任务而选择了逃遁。其实如果那三人当时留下来和他们硬斗的话，她和周云松未必是对手。

很难想象这样的高手会像山贼那样来搞绑票这样的勾当，魔教或者"安护镖局"是绝对不缺钱的。就算真的是为了钱，整个中原东西南北每天都有上百路人马在押送价值连城的镖货，劫镖远远要比这种高调的绑架要简单方便得多。

所以毫无疑问，这一系列事件背后肯定有别的更大、更可怕的阴谋。

"那你说这些人为什么要做出如此丧心病狂的事情？"季菲忍不住问道。

周远看着季菲期待的目光，歉意地摆摆手，"我只是从逻辑上觉得他们这样行动合理，但对他们的目的，我真的是一点都猜不透。"

季菲自然觉得失望。但她也知道，周远失去了记忆，要让他仅凭一个晚上的遭遇就猜透黑衣人的意图本来就是异想天开。

但季菲的心中也忍不住涌起一股冲动,如果把从燕子坞事件以来所有的事、所有的前因后果都告诉周远,当他得到了所有的信息之后,是不是就能够像在鬼蒿林、在燕子坞那样,运用他超越常人的理性和逻辑,抽丝剥茧,理清头绪,猜破这一切背后所隐藏的阴谋并最终找到拯救姑苏城的办法呢?

这样的想法毫无疑问很诱人,但季菲最终还是忍住了,她并没有完全忘记张塞的警告——周远是曾经多次拯救过他们的同伴,却也是预言里魔教的最后一任教主,他每晚的那些梦境,他头脑里那种要来姑苏城完成使命的想法,本身就说明了他的不同寻常。唤醒他的记忆,很可能同时唤醒那神秘而强大的量子武学,这究竟是对还是错?当最终的风暴来临时,他究竟会站在哪一边?

周远看着神情凝重的季菲,突然说道,"不过呢,关于昨晚的绑架案,我倒是有一些线索。"

季菲没有想到周远竟主动要来帮助他分析绑架案,眼睛里闪出激动和希望的光芒。

"昨晚那三个黑衣人胁迫着我进城后,在碰到你们之前,曾有一个穿着体面的瘦高之人匆匆跑过来向他们报信,说他失手了,叫他们去临时的地点交货……"周远说。

季菲听周远如此的描述,立刻觉得那瘦高之人多半就是竟陵子台那个姓谭的执领,"果然如此,看来微澜山庄和竟陵子台的案子确凿是同一伙人干的了。"

"那个瘦高男人说的话,还解答了我心中的两个疑问。"周远继续道。

"两个疑问?"

"嗯,昨晚我就一直奇怪两件事。"周远解释,"一是为什么他们绑了黄老板、丁香月姑娘以后要进城。"

季菲听周远这样一说,心中也觉得有些不解,绑匪在城外掳走了黄宗耀和丁香月,应该就在城外找个隐蔽的地方将他们藏起来。他们居然还要冒险进城,有些不合常理。

"二是为什么那个瘦高的人失手以后要来找那三个黑衣人。"周远继续说。

"他当然是为了来提醒他的同伙啊。"季菲说。

"没有这个必要吧。"周远说,"他失手的话,自己逃走就是了。他跑来报信,反而把你和你的朋友一起引了过来,差点让这边的事情也弄砸,不是吗?"

"啊，对呀，我都没有想到。"季菲拍了一下手说道，"那……这是为什么呢？"

季菲已经放弃了思考，只是全神贯注地看着周远，等着他来揭开谜底。

"唯一合理的解释，就是那三个黑衣人昨晚的目的，或者说他们接到的命令，是要将丁香月姑娘和黄老板绑架到一个特定的地点……这个地方应该在'竟陵子台'附近！"

"竟陵子台附近？"季菲试图努力思索，却还是没能跟上周远的推理。

"绑架桑央小姐的计划失败后，应该有人马上报告官府了吧？"周远问。

"那是当然，桑央小姐和程少斌的侍从家丁立刻就报了官。"

"所以姑苏巡捕的大队人马很快就会赶到竟陵子台。而此时如果那三个黑衣人还带着黄老板和丁香月姑娘朝那里去，就有被发现的危险，因此那个瘦高之人才需要来报信，叫他们去临时的地点交货！"

"确实是这个道理！"季菲恍然大悟，她站起身来，"我这就去告诉周大哥和叶大人。"

周远立即摆手道，"如果官府这时候兴师动众到竟陵子台附近搜捕，只怕会打草惊蛇，不如我们悄悄去做一番调查，也许能有更深入的发现。"

"我们？"季菲一下子愣住了，"这……这不行。"

"为什么不行？"周远显然非常失望。

"因为……既然那里是黑衣人的巢穴……一定十分危险。"季菲随便说了一个理由，"再说你我又不是姑苏巡捕，又怎么轮得到我们去查案？"

季菲虽然这样说，但心中却已经有些犹豫。周远光凭这一点零星线索就已经做出了这么多精准的分析，如果能够到实地去收集更多的信息的话，很可能会有更多的发现，甚至真的可以解开这些绑架案背后的阴谋。

可是让周远光天化日之下走进姑苏城的闹市，这也的确太疯狂了。对于江湖来说，周远已经死了，和慕容校长同归于尽，一起沉入了太湖的湖底。如果被发现他还活着，那无异于是在一个堆满了干柴的屋子里直接引爆了火药，直接会把姑苏城，甚至整个中原都炸得不可收拾。

"可是，季姑娘虽然不是姑苏巡捕，昨晚追踪绑匪奋力救人时，却义无反顾地承担起了武校生的责任呢。"周远仍不愿意放弃，"现在风声这么紧，黑衣人不敢轻举妄动的。这种绑架的案子，我们多犹豫一分，黄老板和丁香月姑娘的处境就会更危险一分……"

第三章 忠孝贞廉无寻处

"不行就是不行！"季菲这时拿出女孩子的蛮横断然说道。

她知道自己要从道理上和周远争辩是行不通的。此时的周远虽然记不得自己是谁，但是头脑里的逻辑和嘴巴上的反应一点都不比鬼蒿林时要差。

"我现在去找叶大人，你好好在家里休息，我一会儿会把门反锁上，这是为了你的安全！"季菲收拾桌上的碗筷，端起餐盘朝屋子外面走去。

"姑苏巡捕是找不到线索的！"周远在她身后说。

"你凭什么这么说？"

"因为他们不知道他们在找什么。"

季菲转过身来。周远的脸上洋溢着那种令她熟悉的自信，这种和昨天晚上截然不同的表情既让她感到希望，却也隐隐让她不安。

"那你说应该找什么？"

"我也只有到了那里才能知道。"周远说。他一脸认真的表情，但是在季菲看来这种回答显然很没诚意。

她瞪了周远一眼，露出那种不会让你得逞的表情，俏皮地对他摇了摇手指，表示让他死了心。

"可是季姑娘，你真的就不关心那些被掳的人的死活了吗？"周远不满地问。

季菲又怎么会不关心。她犹豫了一下，终于说道，"这样吧……如果姑苏巡捕三日内还找不到线索，我就带你去竟陵子台。"

"好，一言为定，说话算数！"周远脸上露出笑容，忙不迭地要和季菲说定。

季菲点点头，心中却不确定自己脱口而出的这句话究竟是对是错。

周远看着季菲离去，脸上的笑容渐渐转化为了思索。他走到床边，从柜子上拿起那套黑白色的衣服，双手禁不住微微颤动起来。

张塞告诉他，父母过世以后他来姑苏城投奔表哥时，就是穿着这套衣服。周远轻轻抚摸着布料，每次握着衣服柔软的质地时，他心中都会涌起莫名的伤感，因为这是世上唯一属于他的东西，也是唯一联系着他消失在一片茫然中的过去的物品。

周远将那条黑色的裤子拿起，从里翻出来，平铺在床上。在淡灰色的衬里上，密密麻麻地有许多很小很淡，但是凑近了看绝对可以辨认的文字。

这件奇异的事情，是大约一个月前的某一天，周远在随意地摆弄衣服时发现的。裤子以及黑边白底的短衫的衬里中都有。周远本能地觉得这些文字和他的过去以及和他每天的梦境有某种联系，或许可以成为解开他心中许多疑问的线索。同时周远也隐隐觉得张塞应该不知道这件事情，这位表哥对他接触到的东西都极为敏感，但是这套衣服却从来毫无顾忌地让周远可以随意换洗和碰触。

在时间上，这个发现也来得相当及时，因为就在不久之前，他刚刚把张塞放在大箱子里的一大叠《武林史》手稿全部读完了。

阅读《武林史》在几个月里一直是周远最大的消遣。更准确地说，是他枯燥无聊的禁闭生活中唯一的支柱。《武林史》让周远对武林门派的发展以及和朝廷的关系有了全面的了解，但是最能引起周远浓厚兴趣的，是《武林史》里对武学发展的翔实记叙。

当然，《武林史》并不是武学教科书，里面并没有关于武学框架推导的最具体的细节，但是这并没能困住周远，相反在某种程度上给他提供了一种练习的机会。大约有一个多月的时间里，周远根据《武林史》里勾勒的武学脉络，尝试着把最重要的那些武学成就之间被略去的细节一点一点重现出来。比如说《武林史》里只给出了黄裳的内力公式和张三丰的三大定理。而周远却根据他的理解一点点把两者之间的算学细节全部都列写了出来。

有时候周远自己也有那么一点惊讶，自己如何能够做到这一点。他隐隐觉得这应该不是特别容易的事，但他却做得自然而然，并没有花费太大的力气，就好像这些知识和思路原本就存储在他的头脑里一样。

当然最重要的是这些事情替他打发了足够多的无趣时光。就在《武林史》中已经无法找出更多的挑战来填补他头脑的空白以后，衣衫里面那些奇妙的文字就显现在了他的面前。

之后的一个多月里，周远的每个白天几乎都用来研读这些文字了。这些文字远不像《武林史》那样明晰易懂，但是周远并不感到气馁，反而觉得更有去钻研的动力。

搞清楚这些文字的先后顺序并不难，因为文字被分成了许多自然的章节，每个章节之前都标注着时间。周远原先以为这些文字是某个人撰写的日记，但是很快他就从语气上发现，它们更像是某个人所写的信件。

但是什么人会写如此晦涩难懂的信件呢？每一个章节里都只有非常简短的问候，然后就是大段大段的奇怪的描述和议论。而且在逻辑上非常的跳跃，常常是一封信讲的是一个问题，而另一封又是对完全不同的另一个问题的思考。

有些问题似乎和武学有关，但是和《武林史》里列出的那条清晰的脉络却完全不同，甚至有些矛盾。更多的，是对这个世界，世俗生活，人性，佛教，逍遥哲学，还有灵魂生死的思考。只是其中的大部分周远都完全无法理解。

但是周远还是发现了几段特别有意思的文字。一段是关于人的记忆，人格，知识，经历和善恶、道德之间的系统论述。不过这些论述刚展开到妙处，却戛然而止，似乎之后还有更多信件，只是没有写到这套衣裤的衬里上。

另一段是关于武学的描述。里面很有意思地提到内力其实有两种来源，一种是源自阴阳差，根据《武林史》，这就是黄裳内力，另一种则源于所谓的"引势力"，而这种"引势力"是一种叫作"相对武学"的基础。

周远对"引势力"的概念一下子就着了迷，这个概念不仅和武学有关，背后更是承载着对空间结构的深刻研究，但让他失望的是，这些信件里虽然反复出现对"引势力"的思考，但是对这个概念本身的许多重要性质却没有详细解释，似乎是在之前更早的、没有写在这套衣服上的信件里就已经系统论述过了……

尽管这些神秘的文字无头无尾，支离破碎，但却带着周远徜徉在一种全新的、信马由缰、开天辟地的思考中。

而这两天姑苏城中发生的一系列事件，以及刚刚开始逐渐苏醒的头脑中那些怪异却真切的记忆，让周远逐渐产生了一个念头……

（十一）

姑苏府衙坐落在大井巷西边的庆元坊。

整个府衙分成南北两部分。南边的公事区较大，横着占了两个街区，包括了升堂断案的"威德堂"以及大小议事厅还有临时羁押嫌犯的囚牢等。北边的家眷私宅被数十棵大树的树冠笼盖起来，十来间堂屋围着一个别致的小花园。

十几年来，太守叶伯仁一直是这片府衙的主人。

叶伯仁平时一贯起得很早，他一般会先在花园里习练一套拳法，然后到北区的东厢房阅读一些案宗或者会见第一批客人。叶太守不是武校生，但是却一直勤于锻炼，身体极为硬朗，他一直以来和燕子坞的慕容校长、杨冰川教授、黄毓教授交好，也得他们指点习练了一些武术。

但是今天叶太守却没有心情练拳，整整一个早上已经在"威德堂"听了好几拨手下的汇报，也接见了十几批苏浙省和姑苏城政商两界的要人。此刻，他已经回到了北区的东厢房，客座上坐着的是三个年轻人。

叶大人作为父母官深受姑苏百姓的爱戴。一直以来，他总是宽厚谦和、中正儒雅，但是今天他却一反常态地一脸焦躁，步伐沉重。

座上的三个年轻人正是周云松、章大可和季菲。他们刚刚向叶大人汇报了昨晚在竟陵子台发生的针对阿玛妮桑央和程少斌的绑架未遂案的详情，包括和绑架黄宗耀和丁香月的黑衣人交手的经过。然后他们又把张塞整理出来的记忆种植对象的名单给了叶大人，同时也说了季菲昨晚从程少斌那里打听到的关于侯大人病情的信息。

"突然之间就消失了？"叶大人在房内踱了一个来回后问道。

周云松点点头，表情极为尴尬，"就在沧浪亭附近，突然之间就没了人影。"

昨天晚上，周云松一路追踪绑架丁香月和黄老板的魁梧男子，一直追到沧浪亭里。虽然那男子轻功极好，但他毕竟扛着两人，周云松原本是极有自信能追上的，可是绕过一个小湖之后，在一片并不曲折的回廊尽头，那人却带着丁香月和黄宗耀一起倏地就消失了。周云松赶过去前后查探，竟是踪迹全无，如同在空气里骤然蒸发了。

"你确定对方使的是魔教的武功？"

"绝不会有错。"周云松再次点头，"而且，如果我没有看错的话，那黑衣人极像安护镖局西南分局的掌旗洪四槐。"

叶伯仁的脸色变得更加难看。昨晚一系列的事件发生后，姑苏府面临着前所未有的巨大压力。

丁香月是整个中原家喻户晓的优伶，近到苏浙七十二市的百姓，远到帝京三部七府里的高官，都有她的戏迷。宝生钱庄的分号遍布全国，创始人兼大财东黄宗耀的被掳让几百万存户和几千家用宝生银票进行生意往来的商户人心惶惶，直接威胁到了轩辕朝的金融安全。程氏医堂根基深厚，直达皇城内宫，阿玛妮品牌则在轩辕朝年轻的一代富家公子中深入人心。四大道德楷模更是整个姑苏城操守与正义的象征，对他们的亵渎，就是对姑苏城道德基石的挑战。

整个上午，几大名门望族的大家长或是亲自登门，或是通过苏浙省的官员来给叶伯仁施压，敦促他早日破案。但是叶伯仁已经调集了姑苏巡捕接近五分之四的人力投入到了绑架案的侦破当中，在全城范围里展开搜捕，却是连一点线索都找不到，在他十几年的太守生涯里，从未遇到过这样的事情。他原本期待能从周云松那里听到些好消息，却仍然只是一条断掉的线索。

第三章　忠孝贞廉无寻处

周云松他们自然也知道叶大人面临的困境。今天早上他们一路往大井巷这边过来，到处都听到市民们在议论魔教和"凌波微步"。对于燕子坞事件的后续调查原本就有很多疑问，江湖和民间都有很多不满的情绪，这实际上是苏浙府的问题，但是如今魔教余党竟然如此猖狂地劫掳姑苏市民，姑苏巡捕自然是逃不过问责的。他们甚至从一些并非空穴来风的渠道听说，苏浙省已经给姑苏府规定了三日的期限，必须找出绑架案的头绪，否则就要革了叶太守的职。

周云松和章大可都替叶大人担忧，却都想不好该怎么出言询问。

这时季菲上前一步说道，"叶大人，绑架案的线索，肯定就在竟陵子台附近，集中所有的巡捕到那里搜查，或有可能找到突破口。"

周云松和章大可都有些惊讶地转头去看季菲。她昨晚和黑衣人交手后就失去了联络，不知为何突然有了这样的论断。

"几位道德楷模被掳时，黑衣人都是往市中心的方向奔逃。昨晚在城外掳了黄老板和丁香月姑娘，黑衣人仍执意冒险进城，周大哥在沧浪亭附近跟丢了他们，这些都不是偶然，全都说明魔教有特别的理由一定要把掳到的人质带到那里。"季菲继续说道。

周云松、章大可更是惊讶，之前很少听到季菲进行这样的推理，都投过去赞许的目光。季菲脸一红，其实她无非是转述了周远的推理而已。

叶大人却一脸苦笑，"不是我没有把所有人手集中到竟陵子台，那里一共才几个街区，只需三成的巡捕派过去，就已经水泄不通，我们已经挨家挨户地盘查过，况且翠玲珑和黄宗耀自己的家丁侍卫也都倾巢出动，可是却真的一点线索都找不到……"

季菲看着叶大人无奈的表情，想起周远给她的断言——姑苏巡捕是找不到线索的，因为他们不知道在找什么。

没等季菲继续说话，叶大人却也向前走了一步，严肃地问道，"程少斌昨晚的那些话，都是他主动告诉你的？"

叶大人突然把话题转到记忆移植的事情上，让季菲有些措手不及。她脸一红，朝周云松和章大可那边看了一眼。对程少斌使用"真言露"的事情，是肯定不能跟叶大人说的。

"是的，我跟程公子之前就认识，这个事情是在闲谈间提到的。"季菲撒谎。

叶大人看了看季菲，又转头看了看周云松和章大可。他一生阅人断案无数，自然知道这几个年轻人肯定没有说实话。程氏医堂是轩辕朝传承最久的医堂之一，虽然这个少东家他也听说是个不守孝道的纨绔子弟，但是在闲谈中随便透露病人的病情，特别是侯大人那样重要的病人，可能性也不大。

不过叶伯仁却顾不得去计较这些了。

"那程少斌说，侯大人的脑病被治愈了，这应该是好事吧？"叶伯仁又问。

章大可摇一摇头，"叶大人，这不是好事。如果侯大人的确像慕容校长那样被种植了记忆，那么他会一直受到类似脑病的幻视幻听的困扰。如果这种症状突然消失，那不是被治愈……而是因为……种植的记忆被唤醒了。"

叶伯仁望向窗外，陷入了沉思。

记忆的转移和种植这种事情，听上去完全就是无稽之谈。换了其他任何一个官员，只怕都要勃然大怒。但是叶伯仁却在半年前亲自审问过杨益樵，看到过他在服下真言露后言语表情都突然变成了魔教教使谭志的表现。那种完全变成另一个人的样子是再高明的演员都无法伪装的。

另外，他和杨教授相交十几年，知道他绝不是那种会随便说出虚妄之言的人。

而此刻这三个年轻人给了他更为详细的关于李天道移植记忆的调查结论，他们甚至研究出了一张最可能被移植了记忆的官员的名单，而名单上的第一个人竟然就是苏浙巡抚侯瑞。

不仅如此，他们认为，侯瑞的记忆已经被唤醒！也就是说，身为苏浙巡捕，统管七十二个市县，手握缉尉营兵权的侯大人现在已经不是侯大人，而已经是当年光华教的某个圣使或长老。这是多么恐怖的事情！

叶伯仁一生遇敌无数，也遭遇过面临生死存亡的境地，但是像这种超越了常识，超越了过去任何临敌经验的状况，却也是绝无仅有，令他也不禁感到一种微微的恐惧。

但是，他不会将这种恐惧表现出来，他转回头来，问道，"你们还有更加确凿的证明吗？"

周云松摇摇头，"但是大人，从目前的种种迹象看，实在是非常可疑！苏浙府几个月来纵容三山堂的势力渗入到姑苏城的方方面面，对他们欺行霸市、四处作恶的行为不闻不问，反而大肆压制武林人士，缉捕武校学生，的确和下大人在的时候太不一样了。"

"苏浙府缉尉营负责安护镖局东南分局的调查，可是半年过去，不仅拿不出任何成果，安护镖局的掌旗居然还能肆意在姑苏城里行动，绑架名人政要，这实在太不合理了。"章大可也说。

叶伯仁听完两人的话，不置可否，过了一会儿说道，"我会把你们的名单用最快的速度寄给帝京城的杨教授。这几天姑苏城的局势可能会更加动荡，敌暗我明，你们千万不要随便行动，也一定要规劝你们的武校同学和朋友，在对手意图还不清楚的时候千万克制，静观其变，否则会把事情弄得更糟。"

"可是大人，我们真的什么行动都不采取吗？"周云松担忧地问。所谓静观其变，对他们来说或许不难做到，但是对叶大人来说，在朝野各界如此舆论的重压下，却不知还剩下多少时间。

叶伯仁坚决地摇了摇头，"姑苏府受苏浙省管辖节制，我能采取什么行动？只能等帝京城那边的消息。在此之前，不管如何，哪怕有什么事情发生在我身上，你们都要保持冷静，等待杨教授的指令！"

三个人都一凛，不知道叶大人所谓的"有什么事发生在我身上"是不是就是指苏浙省要罢免他官职的事情。但叶伯仁显然不准备再回答他们任何问题，挥一挥手，"我在威德堂还要做部署，先过去了。你们还是从西边侧门离去吧。"

三人没有办法，只能一起向叶大人行礼告辞。

周云松带着章大可、季菲从侧门离开了姑苏府衙，一路向东，来到了太监弄上的林记酒家。他们照例来到了"疏影"包房，装饰豪华的内室里，有一个人已经坐在椅子上等着，正是张塞。

张塞和昨晚判若两人，整个人从上到下失魂落魄，就像刚从监牢里放出来一样。

他整个晚上都没有睡觉，到现在也没有吃任何东西。昨晚他侥幸滚下沟渠，躲过了黑衣人致命的一击。他一路滚到沟底，晕厥了一段时间，醒来之后便听到黄宗耀的大批手下搜山的声音。他强忍身上的伤痛，大着胆子靠近探听，但黄宗耀的护卫们显然并没有发现黑衣人或者周远的踪迹。

他于是心急火燎地回到家里，可是一直等到凌晨，也没有等到周远回来。

他强迫自己镇定下来，先写了一篇关于丁香月穿着春季乔家宅新款湖滩裙去微澜山庄献唱时被黑衣人绑架的报道，一大清早就去交给了潘曼丽，这样他就可以领了跟进报道的任务后再次赶往微澜山庄后山，可是整座山已经都被姑苏巡捕封锁起来了，不接受任何采访。张塞只能在周围又徒劳地找了一圈后，才又困又饿地回到报社。走投无路之下，他只能联系了周云松。

季菲看到张塞心力交瘁的样子，心中不忍，差点就想立即说出真相，但是一想到张塞一定会将周远再度隔绝起来，就狠下心又放弃了。

"学长久等了，我们先点些菜吃吧。"周云松叫来了侍女小香，点了几样菜肴。

"所以……周远是被黑衣人抓去了？"章大可等小香出去以后问道。

"也未必。"周云松说，"昨晚黑衣人轿子里掳走的两人我看得很分明，是丁香月和黄老板。所以学长不必太过担心，或许周远只是因为失去记忆，找不到回家的路，也许被城外哪户好心的人家收留了……"

周云松的安慰并没有让张塞脸上痛苦变得舒缓。他叹了一口气说，"我约你们来，其实还想告诉你们一些事情……之前但凡说到关于周远的话题，我都刻意回避。但其实自从在鬼蒿林里听说所谓末代魔教教主的预言后，我就一直没有停止过想去弄清楚其中真相的努力。"

周云松三人听到张塞居然主动开口要谈周远和千年预言的事情，都又惊又喜，全都把椅子往前拉了拉，等着张塞说下去。

"半年前，我们从听琴双岛的封禁里出来，"张塞继续说，"我跟你们分开，去了曼陀山庄拿黄毓教授托付给我的手稿。在历史研究所的藏书馆里，我不仅找到了《武林史》的手稿，还找到了黄教授的许多笔记，其中有一本是关于《慕容家书》的研究……"

众人都是一阵讶异。根据王素和杨教授的说法，在试剑台上，李天道曾拿出《慕容家书》的第二和第三册来诱惑周远。这两册绝世奇书最后在周远强大的量子内力下都化为了灰烬，大家原以为书中记载的秘密也已经随之消失，却没有想到黄教授竟做过《家书》的研究。

"看了黄教授的笔记后我才知道，如果说鬼蒿林是研究《家书》最重要的地方，第二个关键的地方就是姑苏城。"张塞接着说，"黄教授的笔记里甚至夹着一张详细的姑苏城的手绘地图。黄教授认为，慕容公子并不像许多史学家以为的那样，在人生失意后马上就出外云游浪荡，而是在姑苏城住了很长一段时间，还购置了许多田产，其中包括从苏舜钦落魄的后人那里购得的沧浪亭。"

"慕容公子曾经买下了沧浪亭？"倾听的三人忍不住大声喊出来，章大可和周云松都是姑苏人，周云松更是一直在姑苏城长大，对这个事完全是闻所未闻。

"黄教授考证工作最大的突破之一，便是发现了哲宗年间姑苏城神秘富豪顾枫和慕容复之间的联系，"张塞解释，"教授通过年代参照、户籍史料挖掘，以及两人留存的诗作和房契笔迹直接对比等办法，证明了两者是同一人。我都做了复查，这个结论是很可靠的。"

大家本来就不会对黄毓教授的结论有所怀疑，他们也知道张塞虽然别的方面未必靠谱，但作为黄教授的传人，武学史功底是一流的，因此这个结论应该不会有错。

这个把沧浪亭从被铲平改建的命运拯救下来的神秘富豪顾枫在姑苏城里几乎家喻户晓，沧浪亭里至今还有纪念他的石碑，却没想到他居然就是慕容公子！

"所以慕容公子曾经在沧浪亭住过？"章大可问。

"嗯，不仅住过，还住了十年。"张塞回答，"因为人生的失意和对复燕大业的绝望，慕容公子在姑苏城过着纸醉金迷、纵情恣意的生活。但是十年之后，不知是什么原因，慕容公子突然离开姑苏城，外出云游。"

"原来是这样，所以姑苏城是慕容公子云游的起点！"周云松说。

"不仅如此吧，这座城市里，或许还隐藏着慕容公子外出云游的真正原因！"季菲有一些激动。

"是的。"张塞朝着季菲点点头，"黄教授认为，慕容公子并不是因为人生失意、自暴自弃出去胡乱流浪，而是带着明确的目的去的。只不过在云游途中他顺便拾遗古卷、寻访高人，完成了对许多世间真谛的思考，写成家书，寄回给已搬回听琴双岛居住的阿碧姑娘。慕容公子在外一直云游了十年，才回到了姑苏城。"

"那慕容公子达成了他的目的了吗，或者说找寻到了他想要的答案了吗？"章大可问出了这个显而易见的问题。

"不知道，这个在黄毓教授的笔记本里也没有任何结论。"张塞摇摇头，"但即使慕容公子找到了答案，恐怕也并不完整，因为他在姑苏城住了不到三年，就又外出云游了。"

"又一次去云游？"

"是的，我也是最近几天仔仔细细地通读了黄教授的笔记，把所有的时间点重新梳理，才搞清楚了这一点。慕容公子一共外出云游了两次。第一次就是史学家们通常说的那次云游，那段游历的思考和领悟，被阿碧姑娘编纂在《慕容家书》的第二和第三册里，也就是武学创新和哲学思考。大多数人不知道的是，慕容公子还进行了第二次的云游，一去又是十年，传回的家书大多被阿碧姑娘编写在第一册和第四册里，也就是被称为传教之书的预言集和传说中会在末代教主转生时重现的最终册。十年后，慕容公子回到了燕子坞，封禁了听琴双岛……"

三人听了这番话后都惊讶不已。如果黄教授的研究是对的，那么慕容公子那第二次云游是怎样的一种历程啊！第一次云游的武功秘笈、哲学思考当然也都是高深莫测的事情，至少感觉还是人力可为，但是第二次云游带回来的预言十七代教主转世的传教之书和包含世间终极真理的《家书》最后一册，还有封禁听琴双岛这样的事情，听上去简直就是神迹了。

"所以慕容公子第二次云游以后没有再回来姑苏城？"季菲敏锐地注意到这个细节。

"是这样的……姑苏城似乎是慕容公子云游的起点，而不是终点……"

张塞没有再说下去，几个年轻人也都陷入沉默，各自消化着这突如其来的巨大信息量。大家心里其实都在想着差不多的事情，在中国传统的文化和思维中，总是有"有始有终"这一条。如果说慕容公子从沧浪亭开始他的求真之旅，而最终竟没有回来，似乎总像是欠着什么。

"所以学长的意思是……一系列的事件让周远来到姑苏城或许并不是巧合，他是命中注定要回到姑苏城，回到慕容公子云游的起点？"季菲问道。如果真的是这样，那周远每晚的梦境，他的那种想要来做一件什么事的执念，或许就找到缘由了。

"我不知道。"张塞有些疲倦地摇头，"我跟你们讲这些，只是想多给你们提供一些信息。如果我早点研究完黄教授的笔记，我压根就不会带周远来姑苏城。或许我已经铸成了大错，或许只能靠你们去弥补了……"

"这未必是什么大错吧！"季菲道，"有没有可能，周远命中注定回到姑苏城就是为了要拯救这座城市呢？"

张塞看着季菲。过去几次谈论到周远的话题，季菲总是对周远最有好感，最寄予希望的那一个。

"菲菲，我不能说你这话一定是错的。其实我也不止一次想过这种可能。"张塞道，"但是我相信你和我一样清楚，同样是根据传教之书传延下来的上一代魔教教主给这世间带来了什么？"

季菲说不出话来，李天道给扬州城，给整个世俗和江湖带来的是最深的恐怖和残暴。

"黄毓教授在这件事情的研究上可能比我们任何一个人都深入得多。他生前认定魔教末代教主会给这个江湖带来新一轮的浩劫，这也是他要我杀死周远的理由。鬼蒿林里格致庄的村民对末代教主的预言都恐惧至极，而周远的降临也确实给他们带来了灭顶之灾，不管是有意还是无意犯下的错误和罪孽，他手中强大的量子武学都能够导致数十倍的恶果……这就是我一直让他保持现状，把他锁在家里的原因……"张塞继续道，他的目光从周云松、章大可、季菲脸上一一扫过，既像是在恳求，也像是在告诫，"所以如果你们谁找到了周远，请一定将他带离姑苏城，越远越好！"

（十二）

周云松、季菲两人跟张塞在林记分别以后，立刻就一起跑到竟陵子台附近去勘察。

周云松在家帮助父亲的生意，时间本就灵活。而宝生钱庄现在已经乱成了一片，除了负责柜面业务的活计，所有其他的职员，特别是武校背景的，一律都被派出去找寻黄老板，所以季菲算是在正常上班。

而唐门的规矩非常严格，章大可上午已经请了半天假，下午只能回到仙寿堂去上班。

章大可刚走进仙寿堂明亮而富丽堂皇的门厅，前台美丽的接待姑娘就对他说道，"章药师，你的一位客户一大早就来找你，你不在，她中午就又过来，已经在西厢贵宾室等了你很久了。"

章大可很纳闷，他在仙寿堂担任初级药师，负责药妆、梳洗和护肤霜露的研制，从不曾接待过客户，那是那些正在琉璃大堂里穿梭的护理师的工作。

他满怀疑惑走到西厢贵宾室，看到一个穿着浅蓝短丝袄、蓝白格子裙，头戴时下最流行的王昭君款的青绒帷帽的女孩坐在那里。女孩一双大而深邃的眼睛，看到章大可进来立刻就明亮了起来。

章大可大惊失色，"桑央小姐，你怎么敢跑出来？试图绑架你的人可都没有抓到呢。"

"放心吧。"桑央看到章大可满脸喜悦，同时一副毫不在意危险的表情，"家丁里武功最高的都在大厅和街上警戒呢。"

"那你的身体怎样了？"

"燕子坞小华佗亲自给我调理的解药，我昨晚就没事啦。"

桑央笑靥如花，一脸钦佩的样子。章大可看着她的面容，突然想起昨晚这个美丽的少女温软地坐在自己腿上给自己喂茶，顿时涨红了脸。

"那……那就好，桑央小姐，你等一下！"章大可掩饰住窘迫，急匆匆跑到自己的药研室，拿了一剂药回来，"这是御粉玉浆，够你吃三天，可以帮助你排出三迭香的余毒，还有美颜润肤的功效呢。"

看到章大可专程去给自己抓药，桑央更是开心。

"桑央小姐，我建议你还是赶紧跟着家丁回家吧。姑苏城这几天里都不会太平。"

"我才不要！"桑央立刻说道，"我要亲自查清楚是谁要对我下手！"

"这可不行，这样的事就交给姑苏巡捕。"

"姑苏巡捕分明一点头绪都没有。"桑央说，"你没看今天报纸吗，都在说姑苏府办案不力，苏浙省和帝京城都震怒了呢。我们就从这三迭香的来源入手，顺藤摸瓜，必可找到谭执领和背后元凶的踪迹！"

章大可才意识到桑央竟是找到他这里来要跟他一起查案。这位桑央姑娘是有"时尚女神"美誉的阿玛妮达娃的独生女儿，就这样一个人冒冒失失来找章大可，着实让他惊讶，但想到可以和桑央一起相处，章大可的心又忍不住突突跳动起来，但他还是说道，"三迭香的来路复杂，我虽知道一些，却远没有重案台的巡捕精通。这种时候桑央小姐绝不可去冒险。"

桑央把嘴一噘，一脸不满意，"我已经知道你是谁了，你是半年前进入鬼蒿林的那七个人之一，对不对？"

章大可不知道桑央是怎么知道这事的，一时不知该怎么回答。

"你是拯救了峨眉、燕子坞两校的英雄之一，却没想到在姑苏城如此危急的时刻，你却成了缩头乌龟！"

桑央这种话自然让章大可很不服气，心想你何尝知道记忆移植这种匪夷所思的事情，你又怎会知道我昨晚跑到竟陵子台去和你斗茗就是在为了姑苏城的安危奔波。

"我是燕子坞的学生，岂会在这种时候退缩！"章大可不满地说。

桑央原本就是在出言激将，看到章大可不满，便乘机又说道，"那你就带我去查三迭香的线索！"

章大可暗自一想，这三迭香或许还真的可能是一个突破口，倘若真的能找出幕后真凶，那是对叶大人最大的帮助，于是说道，"那我就陪姑娘去几个地方打听一下三迭香，倘若有线索，我们就去通知姑苏巡捕，若没线索，我就陪姑娘回家如何？"

"这还差不多！"桑央从椅子上蹦了起来，直接就朝外面走，"快点，事不宜迟！"

章大可追着桑央来到平安坊上，他左右观察，发现果然有四个看上去身手不凡的家丁不远不近地立刻跟了上来。

他稍微放心一些，在后面喊道，"桑央小姐，我们一直往北走！"

桑央放慢了脚步等他，两人并肩而行，不久就向北出了齐门。一路上，桑央连珠炮般不停地发问。

"你说那些贼人为什么要绑架黄老板、丁香月姑娘、程公子和我？"

"因为你们和四大道德楷模一样，都是姑苏城的名人吧……"

"但也没听说他们提赎金的要求啊。"

"他们的目的或许就是为了引起恐慌和混乱吧。"

"所以他们不是山贼而是魔教？"

"反正不像是山贼。"

"如果三天之内仍找不到线索，苏浙省会免叶大人的职吗？"桑央问出这个问题的时候，脸上有担忧的神色。叶伯仁作为姑苏城的父母官还是深受姑苏市民的信任和爱戴的。

"苏浙省要罢叶大人的官也没有那么容易。"章大可回答，"叶大人是全国八十一个重镇的太守，是正三品的官，省府巡抚要罢免正三品的太守，太守是有权提出申诉的，需朝政部'核准'。在朝政部的终裁下来之前，太守仍可履行职权。"

桑央显然并不知道还有这样一条规定，对章大可的敬佩又多了一层。

"朝政部汪尚书睿智公正，和叶大人多年相识，一定不会轻易罢免叶大人的。"章大可说，"核准这种事情最快也要一个多月，姑苏巡捕又能多出三四十天的时间，一切就都还有转机！"

"所以啊，我们更应该出来找线索查案子啦。"桑央一脸得意，"对了……你会凌波微步吗？"

章大可原来以为桑央的问题总算可以告一段落，却没想到她又引出这种话题。

"这个……真的不会。"

"那……量子武学……"

"更加不会了。"章大可没等桑央问完就立刻回答道。

桑央略显失望,终于把话题拉了回来问道,"你之前说三迭香来路复杂,那我们现在去哪里找线索?"

"三迭香,算是江湖最新的一批依据现代药学原理合成的迷药,虽然有多条来路,却也算是比较稀有的。"

"现代药学?"

"对,就是区别于古典丹药学的我们药理系研究的学问。"看到桑央不解且崇拜的样子,章大可不禁眉飞色舞起来,"算学、格致学和药学,是现代武学三大基础学科。"

"那现代药学和古典丹药学有啥区别啊?"

"简而言之,就是现代药学对药的成分的解构更基础。"章大可说,"最早丹药学依赖的都是天然存在的金石与草木,后来炼丹师们渐渐发现许多天然物质其实是由多种更基础的元素组成的。比如'东邪'黄药师做的著名的燃烧硝石实验,发现了助燃气,还有胡青牛从尿里面提取磷素……"

桑央听到章大可一本正经说出"尿"字,忍不住哈哈笑了出来。

章大可才意识到自己的不雅,但看到桑央笑得豪放,并不似汉族女子那样腼腆羞涩,也跟着笑了,"总之,现代药学因为可以将许多更为基础的物质合成在一起,比古典丹药学纯粹将一些天然物质进行压榨、捣拌、煎煮、焚烧,肯定能够制成更为丰富、功能更多样的药物。三迭香就是如此,因此能够极大地延缓发作的时间,即使是程公子这样出身医药世家的,却也不识得。"

"原来如此,那精通药学的话,岂不是能随意配制各种功效的药物,能不能炼出长生不老的仙丹啊?"桑央憧憬地问。

"哪有这么厉害,对于那些基础的元素的相互作用,其实还有太多搞不明白的地方呢。"章大可说。

实际上,在章大可说这话的时候,药学的发展的确是到了一个瓶颈期。轩辕朝以柳铭卿为代表的一代药理天才们已经开始探索以"阴尘""阳尘"为基础的药学理论,也认识到阴阳力可能是把最基础的微尘聚合起来,形成不同性质的"芥子"的原因。但一直困扰药理学家的是,纯粹的阴阳相吸作用无法解释"芥子"所表现出来的多样性和稳定性。

在不久的将来,恰恰是章大可本人根据周远开创的量子武学原理,提出了"量子迁跃"和"不相容"原理,才完美解释了"芥子"奇妙的微观结构,把

第三章　忠孝贞廉无寻处

药学的发展带到了新的高度。

"好吧，可就算你懂得三迭香这味药，仅凭鼻子一闻就能闻出来，也太厉害了吧。你这鼻子是怎么长的？"桑央一边说，一边伸手到章大可的鼻子上摸了一把。

桑央的手指腻腻软软，这一摸让章大可顿时一阵脸红心跳。他抬眼去看桑央，桑央也笑意盈盈地回看他，完全没有汉族少女的矜持，却也毫无轻浮的意味，完全是出于自然本性，一下子让章大可看得有些痴了。

"喂，你继续说啊，怎么去找线索！"桑央在章大可的胸口又擂了一拳。

"是这样，如果我那天没有闻错的话，谭执领在你们茶中放的是水剂的三迭香。"章大可回过神来，"水剂和丸药、粉剂相比，好处当然是能和茶水迅速融为一体，不易被发觉，但坏处是保存更难，一般都需要放微量黄芏作为添加剂。我碰巧在虎丘附近知道一个可以弄到三迭香水剂的地方。"

"那快走快走！"桑央立刻催促道。

虎丘塔建于五代，应该算是姑苏城最重要的名胜之一，一直是中原游人最喜踏访之地。对于江湖儿女来说，虎丘最著名的地方原本自然是"试剑石"，那里传说是吴王阖闾试天下名剑"莫邪"的地方。当然，"试剑石"的名气后来被少林寺外的"段誉石"超越了，因为大家对"六脉神剑"这种游离于张三丰体系之外的神秘武功的兴趣更大。

而如今虎丘最吸引武林人士的，毫无疑问是著名的"虎丘之擂"故址，那里有姑苏市民自发立起的一个石碑，上面用文字记叙了燕子坞三位教授和三山堂三大高手比试的经过。

章大可带着桑央来到虎丘塔旁边一个平淡无奇的卖膏药的摊位旁。

正把膏药一盒盒码整齐的一个长须老头抬头看了章大可一眼，眼露诧异，又看了看旁边一脸游客状的桑央，更是惊讶。

"老吴，跟你打听个事。"章大可说。

这个被称作老吴的老头左右看了看，低声道，"章少，不是说好了每个望日在城里碰头的吗？"

"我有急事打听，等不到望日了。"章大可说，"你最近可有出手三迭香吗？"

老吴听到三迭香三字，更是惶恐，急急朝章大可做小声的手势。

"章少，你知道的，我是老实本分的人，三迭香可是朝廷禁药啊……"

章大可伸手一把抓住老吴的手腕，"你要是不对我说实情，我以后就不从你这里进寒水石和空青了。"

"别啊，章少。"老吴一听这话，立刻就软了。

章大可做药研，需要采购很多原料，其中有一些药材游离在药督府规定的边缘，从正规药局无法大量买进，所以老吴是他的一个渠道。老吴每年差不多有三分之一收入得益于章大可的采购，所以是绝不愿意失去这么大的一个买家的。

"那你告诉我，什么人来进过三迭香？"

桑央在旁边看老吴的表情，认定他必然出手过，更是直接问道，"是不是一个瘦瘦高高、额头有青胎的男子？"

"人是挺高，"老吴犹豫了一下回答道，"不过没有青胎啊。"

"他叫啥名字？"

"章少，你也知道，这种只来过一次的客户，我怎么能知道姓名。"

章大可有些失望，却见那老吴低头皱了皱眉，似是想起了什么。

"你还有什么线索，快说！"

"是这样，他递钱给我的时候，我瞥见他裤腰那里有一个红色的图徽。"老吴说道，"我也不是很确定，不过一般那些行走江湖的戏班子里的学徒，裤腰上常会缝上个戏班子的标识……"

（十三）

季菲和周云松连着三天在竟陵子台附近调查，却一无所获。

正如叶大人说的，这里是姑苏城的闹市，地方根本不大，就算挨家挨户盘查，也用不了多少时候。更何况那边常驻的住家和商户之间都很熟悉，只要见到生面孔，就一定会引起注意。根本无法想象可以把黄宗耀、丁香月这些曝光度如此高的人藏在这里。

所以就像周远说的，如果你不知道在找什么，在这样的地方根本就理不出任何头绪。

周远没有再跟季菲提想出去调查的事情。

他每晚的梦境变得更加深沉和阴郁，那种黑暗的威压变得越来越近迫。高高耸立的四角挑檐亭阁的样子变得愈加清晰，扑面而来，然后开始变形，扭曲。这种变形和扭曲起初让周远害怕，觉得是一种梦魇般的残破和错位，可是一连两天梦到这种变形后，却隐隐觉得这种错位中似乎隐喻着什么规律……

周远选择将心中越来越强烈的冲动和使命感隐藏起来。他不愿意让季菲看到他的这种欲望和内心的纠结。他安安静静地待在家里，季菲出门的时候，他就继续研究衣服上面那些神秘的文字。季菲回家的时候，他和季菲一起吃饭，和她聊报纸上看到的话题。

关于绑架案的报道渐渐从对绑架动机的猜测、对被掳人质的动向和遭遇的分析集中到了对姑苏巡捕无能的不满甚至斥责，所以到后来也没什么可聊的。六皇子和王素谷雨节还愿的事倒是越炒越热，关于凌波微步、量子武学的话题也始终没有终止过，但是季菲肯定不会主动去触及这种话题。

季菲的心情变得一天比一天烦躁。寒山盟跟三山堂、苏浙缉尉营的冲突越来越激烈。缉尉营抓了许多武校生，秘密关押起来酷刑审讯，寒山盟的行为也越来越暴力，甚至打死打伤了缉尉营的官兵。季菲和周云松好几次想去找毛俊峰，却根本找不到。寒山盟成员的行踪越来越隐秘，让季菲深深为毛俊峰的安全担忧。

张塞提到的关于《慕容家书》的研究更是让季菲内心充满了矛盾和犹豫。周远来姑苏城真的是带着使命吗？真的是为了让一段跨越千年的路途有始有终吗？

这种对隐秘在历史迷雾中传说的一知半解，这种内心的期望和对难以把控的未来的深深恐惧的剧烈冲突让季菲几乎要发疯了。

三天的时间很快过去。

到第四天的早上，季菲收拾完早餐的餐具后，一言不发地坐在那里沉默着。周远坐在她的对面，也同样不说话。

就这样过了很久，季菲才开口道，"我去竟陵子台附近查过好多次了，你真的确定那里会有线索吗？"

周远点点头。

季菲看着周远，突然间两行眼泪流了下来。

周远没想到季菲会突然流泪，有些慌了，"季姑娘，你怎么了？"

季菲迅速用袖子擦干眼泪，"没什么，没什么。"

"是我说错做错了什么吗？"

"跟你没关系。"季菲摆手,"是我自己……这几天压力太大了。"

季菲努力想控制自己情绪,可是眼泪又不争气地流下来,"我真的不知道该怎么办,我们真的哪里都去调查了,可是什么都没有。这么多天过去,既没有赎金的要求,也不见任何动作,他们究竟要做什么?我实在是猜不透……"

"季姑娘……"周远想安慰季菲,却不知道怎么开口。

季菲抽抽噎噎地哭了一阵才逐渐稳定住情绪。

"季姑娘,这几日我看了不少报道,对绑匪的目的,倒是有些一个初步的猜测。"周远这时候说道。

季菲听到这话,顿时从低落的情绪中恢复过来,"是什么目的?"

"季姑娘,那个程公子是你的朋友吧?"周远问。

季菲忙摇头,"才不是,他是那种很讨厌的富家子弟!"

"怎么个讨厌?"

"他不学无术,自以为是,也不知感恩。"季菲不知道周远为什么突然追问这个,便照实回答道,"全仗着他爹给了他现在锦衣玉食的生活和未来的事业地位,可是他却觉得自己天生高人一等,对父亲也毫无半点敬重和感激。"

周远仿佛对这个答案并不吃惊,"那桑央小姐呢?"

"桑央小姐我不认识,她是名满中原的阿玛妮成衣铺的大小姐,也是从小是含着金汤匙长大的。"季菲说,"她和程少斌老在竟陵子台上斗茗,应该相熟。"

周远点点头,"一般情况下,绑匪不提赎金的要求,那就是因为利益纠葛,或者私人恩怨。我这几日看报纸,知道竟陵子台是在丐帮的地盘,如今已经被三山堂的势力渗透,宝生钱庄当初也参与投资的,所以我最初猜测会不会是由于某种矛盾或仇恨导致黄老板被掳走。程公子和桑央小姐家里也都很有势力,说不定也卷入到其中的利益纠纷里了,所以绑匪也试图绑架他们。"

"有些道理啊!"季菲说。

周远笑了,"可是我想来想去,却怎么都想不明白忠、孝、贞、廉这几位道德楷模和这件事的关系又在哪里。"

"这……或许绑架他们是另外的用意……不是一回事?"

周远摇了摇头,"不对,是一回事,这么多起绑架案,全都是为了一个目的。"

"那你快说。"季菲按捺不住想知道答案的冲动。

周远从书架上拿了四个玩偶小人,一字排开放在桌上。

第三章　忠孝贞廉无寻处

季菲不知道他在卖什么关子，迷惑地看着他。

"这是姑苏城的四大道德楷模。"周远指着那四个玩偶小人说道，"廉德，忠义，贞妇，孝子。"

季菲忍住好奇，等着周远进一步解释。

周远从书架上又找来另外四个小玩偶，从左到右依次放在先前那些人偶的对面。周远指着几个新的玩偶又说道，"桑央小姐，黄老板，丁香月姑娘，程公子。"

季菲变得更加迷惑，这八个人一边是姑苏官敕名人，一边是演艺明星，钱庄老板，时尚千金和医堂公子，实在弄不清楚两边有什么联系。

"郭本愚老先生被官敕廉德，是因为他一生节俭，身无长物。"周远一边说，一边从桌上抓起最左边的一对人偶，"而桑央小姐出身富贵，《武林传奇》上报道过她常在酒肆茶楼里一掷千金，穷奢极欲。"

周远说完把这两个人偶放下，又拿起旁边两个，"官敕忠义廖磊，极重信义，宁散尽千金仍笃守约誓；黄老板嘛，季姑娘之前就介绍过，他心狠手辣，两面三刀，六亲不认……"

周远说到这里，季菲突然明白了。

"啊……你的意思是……"季菲霍地站起来，她回想着剩下四个人偶所代表的人物，"官敕贞妇姚氏，恪守妇道；而丁香月身为戏子，水性杨花。官敕孝子朱仕显，敬重父母；而程少斌不知感恩……原来这四对人的性情品德……正好相反！"

季菲兴奋地来回走了两步，像是在虚空中握住了某种坚实之物，突然有了方向，但是她的表情很快又迷惑起来，她走回到周远面前问道，"可是，这样的安排又是为了什么呢？"

周远抬头望着季菲，"季姑娘，我不知道，我真的只有到竟陵子台那里去，才能够找到进一步的线索和答案。"

季菲迎着周远恳求的目光，不禁感慨。她这几日跑东跑西，累得腿都要断了，可是却一无所获，然而周远足不出户，仅仅靠阅读报纸的报道，就敏锐地洞察了一系列绑架案背后隐秘的规律。

一时间所有的情绪涌上来，让季菲忍不住叹了口气，"好吧，我之前也是答应过你的，今天我就带你去竟陵子台看一看，希望你不会让我失望！"

这句话说出口之后，季菲蓦然有一种在一瞬间做出了一个可能影响深远的决定的感觉。这种感觉如行走在悬空于山崖间的钢丝上，没有退路，看不清来路，也毫无着落。人生之中，其实有很多影响一辈子的事就是这样在一瞬间做出的。

周远终于等到了他想要的回答，露出笑容，他跑回自己的客房，不一会儿就换上了那套白衣黑裤走了出来。

季菲顿时觉得有些恍惚。半年前在燕子坞岛上，周远手持倚天剑奋不顾身地为了拯救全体师生而做出各种疯狂举动的样子又仿佛历历在目。

这些温暖的回忆让季菲陡然间抛开了过去几天的焦虑，让她的心中燃起了希望。然而，她并不知道姑苏城内明的暗的各方势力即将为了周远风云际会，在这座本已危机四伏的城市里掀起滔天的巨浪……

第四章　沧浪飘渺欲追逐

（十四）

　　离季菲家不远的《武林传奇》报社里，正呈现着一片纷乱忙碌的景象。

　　往来信鸽的数量比平时多了几乎一倍，劳工们小跑着用滚轮车从后门把加印的增刊运上马车发往各个分销点，采记们不停地从新闻墙上取下各种和"丁香月""微澜山庄""姑苏巡捕问责""叶大人革职"有关的木板，去报选题，然后像打了鸡血一样从大门涌出去采访……

　　张塞独自瘫坐在二楼一间单独的采编室里，神情疲惫。他把椅子搬到桌案前，眼睛直直地盯着那面巨大的新闻墙。三天来，只要他待在报社，就会全神贯注地在新闻墙上找寻各类容易被忽略的线索，希望可以通过一些蛛丝马迹，发现与周远有关的线索，但却一无所获。新闻墙上除了绑架案的后续线索，全都是关于寒山盟和三山堂、缉尉营发生冲突的事件，以及苏浙省要对叶大人罢官问罪的传闻。

　　今天早上，潘曼丽刚刚给张塞升了职，评上了高级采记。这间二楼的单独的采编室也是潘曼丽分配给他的奖励。虽然仍然是靠着翠玲珑后门的那一面，但是和原来底楼相比，已经好了太多。

　　潘曼丽当着无数资深采记的面把张塞领到二楼的时候，期待着从张塞眼中看到感恩戴德、感激涕零的表情。但张塞却一脸麻木和淡漠，甚至连一句最基本的"感谢提携"和"今后一定加倍努力干"的表态都没有。潘曼丽大为不满，只能干涩地拍了拍张塞的肩膀后意兴索然地走下楼。要不是这两天她的心情实在太好，只怕是要当场发作的。

　　潘曼丽的好心情不难理解。张塞在三天前的清晨抢在其他媒体的前面报道了丁香月被施展凌波微步的黑衣人掳走的新闻。无论是丁香月，还是凌波微步，全都是能够把整个姑苏城乃至整个中原民众的兴趣和亢奋激发到顶点的元素。

她不清楚张塞是如何做到的，但是这不重要，重要的是，在娱乐新闻这个行业里，百分之七十的读者会选择从他们初次读到的媒介上去继续跟踪某条新闻。于是《武林传奇》的销量凭借这个报道一下子冲到了《姑苏晚报》《江湖人物》的前面，挽回了过去半年的颓势。《武林传奇》最近三天的销量超过了过去的三个月。

潘曼丽还许诺了张塞一大笔奖金。张塞并不特别在乎二楼的采编室，但是对于奖金原本是期待的。这曾是他能够带着周远离开姑苏城，开始新生活的重要前提。只不过这个前提现在已经没有意义了——因为他把周远弄丢了。

在和周云松、季菲他们讨论时，大家关注的都是周远作为传说中的末代教主这个属性。可是对于张塞来说，周远首先是他的最好的朋友。想到他此刻或许在城外的某个地方饥寒交迫地游荡，抑或受了重伤，在微澜山谷的某块岩石上痛苦挣扎，就会让他心如刀割。而想到他此刻已经和那些会"凌波微步"的黑衣人在竞陵子台附近的某个地方，跟随着他们一步步迈向罪恶的目标时，又会痛苦难耐。

他知道周远虽然失去了记忆，但是每夜都被奇怪的梦境困扰。他知道周远每天对着墙壁发呆时都在努力试着回忆，试着思考梦境的意义，为自己找寻一个目的。

而此刻周远已经摆脱了所有的束缚，如同一块被大地执着吸引着的从山涧落下的小石子，随机地在沙砾岩石上碰撞弯折着路线，落向一个无法预计的未知的终点。

张塞不敢去想后果，一切都是他的错。他以为自己可以"选择性"地去完成黄毓教授临终的叮嘱，去将周远控制在一个安全的区域里。但他不仅没有完成，而且还搞得更糟。

门口突然响起了脚步声。这脚步声虽快却很沉稳，不似那些跌跌撞撞去抢新闻的采记们虚浮的步伐。张塞抬起头，已经头昏眼花的他从重重叠影里看到一个一身紧身打扮的女孩走进了他的采编室。

张塞揉揉眼睛，惊讶地坐直身体，"谢姑娘……你怎么会来这里？"

谢雪莹铁青着脸，衣衫和头发都被风吹得凌乱，看来整个早上都一直在四处奔走。她打量了一番屋子，冷笑道，"恭喜啊，升职了，都有自己的采编室啦。"

张塞不知道该说什么。谢雪莹这副样子显然不是来恭喜他的升迁的。

"发生绑架案的那个晚上，你是不是在微澜山庄？"谢雪莹果然接着问道。

张塞被问得有点蒙,他的思绪本就一片混乱,现在更是不知道谢雪莹为什么突然这样一副表情冲到报社来逼问这件事。

谢雪莹指了指桌上的几张《武林传奇》的报纸,"如果你不是在微澜山庄,又怎么能在第一时间写出如此详细的报道?"

张塞仍然弄不懂谢雪莹的态度,难道她是在责怪他没有第一时间通报这件特大新闻?可是谢雪莹在《江湖周刊》是写深度报道的,并不是最在乎新闻的时效性。

"我……的确是在那里……附近。"张塞知道自己瞒不过谢雪莹,只能点了点头。

"那你是和谁一起去微澜山庄的?"谢雪莹又追问。

张塞吓了一跳,没想到谢雪莹会往这个方向追究。

"我……是自己去的呀。"

谢雪莹瞪视着张塞,过了好一会儿,才开口幽幽地说道,"你是不是以为,燕子坞被洪水淹没了以后,就没有人能查得到学生名册了?"

张塞听到谢雪莹这个看似莫名其妙的问题,心中的惊骇可想而知。

"燕子坞?"张塞仍试图强装镇定。

"刚认识你的时候,我就觉得你这个人不简单。"谢雪莹顾自说道,"所以托朋友去江武府查了你的记录,不过只找到了你在泰安武校的备案……"

张塞不安地站了起来。

"我所忽略的是,非武专业的硕士博士学生,不配备兵器,所以一般不用在江武府更新备案……我早该想到的,你武功那么差……"谢雪莹接着说。

张塞心中苦笑,心想就算你揭穿了我的来历,也用不着顺带着再这样嘲讽我。

"刚才我总算在学政司找到了你写的几篇武学史论文,前面都有作者的简介。"谢雪莹又说道,"都拜读过了,很喜欢那篇讲程灵素的文章。这才是你擅长的,而不是《武林传奇》上那些无聊的绯闻报道。"

张塞心中暗暗叹了一口气,当初他为了能使用泰安武校的学历所以没有改名,却没想到存档在学政司的论文最终成为了他在燕子坞就读过的证据。

"好吧,我确实在燕子坞跟黄毓教授学习过一段时间。"张塞承认道,"可是我最终没有拿到博士学位,所以我觉得没必要跟人提起这段经历,这有什么问题吗?"

"没问题。"谢雪莹的语气似乎缓和下来。

张塞略微松了口气。

"我对你隐瞒了我的学历，我很抱歉。"他说，"以后有机会一定请谢姑娘喝酒赔罪，可是现在我正忙着写绑架案的后续报道……"

刚才陡然间看到谢雪莹进来，让原本绝望烦躁的张塞突然感到一股莫名的温暖。尽管他一直刻意和谢雪莹保持距离，尽管他什么都没有跟谢雪莹透露过，但看到谢雪莹，感到她在身边的存在，却让张塞感到一种安慰和支撑。

但是张塞还是狠下心想把谢雪莹支走。他害怕谢雪莹的刨根问底，害怕自己背负的危险和不祥，会传染给谢雪莹。

可是谢雪莹并不理会他，而是继续问，"按论文上的年次推算，你和周远应该是同时进学校的吧？他是理论系学士生，你攻读武林历史博士。"

张塞听谢雪莹竟说出周远的名字，惊讶地忍不住倒退了两步，撞到了桌案上。

"周远？我不认识周远，我们历史研究所在曼陀山庄校区。"张塞不安地望向谢雪莹背后的新闻墙，试图不让她看到自己惊慌的眼神。

"真的不认识吗？"谢雪莹往前走了两步。

张塞不敢去看谢雪莹。他知道自己实在不善于说谎，面对记忆全失的周远他都编不好一个简单的故事，更不要说冰雪聪明的谢雪莹了。

"半年前，峨眉、燕子坞七位同学深入鬼蒿林，你也是其中之一吧？"

"谢姑娘，我不明白你为什么问这些事，周远已经死了，半年前慕容校长和他同归于尽了，这你都知道的。"

"可是太湖里始终没有找到他的尸身。"

"太湖那么大，湖底又都是暗流……谢大采记，你这是怎么啦？怎么开始翻这些陈芝麻烂谷子的事。"张塞摊开两手做出不解的样子。

谢雪莹瞪视着张塞，脸上挂着冷笑，表情里却是胸有成竹，就像一只猛兽看着一只蜷缩起来的刺猬，正思考着如何将它身上的刺一根一根咬下来。

"你知道吗，绑架案发生隔天的早上，巡捕总部用'佛沙琉璃盏'对微澜山庄后山找到的兵器进行了检测。"她缓和了声调说道。

张塞不知道谢雪莹怎么突然又说这事。他当然知道"佛沙琉璃盏"是干什么用的，姑苏巡捕对案发现场的证物进行内力测试也是正常的程序。

"有意思的是，佛沙琉璃盏从兵器上发现了一种从未见过的内力……"谢雪莹一边不疾不徐地说，一边仔细看着张塞的表情。"经过几天的分析和查证，巡捕府几个最资深的测试师一致认为，那种全新的内力就是量子内力！"

张塞听到这话的惊诧可想而知，他腿一软，险些就要站不住。他总算知道谢雪莹想说什么了。他虽然从来没有见过量子内力的图谱，但也能猜到，一定是一种和黄张武学截然不同的图案。

"量子内力……什么量子内力……"张塞仍试图装傻，但是心中已经生出无限的惶恐——看戏那天晚上周远在生死关头下，难道重新激发出了量子内力？如果是这样，那么周远就是在巡捕府正式留下了一份他还活着的证据。

"你不知道量子内力？"谢雪莹讥讽道，"你应该是少数有幸亲眼见过量子内力的人之一吧？你应该非常清楚，这世上，只有一个人能够留下量子内力的图谱。"

张塞只感到阵阵虚汗从后背冒出来，他想要走回椅子那边坐下，却根本迈不动腿。

"有人在微澜山庄施展量子武学，而你正好就在微澜山庄，难道这是巧合吗？"谢雪莹继续逼问，面前这只刺猬身上的刺已经被拔得差不多了。

张塞被谢雪莹缜密的连环问题问的哑口无言，只有狼狈地摇头。

"周远还活着是不是？"谢雪莹朝张塞又逼近了一步，终于问出了最后的问题。

自谢雪莹在巡捕府看到量子内力的图谱后，具有极强新闻直觉的她就立刻想到了一种恐怖的可能性。当她花了几天时间翻查了燕子坞事件的资料，并把张塞的真实身份搞清楚后，就更加感到，这一系列事情最为合理的解释，就是周远还活在世上。而刚才张塞在她逼问下的表现，则让她更加肯定她的猜测是正确的。

谢雪莹退后一步，刷地抽出长剑，指到了张塞的喉咙口，"姑苏城的绑架案都是魔教在背后捣鬼是不是？都是周远策划的对不对？"

一个杂工背着两捆报纸从门口经过，惊愕地看着谢雪莹，却被她转过头来用犀利的目光吓得赶紧走开。

"怎么可能！周远和绑架案一点关系都没有。"张塞看着谢雪莹的长剑急切地说。他说出口才意识到这样的回答似乎已经承认了周远还活着的事实。

"周远是魔教的大魔头，你为什么要和他在一起？"谢雪莹将手中的剑向前递了半寸，几乎要在张塞的喉咙上刺出血来，"你为什么问我要那些朝廷高官和帮会工坊骨干的资料，你们下一步的阴谋究竟是什么？"

"谢姑娘，请你冷静一些。"张塞知道一味地抵赖绝不能让谢雪莹平静下来，"半年前试剑台上发生的事情，并不是你以为的那样。"

谢雪莹听到这句话，表情微微一变，"那你告诉我，半年前试剑台上究竟发生了什么？"

"谢姑娘，我们还是换个地方……"张塞说到一半，却突然像是被一整块馒头噎住那样戛然而止，两只眼睛死死地盯着谢雪莹身后，像是看到了极骇人的事物。

谢雪莹原本以为张塞还要耍花招，但是看他几乎已经变形的脸又不太像，于是顺着张塞的目光转过头去，看到巨大的新闻墙上的木板正咯咯地开始翻动，其中一面新翻过来的木板上赫然写着：姑苏巡捕府内线消息，微澜山庄后山兵刃验出量子内力踪迹，魔教大魔头周远或尚在人世！

张塞看到这则新闻线索，彻底吓呆了。他失魂落魄地绕过谢雪莹，跌跌撞撞地冲到摇控台前，把那块木牌摇到自己手里，然后狠狠扔到地下，用脚踩成了碎片。

这时，另一块木板咯咯地翻了过来，上面写着：缉尉营出动精锐搜捕魔教大魔头周远，疑是所有绑架案的幕后总策划！

张塞下意识地哆嗦着也要去将这块木牌摇过来毁掉，但是从一楼到三楼的采记们已经纷纷发出惊叫，他们已经看到了这些最新的新闻线索。《武林传奇》的新闻网络或许是整个中原最快的，但是一旦消息传了出来，其他的媒体也迟早都会知道。

张塞绝望地靠到一根柱子上，木板的碎片扎入他的小腿也浑然不觉。如果只有谢雪莹知道周远活着的事实，他至少可以想办法去解释。但现在消息已经爆了出来，很快整个姑苏城，整个中原都会知道，姑苏城原本就已经风雨飘摇，这下局势必定会彻底失去控制。

这时候，远处隐隐传来大队人马逼近的声音。

对于练武之人来说，齐整马队的马蹄声和平常车水马龙的声音是完全不同的。谢雪莹和张塞都听出来至少有上百名官军正朝报社方向急速奔来。

张塞只觉得一切都要终结，他悲哀地看着谢雪莹，"你通知了官府来抓我？"

谢雪莹鄙夷地瞪他一眼，"我如果要去告发你，官军会现在才来吗？你以为别人不能从巡捕府得到验出量子内力的消息吗？你第一时间写了报道，他们怀疑到你头上是迟早的事！"

她收起宝剑跃出门去，片刻之后就返回来，"是缉尉营的人，他们已经把前后门都包围了。"

张塞绝望的心情可想而知。他从微澜山庄回来后写下报道，一来是下意识地为了挽回自己即将被解雇的命运，二来是为了领取后续报道的任务继续去被官府封锁了得微澜山庄查找周远，却没想到弄巧成拙，竟是就这样把自己和周远联系了起来。

谢雪莹瞪着张塞，"你告诉我，周远现在在哪里？"

张塞露出苦笑，他顺着柱子缓缓滑坐到地上，"我也不知道……"

他说的是实话。

"谢姑娘，你快走吧，别让这事牵连到你！"

前边传来门被粗暴地撞开的声音以及一阵急促的脚步声。显然缉尉营将前后门封锁停当后，冲入了报社。

张塞闭上眼睛，脑子里是万念俱灰、一片悔恨。他只等着苏浙府缉尉们冲上二楼，把他抓走，逼问他，拷打他，仿佛只有这样才能让他的内疚和悔恨减轻一些。

但是他突然感到脖子一紧，身体凌空升了起来。原来谢雪莹揪住他的领子把他从地上拉起来，同时一掌已经将采编室的窗户击碎。

张塞没有来得及做出任何反应，已经被谢雪莹拎着从窗户翻了出去。

张塞自搬进这采编室后，都还没有走到窗前看过风景，却没想到第一次看时，竟是跳窗而出。之前工作的时候，张塞最憎恨的就是翠玲珑后门这条破巷，垃圾的臭味从这里堆积起来，让他无法专心写稿，但是没想到今天却成为了他逃跑的通道。

守卫巷子两头的缉尉看到他们翻窗而出立刻高声呼喊起来。谢雪莹和张塞没有别的选择，只能从"翠玲珑"的后门闯了进去。

（十五）

在离平安坊十来个街区远的大井巷太守府里，叶伯仁坐在东厢房的椅子上，疲惫的面容却遮掩不住他那双锐利的眼睛。

他望着站在面前的周云松，轻声说道，"我不是跟你说过，最近局势进一步恶化，最好不要再来我这儿了。"

"大人，我们这几天尽全力在竟陵子台和沧浪亭附近调查了。"周云松说道，"不过我们很没用，什么线索也没有发现。这两天，整个姑苏城都在传苏浙省要将大人革职问罪，所以我特来问问，如果侯瑞真的有这个企图，我一定会想办法全力保护大人周全。"

叶伯仁微微一笑，"你的心意我领了，不过苏浙省要革我职的事情，我可还没有听说。倘若事情真的发展到那一步，恐怕靠你们也很难保护我的周全吧。"

"大人！"周云松对叶伯仁不紧不慢的样子很是担忧，他上前一步说道，"倘若侯瑞真的已经变成魔教，一定会不惜一切代价扫除障碍，大人必须要及时防范，甚至要以攻为守才行！"

"以攻为守？"叶伯仁摇头。

"苏浙省追查安护镖局不利，打压寒山盟，私刑处置武校同学，纵容三山堂欺行霸市，我们抢先奏请朝廷来罢免侯大人！"周云松说。

"侯大人是当朝从二品的官员，下级官员若是要去弹劾他，必须是极大的罪行，而且要有确凿无疑的人证和物证才行。"叶伯仁说道，"侯大人抓捕寒山盟，是有未央宫禁令作为依据的，安护镖局和三山堂的事情，最多也就是执政不力，绝构不成弹劾的罪状。"

"那真言露呢？"周云松像是已经预料到叶大人会驳回他之前的提议，"杨益樵服下真言露后变成了魔教玉衡坛的教使谭志，这是叶大人亲见的！如果我们能设法让侯瑞也服下真言露，就可以直接证明他是魔教教徒……"

叶大人笑了，"你们之前对程少斌使用了真言露吧？"

周云松脸一红，不说话。

"让侯大人服下真言露，这谈何容易？"叶大人露出苦笑，"再说真言露的药效还没有得到典律部的认可呢。你们以为杨教授和龚教授现在在帝京城干什么？就是在走程序让药督府认可你们从柳铭卿大人遗物中得来的真言露配方是真实有效的。只有药督府确立了真言露的效用，典律部才能确立真言露在刑狱府判罪时可以进入到证据链中，这样才有可能建立起记忆移植这种匪夷所思的事情的司法依据，未来才有可能对侯大人的身份提出合理怀疑……"

周云松听完这番话，心中暗自佩服叶大人远远比他们想得更加深入和全面。轩辕朝的律政体系在历朝历代里已经算是比较先进严谨的了，只有在体系里正确的环节建立起被认可的逻辑事实，未来才有可能合理合法地扳倒侯大人，否则像他们这样一厢情愿地胡来，只会把事情弄得不可收拾。所以叶大人并不是真的不紧不慢，而是在按照最合理的方案部署。

"那……这程序走得如何了？"

叶伯仁叹了口气，"这种事情，举证论证环节极多，流程极为琐碎，谁也说不准。"

"我本来是想，再过几天就是谷雨节，"周云松道，"如果那时真言露的效用能够确立，那我们趁着六皇子殿下来寒山寺还愿，就可以请他下令把怀疑名单上的人都请过来陪同……"

周云松没有再说下去，但是他话里的意思已经很明确。叶伯仁对周云松的话并没有立即评论，而是陷入了沉思，可见他也不是没有想过这种可能，但他很快就又摇了摇头。

"这个办法不妥。六皇子殿下身系朝廷和武林的未来，不能让他轻易涉险参与如此危险的事情，而且谷雨节这种日子，人流极大，身份混杂，把可能被移植魔教记忆的人刻意聚到一起，万一对方有所觉察，采取反制行动，后果就会不堪设想。"

周云松知道叶大人的担忧是很有道理的。

这姑苏城的谷雨节和绍兴梅山江的清明社戏、杭州西湖的元宵灯会以及金陵的端午龙舟赛并称为江南四大庆典活动。不过其余三者都是继承前朝的风俗，只有姑苏城的谷雨节却是从轩辕朝才兴起的一个独特的节日。

从轩辕三年开始，姑苏城的第一任太守每年都会在城南盘门的城楼上举行祭农神的仪式，向老天祈求恩惠，让这一年风调雨顺，五谷丰登。姑苏城附近的庄稼人都会赶着车，坐着船汇集到城门下跟着祈愿。仪式结束后，他们会扶老携幼地到姑苏城里逛上一天，购置布料和生活用品。对于年轻的农家汉子来说，这一天也是他们趁着到城里游玩向自己倾慕的对象表白的大好时机。农家少女们则会穿着鲜艳的衣服，头上插戴着新鲜采摘的春花，等着或大胆或羞涩的男孩来找她们搭讪。

最近二十几年来，姑苏城的风气渐渐开放，谷雨节的内涵也悄悄地变得更加丰富。原本这一天城中的富家子弟几乎都闭门不出，因为大街上全是乡下来的庄稼人。可那些正统保守的绅宦人家里时不时也总会出几个大胆的少年男女，他们趁此机会瞒着父母也作乡风村俗的打扮混入人流当中去悄悄和情人私会，甚至在黄昏的时候一起出城，到田野花丛间去做些亲昵的事，满足少年们的好奇。

两代人下来，姑苏城里许多父母对情窦初开的子女在这一天里做些不太出格的荒唐事也就开始睁一只眼闭一只眼，不少顽心未泯的还会自己装扮成村姑农夫，上街闲逛，久而久之竟演变出了一套独特的风俗，谷雨节成了整个姑苏城不分地位、不分阶层，所有人都穿红戴绿、插花携柳地嬉戏欢闹的节日。

这种风俗的演变对史学家来说意味着社会朝着平等、宽容的方向进步，是姑苏城留给历史的文明印记，但是对于以维护姑苏城安全为己任的叶大人来说，却也是一个重大的安全隐患。

"可是如果不请求皇子殿下的帮助，局势一定是越来越被动啊！"周云松还是忍不住担忧。

叶大人正待回答，却听见一阵脚步声迫近了东厢房。

"叶大人，重案台岳捕头求见。"有人禀告。

叶大人想了想，示意周云松暂避到内室去，然后道，"请岳捕头进来。"

过了片刻，岳衡走进来给叶大人见礼。他迈着大步子一走进来叶大人就觉察出有什么不对。这个身材不高但是非常结实的捕头从来步履沉稳，但是今天却明显有些慌乱。

"叶大人，出大事了。"岳衡一边说，一边从怀中取出一张纸，平摊开来，放到桌上。

叶大人走过去，看了一眼，露出迷惑的神情。

这样的图纸叶大人看过无数张，这是佛沙琉璃盏绘出来的内力图谱。但是这张图纸又完全不像是内力图谱，因为上面阴沙阳沙印出来的图案非常奇怪。

叶大人下意识地朝书架走了两步，伸手去拿上面那本厚厚的《刑狱府编内力图谱总集》。

"大人，我们已经查过了。"岳衡说，"过去几天里，我们做了最仔细的查证，可以肯定这种图谱没有收录在刑狱府和江武府的任何图谱集里。"

"这是哪里测出来的？"

"微澜山庄绑架案那天，从后山发现的兵刃上测出来的。"

"为什么……会是这种样子？佛沙琉璃盏坏掉了吗？"和岳衡最初在巡捕府测试室看到这图案时一样，叶大人显然完全没有头绪。

第四章 沧浪飘渺欲追逐

"佛沙琉璃盏并没有损坏。"岳衡回答，他下意识地压低了声音，"我们经过讨论认为，这个图谱对应的，可能是量子武学！"

叶大人本来还在盯着图谱看，听到"量子武学"四个字后，不禁往后退了一步，仿佛这图谱上还附着量子内力似的。任何人第一次看到这图，意识到它和量子武学关系时，大概都会是这种反应吧。

叶大人抬头迷惑地看着岳衡。

佛沙琉璃盏呈现出来的奇异图谱是无法伪造的，因为没有人，也没有任何工具可以把阴沙和阳沙如此分开。刑狱府在编纂内力图谱总集时甚至记录下丐帮帮主施展降龙掌法时的痕迹，也不是如此形态。如果这果然是真正的量子内力的图谱，那么唯一能够把阴沙阳沙弄成这种样子的，便只有会量子武学的人。但是据他所知，目前为止真正使用过量子武学的人，只有这种武功的创始人——周远。可是，周远半年前已经死了。

"如此说来，这世间已经有人学会了量子武学？"叶大人问。

岳衡没有直接回答叶大人的问题，而是说道，"叶大人，过去六个月我们一直在太湖找寻周远的尸身，但是一直没有找到！"

叶大人听岳衡这样说，立刻惊愕地瞪视着他，"你的意思是……"

"大人，微澜山庄的案子，《武林传奇》一个叫土弓的采记第一时间做了非常详细准确的报道，我们估计他当时一定在现场。"岳衡说道，"这两天我们对这个土弓做了些调查，发现他的本名叫张塞，我们再接着一查，发现这个张塞居然是……"

叶大人听到张塞的名字后立刻如有所悟。燕子坞事件的各种细节江武府是下令严格保密的，但是叶大人是向朝廷写事件汇报奏折的人，自然记得张塞是燕子坞历史系的博士备选，是进入到鬼蒿林里的事件主要当事人之一，并且和周远有非同一般的友情。

"……我们觉得这不太可能是偶然，如果周远还活着，并且和张塞一起在绑架案那晚出现在微澜山庄，那么量子内力图谱的事情就比较好解释了。"

岳衡仍然在汇报，但叶大人的心情已经复杂到了极点。三天前，他以为"忠孝贞廉"的绑架案是眼下他最棘手的问题，周云松他们带来记忆种植名单后，他又以为侯大人变成魔教的事是姑苏城最大的威胁，刚才岳衡进来之前，他以为苏浙府要对他革职问罪是最大的担忧，却没想到，竟还有更大的波澜在后面。

"那你派人去找这个张塞了吗？"

"已经去了。"岳衡道，"不过我刚才接到线报，苏浙府缉尉营出动了上千人马，朝平安坊方向集结，说不定，他们也已经得到了讯息……"

叶大人听到苏浙府可能也在找张塞，顿时变得更加紧张——不管魔教教主周远是不是活着，不管侯大人有没有变成魔教的人，反正绝不能让这两边碰在一起。

"这个事情我们要管！"叶大人立刻斩钉截铁地说，"你现在亲自去，不惜一切代价，一定要抢在苏浙府前面找到张塞！找到后，立刻带来见我！"

岳衡知道叶大人平素对于苏浙府总是非常克制忍让，此刻却突然变得如此坚决。他不敢多问，应了一声，立刻转身急急忙忙奔出去办事了。

岳衡前脚刚走，周云松后脚就从内室冲了出来。

"大人，我也要一起去找张塞学长！"

叶大人转过身来，两道锐利的目光直射过去，周云松停下脚步，不自然地躲闪叶大人的眼光。

"你这么紧张地去找张塞干什么？"叶大人问。他从周云松眼神里已经看出端倪，语气里明显压抑着怒气。

周云松自知有错，不知道该怎么开口。

"你有什么事情瞒着我吗？"叶大人怒目圆睁，"啪"的一掌拍在桌上，完全是一副升堂审问犯人的气势。

周云松有些着慌了。这么多年，他从来没有看到叶大人真正动怒过。但他也知道到了这个地步，隐瞒不仅没有了意义，而且可能会把事情弄得更糟。

周云松上前一步，把试剑台上周远将李天道杀死后，落入太湖被张塞救起，章大可诊断他已经失去了记忆的前因后果都讲述了一遍。当然，他也只知道周远一直和张塞在一起，绑架案那晚，周远是否在微澜山庄，以及他在失去记忆的情况下是如何留下量子内力的痕迹这些事也是一无所知。

叶大人听到周云松证实周远真的没死，不由得身体摇晃，退后一步坐到一张客椅上。

他的震惊可想而知。周远可不是普通人，如果这个消息被江湖知道，无疑将激起天大的混乱。朝政部、江武府只怕立刻就要介入，现在正在帝京城举行的朝武联会怕也要多生波折，而仍在暗处的安护镖局，还有可能已经是魔教中人的侯大人，不知又会做出什么反应。

"叶大人，我知错了。"周云松说完后一脸惭愧，"请大人先息怒，日后再处罚我们，但现在请大人允许我一起去找寻张塞学长和周远……"

"这么大的事情，你们怎么敢瞒着我，瞒着杨教授！"叶大人坐在那里用雷霆般的声音喝斥。

周云松低下头，无言以对。

叶大人重重喘了几口气，又站起来在屋里疾步来回走了三四趟，停下来凝视着窗台上的一盆兰草。叶太守素喜兰花，兰花状如凡草，却能满谷幽香，如孔子所言，乃是君子之节。叶太守每次遇到焦虑烦躁之事，怒火攻心之时，总是凝望这盆兰草。

果然他慢慢平复下怒气，焦虑的神情渐渐缓和，目光也重新变得果决。

他抬手示意周云松坐下，"苏浙府缉尉营已经开始在全城展开搜捕，你绝不能轻举妄动，否则只会让局势更复杂。"

"可是大人……"周云松还想争辩，叶大人已经背过身去。

"李青！"他朝门外唤道。

"大人！"一个二十出头的年轻人从门外走了进来。

一般衙门里通常都有一个满腹经纶、身材瘦削的师爷，但跟随了叶大人二十多年的赵师爷半年前因身体老迈而告老还乡了。姑苏府不少资深的幕僚都等着补缺，可是叶大人却不知从哪里找来了这个名不见经传的年轻人。

"传令下去，援引轩辕朝紧急状态法令，让所有报社不得报道微澜山庄发现量子内力的消息，如已经报道，立即在头版辟谣，如敢违抗，当场拘捕。另外，找人再多带一队人马去增援岳捕头，务必抢在苏浙省之前找到张塞！"

"大人，姑苏巡捕都在搜寻丁香月和黄老板，已经调不出人手了。"李青回道。

"让张越把护卫台负责姑苏府安全的巡捕都带上，另外再从轻案台抽调一半的人手，还有，城里负责丁香月和黄宗耀案子的，让他们同时也搜寻张塞。"

"是，大人。"

"等一下。"叶大人一举手，又说道，"你也一起去找张塞。"

李青愣了一愣，叶大人已经继续说道，"不必穿官服……"

李青会意，行礼转身走出了屋子。

周云松见叶大人已经恢复了镇定，决断明晰，调度从容，心中不禁佩服。

叶伯仁调度完毕，转身独自走出屋去。望着庭院里盛放的春花，叶伯仁表情凝重。他虽然在周云松面前表现得沉稳镇定，但是内心却知道这一次和所有以往的经验都不相同，许多事情在他的认知之外，许多事情已经脱离了他的掌控。

以往哪怕是在最危险最绝望的时刻，叶伯仁都从来没有想过祈祷、许愿这种事，他总是坚信凭借自己的努力和智慧，总是可以克服困难，化险为夷。可是这一次，叶伯仁却生平第一次有一种想向苍天许愿的冲动，希望上天能够保佑姑苏城，保佑这个江湖……

（十六）

谢雪莹拖着张塞冲进翠玲珑的偏院，撞倒了一堆杂工和龙套。谢雪莹很快迷失了方向，她虽然来翠玲珑看过几次戏，但从来都是从正门直接到座席上去。

"这边！"张塞朝着右前方一指。他毕竟是娱乐报刊的采记，新加入《武林传奇》时，也曾跟着前辈伪装成杂工从后门混进翠玲珑过。虽然没有收获什么小道消息，却对这里的地形有一定了解。

"除了这个后门和观前街上的大门，东边还有一个小偏门。"张塞领着谢雪莹穿过数间库房和杂院，拐了七八个弯，果然来到了一扇小门前——那里是给来看戏的富贵人家的马夫进出的门。

张塞迫不及待地推开门，冲到外面的小巷里，平常日间，这条种满槐树的小巷极为僻静清幽，可是张塞一冲出去就傻眼了——整条小巷已经被几十个穿着黑黄色制服的苏浙省缉尉给包围了。

为首一个方脸暴眼的人，披着白袍，骑着一匹高大的白马，脸上露着鄙夷的笑容。

张塞认出来这人就是那天检查他骡车的苏浙府府监方烈，早已经吓得魂飞魄散。平安坊闹市一共只有那么几条街几条巷，既然连这里都被方烈包围，他们注定插翅难飞了。

他对身后的谢雪莹摇了摇头，颓然朝前走了几步，等着缉尉过来羁押他。

方烈看了看他，却饶有兴趣地盯视着他身后的谢雪莹。

"谢采记，我们终于见面了。"

第四章　沧浪飘渺欲追逐

谢雪莹着实吃了一惊。她认识方烈,却完全没有打过交道,不知道方烈为什么突然会对她说这样的话。

谢雪莹毫无防备的样子让方烈非常得意,他露出冷笑,"我注意你已经很久了。你私通寒山盟,利用你采记的身份为他们提供情报,还直接参与他们的行动,这些可都是违背未央宫禁令的,谢采记不会不知道吧?"

谢雪莹更加惊讶。她绝没有想到方烈竟然已经在背后掌握了她如此多的动向。

可是方烈却还没有说完,"嘿嘿,不过比起前两天你做的事情,这些就都微不足道了。潜入安护镖局,偷走朝廷重要证物,这可是违反刑律的重罪!"

谢雪莹听方烈说出这话,心中的惊讶转为了害怕,手心也微微冒出汗来。她实在是低估了苏浙府的能力了,方烈竟然在这么短的时间里,就查明了潜入安护镖局的人是她。她真不知道方烈是如何做到的。

她刚才还有些纳闷苏浙府居然浩浩荡荡带来如此多的人马来缉拿张塞。现在才明白,方烈竟是冲着她来的。

"方大人,你这样严厉的指控,我可担当不起。"谢雪莹说道,心中盼望方烈只是虚张声势。

方烈显然早就准备好了与谢雪莹的辩驳,他挥了挥手,一个缉尉拿着一个斗笠和一件麻布长袍走上前来。

谢雪莹和张塞都看出来这正是那天谢雪莹潜入安护镖局时所穿戴的。

"这两样东西都是在《江湖周刊》报社对面的'裁缝张'那里买的吧?"方烈说,"老张的记性很不错,清楚地记得买东西的女采记呢。"

缉尉右手拿出一个卷轴一抖,展开一幅细笔描摹的人像,画中的女子和谢雪莹竟是有八九分相像。

谢雪莹知道方烈已经做了充足的准备,一时不知道该如何辩驳。她瞥一眼身后,翠玲珑那边也早已经被官军堵死了退路。

"把他们两个都拿下。"方烈下令。

谢雪莹自然绝不愿意落入苏浙府手中。偷走证物的罪名如果坐实,必然要被重判。更主要的是,方烈肯定会逼问她寒山盟的信息。武校生中近来多有传言,说有许多被苏浙府拘禁的同学被缉尉营秘密带到城外牢营,不顾《华山备忘录》用酷刑折磨逼供。

谢雪莹于是准备拔剑决一死战,但她刚把手放到剑柄上,却听到有人喊,

"且慢，他们是姑苏巡捕要找的人，还请方大人多多包涵！"

闻声望去，十几匹马、几十个军士越过苏浙缉尉来到近前，为首的正是姑苏巡捕府重案台的捕头岳衡。

"这两个人涉及偷窃安护镖局案重要物证，理应由苏浙省讯问，就不劳岳兄啦！"方烈明明心中极为不悦，但苏浙省和姑苏府虽然近来多有摩擦，却还没有正式翻脸，因此言语中仍保持着克制。

岳衡看着方烈的一对暴眼，心中是有些忐忑的。方烈官衔大他两级，武功和谋略只怕要胜过他更多，实在不是好惹的人物。可是叶大人直接对他下了死命令，务必要将张塞带回姑苏府。

"方大人，据我所知，安护镖局案的重要物证早已经整理完毕，呈交江武府了。不知方大人说的重要物证是哪一件？"岳衡一拱手恭敬地问道。

岳衡这个问题自然是切中了要害。安护镖局的案子最初是由姑苏巡捕负责，后来才转给了缉尉营，因此岳衡对所有证物都了如指掌。

方烈听岳衡居然敢于这样公然质问，知道他是下了决心要从他手中抢走这两人。谢雪莹偷走的那件东西是苏浙府私自留下的，并没有在江武府备案，他自然不敢和岳衡对质，但是方烈能在苏浙府衙和姑苏城里赢得现在的地位名声，靠的可不是讲道理。

"岳兄，安护镖局物证这种事也是你这种级别的人可以问的吗，请回去禀告叶大人，此案关系重大，是侯大人亲自下令要我抓捕二人归案！"方烈说着把两眼朝巡捕们一瞪，"姑苏巡捕谁要是敢阻拦，我就只能不客气了！"

他说完恶狠狠地将手一挥，马前的十个缉尉便一起朝张塞和谢雪莹冲了过去。

岳衡没想到方烈就这么直截了当地放下了律例法理的伪装，直接选择了用强，一时没想好该怎么办，他手下的姑苏巡捕都不敢跟缉尉营正面冲突，全都下意识地后退。张塞看到缉尉冲过来茫然不知所措，但谢雪莹已经一声轻叱凌空而起。

谢雪莹纵跳极高，转眼已经越过了那十个缉尉的头顶。她很清楚，此时打倒再多的缉尉都是没用的，今天若有一丝希望突围，就必须要先解决方烈。

张塞看着谢雪莹这样出手，吓得不轻。

他不清楚谢雪莹的武功造诣，也从未见过她和高手交手，但是面对名头那么响亮的四大府监之一，她这样连剑都不拔就凌空跃出去，一副上手对下手的姿态，不给自己留任何回旋余地，怎么都过于冒险了。谢雪莹这种不顾后果的勇敢，抑或是鲁莽，在过去都曾帮助她成功脱险，但这一次，张塞真的有很不好的预感。

谢雪莹急速朝方烈头上落下，方烈嘴角掠过轻蔑，这种没有任何铺垫，门户洞开，又失去了所有趋退空间的野蛮进攻，简直有失一个武校毕业生的身份。谢雪莹看上去像是个聪明机灵的女子，却不想会在绝望下失控成这样。

他从腰间抽剑朝谢雪莹劈下。这一剑的招式看不出任何门派的印记，像他这样从大司命府出来的人，所有的武功招式早已经被重新磨砺过了，再也显不出他过去的武学出身，但是招式的力量、路线和角度变换却显然经过精细的优化，以谢雪莹落下的弧度，此时已完全没有了任何腾挪的余地，只有硬接，可是她根本还没有拔剑。

张塞惊得张大了嘴巴，岳衡干脆急得叫出声来。

但是谢雪莹却毫不慌乱，她伸出右手，食指和中指一夹，竟把方烈砍下来这精妙的一剑给夹住了。

这几乎是不可能的。任何时候发生这样的场面，徒手夹剑的人在内力和武功的造诣上至少要高出对方两个等级以上才行。以方烈刚才那一剑的功力，连杨冰川教授都肯定不能比他高两个等级。

但是谢雪莹却的的确确夹住了方烈的剑。方烈也惊得愣住了，而谢雪莹趁势一气呵成地飞出一脚，正好踢在方烈的手腕上，剑柄漂亮地划了个圈，倒转过来，被谢雪莹接在手中。转瞬间，谢雪莹变成了持剑的人，而方烈变成了赤手空拳。

谢雪莹握剑后仍在空中，她修长的身躯微微一斜，施展出恒山剑法里的杀招"金针渡劫"向方烈攻去。方烈惊讶中已经完全搞不清楚谢雪莹武功有多高，不敢硬接，只是狼狈地翻下马去。但谢雪莹的金针渡劫只是一招虚招，她剑尖一斜，点向马腹上的一个穴位，那里是马全身经络的一个痛点，一旦被点中，任是多么训练有素的战马，也会立即疼痛欲狂。

果然方烈的坐骑一声长啸，强壮的四蹄疯狂地前撩后蹶，狭窄的小巷立刻乱做一团。

谢雪莹的表演还没有完，她原本纵跃之势已尽，只能落地，此时却像预先就计划好一样在方烈的马鞍上借力一踏，再度斜着飞起，向张塞伸出手去。张塞这一次在关键时刻倒没有掉链子，已经从先前的惊讶中回过神来，他也腾身而起，拉住谢雪莹的手，两人在翠玲珑那边的墙面上一踩，顺势越过了几名缉尉，踏上了另一边的墙头。

岳衡是第一个反应过来的，低声叫道，"恒山夺剑式……"

谢雪莹刚才施展的，的确是恒山剑法里独步天下的"夺剑十一式"。许多人都听过这个招式的威名，但很少真正领教过，更无法窥得其中的诀窍。

五岳剑校里，最强的当然是华山分校，剑术研究最广泛渊博的要数嵩山分校，但是恒山分校这"夺剑十一式"经过恒山历代高手苦心孤诣地创新和优化，招招出其不意、妙到颠毫，同时还会结合一些特殊的小工具，小器械以及对手的心理，如果运用得适时得当，可以从平手甚至上手手中夺剑。

谢雪莹刚才所用的第九式，便是因为在食指和中指上套着一个透明精巧的金刚琥珀环，才一时夹住了方烈势大力沉的一剑。当然，光靠琥珀环并不足够，方烈若是毫不迟疑地继续发力，那么谢雪莹也是承受不住的。只是不论是谁，被人徒手这样夹住了自己的剑，都免不了会惊诧莫名，而谢雪莹则必须要利用这一瞬间的惊慌迷惘，准确踢中对方的手腕，完成夺剑。透明琥珀环、心理的把握、准确的招式和节奏，三者缺一不可，这正是恒山夺剑式"险到极致、妙到颠毫"的魅力。

谢雪莹拉着张塞准备沿着房檐跃出去，如果能抢在缉尉们反应过来之前跳入某条小弄堂的话，或许有逃脱的机会。可是谢雪莹刚开始蓄力，就听到一声爆响，然后脚下一松，竟是控制不住地往下坠去。

原来方烈虽然一时中了恒山夺剑式的招，却很快恢复了镇定，伸手朝墙边挥出一掌，整面墙竟立刻喀喇一声，朝里陷进去了一大块。墙头的谢雪莹和张塞顿时都站立不住，跌落下来。

墙内的屋舍里立刻传出妇人儿童的惨呼，几个站在墙边的缉尉来不及闪避也都手脚折断，受了重伤。

一边的岳衡看着目瞪口呆，一方面是惊叹方烈如此强劲的功力，一方面也是为他这种完全不顾及属下和无辜百姓的狠毒而惊惧。

方烈倏然跃到断垣旁，趁着谢雪莹立足未稳连出三掌抢攻。谢雪莹跌落到地，忍着碎石硌着皮肉的疼痛，翻滚出方烈的攻击范围，余光里瞥见墙壁间一个妇女和手中婴儿被活活夹死的惨状。

谢雪莹心中冰凉，刚才她虽然借巧取胜，但已经试出方烈的武功远在她之上，今天要想从这个心狠手辣的人手里逃脱的希望实在是很渺茫。

眼看方烈已然继续逼近进招，突然之间，一个青灰色的瘦长身影陡然间出现在方烈的背后。

方烈原本已经准备施发重创谢雪莹的狠招，但是也立即感受到了后面那个快如疾电般出现的身影。他不敢大意，放弃了谢雪莹，双手向两边一分，一股劲力向后袭去。

在传统的武学体系下，向身后发起高效进攻是一个大难题。原因很简单，人体本身的结构是一个巨大的制约因素。历代门派和武校想了各种办法，试图优化反身进攻，但是除了峨嵋灭绝剑法里的"覆宗灭祀"，燕子坞微雨掌法里的"旋叶式"等寥寥几招外，大都只是功虚守实的过渡招法。

只有降龙掌法里的"神龙摆尾"，不需要调整身体方位就可以对身后发动直线进攻，所以这一招特别有名，和"亢龙有悔"一起成为降龙掌法的代表性招式。当然，现在看来降龙掌法可能并不能完全算是经典武学。

而方烈居然也在不调整身体方位的情形下，就直接向身后发动了如此刚猛的进攻，这种精妙的招法，只怕是来自大司命府的传承。

但是那穿着青袍之人却并不慌乱，他足底一蹬，继续向前，仍直直地朝方烈背后冲过去。

岳衡和谢雪莹都看呆了，搞不懂那人为什么竟会直直地往方烈发出的劲力撞上去。从方烈刚才转瞬之间就可以摧毁一整段石墙来看，他的内力真是大到匪夷所思。

但是那人却并没有被方烈的劲力反弹回来。岳衡和谢雪莹也看明白了，方烈是双掌往两边分开发力，因此两股力量在他背后必须经过一段距离后才能汇合。那青袍青年竟是中宫直进，抢在两股内力汇流前冲到了岳衡的背后，然后轻淡地拍出一掌。

岳衡和谢雪莹不知道那人是胸有成竹，还是情急之下冒险，但不管怎么说，都算是艺高胆大。他拍出的一掌似曾相识，却又奇异陌生，显然是在刻意隐藏自己武功的传承。谢雪莹搜索记忆，完全想不出这人是何门何派。

只有岳衡已经认出来，这个青袍青年就是叶大人新找来的年轻师爷李青。他未穿官袍，显然是不愿表露身份，岳衡便也就心照不宣地不吭声。

李青靠着准确的走位，已经赢得了绝佳的制胜机会。不过方烈显然也不是第一次遇到能算准他那一招破绽的对手，在李青向自己疾冲时，他已然以同样的速度往前一个侧翻，不仅稳妥地躲开了李青的攻击，同时还转过了身来。

谢雪莹没有时间欣赏李青和方烈的精彩对攻，她一把拉起张塞，冲入几乎倒塌的民居，拨开乱石，从另一边的门奔出。

苏浙缉尉们立刻紧随着要追击。

"快给我追！"岳衡这时候大叫一声，朝着姑苏巡捕们挥手。

他是故意在此时这么做，那被方烈打倒的门墙本就不宽，被苏浙缉尉和姑苏巡捕同时冲过去，顿时挤在一处，一时间谁也无法快速通过。

谢雪莹和张塞趁机在小巷里拐了几个急弯，暂时奔出了缉尉们的视线。但是苏浙缉尉们呼喝四起，笛哨齐鸣，越来越多的缉尉在哨音口令的调度下，从四面八方向他们围拢过来，方烈今天显然是布下了天罗地网。

"往这边走！"谢雪莹努力想保持镇定，找寻最佳的出路。

然而张塞却突然停下来，喘息着倚住墙壁，"谢姑娘，你自己快走吧，我轻功太差，会拖累你的。"

张塞已经看出来谢雪莹没有了往日的镇定从容，方烈这一次确实打了她一个措手不及，这回她绝不可能像上次闯安护镖局那样逃脱，必须用上她的所有机智聪敏，或许才有机会，却是绝容不得任何负累的。

谢雪莹沉下脸来瞪着张塞，表情里隐隐有些伤心。但她想了想，却说道，"这样也好！"

她说完从怀里拿出一个比手掌略小的方块状黑色物件，递给张塞，"一会儿我往东跑，先把缉尉引开，你往西跑，到西园巷一家叫'万隆'的当铺找姓朱的掌柜，把东西交给他，我们在那里会合。"

谢雪莹说完转身就要走。

张塞来不及细看那物件，但是隐隐可以猜到是谢雪莹之前从安护镖局里偷出来的东西。

"谢姑娘这不行啊！"张塞着急地说，"你知道我武功有多差，怎么能够把如此重要的东西托付给我？"

谢雪莹转过头来，脸上一半是绝望，一半是决绝，"方烈今天主要是来抓我的，你一定要保护好这个东西，绝不能让方烈得到！"

她说完这句话，便头也不回地施展轻功离去了。

张塞看着谢雪莹一晃而消失的背影，突然觉得很难过。

他知道谢雪莹虽然面临不利的处境，却并没有慌乱到失去判断力。她但凡有一成的把握能够逃脱，就绝不会把这个从安护镖局里偷出来的重要东西交给他。她选择这么做，只能说明她对成功逃出方烈的追捕毫无把握。所谓到万隆当铺汇合的话，只怕纯粹是一种安慰。

张塞禁不住悲从中来，半年以来，他一直想靠着谨慎和保守平平安安地过日子，从不敢越雷池半步。可是自从遇到这个聪明大胆、不计后果的女孩子后，他却发现自己正被逐渐带出精心构筑起来的藩篱，渐渐失去了掌控。但他仍然极尽所有的努力想把谢雪莹推到自己的世界外边，独自来背负周远和所谓千年预言的沉重负担，可是他奢望的平平安安却终于连一点挽救希望都没有地崩塌了，周远还活在世上的秘密也马上就会为天下所知。既然如此，张塞不知道一直要把谢雪莹阻挡在自己世界之外的意义究竟是什么。

但谢雪莹已经如风一般离去了，她纤瘦的背影融入了即将被黑云吞没的姑苏城的街道里。张塞想去追她，可是却早已失去了方向。

（十七）

季菲先带周远去了富仁坊集，在那里替他买了一顶当下颇流行的长檐帽。周远戴上以后，几步之外的人便看不真切他的脸面了。季菲又在旁边菜市里买了几个新鲜的水果，两个人一边吃一边向三元坊走去。

季菲感到心在突突地跳动。她期待着周远真的能够如他所说的那样寻找到关键的线索，解开多日来困扰整个姑苏城的绑架案之谜，帮助叶大人挽回被动，重新稳定姑苏城的局势。

这样她就可以光明正大地带着周远去见周云松、章大可和张塞，去给他们一个惊喜，去证明他们的担忧是多余。

她必须要确保这样的结果，这也是她唯一可以接受的结果。如果真的发生任何意外和不测，她知道自己或许会悔恨一辈子。

这种紧张和焦虑让季菲略有些恍惚，没有觉察到自打他们从家里走出来，就已经有几个同样把帽檐压得很低的男人一直远远地尾随着他们。

季菲故意绕开了安护镖局，兜了个圈把周远带到三元坊大围墙东面一个精致的大庭院的门口。这边商贩云集，人流来往嘈杂，比安护镖局那边要热闹许多。

"沧浪亭。"周远抬头念着门上的匾额，若有所思，"不是说去竟陵子台吗？"

"这里离竟陵子台已经不远了，竟陵子台就在沧浪亭园林的东北角。"季菲回答，"从这里斜穿过去，走一刻钟就到啦。"

"喔，这沧浪亭应该是改建过的吧？"周远注意到古朴的牌匾和精雕的门框之间的反差。

"没错，这沧浪亭建于五代，在北宋时得名，之后几经沉浮，直到北宋大文豪苏舜钦写下《沧浪亭记》后，才名闻天下，确立了在园林中的地位。可是后来苏家败落，沧浪亭差点要被人铲平了改建为寺庙……"季菲边说边领着周远走入园林之中，"后来多亏一个叫顾枫的富豪将园林买下，不仅救了这园林，还凭着他的机巧匠心，在这园内又添了不少假山流瀑和琉璃镜像打造的园中园、廊外廊的曲折机关，让这园林更加美观生动。沧浪亭后来又几易其主，但是这风格基调，却仍是在北宋就奠定下来的。"

季菲像导游一样做了一个沧浪亭的介绍，并特意点出了顾枫的名字。根据黄教授的研究，这顾枫就是慕容公子啊。

周远对顾枫的名字并没有什么反应，他望着一堆堆的叫卖小贩和沧浪亭大门涌进涌出的人流问道，"那这沧浪亭现在也是属于丐帮的吧？"

季菲点点头，"本朝以来沧浪亭原属姑苏望族钱家，只可惜魔教作乱时，钱家男丁皆惨死，整个家族就破败了，铲灭魔教后，丐帮把沧浪亭整个买下，改造成了向姑苏市民免费开放的园林。"

季菲一边回答，一边用手指着远处高高的旗杆上一面由竹棒和饭钵图案组成的大旗，那正是丐帮的帮旗。

"这样普通老百姓都可以一睹这园林的美丽，丐帮倒是做了件好事。"周远说。

"倒也不尽然。"季菲笑了，"丐帮能经营成江湖第一大帮派，不光是因为武功实力，还得益于他们的生意头脑，丐帮现在基本是把沧浪亭变成了一个集餐饮、购物、游艺、观光为一体的大商贸中心了，大到乔家宅、阿玛妮、唐门那样的大商家，小到摊贩、小吃、魔术、皮影戏、游艺都云集在这里。你看看这熙熙攘攘的人流，他们光收收摊位费就发了大财了。"

周远也笑了，想这果然是高明的生意经。

"丐帮还做起了地产生意，半年前东北角突然涌出清泉后，就把那块地高价卖给了帝京城的'新天地会'，新天地会又从宝生钱庄融了些资金，建了竟陵子台。他们还请了唐门的名设计师来设计，可是那设计样式和格调都是当代的，立在这千余年历史的园林中很不协调，真是大煞风景。"

季菲一边说，一边领着周远左右转折绕开了几棵梅树后找到了一个角度，左手边，是一座四角飞檐，古朴幽雅的方亭；而右手边的远处，赫然立着一座五层高的棱角分明，镶金贴银，琉璃闪烁的楼宇，和周围的流水小桥相映，果然显得十分突兀。

周远一看到沧浪亭，顿时感到无数影像重重叠叠扑面而来，一时分不清是真是幻。他脚下一个踉跄险些跌倒。

"你没事吧？"季菲扶住他。

"没事。"周远稳住了重心，脸上露出一丝只有细看才能够分辨的笑容。这座四角飞檐，古朴幽雅的亭子，毫无疑问就是一直在他的梦境中出现的亭子。就是这里了，他终于来对了地方，梦的意义也变得更加清晰。

"那里就是竟陵子台。"季菲往那琉璃闪烁的气派楼宇一指。

却不料周远一摆手，"我想先去那沧浪亭看一看。"

谢雪莹连续用石子射杀了五六只官鸽，在短时间里打乱了缉尉营在平安坊和周围协防援兵之间的协调。

她这样做彻底暴露了自己的位置，但同时可以多为张塞创造一些逃脱的机会。她能感觉到苏浙缉尉的逼近，能听到官犬发出的狂吠，能感觉到方烈布下的天罗地网正有条不紊地从各个方向向她收缩。

她知道自己逃脱的希望很渺茫。她从来没有见过如此浩大的围捕行动，看来她从安护镖局里面偷出来的那个黑色方块是一件极为关键的东西。但愿张塞能够将它平安送到万隆当铺。

谢雪莹想过找一个废弃的空屋，或者潜入某家民居躲藏起来。但是缉尉营必然会逐步缩小包围圈，然后挨家挨户盘查。苏浙府总共有十六条官犬，八条用来驻守城门，闻嗅可疑的粉状药物，另外八条则用来追踪嫌犯，这些官犬经过特殊训练，可以轻而易举地将她从民居里找出来。

焦急间，谢雪莹看到一支响箭从头顶射过去。

刚才一路奔逃的时候，有许多响箭从上空飞过，谢雪莹知道那是姑苏巡捕用来互相联络的方式，但是那些响箭的路线却不断重复，谢雪莹一直纳闷，但是当这支响箭又沿着重复的路线掠过后，她突然醒悟过来——那是岳衡在向她发信号。

谢雪莹仔细权衡了一下，觉得被岳衡带走虽然不算是特别理想的结果，但是无论如何都比被方烈捉住要强。岳衡受命于叶大人，而叶大人是清官，遵循律法和《华山备忘录》。况且她已经把那个黑色的方块给了张塞，去见叶大人应该没有任何问题。

谢雪莹想到这里于是小心地避开缉尉营的搜捕，在一间间民居的廊檐间跳跃着向响箭发射的方位接近。

她最终跳入一个废弃的、长着许多荒草的院落，静静伏在墙根，等着岳衡的人马过来……

张塞跌跌撞撞地奔逃。

他慌乱中辨不清方向，只是朝着缉尉营训练有素的号令声、马蹄声、脚步声相反的方向狂奔。他知道谢雪莹一定是做着各种故意暴露自己的事情，才成功地把那么多的缉尉铺天盖地地朝她那边吸引过去。

路人显然都感受到缉尉营这一次的抓捕行动非同一般，都半带好奇半带害怕地注视着往来的军士。

张塞咬紧牙关，发力疾走，连续奔出了十几个街区。这期间数次差点被缉尉发现，但是他凭着一股从未有过的意志，竟是超水平发挥了他的轻功，抢在缉尉的视线之前抹过街角，混入人群，成功地逃出了好几个包围圈，来到了西园巷口。

他靠到墙根下一边喘息一边按揉腿部。超水平发挥的后果就是经络的损伤引起的疼痛。他用手摸了摸怀里那个方块状的黑色物体，要不是为了替谢雪莹守护这个东西，他只怕早就已经放弃了。

他露出小半个脑袋朝巷子的另一边观察。他倒是很快看到了万隆当铺的招牌，但是令他惊恐的是，当铺的外面已然围了一整队的缉尉营官军，七八个伙计模样的人跪在地上，正被缉尉铐上镣铐，而一个穿着绸衫有些微胖的男人，身上戳着两支长矛，流了一地的血，躺在那里已经没有了动静。

张塞不知道那血泊里的男人是否就是朱掌柜，但他可以肯定已经无法按照谢雪莹嘱咐的方式移交怀里的那个黑盒子了。

张塞猜想这个万隆当铺恐怕不是一个真的当铺，那个朱掌柜恐怕也不是一个真正的商人，而是谢雪莹的武校朋友。更大胆的猜想是，这里或许是"寒山盟"的一个经常会面和活动的地点。

但是苏浙府显然已经破获了这个据点，正如方烈已经了解到潜入安护镖局偷走黑色盒子的人就是谢雪莹。张塞非常担心"寒山盟"内部是不是出了奸细，

第四章　沧浪飘渺欲追逐

或是有什么重大的信息泄露。

张塞赶忙朝反方向奔逃。他并不知道接下来该去哪里，该怎么做，只是想尽快逃离那些缉尉的控制范围。可是张塞一连跑出去五六个街区，四周原本已经开始逐渐变少的缉尉营官军不知为什么又重新变得越来越多。

迷惑的张塞停下来辨别方向。等他弄清楚自己的所在后不禁急得一拍大腿——原来他在慌不择路中竟然跑到了凤凰街上，而凤凰街正是苏浙府府衙的所在地！

张塞又慌又急，再次掉转身来疾走。但是这种突然逆人流而动的举动一下子就引起了好几个缉尉的注意，缉尉立刻冲他呼喝让他停下来。

张塞见行迹败露只能索性撒开腿狂奔，他的轻功本就远远不如谢雪莹，临时的机变更是和她相差十万八千里，再加上慌乱，脚下的步伐就更加虚浮，几十步跑出去，不仅没有甩掉那几个缉尉，反而引起了更多官军的注意。

前方好几队军士朝张塞追逼过来。

张塞更慌了神，他举目四望，发现所有前路尽被切断，只能掉转头再往凤凰街的方向奔回去，可是他又明知道凤凰街那边是缉尉营的大本营，无异于自投瓮中，真是跑也不是，不跑也不是，等他奔到街口，体力，意志终于都到了极限。

张塞长叹一声，精疲力竭地一屁股坐到地上。他已经尽力了，但终究还是要辜负谢雪莹的嘱托。他坐在那里，只等着缉尉们追上来给他铐上铁铐……

谢雪莹伏在墙根，仔细地辨别远处的声音。姑苏巡捕和缉尉营从呼喝的口令、官服摩擦的声音和奔跑的节奏上都有明显的不同。

就在她屏息凝神的时候，突然感到背后的自然力产生了异样。这种感觉很奇怪，绝不是她在武校的课堂里学过和习练过的，也从未在她遇敌的经验里体会过，但是她清清楚楚地感到了异样。

凭着本能，她向旁边跃出一步，同时转过身来。她惊恐地看到刚才她蹲伏的地方的墙面已经出现了一个巨大的圆形凹陷，砖屑飞扬起来——如果她刚才蹲在那个位置不动的话，可能已经受了重伤。

然后三个黑衣人向她逼近过来。

谢雪莹从来没有见过这三个黑衣人，但是凭着职业的直觉，她感觉到这三个人和之前发生的一系列绑架案有关。

刚才他们从背后偷袭的时候，使用的是一种极为怪异的武功。她没有感觉到任何自然力的流动，但自然力却还是以某种方式"动"了，并且产生了巨大的，足以伤害人的力量。砖墙上的碎屑就是明证，它们并不像是被内力打碎的，而更像是互相挤压而碎裂的——这绝不像是阴阳差的力量造成的，也绝不像是张三丰体系下的武功！

谢雪莹不由想起关于凌波微步的报道。

三个黑衣人一言不发地又出招了，三柄剑都带着强烈的剑气。

谢雪莹有些慌乱，她并不是害怕剑气，在学校里大家都学过剑气的理论，"夺剑十一式"里也都有应对剑气的办法——但那都是在黄张武学的体系下。

谢雪莹后退躲闪，但是右边的手臂还是被划出一道很长的口子，谢雪莹根本顾不得那点疼痛，她努力稳住重心想回剑反击，但手臂甩出时，手腕却在行进的路线里撞到了一股强大的力量。谢雪莹惊骇得几乎要忘记了下面的招数，因为眼前明明什么东西都没有，自己仿佛是撞上了一面透明的墙壁……

张塞坐在地上，准备束手就擒。他心想一会儿必须要立即宣布自己泰安武校毕业生的身份，这样根据《华山备忘录》，在拘捕过程中他可以不吃皮肉之苦。但他转念一想，少吃皮肉之苦又有何用，他身上带着安护镖局的重要证物，一旦被发现，就算是完了。

很快身后直路上的一队缉尉呼喝着赶过来，他们紧握着手中的长矛和尖戈，表情紧张，如临大敌。

张塞有些不解，自己武功这么差，而且已经瘫在地上，与投降无异，这些缉尉为何紧张如斯？

但就在张塞这么想的时候，他已经听到了身后的刀剑呼喝之声。他回过头去，看到两个原本在府衙前巡查的缉尉同时惨叫一声，高高飞起，急速朝他坠过来。张塞不明所以，本能地在地上一个翻滚，片刻之后，两个缉尉已经重重地摔在他原来坐着的地上。

同时，一个矫健的身影已经朝着凤凰街苏浙府衙的大门冲去，和守卫着的其余缉尉们交上了手。

"有团伙攻击苏浙府！"

"后院发现刺客！"

"守卫府衙，保护侯大人！"

张塞终于听清了缉尉们的呼喝，原来他们并不是来缉拿他的，而是得了命令赶回苏浙府衙增援。挥刀舞枪的缉尉们从张塞身边疾奔而过，根本没有人理会他。

张塞劫后余生的心情可想而知。他慌不择路跑到了凤凰街，以为是自投罗网，在劫难逃，却不想竟有人在这时候攻击苏浙府衙，反而让他变成了缉尉营的次要目标。

张塞仔细看那身影矫健的年轻人，手中一柄刻着双燕徽章的燕子坞佩刀使得虎虎生威，开碑裂石的气势立刻就将十几个缉尉一起逼了开去。张塞并不认识这个年轻人，但是看他的年纪，比他还大那么几岁，应该是往届刀法系的毕业生。

横路上左右两边也有缉尉回撤增援。但是左边巷口突然间也出现了一个使剑的青年男子，一番左冲右突，立刻将缉尉的队形搅得纷乱。

这个青年男子的剑法套路却和燕子坞的风格完全不同，燕子坞的剑法极为严密精细，而他将手中一柄隐隐透着青黑色的长剑使得粗犷而又凌厉，而且极少主动发招进攻，总是等对手先出剑以后才进行又准又狠的反击。这样的使剑理念和华山剑校很像，张塞想去看他那柄青黑色佩剑上的标识，但是他将剑挥得快如蝶舞，又如何看得清楚。

张塞把头转向另外一边，右边路上果然也冲出一人，这次却是个女子，她的武功相比其余两人却一点都不逊色。她使的是一柄非常纤细的银色长剑，招式纷繁，变化多端，张塞只觉得有小部分招式似曾相识，但是绝大多数都没有见过。

此时，又听"轰"的一声，苏浙府衙的里面升起一股黑烟，随后几处屋角冒出了熊熊火光。

而街上转瞬又出现了几十个年轻人，手执刀剑等各种武器和缉尉们厮杀在一起。

张塞吃惊不小，他虽然不认识这些年轻人，却肯定他们都是武校毕业生，也隐隐能猜到他们应该都和"寒山盟"有关。可是"寒山盟"虽然一直在追查安护镖局事件，找魔教寻仇，像这样大规模地攻击朝廷府衙，却是闻所未闻，这可是连《华山备忘录》都保护不了的叛乱死罪。

张塞从地上爬起来，试图从周围的一片厮杀中找一条出路。就在这时，他突然感到一股令人窒息的力量猛地将他推到街边一个小店的墙根紧紧贴住，张塞试图挣扎，却完全无法动弹，头骨，牙齿，五脏六腑都被压得生疼。

"大家当心，连环气浪！"张塞隐约听到一个武校的年轻人喊道。

连环气浪的概念张塞在武校里也接触过，可以说是黄张体系下对自然力阴阳差运用的极致了。需要内力极高之人，在短时间内连续发出几波内力，连环而出，恰到好处，从而产生后浪推前浪，波峰相互叠加的效果。少林的"须弥山掌"，武当的"翠山绵掌"，华山气宗的"排山倒海"都是运用的这个原理。

武校生们纷纷纵跃至高空，或者运内力出掌相抗。几个没来得及躲避的或者功力不逮的顿时都被强大的内力掀起，撞到墙柱之上，受了重伤。

张塞庆幸自己站在这股力量的边缘，否则可能会活活被挤得变形而死。

这一波气浪之后，只见一个穿着黑白两色袍服、脸上肌肤如晒干橘皮之人手执一柄漆黑的长剑蓦地里凌空出现，直扑一个使铁棍的紫衣武校生，斜刺里一剑横砍过去。

那武校生被连环气浪逼得跃空躲避，才刚刚落地，此时只能斜过棍来格挡。等那黑剑一碰触到铁棍，紫衣武校生已经觉察出了不对，但是已经来不及了。那黑剑竟生生削断了铁棍，毫无阻滞地继续横砍。紫衣武校生只来得及发出半声惨呼就被黑剑活活削成了两段。

"小心，超一级兵器！"近旁目睹了这一切的一个武校生惊恐地叫喊。

张塞看着这惨烈的一幕也惊恐不已。武校生手中的刀剑鞭棍，必定都是江武府监造的优质一级兵器，能把一级兵器这样像烂泥一样削断的，只能是七大超一级兵器之一。

橘皮脸一招得手，又连贯地向旁边斜进几步，挥剑朝另一个短衣短裤打扮的武校生劈下。

那武校生显然听到了警告，但不知是临敌经验缺乏还是发了慌，竟还是下意识地举剑横档。橘皮脸手中的黑剑再次毫不留情地削断他的兵刃，自上而下，竟又将这名武校生左右劈成了两半。

其实橘皮脸只需在头颅砍下两寸便足以使对方致命，但他不知是生性残忍还是刻意要震慑眼前的武校生，故意用如此让人不忍卒睹的方式结束了两个年轻人的生命。

武校生们显然被震慑了。刚才和缉尉们虽然也是以寡敌众，但是武校生们并不落下风，可是这橘皮脸一出手，就一下子改变了攻守的态势。

"我知道你们是在府门口佯攻。"橘皮脸把手中剑往地上一顿，抖落了鲜血，"嘿嘿，告诉你们吧，你们潜入府内的二十几个人已经都进入了设好的包围圈，马上就会被乱箭射成刺猬，被暗器云打成马蜂窝！"

武校生们面面相觑，不知道他这话是真是假。几个原本还想迎难而上，去挑战一下超一级兵器的武校生都停下了脚步。

这时，苏浙府衙内突然发出一声声的齐整威严的呐喊，同时传来兵刃有节律的敲击之声。这声音里毫无慌乱，完全是缉尉营正有条不紊地开启团队作战的号令。

然后大门口的武校生听到一阵爆响，紧接着是连续的"噗噗"之声。这种响声组合很有特色，分明就是暗器云在火药的推进下被激射而出。如果府内的武校生真的陷入包围，被暗器云从四面射过去，那几乎就没有任何生还的可能。

那使刀的燕子坞学长一脸悲愤，他把刀举过头顶一晃，发出了撤退的号令。武校生们于是且战且退，从几条小弄堂四散而去。

"哼，佯攻也好，真打也罢，一个都别想跑。"那橘皮脸阴阴一笑，一挥手中黑剑，如暴风般追了出去。

张塞当然吓得魂飞魄散，朝着橘皮脸的反方向发足狂奔，在一片混乱中，一口气跑出去了五六条街区，身后官军追杀的声音才渐弱。

张塞辨了辨方向，发现自己离西北的水城门很近，趁着寒山盟攻打苏浙府造成的混乱，他或许有机会混出城去。但是他只拐过了几个街角，就远远看到城安军将城门关闭了起来，所有的船只被迫调头，城头上白色的信鸽扑扑地飞起，想来是去和其余的城门守军联络。

张塞不禁在心里笑自己的愚蠢。发生了攻打苏浙府这样惊天动地的事情，他居然还指望可以逃出城去。

苏浙府里的黑烟仍然继续升腾，弥散开来遮蔽了天空的一角，年轻的武校生身首分离惨死的景象仍烙印在张塞的脑海里挥之不去。他知道从此刻起，缉尉营和城安军必然会把姑苏城围得密不透风，一间院子一家茅舍地搜捕和剿杀所有的寒山盟成员。他不知道武校生们会如何应对，如果任由事态的发展，那么轩辕朝一百七十多年秩序与稳定的根基就将被动摇，武林即将掀起滔天巨浪，江湖将再无宁日。

而周远尚在人世的事实必将传遍全城，也必将让整个朝野震惊。连最熟谙历史的张塞都无法想象到时候整个中原会乱成什么样子。

他踌躇了片刻，终于把心一横，决定往东走，因为他依稀记得那是谢雪莹离去时的方向。

一旦做了这个决定，张塞突然感到脚下轻快了不少，心里也比刚才惊慌失措的逃命踏实了许多。

（十八）

　　谢雪莹被无形的气障震得倒退了三四步。

　　她终于感觉到了害怕。她自幼性格就很大胆，似乎越是到了危急关头，她的聪颖和急智越是能够发挥出来。过去几年里面她采访了不少曲折隐秘的案件，也多次遇到危险，但是却总能逢凶化吉，安然脱险。

　　但是这回，她第一次有了很不好的预感。

　　很多武校的优秀毕业生，在第一次遭逢怪异的"相对武学"时，都会有一种无助的惶恐。因为他们深谙黄张体系下武学的规律，对各种变化已经形成了本能的判断和反应，当突然遇到完全不可理解的状况时，有时候反而会比武功远不及他们的庸手更加迷惑和慌乱。

　　谢雪莹此时气息已乱，她勉强后撤手腕，稳住了剑柄，然后向左边纵跳，寻求腾挪。但是左后方却突然又生出了一道无形的气墙，让她无法按照既定路线闪躲，只能直直地朝左前方滑去。

　　这一切让谢雪莹完全无法理解，仿佛周围的世界，或者说，周围的自然力的整个分布突然变得完全不同。

　　黑衣人显然完全预料到这些变化，准确地算到谢雪莹行进的路线，斜斜地一剑刺向谢雪莹的手腕。

　　即使是在如此被动的情况下，恒山剑法里仍然可以有两三种变化让谢雪莹设法自保，甚至反击。但是谢雪莹却慌乱地惊叫一声，在不知如何应对之下被迫撒开手把剑一抛。

　　黑衣人看到谢雪莹阵脚乱到如此程度，倒也不吃惊，对敌过的许多武校高手的表现还不如她。黑衣人把剑一转，绕向她的后颈，准备将她击晕。

　　就在这时，谢雪莹却突然如疾风般地出手，竟要直接去抓黑衣人的手腕。

　　黑衣人猝不及防，只能临时撤剑，却只见谢雪莹的手腕轻灵地一抖，竟是将黑衣人手中的剑夺了过来。

　　这整个过程看上去很不合常理，谢雪莹那迅捷的一抓似乎并没有抓实，黑衣人的手腕似乎也已经撤了回去，但是那剑却还是被谢雪莹夺了过来。

第四章　沧浪飘渺欲追逐

"恒山夺剑式！"黑衣人惊讶之下还不忘喊出这一招的名称。

如果只有一个黑衣人在场的话，谢雪莹或许已经反败为胜了。

刚才的那一招，她首先是故意示弱，做出惊慌的样子，让对方接近自己，同时放松了戒备，然后快速出手佯攻对方手腕，逼对方回撤，同时利用左手袖子里藏着的一根经过特殊设计的丝线一抖一绕，套住了剑柄的末端，就这样将黑衣人手中的剑夺了过来。

这期间的每一个动作都需要精确到毫厘，抓手腕的角度，丝线放出去的力度都容不得半点误差，这又是一个结合了心理和特殊工具的恒山夺剑式的经典招式。

可是谢雪莹仍然还面对着另外两个黑衣人的攻击，她于是将袖中丝线一带，直接将夺过来的剑朝另一个黑衣人抛射出去。那黑衣人猝不及防，身形急倒，单手撑地，堪堪躲开。

与此同时，谢雪莹已经纵身而起，接住了刚才撒手抛到空中的长剑，卷开三朵剑花，对着第三个黑衣人疾攻。

这一抛、一夺、一射、一接全部都是谢雪莹故意弃剑前就构思好的，因此实施起来极为连贯和利落。

那抛射出去的长剑虽然被黑衣人躲过，却直向院墙外面飞去，谢雪莹知道只要让剑飞到外面的大街上，就必然能引起即将赶到的岳衡或姑苏巡捕的注意。

躲剑的黑衣人回身看到长剑腾空向院外飞去，露出焦急的表情，他果然不希望引起官军的注意。他撑地的手一使力，整个人转了过去，对着院墙方向双掌一合……

他的手掌前似乎并没有发出什么力道，但脸上却是一副憋足了劲的表情，然后匪夷所思的事情就发生了——长剑在空中飞了一段距离之后，竟蓦地朝右一偏，由直线变成了曲线运动。而且这曲线的曲率竟刚刚好让这长剑掠过院墙的上方，然后弯回来，坠下，"啪"的一声插到了院中的地面上。

谢雪莹无法相信自己的眼睛，她在武校读书的时候也听说过所谓"擒龙""控鹤"之类隔空吸物功夫的传闻，但是直觉告诉她，这是完全不同的武功。这三个黑衣人究竟是什么人，难道是从魔域的蛰伏中苏醒过来的魔鬼？

黑衣人发完这招以后立即单膝跪地，调息吐纳起来。

但被夺剑的黑衣人早已经从惊愕中恢复过来，施展开极严厉的掌法，配合另一个黑衣人一左一右缠住了谢雪莹。谢雪莹再是聪明，再是坚强，再是有恒山剑校的绝学作为后盾，在自己完全无法理解的景象的震慑下，也终于开始慌乱。她绝望地连躲带闪勉强应付了两招，被黑衣人从身后踢中了神道穴。

谢雪莹软软地瘫在地上，另一个黑衣人又用剑柄在她的后颈重重打了一下。谢雪莹只觉得天旋地转，所有感觉都渐渐模糊。在她快要失去意识的最后瞬间，隐约听到远处传来一串细碎的、跌跌撞撞的、由一个轻功很差的人发出的脚步声，谢雪莹心中无声苦笑，他竟然傻傻地跑了回来，但同时，她的心中也生出一股暖意，但是一切都已经太迟了⋯⋯

张塞跑了好长的一段路。

寒山盟攻打苏浙府的行动和他突然反方向奔跑居然让他暂时幸运地绕到了缉尉营和姑苏巡捕分别编织起来的罗网的外面。两头的士兵都骤然减少了很多，匆匆走过的几队人马也都是在进行战术调动，而非仔细搜索这片已经被筛查过的区域。

如果有姑苏巡捕和缉尉营官军过来，张塞就到路边的空摊位或者垃圾箱后面躲一会儿，等官军走远后，他就冲到街上仔细聆听和搜寻。

他知道一旦遇到缉尉营，特别是方烈或者那个杀人不眨眼的橘皮脸，他的下场都会很惨，可是他却全然不顾。他只想去找到谢雪莹，而一种奇怪的直觉让他觉得谢雪莹就在附近，尽管周围只有一段段的围墙，看不到谢雪莹的身影，也听不到她的声响。

就在他的目光扫过其中一段院墙时突然感觉到了某种异常。这种异常并不是来自他的听觉或者视觉，而是一种说不清、道不明但又是真实存在的怪异的感觉。

张塞一跃而起，翻入了院墙内，赫然看到一把长剑插在地上。他立刻认出来这就是谢雪莹从方烈手上用精妙的招式夺过来的宝剑。

但是周围已经空无一人。宝剑不远处的地面显然能看出曾有剧烈的拼斗。

张塞颓然跪倒在地上。他终于没能及时赶到，谢雪莹终于还是被方烈抓走了。

他突然感到胸口一阵强烈的疼痛，仿佛心被撕裂了开来。当局势坏到不能再坏，迫使他放下了所有的包袱后，他才意识到谢雪莹在他心中早已有的分量。

远处传来新的官军脚步声。这一次，还夹杂着官犬的吠叫声。

张塞知道官犬能够闻出自己的味道，忙奔到宅院的另一边，跃到屋檐上，准备察看一下周围的情势后见机行事。

可是他刚一上屋檐,就觉察到背后传来一股自然力的人为扰动,竟是有人已经贴到了他的背后。

张塞吃了一惊,心想自己在姑苏城里来回胡乱奔逃了这么久,没有被官军拿下实在是奇迹,自己的运气终于到头了。不知是感到自己已陷绝境,还是想继续寻找谢雪莹的信念让他陡增了勇气,张塞竟决定先发制人发起攻击,他一咬牙反身击出一掌。

他身后的人并没有出手相抗,而只是一错步,不仅躲开了他的攻击,还依然紧紧挨着他的后背。光是这一下,张塞便已经知道身后之人武功高出自己不少,张塞脊背上一凉,生怕是一个像橘皮脸那样的高手盯上了自己,片刻就要把自己剁成两段。他站在屋檐上,膝踝已然绵软无力,根本无法使出各种高难度的进退步技巧来反制,只能等着背后之人发出致命一击。

果然一股强劲的力道抓住他的衣领,将他朝上拎起来,又往下一按。张塞毫无抵抗地被扔回了刚才的院落里。

张塞凭着最后的一点武功底子,就势滚了两圈,总算没有受伤。他强忍痛疼,顺手从地上抄起了一块石头,转过身来使出全力朝袭击他的人掷去。

以张塞的功力,即使使出了全力,这石头也没有什么太强的内劲,两丈之外一个人影在空中轻盈地探手,接住了石头,然后落到院中的一段枝杈上。阳光从后面照过来,勾勒出一道带着金边的婀娜剪影,竟是一个苗条修长的少女。

张塞手上已经又捏了两块石头,准备连发出去,但是他朝那窈窕的剪影仔细看了一会儿,便啪地将石头丢了开去。

"吓死我了……"他筋疲力尽地坐在地上喘息着。

"我好心来救你,你就这样对我吗?"枝杈上的少女把手中石头一抛,冷冷地说道。

张塞在地上坐了一会儿,才挣扎着站了起来。

"那……我现在应该怎么称呼你……丁姑娘吗?"他问。

少女点点头,从树上纵身跳下。她端庄的面容和修长的身段从阴影里显露出来,正是装扮成了丁珊的峨眉剑校天才少女王素。

在鬼蒿林的时候,张塞和"丁珊"曾经共同出生入死,一起力战被毒药侵袭后变异的怪鱼、怪人,一路上张塞还曾揶揄她和周远,算是那段苦难历程里唯一的一番闲情,此刻突然重新见到这张精心变妆后的面容,许多回忆顿时涌上心头,让张塞感到一种特别的亲切,有许多别后重逢的话语想讲。但眼下情势危急，姑苏城已然风雨飘摇，又让张塞觉得王素在这种时刻来到姑苏城，似乎隐隐有着宿命般的不妥。

他强忍着疼痛走上前，刚想抱拳行礼，却在半当中停住，改为了深深一揖。

张塞的这番做作王素都看在眼里，她知道张塞的意思，自从订婚的消息宣布以后，她便已经算是准皇子妃了。武林人士相互之间行礼和面对皇家贵胄的礼节自然是不同的。王素扭过头去，并不还礼。

官军的脚步已经迫近到了院墙外，王素从怀中掏出一个香囊，从里面抓出一把淡黄色的粉末朝周围一撒，一股清香飘来，随即又幽然消散。

这种粉末名叫"消香散"，是柳依仙子亲自发明调制的。其功效就是可以在撒粉末处消减周遭的气味。

果然官犬只是略微吠叫的几声，就往前面的街口跑去了。

"那些攻打苏浙府的都是什么人？"王素等这一拨官军走远后问道。

张塞听王素这么问，便知道她很早之前就已经盯上了自己。他摇摇头回答，"我也不认识，应该是寒山盟的成员。"

他回想起刚才的惨烈情状又叹道，"那长着一张橘皮脸的是什么人，怎么如此残忍？"

王素哼了一声说道，"你不认识吗？那人就是吕泽风，在苏浙府的四大府监中排第三。"

张塞恍然大悟，怪不得他武功如此之高，且如此心狠手辣。

"可是……那柄黑剑……"

"是玄阴剑。"王素答道，"江武府一百多年前就勘定的超一级兵器。"

"可是太阳剑和玄阴剑难道不是应该……"

"都被锁在江武府的兵器库里。"王素知道张塞想说什么，"所以说内中必有隐情，寒山盟的人真是太鲁莽了。"

王素的语气里显然对寒山盟刚才攻打苏浙府的行为并不赞许。

"寒山盟这么做，可能也是苏浙府步步进逼所致。侯大人，或许已经不是侯大人了。"

张塞于是把他通过收集朝廷官员和帮会高层履历，并和李天道行踪做对比的方法整理出来的记忆种植对象名单跟王素说了。

王素听完自然一脸凝重——她是在试剑台上和杨冰川教授一起听李天道亲口说出这件事的。她当时和杨教授是一样的绝望，却没想到张塞居然凭借对历史事件的惊人记忆可以锁定记忆种植的名单。

"那六皇子殿下他……什么时候来姑苏城？"张塞又小心翼翼地问。

"怎么，你做采记的，自己不看报纸吗？"王素冷冷地回他。

王素这么说，张塞便知道六皇子确定会在谷雨节来寒山寺进香还愿。

"侯大人掌管整个苏浙府和缉尉营，叶大人拿他没办法。恐怕只有靠皇子殿下来姑苏城才能够节制他，只是不知道皇子殿下是否相信记忆移植这种事情……"

张塞显然是想试探六皇子的态度，但是王素此时却突然把脸一沉，带着愠怒问道，"难道侯大人的事，是眼下姑苏城最紧迫的事吗？"

张塞被王素这一问，又看到她逼人的目光，立刻就明白了她的意思，默然低下了头。

王素见张塞低头不作声，脸上又增加了一层恼怒。

"周远……现在在哪里？"她终于问道。

王素凛凛地立在那里，瞪视着张塞，语气里全是不满，但是在说到周远两个字时，声调却又是轻柔的。

张塞仍然不敢正视王素。周远没有死这件事，他瞒着叶大人，瞒着杨冰川教授，其实都很不妥，但心里似乎并没有什么不安，然而瞒着王素，他却打心底里感到歉疚。过了好久，张塞才抬起头，回答道，"我也不知道，我把他……弄丢了。"

王素站着没有动，但身体还是微微颤动了一下。

张塞想，王素此刻一定是保持着惊人的克制，才没有立刻拔出倚天剑来把他劈成两半。

张塞于是把从太湖上将周远救起直到在微澜山庄后山被黑衣人冲散的事情略略讲了一遍。

"为什么不告诉我？"王素静静地听着，直到张塞把整个过程讲完后才问道。她精妙的化妆术几乎完全改变了她的容颜，但是那一双明澈灵动的美目却仍是无法被遮掩。这美目逼视着张塞，让他无法躲闪。

"江湖相信周远已死，没人再去追究末代魔教教主的预言，这样不好吗？周远失去记忆，让他摆脱了过往，不再痛苦纠结，这样不好吗？"

"可你照样告诉了云松和大可他们。"

"王仙子，你知道我为什么不告诉你的。"张塞忍不住直接称呼了王仙子，

"大可说过，孟婆苓过量造成的失忆是很难逆转的，除非是因为某件事，或者某个人触动了心中最深的执念……王仙子，如果全天下我只能选一个人让周远一辈子都无法相见的话，我就会选你……"

王素听张塞这话，分明在说自己就是周远心中最深的执念，愠怒的眼神中顿时泛起一层柔情，但那柔情稍纵即逝，她随即又咬了咬嘴唇恨恨地说道，"可是，你凭什么认为失忆的状态对周远是最好的？你就不怕失忆后的他才真正成为魔教的末代教主，才是会给江湖带来灾难的人？"

"这个，我并无把握……"张塞说道，他叹了一口气，"可是，王仙子，如果周远恢复了记忆，如果他想起了过往，如果他……执意要去找你怎么办？"

张塞的话说得很委婉，但是王素立刻明白了他的意思。和所有关心时政的武林人士一样，张塞显然把她和六皇子的婚约看成是至关重要的大事。

王素冷笑一声，"你不需要担心这个！你现在需要担心的，是周远已经被你弄丢，此刻不知道落到了姑苏城哪一拨用心险恶的人手里！"

"那……王仙子，你是要去找他？"

"是啊，我不去找，难道还指望你去吗？"

"那如果……你找到了他，然后呢？"张塞仍是执着地追问。

"找到他之后，自然是要将听琴双岛开始的一切事情做一个了断！"王素说道。她说这话时嘴唇微微颤抖，眼眸里如暗夜的星光般闪烁不定，似乎她虽然嘴上说得斩钉截铁，心里却并不确定该何去何从。

张塞不忍再去追问。半年前他们七个人奇迹般地从听琴双岛返回，挫败安护镖局的阴谋，解救了两校师生，可是一切并没有结束，反而引出了魔教末代教主的预言。从现在的情势看，这一切或许真的将在姑苏城里有一个了断，只是他无法想象会是以什么样的方式，什么样的结局。

张塞不知道该说什么，他转过头去，望向院落的另一边。他游离的目光无意识地扫过，却正好瞥见了那一边的整面院墙上竟有一个巨大而规整的圆形凹陷。

这是他一直没有发现的，张塞一下子忘记了和王素谈论的话题，惊讶地奔了过去。他伸出手有些害怕地摸一摸凹陷的中心部分，一些成块的灰泥掉落到了地上。这样规整平滑的形状，绝不像是用可以用任何兵器或工具压成，也显然不可能是由黄张体系下的内力造成。

"这是相对武学。"王素在他身后冷冷道，"只要我们还弄不清这种武学的原理，和他们交手就没有任何胜算。"

张塞听了王素的话，却突然激动起来，他看了看远处插在地上的长剑，眼睛里冒出兴奋的光芒，"相对武学！相对武学！那谢姑娘……谢姑娘就不是被方烈抓走了，而是被黑衣人抓走了。"

他顿了一顿，转过头来对王素说道，"我们去找谢姑娘，也许……找到了谢姑娘，周远也就一起找到了！"

第五章　岂难料云断归途

（十九）

周远径直向沧浪亭走去。

季菲紧紧跟在他身后，手心微微渗出汗来。她是故意先带周远来沧浪亭园林的，而周远一看到沧浪亭，就立刻对竟陵子台失去了兴趣。

果然就是这里，果然就是慕容公子曾经住过的地方。

周远的步履逐渐加快，虽然有些摇晃，恍若梦游，但在假山和树木营造出来的曲径通幽中却越来越自信肯定地选择着道路，就好像一个久别的故人回到了家乡，沿途的风景逐渐揭开了尘封的记忆。

季菲突然之间觉察到了来自身后的一种有人在跟随的感觉。她转过头去，依稀看到几丛枝叶微微晃动，几个可疑的身影已经消失在周围观光赏景、讨价还价的人群里。

季菲是仔细思考过安全问题的。沧浪亭里鱼龙混杂，人流如织，不利于发现潜在的危险。但另一方面，正因为这里地形复杂，人来人往，帮派关系盘根错节，有利于她和周远隐藏和逃脱。

前面突然走过来一长队缉尉营的官兵。季菲忙拉着周远躲入了一个正在看魔术表演的人群。

在沧浪亭所有的表演类摊位中，魔术总是最受欢迎的。他们躲入的是一个已经在沧浪亭里摆了半年摊位的大型舞台，表演的是那种一个美少女从一个柜子走进去，又从远处的另一个柜子走出来的那种真人幻术，因此围观的观众尤其多。

"我们为什么要躲着官兵啊？"周远不解地问。

"没有啦。"季菲说，"我们两个来这里是为了查案，样子和普通游客很不同，还是尽量不要让官府看出来的好，免得麻烦。"

第五章　岂难料云断归途

周远点点头，等到官兵走过，他立刻挤出人群，走入那四角飞檐的沧浪亭里观察起来。

沧浪亭的整个造型美观而雅致，但是亭子里面的设计却非常简单朴实，一眼望去，牌匾亭柱，所有的结构布置都尽收眼底，里面仅有苏舜钦、顾枫、韩世忠等历代主人留下的几块石碑以及文人墨客的题诗。周远饶有兴趣地盯着那块刻着顾枫所写的《沧浪园记》的石碑看了很久，才若有所思地走出沧浪亭。

季菲因为工作的关系，常来沧浪亭园林里的几家酒馆应酬，对沧浪亭本就非常熟悉。这几日里她和周云松更是来查看了好多趟，能问的人都问了，能翻开的石头也都翻了，却毫无收获。

现在就看周远是否能够凭借着他超人的洞察力以及头脑中神秘的指引，从这一片寻常中找出线索来了。

周远走出亭子后，开始在园林的四面查看起来。

"这园林里是不是有一个蝴蝶形的小池塘？"周远边走边问。

"没有。"季菲毫不迟疑地回答。园林里有哪些亭台小径、假山池塘，她闭上眼睛就能都回想一遍。

周远听到这个答案好像并不甘心，仔仔细细地把园林里的小湖和池塘都转了个遍，可是的确没有看到任何一片水域和在他梦境里出现的有相似之处。

"为什么我们要找蝴蝶形的池塘？"

周远没有回答，第一次显出一些焦虑。他低头思索了一会儿，又绕回了沧浪亭。

沧浪亭的西面全都是游艺铺子，那些摊主们一看到季菲和周远，立刻热情地喊着"公子""姑娘"，围上来向他们兜售各种套圈、入瓮、投射之类的有奖游戏。

周远皱起眉头，不耐烦地回避着这些兜售的商贩。他那种完全游离在游玩氛围之外的样子以及他专注地观察周围的神情很快引来了众人疑惑的目光。他烦躁冰冷的态度也让这些摊贩们觉得很不满。

季菲可不想让这些摊贩妨碍周远的观察和分析。她赶紧挤到周远的身边，从兜里掏出十枚铜钱，分别塞到最近的两个摊主手里，然后从他们手里接过一个套圈和一支飞镖。

两个摊主见这对年轻男女终于掏了钱，都喜上眉梢，马上开始争执应该先玩谁的游艺项目。

却没想到季菲哪边都没去，而是站在原地，一左一右将套圈和飞镖掷了出去。

摊主们还没来得及停止扯皮，季菲左手的套圈已经划过一道漂亮的弧线，准确套中了左边铺子里最深，隐藏得最好的一只金色麒麟。

那摊主的惊讶可想而知，因为季菲几乎都没有瞄准，而且是站在三倍以外的距离，就套中了铺子里的最大奖。他立刻噘起嘴嘀咕道，"武校生不可以参加的，一点觉悟都没有！"

而右手的飞镖，则笔直地飞向右边铺子最深处的一块刻着龙纹的木牌。

鸡、猪、狼、虎、龙。这龙纹的木牌显然是那个铺子的最大奖。

飞镖毫无悬念地朝着木牌飞去，可是过了半程以后，却突然微微偏离了方向，划出一道难以察觉的弧线，最后竟从左边擦着木牌飞过，钉到了后面的背景墙上。

没有中！

周围几个观看的游客们一起发出惋惜的叫声。

那边摊主的嘴角露出得意的笑容，"哎呀，只差了一点点，姑娘要不要再试一次？"

他说着又熟练地递上一支飞镖。

飞镖异常的轨迹并没有引起普通游客的注意，但又怎么能够瞒得过季菲的眼力。她虽然不像毛俊峰那样专修暗器，可是在这样的距离击打一个静止的目标，可以说比伸手摸一下鼻子还要容易，这摊主必然是使坏做了手脚！

季菲原先的计划，是干净利落地摘下最大奖，这样摊主们知道无利可图，就不会再围着他们捣乱了。可是飞镖竟然没有射中，反而引起了旁人的关注。

周远原本急着拨开这群摊贩脱身，可是看到季菲的飞镖没有射中，却停下了脚步。

"让我试试吧。"他说。他刚才对这些游艺项目毫无热情，此时却突然来了兴趣。

摊主求之不得地转身把飞镖递给他。周远接过飞镖，往前走到标准的起始线，瞄了两下，掷了出去。

周远没有内力，但是他曾在燕子坞岛的湖滩边刻苦练习飞石，虽然头脑丧失了记忆，手上肌肉的记忆却尚在，这飞镖竟是以极准的角度出手。

季菲这次是全神贯注地观察，周远的飞镖眼看就要准确地击中龙纹木牌，可是在离目标不到一尺的地方，飞行轨迹突然再次发生了略微不自然的扭曲，最终又擦着木牌的下沿飞过，钉在了背景墙上。

摊主一定是用了什么方法在干扰飞镖，赚取黑心钱！这一点是毫无疑问的。然而古怪的是，整个过程里，季菲没有觉察到哪怕是一丁点儿的自然力的扰动。

"差的更少了，再来一次就要成功啦！"摊主夸张地叫道。

"再给我一支飞镖……"周远像是起了好胜心，坚决地说。

季菲隐隐觉得有些不妥，但是她也极想搞清楚这里的猫腻，便没有反对，而是又走近了些立在一边观察。

周远手握飞镖认真地瞄准，但是心却在狂跳。刚才发生的一切，显然就是他一直在等待的线索。那两条诡异的弧线，他也都看得清清楚楚，一次往左，一次往下，全都印证了他在衣服夹层的神秘文字上读到的一种理论，让他豁然开朗。

周远抬起手，瞄准了目标。季菲站在周远身后，顺着飞镖的镖头定睛观察。

就在飞镖将出未出的时候。季菲突然看到了一个异常的景象！

游艺摊幕墙的后面是一片竹林，竹林的后面就是沧浪亭。竹子枝叶横生，原是很难看清细节的。但是季菲却有一双武校优等生的锐利眼睛。在她聚精会神的观察下，她发现从这个角度看过去，竹子枝叶后面沧浪亭亭柱的上下两段竟有着微微的错位。就好像是暑气蒸腾时的路面，或者是海市蜃楼时不同的山景楼台的嫁接那样。

周远这时用力将飞镖掷了出去。

不知是天意还是巧合，亦或是因为他的聚精会神，这一次，一丝灼热在周远的丹田一跳，一股暴涨而起的力量跳跃到他的手臂手腕的臂中、内关、神门等一系列穴位，飞镖如离弦之箭一般飞了出去……

飞镖准确地朝木牌飞去，在距离木牌一尺处，似乎猝然一慢，但又陡然加速，直直地朝前行进，啪地击中了木牌。然而木牌却完全无法阻挡飞镖的劲势。飞镖击穿了木牌，也轰然击碎了木牌后面的幕墙，进而飞出了摊位，连续射断了三四棵碗口粗的毛竹，最后竟倏然消失了。

整个地面仿佛都微微晃动了一下。三四棵数丈高的毛竹发出一阵霹雳咔咔之声，然后一齐向前倒下来。

季菲目不转睛地看着整个过程。这一次飞镖没有走任何的弧线，只是离奇地发生了忽快忽慢的变化，仿佛是从一个空间的边缘划过，穿入了微微错开的另一个空间。

摊主们和围观的人群们都喊叫着惊恐地向后退去。

然而季菲待在原地一动不动。

"姑娘快跑！"周围的人以为季菲吓傻了。

季菲当然不是吓傻了，她只是转过头去骇然地看着周远。他刚才那一掷，显然是使出了量子内力。

周远也愣在那里，看看自己的手，又看看前方的虚空，表情里却带着欣喜和激动。

碗口粗的毛竹一齐朝他们两人落下来。季菲抽出长刀，只挥动了几下，就把头顶的竹子切成许多碎段，竹子纷纷坠落到她和周远的周围。毛竹的其余部分则"轰"的一声将好几个摊位一齐压倒。

周围的人群被季菲的镇定以及潇洒地挥刀化险为夷给震慑了，有几个还拍手喝起彩来。

那摊主见自己的摊位毁于一旦，哇呀呀地哀叫起来，可是他来不及叫出第二声，只看到眼前人影一晃，脖子立马一片冰凉。原来季菲已经在转瞬之间移动过来，右手插回长刀，左手拔出短刀，顶住了他的咽喉，"你在这里搞了什么鬼？"

摊主看到刀子，吓得扑通跪了下来，"我什么都没干！"

"为什么飞镖会转弯？"季菲挪动一下手中的刀。

"我不知道，我不知道为什么会这样！"摊主吓得声音发颤，"半年前，我偶然发现这个地方，飞镖线路很怪，就连武校生都打不准目标，就把这个摊位长期租了下来，想多赚点钱，可真的不是我捣的鬼啊！"

摊主的脸因惊吓已经涨成茄子般的紫色，让季菲觉得他不像是在说谎。

半年前？那不正是听琴双岛解除封禁的时候吗？

季菲回过身去，想从周远那里获得一些解释，但她却惊恐地发现，周远已经消失不见了。

（二十）

岳衡跑得满头大汗，身体近乎要虚脱。

第五章　岂难料云断归途

叶大人今天交办的任务实在是不好完成，要从缉尉营口中夺食，哪有那么容易。那个方烈武功又高，生性又残忍，要不是那年轻的师爷李青赶来缠住了他，只怕刚才的场面早就已经很不好看了。但是岳衡听说苏浙府四大府监里的其他三个比方烈的武功还高，做起事来更加残忍，万一那几个再出现的话，他真的就无能为力了。

就在岳衡一筹莫展的时候，突然看到前方的街角转出来一个身材瘦弱的男生，不是别人，竟是张塞。

岳衡定了定神，才确定自己没有看花眼，他四周张望一番，暂时没看到苏浙府的人，心中狂喜，忙吩咐手下，"赶紧抓起来，带回庆元坊去。"

张塞缓缓朝岳衡走过来，脸上神情非常淡定。很快，从他身后又转出来一个身材修长的女生。

岳衡素来喜欢美色，一眼望去，便觉那少女容姿清绝，简直是倾城倾国。待走近几步，岳衡马上发现，这少女虽没有当面见过，但是她这张容颜，一直是以极高的频次充斥这各种报刊杂志的头版头条——峨嵋剑校天才少女王素！

原来王素此时已经卸去了丁珊的妆容，以她本来的面目随着张塞走了出来。

她不等岳衡开口就说道，"岳捕头，我想借你的官犬一用。"

岳衡赶紧往前奔了几步，扑通跪到地上，"下官重案台捕头岳衡参见王仙子！"

王素只是和六皇子订了婚，其实还不算是真正的皇族成员，岳衡原不必行如此郑重的礼节。但一来岳衡想拍拍这位未来皇子妃的马屁，二来他见到这么漂亮的大美女，脚也是有些发软。

"岳捕头不用如此大礼。"王素忙劝阻他，"还请借我官犬一用。"

岳衡抬起头，忍不住多看王素几眼，然后现出为难的神情，"王仙子，这个……叶大人的命令是让我无论如何抢在苏浙府之前带张塞去见他。"

"叶大人找张塞，最终目的也是为了去找周远吧？"王素说，"你若借我官犬，我现在就可以带你去找周远。"

岳衡一听这话，心下盘算，张塞这个书生本身确实毫无用处，倘若能够直接找到周远，那叶大人肯定是会给自己记一桩大功劳的。另外，这桩任务的难点，是因为有苏浙府地位职权都比自己高的人插手，可是现在有准皇子妃给自己撑腰，别说方烈，就是侯大人来了，恐怕也要礼让三分吧？

岳衡想到这里，立刻喊道，"快把最好的那条官犬给王仙子牵过来！"

岳衡的那些手下见到江湖女神，武林偶像，也都有些神魂颠倒，费了半天劲，才总算牵过来一条高大威武、毛色亮泽的官犬。

张塞捏着谢雪莹留下的宝剑的剑刃，把剑柄递到官犬的鼻下。

那大狗上下闻嗅，又低嗥了几声，随即往前纵跃，朝着东南方向奔去。

季菲突然找不着了周远，心急如焚。

而这时候人群后面发出了几下呼喝之声，几个丐帮弟子拨开人群走了过来，为首的一个长相俊朗的年轻男子，胸口绣着四个布袋，他和季菲一打照面，两人就都微微涨红了脸。

这年轻男子正是袁亮，燕子坞剑术系的毕业生。他和季菲在学校里曾算是半公开的情侣，但是燕子坞事件后，两人因为种种原因已经分道扬镳。

季菲看到袁亮在这里出现很是惊讶，去年夏末的时候，袁亮就已经落实了丐帮苏浙分舵洪威堂的职位。洪威堂是丐帮最古老的分堂名号，以培养年轻人才著名。可是看他现在的样子却分明是在沧浪亭担任管事之类的杂差，虽然仍是四袋弟子，但显然是遭到了贬谪。

去年安护事件的时候，袁亮为了去三合堂报信，不幸受了重伤，后来在三合堂里又中了毒，虽然经杨教授救治，性命无碍，却和燕子坞许多学生一样，武功大损。事件以后袁亮最初还充满信心，每天刻苦习练，试图恢复功力，但是章大可替他检查了几次以后，却发现他的丹田已经永久地损伤了。

袁亮自然不信，还对章大可大发脾气，后经龚一平教授诊断，还是一样的结论。之后的一段时间袁亮开始消沉失意，对季菲动不动就为了小事恶语相向。

季菲知他情绪沮丧，处处让着他，可是他却愈演愈烈，直到最后每天都闹着要分开。季菲那段时间里几乎天天都要哭上三四回。

少年男女的心事本也就说不清道不明，季菲有几次伤心到了极点也发了脾气，说了狠话，有一天两人闹得再也无法收拾，终于分了手，再也没见过面，直到今天。

季菲见袁亮如今工作上又受了挫折，心中不禁生出怜惜，知道对个性要强的他必是极大的打击，但一时又不知道该如何安慰，再加上现在情况危急，更是无暇去念及旧情。

袁亮愣了片刻，正要说话，从人群后面又走过来两个穿着深棕色衣衫、绣着四个布袋的年轻男子。

这两人一个名叫卢东，另一个名叫孙熙，和袁亮一样都是丐帮今天负责沧浪亭地域的值守。他们两人毕业于二流的武校，和袁亮年纪相仿，但同样都是四袋弟子，足见武功尽失对袁亮的晋升造成了明显的影响。

卢东听到骚乱之声赶来，原是一脸怒意，但是看到季菲衣着体面，手中拿着的分明是一对一级兵器，上面的双燕徽章清晰可辨，倒也不敢怠慢。

"这位姑娘看来是袁兄的同学？"他问。

孙熙却完全不管不顾，朝那被毛竹压毁的摊位一指，不满地说道，"既然是同学，就更不该在我们丐帮的地盘弄出这么大动静来吧？"

"这边……刚才出了点意外，实在对不住。"季菲向袁亮、卢东、孙熙三人深施一礼，目光却在四周急切地搜寻。

孙熙看到季菲心不在焉的样子，更是生气，"姑娘，这几棵竹子都是从两湖移种过来的湘妃竹名种，恐怕不是一句对不住可以敷衍过去的吧？"

袁亮看到孙熙对季菲很不客气，心中不满，"孙兄，想来季姑娘不是故意的。"

孙熙出身九华武校，在丐帮内学历背景算是较低的，所以内心深处对名校毕业生很是抵触，这次逮到了机会正好借题发挥，"哈，如果是故意的那还了得？如果每个人来丐帮地盘上砍几棵竹子，砸几个铺子，最后只要说声不是故意的就算揭过了，那丐帮还要不要在江湖上混了？"

倘若是当年，谁要敢在袁亮面前如此蛮横地说话，袁亮手中燕子徽章的长剑必然已经出鞘。可是他现在武功半废，在丐帮中的地位一落千丈，竟是涨红了脸不敢反驳。

袁亮的这种样子季菲都看在眼里，一个曾经那样自信潇洒的高才生变成这个模样，让她很是心疼。但此刻她也不敢进一步惹麻烦。

"确实是给贵帮造成了损失，一会儿我自当去给龙长老赔罪。"季菲又施了一礼。

她口中提到的这个龙长老，叫龙云康，是地位极高的八袋长老，也是丐帮在姑苏城的总账房。宝生钱庄和丐帮一直有许多生意上的往来，季菲也确实认识龙长老。她试图用龙长老的名头暂时镇一镇这两个四袋弟子。

卢东听季菲搬出龙长老来，也不知是真是假，于是问道，"敢问这位姑娘在哪里高就？"

季菲正待回答，目光却突然在远处发现了周远。他竟是回到了沧浪亭另一面刚才表演大型舞台幻术的地方。一个少女将他拉着走上了舞台，似是要去配合表演。

季菲知道周远不会随便就去参与什么表演，他之所以回到那里，一定是有了什么发现。

她没有时间再和卢东、孙熙两人纠缠，也没有时间沿着蜿蜒的小径而行，她脚下发力，凌空而起，在几根断竹上轻轻一点，直直地从沧浪亭穿过，迅速奔幻术舞台而去。

卢东、孙熙以为季菲是要逃跑，哪里肯依，连忙叫喊着发足尾随。

季菲奔到舞台前，一路上已经迅速将台上情况观察了一圈，发现前后四角各站上了一个穿着戏服的男子，无形中已经把舞台围了起来。舞台中央，一左一右相对立着两个一人多高的大柜子，一个穿着黑袍的幻术师已经打开了左边的柜门，开始要表演那种一个柜子进，另一个柜子出的戏法。

季菲曾经看过这种戏法，知道舞台之下必有各种机关，倘若让周远走进了柜子里，后果不堪设想。

更让她惊异的是，在柜子一边的门框底部，插着一支飞镖，毫无疑问就是刚才周远用量子内力射出的那支。游艺摊和幻术台中间隔着一个沧浪亭，而且周远的飞镖是朝另一个方向射出，从常理来讲，是绝对不可能击中这边的门框的。

"袁吉！快下来！"季菲情急之下大喊，紧接着两个纵跳飞上台去。

她穿着粉色裙装，非常漂亮，空中纵跳的身形姿态更美，台下各色观众不明所以，都齐齐地鼓掌叫好起来。

站在舞台四角的男子们原本一副慵懒的龙套表情，此刻看到季菲往台上飞过来，立刻快速地移动到舞台中央，挡在周远和幻术师之前，一块儿出掌，竟是要凌空把季菲逼回去。

但季菲这一纵跳是留了许多回旋余地的，她眼花缭乱地一个侧旋，日月双刀已然出鞘。四个男子没有兵器，不敢硬接，略一退让，季菲便抢到了舞台上。台下又是一阵哄然叫好。

"袁吉，快跟我走！"季菲着急地说。她知道周远一定是发现了那支飞镖，但现在已经不是去追查的时候了。刚才一不小心施展出量子内力，丐帮的人已经被惊动，一会儿缉尉营的人必然也会过来查看。

可是周远站在柜门前，对季菲微微摇了摇头。

第五章　岂难料云断归途

季菲惊得往后退了一步，倒不是因为周远摇头，而是因为他的表情蓦然间变得有些陌生，既不像从前在燕子坞的那个周远，也不像是失忆后的他。

季菲自然不甘心，"袁吉，这里危险，我们快离开吧。"

周远仍不说话，对季菲再次摇了摇头。

这一次，季菲看明白了。周远的表情明显不是在说他发现了重要线索，想要坚持去追查，而是一种对她意味深长的回绝，仿佛在说他已经找到了他要找的，这里就是他要来的地方，他已经明白了他来姑苏城的目的，他不需要再跟她去别的地方了……

季菲只觉得手脚瞬间变得冰凉，不祥的预感让她一颗心沉到了底。

周远转身对那黑袍的幻术师点了点头，幻术师也朝他伸手做了个请的手势，两个人像是已经有了默契。

季菲看着周远和幻术师的举动，突然醒悟过来。沧浪亭里的这个幻术舞台，从半年前开始设立，岂不是和安护镖局事件正好吻合？幻术师和周围的这些打手，说不定都是安护镖局的余党。那晚那些使魔教武功的黑衣人并不是在微澜山庄顺路绑架了周远，而是要将他带来这里——将他们的末代教主带来这里。

而她一厢情愿地以为周远是来沧浪亭帮助她查案，帮忙拯救姑苏城的，却发现自己只是愚蠢地将周远送回到魔教的面前。

季菲只觉得天旋地转，记忆里周远用他的智慧和坚持保护老师和同学们的一个个真切温暖的瞬间渐渐淡去，取而代之的，是张塞一直在担忧的魔教千年预言……

四个男子一瞬间又围了上来，仍然想把季菲逼下台去。季菲回过神来，她没有时间细想，一咬牙，下定了决心不让周远走入那扇门。

刚才一招之间季菲已经试过那四个男人的武功，知道他们只是普通帮派水平，她两刀划出一个圆弧，左右手保持一个夹角，疾速朝最中间的两人攻去。

这一招是燕子坞刀法里的"斩风"套路。像"斩风、削雪、劈山、掠水"这样的套路，在燕子坞都属于中级刀法，是把平刀、斜刀、转刀、反刀等几种基本刀法用比较精妙的武学优化思路融合在一起。虽然和高级刀法相比存在不少破绽，但是对付没有受过科班训练的普通帮派成员却是最简明有效。

果然季菲只用了三四招就把四个男人逼得狼狈逃窜，眼看她就要冲到周远跟前，那戴着黑帽的幻术师突然手中晃开一道白光，白光瞬间就往季菲身上缠去。

台下观众这时候已经看出来舞台上乱作一团并非是原来就设计好的节目，而是真的起了冲突。季菲因为面容娇美身形纤细，不少人都在心里默默支持她，此时看到白光一闪，都以为是那幻术师施了什么魔法，紧张地惊叫起来。

但季菲的眼力是受过训练的，她一下子就看出来那幻术师是从腰间突然抽出了一把软剑，借着阳光陡然偷袭。

刀的最大敌对兵器就是剑。季菲在燕子坞刀法系读书时必须要研究各种剑，其中也包括软剑，所以她本来是不怕的，但此时她的"掠水"套路正使到一半，露出了不少破绽，而那幻术师武功明显很高，这一剑竟是直指她的破绽而来。

季菲电光火石间构思了三种破解的办法，竟没有一种可行。季菲一时有些慌了，自安护镖局事件以来她是第一次遇到这种险情，无奈之下，只能选择撒开左手的短刀，朝幻术师掷过去。

这一招足以化解危情，但是季菲双刀只剩了一把，就像下象棋上来就被白吃了马，算是吃了大亏。那幻术师果然嘴角露出一丝得意，撤了剑招，一纵身躲过了短刀。

那短刀斜着飞向已经打开了门的柜子。这是季菲没有预料到的，她知道自己手中是加了内力的，如果短刀能把柜子戳破毁损的话，自己这应急的一招倒是得了出人意料的红利。

然而，短刀飞入柜子，不仅没有能够把柜子损坏，而且竟没有发出一丝声响，连插到柜壁上的声音都没有，就好像穿过柜壁直接飞走了一样，但是刀子又显然没有穿透柜子。

季菲只觉得浑身一颤，鸡皮疙瘩起了一层，这种诡异的景象明显有点违反常识。

幻术师并不给季菲讶异的时间，转身运剑又攻了上来。季菲稳住心神，右手刀毫不示弱地反攻，刀剑相交时，她刻意招招打在对方的剑尖下三分处。软剑的特点是在和别的兵器相交时可以发生弯曲变化，但是剑尖下三分处，是变化最被遏制的部位。

季菲虽然四年级时专攻双刀，但是她使单刀的功夫也是一流。她娇叱一声，一路凌厉的刀法已经施展开来——那是燕子坞最高级的"锦素刀法"。

这刀法和"斩风""削雪"完全不同，不仅厚重凌厉，而且绵密深沉，气势恢宏，破绽极少，优化度极高，三两招之间已经把那幻术师罩在了刀影里。

用刀的力量包裹剑的灵动，这是刀剑对决永恒的主题！

周远原本已经要朝柜子里走去，却突然停下来怔怔地看着季菲和幻术师激斗。

眼前的这幕让周远觉得好熟悉，像是记忆深处的某些画面在眼前重演。这些记忆的画面，和昨晚经过姑苏城城门时回想起来的记忆片段又不禁相同。姑苏城门的记忆片段，感觉并不属于他本身，而是来自久远的年代，甚至像是另一个时空。而此刻若隐若现、呼之欲出的记忆，却很近切。

周远看了一会儿，最终还是没能想起这种熟悉的感觉其实是来自于半年前他在燕子坞湖滩和王素初遇的那一幕。那时候王素和追杀她的安护镖局镖师在他面前上演了一场惊心动魄的刀剑对决。眼前的一幕极为相似，只是换成了女生在使刀。

季菲和幻术师激斗了十几回合，未分胜负。这时候两个穿着深棕色服装的年轻人突然也跳上了舞台，正是丐帮的两个四袋弟子卢东和孙熙。

"这位姑娘，'幻影戏班'在沧浪亭已经交了一年的年租，一向安分守己，你平白无故上台捣乱是何道理？"卢东高声喊道。

"你还没有解释刚才破坏竹林的事情，再这样纠缠不休，我们就要不客气啦！"孙熙也在旁边呵斥。

幻术师看到丐帮的人上来主持局面，便趁机唰唰连出三剑，退出圈外。

季菲观察四周，看到台下已经围拢来十几个丐帮弟子，而那幻术师的背后，也多出来好几个肌肉发达的男子。

季菲不禁后悔自己瞒着周云松章大可他们，独自收留了周远。现在自己孤身一人，是绝无能力跟这么多人周旋的。

"我并不是来捣乱，我只是要把我朋友带走！"季菲用刀一指周远。

"这位公子是我们请来协助表演的，凭什么要跟你走？"幻术师说道，"你自己问问这位公子，看他愿不愿意跟你走。"

这样的场景自然引起了所有人的好奇心，台下众多看客议论纷纷，这时连同卢东、孙熙等都一齐朝周远看过去。

"袁吉，快跟我走，现在还来得及！"季菲用几乎是哀求的语气说道。

周远看着季菲，脸上微微掠过一丝歉意，但更多的是一种焦虑，似乎季菲的一再坚持耽搁了他要去做一件很重要的事情。

"这位姑娘，请你快离去吧。"周远道，他的语气神情都很决绝，就像是一个完全的陌生人。

"这位美女,别闹啦,那位公子明显不要你啦!"这时台下有人怪声怪调喊起来。

"是啊,美女,别难过,那位公子不要你,有我哪!"另一个人喊。

台下的观众都哄笑起来。

季菲又羞又愤,转身寻找那说话的好事者,要不是她谨守武校毕业生的操守,恐怕手中长刀立即要掷过去削下他半个脑袋来。

可是季菲却惊讶地发现,站在台下其中一个面含笑容,一副得意神情的好事者,竟然就是程少斌。在他的身后,依然站着那两个形影不离的保镖。

季菲原本已经心慌意乱、羞耻难当,看到程少斌陡然出现,更是不知所措。

之前在竟陵子台上,程少斌识破了她的计谋,要不是谭执领用三迭香横插一脚,只怕当时就要翻脸。后来事情跌宕起伏,季菲竟是忽略了程少斌这边,但看来程少斌这几天显然一直在监视她。之前她感觉到的几个可疑的人影,应该就是他们几个。

"菲菲,你这究竟又是在演哪一出啊?"程少斌的笑容渐渐收拢,露出满脸狐疑,看来他今天是非要亲自弄清楚季菲的目的不可。

周远冷漠的背叛,光天化日下众人的耻笑以及程少斌的逼问,终于让季菲不堪重负。她手足无措,眼泪不争气地流了下来。

"美女别哭啊!"

"姑娘,让我来抚慰你!"

台下好事者毫不留情地继续调戏季菲。那幻术师看到刚才英姿飒爽与自己对决的侠女突然像个小姑娘一样哭起来,也是一脸得意地在旁边看。

周远看到季菲崩溃绝望的样子,心里很内疚。但自己不相认的话已经说出了口,此时也不知道该怎么办了。

"那位公子好像有些眼熟啊。"

"是好像在哪里见过。"

台下又有人指着周远议论。

就在一切即将失控的时候,一个年轻人拨开人群,纵身跳到台上,对着周远大声说道,"袁吉,你别再胡闹了,快跟我们回去!"

季菲抬眼一看,发现来人正是章大可。一个穿着猩红色斗篷的少女也穿过人群来到台前,她向后翻下帽兜,露出一张俊俏的脸,正是阿玛妮桑央。

第五章　岂难料云断归途

"这些人不是好人！"章大可接着一指幻术师说道，"他们此前曾到违禁药铺购买三迭香，很可能跟前几天竟陵子台的下药案有牵连！"

"的确如此！"桑央这时和程少斌说道。

"买药的人腰间有红色图徽，就是那个样子的。"桑央指向幻术师的腰间。

原来这几天里章大可也没有闲着，一直和桑央一起在追查从老吴那里得来的线索。他们从北往南几乎查遍了大小各种戏班，最后发现这个红色的徽标原来属于这个幻影魔术团。

程少斌和桑央熟识，听她这样说，注意力马上从季菲那边移到了幻术师身上。

"哪有此事！"

"信口雌黄，有何证据？"

幻术台上那拨人纷纷呵斥起来。

"这位公子，这样的指控可很严重啊！"卢东也对章大可说道。丐帮的立场，自然多少有些偏袒向他们交租子的商户。

季菲这时候却已经镇定下来。章大可的到来给了她极大的支撑，让她从崩溃的状态中走了出来。

她的眼光扫过台下，看到一片指指点点，满脸好奇，等着看好戏的人，但是她也看到有好多人并没有跟着众人一起哄笑，而是一脸严肃目光犀利地注视着台上发生的一切。

这些人的模样打扮，还有腰间的兵刃，别人可能不知道，但季菲却一下子认了出来。

她把心一横，做出了一个不顾一切的选择。

"程公子，桑央小姐！"季菲朝那幻术师凛然一指，"你们还没明白吗？这些人就是那晚要绑架你们的主谋！"

季菲说完这话又朝台下大声喊道，"你们都还愣着干什么？丁香月姑娘和黄老板就被关在这舞台之下！"

季菲这两句话喊完，台上台下顿时就炸开了锅。

连章大可都疑惑地看着季菲。他刚才的几句话完全体现了一名武校生的良好教育，说得极有分寸，用的是"很可能""有牵连"这样完全不带武断的词汇。但是季菲却张口就是斩钉截铁的断言。

季菲当然是在乱说。她完全不肯定这几个变魔术的一定就是绑架案的主谋，更不知道黄老板和丁香月究竟在哪里。但她知道像章大可那样去辩论的话，一时半会儿怎么能够说清楚。而周远就那样在光天化日下站着，缉尉营随时都可能到来。

所以季菲决定要把局势彻底弄乱，只有这样她才有可能把周远从这里安全带走。

她刚才已经看到幻术台下混杂着许多宝生钱庄的家丁和保镖，料想翠玲珑的护院家丁们一定也有不少在这儿。这几日他们一定都是拼了命在姑苏城的四处寻找他们的老板和头牌花旦。只要有任何关于黄宗耀和丁香月的线索，他们一定会不顾一切地去追查。

季菲的棋行险招剑走偏锋果然取得了立竿见影的效果。

程少斌对其中一个保镖使了个眼色，那保镖立刻一纵身跃上台去。这保镖昨晚一路追踪谭执领，最后就是在沧浪亭附近忽然不见了谭执领踪迹，所以对这片地方一直有所怀疑。

台下的家丁护院们也都立刻勃然色变，纷纷抽出兵刃也朝台上冲去。

那幻术师绝没有想到季菲竟会想出这样的应变，顿时慌了，大喊道，"保护舞台！"

一时间，幻术师和他的手下跟程氏医堂、阿玛妮成衣铺、宝生钱庄、翠玲珑的家丁保镖们混战在了一处。

季菲趁乱一个闪身，已经拦在了周远的前面，她的脸上是那种被深深伤害的痛苦。她手上暗运内力，准备将周远打昏，强行带走。

以季菲所受的武学高等教育，她此时至少能想出一百种招法把周远立即放倒。但是她想起刚才周远在射飞镖时陡然使出了量子内力，手上不禁有些迟疑。

这时周远开口说道，"季姑娘，对不起，我必须要跟他们走。"

"那我跟你一起去！"

周远摇头，"不行，这是我的使命，只有我能够去完成。"

季菲绝不接受这样的话，她顾不得周远是否会用降龙掌法反击，准备向他动手。

但就在这个时候，只听一个声音说道，"各位江湖上的朋友们，此处是丐帮的地盘，还请大家给个面子，即刻罢手，放下手中的兵刃！"

这声音如雷鸣般传来，从开始到结束始终浑厚稳定，让所有人都一震。

季菲认出来这是丐帮龙长老的声音。她转过头，果然看到一脸白色须眉的八袋长老龙云康带着四五十个丐帮弟子已经来到了台下。这些丐帮弟子在龙长老的一个手势下，立刻训练有素地排成了两列，手中的竹棒开始有节律地啪啪敲击着地面。

但凡有点武林常识的人立刻明白，丐帮弟子这是要结"打狗阵"了。

（二一）

王素和张塞跟着姑苏巡捕的官犬疾奔，岳衡带着姑苏巡捕的大队人马跟在两人之后。

他们在街巷中纵横穿梭，拐了七八个弯之后，岳衡已经看出来，官犬是带着大家往沧浪亭和竟陵子台的方向走。

前面的张塞也暗自喃喃低语了一句，"果然是沧浪亭。"

旁边的王素不满地瞪了他一眼，说道，"你要有什么马后炮的话，就尽快说！"

张塞颤巍巍地看一眼王素，他知道就凭自己隐瞒周远的生死这件事，王素恐怕这辈子都不会给自己好脸色。自己各种其他的失误，也只不过是死后鞭尸而已。他于是叹了口气，把自己通过研究黄毓教授的笔记梳理出的关于《慕容家书》的一些推测简单地说了一遍。

王素的震惊可想而知。

"既然你知道沧浪亭的特殊之处，为什么不早点来这里找人？"她恨恨地问道。

"怎么没有找，姑苏巡捕、云松、菲菲、翠玲珑、宝生钱庄，哪个没有到沧浪亭里去查过，可是没有人能够找到任何线索。"

两人说着话，已经跟着官犬来到了沧浪亭的大门前。

游人和商贩正一群群惊慌地从里面奔逃出来。

"出事啦！"

"打起来了！"

王素狠狠瞪了张塞一眼，意思是说都这样了，还叫没有线索。

张塞也是无可奈何，看跑出来的人惊慌的模样，里面发生的显然不是小打小闹。沧浪亭之前一直太太平平，偏偏到这个节骨眼开始出事。难道说命运真的就是如此追求戏剧性，一定要等到王素现身，凑齐了所有的主角，这沧浪亭里的线索才给显露出来？

王素抬头凝望着门上古朴的牌匾，思绪仿佛跨越了千年。这里是慕容公子曾经住过的地方，而周远已经在里面了吗？如果这里真的就是那个千年预言的起点，是不是注定也要成为终点？

岳衡和姑苏巡捕们也已经随后赶到。

"你确定你要进去吗？"王素转头问张塞。

她这话显然是在讥讽张塞武功低微、决断迟疑、成事不足、败事有余。

没想到张塞也转过头来意味深长地问，"王仙子，你确定——你——要进去吗？"

丐帮的"打狗阵"远在北宋的时候就已经名震江湖。

那时候打狗阵经过以洪七公为首的几代丐帮帮主的研究改良，已经成为了丐帮护帮御敌的利器。张三丰建立他的武学体系后，丐帮对打狗阵又进行了更加精确量化的改进。待到轩辕朝，杨冰川教授证明了张三丰猜想，阵法学兴起后，打狗阵更是进一步得到优化。

龙长老身边这四五十个丐帮弟子，如果仔细数数，会发现其实正好是四十九人，随时可以发动七个连环嵌套的七人打狗阵。

竹棒在地上啪啪发出有节律的脆响，虽不是山摇地动那种，却齐整威严，让在场所有人都感到胆寒，不觉都停下了手中的兵刃——打狗阵虽然在江湖上多年难得一见，但是谁都不希望这阵法招呼到自己身上。

龙长老见局势被控制住，便往前走了两步。

他眼光往幻术台上一扫，立刻认出了季菲、程少斌、桑央以及若干宝生钱庄和翠玲珑的家丁头目。龙长老没想到这番喧闹竟牵涉到这许多有身份的人物，结合这两天发生的事情，他便猜到是和绑架案有关。他一抬手，丐帮弟子的竹棒敲击之声骤然停止。

宝生钱庄和翠玲珑的家丁护卫头目也都认识龙长老，立刻都纷纷喊道：

"龙长老，这个幻术台有问题！"

"他们是魔教的人，把我家主人绑架到了丐帮的地盘，龙长老你要主持公道！"

龙云康听到这样的话，心里自然不悦，丐帮名震江湖，这么多年从来没有人敢这样来沧浪亭问责，但是他也知道事关重大，需要谨慎处理。

第五章　岂难料云断归途

"诸位江湖上的朋友，说我们丐帮藏匿魔教，纵容绑架，这可是不小的指控。"他稳重中带着威严说道，"沧浪亭虽不能说小，但在姑苏城里也就是方寸之地，各位高手几个纵跳就能跑上好几圈，魔教徒若是藏匿在这里，岂不是找死？各位跑到这里来寻你们的主人，只怕是要失望！"

这些家丁护卫听龙长老这么一说，都不知该如何反驳。沧浪亭每天游客熙攘，人多眼杂，摊位虽然多，但是都不大，早上开业，晚上收摊，确实不像是藏匿重要人质的首选地方。大家互看几眼，就都一齐朝季菲望去，心想刚才是你招呼大家上的，现在自然由你来跟丐帮解释。

季菲看到焦点又回到自己身上，又是一阵紧张。她挪了挪步，尽量挡在周远身前。

"龙长老，刚才我擅作主张，没有跟你预先请示，在这里跟你赔罪了。"季菲给龙长老行了一礼，"不过这个幻术摊位的确有问题，昨晚我周云松大哥追踪企图绑架程公子和桑央小姐的贼人到此，贼人就是在这附近消失的。"

"的确如此。"程少斌的保镖在旁边也说道。

"这就是你们的证据？"幻术师鄙夷地问，"贼人知道你们在追，难道还会真的往自己巢穴跑？人家在这里甩掉了你们，你们就污蔑我们幻术台有问题？"

"我们有人证可以证明穿着你们戏班衣服的人曾去购买了三迷香。"章大可说道。

"可笑至极，光凭衣服就可以这样乱下断言吗？"幻术师怒道，"我们戏班每天衣服洗完就晾晒在后面的树林里，谁都可以轻易偷走！"

他虽然口舌凌厉，却也能看出来他明显非常激动和紧张。

"你若是心里没鬼，那现在就带着你的人退开，让我们把这幻术台仔仔细细搜查一遍。"季菲不依不饶，事情到了这个地步，她也没有退路了。强横也好，无理也罢，她只想把那幻术师逼急。

龙长老当然注意到季菲的表现有着明显的蛮横，和他之前认识的那个受过良好教育的燕子坞高才生不大一致，但想来是因为事关老板黄宗耀，倒也没有起疑。

"岂有此理，我们在沧浪亭一直遵纪守法，本分经营，你们不是官府，凭什么搜查我们！你们若是觉得我们这些江湖艺人好欺负，那就想错了！"幻术师果然被季菲逼得发急，手中软剑微微颤抖，随时都准备出手。

"本分经营的话，就不需要在身上藏这么厉害的兵器，就不需要雇这么多打手！"季菲也把长刀一转，摆出燕子坞刀法里的起手式"流云"，只等着幻术师进招。"流云"和峨眉剑校的起手式"英华摇曳"一样，都是动态起手式，后续变化可以繁复多变，几乎一招之内就可以导向锦素刀法里的任何杀招。

"都不要再说了！"龙云康这时右手一挥提高了声音说道。他手上这一挥看似是为了强调说话的气势，但袍袖却一鼓。

季菲和幻术师都看出来龙长老的手上带着劲势。果然一股极强的力量冲击过来，正好在季菲和幻术师中间掠过，逼得他们和台上其余人等都被迫向后退了两步，转瞬之间就在台上划出了一条无形的线。

台上台下所有人都是一凛，这么多年来，真的是很少有机会看到丐帮长老动手。

轩辕朝因为武校地位的提高，导致大量才华横溢的武校毕业生终身留校任教和做研究，像杨冰川那样的天才在朝廷工作一段时间后最终也回到了武校，因此整个武学的发展和动向基本是由武校来主导。只有像大司命府、少司命府、丐帮、唐门等少数机构组织，才具备一定的武功和招式研发的实力。

龙云康刚才这一挥手，在场的不少行家就能看出来是带着典型的丐帮"移花接木"武术思维的一招。

"移花接木"的思想虽然是到了丐帮上一代帮主邓中才首次明确提出来，但实际上这种思路已经改进丐帮的武术好多年了。

"移花接木"和"斗转星移"不同，"斗转星移"要求深刻理解所有武学门派中的绝招，从而以彼之道还施彼身。而"移花接木"则是把各门各派武功招式的长处嫁接在一起，产生更强大的武功。

移花接木的思想当然自古有之，但是在张三丰弄明白招式内力的量化关系之前基本无法实施，因为胡乱整合不同流派的武功容易导致走火入魔，弄得不好还会经脉俱断，终生残废。

即使是掌握了武学原理，做这个事情也有很大难度和风险。而丐帮这么多年里另辟蹊径，不断摸索尝试，算是正式确立了移花接木的独特的武功风格。龙云康刚才那一挥里，已经包含了降龙掌法起势运劲、崆峒七伤拳的贯推和青城派玄雷掌法的收结。因此这一掌的初势中有降龙掌法的刚猛，但应对时却会发现掌力中其实带着七伤拳的凌厉。如果试图以面状的招式去抵抗刚猛，就很

第五章　岂难料云断归途

容易被线状的凌厉所伤，而如果把内力聚起来抵抗线状的凌厉，则还要提防最后还有玄雷掌面状的回震。

好在龙云康这一掌只是为了立威，否则无论是季菲还是那个幻术师都需要尽全力小心应对才行。刚才龙云康率领丐帮到来后，台上仍然放肆地争执，确实有点没把丐帮放在眼里，所以他决定展示一下自己的手段。

"丐帮在沧浪亭经营二十几年，承蒙各位商家抬举，得以互惠共赢，丐帮倒过来也竭力维护各位商家的权益，为大家营造一个不受干扰的做生意的环境。"龙云康说道，"季姑娘和各位朋友若是信得过我，请立即放下刀剑，走下台来，丐帮明日午时之前，定会给大家一个满意的交代。"

龙云康这句话虽然说得还算客气，但是态度却已经很明确了——要想贸然搜查他管辖之下的商铺，那是绝不可能的。不仅如此，所有人必须立刻停止纷争，走下台来。

季菲当然能看出龙云康已经极为不悦，若不是为了周远，她是绝不敢这样去得罪一个丐帮长老的。但此时要她就这样放弃，她也是不甘心。

就在季菲想要豁出去拼个鱼死网破之时，幻术舞台的后方突然传来激烈的呼喝打斗之声。众人都吃了一惊，丐帮打狗阵都已经摆出来了，怎么还有人敢在沧浪亭地界斗殴。

所有人都转过视线观看，只见不远处三个武校毕业生，各执刀剑，正和一个干瘦枯涸、脸上肌肤如橘皮般的中年男子激斗。那中年男子手握一柄漆黑的长剑，以一敌三，却占着明显的上风。他的身后有十来个穿着苏浙府官服的兵丁跟着他掩杀过来。

三个武校生的武功也不弱，面对强敌，紧守门户，且战且退，相互支援配合，转眼间就要退到幻术舞台之上。

台上宝生钱庄、翠玲珑的保镖家丁刚才听到龙云康的表态，都知道今天要强行搜查这个幻术台的希望不大了。但此刻看到缉尉营突然出现，心下又都开始盘算，虽然丐帮摆明了要护着自己的商家，但是现在苏浙府冲进来缉人，那打狗阵恐怕也不敢轻易往缉尉营的身上招呼吧。

这些保镖家丁这两天都是接了死命令出来，务必要把黄宗耀和丁香月小姐寻回来，否则自己一家老小恐怕都不得安生。几个人互相一对眼神，便都各自开始行动，有的故意脚下使出内劲，将舞台的木板震断，然后俯下身去查看，有的则迅速朝那两个柜子移动过去。

那幻术师没想到又陡生变故，脸上再次露出紧张的神色，大叫，"大家保护舞台！"

他抽出软剑，匆忙和手下一起去阻拦保镖家丁们。

丐帮弟子全都看着龙长老，等他令下。龙云康自然恼怒，但却握拳上举，示意手下先不要动。苏浙府近来在姑苏城管的事情越来越多，龙长老在没有彻底搞清楚他们意图前也不敢轻举妄动，万一坏了他们的事情，这个责任也不太担得起。

那个橘皮脸男子是四大府监之一的吕泽风，龙云康自然认得，知道他是个神秘的狠角色。

季菲终于等到了机会，上前一把拉住周远的手臂，想强行拽着他冲下台去，可是周围一瞬间已经重新刀枪齐舞，又哪里找得到缝隙。

身后突然一股奇怪的自然力涌起。季菲警觉地把周远往外一推，自己则朝前疾进两步，然后反身从左右两个斜的方向连出两刀。

反身状态下要进攻很难，但是燕子坞的刀剑掌器各系对反身防御都有不少精妙的招式。季菲刚才这招锦素刀法里的"昼夜回还"，算是优化到极致了。那两刀都不是走的直线，而是斜里带着恰到好处的折角，不仅能防住来自各个角度的攻击，还能对太近迫的进攻予以一定程度的反击。

果然身后的自然力被迫撤走。季菲转过身来，看到一个身材高大魁梧之人提着剑已经近在咫尺，她马上认出来这人就是昨晚在街口遭遇过的那个领头的黑衣人。季菲惊出一身冷汗，舞台上如此拥挤，让她无法带着周远离开，可是这个人怎么竟能悄无声息地突然出现，这幻术舞台必然有着古怪！

陡然出现的魁梧大汉的确就是洪掌旗，但他的目标似乎并不是季菲，一击不中之后，便折回去伸出左手要去拉周远。

季菲领教过这洪掌旗的武功，知道他的魔教功夫高深莫测，但还是一咬牙，连出三招锦素刀法里的杀招反逼过去。

洪掌旗的身旁就是表演魔术用的立柜，因此驱退的空间受了制约，季菲的招法当然因地制宜地把这个考虑了进去。

洪掌旗不知是没想到季菲会这样奋不顾身地反逼过来，还是因为一时真的没想到特别好的办法破解，竟然脚下一点，往柜子里直飞而去。

季菲大喜，没想到洪掌旗这样一个高手竟会犯这样临时机变的错误，赶紧脚步跟进，准备十七八刀就把这个柜子劈烂。这种招法并不太美观，但是一位真正优秀的武校生懂得不拘泥于审美，而是随时随地找到最实用、最能解决问题的招法。

眼看那洪掌旗做了把自己禁锢到封闭空间的蠢事，要被季菲剁成好几块，可是他飞进柜子后，柜子既没有晃动，也没有发出任何声响。

季菲本能地觉得有些不对劲，可是手中的刀已经挥了出去。

然后她听到台下观望的人群，包括那些丐帮弟子都发出一声惊呼。季菲知道一定发生了不可思议的事情，只是不知道具体是什么。

台下许多原本来看幻术的观众和丐帮弟子们却都看得真真切切。

洪掌旗飞入舞台左边的柜子后，几乎是在同一瞬间，就从舞台右边的柜子飞了出来。

这实在是太不可思议了。台下的许多观众看过好多次这幻术表演，一个漂亮的女孩从左边的柜子走进去，幻术师关上柜门，两手上下舞动一番，然后走到右边的柜子打开柜门，那女孩子就俏生生走了出来……但是刚才那景象，却和那些幻术表演完全不是一回事。

大家都知道幻术是一种戏法，无论是挖地道、双胞胎还是别的什么机关，一进一出，总是需要足够的时间，总是有办法解释。而刚才那样的景象，却是完全违反常识的。

但洪掌旗的的确确从右边的柜子里飞了出来，连飞进去时的姿态都一模一样地保持着。然后他提剑朝季菲的背心刺去。季菲毫无防备——因为她明确地知道身后没有人，绝没有人可以突然从正后方的方位出现，向她发动攻击。

眼看那一剑就要刺穿季菲的心脏，结束她的生命，这时只见周远抢上一步，一只手从背后推开季菲，另一只手则去拨洪掌旗的长剑。

周远这一次并没有感到丹田那种奇怪的内力跳跃，因此他的手上并无内力。在这样的情况下去拨洪掌旗的剑，不仅不会有任何效果，只怕还会受严重的伤。

好在洪掌旗并不想去伤害周远，剑锋一偏，绕开了周远手掌，却还是刺中了季菲的肩头。

季菲本来就有一个朝着柜子方向前冲的力，被周远从后面推了一把，又被洪掌旗刺了一剑，顿时一个踉跄冲进了柜门。季菲下意识地用手遮脸，以防撞到柜壁，但是她却惊讶地发现，在她冲进柜门以后，并没有身处一个狭小的空间，而是豁然来到一个巨大的花园里，在她的面前，仍是有一扇一模一样的柜门。季菲的思绪彻底乱了，乱到完全不知所措，她下意识地一跨步，走入前面的柜门里。

然后季菲发现自己重新又回到舞台上，而洪掌旗出现在了自己的前方，手中举着剑，剑尖上还沾着血，自己的血。

台下又发出一阵惊呼。

季菲几乎蒙了，她意识到自己是从舞台左边的柜子走进去，进入到一个诡异的结界空间，然后穿过另一扇门，从舞台右边的柜子走了出来。她同时意识到刚才洪掌旗也是这样从左边的门飞进去，然后从右边的门出来，从身后攻击了她，如果不是周远相救，她可能已经被一剑刺死。

可是这怎么可能？如果季菲没有经历过鬼蒿林匪夷所思的结界空间，那么她可能真的要发疯了。

（二二）

在轩辕一七五年的武林，大部分人还完全无法理解这样的事情，直到老一寺的大住持把黄药师的"曲面形学"和"拓扑学"等概念重新带入江湖并加以发展后，一些悟性特别高的武学理论家才开始找到解读这种怪异空间的理论基础。他们也毫不意外地把此类的怪异空间统称为"慕容时空"。

"曲面形学"为"相对武学"提供了坚实的算学基础，把对自然力的理解和武学带到了前所未有的深奥层次，和量子武学以及其他新武学一起，开启了武学的第三次繁荣。当然这些都是后话了。

周远跑过去扶住受伤的季菲，要查看她的伤势。

"你不要管我，待在这里别动！"季菲一边点了自己肩头几个穴位，一边急切地说。

她担心周远在众目睽睽之下再次使出量子内力来。

那一边，洪四槐自然还想冲过来带走周远，但此时舞台上的战局已经进一步混乱。

和苏浙府四大府监之一的吕泽风激战的正是之前攻打苏浙府衙的三个寒山盟的武校生。

为首的名叫凌琛，是季菲燕子坞刀法系的学长，另一个是五岳华山剑校毕业的夏逸翔，唯一的女子叫汤敏淑，是江湖上一个极为隐秘的女子社团蓼莪社的成员。三人都是差不多三个月前来到姑苏城，加入了寒山盟。

三人联手却还是处在下风，左支右绌地退到舞台上，而吕泽风在纷乱的舞台上完全无所顾忌，手中玄阴剑招招使到余味尽至才罢休，转瞬之间已经误伤了好几个黄宗耀的家丁和幻术舞台的守卫。

为了和超一级兵器相抗，凌琛三人必须在自己的兵刃上灌注足够的内力，一路从凤凰街激战到沧浪亭，已经几乎要把内力耗尽。三人不得已只能退到舞台上，想利用这里复杂的战局寻找机会。

使银色长剑的汤敏淑内力修为相对更弱一些，此时脚下步伐已经不太稳，一个踉跄滑到了周远的身边。

吕泽风以一敌三，却随时洞悉对手弱点的出现，玄阴剑立刻往汤敏淑那边削过去。

汤敏淑已经不敢硬接，又是猛退两步，玄阴剑从她鼻尖前掠过，朝周远的脖子就荡了过去。

季菲当然早就预判到了危险，可是她身受重伤，根本无法举刀，更不要说挡住这无坚不摧的玄阴剑的一击。

好在洪掌旗本就往周远这边在移动，足下一点地已经跃起在了空中，他转过剑柄往下一带，正好可以挡住吕泽风这一剑的余势。

但是洪掌旗没有想到吕泽风手中的竟然是玄阴剑。

连一点阻滞的感觉都没有，洪掌旗手中那把不入流的三级兵器就像烂泥一样被削断了。

季菲发出惊叫，眼看那黑幽幽的几乎没有任何反光的剑头就要割到周远的脖子上，一个修长苗条的身影倏然已经到了台上，手中剑朝玄阴剑上一架。

季菲试图发出警告，告诉来人那黑剑是一把不同寻常的兵器，必须要灌注极强的内力才能挡下来，但是她根本就来不及……

两把剑交到一起，玄阴剑黑黝黝的没有一丝光亮，而那另一把剑，却在相交之前突然爆发出青蓝色的光芒。只听"铮"的一声脆响，玄阴剑不仅被挡住，而且还被弹了回来。

季菲诧异地望过去，看到来的不是别人，正是王素，她手中闪耀着青蓝色光芒的，自然就是倚天剑。

吕泽风九岁师从湘西密门，十二岁就破格选入大司命府，三十年司捕生涯，重塑了一身看不出传承却高深莫测的武功。来到姑苏城担任府监之后，镇压寒山盟，和各大武学名校的毕业生交锋，从未有一败，因此极为自负。

刚才那一剑，余势未尽时早就想好了下一招，手掌上的变化，内力在经络间的流动，都已经在为下一招做准备，却没想到遇到了同是超一级兵器的倚天剑的一挡，玄阴剑竟一下子脱手直窜向空中。

吕泽风大惊之下就要去抢剑，但凌琛和夏逸翔又岂能给他这个机会，双双抢上轮番使出杀招，要为寒山盟死在他剑下的同仁报仇。

王素此时如果上前相助，吕泽风大概就没有机会了。但是吕泽风毕竟是朝廷命官，王素不会像寒山盟那样鲁莽行事。

更重要的是，王素此时的注意力已经都在周远身上。两人离得很近，周远从生死线上被王素救下，自然转头去看，正好对上了王素的目光。两人自半年前巨阙阁试剑台一战之后，第一次这样四目相对。对王素来说，更是意味着生死两隔后的重逢。

张塞糟糕的轻功让他刚刚赶到离舞台十来丈的地方，正好看到这一幕，心一下子提到了嗓子眼。

周远看到王素后马上愣住了，如雕塑般定格在那里。他瞪圆了眼睛，仿佛努力在记忆里搜索什么，王素也目不转睛地看着他，仿佛身边的拳掌厮杀、刀剑纷飞都不存在那样。两人就这样对视了两三秒钟，却长得像是永恒。

然后周远露出欣喜的表情，"你是王素王仙子吧？"

舞台上的季菲也好，舞台下的张塞也好，都能听出这句问话的口气显然不是认出了在听琴双岛上那个一起出生入死的王仙子，而是那种想要掏出本子索要王素签名的武学迷的语气。

"你比画像上的……还要好看！"周远又加了一句。他仍用手扶着受伤的季菲，咋看之下，仿佛就像将她搂在怀里一般。

王素站在那里，美丽的面庞罩下寒霜，一言不发，也没有任何回应。

玄阴剑还在空中。

凌琛、夏逸翔都想去抢夺，洪掌旗也跃跃欲试，但是空中一个白影却更快，一探手已经夺过了玄阴剑，身形一变，直接朝凌琛夏逸翔他们扫去。

远处的张塞已经认出来，来人是同为苏浙府四大府监的方烈。

他往前奔了几步，想开口提醒王素，却突然感到怀中谢雪莹交给他的那个黑色方盒突然一震。张塞掀开衣襟一看，惊讶地发现这个黑色方盒子的四角竟然发出了幽蓝色的光芒。张塞下意识地后退两步，那光芒瞬时就熄灭了，他重又前进两步，光芒就又重新亮起，仿佛走入这片地界后，黑盒子就和什么东西发生了感应。

舞台上，方烈一出手立刻解了吕泽风的围。吕泽风从玄阴剑被震飞的震惊中恢复过来，把脸一沉，抢过方烈手中的玄阴剑，爆喝一声，转手将剑往自己脑门劈过去。

季菲一时没有看懂，心想这个人难道如此高傲，稍微输了一招半式竟然就要挥剑自尽？

但与此同时吕泽风向后一仰、反身一弓，竟是用头撑地倒立起来，手中剑立刻直直地朝王素刺去。

这种惊世骇俗的招数恐怕只有大司命府出来的人才使得出来。

这样的招数非常拼命，也很丑陋，但是在那种场景下，却实用得要命——因为拿剑对着自己脑门砍，同时向后弓身倒立，出招肯定比转身要快，而且还带有隐蔽性和迷惑性。另外，用头倒立比用手倒立位置要低，就可以封住所有下三路腾挪的余地，化解起来显然更加困难。

"使不得！"方烈惊得大叫。他虽然刚来，但已经认出了王素。

但吕泽风却憋足了劲要讨回刚才的一招之失，手中玄阴剑竟是突然又加速向前，刺向一动不动凝视着周远的王素。

一阵轻微的，几乎听不到的器物破空之声传来，三枚飞镖从三个方位朝吕泽风打去。

季菲眼尖，看到这三枚飞镖是从远处一株湘妃竹上站着的毛俊峰手中所发出。毛俊峰身上都是泥和血揉成的污渍，显然也参加了攻打苏浙府的行动。

这三枚飞镖志在解救王素，时间角度的配合自是精确优化过的。然而吕泽风却不闪避，头在地上撑着像个陀螺一样转起来，四肢躯干扭成古怪丑陋的形状，却竟正好可以从时间和角度两方面都躲过毛俊峰的暗器，并且还能继续攻击王素！

大司命府的人究竟是受过何种训练，才能练就这种诡异的武功？

王素此时才反应过来，却已经根本没有时间闪避。

又是一个电光火石的瞬间，一个穿青袍的年轻人不知从何处已经来到台上，右手中指和拇指一弯，一道疾劲朝吕泽风激射过去。

年轻人和毛俊峰一样，无法直接去阻挡玄阴剑，只能采取"围魏救赵"的办法。

年轻人这一指劲力极强，吕泽风的怪招从进攻来讲效率高得惊人，因此防守方面总是有限。大司命府的武功再厉害诡异，却也总是无法突破"范遥不等式"的桎梏——也就是说任何一个招式组合，其进攻和防守的效能之和，永远低于一个恒值。这个不等式源于元末明初的武学家范遥提出的猜想，后来被证明是张三丰"均衡定理"和"风清扬不完备性定理"的必然推论。

吕泽风已经避开了毛俊峰的暗器，此时再勉强也已经不能继续进攻，终于只能用手撑地一个斜滚，翻了开去。

张塞身后的岳衡认出来这青袍年轻人就是师爷李青，看来他和方烈一路纠缠，从平安坊一直打到这里。

王素此时才回过神来，抬头看到李青，表情里露出惊异，然后颌首行了一礼。李青也欠身还礼，两人竟像是认识。

这时候，四面八方突然有许多声音喊道，"住手！全部都停下手中兵器！"

龙长老向四周望去，看到叶太守率领数百姑苏巡捕从多条路径向舞台围拢过来。原来岳衡虽然听从了王素的吩咐，但还是立刻遣人去通知了叶大人。周云松也骑着马，紧跟在叶大人的身后。

龙长老见叶大人到来，总算舒了一口气，也喊道，"诸位请停手。"

宝生钱庄，翠玲珑的家丁保镖们见姑苏巡捕大队人马赶到，知道已经无机可乘，无奈地停下手中兵刃。

吕泽风、方烈和缉尉营官兵不受姑苏巡捕的节制，但是他们看到叶大人亲率大队人马赶来，知道他志在必得。另外，他们也看出舞台之上新来了几个武校生里的顶尖高手，因此一时也不敢轻举妄动，索性看叶大人准备怎么收拾这一个烂摊子。

所有的人一下子都静止下来，却只有一个人例外。

周远不知什么时候已经走下了幻术舞台，一步步朝张塞走过去。

所有的目光立刻全都集中到他的身上。命运，好像总是随时随地要把周远放到舞台的中央，让他成为风暴的中心。

没有人知道他此时为什么要朝张塞走过去，舞台上的王素、季菲、章大可，远处湘妃竹下的毛俊峰，叶大人身后的周云松也都猜不出他的用意。

这几位少年男女恐怕也没有意识到，自燕子坞事件后，他们七人怀着不同的目的，跟随着不同的线索，竟然在沧浪亭里再一次重逢了。而他们此时也不会知道，这将是他们此生最后一次重聚。

第五章　岂难料云断归途

这时，张塞突然明白了。

他突然意识到，周远并不是走过来找他的，周远是走过来拿他怀中的那个发出奇异光芒的黑盒子的。

所有的人，认出他的，没认出他的，急切的、惊恐的、好奇的、莫名其妙的，都默默地注视着这一切，整个沧浪亭变得前所未有的安静，一时间只听到高处那面丐帮的竹棒饭钵旗迎着风猎猎作响。

周远身后的不远处恰好站着一个缉尉营的军士。他只是一个普通的军士，对朝廷，武林现在正在发生的深刻变化没有任何觉悟，对缉尉营，对自己的这份工作也毫无热情可言。今天他本来放假，因为和别人换班却正好遇到了寒山盟攻打苏浙府，于是被迫跟着吕泽风出来追捕叛乱分子。

然而命运却在此时此刻选中了他，让他参与到了一个一千年前就编写好的剧本里。

那军士突然对周远这种自说自话往前走的行为感到很不高兴。

"喂，小子，给我老老实实在原地待着！"他朝周远吼道。他显然觉得呵斥并不够，于是追上一步，拿手中戒刀的刀背朝周远脖子拍去，想把他拍翻到地上，给他个教训。

季菲、王素、洪掌旗、周云松、章大可他们没有一个料到这个军士会突然做这样的动作，而且他们都离得太远了。

周远感觉到了背后的动静，他突然右腕上翻，左肘下沉，两臂同时往身后一滑……

龙长老和丐帮弟子们全都"咦"地惊叫起来，这个招式，明明白白就是丐帮的绝学降龙掌法里的"神龙摆尾"。

这是整个武林史上对身后发起直线攻击最强的招法，周远身后的整个幻术舞台一下子全都成为了他的攻击范围。

王素没等周远把招式第一个动作做完就看明白了，她一拉受伤的季菲斜着就从舞台上跃了出去。李青、洪掌旗、方烈、吕泽风、林琛、夏逸翔、汤敏淑这些具备足够的武学智商和江湖经验的全都闪避开来。

然后一股呼天啸地的力量将那缉尉营的军士掀翻到地上滚了十七八圈，同时这股力量轰然向前，把舞台上没来得及逃开的所有人都震得飞了起来。

但是一切还没有结束，神龙摆尾的劲势击中了舞台上的两个柜子，木板瞬间碎成了渣片。然后整个沧浪亭的地面猛地一晃，幻术舞台上一声爆响，一股爆炸般的冲击力自下而上直冲天际,又剧烈地向四周扩散开来。

姑苏巡捕、缉尉营、丐帮弟子全都人仰马翻,摔倒在地。铺天盖地的沙尘遮蔽了一切……

(二三)

周云松过了十几秒钟才从地上爬起来,看到整个沧浪亭就像是被一场史无前例的风暴袭击过一样,满目狼藉。

他找到了被翻倒的坐骑压住的叶大人,将他拉了出来。因为有周云松竭尽全力的运功保护,扛住了降龙掌法大部分的冲击力,叶大人并没有受重伤,但是也摔得不轻,更主要的是他脸上的表情痛苦而绝望。确实,传说中的魔教末代教主在姑苏城的中心地带以这样的方式出现,对这位父母官来说打击实在是太大了。岳衡也跑过来搀扶,大家都一言不发,岳衡认识叶大人十来年,还从来没有看到过他如此可怕的表情。

周云松一直注意着幻术舞台,弥漫的沙尘和木屑仍以一种奇异的弯弯曲曲的线路围绕着舞台飞扬着。

他几下纵跳,来到原本舞台的旁边,王素和李青也赶了过来,三人从不同的方位迅速将舞台围住。飞扬的尘土盘旋飞舞,密密麻麻地阻隔了视线,但如果定睛去看每一个局部,无论是多小的细微处,都能够看到一粒粒的沙尘清晰地分离着,无规则地运动着,碰撞着。这真是一种奇妙的景象。

沙尘最终渐渐飘落到地上,舞台中央的一切慢慢又都恢复可见。整个粗木搭起来的高台已经彻底粉碎,下面现出一个一丈深的大坑,整个这片地域的泥土都变成了焦褐色,既不像是被烧灼的,也不像是被任何已知的内力轰击过的样子。但是除了这个大坑以外,别的什么都没有,洪掌旗,周远,程少斌,桑央,幻术师以及他整个一班人马全都不知所踪。

周云松不敢相信自己的眼睛,从"神龙摆尾"的掌力消散后,他视线的余光就没有离开过这舞台,他除了看到毛俊峰、凌琛、夏逸翔和汤敏淑四个寒山盟的武校生匆匆逃离,方烈和吕泽风继续追杀的背影以外,没有发现任何别人离开的影踪。

章大可一瘸一拐地走过来,满脸的焦急和自责,"他们带走了桑央姑娘!"

第五章　岂难料云断归途

"他们不会走远，我们分头去追！"周云松说。

"不必了。"季菲捂着肩膀的伤口从后面走过来，"他们并没有离开这里，他们应该就是在这里消失的。"

众人转过头错愕地看着季菲，显然都不明白她这话是什么意思。

季菲于是把自己刚才在幻术舞台两扇门之间的那段奇怪的经历简单说了一遍。

"你是说，在这沧浪亭里，还隐藏着一个怪异的空间？"章大可问。

"是的，里面也有花园楼阁，假山池塘。"季菲说，"幻术台上的两个门，应该就是空间的入口——这就是他们能够表演那样匪夷所思魔术的秘密吧。现在那个幻术师，还有他的手下，肯定都躲进那空间里了，周远……应该也在里面。过去几天里被绑架的忠孝贞廉，黄老板，丁香月姑娘他们，恐怕也都被关在里头，所以那么多巡捕和家丁侍卫都找不到他们。"

周云松、王素他们虽然经历过鬼蒿林的诡异，但听到这样的叙述仍然感到不可思议。但是洪掌旗和谭执领在这附近神秘消失，所有黑衣人绑匪在得手后都往市中心跑，那么多巡捕、家丁满城搜查都找不到任何踪迹，所有这些不合常理的现象，恐怕也只能用沧浪亭园林里存在着这么一个诡异空间来解释了。

"你还记得那两扇门原来在什么方位吗？"李青问，他倒像是对怪异空间的事情并不特别震惊。

季菲看了看他，不知道这个从未见过的年轻人是谁，但她还是凭着记忆朝着两个方位指了指。

李青右脚在地上一震，立刻蹦起来了十多颗微小的碎石，他右手食指一弯，"啪啪啪"快速连弹十数下，这些碎石就立刻朝着不同的方位激射而出。

周云松、王素、季菲他们的眼力跟踪这十多颗碎石的路径自然是小菜一碟，可是这些碎石穿过了季菲所指方位，却没有一颗发生突然消失或者从另一个地点突然冒出来的情况。

周云松和王素依样画葫芦，也震起十多颗碎石，朝着不同方位激射。三人连续这样做了十几轮，可是所有的石头全都按照常理能预测的路径从幻术舞台的上空飞过，没有一颗发生哪怕一点点的偏折。

季菲站在那里涨红了脸，不知所措，她很清楚周云松他们三人已经相互配合把这片空域内所有的平面从所有可能的角度上检验了一遍。

"刚才一片沙尘围着舞台旋转的样子很诡异，感觉这片地域都在发生着什么变化,那结界空间的入口已经转移了,或者关闭了?"周云松猜测道,"你们刚才都看到最后那股冲天而起的力量了吧?"

众人都点点头,那股力量不可能来自于周远的降龙掌法,而是源自幻术舞台本身。

"周远是怎么找到这里来的?"章大可这时问道,"之前几天他都在哪里?这不会是巧合吧?难道他真的命中注定要回到慕容公子住过的地方?"

他向一脸呆滞的张塞投去询问的目光。

季菲在旁边低下头涨红了脸,只有她心里知道,其实她才是周远能够来到沧浪亭的真正原因。

"这是什么?"李青这时走到舞台废墟中心一堆被浮土掩盖的突起物的旁边突然问道。

他伸手凌空一拂,浮土"呼"的被扇开,竟露出一个横躺着的衣衫褴褛之人。看那样子,无须检查,便可知道已经是一具死去多时的尸体。

尸体的旁边还有好多处类似的土堆。李青走过去,一一将掩盖的浮土用内劲拂开,果然发现每一个土堆下面都有一具尸体。这些尸体里男的大都衣着破旧,女的则打扮俗艳,应该都是杂工和勾栏女子。这些尸体原本应该都是埋在幻术台之下,周远的量子内力引发了一股冲天而起的奇怪力量,才把这里整个掀了开来。

姑苏巡捕以及黄宗耀、翠玲珑的家丁护卫基本都被周远刚才降龙掌法的劲力所伤,但是看到这些尸体的出现,全都咬着牙从地上支撑起来,冲过来查看。姑苏巡捕们全都被如此大规模的埋尸坑穴震惊了,而家丁护卫们的表情则都是提心吊胆,唯恐在尸体堆里发现自己的主人。

众人查看到差不多第二十具遗体时,发现了一个衣着体面的女子。

"姚贞妇!"有人喊出来。

其余人迅速都围了过去,看到那遗体果然就是姑苏城的道德楷模之一贞妇姚氏。

章大可简单地检查了一下尸体,"姚贞妇是咬舌自尽而死。"

姚贞妇被坏人掳走,或许为保存名节,咬舌自尽。众人想到这种可能,心中不禁感慨。

"那这些其余的人都是谁?"

"这些都是菜场的杂工和勾栏女子,他们在忠孝贞廉的绑架案之前好几个月就都一个个被掳走，没有一个活着回来。"张塞这时候走过来说道，他这话是故意对着姑苏巡捕们说的，似是在责备他们没有及时重视这些小人物的绑架案，"你们检查一下所有遗体的额头，应该都有一块红色的印记。"

几个巡捕依言去察看，果然发现每一具尸体的额头都有一块大小形状相同的红色印记。

"的确和东河发现的沉尸一样……"

"从来不知道还有这么多人啊。"

巡捕们小声地议论。

"为什么会有印记？"周云松问。

张塞摇摇头，"弄明白这个问题，就能够弄明白姑苏城绑架案的真正目的。"

"我一会儿跟着去巡捕府仵作室仔细查看一下，或许可以有所发现。"章大可说。

周云松点点头，朝大坑外面走去，其余几人会意，跟着他远离了那些巡捕和家丁护卫。

"那他们现在掳走了周远，难道说……"

"周远不是被他们掳走的。"季菲喉咙干涩地打断周云松的话，"他是自己主动跟着魔教的人走的。他来这里，就是来找魔教的人的……"

季菲的表情里一半是遭到背叛的痛苦，一半是对自己错误决定的自责。她轻声把三天前遇到周远的事情，以及刚才周远在舞台上的表现简单说了一遍。

众人听到周远刚才说的那种话，都感到一种深深的惶恐和不安，张塞更是脸色惨白。

"这位姑娘，其实你不必太自责。"李青这时候说道，"或许你当时做出完全相反的决定，周远还是会来到这里。就像刚才那个偷袭周远的缉尉一样，在命运的因果里，我们都只是一缕推波助澜的缘而已。"

大家都有些惊讶地抬头去看李青，心里都在想你看上去也不大像和尚，却说出比和尚还文艺的话。

周云松转头去看王素，想听听她的意见，但是王素的注意力已经不在这边了。

"苏浙府的人来了……"

王素一边说一边已经闪到张塞的身后，揪住他的衣领。

"如果真的有这样一个隐秘空间，那就一定还有别的入口。"王素又说道，她拉起张塞,几个纵跃,两人一起混入一队正在撤离的摊贩之中。

周云松也已经意识到有大队人马逼近了沧浪亭。很快,几十队缉尉营的军士把整个沧浪亭团团包围了起来,枪戟林立约有小一千人,比叶大人带来的姑苏巡捕要多出两三倍。从一大队缉尉营士兵的中间,一顶豪华的红顶大轿子被抬了出来。

落轿,掀帘,从轿子里走出来一位黑色官服上绣着五色锦鸡的官员。此人约莫六十岁,宽额大脸,小眼短鼻,五官长得特别集中,正是半年前调来的新任苏浙巡抚侯瑞侯大人。

侯瑞初来姑苏城上任时,出席过不少活动,周云松、章大可都在不同场合见过,但此时两人都像是初次见到那样全神贯注地从头到脚打量着他。程少斌已经亲口证实,侯大人患过脑病,且症状已经消失。如果张塞的历史分析和龚一平教授对脑病的研究是对的,那么眼前这个穿着二品朝服,手握重权的侯大人,就已经是一个魔教教徒了。

侯瑞朝沧浪亭四周扫视了一番,提步朝叶伯仁走过去。在他的身后,两个身穿轻装铠甲的武官一左一右,保持着一丈的距离跟随着。

"这应该就是苏浙府另外两个府监吧?"章大可在周云松的旁边轻声问。

"是的,谢元和吴桥舟。"李青在后面回答,"排名在吕泽风和方烈之前,很少露面,也都有司命府背景。"

周云松转头和李青对视了一眼,两人心里都在做着同样的掂量。以他们各自的武功,大概可以和方烈打个平手,而吕泽风凭借玄阴剑可以力敌三个武校生中的佼佼者。如果谢元和吴桥舟的武功在另两个府监之上,那么即使王素还在这里,他们三个加起来也必定不是这两人的对手。

叶伯仁在岳衡的搀扶下紧走几步,向侯瑞行礼。龙长老以及周云松他们则弯腰拱手,以江湖礼节和侯瑞见礼。

"听说沧浪亭刚才有寒山盟叛贼和魔教分子一起出没?"侯瑞阴着脸问。

"侯大人,刚才情势复杂,我们也是刚到不久,各方人等的身份还没来得及最终确认。"叶伯仁回道。

"哼,刚到不久,就已经变成这副样子,姑苏巡捕真是不堪一击!"侯瑞指着一片满身是伤、狼狈不堪的姑苏巡捕,表情里有明显的不屑甚至幸灾乐祸,"等你们确认好身份,只怕寒山盟和魔教已经把整座姑苏城都烧光了!"

叶大人脸涨得通红。姑苏巡捕在他多年的整顿和训练下,是一支纪律严明、

第五章 岂难料云断归途

武艺高强、配合默契的队伍。如果数量相若，姑苏巡捕的战斗力当在缉尉营之上。可是刚才周远的降龙掌法在幻术舞台上引发出的力量实在是太强大，让刚刚集结的姑苏巡捕猝不及防。叶伯仁虽然不甘心，却无话可说。

"姑苏巡捕查处寒山盟不力，导致这些大逆不道的叛贼伙同魔教攻打苏浙府，叶大人你该当何罪？"侯瑞不依不饶地质问。

周云松、章大可几个都在心里替叶大人叫冤。未央宫禁令的执行，明明是苏浙府强行揽过去的，姑苏府根本没有权力过问。倘若早就由姑苏府来处理，两边的矛盾绝不可能恶化到这种地步。而"寒山盟伙同魔教"，这根本是没有任何依据的指控。

"苏浙府遭狂徒滋扰，下官难辞其咎。"叶大人低头道，"不过寒山盟伙同魔教这事，可能侯大人还需再明察。"

"叶伯仁！到了这种时候你还要替寒山盟开脱！"侯瑞怒道，"都说姑苏府袒护武校生，我一直不信，现在看来，寒山盟做出如此胆大包天的事情，背后竟是姑苏府纵容的结果！"

何瑞这样的指控完全是强词夺理。叶伯仁只是想澄清寒山盟和魔教未必有关系，却被说成了袒护和纵容。不过叶伯仁到此时也已经看出来侯瑞带着大队人马来沧浪亭就是来挑姑苏府的毛病的，便低下头，不再解释。

侯瑞见叶伯仁低头不语，露出得意的表情，他转头去看一片狼藉的沧浪亭和幻术舞台下的大深坑，"这就是末代魔教教主周远干的？"

叶伯仁点点头。

"嘿嘿，原来魔教的教主就一直藏在姑苏城里，你这个太守居然毫无察觉！"

侯瑞乘机又羞辱一句叶伯仁，一边缓步走到大坑旁边，他看着焦褐色的泥土自言自语，"量子武学……降龙掌法……"

"那周远现在人在哪里？"他回过身来问。

叶伯仁一时不知道该如何回答。

"启禀大人，"岳衡这时候在旁边说道，"周远使出量子武学，一时间飞沙走石……我们都没有看见他是如何逃走的。"

"那两个叫张塞和谢雪莹的采记呢？"

"那个……也没有看见。"

岳衡明明是看到王素带走了张塞的，但如果他照实说，只怕要多做好多解释，而王素是准皇子妃，也是不能得罪的人，多年官场的历练让岳衡知道这种时候不需要多嘴。

"没有看见？你说你们姑苏巡捕还有什么用！"侯瑞怒道，"还有，这深坑里那么多腐烂的尸体是怎么回事？"

岳衡低下头，不敢再回话，这么多绑架案，他作为重案台的副总捕头是难脱干系的。

侯瑞的嘴角浮出不易觉察的得意，沧浪亭里发生的事情，已经给他提供了足够多可以用来兴师问罪的材料。

他从大坑边走回来高声下令道，"沧浪亭从即刻起停业，所有闲杂人等一律撤出园外，由缉尉营接管调查。"

"是。"龙长老接了命令，开始吩咐丐帮弟子去通知所有商铺停业，组织撤离等事宜。

"侯大人。"叶伯仁这时说道，"大坑里发现的尸体应和姑苏城近来发生的一系列绑架案有关，我让巡捕们把尸体运回大井巷仔细调查。"

"不必了。"侯瑞冷笑一声，"叶伯仁，过去半年，姑苏城在你的治理下已经混乱不堪，三山堂胡作非为，欺行霸市。绑架案接连发生，姑苏府毫无知觉，贻误破案良机，导致最后都成了命案，如今连四大道德楷模都被掳走，社会影响极差。寒山盟的发展不仅没有被限制，还得到姑苏府的包庇纵容，直到犯下攻打苏浙府这种大逆不道的叛乱死罪。魔教教主蛰伏在姑苏府的眼皮子底下运筹帷幄，还当着姑苏巡捕的面把沧浪亭这座千年园林毁得一片狼藉，轩辕朝一千多个太守里，大概都找不出一个像你这样的废物！"

侯瑞说到这里，抬高了声音对所有人道，"自即时起，免除叶伯仁姑苏太守之职，姑苏府上下官员及姑苏巡捕全体暂停职务，交出官印兵器，在府中等待调查。姑苏城大小事务，全部由缉尉营接管！吴府监，将叶伯仁押入缉尉营刑牢，等候朝政部量罪定责！"

侯瑞身后的吴桥舟应了一声，带着两个缉尉朝叶伯仁走过来。

李青、周云松、章大可听到侯瑞竟然真的准备就地免叶大人的职，将他押入刑牢，都感到极为震惊。三个人都本能地在丹田激发起阴阳差，在手上聚集起了内力。

吴桥舟朝他们三个扫了一眼，似是觉察到了他们的意图，但他毫不为意，不疾不徐地继续朝叶伯仁走去，仿佛根本没有把这三个武校生放在眼里。

第五章　岂难料云断归途

"侯大人，请等一等！"叶伯仁这时候说道。他的心里也是震惊之极，他一直以来隐忍退让，却没有想到侯瑞终于还是发起这致命的一击。

以叶大人的个性，对自己的过失，从来都是毫不避讳，勇于承担。姑苏城的系列绑架案，他确实是有失察之责，换做平时，他会毫无怨言，欣然接受被罢免的决定。但现在却是非比寻常的时刻，姑苏城风雨飘摇，而侯瑞的真实身份有极大疑点，这让叶伯仁绝不愿就这样交出姑苏城的权力。

叶伯仁朝侯瑞深深一揖，"姑苏城如今治安动荡，苏浙府遭狂徒滋扰，都是下官之过，罪无可恕。然而姑苏城当前情势复杂，攻打苏浙府之事时机蹊跷，恐有隐情，需要详查与甄别，与魔教更是要严格区分开来，以免引起整个武林动荡，动摇轩辕朝的根基。魔教教主在姑苏城重现，尚不知究竟所图何为，道德楷模和其他失踪的重要人物仍下落不明，性命堪忧。姑苏巡捕对姑苏地理最为熟悉，与姑苏市民有诸多联结，对找寻线索，反制魔教都有益处。现在正是用人之际，需要姑苏府和缉尉营两边团结一致，才有机会对抗魔教，解除姑苏城的危局……"

叶大人的这番话可谓是在情在理，倘若侯瑞确实是替轩辕朝、姑苏城着想，是分得清是非、权衡得了利弊的人，便不该在这种危机时刻把整个姑苏巡捕的力量都封锁起来。

"还请侯大人看在我们当年同在蕃藏出使那段甘苦与共的经历，给下官、给姑苏巡捕一个将功补过的机会。等事情完结，下官甘愿披枷带锁，到缉尉营的大牢里听从朝政部的发落。"叶伯仁诚恳地说。

周云松、章大可他们看到叶大人如此光明磊落之人，被迫低声下气向侯瑞哀求，心中都很愤懑。

"怎么，侯大人不会不记得我们当年一起在蕃藏国共事的事情了吧？"叶伯仁又跟着问了一句。

侯瑞原本听着叶伯仁那番话时一脸冷笑，等着想要反驳甚至再好好嘲弄姑苏太守一番，可是突然听到叶伯仁提起过往，顿时呆了一下，眼神中飘过一丝空白，似乎不知道叶伯仁在说什么。

周云松、章大可才反应过来叶大人这是在最后做试探——所谓的记忆移植，一个必然的结果就是移植载体自身的人格记忆和经历记忆被取代，因此侯大人身上的魔教记忆如果已经被唤醒，那么他就不会记得之前自己和叶大人同在蕃藏国出使的事情。

侯瑞脸上现出窘迫，甚至微微有些紧张，但他很快哈哈一笑，"叶伯仁，你跟我来念旧情是没有用的，寒山盟一步步走到自我毁灭，都是咎由自取，哪有什么蹊跷，魔教自己都说了是末代，显然气数已尽，不足为惧，缉尉营必将战而胜之，解救被掳去的姑苏市民。你就不用担心了，在刑牢里好好反省你的过失，等待我的好消息吧！"

侯瑞这番不负责任的话说完，就连已经走到叶伯仁近前的吴桥舟都感到有些吃惊。

叶伯仁终于无法忍受，说道，"侯大人，你若这样想，那姑苏城就更危急了！为了姑苏城的百姓，我不能在这种时候交出权力，根据轩辕律例，我有权向朝政部提出申诉！"

叶伯仁此言一出，便算是冒着九死一生的风险正式和侯瑞翻脸了。

身为正三品的官员固然有权申诉，但是在轩辕朝一百七十多年的历史上，几乎从来没有太守敢在被罢免后进行申诉，朝政部也几乎从来没有推翻过巡抚罢免的决定。即使朝政部支持了申诉，太守也很难官复原职，因为申诉过的太守和巡抚，根本不可能再共事了。所以轩辕朝的这条律例，主要还是对巡抚权力的一种形式上的节制，保证在重要城市官员的任免上不会有太极端的决定。历史上唯一申诉成功的几个案例，全都是掌握了确凿的证据，一举将巡抚彻底扳倒。而申诉不成功的太守，下场几乎都非常凄惨。

叶伯仁当然不会不知道这些，可是姑苏城危急如斯，侯瑞又很有可能是魔教的，他只能赌上自己的前程甚至性命奋力相搏了。

岳衡、李青、周云松几人听到叶大人作出申诉的决定，佩服他奋不顾身的勇气的同理，又都很紧张。轩辕律例虽然非常明晰，但倘若侯瑞真的已经是魔教分子，就不知道他会怎么应对了。缉尉营人数众多，两大府监就在一丈之外，而姑苏巡捕们却人仰马翻、疲态尽现，如果此时侯瑞硬要动武，强行下令要抓叶大人，姑苏府是基本没有什么胜算的。

"叶伯仁你好大的胆子，到了这种时候你仍然执迷不悟。"侯瑞怒道，"你申诉的依据是什么，难道你不承认犯下的那些过失吗？"

叶伯仁一时语塞。找理由为自己开脱，既不是他的风格也不是他所擅长。

过了一会儿叶伯仁才说道，"侯大人，姑苏城过去几个月发生这么多事情，我的确难辞其咎，我不想辩解，但是我必须要申诉，在这个时候，我不能离开姑苏城，我想过不了多久，所有这些事件幕后的主谋就会露出真面目，最终的阴谋也很快会浮出水面，我要带着姑苏巡捕们跟他们决一死战，我不会纵容他们在这座城市里胡作非为，即使最后我无法挽救姑苏城，我也要和姑苏城共存亡！"

叶伯仁这番话也算是用慷慨激昂的方式将自己的态度摆明了。他就是要利用"申诉"这条律例和侯瑞对抗。一旦申诉提出，朝政部的终裁最短也要等上一个来月，至少在这段时间里，他可以保持姑苏城父母官的地位。

叶伯仁说完这番话，等着侯瑞发怒，等着他暴跳如雷、大发官威，甚至做好了他不顾一切要强行罢免自己，抓自己进大牢的准备。如果侯瑞这么做，至少他就先沉不住气，露出了马脚。

可是侯瑞却露出冷笑，"和姑苏城共存亡？叶伯仁，只怕你没有这个资格！"

侯瑞这话刚说完，远处突然传来一阵齐整的脚步声。

叶伯仁和众人都抬起头朝远处看去，只见一队队身着黑黄色制服的缉尉营军士的身后突然涌出两排黑盔黑甲，手执重戈的士兵。

大家都吃了一惊，那两排士兵分明是斜塘城安军。城安军属于正式的军队编制，在轩辕朝的律例下，是不能进城市的。燕子坞事件发生后，朝廷下令斜塘城安军协助姑苏城的城防，但也只是驻扎在八个城门口，只有追捕试图进出城门的要犯时，才能够在城里行动。像这样两队人马直接开进姑苏城的市中心，自然是非同小可。

城安军行到一处空地，突然雁翅排开，一抬金顶镶着金边的八抬大轿徐徐抬了出来。轿子的旁边立着一匹高头大马，马上一位侍从官银甲白袍，圆眼浓眉，甚是威武。

侯瑞看着惊诧不已的叶伯仁，嘿嘿笑道，"等着接旨吧。"

侍从官纵马向前，手执一幅玉轴金卷翻身下马，来到侯瑞和叶伯仁的面前。叶伯仁作为轩辕朝重镇太守，每年都要去帝京城朝政部述职，自然知道这个侍从官的身份。

"苏浙巡抚侯瑞，姑苏太守叶伯仁接旨！"侍从官用一种标准的高昂语调喊道。

侯瑞和叶伯仁一番理袍带整帽翎，双双跪到地上。

周围的其余人等，不管弄明白没弄明白，猜到没猜到的，全都呼啦啦跪了一片。

"轩辕朝枢皇帝第二十六道旨，诏命大皇子昊续任巡国钦差，监理姑苏城，节制缉尉营、姑苏府、姑苏巡捕、斜塘城安军等政军各府营，一切财税人事，内务城防，终断终决，临事机变，先斩后奏。免去其监理洛阳城之职责。钦此。上皇吉运，天佑轩辕！"

"上皇吉运，天佑轩辕！"众人跟随着念道。

侯瑞叩拜完毕，随即起身，而叶伯仁却愣了好一会儿才艰难地站了起来。一方面的确是因为之前摔得不轻，而另一方面，却是在努力压抑心中的震惊。

大皇子轩辕昊一直以善于治理城市著称，在长安、洛阳都取得了不小的政绩，颇受朝中许多重臣的拥戴。关于轩辕昊下一个会来监理姑苏城的消息确实在整个中原就早有流传，但叶伯仁万万没有想到竟然在这个节骨眼上变为了现实。

叶伯仁不知道侯瑞是不是参与促成了这个事情，还是命运偏偏要再给姑苏城开一个残酷的玩笑，让两位皇子都在这扑朔迷离、危机四伏的时分驾临这座城市，如果立储之争也要借用这个舞台上演，那就真的不是一城一池的得失，而是事关整个轩辕朝的江山社稷了。

"叶大人，你还不赶紧去签字画押！"侯瑞一脸得意地看着叶伯仁。

叶伯仁站起来，和侯瑞一起到圣旨的轩辕皇印下签字画押，并各自领取副本，完成了圣旨诏谕的程序。侍从官等叶伯仁领完副本后说道，"叶大人，罢免你的事情，侯大人早就已经跟皇子昊殿下请示过了。姑苏城过去半年事故频发，四大官救楷模皆遭强人掳走，实为奇耻大辱。今天武校极端人士居然攻击朝廷府衙，魔教余党把这座千年园林毁成这样，你这父母官实在难以交代。你就老老实实到缉尉营的刑牢里思过，希望最终朝政部会念在你往日的功劳上，对你从轻发落。"

侍从官说完后，翻身上马，往金顶大轿的方向回去。

叶伯仁呆呆地望着侍从官，又转头看到侯瑞得意的眼光，真是又怒又悲。自平定魔教后，他心里还从来没有过如此强烈的愤怒和不甘。

叶伯仁犹豫了几秒钟，忍着腿上的伤痛在马后面跟了几步，高叫，"沈大人，大皇子殿下可在轿中？我还有重要事务汇报。"

那侍从官勒住缰绳，一脸的惊讶和恼怒。这沈峰乃是大皇子轩辕昊的近侍，虽然官品比叶伯仁要低，可是因为他的特殊身份，就连七府总管和各省巡抚都不敢在他面前造次。而且，在通常情况下，城市一级的官员，皇子殿下如果没

第五章　岂难料云断归途

有传唤汇报工作，是不可以主动要求觐见的，更不要说是以这种一路奔跑、大呼小叫的方式。所有姑苏巡捕，还有丐帮弟子等人也都惊呆了。

"此事涉及姑苏城的安危，还望沈大人请皇子殿下示下！"叶大人迎着沈峰的怒视坚持。

沧浪亭的各色摊贩艺人还没有全部撤离干净，一部分人听到叶大人的高呼也都停下了脚步朝这边观瞧。

沈峰听叶伯仁喊出"涉及姑苏城安危"这种话，又看到那么多姑苏巡捕和百姓都眼巴巴看着自己，一时也不好发作，他想了想，回到轿前翻身下马。侯瑞没料到叶伯仁竟然在圣旨颁布后还敢在大皇子面前做出如此唐突的事情，有些惊讶，但面色却没有丝毫更改，仿佛对叶伯仁的垂死挣扎并不担心。

沈峰在轿前俯身低头，像是在接受训示，过了一会儿，他又催马回到了叶大人的面前。

"皇子昊殿下说了，你虽然过去在姑苏城建立过功勋，但是最近姑苏城发生的事情，实在是令人发指、荒谬至极。殿下的治理之道一向赏罚分明，你犯下如此罪错，如果还不摘了你的乌纱帽，实在法理不容，难以向姑苏百姓交代！殿下说，倘若你自知罪过，潜心反思，或许未来还能为朝廷所用。倘若你执迷不悟，拒不认罪，那你就是自绝于朝廷和殿下，你的官宦生涯，只怕就已经走到了末路！"

"这……这不行！"叶伯仁脱口而出，"我……我要当面向皇子殿下禀报！"

叶伯仁说完，竟是不顾官序礼仪，皇家尊卑，径直朝金顶大轿的方向冲去。

这一回连侯瑞都惊得目瞪口呆。

"叶伯仁，大胆！"沈峰怒喝一声，拨转马头拦在叶伯仁的面前。

李青迅速一闪身，护在叶大人的身旁。

"叶大人，请注意你的身份！"侯瑞从后面冷冷地说道。谢元和吴桥舟这两个府监也移动步伐，看他们方位的调整，一个是针对李青，另一个是针对另一边的周云松等人。

"殿下！"叶伯仁跪到地上，朝着远处的轿子高喊。

轿子里没有任何响动，也没有任何回应。

"摘去他的帽翎，脱去他的官袍，将他绑了押走！"侯瑞再次下令。

叶伯仁仰天长叹。他明白今天是彻底没有希望了，圣旨里明确说，一切财税人事，内务城防，大皇子皆可终断终决。既然大皇子直接要免他的职，这便是最终的决定，朝政部是没有资格去终裁巡国钦差的决定的。

吴桥舟再次带着两个缉尉朝叶伯仁走去。叶伯仁知道自己此时如果还拒不接受罢官的决定，不仅没有了法理依据，甚至是直接在挑战皇子昊的权威了。他转头朝李青摇了摇头，又向远处的周云松等人摇了摇头，示意他们绝不要冲动。

吴桥舟朝叶伯仁膝窝踢了一脚，迫使他跪下，两个缉尉摘掉他的官帽，剥去他的官服，然后将他捆绑起来，押进了缉尉的队伍里。

叶伯仁没有再说话，他只是长时间地瞪视着侯瑞，直到被推搡着走远。

侯瑞带着胜利的得意看着叶伯仁，同时也转头时不时瞧上周云松和李青几眼。他的眼光里带着轻蔑和挑衅，似是故意要激怒他们，似乎巴不得这两个年轻人会义愤难平，不顾一切地出手。

李青、周云松等人都握紧了拳头。如果毛俊峰还在这里，几十枚暗器一定已经射了出去。周云松当然也有一种想扑过去拼命的冲动，也想去见识一下名头那么大的苏浙府府监究竟有怎样高超的武功，但是他最终还是忍住了，此时和缉尉营为敌，不仅毫无胜算，而且于事无补。混在人群里的王素和张塞看到这一幕也是心中愤懑，可是他们此时就更加不敢贸然行动了。

"所有姑苏巡捕，放下兵器，全部返回府衙，等候讯问发落！"侯瑞看到周云松和李青站在原地没有动，便又下令。

刷刷几声，缉尉们把手中刀戟向前一横，对准了姑苏巡捕们。

叶伯仁在姑苏府里极受爱戴，包括岳衡在内的所有巡捕全都心中不满，替叶大人感到冤屈，但是苏浙省毕竟官大一级，还有圣旨的诏谕，连大皇子都来到了沧浪亭，就算他们没有被量子内力冲击得人仰马翻，也终是不敢有任何的违逆。

姑苏巡捕哗啦啦一片将兵刃扔到地上，然后都低着头顺从地按照缉尉的指示排起队朝外走去。

"起轿！"沈峰下令。

大皇子的金顶大轿被抬起，在城安军的护卫下被缓缓抬进沧浪亭曲折的石径里。

"你看那几根抬杠子的弯曲程度，只怕轿子里未必有人。"章大可轻轻在周云松耳边说道。

第五章　岂难料云断归途

周云松没有说话，就算他也有相同的怀疑，这种情况下谁又敢冒昧地去质疑。

侯瑞等姑苏巡捕稀稀拉拉走了一小半后，踱到周云松的面前。

"周大公子，对吧？"侯瑞似笑非笑地上下打量他，"我和周老板很熟，他言谈间常常提起你，很为有你这么个在武校读书的儿子欣慰啊。"

"家父只是个生意人，但却很崇尚武林的侠义精神，从小也一直教育我要明辨是非，不能颠倒黑白，侯大人，你说对不对？"周云松憋着一肚子的怒火，这时再也忍不住，语含讥讽地说道。

侯瑞当然能听出周云松话里藏针，他并不发怒，反而笑道，"是啊，这轩辕朝一百多年来，武林成为了风尚，这也算是轩辕朝的一大特点。只不过，这种风尚还能走多远，就不知道啦……"

侯瑞盯视着周云松，脸上的笑容凝结成了一股冰冷，"像你这样从小锦衣玉食的大公子，到时候若站错了队就可惜啦！"

侯瑞说完转过身去，不紧不慢地走回自己的红顶大轿。

周云松、章大可和季菲呆立在原地。叶伯仁已经被押走，消失在了视线里，姑苏巡捕也在缉尉营的监督下离开了沧浪亭。三个年轻人都感到一股孤独和无助。杨教授和龚教授去了帝京城，其余受伤的教授们都还没有恢复功力，叶大人成了他们唯一的依靠。而现在，这根最后的主心骨也已经折断了。

第六章　神堂格物

（二四）

　　周远缓缓醒过来，感到一片前所未有的宁静。

　　这种宁静的感觉，不仅是来自周遭的环境，更多的是来自于他的头脑中。

　　自从半年前醒来后，无论在多么寂静无声的夜里，他的头脑中却总是纷乱嘈杂，种种幻像，种种臆想，轮番地来侵袭他。而此时，这一切的纷繁扰动似乎都停止了，就像是一个噩梦终于做到了尽头。

　　他睁开眼，发现自己一个人躺在一间低矮窄小的屋子里。

　　屋里的布置摆设跟季菲家客房的精美别致完全无法比，但是和沧浪亭园林的风格却很合拍，只是更加古朴传统。

　　和之前每次醒来的呆滞迟钝、迷惘困惑不同，这一次周远感到极为清晰明澈。

　　他清楚地记得之前发生的事。在沧浪亭的幻术舞台前，他感受到了来自身后的攻击。和在微澜山庄后山时一样，他出于防御的本能，再一次施展了出了那种神秘强大的力量。

　　但这一次和在微澜山庄后山以及游艺摊前的情形都不同，这一次他发出的力量似乎还触发了周边某种奇异的力场，引发了更加可怕的震荡和冲击力。那种冲击力是垂直地冲天而起的，所以不可能是来自于他手中的力量。

　　他看到周围的许多人都被震得凌空飞起来，他努力想去弄明白那股奇异的力量究竟源自什么，但身体的经络却剧痛难忍，很快就失去了知觉。

　　周远起身走到屋子的门口，发现门从外面被反锁了。周远并不惊慌，他能够感到自己身在何处。

　　长期以来梦境里的那些片段几乎都被印证了。他一步步找到了他要来的地方——姑苏城、沧浪亭，还有这片终于让他不再感到焦灼和困惑的空间——接下来，便是要去完成那个使命。

对于那个使命，周远仍有那么一点点的不确定，但是周远坚信，他还会继续得到指引，而指引他的，必定就是每次梦的最后出现的那张如在水波中若隐若现的美丽女孩的容颜。

自从离开了张塞的居所之后，他已经遇到过好几个美丽的女孩子。微澜山庄的丁香月，西园巷旁的季菲，还有刚才舞台上倏然出现的王仙子。周远闭上眼，一一去回想她们三个的容颜，这是三个气质各不相同的美丽女子，却似乎都不能带给他那种梦里的感觉。

但周远相信，只要找到那个梦境中的女孩，所有零散的片段，就都会变完整，一切的谜底，也都会被揭开。

周远的目光随意地在屋内的书架、桌面上移过，熟悉的感觉让他觉得就像是在家里一样。他顺手拿起一些泛黄的书页和手稿一页一页地翻看，慕容公子，阿碧姑娘，这些落款和名字，连同许多阐述和思想，很快就和他衣服上的神秘文字印证了起来……

过了许久，门外响起了脚步声。然后门打开，走进来一个高大魁梧的男子。

周远认出来他就是之前劫持了黄老板和丁香月，并带着自己进入姑苏城的洪掌旗。

这个洪掌旗的确就是安护镖局西南分局的掌旗洪四槐。他带着警惕和好奇瞪视着周远，但此时又明显多了一分敬畏。之前在微澜山庄，洪四槐就敏锐地看出周远使用了量子武学，沧浪亭那一招"神龙摆尾"，更是确定了这个男生就是千年预言里的末代教主。没有人会对一个可以施发如此恐怖力量的人不感到敬畏吧。

"你的身体都恢复了吗？"洪四槐问。

周远并不回答他的问题，而是反问道，"你们都准备好了吗？"

洪四槐愣住了，不知道周远具体是指什么。

周远摇了摇头，"你并不是这里管事的人。带我去见这里管事的人。"

周远这样的话并不是很客气，但是洪四槐倒没有动怒，因为他本来就是被派来带路的。他点点头，做了个请随我来的手势。

周远跟着洪四槐穿过了一条颇具姑苏园林韵味的长廊。周远望一望檐角露出的天空，看到一片没有云彩，均匀到近乎不真实的苍白。他又看一看长廊两边，一边是种满鲜花的园圃，另一边有一个蝴蝶形的水平如镜的池塘——和梦境里出现的一模一样。两边都向不远处延伸，以一种极不自然的弧度交汇在一起，昭示着他处在一个古怪的慕容时空里。

"这个地方和外界的时间差如何换算？"周远问。

洪四槐显然又被周远吓了一跳。他并不知道周远通过研习衣服上的文字，对这种慕容空间的理解已经超过一般人。

"大概是这里一个时辰，等于外面一天。"洪四槐回答。

周远点点头。他估计自己在这个空间里已经待了一两个时辰，所以外面应该已经过去了一两天。

"可是……为什么会这样？"洪四槐忍不住问。

周远没有回答他，这种事情岂是一两句话能够解释清楚的。而且即使是此时的周远，对拓扑学的理解也非常肤浅，对"单连通""同胚"这样的概念也一无所知。他也并不清楚存在两种基本的拓扑结构，其中一种里面的时间比外面流逝得慢，而另一种里面的时间流逝得比外面快。

周远顾自朝前走去，左右两边，园圃和池塘的后面各有好几间堂屋，隐隐传来诵经的声音。这种诵经的方式和他残存的常识里的佛教或道教的诵经方式很不相同，少了些许平和慈悲，多了些许凌厉躁动。

园圃和堂屋前都有不少人在走动和劳作，他们看到周远走过来，全都立刻停下手中的活计，带着好奇和敬畏看着他。

这些人都是安护镖局的雇员和管事。如果章大可或者毛俊峰在这里，立刻就能认出好几个排在江武府通缉令最前面的镇坛。

但是周远既不认识他们，也对他们没有任何兴趣。他停下脚步，突然直直地盯着蝴蝶形池塘旁的第一间屋子看。那个屋子的确有些奇怪，整个屋子没有任何窗户，只有一扇漆了黑漆的窄窄的门，周围没有任何人走动，也听不到里面有任何声响。

洪四槐并没有催促，而是耐心地等着周远，甚至像是饶有兴趣地想听他发表几句评论。但是周远始终没有说话，只是仔细端详了许久后才用目光向洪四槐询问接下去该怎么走。

洪四槐有些失望，但还是引着周远穿过长廊，走入左首中间的大堂屋。

这间堂屋非常宽敞，外侧的椅子上坐着一个男子，周远觉得很眼熟，仔细一想，原来正是沧浪亭幻术台上的幻术师。他此时已经换了装扮，脸上的眉须也都有了改变。他的真实身份，乃是安护镖局东北分局的掌旗罗标。

第六章　神堂格物

在堂屋内侧的中间，背对着周远盘腿坐着一个穿着白色袍服的人。在那人面前的墙壁上，刻着一个巨大的圆圈，周围是一条条如轮辐般向外放射出去的直线。

这图案看上去像是临时画成，但是却画得很严谨。稍有常识的人，都会觉得这像是一种宗教的图腾。

白色袍服的人盘坐在那里，像是在祷告，也像是在沉思。

他显然听到周远走进来，缓缓抬起头，然后用右手在地上轻轻一撑，就站起来，转过了身。

那是一个颧骨高耸，两眼深陷，年事已高，却精神饱满的老者。

罗标和洪四槐两人一看就是江湖阅历丰富，能独当一面的角色，但这个白袍老者不仅年岁更大，而且眼光神情里，更有一种历经世故，甚至操控过惊天动地大事的气势。

老者缓步走到周远面前，仔细端详起他来。他的身材比周远高大许多，居高临下地审视，让周远很有威压感。

老者似乎竭力想保持平静，但是眼中却有掩饰不住的兴奋。

他看了很久，才终于问道，"你真的让李天道复活了？你看到他了，和他说话了？"

周远知道这个白袍老者显然就是这里管事的人，但他完全不知道这个老者在说什么。听琴双岛还有试剑台上的那些记忆仍然被埋没在周远的脑海深处。

白袍老者见周远神情迷惑，对他的问题毫无反应，有些失望，又问道，"你知道我是谁吗？"

周远摇摇头。

"我是崔敏虬，光华教的执教长老，也是安护镖局的总镖头。"

老者给出这个回答时，表情语气里都有一种倨傲甚至得意。可是周远的表情没有任何变化，这些名字和头衔没有让他回想起任何事情。

如果是季菲或者张塞在这里，他们立刻都会恍然大悟。眼前的这个白袍老者，就是半年前制造了惊天动地的安护镖局事件的罪魁祸首。

就是他，处心积虑十年，让安护镖局声名鹊起，然后借峨眉剑校出访，用神迷散攻击少林和武当，然后在三合堂劫持了峨眉和燕子坞师生。

他是当今武林真正的头号大魔头，是所有武校生欲杀之而后快的人。

半年来江武府尽遣人力物力，在姑苏城和整个中原追查安护镖局的主谋，各地的武校生也协同追查，四处撒网，可谓上穷碧落下黄泉，却没有任何收获。没想到崔敏虬竟躲在沧浪亭这个根本无从追查的怪异空间里。

如果是王素或者周云松在这里，那么倚天剑已然出鞘，燕来剑法里的杀招也已然施展开来。但是周远对这个大魔头却不仅没有丝毫敌意，甚至像是终于找到了可以说话的人。

"你们准备好了吗？"他再一次问了同样的问题。

崔敏虬对问题并没有像洪四槐那样显得茫然，他凝视着周远，突然笑了。

"你真的以为你是我们的末代教主，是来这里给我们发号施令的吗？"

周远看着崔敏虬，并不理解他这句话的意思。

崔敏虬绕到周远的身后，脸望向门外苍白的天空。

"李天道的确是几百年出一个的奇才。"崔敏虬既像是在继续对周远说话，又像是在自言自语，"那时候，我们毫无保留地相信他，追随他。即便朝廷和武林联手攻到孤鸿岭下，我们许多人还在盼望着他藏着什么锦囊妙计，能带领我们惊天逆转……后来我们才明白，他其实早就已经放弃了……"

洪四槐和罗标两人互看一眼，不知道崔敏虬究竟想说什么。

"我们都只是他手中的棋子……"崔敏虬仰着头继续说道，"他的欲望，早就超越了一场和朝廷战役的胜负，也超越了无名教一千年的传承。像他这样自负而狂妄的人，怎么能接受自己只是千年预言里的一个配角，又怎么能容忍注定被一个所谓的末代教主取代？所以他要超越预言，超越生死！而整个光华教，都成为了他欲望的陪葬……"

崔敏虬说到这里转回身来，眼中摄人的光芒透过浑浊的眼珠射向周远，"我不会再犯同样的错误了。我不会再去相信什么预言，也不会再去相信什么教主，我只相信事在人为。少林武当，嘿嘿，武林的泰山北斗，还不一样是我的手下败将，连李天道都做不到的事情，我却做到了！"

崔敏虬的言语里虽然是在批评李天道，却表现出来不亚于李天道的自负和狂妄。洪四槐和罗标已经跟随了他十几年，听了他刚才那番话，仍然微微动容。

可是周远的表情却没有丝毫的变化，仿佛崔敏虬那段掷地有声的内心独白只是一阵耳旁风。

"我只是来这里完成我必须完成的事。"他说，他的语气平静得近乎机械，"你应该很清楚，有些事情，只有我能完成……"

这后半句话，让崔敏虬心头一震。

第六章　神堂格物

　　崔敏虬在青冈梁被攻破，李天道殒命后，从垂死的上一代执教长老那里继承了长老的职位，同时也得到了藏着两册慕容家书的玉匣，并逃入了鬼蒿林。但是李天道为了把自己的记忆种植到杨冰川的身上，故意把玉匣设置为只能用燕子坞的内力打开。因此崔敏虬直到最后玉匣被慕容迟夺去，都没有能够真正看到过《慕容家书》。

　　但是李天道曾经和手下神光、圣华二使以及执、施、谛、镇几大长老一起多次探讨记忆移植的事情，当时已经是上一代执教长老得意弟子的崔敏虬在一旁聆听，因此对慕容公子关于人格、记忆、生死的探索和思考都有相当程度的了解。

　　二十二年前鬼蒿林里发生红日垂照的异象，让崔敏虬死里逃生，他藏匿到帝京城里创办产业，积蓄人力和财力。他发誓要重振光华教，向武林复仇。

　　但是武林自铲灭魔教后却变得格外强盛，杨冰川、黄毓、太清、太仓、照月、柳依云等一大批年轻的武学才俊迅速成长，张三丰猜想等数个武学难题被攻克，新的武功招式和优化思路不断被提出，更好的测试丹田通径、筛选潜质少年的方法也被找到。十几年过去，武校人才辈出，远远超过了崔敏虬那边的积累。

　　崔敏虬认识到，只有得到《慕容家书》里面的武林秘笈，他的兴复大业才有指望。

　　崔敏虬于是巧妙地利用朝廷中的矛盾，通过黑白两道的运作，卧薪尝胆十年，壮大了安护镖局，然后炮制出了一个一箭多雕的计划，既能铲灭少林武当，又能通过控制燕子坞峨眉两校师生，逼慕容迟交出《慕容家书》。

　　但是他完美的计划最后在燕子坞遭到了重大的挫败，甚至弄巧成拙差点让李天道复活过来。幸好周远——这个预言中的末代教主——成功地阻止了李天道的转生，但是也毁掉了两册《慕容家书》。

　　燕子坞的计划意外失败后，在姑苏城坐镇的崔敏虬心灰意冷，准备逃往岭南，但是鬼蒿林封禁的解除，引发了一连串的连锁反应，特别是在沧浪亭附近，发生了污水喷发、屋舍移位等一系列怪相。

　　崔敏虬凭着灵敏的直觉和机缘巧合，发现了沧浪亭生成的慕容时空的入口。他带着手下进入到慕容时空里，成功躲避了朝廷几乎倾全国之力的搜捕和围剿。

　　在沧浪亭的慕容时空里，崔敏虬还意外发现了许多过去遗留下来的手稿和装置。通过对这些手稿和装置器物的研究，崔敏虬弄明白了许多他原来苦苦思索而不得其解的事情，一个全新的向武林复仇的计划也逐渐成形了。

他让手下用幻术舞台掩盖了慕容时空的入口，然后在姑苏城劫掠人口，做着最后的准备工作。

然而，崔敏虬虽然是李天道之后的又一个天纵奇才，但当准备工作进行到最后阶段时，也遇到了难以逾越的困难，让他到了智穷计尽难以为继的地步。

昨天晚上，当听闻针对程少斌和桑央的绑架行动失败，姚贞妇又咬舌自尽的消息后，崔敏虬就已经准备好放弃自己的计划了。然而他的西南掌旗洪四槐却成功地掳来了黄宗耀和丁香月。不仅如此，他还带回来一个惊人的消息：在微澜山庄的后山遇到了一个会量子内力的人……

"只有你能完成……只有你能完成……"崔敏虬连着重复了两遍周远的话，也不知是在思索，还是在发问。

最终，他收起了先前的倨傲，问道："你刚才问我准备好了没有，究竟指的是什么？"

"你们在姑苏城劫掠人口，难道不是在为参数校准做准备吗？"周远依然平静地回答。

这句话可能对于别人来说牛头不对马嘴，不知所云，但是崔敏虬听了却浑身发麻。周远随口一句话说出来的，正是他花费了好久才领悟到的要诀！

难道说，真的无论如何都绕不开这个末代教主的千年预言？

崔敏虬一直认为自从李天道为了超脱生死而一意孤行后，无名教的传承已经被破坏，所谓的预言也已经成为一堆鬼话。然而鬼蒿林里的种种预兆最后都不折不扣地兑现，这个所谓的末代教主终于横空出世，还创造了全新的武学。最终鬼蒿林解除封禁，又导致了沧浪亭这片慕容时空入口的打开，千年的预言不仅没有停下脚步，似乎还一步步朝着更为宏大的布局前行着。

所以当崔敏虬得知周远尚在人世时，他感到既兴奋又害怕。

兴奋的是，周远很有可能是这世上唯一能够帮助他突破眼前的困局，将计划进行到底的人。害怕的是，他也完全不知道这仍在不断应验中的千年预言会把这一切带向何方。

"你说的那些数据，已经都准备好了。"

"那带我去看看。"周远立刻说道，似乎一刻也不想耽误。

崔敏虬点点头，"跟我来。"

他袍服一摆，大踏步朝门外走去。

第六章　神堂格物

周远转身紧跟着他。洪四槐和罗标相互看了一眼，也都站起来，跟在周远的身后。

崔敏虬沿着回廊没有走多远就拐了一个弯，绕到了刚才那间堂屋后面的一个大屋子里。两幢房屋离得很近，前面那幢几乎将后面那幢完全遮蔽在自己的阴影里，完全不像精致的姑苏园林应有的布局。周远猜想这应该是这片神秘慕容时空的缘故。

大屋子的门口站着四个守卫，见到崔敏虬立刻让开了道路。

周远跟着崔敏虬走入屋中。

整个屋子是一个大通间，房梁上挂满了鲸脂灯，将屋里各个角落都照得极为明亮。

屋子的中央，呈放射状摆放着八张石床，其中七张石床上躺着七个头朝里脚朝外正昏睡着的人。

在石床的中心，竖着一根直径差不多有一丈半的巨大石柱，直达房梁上。石柱的最上部，四个方位分别嵌生着青龙、白虎、朱雀、玄武四尊铜质的雕像。

四灵的下面，是十二个不同大小的圆形铁齿轮，分三层相互咬合在一起，不停地转动着。齿轮的下面，又有八张人脸的刻像，喜怒哀乐真伪忠奸各不相同，分别对着八个方向。刻像往下，伸出来八个支架，周围绕着许多丝线，支架上面都安装着一张极轻薄的像琉璃片一样的东西。

屋子的四角立着八个大橱柜，里面都是一尺多高的大琉璃瓶，里面盛满了不同颜色的像是细沙一样的东西。橱柜的中间则是放着各种琉璃管，瓷盆，透镜，筛斗的操作台，五六个戴着口罩，系着灰褂子的人正用各种工具器皿进行着操作。

他们身后站着两个穿蓝褂子的人，正在指挥和管理各种任务。周远认出来，他们是那天和洪掌旗一起出现在微澜山庄的两个黑衣人，李大和曾贵。

七张石床上，周远认出来黄老板和丁香月，还有刚才在沧浪亭出现的程少斌和桑央。这两个豪门公子和千金执意要来追查自己的绑架案，却不想反而把自己送上了门来。至于空着的那张石床上少了谁，没等周远想起来，崔敏虬已经发问了，"姚贞妇的代替人找到了吗？"

"找到了，已经找到了。"李大唯恐崔敏虬生气，急忙回答，一边朝曾贵做手势。

曾贵立刻指挥几个灰褂子的手下，从屋边地上抱起一个女孩，放到了石床上。那女孩正是谢雪莹。

"今天早上,我们终于抓住了偷走须弥芥子斛的那个《江湖周刊》的采记。"李大说,"虽然斛不在她身上,但我们刚才测了一下,她的记忆元强度比姚贞妇的还高些呢。"

"这次看严实了,千万别再出意外!"崔敏虬道,他转头去看周远,似是要听他的意见。

而周远早就已经仔仔细细地把屋内的情形都看了一遍。他的目光最后停留在丁香月的身上。

周远对着丁香月凝视了好一会儿才说道,"来两个人帮我调一下锆英板的角度。"

(二五)

姑苏城南门外的天镜苑地区的居民这两日怨声载道。

三天前这里前后有十来个院落突然之间都一齐发生了怪事。有的院落的房屋墙壁莫名其妙地移位,有的院落的园圃突然塌陷出巨大的深洞,还有的院落里一百多年的老井突然之间就干涸了。

民政司的人来看了,说这属于天灾,让百姓们去找赈济司,而赈济司的人来看了,说无能为力,因为对应不上任何有案可查的自然灾害。最后来的是缉尉营,不仅不提修缮的事情,还命令百姓们不可声张此事,违者要抓起来刑拘。

黄昏时分,一男一女两个年轻人顺着这十几个院落一路走来,对墙上地下的裂缝,变了形的房屋都格外关注。

他们正是张塞和化妆成为丁珊的王素。

三天前在沧浪亭,周远又一次施展了降龙掌法,将几百名姑苏巡捕震得人仰马翻,仿佛要一再任性地提醒整个江湖,他就是那个千年预言里的大魔头。周远在量子内力掀起的古怪尘埃里倏然消失,给姑苏城留下深深的悬疑和恐惧。

王素机敏地在缉尉营到来之前带着张塞逃离了沧浪亭。之后圣旨诏谕大皇子监理姑苏城,叶大人则被罢免了官职,押入了缉尉营的刑牢,等待朝政部的发落。

第六章 神堂格物

蹊跷的是，虽然圣旨诏谕了大皇子监理姑苏城，可是他的金顶大轿自从离开了沧浪亭之后，却再没有人看到过。人们既不知道大皇子在哪里设了府衙起居办公，也没有任何人看到他外出走访或者审理任何公案。

实际上接管了姑苏城的治理的，是苏浙省和缉尉营。大街小巷上到处都是缉尉营的军士，和新近增编的"护城队"。细心的人会发现，"护城队"里有相当大的比例都是三山堂的成员。

王素几次想返回沧浪亭去看一看，尝试找到周远。可是缉尉营和护城队却将整个沧浪亭把守得密不透风。

但王素却不愿意放弃，她坚信那个神秘的结界空间一定还有着其他入口。在各种尝试都没有结果后，她施展精妙的化妆术，把张塞化妆成了《武林传奇》的一个初级采记，并逼着他每天趁那采记外出采访时偷溜进报社，从新闻墙上找寻线索。

连着两天一无所获，但到了第三天，张塞终于从新闻墙上注意到了一条奇怪的线索：南城多处宅院突然发生古怪形变——从时间上看，形变和周远在沧浪亭施展量子内力正好吻合。

两人分析这应该不是巧合，于是在傍晚时分循着这条线索前来察看。

"亮了吗？"两人又走近了一处围墙上有着一条粗大裂缝的民宅后，王素问道。

张塞朝挎着的布兜里的黑色方盒看了一眼，摇摇头，"没亮，我们再往前走走看看。"

他一边说一边从衣襟里拿出一张纸页已经泛黄的地图展开来仔细查看，这地图正是黄毓教授黑色笔记本里夹着的那张。

"这图上的城南地区好像并没有什么特别的标注。"王素从他身后也看着地图，"为什么全城只有这片区域发生了地层的形变？"

"是不是有特别之处，只有仔细对比了才知道。"张塞道，"你看沧浪亭这里，画的比真实的地形要大一半，我猜想这些多出来的部分，可能就是那诡异的结界空间的地图呢。周远那一掌神龙摆尾，或许让更大地域的空间结构发生了改变，在这些发生形变的地区，说不定会有新的入口被打开……"

王素听到周远的名字，脸色阴郁下来，"已经三天过去了，什么动静都没有，他真的是在里面登基做魔教教主了么？"

"就算周远真的是预言里的末代教主，魔教的人也未必认他。"张塞没有正面回答王素,"安护镖局的掌旗镇坛们,应该有不少仍然是效忠李天道的吧。只有特别虔诚的原教旨主义的信徒,才会认周远这个预言中的末代教主。我不知道那空间里,这样的教徒有多少个。"

王素对这种闪烁其辞的回答显然并不满意。

"那你说,魔教为什么要绑架黄宗耀、丁香月他们?周远和绑架案有关系吗?"

"最早的那些绑架案发生时,周远都还没有从昏迷中苏醒过来。"

"所以跟他没关系?"

"也不是……"

王素有一种想拔出倚天剑把张塞砍成两半的冲动。

"丁姑娘,你可曾想过……"张塞看出王素眼中的恼怒,急忙说道,"被魔教绑架的忠、孝、贞、廉和黄宗耀、程少斌、丁香月、桑央这八人之间有什么联系吗?"

"没想过。"王素冰冷地说。和之前季菲一样,王素完全看不出姑苏城的四大道德楷模和另外四个不同职业、性别、社会地位的人有任何关系。

"丁姑娘你不觉得黄宗耀、程少斌、丁香月、阿玛妮这四人的品行,正好是忠孝贞廉的反面吗?"

张塞是整座姑苏城里最早开始关注绑架案的人,这几日里他继续苦苦思索,终于想到了这八人之间品行的对应关系。

一经张塞指出,王素也意识到这其中确实有一番道理。

"可是为什么呢?魔教为什么要正正好好绑架这样四对品行在两个极端的人呢?"

"这个……或许就是周远和这件事情的关联之处吧。"张塞道。

"什么关联?"王素的脸色陡然变得更加阴沉,"你是不是还有什么信息瞒着我?"

"没有没有。"张塞急忙摆手,"黄教授手稿里的信息和结论,我全都已经跟你说了。不过,通过对手稿的研究,我曾有过一个猜想。不过这猜想实在有点荒诞离谱,我总觉得不大可能是真的。可是随着绑架案的进一步发展,特别是想明白了这八人之间的品行对应关系后,我越来越觉得,这或许是一种可能的解释……"

"荒不荒诞,你先说来听听!"王素这时候已不急于去找结界入口,她把张塞拉到一棵树下，等他把话说清楚。

张塞看着王素急切的眼神，挠一挠头，像是下了决心似的说道，"丁姑娘，你在试剑台上亲眼见到了李天道在慕容校长的身体里复活，对不对？"

"是。"

"也就是说，李天道凭借对《慕容家书》的研究，实现了人格记忆，知识记忆和经历记忆的整体移植。"张塞继续说，"而且是在实践上，不光是在理论上，这足以说明，慕容公子对人格、记忆的思考，已经不是纯粹停留在形而上的哲学层面……"

"意思是？"王素吃不准所谓"形而上"的反面是什么。

"也就是说，慕容公子对记忆、人格的研究，已经到了定量和实证的阶段。"

"定量？实证？"

"对，我们通常只对事物或者现象进行定性的描述和分析，这间屋子很高，那根梁很重，这面墙很窄，可是一旦要进行实际的应用，我们就需要对事物进行定量的表述。鲁班真正的伟大之处，不在于他建造过多么华美的房屋或结实的桥梁，而在于他发明了尺，为空间的度量提供了标度。一切给我们现如今的物质生活带来高效、便捷、舒适、安全的实际应用，从马车的轮毂到织布的纺锤，从药剂的成分到神机营炮管的口径，其背后的理论，都是定量的。同理，李天道想要实现对人格和记忆进行移植这种事情，背后就必须有一套对人格和记忆进行定量描述的理论。"

"可是……一个人的人格和记忆，完全是一种看不见摸不着的概念性的东西，又如何可以建立起量化的模型呢？"

"在张三丰提出三大定理之前，我们也都觉得内力是看不见摸不着的东西。"张塞说，"可是现在，全国各地巡捕府的佛沙琉璃盏可以轻易测出不同武校、不同门派的内力，进行对比验证，甚至可以作为呈堂证供，断案定罪。"

王素微微点了点头，承认张塞这话有一定的道理，"所以，你推测慕容公子和李天道能够像张三丰定理那样对人格和记忆构建起方程和公式。可是……这和忠孝贞廉他们八个人的绑架案有什么关系？"

"八种两两相对的人格，应该是用来做人格记忆方程的系数校准。"张塞回答。

"系数校准？"

"对。"张塞点点头，"张三丰在元至正四年凭借他的绝世天才，提出了三大定理的方程，但他之后用了五年的时间，才确立了内力等武学量的单位，并通过研究最有代表性的武功招式，进行数据校准，才把方程里具体的系数算了出来，这样张三丰方程才能像现在这样准确地描述各门各派几乎所有的武功。"

张塞看到王素仍然是一脸的迷惘。的确，只有像周远这种武林理论系的学生，或者是像他这样武学历史系的学生，才能了解张三丰定理的完整沿革。

"黄毓教授曾举过这样一个例子，"张塞于是进一步解释，"有一个天才发现了姑苏城最中心的房子租金和到观前街的距离具有反比关系。这很了不起，但是却无法让我们可以凭此计算市中心任何房屋的租金。但如果他选取两幢最具代表性的宅院，发现一幢离观前街三百米，租金是十八两银子每月，另一幢离观前街六百米，租金是十三两银子每月。经过校准计算，他就可以找出完整的方程——租金等于三千除以到观前街的距离，再加八两银子。有了这个经过系数校准的方程，那么我们只要知道一间屋子到观前街的距离，就可以算出其租金了。"

王素渐渐明白了张塞的意思，"八位姑苏城的名人，就相当于例子里的那些最具代表性的宅院，用来校准人格量化方程的系数……"

"没错！李天道的记忆移植必须要周远多年以后去唤醒，这就说明他掌握的记忆方程应该是不完备的，安护镖局或许是要去完成李天道没有完成的工作。"

王素已经基本听明白了张塞的话，也理解了他想要表达的意思——"量化模型""系数校准"，这些字眼一听就知道，都是周远擅长的。

"所以，你认为周远到结界里，是去对人格记忆进行更进一步的定量研究？"

王素的话音里微微颤抖，脸色变得惨白。如果张塞的猜想是对的，那这比她一直担忧的还要可怕。

整个江湖通常对于"末代魔教教主"这个概念的恐惧，无非是两点，一是害怕他拥有技压天下的绝世武功——在沧浪亭，世人已经看到了量子武学的威力；二是害怕他能使用某种方法造成大规模的生灵涂炭，比如说像李天道当年那样在扬州大规模播撒毒药——半年前少林武当和燕子坞事件也让所有人见识了神迷散的恐怖。

可是人格记忆，这却是一件更加诡异，更加魔性的事情。再强的武功，可以齐心合力相抗，再毒的药物，可以有兰实草，以血化毒。然而人格记忆……王素真的无法去想象，如果末代的魔教教主真的是要去完成李天道没有完成的事情，把作恶的手段升级到人格和记忆这种层面，会给姑苏城，给武林，给天下苍生带来什么样的后果？

张塞看着王素苍白的脸色，"丁姑娘，我说了，这只是我的猜想，我也不知道是对还是错。"

王素没有说话。她能听出来张塞的话里有想安慰她的意思。但张塞刚才的话，无论从逻辑上还是和事实的对应上，都找不出明显的纰漏。

过了好一会儿，王素才又说道，"可是，我还是不明白，周远是怎么会卷入到这一切里面的？他从来就没有看过《慕容家书》，那天我看着他和李天道一起从试剑台上落下，你说你从太湖上把他救起，他就已经失去了记忆，那他是怎么能找到沧浪亭的？又为什么能知道结界的存在，并主动想要走进去对记忆进行研究？"

这一点，自然也是张塞一直在苦苦思索，并且深深担忧的。

"这……或许只能是因为他就是魔教教主的转世吧，这就是他命中注定要去完成的使命。"

王素狠命地摇头，她显然无法接受这种宿命论式的答案，"什么叫转世？什么叫命中注定？你刚才说，但凡能进行实际应用的现象，背后必然要有一个定量的理论，那你告诉我，这魔教教主的转世究竟是怎么一个理论。"

张塞露出苦笑，王素这一次来姑苏城，只怕不把所有的这些事情都弄清楚就决不罢休。

"结合黄教授的笔记和我自己的研究……"

"你就直接告诉我结论吧！"王素冰冷地打断张塞。

"这仍然只是一种猜想……"

"没关系，猜想我也要听。你是最好的历史研究所的博士备选，熟读魔教史，还研究过黄毓教授的笔记。你现在就告诉我，所谓魔教教主的转世，究竟是怎么一回事！"

"好吧。"面对王素如此干脆的态度，张塞不敢再婆婆妈妈拐弯抹角，"丁姑娘，想必你现在已经知道，我们以前口中所说的、在戏文里听到的、在报刊里读到的魔教，其实指的都是李天道创立的光华教。但实际上，李天道只是一个延续了一千多年的宗教的倒数第二任教主而已。这个千年的宗教，其实叫作无名教，无名教有一本传教之书，也就是《慕容家书》的第一册，能够精确地预言总共十七代教主分别于何时何地转生，每一任转生的教主可以随意为宗教取名，并发展教众，设立教职。只有传教长老这个职位，无法由任何教主设立，只能像教主一样代代相传。传教长老一生只见教主一次，接受他此生的使命……"

"是，这些我都知道。"

"丁姑娘，你不觉得，任何一个神志清醒的宗教创始人，都不大可能想出如此奇特的传延方式吗？"

"是很奇特。"

"天底下哪个宗教的创始人会给自己的宗教设定一个末代教主，这等于是成立的时候就确定了这个宗教完蛋的时间，请问多少人会加入这样一个已经知道会完蛋的宗教？哪个宗教不是希望自己千秋万载一统江湖？除非……"张塞说到这里停顿下来。

王素看着他，等着他说下去。

"除非……这个末代教主，才是这个宗教全部的意义。"张塞说。

王素皱起眉想了想，觉得这个说法或许有些道理，"那是什么意义呢？"

"不知道，这个我真的不知道。"张塞摆手，"我想说的是，如果这个宗教的全部意义就是末代教主，那中间十五任教主给宗教取什么名字的确就不重要了。但问题又来了，尽管每一代教主都很独立，几乎不受上一代教主的约束，可是历代教主，甚至包括李天道在内，都认可自己是这个无名教的一部分，这实在是太不可思议了……"

"所以一定有某种方式，把这些看上去不相关的宗教联结起来。"张塞继续说，"而这种方式，不大可能是常规的方式。"

王素微微点一下头，表示认可这种推断。

"之前我怎么都想不通。"张塞说，"但是听到李天道把自己的记忆移种到慕容校长身上时，我突然想到，如果能够把一段记忆一路传递下去，这岂不是最佳的联结，本质上，这不就是转世？"

"慕容校长那个可不能叫转世。"

"我知道。"张塞说，"因为李天道是把自己所有的知识记忆、经历记忆和人格记忆都移植到了慕容校长的脑中，慕容校长自己的记忆都被取代了，整个就变成了李天道。但假如李天道只是把自己一部分记忆片段——比如某个使命、某种执念——传递给了慕容校长,那样慕容校长仍是慕容校长,只是也拥有了和李天道一样的使命或执念?"

王素试图去想象张塞描述的那种情形。如果真的把一段仇恨武林的记忆移植到自己的头脑里,那自己是否就真的会感到对武林的刻骨仇恨?如果那段记忆是想要去杀一个人复仇,那么自己是否真的就会觉得那是天经地义必须要去完成的使命?

"人凭借过去的经历去思考、去做价值判断,但是归根结底人却无法去思考和判断过去的经历本身,也无从知晓这些经历究竟是固有的,还是外来的。如果能把对宗教的虔诚,把某种终极使命以记忆片段的方式,在一代代教主头脑里传递下去,这岂不是让历代教主都能对无名教有认同感的最好办法?因为这种虔诚和认同就会是像天生一般,是不需要用外力去约束的。而在外人看来,一代代的教主,就像是转世那样,自然拥有了某种共同的联结。"

王素沉默了,她思考着张塞的话。这个猜想比之前系数校准那个似乎还要离谱,但既然李天道的整个记忆都能移植到慕容校长身上,为什么不可能存在一段共同的记忆片段,在历任无名教的教主头脑中传延?

"丁姑娘一定知道蕃藏国那边的活佛转世吧?"张塞又补充道,"据说转世灵童可以被预测在什么时间、什么方位找到。而且转世灵童可以清楚地记得上一代活佛的喜好甚至说过的话语。这说不定也是因为某些记忆一代一代地在历任的活佛身上传递下去。"

"还有,袁枚所说的'书到今生读已迟'的故事,丁姑娘想必也听说过吧。"张塞见王素默然不语,又继续补充。

王素点点头,这个关于黄庭坚在任黄州知州时,循着梦境找到自己的前世人家,发现自己前世就饱读诗书的故事,王素岂会不知。当年随园主人袁枚读到这个故事,发出了著名的"书到今生读已迟"的感慨。

那些身赋异秉、博闻强记、思如泉涌、出口成章的文豪大家,莫非真的只是因为一些前世的记忆没有随着那碗孟婆汤消散在红尘里,而是带入了今生?

"李天道的记忆移植,用的是藏有《慕容家书》的玉匣里的机关,那么历代教主的记忆片段移植是如何进行的呢?"王素问。

"我无从知晓细节,但我猜,这一切都发生在玄机谷,这就是历代教主都要死在玄机谷的原因。"

"所以,周远也是在玄机谷里继承了这个共同的记忆片段?所以他天生就会知道沧浪亭结界的存在,所以他才会主动要走入结界,去校准人格记忆方程?因为这就是那段记忆片段里包含的使命和执念?"

王素一边这样问,一边心中涌起悲哀。半年前周远深陷转世魔头的预言时,不管有多少所谓应验的征兆,红日垂照、繁星满空、九龙啸天、乌龙入云……王素都不相信。因为所谓转世这种事情实在是太离谱了,她不相信这种荒谬的说法,也坚信一个人的意志不会为毫无根据的预言所改变。

可是现在张塞却提出了这样一种猜想,最起码可以在理论上支持魔教教主转世的可能性,也让王素意识到,如果一切是头脑中的记忆在作祟,那人的意志就会变得苍白无力,因为这种记忆本身,就会成为人意志的一部分。

如果你被植入了李天道的记忆,那么你就成为了李天道!

"等一下!"王素突然自己打断了自己的思绪,"李天道并没有在临死前回到玄机谷啊!他为了超越生死,把自己的记忆封存在玉匣里,最后死在了青冈梁孤鸿岭上,离玄机谷有好几百里地。"

"是的,李天道是十六代教主里唯一的异类,他的野心,他的天才,恐怕也超出了无名教创始人的预估吧。"张塞说。

"那……周远岂不是没有机会从李天道那里继承任何的记忆?"

王素的心跳整个急促起来,一时自己也弄不清原因是张塞的理论出了什么问题,还是自己纠结着最后的希望去证明周远不是魔教末代教主。

"我一开始也是这样希望的。"张塞说,"周远如果在玄机谷里真的转生了,我想我们多少都能看出些端倪。但是无论在鬼蒿林还是后来在燕子坞,周远都仍是一个一心只想拯救两校师生的善良的燕子坞学生,不是吗?"

王素预感张塞马上就要说出一个"但是"来。

"但是,来到姑苏城后,我发现他开始做梦,微澜山庄分开后,我知道他是故意不回去找我的,因为他的头脑中已经有了执念和使命,要让他走进沧浪亭的结界。"张塞说。

"那这究竟是怎么回事?"

"试剑台。"张塞叹了口气,"不要忘了,李天道的记忆虽然没有留在玄机谷,却被移植到了慕容校长头脑里。后来在试剑台上,周远把内力发挥到极致,和李天道惊天动地对决,我当时就在巨阙阁那一边的太湖上,清晰地看了那如金龙般的光亮。我想就是在那时候,李天道的记忆烟消云散,但是那一段传延千年的记忆片段,在巨大的量子内力的影响下,可能还是投影到了周远的脑中。"

王素再一次沉默了。巨阙阁的试剑台，留给她的是此生最为难过的记忆，而她现在又发现，试剑台不仅是周远彻底忘记她的地方，还是他真正转世成为魔教末代教主的地方。

"有时候我们真的不能不佩服命运的强大啊。"张塞突然感慨道，"十七代教主，一千多年的传延……即使中间发生了李天道这么重大的变数，这段记忆，最终还是奇迹般地找到了它最终的继承人。"

一阵齐整的脚步声突然由远及近渐渐传来。

"缉尉营！"王素脸色一变，她左右观察，然后指尖朝上对着张塞做了一个手势。张塞会意，两人一起跃到树上。

张塞的轻功毕竟有限，人虽然站稳，但树枝却被他踩得微微晃动，王素根据树枝上下的节律脚下发力，竟是很快将张塞引起的晃动抵消，让整棵树恢复到了先前的静止。

张塞没有来得及称赞一句王素的轻功，一队大约二十人的缉尉荷戟持刀已经从他们脚下的小巷巡逻而过。自从叶伯仁被革职后，缉尉营从三山堂等帮会大量招募人员，在姑苏城的各个区域都组建了许多巡逻分队。因此现在在城里走动，几乎半刻钟不到，就必定能遇上一队巡逻的军士。

"你是什么时候想到这样的猜想的？"等巡逻队走过，王素从树上跳下来问道。

"猜想其实早就有了。"张塞说，"但毕竟是猜想，始终无法验证。所以我一直很纠结，不知道该怎么办。我原来以为，孟婆荟的药力或许将无名教主的记忆也一起抑制了，但现在看来那记忆还是开始发挥作用了。我也想过，如果将他过去的记忆唤醒，或许能帮助抵抗那记忆片段，但也有可能把事情弄得更糟……"

王素听到这里，突然一脸难过，用嘲讽的口吻说道，"哼，就算我们想让他恢复记忆，只怕也不能够吧！你不是说最怕让周远见到我吗？你不是说什么最深的执念吗？"

王素不知道自己为什么要提起这件事，但是她忍不住。她与其说是在嘲讽张塞失败的理论，不如说是在发泄自己的失望和难过。

张塞完全能理解王素的这种失望和难过。说实话，沧浪亭那一幕，王素和周远两人就那么近在咫尺，连鼻尖都差一点碰到了，周远却愣是什么都没有想起来，也挺让张塞吃惊的。

但他还是说道,"丁姑娘,你不要见怪,我其实很庆幸他没有记起你……这样对你,对他,对整个江湖或许是最好的。"

"明天就是谷雨节了。"张塞又补了一句,"王仙子不是说,已经答应了皇子晖殿下今晚去枫桥下陪他听钟声的吗……"

"张塞,你真的多虑了!"王素冷冷地打断他,"该要我承担的责任,我自会去承担!我告诉过你,到今夜子时,若找不到他,我便不会再去找。"

"那如果找到了呢?"张塞问,"丁姑娘,你有没有想过,你想找寻的答案,你想要的最后的了断,实际上是你无法承受的?"

"没有什么是无法承受的。"

"如果慕容公子真的是一个魔头呢?如果他跨越千年传递给周远的使命和执念,真的是要让他将武林带入黑暗时代呢?如果周远现在真的是在完成李天道没能完成的事情呢?到时候你会有勇气去……除掉他吗?"

"不需要我啊,除掉他难道不是你的责任吗?这不是黄毓教授亲自交给你的任务吗?"王素冷笑。

张塞没想到王素竟用这种近乎无赖的方式来躲避他的问题,一时涨红了脸,无言以对。这件事情,对王素来说是个死结,对他来说,又何尝不是?

"我们还是先找到他,问个清楚再说!"王素道,"我劝你最好抓紧时间,找到了他,才能找到你的谢姑娘。"

张塞被王素说中心事,脸变得更红。

"如果你找到谢姑娘,就不要再离开她!至少你们中间没有隔着什么千年的预言和天大的武林责任……"

王素说这话的时候,已经朝前大步走出去。张塞看不到她的表情,却能听出语音里的微微颤抖。他不再说话,紧走几步跟了上去。

两人沿着天镜苑刚才那片屋舍的延长线一路继续朝南追查。天色逐渐变暗,两人出了南城门后又走了差不多三四里地后,前面出现了一片灯火辉煌的闹市。

"前面是什么地方?"王素问。

张塞脸上露出不自然的表情。他没来得及回答,王素却突然一指他的挎包,"那黑盒子好像发光了!"

张塞忙掀开挎包,果然看到那黑盒子的四角发出幽蓝的光芒来。

张塞兴奋地拿出地图,摊到旁边一块平整的石头上,试图将附近这片区域和地图上所绘的进行对比。

王素在旁边看了两眼地图，发现他们现在所在的地方，叫作月柳街。

王素对姑苏城并不熟，但是却也听说过月柳街的这个地名，相当于是长安城的章台路或金陵城的秦淮河，是姑苏城妓馆林立、红香翠玉的风月之地。难怪张塞刚才一脸的不自然。

张塞盯着地图看了很久。天色继续变暗，张塞便拿出黑盒子，举到地图上面，准备借着盒子发出的蓝光继续查看。

可是他刚把黑盒子举到地图上方，王素和他就同时"呀"地发出了惊呼。

原来那幽蓝的光一照过去，地图上就显现出纵横两条直线来。张塞过去无数次在烛灯下研究过这张地图，从来没有看到过这两条直线，看来地图的绘制者是故意让这两条线只在这个黑盒子发出的光照下才显现的。

张塞只看了一眼，就确定这两条线绝不是随手乱画的，而是有着明确的所指。两线的交叉处，正是沧浪亭，而线的四个末端，准确地停在姑苏城外东西南北的四个地方，分别是城西的寒山寺，城东的微澜谷，城北的虎丘和城南的月柳街。

"这四个地方，很可能都是结界的入口！"张塞推测，"我那时候就很奇怪三个黑衣人竟能这么轻易地混进微澜山庄，只怕是因为微澜湖的岛上有一个结界空间入口的缘故。他们没有想到黄宗耀的家丁能那么快出现，才被逼得只能施展凌波微步从后山撤退了。"

两人都兴奋起来，借着黑盒子的光仔细查看地图，发现月柳街上离他们最近的一幢楼舍的占地明显要比地图上按比例目测的要小一些。

"这个地方！"王素往地图上一指。

"嗯，这里是箫音馆。"张塞说。

王素转头厌恶地瞪了张塞一眼。

"不不不，丁姑娘，我只是……因为工作的需要……只不过知道个名字而已。"张塞忙解释。

王素不理他，径直转到楼舍的正前方，果然看到雕栏玉砌的大门上高悬着一块写着"箫音馆"的牌匾。

张塞跟过来，尴尬地看了一眼王素，"丁姑娘，要不我独自进去查看一下？"

（二六）

崔敏虬、洪四槐、罗标还有李大、曾贵等人都目不转睛地看着周远。

周远走到屋角的橱柜前，从里面拿出装满细沙的琉璃瓶来，一个一个仔细端详。琉璃瓶的瓶盖上有一个像扳手那样的机括，轻轻一按，一小股细沙就像雾气一样喷出来。周远平摊开手掌，这些细沙竟缓缓地穿过他的手掌，向地面飘落，很快就杳无踪迹了。

大多数琉璃瓶内的细沙都是白色的，但是最里面一个橱柜最上层的格子里，却放着三瓶呈绛、蓝、青三种颜色的细沙。

周远观察了一会儿，把瓶子都放回了橱柜，手里只留下了那个装着青色细沙的琉璃瓶。

"这个是……"李大似乎想说什么，但是看着周远很确定的样子，又把话咽了回去。

周远也没有去理会李大。他很清楚，那些数量最多的白色沙子的名称叫作芥沙。名字取自佛经中常说的芥子，也就是世间万物最基本的单位。

芥沙如果和一些纯阴、纯阳的离沙相结合，就是佛沙，也就是各大巡捕府里用来检测内力的"佛沙琉璃盏"所使用的原料。据说这世间的佛沙全都在蕃藏国三大圣湖的底下。

然而芥沙并非是这世间最小的物质，通过特定的方法，芥沙还可以被进一步分解成绛沙、蓝沙和青沙，这三种沙有许多奇妙的性质，其中之一就是和人的记忆的产生和存在相关。绛沙对应知识记忆，蓝沙对应经历记忆，青沙对应人格记忆。

周远手中这一瓶，就是青沙。

这些匪夷所思的知识，都是周远从身上衣服里显现出来的文字中学到的。

周远走到八张石床中间的大石柱旁，拉开一个斗状的门，从石柱里拿出一个装着白色芥沙的瓶子，然后把青沙换了进去。

李大和曾贵相互看了一眼，露出"原来我们从这一步就没弄对"的表情。

周远确认琉璃瓶卡入到位后，把门关上锁死。

他抬头看了一眼大石柱上方的十二个齿轮，那些齿轮带动着最上方一根红色的铁针，以极慢，却仍可察觉的速度一点一点向上移动。

李大、曾贵目不转睛地看着周远，期待他说些什么。但周远观察了片刻后，

第六章 神堂格物

只是绕着那八张石床又转了一圈，然后向李大挥了挥手。

李大会意，走到墙边一个像操作台一样的地方，那里有着各种拉杆，机括和旋钮，大多数都已经极为破旧甚至有些霉腐，像是好多年前制造的，但也有不少包上了新的铁皮或用新的铜芯替代，应该是崔敏虬来到这里后做的修缮。

李大拉下了一个用红丝线密密地缠绕着的拉杆。整个房子立刻咔咔地发出几声机械的声响，然后地下就隐隐传来像是流水的声音，墙边、中央石柱周围的许多形状各异的机械就开始回摆转动起来。

崔敏虬和周远的脸上都隐隐现出期待的神情来。

过了片刻，八张石床上昏睡着的八人的头下面，开始浮出一丝丝极淡的蓝色雾气，仔细看去，会发现实际是蓝沙。这些蓝沙自下而上穿过八人的头脑，也穿过上面悬着的锆英板，最后消失无踪，但是锆英板上却一点点留下了各种形状的纹路图案。

李大和曾贵看着那些纹路图案，兴奋地对视了几眼。他们显然不止一次地也做过同样的事情，那锆英板上留下的，应该就是那八人的"人格记忆图谱"。只是这次在周远的操作下生成的图谱，要比他们过去重复的任何一次实验中生成的图谱都清晰许多倍。

"滴"一声轻响后，石床下不再浮出蓝雾。李大拉下了另一个拉杆，八块锆英板同时转动起来，然后一起排列着在丝线的牵引下滑动到了墙边。

周远立刻走到墙边的一张大木桌前坐了下来。

桌上直接嵌合着一个三层的算筹，连到墙上固定锆英板一排十字形铁尺上。周远一格一格地扳动旋钮移动铁尺，算筹上的滚珠就随着锆英板的不同纹路而上下移动，周远用炭笔在纸上同步记录下一串一串的数字。

崔敏虬、洪四槐他们知道周远已经完成了实验数据的收集，开始进入到了方程系数的校准演算。他们不想打扰周远，全都退到屋门外，时而低声交谈几句，时而朝里面看上两眼。

演算的过程非常漫长，到了最后的阶段，周远左手在算筹上拨着滚珠，右手用炭笔在白纸上推演着公式，自如流畅，毫无停滞，仿佛和墙上桌前这些看似古老实则精密的仪器融为了一体，成为了这个神秘慕容时空里这套不可思议的装置的一部分。

差不多过了整整一个时辰，算筹发出了最后啪的一声拨响，周远把手中炭笔一扔，在最上面的一张写满了密密麻麻数字的白纸上一拍，轻声说道，"算完了。"

门外的人立刻呼啦一下都鱼贯走入屋内，围到桌前探身观看。

没有人能够看懂周远的演算，也没有人在乎这个推演的过程，大家只是盯着最上面那张白纸上的结果，在那里，清晰地书写着一个已经把系数全部都校准好了的公式。

一片沉默。

但是这片窒息般的沉默中却明显压抑着一股喷薄欲出的兴奋和激动，即使是崔敏虬，此时脸上也有些动容。

多年以后，《晓生评论》做了一次武学第三个黄金时代重要时刻的排名。排名第一的，当然是琴韵小筑岛格致庄布郎屋里那个红日垂照的清晨，但是还是有不少武学家认为，周远完整解出人格记忆独立方程的时刻，也同样伟大。因为这是对人自身认知上的重大突破，从某种意义上说，认知人自身，要远远难于认知自然，也要远远难于开启一种全新的武学。

当然，这个方程并不是周远凭一己之力完成的，而是通过某种跨越了时空的机缘，让他站在慕容公子的肩膀上，完成了这个宿命般的成果。

人格记忆方程开启了对自然力最神秘、最终极本源的探索，之后的许多年里，无数优秀的武学家参与到这条征程里，一起将武学和整个江湖带向前人无法想象的深远境地。

崔敏虬拿起书写着人格记忆独立方程的白纸，手忍不住微微颤抖。这个方程揭示了一个人可能具有的所有类型的人格的规律，运用这个方程，可以对给定的人格记忆图谱进行定量分析，也能倒过来合成任意类型的人格图谱——这是三十年前李天道梦寐以求、穷尽了才智却没有能够做成的伟业。

当半年前崔敏虬机缘巧合发现了这片慕容时空，以及里面各种精密复杂的装置和芥沙之后，他便意识到，上天即将指引自己走上一条从未有人走过的道路，让他有机会拥有连李天道，甚至连慕容公子都不曾拥有的力量。

他于是命令李大和曾贵去抓一些菜场杂工和勾栏女子来进行实验。但是他们很快发现，从这些人身上映射出来的人格记忆图谱的精度都很低，几乎无法用来进行校准演算。

崔敏虬不甘失败，仍不停地掳了人来实验，很快发现这个映射的精度似乎因人而异。越是聪明的、高素质的、有成就的人，精度似乎就越高。

崔敏虬于是大胆推测，组成一个人记忆的单位，也就是"记忆元"有强弱之分，其强度和一个人的素质、能力或成就相关。越是优秀的人，越是取得了不起成就的人，或者继承了父辈卓越秉性的人，他们的记忆元强度往往越强。通过自然力在锆英板上拓印下来的他们的人格记忆图谱的精度也会越高。

想通了这一点之后，崔敏虬才开始冒着巨大的风险在姑苏城绑架各种秉性的有背景有名望的人。

而到了最后的阶段，周远正确地使用蓝沙替代了芥沙，才拓印出足够精度的人格记忆图谱，并用他远远超越常人的算学能力完成了最后的校准演算。

当然，因为材质的限制，永远不可能得到最精确的图谱。许多蓝沙在锆英板上的距离太近，已无法有效丈量，因而无法区分最细微的图谱形状。不过对于相对宏观的人格秉性，例如"节俭""忠诚""贪婪""不贞"这些的描述，已经是足够了。

周远站起身来，脸上并没有特别兴奋的表情，而是感到一股深深的疲惫。他也没有一种终于完成了使命的释然，相反，他的表情里仍带着迷惘，似乎心中还有疑问没有得到回答。

他抬头再次去看石柱上那根红色的指针，他正想说话，却突然感到脑后的风池穴一酸，眼前一黑，立刻就失去了知觉，瘫倒在了地上。

崔敏虬收回手指，脚下的步伐仍是向后斜斜退了两步。

其实以崔敏虬的武功，让周远昏过去是轻而易举的事。但是面对预言里的末代教主，面对能够施发强大的降龙掌法的周远，他还是像偷袭一个绝世高手那样留下了各种驱退的后招。

旁边的洪四槐、罗标也都各自退了几步才稳住身形。他们也全都做好了周远骤然反击的准备。但看到周远如此轻易地就被制服，他们都长舒了一口气。

"但愿他能一直保持这种失忆的状态吧。"崔敏虬也明显是从高度紧张的状态松弛下来，"把他带回屋子锁起来。"

崔敏虬向洪四槐下完指令后又转向李大，"赶快进行下一步实验，有了结果立刻来告诉我！"

王素看着箫音馆之上的绚丽灯火，听着屋舍里隐隐传出的弦乐和嬉笑声。

这里显然不是她这样的武林偶像应该去的地方。但王素不是谢雪莹，她不会把如此重要的事情交给张塞单独去完成。

王素于是带着张塞绕到箫音馆的背后，瞅准了一个来往行人都没有注意的时刻，拎着张塞纵身跃上了二楼的一个窗台。

张塞揉了揉被领子勒得生疼的脖子，"丁姑娘，其实我的轻功也是可以跳上这种高度的。"

王素懒得理睬他，左右观察一下，手微微一点，震断了窗栓，然后示意张塞跟着她翻入屋内。

这是一间暂时没有客人的厢房，里面也没有灯火。但是门外的走廊却灯火通明，正好有一批客人到来，热情的老妈子正带着他们上了楼梯往客房走。隔壁一间屋子里是女子唱着小曲和几个男人高谈阔论的声音。

王素和张塞蹲伏在那里，正好可以清晰地听到他们的对话。

"大皇子现在应该肠子都悔青了吧？"一个声音尖细的男人笑着说道。

"这是怎么说？"旁边一个浑厚的声音问。

"大皇子原本趁着寒山盟攻打苏浙府，姑苏城的局势乱到极点时来监理，很容易就可以做出政绩，却没想到魔教教主竟然卷土重来。"一个年长点的男人在旁边解释。

"这一直是大皇子的套路，先等一个城市的状况差到不能再差，然后主动提出去监理，跌到了谷底，自然只能反弹，长安、洛阳无不如此。不过姑苏城现在冒出来魔教余孽，是够皇子殿下喝一壶的了。"声音尖细的男人也说道，"圣旨诏谕之后他连个影子都见不到，说不定已经逃回帝京城去了。"

"只怕也不尽然。"一个书生口气的人说道，"圣旨诏谕之前，微澜山庄已经有人使出凌波微步了，大皇子殿下不会不知道吧。他知道姑苏城有魔教，还敢来监理，就必定已经想好了手段。"

"是啊，总觉得这个魔教好像一直在帮大皇子呢，去年把少林武当燕子坞一连串都灭得差不多，大大削弱了武林的力量，还给了他《华山备忘录》不当庇护魔教滋生的口实……"浑厚的声音说道。

"嘿，你们两个胆子不小，这是在说大皇子勾结魔教吗？酒还没喝就开始信口胡说，诽谤皇子，当心被缉尉营听到了抓起来！"年长一些的人喝道。

"我可没这么说啊！"书生口气的人忙道，"不过这魔教客观上是帮了大皇子的忙，这不假吧？本朝立储，从来都是非长即嫡，现在武林力量削弱，寒山盟叛乱，这些都对六皇子不利。倘若大皇子监理姑苏城真的做出一番政绩，那皇位恐怕就必然落到大皇子手里啦。"

"你们也别太小瞧武林啦。"浑厚的声音这时说道，"少林武当虽然垮了,可是武校生遍布军队和各大帮派商行。丐帮唐门,那么多钱庄镖局,在轩辕朝都是举足轻重的力量,等到七夕六皇子和王仙子成了亲,这同盟就算是坐实了……"

"哎,话是这么说,只是可惜了我心中的女神王仙子哟。"那书生突然悲戚戚地说道,"嫁入深宫,对于江湖儿女来说,岂不是最寂寞最无趣的生活。"

他这话说的语气不似是玩笑,倒像是真心替王素难过一般。其余几人立刻哄笑起来。

"这呆子还在想这事。"尖细的声音笑道,"峨嵋的女生有几个毕业了去江湖上混的?你就别做白日梦了,王仙子就算做不成皇子妃,跑来咱姑苏城上班,也轮不到你吧。"

"你这人好无聊,我何时有这种念头了,我只是设身处地替王仙子不值……咱们武林的第一美女就这样做了政治博弈的棋子,你们不可惜么?"

"你省省吧!"声音浑厚之人打断他,"还政治博弈,你不就是天天神魂颠倒地想你的王仙子嘛……你现在怀里还塞着人家的画像是不是?哎,你别躲……拿出来!"

传来一阵拉扯嬉笑之声。

"哎你若真舍不得王仙子,兄弟我倒有个好主意……"尖声尖气的男人这时候插嘴道,"你不如自告奋勇去东宫申请做太监,看你细皮嫩肉知书达理的样子,搞不好有机会派去给皇子妃送个东西,领个旨意什么的哩。"

整个屋子顿时传来一阵肆无忌惮的爆笑。

"对对对,我听说嫔妃们晚上去侍寝之前都先要让太监脱光了衣服检查一遍,看看身上有没有藏武器什么的……你小子要能摊上检查王仙子,就算给净了身也值了……"

屋子里发出更加响亮的淫秽粗鄙的哄笑。

张塞在黑暗中看不见王素的表情,但料想好看不到哪里去。隔壁的讨论虽然粗俗,却也让张塞感慨。天下武林人士,包括柳依仙子,包括他在内,都热切地盼望王素和六皇子的联姻,却从未考虑王素自己的感受,就好像她只是一样工具,只是天下武林人士手中的一叠筹码。

王素什么话都没有说,自从十四岁成名起,她就成为了天下人谈论的话题,自然不会为了这几句冒犯之言就拿着倚天剑冲进去把那些人都砍了。她只是从张塞手中拿过地图,一言不发借着走廊上的灯火观看起来。

张塞在一边静静地等着。

王素看了许久，突然转头问道，"沧浪亭里，周远为什么会和季菲在一起？"

张塞显然对这个没来由的问题毫无准备，差一点被自己的口水呛到，"丁姑娘，现在恐怕不一定是讨论这个事情的最好时机。"

王素没有再去理睬张塞，她又看了一会儿地图，猛然推门而出，在七拐八弯的走廊上疾走起来。张塞被王素这种突如其来的举动吓了一跳，却只有紧紧跟着她。

时不时有大腹便便的富商模样的男子和浓妆艳抹的年轻姑娘和他们擦肩而过，几乎每个男人都会回过头看王素几眼。她今天穿着白底碎粉花的长袖束身内衫，外加镶着短绒边的橘红色无袖夹袄和及膝布裙，加上她修长匀称的身材，比箫音馆里一般的风尘女子自然要高出不知多少倍。

王素全不理会，转了几个弯后突然停住，然后猛地推开右手的一扇画着梅枝明月的门，不由分说就闯了进去。张塞想阻拦已经来不及了。

闺房里弥漫着浓郁的兽香，中间一张大圆桌上放着酒菜果蔬，右边有几样造型精致的橱柜靠榻，还有一个三尺见方的鱼池，里面养着十数尾名种金鱼，左边一张红幔大床上，一个头发稀疏的男人正和两个几乎衣不蔽体的姑娘拥坐着。两个姑娘一左一右，正在喂那男人吃水果。

男人看到王素突然闯进来，又惊又怒，但他上上下下打量了一番王素后，马上转怒为喜，"咦，这位姑娘是几号香闺的呀，怎么刚才我选号的时候没看见你？"

王素脸色铁青地把手往倚天剑剑柄上一按，那男人这才注意到王素竟是携带着兵器，吓得立刻闭上了嘴，喂到嘴边的两颗葡萄都滚落到了床上。

张塞随后进来，赶紧关上了门，尴尬地对床上的三人笑笑，"抱歉抱歉……你们请继续……"

王素迅速观察着屋内，用手轻敲四周的墙壁，拉开又合上柜门，甚至俯身去查看红幔大床的底下。

男人的表情从害怕逐渐变为了恍然大悟。

"姑娘，你是不是在找你男人啊？"他道，"这里真的没有别人，你到其他房间去找找吧，对了，刚才跟我一起选号的时候有一个穿蓝底白纹长褂的公子，不知道是不是……"

王素根本不理睬他。

"唉，姑娘，你听我讲一句啊，这世上哪个男人不偷腥啊，你勿要太计较了……"

王素看了一圈没有任何发现，心中沮丧，她轻叹了一声，走到鱼池边，呆呆望着水中游动的金鱼。

"姑娘你勿要难过啊，你这么漂亮，听我说一句，回到家里耐心等着吧，等你男人玩够了，一定会回家找你的。我老婆以前也老为这事跟我吵架……"

王素凝视着那鱼池，突然像是有所领悟，回头打断那男人的喋喋不休，对张塞说道，"你快去通知周云松他们……"

（二七）

在沧浪亭慕容时空的大堂屋里，李大和曾贵继续做着实验。

自从躲入了这片结界里，两人几乎没怎么睡觉，连续十多天一直在忙活这些实验，奉命出去劫掠人口时，反倒是一种放松。两人原本已经到了疲惫的极限，但是周远的出现，以及人格记忆方程的最终校准完成，让两人又重新打起精神来。

"丙辰三零一号实验，人格提取逆过程验证，第一百零九次尝试。"李大说道。

曾贵一边重复李大的话，一边在一个簿子上记录下实验的编号。他写完后，抬头问李大，"选取哪一种人格？"

两人都沉默了一会儿，突然相视一笑，似是想到了一块儿去。

"震九十，巽四十三，艮五，贞洁人格。"曾贵在簿子里写道。

李大转动控制台上的旋钮，将中央石柱上其中一个方向的人面刻像的高度降了下来，这个刻像的方向，正好是对着丁香月。

曾贵从墙上已经印上人格谱图的八块锆英板里选了谢雪莹的那一块，装回到丁香月头部的上方的支架上。

写着周远解出的方程的白纸已经被高高钉在了墙上。李大和曾贵一边看周远的方程，一边用算筹进行复杂的计算。两人的算学功底和周远相差十万八千里，因此花了不少时间才完成了计算和验算。他们根据计算结果调整了十字铁尺纵横两个方位上的数字，又相应把七八个旋钮调整到正确的角度。

两人相互看了一眼，表情里隐隐都有着兴奋，然后李大拉动了控制台上的拉杆，这一次，拉动的方向和周远做实验时相反。

一连串机括转动的声响后，从人面刻像里突然噗地喷出蓝色的雾气。这些蓝沙向下激射，穿过已经印着记忆图谱的锆英板，之后又继续穿过丁香月的头颅。

待到刻像停止喷出蓝雾后，李大关掉了控制台的装置。

"额头没出来血印子！"曾贵说，语气里有掩饰不住的激动。

之前两人虽然没有解出人格记忆的方程，却在崔敏虬的逼迫下仍用各种胡乱凑出的数据做实验，希望能碰碰运气。但是实验的对象无一例外在额头上都出现了血印，并且很快都死去了。

曾贵走到丁香月的身边，往她嘴里塞下两颗丹药。

过了不到一炷香的工夫，丁香月悠悠醒来。

李大和曾贵两人都屏住了呼吸，又是紧张又是期待。

丁香月的目光逐渐聚焦，然后全身猛地一震。她看看李大和曾贵，又看看周围的屋舍仪器，露出惊恐的神情。她看到周围石床上躺着的黄宗耀等人，发出了"啊"的一声惊叫，似想挣扎逃脱，但是身体的酸麻却还没有恢复，让她无法动弹。

"你们……是什么人？你们对我做了什么？"她声音嘶哑地问。

"怎么才能证明这个逆过程是有成效的呢？"曾贵这时候问李大。之前的实验对象在醒过来后基本都没有能够说出完整的话语，所以两人还从来没有真正想过应该怎么去验证实验的有效性。

李大低头想了想说，"她过去的经历记忆应该仍在吧……"

他说到这里转过去对着丁香月问道，"丁香月姑娘，你还记得昨晚在微澜山庄的事么？"

丁香月被这个问题问得一愣，然后闭上眼，一动不动，似乎是在回忆昨晚的事情。

"我们等她用新赋予的贞洁的人格去回想所有过去的经历，看看有什么反应。"李大轻声对曾贵说。

"有道理。"曾贵点头，两人脸上都露出诡笑。

过了没多久，丁香月的脸上果然现出痛苦不堪的神情来。这种痛苦不堪并非是身体上的，而更像是心理上的。似乎过去那些到达官贵人家里献唱的经历和新的贞洁的人格发生了巨大的冲突。她脸上羞耻的表情绝不像是逢场作戏时的表演，而是发自内心的耻辱和悔恨。

"丁香月姑娘，你想起来了吗？你应该经常去黄老板家里吧？"李大继续追问。

丁香月猛烈地摇头，两行清泪沿着脸颊流下来，"你不要再问了，不要问了！"

李大兴奋地转过来对曾贵点点头。

"丙辰三零一号实验，人格提取逆过程验证，第一百零九次尝试，成功！"曾贵在簿子上记录。

"你在这里看住她，我去向崔总镖头汇报。"

李大说着疾奔了出去。曾贵目送着李大离开，心中也很兴奋。

两人刚刚做的实验证明，不仅可以通过蓝沙和锆英板把人的人格记忆"提取"出来，进行量化分析，反向的过程也成立——也就是说，可以通过蓝沙把锆英板上已有的某种人格特征"注入"到另一个人的头脑中，并使之成为另一个人的人格。

李天道能够在慕容迟身上实现"重生"，其实就是用了类似的方法把自己的知识记忆、经历记忆和人格记忆全部都"注入"到了慕容迟的头脑中。只不过他没有演算出周远的那个方程，因此无法把单独的人格品质分离出来，另外由于操作方法的局限，只能让记忆蛰伏，需要唤醒。

曾贵感到全身的血液都要沸腾起来。任何人在这种时刻，都难免会有些得意忘形吧，都会感到自己手中握有了一种至高无上的力量，这种力量能让自己超越苍生，去随意改变和主宰别人的命运。

他一转头，看到另一张石床上昏睡着的谢雪莹，突然眼珠一转，露出一脸坏笑来。

曾贵纵身而起，到操作台那里降下谢雪莹那个方位的人面刻像，又根据周远的方程调准了十字铁尺上的数字，最后从墙上取下拓印着丁香月人格记忆的锆英板，安装到谢雪莹头顶的支架上。

他拉动拉杆，重复刚才的实验过程。蓝雾从刻像里喷出，穿过锆英板，穿过谢雪莹的头颅……

等一切结束后，曾贵往谢雪莹嘴里塞了两颗药丸，过了一会儿，谢雪莹也悠悠地醒过来。

曾贵明显比刚才丁香月醒来时更加兴奋。把一个水性杨花的戏子的人格注入到一个原本矜持贞洁的女孩的头脑中，究竟会变得怎么样？这显然让曾贵更加期待。

谢雪莹的眼神渐渐聚焦，从一脸困惑，逐渐变得清醒。

曾贵慢慢地等着谢雪莹头脑里新的人格和旧的经历记忆结合在一起。

"我……这是在哪里？"谢雪莹过了许久开口说道。她声音舒缓婉转，已全然不似是原来那个做事雷厉风行的采记。

"你现在很安全。"曾贵回道，一边伸手去摸谢雪莹光滑的脸蛋。

谢雪莹身体一抖，却没有躲闪，任由曾贵的手指在脸上捏了一把。

曾贵看到谢雪莹竟不挣扎，心中狂喜，手指从她的脸蛋滑到她的粉颈。

就在这时候，他突然听到"砰"的一声。曾贵转头一看，发现丁香月不知何时已经恢复了身体的行动能力，竟奋力朝屋中央的石柱上一撞，顿时头骨粉碎，血溅当场。

曾贵吓得不轻，之前他没有看好姚寡妇，让她咬舌自尽，这次又没有管住丁香月，崔敏虬只怕再不会轻饶。他忍不住骂了一句，"这贞洁的人格真是要命！"

曾贵话音未落，突然感到自己脖子左边猛然刺痛了一下，然后整个左边的脖子和肩膀突然传来一股温热。

他转回头来一看，吓得魂飞魄散，自己的脖子里正汩汩地喷鲜血。

"怎么会是这样？"这是曾贵这辈子说出的最后一句话。

很快他就嘴唇发凉，两眼模糊，最终身子一歪，扑通摔倒在丁香月尸体的旁边。

谢雪莹手指一转，一个如剑刃一样的尖片重新卷起，套回了她的手指上。这正是她之前用来施展衡山夺剑式从方烈手中夺剑的那个琥珀扳指，里面藏有一段小小的尖片。这是衡山剑校毕业生经常随身携带的有多种功能的小工具之一。

谢雪莹纵身跃到丁香月身边，一摸她的脖颈，发现翠玲珑这位名扬中原的当家花旦已然香消玉殒。

她站起身看了看石床上躺着的忠、孝、廉、黄宗耀、桑央、程少斌等人，又查看了周围那些稀奇古怪的仪器，难以想象自己究竟经历了什么。无名的恐惧让她浑身发冷，两腿一软扑通坐到了地上……

第六章 神堂格物

在慕容空间另一边的一间屋子里，周远坐在床边，脸上是苦苦思索的表情。

崔敏虬在他脑后的一击分寸很准，只求将他打晕，而不敢伤到他。

周远很快醒过来，发现自己被锁在同一间屋子里。他对崔敏虬的出手不以为意，这并非是说他不害怕崔敏虬会伤害他，而是因为他此刻的头脑已经完全被一种强烈的使命感所驱使，已经完全沉浸在对这种使命的思索中。

这种思索让他烦躁，因为虽然他已经来到了这片空间，虽然已经完成了非常重要的工作，可是接下来应该怎么做，却让他很迷惑，而梦境的最后一部分，那张若隐若现的女孩的脸，也始终没有得到印证。

门上传来开锁的声音，然后门被打开。洪四槐走了进来。

"实验又出什么问题了吗？"周远问。他一直在指望着这个实验，他猜想崔敏虬对接下来要做的事情也并不确定，这恐怕是自己还活着的主要理由。周远盼望着被重新带回那个实验室，继续他对自己使命的思考和验证。

但是洪四槐却摇了摇头。他直直地看着周远，并不说话，左右手指交叉在一起微微晃动，显得很不安。

"不是崔敏虬让你来找我的？"周远又问。

"接下来会发生什么？"洪四槐终于开口问道，他的语速很快，充满了焦虑，声音里面甚至有着明显被压抑的恐惧。

"我也不知道，如果你带我回实验堂屋去，我或许能回答你的问题。"

"那里面做的事情，都会受到惩罚对不对？那种事情，会比神迷散还要可怕吧？光之神会惩罚我们，惩罚这种离经叛道的事，就像他惩罚李天道教主那样，让他在一片光明中消亡，对不对？"

"我……回答不了你的问题。"

"在微澜山庄，我可以杀死你！"洪四槐说道，"但是我没有，我看到你施展那种武功了，我知道你是末代教主。那天我本来就想带你来这里，但你自己也找来了。你是末代教主，这是没错的。但我没想到，你来了，只是去帮崔长老做那种事……"

"我并没有帮他做任何事，我只是要完成我自己的使命。或许他做的一些事，也是我必须要做的，但至少……最终的目的未必是同一个。"

"那就对了！"洪四槐的眼睛亮了起来，仿佛看到了希望，"你是来阻止他的，你是来救赎他的……你是教主，你有责任要让我们都得到救赎！这是你最终的使命。"

周远不知道该怎么回答。崔敏虬之前也提到过"教主"这个词，周远已经知道这个词和自己，以及自己那淹没在一片茫然中的过去必然有着紧密的联系，他也隐隐能感觉到自己的过去并不寻常，这从张塞、季菲的那种矛盾而微妙的态度上早就有了迹象，但只要他试图去回忆自己的过去，试图朝着这个方向去探索，他就会像是撞到一堵结结实实的墙上那样，连一丁点前行的余地都没有，然后迷惑、失落，莫名的忧伤、痛苦就会从黑暗的角落里冒出来袭击他，让他难以承受，让他无法再继续。

"我的使命里，恐怕并没有救赎……"周远最终说道，"但我……需要回到那个实验堂屋里。"

洪四槐明显感到很失望，"崔长老不会让你再回去的。接下来的事情都交给李大和曾贵了。事情很快就会回不了头了，姑苏城的一切都会毁灭，比扬州还要恐怖，大家都会坠入万劫不复的深渊，没有一丝光明的地狱。只有你能够阻止这一切，这就是救赎！"

"我真的不知道我接下来该做什么。"

"你必须要使用量子武学！"洪四槐终于说道，因紧张而压低的声音中，充满了急切，"如果你使用量子武学，这里有一半人会站到你这一边，他们都没有见到你在沧浪亭施展的威力。如果他们看到，他们会跟随你走。"

"量子武学……"

这个词在周远的头脑里，和"教主"一样的陌生，却又似乎有着极重要的意义。

"你知道我并不会这种武功，会的话……我也都忘记了。"

"你一定能够想起来的！"

周远摇摇头，他早已放弃这种徒劳了，"带我去实验堂屋！只有去了那里，我才能弄明白接下去到底要做什么。"

"我不能带你去，没有量子武功，就只是去送死。"

走廊上传来轻微的响动。洪四槐悚然一惊，他有些不甘心地最后看了周远一眼，迅速转身退出屋子，关上了门，竟没有发出一点声响。

门外很快响起几句交谈声，周远等到交谈声和脚步声最终远去之后，走到门口。他试着伸手一推，门果然轻轻地开了，刚才洪四槐并没有来得及给门上锁。

周远跨出门，来到屋子的外面。走廊上已经空无一人，整个时空里回响着低沉的诵经的声音。

第六章 神堂格物

长廊的另一端，就是实验堂屋。周远迈步走去，洪四槐的警告或许是有道理的，但此时此刻，他别无选择，他的头脑里没有别的记忆，他的人生也没有任何别的目的，唯一的使命驱使着他，他也无从知晓这究竟是他自己的执念，还是被强加的命运。

但周远走了几步后，突然望向右手边蝴蝶形池塘旁那间没有窗户的堂屋。从他第一眼看到这间古怪的屋子，心里就有一种沉沉往下坠的不详的感觉，和每次梦醒时那种难过悲伤非常相似。

就在这时，原本水平如镜的蝴蝶形池塘从中心突然泛起了一层层的涟漪。四周没有任何风的流动，这池塘竟掀起了波澜。

周远像是感觉到了什么，向池塘走去。

他走到池塘边，看到自己的倒影被荡过来的涟漪弄皱，心中突然涌起了一股强烈的预感。随着这预感涌起，周远看到从池水深处突然浮上来一张女孩子的面容，印在波澜里，若隐若现，飘渺不定。

周远几乎要大声叫喊，想要伸手去湖水里抓取。这面容，和他反反复复的梦境里出现的面容一模一样，连这明灭不定的细节，也和梦中的情形毫无差别，唯一不同的，就是此刻他并不是在梦中。

女孩的面容快速上浮，就像是冲着周远迎面袭来，然后湖水竟无声地分开，一个穿着别致衣裙的漂亮女孩倏然从湖中跃了出来，稳稳地站在周远的面前。

她的一头长发沾着水珠，一滴滴往下流淌，她的衣衫虽没有被水浸透，却也湿了紧紧贴在身上。她容颜端庄，身形秀美，如同是翩翩洛神分开洛水，惊鸿起舞般踏浪而来。

从水里突然跃出来的这个女孩当然就是化妆成了丁珊的王素。

这场面的戏剧性可想而知，王素终于从箫音馆的鱼池找到了慕容时空的入口，却没想到穿过结界的界限时，第一眼就看到像发了痴一样狠命瞪视着自己的周远。

王素忍不住"啊"地轻叫了一声。

很快，身后的池水又是一分，张塞从水里也冒了出来，他也同样"啊"地惊叫了一声。

"我不是让你去通知周云松他们的吗？"王素不满地说，但她心里也知道，张塞已不可能在这种时候离开。

周远对张塞完全熟视无睹。他自第一眼见到装扮成丁珊的王素后，眼光就再也没有离开过她。

而王素已经从最初的惊讶中回过神来，她后退了一步，将手按在倚天剑剑柄上冷冷问道，"你……在这里究竟做了什么？"

"我……一直在这里等你！"周远如梦呓般说道。

张塞听到这话，顿时吓了一跳，心想难道周远已经恢复记忆了？不仅恢复了记忆，而且还一张口就是这样情意绵绵的话语。

"你……每天都会……出现在我的梦里。"周远又说道，"终于见到你了，你能告诉我……你究竟是谁吗？"

张塞惊诧地看着周远，又看看王素那装扮成了丁珊的容颜，恍然大悟，周远并不是恢复了记忆，而是一直以来把章大可所说的那种执念深藏在了自己的梦中。只不过，他心中最深的执念反倒不是王素，而是丁珊。因为丁珊是他在燕子坞的湖滩上初遇时的那个女孩。

王素当然也明白过来，自己作为丁珊的样子才是周远心心念念无法忘怀的执念，沧浪亭舞台上相见不相识的怨怒顿时烟消云散。她的手仍握着剑柄，但是眼光却已迷离，早已忘记了自己刚才的问话。

周远这副失去了记忆却苦苦攥着心中那一点执念，痴痴地望着王素想要寻找答案的样子，让张塞又感慨又难过，但同时也让他充满了担忧甚至惶恐。王素有一手那么精妙的化妆之术，今天出来她其实可以改妆成任何模样，可是她却偏偏选择了丁珊的容颜，这究竟是天意，还是王素自己心中的一个不愿割舍的执念？

张塞毫不怀疑王素的通晓事理、深明大义，也相信她是真的想要把踏上燕子坞岛之后的一切做个了断。但是当回忆即将像潮水那样漫过堤岸，当深深的宿命笼罩在这座或许即将倾覆的城市上空时，他真不知道这个十八岁的少女最后会做出怎样的选择。

"其他人都在哪里？"张塞走过去，刻意打断两人的四目相对。

周远这才转头去看张塞。他微微露出些许不告而别的歉疚，然后伸手指一指游廊后面的实验堂屋。

王素这时也回过神来。她观察了一下这个空间，发现各处的屋舍里都传来低低的诵经声，除此之外，竟没有看到任何守卫。这片封闭的领域几乎不可能有外人闯进来，所以安护镖局完全没有安排任何人警戒。

王素正想示意张塞跟着她前行，却看到张塞已经抢在她的前面一阵疾跑冲进了堂屋。

王素也跟着冲了进去，然后两人看到了那些石床，锆英板，以及操作台上那些奇怪的装置。

"谢姑娘！"张塞突然一声激动地大叫。他冲过去，在一张石床的边上找到了谢雪莹，他快速查看了一下谢雪莹的额头，没有看到红印。

"我终于找到你了。"张塞难以掩饰自己的喜悦，他忘情的样子连王素都觉得有些吃惊。

谢雪莹的脸色惨白，她花了一些时间才认出了张塞。她隐约记得，自己在被黑衣人打昏之前听到张塞脚步的临近。当时她觉得，张塞为了她不顾一切地回来，就已经足够了，并不期待他真的能救自己，却没有想到他竟真的找到了自己。她不觉心中一暖，涌起一股莫名的柔情，扑进了张塞的怀里。

张塞没有想到一直大大咧咧的谢雪莹会这样娇柔地扑过来，顿时不知所措，只是呆呆地抱住谢雪莹温热的身体，一句话都说不出来。

于此同时，王素已经检查了丁香月和曾贵的脉息，然后到控制台附近做了一番查看。她一边看着这些奇异的装置，一边去看周远。

周远始终出神地盯着大石柱上面缓缓移动的红色指针，手指微微颤动，像是在做着什么计算。

"这是六神麻沸散的解药。"王素从控制台上找到了一个瓶子，她走到石床边，分别给忠、孝、廉、黄宗耀，程少斌，阿玛妮桑央把了把脉搏，然后朝每人嘴里各塞了两粒药丸。

过了一会儿这六个人就都苏醒了过来。

场面一下子变得非常混乱。每一个人都需要花一些时间从昏迷中恢复神智，弄清楚自己身在何处，部分人免不了会大呼小叫，惊慌失措地冲来撞去。

这么多人中只有黄宗耀比较镇定。他查看了一番自己的身体，确定并没有受伤后，瞪着王素问道，"你是谁？这是在哪里？"

王素正待回答，却觉察到了什么，身影一晃，来到了堂屋门口，施展开芷若汀兰手。

王素出手的同时，堂屋门口正好闪进来一个人，正是去向崔敏虬做完汇报折返的李大。他连门都还没进，就迎头遭到了一套高度优化的近身搏杀招数的急攻。

李大在光华教里原本是摇光坛下的一名教使，也算是有不错的武功，但毕竟是猝不及防被王素抢攻，而且是芷若汀兰手这种代表武林最强的近身短打的武功之一，虽然竭尽全力防守，竟是始终无法化解败势，坚持了七招之后，被王素右肘一个拐顶，击中下巴，闷哼一声，昏了过去。

"被发现了，快走！"王素喝道。她转回到周远身边，一把拉住他。

"这位姑娘，我必须留在这里……"周远急切地说。

王素又怎么会听，一把拉起他就往外冲。张塞也挽着谢雪莹冲出门去。其余的人，不管有没有弄清楚东南西北、前因后果，也都跟着奔逃。

诵经的声音停了下来。空间里一间间屋子的门先后打开，安护镖局的镖师们成群结队地冲了出来，左右急切地查看发生了什么事。

"怎么办？"张塞看到魔教一下子冲出来上百人，吓得声音发颤。

"随便跑，任何一个方向都可以逃出去！"周远说。

王素和张塞都明白过来。这个结界，跟鬼蒿林正好相反。鬼蒿林是怎么走都会卷进去，却出不来，这里是怎么走都能出去，却轻易进不来。

程少斌听到周远的话，立刻撒开腿一阵狂奔，一下子就不见了踪影。待他精疲力尽停下来喘息时，发现自己已经来到了微澜山庄的湖心岛上。

而桑央则向另一个方向奔逃，蓦然四顾时，发现自己已经身处姑苏城北的虎丘。

但镖师们很快就组成了一个半圆，企图把剩下的人围起来。

"忠义"廖磊像没头苍蝇一样狂奔，正碰上一个镖师举剑砍来。廖磊原本就还迷糊着，看到有歹人拿剑砍自己，吓得两腿发软，竟是愣在了原地。

幸好张塞在他前面不远，回身抓住他的衣服将他往前一拉，总算躲过了这一剑。

镖师往前疾进，把剑斜过来，朝着廖磊和张塞的中间砍过去。稍有武林常识的人都知道这一招是准备依据两人接下来的动作随时变招。张塞若是更多地想保护廖磊，那么镖师很可能就放弃廖磊，用最严厉的变招进攻张塞，而张塞若是更多地想自保，那么镖师就会变招攻击廖磊，让张塞来不及救援。

当然，如果是周云松在这里，肯定瞬间就能找到最优的步伐让镖师占不到什么便宜，甚至是直接用最强的方式反制镖师，但张塞凭着泰安武校打下的武学根基，竟一下子本能地往外撤步，试图从侧面进攻。但镖师早就划个小半圆甩开了他，从容地伸手去擒拿廖磊。

张塞干着急，但已没了办法，却发现谢雪莹已经从另一面凌空而起，伸出两指向镖师的眼睛攻去。

镖师只得放弃廖磊，转手腕回剑防御。因为对廖磊的进攻并没有特别深入，所以镖师的回剑防御还是很从容不迫，但他的剑还没有来得及转到一半，却看到谢雪莹在空中陡一加速，手指竟是瞬间已经要戳到眼前。镖师被这个不合常理的急加速吓得叫了一声，急忙撤步，谢雪莹左足一个飞踢，正好踢中他转了一半的手腕，长剑飞起，被谢雪莹优雅地接在手中。

王素护着周远，用芷若汀兰手击倒了两个镖师，正好看到这一幕。她虽没有说话，但眼光中对这精妙的恒山夺剑式也是露出赞许。

其实跃到空中后陡然加速是一件很难的事情，谢雪莹的这一招恒山夺剑式只是通过腰、腿、肩、臂的一系列组合动作，逼真地造成了一个空中突然加速的假象。实际上，她的双指该什么时候到，还是什么时候到，甚至是因为要制造身体加速的假象，谢雪莹已经限制了自己进一步变招的余地。当时镖师只需按照原来的招法防御，不仅不会被夺剑，甚至还会占到上风。

但恒山历代的武学大师对交手时的心理、本能反应都有着精深的研究，这就是恒山夺剑式总能出其不意，一击而中的原因。

"我们被围住了，怎么办？"张塞又问。

"池塘！"王素说。她想这地方既然能进来，就肯定能出去。

谢雪莹夺剑在手，施展开恒山剑法，和王素一起护着廖磊、朱仕显等人来到池塘边。

剩下的镖师不再贸然出手，而是镇定地编队，不紧不慢地围拢过去。

"快往池塘里跳！"王素指挥道。

忠、孝、廉等人看着她，都一脸惊讶，不明所以。

"谢姑娘，请你相信我！"张塞这时一把拉住谢雪莹的手，也顾不上解释，就往池塘里跳下去。谢雪莹既不惊讶，也不抗拒，竟是温顺地让张塞拉着，跟随着他扑通跳入了池塘里。

"哗"的一声，两人往水下沉去，过了一会儿就双双突然在清澈见底的水里消失了。

带着镖师往前追逼的罗标这时发现了端倪，急叫道，"不好，那池塘是新开启的结界入口，大家快上，别让他们跑了！"

镖师们这才反应过来，都施展轻功往前冲去。

"快跳进池塘里！"王素对着众人又喊了一句，然后往回一撤步，想先抵挡一阵镖师。

她这一撤步回身，所有的镖师都是一愣，全都停下了脚步。

王素有些奇怪，心想自己既没有以真面目示人，也没有亮出倚天剑，居然已经有这么大的威慑力。但她很快发现，那些镖师并没有看着自己，而是用一种好奇带着敬畏的目光看着被自己拽着一起回过了身的周远。

这时崔敏虬也已经赶出来，他看到这情景，脸色铁青。

"都愣着干什么，把他们全都抓起来，一个都不许放走！"

崔敏虬在镖师中显然有着极大的威慑力，所有的镖师都不敢再犹豫，硬着头皮冲了过去。

黄宗耀一直在观察着入水后的张塞和谢雪莹，看到他们一下去就没有了踪影，他思忖了一会儿，把心一横，也跟着跳了下去。

其余忠、孝、廉等人看到一帮安护镖局的镖师追杀过来，同时黄宗耀竟然也跳进了池塘，便都不敢再犹豫，也都扑通扑通跳了进去。

王素见所有人都已下水，便一把揪住周远的衣襟。

"这位姑娘，我真的不能走……"

王素根本不理，手上一使劲，拉着周远也一起往池塘里跳下去。

就在这时候，一股自然力发生了变化的怪异感觉在王素身边涌起。和谢雪莹一样，王素虽然对相对武学的原理毫无所知，但是多年的训练让她对即使是自己不了解的自然力变化有一种本能的直觉。她略一转头，果然看到一个肌肉遒劲的大汉已经凌空跃到了湖面上。她认出来那正是安护镖局西南分局掌旗洪四槐。

王素对洪四槐惊人的速度大感意外，却并不惊慌，眼前是一汪池水，无处借力，洪四槐想要阻止她和周远入水根本就不可能。

"唰"的一声王素拔出了倚天剑，剑尖横着一荡，直指洪四槐的腰肋，那是"晓芙剑法"里的一招"白芙映波"。所有晓芙剑法里的招数全都有几十个小巧的后招，并且晓芙剑法的所有三十六个招式在设计上全都可以首尾衔接，因此晓芙剑法根据需要是可以延绵不绝地一直连环使用下去。

洪四槐并不还击，身体斜斜地荡了开去。

王素原本期待对方至少腾挪几下试图反击，却没想到就这样放弃，便把倚天剑一收，一个翻转准备入水。可是洪四槐身子刚一下落，那池塘里的水竟也跟着他的足尖凹下去一个半圆。

王素心中一惊，猛然想起了张塞那篇关于黄宗耀和丁香月在微澜山庄被掳的报道，但是已经晚了。

洪四槐足尖一点，那凹下去的水面猛然向上鼓起，洪四槐竟不可思议地在水面上借到了力绕到了王素的身后。

王素来不及去惊叹这传说中的"凌波微步"竟然活生生在自己的眼前重现，因为此时反而是她陷入了腾身在空中无处借力的尴尬境地。

洪四槐划过一个弧度，调整到了一个王素很难反击的位置，拍出一掌。

王素情急之中看了一眼周远，希望他再来一个"神龙摆尾"啥的解救自己，但却看到他一脸痛苦，显然被她揪到空中转了几下，早已经分不清东西南北。

无奈之下王素只有把剑尖朝下，剑锋竖着围绕着自己身体一卷。这一招叫"卷荷收香"，但是峨眉的学生私下都喜欢叫"裹粽子"。这一招的功用和燕子坞的"风帘翠幕"一样，是情急之下尽全力最大限度防守的招式。

洪四槐没想到王素还能用这种招法防到身后，略吃一惊，但是以他的武功，此时要让王素吃点亏、受点伤仍是轻而易举。但王素情急之下手中灌注内力，倚天剑突然发出青蓝色的光芒。

洪四槐这下是真的吃了一惊，他收住招数，空中一个后翻，落到池塘的边上。王素和周远则双双落入水中。

不一会儿，崔敏虬、罗标以及其余镇坛、镖师都赶到了池塘边。

崔敏虬的目光左右寻找李大和曾贵，想弄清楚这一切究竟是怎么发生的。所有人都低着头，不敢说一句话。

"那些人都已经没用了，正好给苏浙府卖个好吧。"崔敏虬想了一会儿说道，"不过一定要把那两个采记抓回来，须弥芥子斛一定就在他们身上。"

"那……周远和……怎么办？"洪四槐问。

崔敏虬嘴角露出一丝意味深长的笑意，"我猜……他们两个还会回来的。"

今晚箫音馆二楼超豪华大包间里的客人是"乔家宅"成衣铺的门店总管。他是月柳街上的常客，箫音馆的尊享会员。不过今晚他的遭遇可算是郁闷至极。

先是兴致正浓的时候一男一女带着兵器闯了进来，在包间里一阵搜索，然后竟一前一后哗地跳进了鱼池里。

他吓得叫来了老鸨和护院，可是鱼池里哪里有人。

他前言不搭后语地一番解释，老鸨又如何能信，只当他是喝多了，好一番劝说安慰，又许诺了几个新来的姑娘的免费服务，才算没让他当场退了尊享金卡。

好不容易消停了，他和几个姑娘又一番饮酒唱曲，正要缠绵，鱼池里竟突然哗哗冒出来两个人，其中那个男的就是之前跳进去的那个，但女的却换了一个。他正自纳闷，鱼池里又一下子哗啦哗啦连着冒出来一堆人，全都心急火燎地撞开门就冲了出去。

他正想破口大骂，突然觉得刚才冒出来的一堆人里，似乎有宝生钱庄的黄老板。

很快又有一男一女冒出来，女的就是之前跳进去的那位美女。

这位总管彻底惊愕了，但他居然还有执着的探索精神，迷迷糊糊硬要到鱼池边去看个究竟，却又连着从池水里跳出了好多人，为首一个只轻轻一推，就将他推到墙根撞晕了过去。

王素拉着周远逃出了箫音馆，天已经全黑了。她稍一抬头，看到月亮的位置比之前进箫音馆时已经移动了很大的距离，她本能地感觉到结界空间里的时间要比外面流逝得慢。

月柳街上已经一片大乱。

黄宗耀显然是这里的常客，他对着各种认识的老板、管事以及附近巡逻的缉尉大喊大叫，让他们去通知自己的手下。

更多的缉尉快速从四处集结到这个区域，长长短短的哨音在几个街区之外响起，相互传递着信号，然后更多的人从箫音馆里冲出来，局势变得更加混乱。

王素拉着周远顺着来路朝北面奔逃，可是没跑几步，就看到张塞带着谢雪莹慌慌张张地逃回来。

"缉尉营把北面所有的巷口都封锁了！"张塞说，"我好像看到吕泽风了。"

张塞看到过吕泽风使玄阴剑时的残忍，脸色已经吓得煞白。

四人都对缉尉营的反应迅速感到惊骇，月柳街上稍有骚动，周边的缉尉就已经自动结成防控的网络。

留在小巷里是不行的，四人于是转回到人流如织的月柳街，他们很快看到罗标、洪四槐等安护镖局的人正在分散开来，四处找寻他们。

"缉尉营为什么不去抓安护镖局的人？"王素问。

的确按照道理，缉尉营如果发现安护镖局的人，应该立即实行抓捕。然而洪四槐和罗标掏出两块令牌，拿在手上，周围缉尉们见到，便立刻对他们恭敬地行礼。

第六章　神堂格物

张塞朝王素看了一眼，两人都知道魔教和缉尉营的勾结是确凿无疑了。

罗标突然把手指放到嘴边，吹出一声尖利的口哨，然后朝他们的方向指了指，显然是发现了他们。张塞和王素赶紧拉着谢雪莹和周远，转身奔逃。

月柳街的南面是湄长河，没有出路，他们只能利用月柳街的繁华喧闹、人多店杂做掩护，混在人流中朝西面跑动，但是最西端的街口已经被缉尉营连设了三道关卡，许多三人一组的缉尉开始走入月柳街的核心地带，四处搜查。

前有缉尉营的关卡，后有安护镖局的追赶，王素对这片地区完全没有概念，焦急却毫无办法。就在这危急的时刻，张塞突然沉着地说道，"跟我来！"

他一招手，带着其余三人超越前方的人流，转到了一座华丽楼阁西边的墙根下。

"借我点碎银子。"他有些尴尬地朝王素伸手。

月柳街上响起了更多训练有素的军士疾奔的脚步声，头顶上扑扑地飞过纯白的官鸽，成队的缉尉把这条巷子也围起来只是时间问题。

王素拿出一堆碎银子塞给张塞。张塞走到一扇矮门前，两长两短敲了四下。门很快打开，张塞把一手的碎银子都塞了进去。

一个难看的驼背略带疑惑地打量了他们一番，才把他们四人让进了门去。

绕过两个库房，驼背把他们带到后厨，交给了一个穿着白袍子厨师模样的人。厨师模样的人领他们上了楼，从边门进到了一条走廊上。

这门里门外可谓是两个世界，整条走廊富丽堂皇，金雕玉砌，弥漫着好闻的兽香。走廊的一边可以看到楼下的舞台，上面一群几乎衣不蔽体的妙龄少女，正随着劲爆的音乐节奏起舞。

白袍子打开走廊旁边一间库房的门，"只能看表演，要么就待着这屋子里，不可以乱走！"

"玉环，帮我找玉环来。"张塞叮嘱道。

白袍子点了点头，关上了门。张塞舒了口气，他回转身来，却发现谢雪莹和王素都一脸鄙夷地看着他。

"不是不是。"张塞忙解释，"玉环是我在这'拢翠阁'里的线人……我这都是工作需要。"

第七章　月柳春福

（二八）

周云松和李青快速走在平安坊附近的珍珠巷上。原本是夜宵时分，北边的太监弄上应该是一派人声鼎沸、酒热串香的景象。但是自从叶大人下狱，圣旨昭告大皇子昊监理姑苏城后，晚上出来吃喝的人明显减少，南边重檐叠瓦的屋舍人家更是已经差不多都熄了灯。虽然沧浪亭的事情没有见诸报端，但是魔教教主重现江湖的传言还是在城里不断播散开去。

周云松一边领着路，一边忍不住留意身旁的李青。姑苏府内外，没有人觉得这个年轻人有一点师爷的样子，他平时说话极少，武功不错，但出手的时候明显在刻意隐藏自己的武学传承，让人觉得不是那么值得信赖。

"背后跟踪我们的，是三山堂的人，还是苏浙缉尉？"李青这时候低声问道。

周云松当然也注意到有几个人从很久之前就一直跟着他们，"我早就分不清三山堂和缉尉营的人了。"

李青一笑。的确，之前三山堂重返姑苏城积累势力，缉尉营不仅不加遏制，反而给予便利，处处通融。自缉尉营取代姑苏巡捕的地位后，三山堂的成员更是大量被缉尉营招募，成了正式的官兵。

"不管是谁，反正要找的是你的麻烦。"周云松故意激一激李青。李青是姑苏府师爷，根据侯瑞的命令应该待在府里，听候苏浙府的发落。

"他们一共来了六个人。"李青仍笑道，"能够结两个三人阵法，只怕不光是对付我吧。"

"也是……那我们要不要去领教一下？"周云松继续激将李青。

李青转过头来看了一眼周云松。

苏浙府半年来和寒山盟不断交锋，层出不穷地更新出各种对付武林人士的方法。最新的成果就是优化出了一种三个人合使的称为"三位一体"的小型阵法。

根据张三丰猜想，最强的阵法应该由七个人组成，但是七人阵法非常复杂，如果七个人武功不高，或者水平参差不齐，那么在实际对敌时极不易掌控。而这种"三位一体"的小型阵法则专为对付单个武林人士而设计，变化不多，但简洁易用，结阵的三人，哪怕武功不高，甚至水平参差不齐，都不影响阵法的凌厉。缺点是如果有两个武校生，就必须要六个人分别结成两个三位一体阵来对付。不过缉尉营在人数上保持三比一的优势根本没有问题，在任何场景下，他们只需相互简单一联络，就可快速结阵，过去的几天里，寒山盟不断有非常优秀的武校生被武功远低于他们的缉尉用这种三位一体阵法打成重伤，残忍地缉捕。

作为武林人士，周云松和李青当然都有一种去会一会这种阵法的冲动。

"我们有使命在身，还是不要节外生枝了吧。"李青想了想最终说。

"还是说，你怕过招太多，暴露了你的武学传承？"轮到周云松微微一笑。

李青当然听出来周云松话里的怀疑意味，脸一红说道，"我的武学传承不足挂齿，云松兄就不要取笑我啦。"

周云松知道李青并没有说实话，不过他现在也没有闲暇去深究李青的来历，既然他仍然含糊其辞，他也就不再追问。周云松领着李青转到太监弄上，走入了"林记"那不起眼的门面。

前台的少女显然认得周云松，直接为他开了门，侍女小香站在里面的不远处已经在等着他。

李青是第一次来"林记"，看到里面开阔华丽的空间，忍不住轻轻叹了一声。

小香带领着两人在假山流瀑，照壁游廊间行走。因为"林记"只接受预订，那几个跟踪他们的人自然进不来。

小香引着他们走到一扇写着"竹君"的黑漆门前。

周云松推门而入，这是一个照例摆着八仙桌椅、兽头衣架、镂金躺榻的豪华包间，但不同的是，在屋子的另一头也有一扇黑漆大门。

屋子中间坐着一个五十来岁的中年人，他穿着质地豪华的对襟绸褂，左手握着一根雕刻精美的黑漆手杖。跟他的气宇和穿着相比，他的身材相当瘦削，比姑苏城里大多数的富绅老板都要显得健硕许多。

"父亲！"周云松行礼。

这中年人正是姑苏城里大名鼎鼎的富商周乾坤。

周乾坤的脸上带着明显的忧虑。

"云松，是不是一切等杨教授回来以后再说？"

周云松摇摇头，"事态变化太快，就算要等杨教授，很多事情现在就需要准备。"

"当前的局势非比寻常，太危险了。"周乾坤摇头。

"爹，你从小就教导我，江湖儿女，以侠义为重，孩儿便是想照着这话去做。"周云松道，他当然能看出父亲的担心，又说道，"爹，你放心，我一切会小心，不会有事的。"

周乾坤看着爱子，一时说不出话来。他多年来虽置身商场，但一直对武林深藏情怀，喜欢结交江湖豪杰，周云松记事后，他就找来武校名师指导他武艺，也一贯以江湖侠义教导他。可是姑苏城现在危重的局势，他作为一个对时局极为敏感的精明商人，又岂能不知？他现在才知道，所谓以侠义为重，可将生死置之度外这样的话，说起来容易，可是真的落到自己的儿子头上，又哪有那么容易取舍。

周乾坤凝视着已经长成俊美青年的儿子，最终叹了口气，从怀里拿出了一个小包裹递给周云松。

周云松一喜，接过包裹，向父亲行礼作别。他走到屋子的另一头，打开黑漆大门，外面是一片竹林。李青也朝周乾坤行了一礼，跟随着周云松走出屋去。

两人轻功造诣都极高，一前一后快速疾奔，那竹林间的泥路上竟几乎没有留下任何痕迹。

两人穿出竹林，来到一扇毫无雕饰的后门口。周云松停在门边，将包裹打开，从里面抽出一块白里透绿、细腻纯净的玉牌快速看了一眼。

"好玉，这块牌子，应该要花不少钱才能弄到吧？"李青在旁边忍不住问道。

周云松摩挲着这块玉，心中突然有些后悔刚才那样匆忙地与父亲分别。自去燕子坞读书后，他便很少与父亲会面，即使安护事件发生，他回到了家里帮忙，也因为忙于调查记忆移植的事情，和父亲聚少离多。作为一个男生，他每次与父亲分开，倒也从未有什么不舍，可是这次不知道为什么，他竟是突然有些想念。

这情绪只是匆匆停留了片刻，也就迅速消散了。

"这可不是用钱能够买得到的！"他回了李青一句后就打开门，两人出去后没走几步就来到了一条狭窄拥挤、人声鼎沸的热闹巷口。

巷口坐着一个衣衫褴褛，用破帽子遮住了大部分脸的乞丐。

周云松朝他晃了晃手中的玉牌。

"一个时辰。"这乞丐突然用沙哑的声音说道。

周云松朝他点了点头，乞丐却连头都没有抬，继续一动不动地坐在那里。

两人走入街市中，李青左右观瞧，"所以这里就是传说中的'隐市'？"

周云松点点头。

所谓隐市，乃是中原七大江湖黑市之一，是武林中为数不多的几个游走在轩辕朝律例边缘的地方。七大黑市，其中六个都在人迹罕至的崇山峻岭深处，只有隐市存在于姑苏城这样一座大都市的中心，自然更加让武林人士感到神秘和好奇。李青是第一次来，当然忍不住左右观瞧。

这整片黑市没有任何正式的出入口，在姑苏城各式的官图上也完全没有标注，要进出隐市，只能通过和某间私家宅院相连的秘密通道。因此尽管武术江湖人士心向往之，却根本无从找寻这个地方。没有人知道隐市到底有多少个出入口，周云松也只是从他父亲那里知道了"林记"这一个后门。

在隐市里可以买到江武府禁售的药物，转卖一级兵器，互通小道消息，也可以让犯了事的江湖人物在这里躲避风头。

但隐市也有自己的规矩，每个和通道相连的私家宅院的主人都要负担一系列管理和守卫的责任，每年都要重新审核。如果审核不通过，这个通道就会被永久地封闭。

只有三种人可以被允许进入隐市。知道口令的人，握有轩辕璧的人和进去后就不离开的人。

前两种人被允许进入隐市后，只能在里面待最多一个时辰。一个时辰之后，如果还不离开，那么就再也不能离开了。第三种人，往往是犯了事的江湖人士，虽然躲入隐市可以逃脱官府的追究，却也只能一辈子待在这里，终生无法再去到外面的世界。

周云松也只是第二次来隐市，对里面交错纵横的小巷也不熟悉，他一边走，一边仔细观察两边商铺的招牌。

"听说断魂刀范老二，还有黑夜叉陆化这些江湖上久不露面的人物都藏在这隐市之中？"

"是啊，天下第一杀手郭伦据说也在这里，你要不要去见一见？"周云松笑道。

两人转了几个弯，来到一间叫"邝记"的修理铺跟前，周云松对李青使了个眼色。

修理铺的门面很小，门口的一张竹椅上坐着一个身材瘦小满脸皱纹的老太婆。

"老婆婆，我这里有一支三棱刺，你这里有手艺好的师傅能修吗？"周云松走过去问。

老太婆那种苍老的样子看上去像是有一百岁，浑浊的目光完全看不清是在看哪里，她过了很久才微微挪动了一下身体，用手敲了敲店铺的门框。

一个约莫十四五岁的男孩嘴里叼着一根蒿草杆子蹦蹦跳跳地走了出来。

"修三棱刺？"他把蒿草杆子吐出来，"我这里新来了一个师傅，手艺很不错，我去叫他。"

男孩还没迈腿，铺子后面就传出一个声音，"三棱刺这种东西，坏了就扔了，何必来修？"

"这三棱刺是一个朋友送给我的，所以舍不得扔。"周云松朝着店铺里面朗声说道。

铺子后面没再发出声响，过了一会儿，传来一串脚步声，毛俊峰一脸不情愿地走了出来。他神情疲惫，额头上有一道极深的刀伤，左腿上也缠着两块仍带着血的纱布。看来从沧浪亭撤走后，他又和缉尉营进行了多次浴血搏杀。

周云松把手中的三棱刺在空中抛了两抛。这枚可以藏在袖子里的飞刺，是毛俊峰自制的第一枚暗器，在燕子坞一起读强化班时，毛俊峰作为庆生辰的礼物送给了周云松。

"看起来，这隐市里生计问题倒不难解决。"周云松跟着毛俊峰走进里屋，拉开一把椅子坐下，李青坐到他的身后。

"怎么能跟外面比，你家里的生意一定越来越兴隆吧。"毛俊峰满含讥讽，"喔，等一下，我忘了，大皇子来监理姑苏城了，要当心啊，他对武校背景的人可不怎么友好。"

"若不是托你们寒山盟的福，大皇子又怎么会这么快来监理姑苏城。"

毛俊峰嘿嘿笑了，脸上却满是不服气的倔强，"云松，你费劲周折跑到隐市里来，就是为了批评我们攻打苏浙府的事吗，好吧，你有一个时辰的时间。"

毛俊峰往椅背上一靠，两脚翘到放满了锤钻夹钳等工具的桌子上，摆出一副洗耳恭听的模样。

"还需要我来批评吗？"周云松也是不依不饶，"到了这步田地，你们难道还没有自省过吗？"

"我们是被逼的！"毛俊峰的脚在桌上咣地一震，"是苏浙府先突然开始攻击我们的联络点，杀了我们好多人！不是缉捕，也没有判决，当场就直接屠杀我们的同学！我们是被迫反击，但我们得到的情报并不准确……寒山盟里面出了叛徒，泄露了我们的联络点，还把我们引入了苏浙府的陷阱……"

毛俊峰说这话的时候满含愤恨——他虽然活着从苏浙府突围，但是却目睹了许多同学战友的惨死。

"寒山盟并没有灭亡，我们会找出叛徒，现在中原各地每天都有十好几人赶来姑苏城加入我们！我们会报这一箭之仇！"

"如果是苏浙府先动手屠杀，你们应该有这个觉悟想明白他们是要故意挑起事端、激化矛盾！"李青这时在周云松身后忍不住插嘴道，"攻打朝廷府衙，这是什么理由都无法辩解的叛乱行为，这不正是朝廷里想遏制武林的人所期望的吗？这不正好给了他们口实吗？"

毛俊峰抬头看了看李青，一脸的不屑，"你就是叶大人手下的新师爷吧，如果这就是你对时局的理解，如果这就是你每天给叶大人做的参谋，那难怪叶大人现在被免了官职，下了大牢！"

毛俊峰的话明显激怒了李青。眼睁睁看着叶大人被缉尉营铐走，是李青感到特别无助和耻辱的时刻。没有能够预判到苏浙府突然发难，也让李青感到深深的自责。

"恕我对时局的理解太肤浅。"李青往前跨了一步冷笑道，"不过你们把事情弄成现在这个样子，帝京城的朝武联会上江武府就算是要帮叶大人，帮武林说话，只怕也很难了。"

"朝武联会？我真的是弄不明白，你们为什么到现在还把希望寄托到这种官僚会议上。"毛俊峰不耐烦地说，"少林、武当、燕子坞全都被毁灭了，敌人已经宣战了，已经把刀剑刺进我们的身体里了，我们已经血如泉涌了，开会还有什么用？"

"可是俊峰，少林、武当、燕子坞，这些都是安护镖局干的，是魔教干的。"周云松说。

毛俊峰哈哈大笑，"云松，你是真的想不明白，还是不愿去相信？三十年前孤鸿岭上溃败后，魔教还有什么气候？安护镖局却能在帝京城，朝廷的眼皮子底下突然崛起，肆无忌惮地重创少林、武当、燕子坞。你真的觉得这是魔教凭一己之力能够做到的吗？神迷散是朝廷研制的毒药，怎么会落到安护镖局手里，江武府出来解释了吗？安护镖局的调查进行了半年，有任何成果吗？缉尉营纵容三山堂胡作非为，对武校生残酷镇压，苏浙府的府监手上拿着超一级兵器……你们真的都觉得很正常吗？"

毛俊峰说的这些事情，周云松和李青当然也都知道。

"你无非是想说，有朝廷势力在给安护镖局撑腰，想借魔教的力削弱武林……"

毛俊峰把两手一摊，"没错，这难道不是必然的推论吗？其实你都知道的。你是优等生中的优等生，岂能连这么简单的事情都想不明白。"

"俊峰，你刚才列举的这些事件虽然是提出了很多疑问，但却没有任何真凭实据。而你们攻打苏浙府，却是世人皆知，证据确凿，到哪里都是死罪一条。即使朝廷里有人和魔教勾结，只要武林的威望尚存，只要《华山备忘录》屹立不倒，我们就有可能粉碎他们的阴谋，可是如果武林公开叛乱，彻底站到朝廷的对立面的话，朝廷最终也会别无选择，那武林的未来就更为堪忧了。"

毛俊峰听完周云松的这番话后又笑了，"云松，我看出来了，你实在是太留恋这个时代了。我能理解。这是一个美好的时代，武林独立而自由，强大且自律，武校生作为轩辕朝的栋梁，被输送到民间和朝廷，受人尊敬，前程远大，多么完美。说实话，就连我都想沉溺在这样的秩序中，一生一世都不要改变。但这是不可能的，这个时代已经接近尾声了。给不给他们口实，都不会改变他们既定的阴谋！判不判我们死罪，我们都已经成为了他们诛杀的目标！我们攻打苏浙府一个时辰都不到，许多牺牲的同学的血还没有凝固，大皇子监理姑苏城的圣旨就到了，你还看不出来这是环环相扣的阴谋吗？我们唯有抵死抗争，姑苏城将是我们反击的第一战！"

周云松叹了口气，他知道自己很难去说服毛俊峰。但同时，毛俊峰的话不管对错，却也让他有些触动。这么多年来，他不知不觉形成了一种自己判断问题和处理问题的框架，并坚持不懈地套用这种框架去解决所有发生的问题。但是他却并没有真正思考过，他这样做，究竟是因为这种框架下的解决方案是正确的，还是因为他对框架本身无条件的信任和依赖？

周云松沉默了片刻说道，"俊峰，你也许有你的道理，但现在真的还没有到要和苏浙府全面对抗的地步，特别是现在大皇子殿下监理姑苏城了，对抗苏浙府，就是在对抗朝廷。我们现在也并非孤立无援，朝廷里还有不少支持武林的盟友，只要他们还在，我们就还有更好的应对方法。"

"更好的应对方法？"毛俊峰显然并不是很信服，"叶大人已经被抓起来了，帝京城在千里之外，现在还有谁能够帮助我们？"

"帝京城虽然在千里之外，但是有不少支持武林的部府官员们已经快到姑苏城了。"周云松说。

毛俊峰愣在那里，不知道周云松说的是什么情况。

"你难道忘了，六皇子殿下明天将在寒山寺设宴，典律部的汪大人等都会从帝京城赶过来参加。另外，不少有可能被种植了记忆的官员和帮会的骨干，包括侯瑞在内，也都会来赴宴……"

毛俊峰恍然大悟。过去的一段时间他一直在和三山堂、苏浙府全力对抗，最近几日更是浴血厮杀，堪堪躲过了缉尉营的追捕，竟是忘了六皇子寒山寺还愿的日子就是明天。

他想了想问道，"就算六皇子殿下和汪大人都会来，你们又能如何？你们刚才自己说了，魔教和朝廷的勾结也好，记忆移植也好，所有这些事情都没有任何真凭实据。"

李青这时候从怀中拿出一个三折的纸本，递给毛俊峰。

毛俊峰疑惑地接过来展开，看到上面密密麻麻地写着工整的小楷，最后的一页上盖着皇印。从纸质上看，这应该是一份印刷出来的副本。

"我没工夫细看，你就直接告诉我这是什么吧。"

"这是典律部新发出来的刑律之诉讼律第三十七条第四款增补。"李青说，"是前天刚刚由圣上签署通过的，已经由驯雁发往全国各省各府研习备案。"

"这条增补的条款，就是杨教授和龚教授费尽心力终于促成的。"周云松在旁边解释，"确立了真言露可以作为一种合法的侦讯手段，真言露作用下的供词，可以进入到判决的证据链中！"

毛俊峰终于惊讶地张大了嘴巴，眼睛里放射出了光芒。

"不过呢，并不是说谁都可以随便使用真言露，必须要先有合理的怀疑，才能报请刑狱府总管或以上级别的官员，申请使用真言露……"李青说。

毛俊峰听到这里，显然按捺不住了，一句"去他妈的合理怀疑"已经到了嘴边。

但周云松抢在他之前说道，"我们也顾不得那么多了，大可已经准备好了真言露,明天宴席上我们会找机会让侯瑞还有其他有疑点的官员和帮会骨干喝下真言露。如果侯瑞他们在服下真言露后完全变成另外的人,说出他们绝不可能知道的魔教事实,我们就可以说服六皇子和汪大人要求刑狱府正式立案调查。私放真言露的罪责,我们愿意承担!"

毛俊峰听到这里把脚从桌子上挪下来,站了起来,自见到周云松以来一直挂在他脸上的那种倔强不服的表情终于消失了,取而代之的是兴奋和跃跃欲试。

但他马上又颓然地坐了下来,"你们跑到隐市来,就是为了告诉我这个?"

"当然不光是为了告诉你这个,还希望你能帮助我们。"李青说。

"侯瑞不会不防备,我们必须确保皇子殿下的安全。"周云松说,"由于姑苏巡捕被全体禁职,清商宫卫队已经同意让背景可靠的武校生帮助执行寒山寺内的防务。但在最关键的几个地方,我们需要安排绝对可以信任的人。比如宴会的现场,比如寒山寺制高点上的暗器手……"

毛俊峰看着周云松,他话里的意思自然是说他是最值得信赖的人,这让毛俊峰很感动,可是他又看了看周云松手里的三棱刺,露出苦笑,"可是你们想必也知道,我为了躲避缉尉营的围剿,被迫逃进了这里,我再也出不去了。"

周云松微微一笑,从怀中拿出一块白里透绿的美玉。

"轩辕璧!"毛俊峰激动地吼道。

(二九)

玉环过了小半盏茶的工夫就推门进来。

她是一个姿色平庸、娇小瘦弱的女子。在王素、谢雪莹的眼里,她的打扮肯定是俗艳的,但是放到"拢翠阁"的环境里,无论是身上的浅绿纱裙,还是头上的银簪,倒还算朴素。她警惕地朝每个人都仔仔细细看了一番,对着王素和谢雪莹又额外审视了两眼后才问张塞,"你这是来做什么?"

她在拢翠阁里做了三年,大概很少看到张塞这样自带姑娘来这种地方的。

"玉环……这簪子你戴着……果然好看!"

张塞似乎想表现出在这种场合轻车熟路的样子,但是却明显没有什么经验,这一句话就说得不是滋味。王素和谢雪莹在一边都微微摇头。

张塞虽然宣称玉环是他的"线人",但其实只是几天前潘曼丽逼着他来月柳街"放下读书人的架子接接地气"时认识的。张塞请她喝了一次茶，送了她一个在富仁坊集买的廉价头簪。

"是啊，要多谢张公子的眼光好！"玉环伸手摸一摸头发上的簪子，露出一丝职业痕迹颇重的笑容。

"玉环，我要请你帮个忙。"张塞感觉到付出去的成本终于可以换来回报。

"什么忙？"

"带我们去流花陌，我们要去隐市。"张塞说。

玉环听到"隐市"二字，明显吃了一惊。窗外清晰地传来缉尉营人马调动，设置关卡，传令呼喝的声音。

她有些紧张，抬眼又打量了一番屋内四人说道，"我这里有个客人在楼下组了个酒局，喊我过去，怕是要来不及了……"

张塞满以为玉环会感念他送簪的恩情一口答应，却不想等来这样一句托词，一下子不知道该怎么办，转头去看王素。

王素白了他一眼，直接从怀里拿出一张二十两的银票上前一步，"玉环姑娘，等你把我们带到隐市，我就再给你二十两。"

玉环看了看银票上光灿灿的"宝生钱庄"水印，显然是犹豫了。她用一种女人看女人的嫉妒眼光瞧了一眼王素后，说道，"我不知道什么隐市，我只负责把你们送到流花陌，至于你们进不进得去，我就不负责了。"

王素心想拿了钱哪有这样办事的，正待发作，却听身后张塞说道，"行……就这样吧。"

"那我去跟客人说一声。"玉环从一脸不满的王素手中拿过银票，打开门离去。

"流花陌是什么地方？"王素等门关上后立刻问道。

"你是谁？"谢雪莹看着周远，眼中流露出警惕和怀疑。

"我必须回到慕容空间去！"周远仍执着地说。

"都先别说了。"张塞一摆手想制止这三个同时说话的人，但没有人理睬他。

"你是周远！"谢雪莹猜出来，猛向前走了一步。

王素挡到周远身前，生怕谢雪莹直接要对周远动手。她同时转头看了看周远，发现他对自己的名字表现得很漠然。

"你是峨眉剑校的？"谢雪莹怀疑地看着王素。

"你是恒山剑校的？"王素也警惕地看着谢雪莹。

"我真的必须回慕容空间去。"周远躲在王素背后又说道。

"你们真的都别再说了！"张塞蹦到王素和谢雪莹的中间。

"这位是峨眉的丁姑娘，这位是《江湖周刊》的谢姑娘，你们都是好人！"作为在场唯一认识所有人的人，张塞算是给大家做个了介绍。

周远似乎想问什么，但被张塞狠狠瞪了回去，"我知道你们都有很多疑问，我也有很多疑问，可是我们现在需要从这里先逃出去，然后我们再把所有的事情一件一件弄清楚。"

"可是我们能信任你的这位玉环姑娘吗？"王素跃到窗边，将窗帘掀起了一个小角向外观察。月柳街上已经缉尉密布，不仅所有的巷口都设了岗哨，严查来往的人流，连每一家妓馆，每一间茶苑的门口也都立着军士，盘查所有离开的顾客。月柳街已经彻底被封锁起来，接下来安护镖局和缉尉营就会一间妓馆，一间茶苑地细细搜捕，直到将他们找出来为止。

"我们还有别的选择吗？"张塞反问。

"流花陌到底是什么地方？"这次是谢雪莹问出这个问题。

"这个……其实……我也不知道。"张塞把两手一摊。

王素和谢雪莹顿时都是想揍他的表情。她们原以为张塞熟门熟路从后门进了拢翠阁，找来玉环，又是叙旧，又是塞钱，一副胸有成竹的样子，却原来自己也不知道在说什么。

"我也是听说的，说流花陌是月柳街最美的地方。"张塞又说。

"流花陌再美，能挡得住外面那些缉尉和安护镖局的人吗？"王素怒问，心想难道现在是四个人一起逛街赏景的时间不成。

"我还听说……"张塞欲言又止。

"都这种时候了，你能不能不要再婆婆妈妈了？"

"是这样，月柳街上有一个说法，说流花陌是一个考验真情的地方。"张塞红着脸说道，"只有……只有真心相爱的情侣，才进得去……"

张塞这话说完，四周顿时一片沉默。

张塞的话首先回答了王素的问题，如果他听到的说法是真的，那么缉尉营和安护镖局的人显然不大可能是真心相爱的情侣，因此就无法进入流花陌。但是张塞的话也隐含了另外一层意思，那就是，他们这里的四人正好是两对"真心相爱的情侣"。

第七章 月柳春福

"丁姑娘，你能不能不要再勒住我的手腕了。"在一片沉默中，周远终于又找到了发言的机会。刚才一路上来，门口窗边，王素都是紧扣着他的脉门，将他勒过来带过去，疼得要命。

王素松开周远的脉门，她的脸有些绯红，但表情却很严厉，"你先告诉我，刚才结界空间里面，最后出来的那个人是谁？"

"他说他叫崔敏虬，是安护镖局的总镖头。"

周远的回答让王素握紧了倚天剑的剑柄。她并不感到意外，既然已经认出了安护镖局西南掌旗洪四槐，那么他背后的人，十有八九就是崔敏虬。

但是想到自己刚才离这个对武林犯下滔天罪行的魔头那么近，还是让王素有些悔恨，就这样错失了为少林、武当、燕子坞、峨眉四校同学报仇的机会。但是王素心里也清楚，自己刚才一招不慎，就差点完败给了安护镖局的掌旗，如果对诡异的魔教武学原理一无所知，要想打赢安护镖局的总镖头、魔教的执教长老，机会就很渺茫。

"丁姑娘，我需要回去找崔敏虬。"周远又说。

"不行！"没等王素回答，张塞就在旁边厉声制止。

"你已经无法再把我关起来了，表哥！"周远转过来看着张塞，那一声表哥显然是含着讥讽，"我已经想起来很多事情了。"

"我从来都不是要把你关起来，我都是为了你好。"张塞说。

"你都想起来什么了？"王素在旁边问。

"我想起来我为什么要来姑苏城了，我需要回去找崔敏虬，完成我来这里要做的事情！"

"绝对不行，不管你以为你想起了什么，这些都不是你真实的想法。我知道你的头脑、你的梦境，在指引你回到那里，但现在你需要把这些念头都放下，跟我们走！否则你会做出让自己后悔的事情！"

"你怎么知道我会做出让自己后悔的事情？"周远不以为然地问。

"因为我知道你是谁，你真正是谁！"

张塞说这句话时陡然提高了嗓门，此话一出，四周再次变得寂静无声。张塞自己也吓了一跳，不知道情急之下怎么就把这话说了出来。

"这又有什么用呢？"周远冷笑着说道，"你以为我自己感觉不到吗？你以为我看不出来你心事重重吗？可是这有什么用，我什么都想不起来。就算你告诉我我叫周远，我的头脑里仍然是一片迷茫，还是什么都想不起来。你们知道这种痛苦吗？去抗拒自己头脑中的想法，到不着边际的虚空里绝望地抓取，却一无所获，只是徒然地把自己撕裂开来，你们能够体会这种痛苦吗？我不想再去回想，我也不想知道我过去是谁，我就是现在的我，我有一个使命要去完成，既然我会这么想，其中就一定有道理！对我来说，这就足够了！"

张塞和王素看到周远痛苦的样子，都呆住了。这是他们听到过周远说出的最没有逻辑的一段话，可见失忆的茫然，头脑里外来的记忆片段已经真的将他折磨得痛苦不堪了。

这时候，门突然打开，玉环露出半截身子，朝他们招了招手。

"那你的使命到底是什么？"王素这时问道。

"丁姑娘！"张塞使劲朝王素摇摇头，"现在不是说这个的时候。"

王素犹豫了片刻，终于妥协，她重又一把抓住周远的脉门。四个人于是跟着玉环出门，穿过一排传出来莺声燕语的香闺，走到长廊的另一头，那里有一个狭窄的螺旋状的楼梯。玉环带着他们转着圈向下，到了底楼后仍然继续朝下，来到一个地下室模样的房间。玉环用钥匙打开一扇铁门，露出一条点着蜡烛的通道。

王素朝张塞看了一眼，他果然是一脸迷惑，完全不知道接下来会被带到哪里。月柳街最美的地方，只有真心相爱的情侣才能到达的去处，究竟是一个什么样的所在？

四个人排成一排跟着玉环，顺着通道前行，每个人心里都有些忐忑。气流把烛火吹得歪歪斜斜，说明出口就在前边的不远处。

很快他们就看到了隐约的光亮，一阵夜风吹来，他们发现已经来到了湄长河边，只不过这个出口是开在路面以下三尺的河堤上。

河堤边上靠着一艘画舫，船尾坐着一个艄公，看到他们出来，站起了身。

"流花陌一次只让上两位船客，收二十两银子，你们谁先上？"玉环转过身来问道。

王素递给张塞一张二十两的银票，示意他和谢雪莹先走。

张塞和谢雪莹对视了一眼，都有些脸红。两人走上画舫，艄公一撑篙杆，船便驶离了堤岸。

船漂出去大概还不到一丈，突然听到河边传来缉尉的喝令声。

"什么人开船？"

"快回来，所有船只都不许载客！"

"河堤下面好像有一个渡口！"

"快去叫黄参尉！"

王素一听缉尉的呼喝，便知道要坏事，心中有些后悔不该任由张塞这个总是成事不足败事有余的人来操作事情。

"你们先回去。"玉环说道，"这里我来处理，他们没有看到你们。"

王素看着玉环。她可以一招儿轻松将她打晕，但如果这样的话，缉尉营必是要顺着通道进来追查。王素瞪视了玉环一会儿，最终选择拉住周远向后疾退，很快顺着通道返回了拢翠阁里。

两人沿着螺旋状的楼梯重新上楼，王素原本准备回到刚才的房间里，但是走廊对面走过来两个管事模样的人，王素只能拉着周远顺着楼梯继续盘旋而上，往上又走了两层后，来到最上面一个用来存放废旧报纸和破损的幔帐锦被的阁楼里。

王素从阁楼的田字小窗向外观察，画舫在缉尉们的命令下缓缓开回了堤岸边。七八个缉尉跳上船去检查，另外几十个缉尉在岸上列好了阵势。王素心里着急，却没有什么好办法，只能静观其变。但是那七八个缉尉进入画舫里搜了一圈，却都退了出来，然后大多数缉尉就都离开了。

王素当然惊讶，她是亲眼看着张塞和谢雪莹走进画舫的，画舫的内室比一般的乌篷船布置得肯定要豪华一些，但是也只是方寸之地，可那么多缉尉上船搜查后，却空着手离开了。那张塞和谢雪莹去哪里了，难道已经进入了那个神秘的"流花陌"？

王素抬头看了看房间里的一个更漏，离子时已经只有不到半个时辰的时间，她知道自己已经没有时间去关心张塞和谢雪莹的去向了。王素回过头来，眉眼间筑起最大程度的平静和冷漠，这是她最后的时间和机会，去寻找那最终答案，去做最后的了断。

"你一直说你要回去找崔敏虬，为什么？你究竟在那里面做了什么？"

周远对于和张塞谢雪莹分开显然一点都不以为意。他凝视着面前这个梦中女孩，这是他第一次可以从从容容仔仔细细地去看她。这个无数次在梦境里出现的女孩，终于真切地站在了自己的面前，可是自打遇见后，她就没有给过自己一个好脸色，一路把自己拎来带去，粗暴得不得了，就好像自己过去做过什么惹怒她的事情一样。

失去了记忆的周远当然想不起来，半年前自己没有信守对王素的承诺，为了击败李天道而滥用孟婆苓的功效，将内力提升到了最大，最终失去了记忆，也忘记了王素。

光这件事，只怕王素就很难原谅他。

"丁姑娘，我知道我们过去或许曾经认识……"周远似乎想做一些解释。

"并没有！"王素却马上冰冷地打断他，"我从来没有见过你，你也没有见过我。我现在只要你回答我，你究竟在那个空间里做了什么？那些石床，那些薄板，那些装置，究竟都是做什么用的？"

周远不确定王素说的是不是实情，他拿这个冷漠又凶巴巴的少女没有办法，但既然她反反复复出现在自己的梦里，就一定有原因，所以周远没来由地对她感到信任。

周远于是原原本本将自己跟随梦境的指引，找到沧浪亭的慕容空间，然后完整地校准了人格记忆方程的事情对王素讲了一遍。

王素静静地听完，心中情绪的起伏可想而知。

她知道去期待一个简单无害的答案是不可能的，黄毓教授既然已经研究《慕容家书》多年，就不会太偏离正确的思路，而张塞虽然做事不靠谱，但是分析和推理的能力也是和一个名校博士备选相匹配的。

可是亲口从周远的嘴里听到他说出那么不可思议，那么魔性的事情，还是让她感到一股强烈的担忧，甚至恐惧。

她忍不住在心中感叹慕容公子、李天道，还有眼前这个周远，他们究竟都是怎样的天才抑或是魔鬼，究竟需要怎样的洞察、脑力和野心，才会想到要用公式去把一个人的人格像个模具一样量度得清清楚楚，善恶忠奸，贞淫孝逆，各分其类，各就其型。这实在是太不寻常了。

"那解出了方程之后呢？倘若他们不弄昏你，你接下去又准备做什么？"

周远看了一眼王素说道，"有了那个总方程，接下来，自然是去构建，去改变了……"

"去构建，去改变……"王素思索着周远的话。

王素虽然不是学武学理论出身，但是在峨眉剑校那样的名校里，每个学生对武学理论发展的历史却都要有一定程度的研修。张三丰演算出他那划时代的三大定理后武林发生了什么？自然是无数全新的武功招式和内力修习方法被构建出来。

"所以掌握了人格记忆的方程，就可以随心所欲地构建出各种人格？"

周远点点头。

"构建出来的新人格，也可以像记忆移植那样，种植到人的头脑里？"王素问。

周远又点点头，"理论上，可以用蓝沙把头脑中的人格记忆形态拓印到锆英板上，也可以反过来将人格记忆通过锆英板反拓印到人的头脑中。"

王素只感到背脊阵阵发冷。照周远这样说，一个人掌握了人格记忆的方程，就像是掌握了一把可以通向人的灵魂的钥匙。而现在这个方程已经被周远破解开了，并且被留在了沧浪亭结界里，留在了安护镖局和苏浙府的手中。

王素不敢去想象崔敏虬会怎样肆无忌惮地去运用这个方程。

"必须要摧毁那些……方程，那些装置！"王素自言自语地说。

她再次看了看窗外四处巡逻的缉尉营，尽管希望渺茫，但她还是盼望张塞和谢雪莹能够顺利进入流花陌，找到隐市，逃脱缉尉营的围捕，把箫音馆里结界入口的信息去告知周云松他们。

"不行，不能摧毁那些装置！"周远说。

"为什么不能？"

"因为……我要用那些装置。"

"做……做什么？"

王素的声音有些颤抖，这其实是她早就应该问的问题，但却一直不敢问。

如果黄毓教授的研究和张塞的猜想是对的，那么周远现在的头脑正被一块跨越了千年、在历代无名教教主身上一路传延的记忆片段所影响。这个记忆片段会让周远执着地想要去完成一个使命，这个使命，就是千年预言的答案。

王素知道这个答案已经离她不远，只是，她害怕这是一个她无法承受的答案。

没有什么答案是无法承受的——王素之前如此跟张塞说。

"用那些装置……当然是去改变姑苏城。"周远说。

"那些东西，怎么能改变姑苏城？"

"有了方程，我们就可以构建一个完美无瑕的品质，不是吗？"周远说，"善良，宽容，勇敢，同情，坚持，忠诚，守信，慷慨……我们可以把所有这些美好的品质构建出来，把这些品质灌注到每一个姑苏人的头脑中。通过改变每一个姑苏人，我们就可以改变这座城市！"

王素恍然朝后面退了两步，震惊得说不出话来。周远的话让她感到一股难以言说的深远、敬畏和不安，如果还有别人在场，他们肯定也会有同样的感受。

"这就是你来姑苏城的使命？"

"我想是的，我想……这就是慕容公子的愿望。"周远说，"只是不知道为什么，他等待了一千年，最后让我来帮他实现这个愿望。"

"果然是慕容公子……"

"是的，是他。我现在全都想起来了。"周远这时略微有些激动，"在每晚的梦境里，我其实都是在重走他的脚步，跟着他一起回到一千年前，穿过宏大的城门，回到繁华的姑苏城，回到沧浪亭……"

周远把手伸到前方，似是在碰触眼前显现的幻影，"我看到慕容公子在那里过着纵情恣意、纸醉金迷的生活，却也看到他每天目睹数不清的阴险不公、欺诈背叛和淫秽堕落。金碧辉煌的豪宅的背后是破败脏臭的陋巷。富人奢侈糜烂，肆意腐败，穷人困苦凄惨，饥寒交迫。忠厚诚实换来吃亏受损、举步维艰；投机取巧却步步高升、占尽便宜。所谓社会良德、圣人教诲皆有名无实，毫无用处……我能体切他的焦灼，他的迷惘，他的痛苦，他的压抑，他的悲悯，他的思索，他的宏愿……"

周远说到这里，收回双手，放到头上，现出痛苦的神情。

王素走过去，扶住他的肩膀，把一股温暖的内力输送过去。周远抬起头，出神地看着她。

"所以慕容公子终于有一天做了决定，想要找到方法，来改变这一切，是吗？"她问。

周远点点头。姑苏城于是就这样成为慕容公子云游的出发地，成为他为寻找答案而上下求索的开始，同时也成为一段给武学，算学，格致学，药学，哲学都带来丰硕成果的旅程的起点。

王素一时不知道该说什么。慕容公子绝不是第一个看到这些人性缺点、社会弊病的人，历朝历代不知有多少人也一样看见。慕容公子也绝不是第一个带着这样一个宏愿去云游求道的人，历朝历代一样有许多人踏遍千山万水，试图去寻求终极的真理。

那些人中有的独辟蹊径，有的走火入魔。其中大多数人可能都死在了求真的路上，少数归来的人成为了哲人，圣人甚至佛，成为了教化，修行，顿悟的信奉者。只有慕容公子归来时，却带回来人格秉性的真正本质。

更令人惊叹的是，慕容公子并不满足于理论的探索，他书写了方程，制造了装置，寻觅到了芥沙，即使自己无法校准人格记忆方程的系数，却还要把自己的执念传递千年，让轩辕朝的天才少年来帮助他达成未完成的心愿，又是怎样的坚持和执着？

王素忍不住微微颤抖起来。她不知道自己是应该感到欣慰，还是应该感到恐惧。

她终于知道了无名教千年预言的谜底。但她却吃不准这个谜底会给姑苏城带来重生，还是会把姑苏城，乃至轩辕朝，抑或整个人世引入魔障，甚至万劫不复的深渊。

"这样……真的可以吗？"王素问。

"为什么不可以？"

"要磨砺一个人的品质，让他趋向完美，难道不是应该通过教化或者示范，去唤醒他本质里的真良善美吗？"王素说，"而不是用强行人格灌输的方法，特别是把一种千篇一律的所谓完美人格强加于每一个人。"

"可是教化真的有用吗？"周远反问，"从孔子开始，整个中原历史上教化的努力和尝试从未停止过，可是假差恶丑有一丝一毫的消亡吗？这姑苏城从慕容公子时到现在，有一点一滴的改变吗？"

王素不知道该怎样反驳。她虽然没有在姑苏城长住过，但却曾化装为丁珊四处游历，看遍了人世的许多丑恶。她想起正一间间妓馆搜捕他们的缉尉营，想起方烈，吕泽风，想起魔教、安护镖局、李天道、崔敏虬。她知道几千年来，不管如何教化，像他们这样的人从未消失过，未来也永远不会消失。

而现在竟真的有一种方法，可以以最终极的方式，从本质上去除人品里的邪恶，凶残，贪婪，自私……并把一种完美的人格注入人的头脑中，去彻底改变一个人，改变一座城市，甚至是整个人世。

这将是一种怎样的构思和宏愿！一个没有丑恶的世界，一个充满了善良、真诚的理想国。王素不管心中有多少疑虑，却也无法不对这一切感到有那么一点点神往。

"可是……难道要把每一个姑苏人都带进沧浪亭结界，把最完美的品质一个一个输入到他们的头脑中去吗？"王素不敢相信自己竟真的问出了一个有关这件事情实际操作的问题。

周远看着王素，"丁姑娘，这就是我最后没有想明白的问题了，我还指望你能够来解答呢，毕竟每次我梦境的最后出现的都是你啊！"

王素每次听到周远说梦到她，都涌起一股暖意。她心里在想，周远并不知道，她反反复复出现在他的梦中，或许和慕容公子、和这千年预言没有任何关系。

"这种事情，我又如何能帮得上忙。"王素说，"你只能自己到梦境里去找线索了。"

"可是无论是梦境，还是衣服上奇怪的书信，关于这最后的实现方式，都没有什么新的提示了。"周远沮丧地说。

"衣服上奇怪的书信？"

"是的，书信。在梦境里，都是慕容公子的情绪，他的焦灼，他的痛苦，以及他在姑苏城走过的路径。"周远说，"而关于记忆的理论，描述的公式，这些我都是从衣服上的奇怪书信里学到的。"

周远说着脱下了他的外衣，将衬里上的细小文字展示给王素看。

王素劈手夺过衣服，立即快速阅读起来。

"这是……《慕容家书》……"王素只读了几段，就马上从内容和语气上肯定这些文字都是慕容公子写给阿碧姑娘的书信。

"《慕容家书》？原来这些书信叫《慕容家书》。"周远见王素立刻说出了这些文字的来历，露出欣喜的表情，觉得终于找到了可以给予他提示的人。

可这究竟是哪一部分的《慕容家书》呢？王素却仍攥着衣服低头沉思。《慕容家书》过去一直是朝廷和江湖上的禁忌话题，鲜有人知道。直到燕子坞事件发生后，她才知道，《慕容家书》总共有四册，其中第一册是一部预言集，只在无名教传教长老的手里传延。第二第三册分别是武功秘籍和哲理之书，魔教覆灭后，落入慕容校长之手，但却在试剑台上跟李天道一起被升华到极致的亢龙有悔摧毁了。而最后一册《慕容家书》却是最为玄妙的一册，从未在江湖上流传过……

王素想到这里，突然有了一个念头，鬼蒿林里末代教主转世的预言之一，不就是说最后一册家书将重现世上，并且为末代教主得到吗？

红日垂照，繁星满空，九龙啸天，乌龙入云。所有的转生预言都实现了，只这一条却并没有得到印证。

王素清楚地记得，周远身上的这套衣裤，是他们两人从山崖上坠落后，在一个山缝中的房间里发现，并在沐浴后换上的。如果上面的文字果真是《慕容家书》最玄妙的那一册，那么周远的的确确是将家书的最后一册带回了世间啊。

所有的预言，都不折不扣地应验了！

"真没想到,这真的是机缘巧合啊!"王素禁不住感叹,"我们当时只是随手选了两套衣服,却没有想到竟是《慕容家书》。"

"我们?"周远这时微微一笑,"丁姑娘你刚才不是说我们没有见过面嘛。"

王素一不小心说漏了嘴,脸一红,却板着脸并不做解释。

周远没有再去追问,他是真的不想承受徒劳地回忆过去的痛苦。只要知道自己过去曾和这位姑娘相识,有着某段过往,就已经让他感到很温暖了。

"所以有两套衣服?"他问。

"是的。"王素点点头,"你身上这套衣服和我身上这套裙装,是我们半年前在无名教的圣地玄机谷里找到的。"

王素话语里已不再刻意隐瞒和周远的相识,但表情里却像从未说漏嘴那样。

周远听了这话立刻蹦了起来。

"这就对了!这就对了!"他满脸兴奋,"原来我衣裤上的文字并不完整……丁姑娘,你快把裙子脱下来!"

(三十)

画舫刚刚驶离码头几丈远,缉尉营的军士就已经赶到。

领头的参尉纵身跳下来,落到河堤上的洞口。他打量了一番这个通道,向玉环责问道,"拢翠阁的?你把什么人带上去了?"

"参尉大哥!"玉环娇笑着揽住那参尉,"没人啊,我是替里面的客人来这里问问艄公大哥,今晚还载客不。结果他说不载,就开走了。"

参尉将信将疑,等画舫徐徐开回来,便指挥缉尉上去搜查。画舫空间很小,里里外外一番检查,并没有发现任何人。

"今晚月柳街有重大搜捕行动,所有人都不许上船,懂了吗?"缉尉一边说,一边伸手到玉环的脸上捏了一把,"走,带我去你们拢翠阁里……搜查搜查!"

"哎呀不行啦,还有好几个客人组了酒局在等我呢。"玉环娇笑躲闪。

张塞和谢雪莹上船后不久,就听到了缉尉的呼喝。

"你们没有犯什么事儿吧?"艄公捏着张塞给他的银票,显得有些犹豫。

张塞已经有些慌了神，但谢雪莹却用右手勾住张塞的臂膀，左手则轻轻地用指尖在他的衣袖上下摩挲，说道："怎么可能，艄公大哥，偏偏倒霉碰上缉尉营搜查，你就行行好，带我们去流花陌吧！"

谢雪莹原本神情疲惫，穿着打扮也和月柳街格格不入，很让艄公觉得奇怪，但她的这番小动作却和月柳街上常见的男男女女厮混在一起的样子浑然一体。

"进去吧。"艄公一边把船撑离岸边，一边朝画舫里间努一努嘴。

张塞却从来没有看到过谢雪莹如此柔媚的样子，一时很不适应。他知道谢雪莹是名优秀的采记，一直和三教九流打各种交道，但想不到这番月柳街上的风情也能如此驾轻就熟。

舱室里并不宽敞，张塞被谢雪莹这样挽着，被她的身体紧紧贴住，被她的指尖触摸手臂，让他浑身发热，呼吸都开始不均匀。

张塞想去询问一下流花陌要走多远，但艄公已经在他们的身后拉过来一扇琉璃的门，"嗒"的一声扣上。他最后打量了两人一眼，嘴角似乎带着一丝捉摸不透的笑容。

谢雪莹一边挽着张塞，一边观察岸上的情况，并思忖着如果缉尉上来搜查该怎么办，但她正想间，却突然感到身体往下一沉，直往船底下坠去。

"不好！"谢雪莹惊叫一声，第一反应是着了艄公的道。

她本能地看到舱壁旁边有一道露出两寸左右的窄板，如果她此时借着足下最后的一点依托跃过去，就能立到那板壁之上，即使不会武功之人，也能伸手抓住那板壁。她伸手去拉张塞，可是等她再回过头来时，那两寸的窄板却缩了回去。

谢雪莹再没东西可抓，和张塞两人一起往船板下落去，"咚"的一声双双掉入了水中。

谢雪莹等着冰冷的河水扑头盖脸地漫过来，可是尽管她已经明显落到了水中，身上却连一点水都没有沾到。

待到过了最初的惊慌，两人往周围一看，顿时一起惊呆了。

谢雪莹和张塞发现他们正身处在一个大柜子之中。这个柜子的顶部和底部都是铁质的，但是四面却都是透明的琉璃。这柜子原本就在画舫之中，其中三面和画舫的板壁贴合在一起，柜门朝外，因为光线昏暗，他们并未发觉，待他们走进去后，艄公就把柜门关上了。

然后艄公一定是触动了一个什么机关，船下的底板一打开，这琉璃柜就落入了河水中。

　　昏暗的湖水隔着琉璃涌动，让张塞和谢雪莹感到逼仄和窒息。琉璃柜继续下沉，突然穿过一层像是厚厚的水草，两人都忍不住"啊"地惊叫了起来。

　　原来在水草之下，整条湄长河竟是灯光点点，一片闪烁。

　　谢雪莹和张塞先后平静下来，在柜中站稳，两人举目看去，在河的底部竟是有一条附着在河堤上被大块琉璃密封起来的长廊，里面有不少男男女女在长廊里或走动或坐着饮酒，隔着琉璃观赏着湄长河下的灯火和来往游动的鱼群。

　　原来这就是流花陌，原来这月柳街还隐藏着这样的好去处。

　　张塞忍不住发出惊叹，他抬起头，看到两条铁链系在琉璃柜的顶部，琉璃柜沿着铁链一路下行，缓缓进入河堤的岩壁里。

　　琉璃柜停稳后，传来一阵机械转动之声，后面左右两道闸门缓缓合拢，然后周围的水位开始逐渐下降。

　　等岩壁里的水被抽干后，前方两道闸门缓缓打开。谢雪莹一转琉璃柜门上的旋钮，打开门，两人穿过闸门，走了几步，便从岩壁的内侧转入了琉璃长廊之中。

　　不管做采记的有多见多识广，看到眼前这种景象，也只有惊叹。

　　长廊面向河水的琉璃墙透明度极高，一块块由极窄的金属条嵌合起来，让人有一种眼前什么阻隔都没有的错觉。从两岸岩壁伸展出去的各色灯火把水草层下的河底照得精美绝伦，各个品种的大小鱼群在河里成群结队地来回游动，时不时还有几条一人多长的大鱼呼地从面前掠过，引来许多人的惊呼。

　　送他们来的大琉璃柜顺着铁链上升，又返回到了画舫里。原来这河上来回穿梭的画舫，竟是这流花陌的一个隐蔽的入口。

　　张塞注意到闸门旁边的岩壁下刻着一个小小的"老一寺"字样和图案，和《武林传奇》报社新闻分拣系统上的图案一模一样。莫非这整个流花陌的水下长廊也是这个神秘寺庙建造的？

　　张塞并不知道，刚才画舫内的琉璃柜的机关也是经过巧匠设计的。

　　当时如果谢雪莹不去管张塞，而是在第一时间就跃到露出的窄板上，那板非但不会缩回去，原本下沉的琉璃柜也会立刻重新上升恢复原位。实际上，在张塞的那一边也有一块窄板，有着相同的原理。张塞下落后，也是第一时间去抓谢雪莹，因此两人都没能抓住窄板，却反而下到水中，来到了流花陌。

　　当时只要有一个人顾着自己逃生，两人就都来不了流花陌。因此月柳街上才有"流花陌只有真心相爱的人才能进入"的说法。当然，画舫的隐秘入口也好，机关也罢，这都是月柳街上那些青楼别院设计的噱头而已，这水下的琉璃长廊，自然从岸上还有别的地方可以进入。

张塞转过来想问问谢雪莹是否听说过这个"老一寺"，可是却发现谢雪莹盯着流光溢彩的琉璃墙突然变得眼神迷离，这样子绝不像是在欣赏墙外的流光和鱼群。

"你没事吧？"张塞从谢雪莹的身后望过去，从琉璃墙上可以看到两人的影子，谢雪莹似正盯着自己的镜中之影发呆。

张塞其实一直想问谢雪莹在结界中发生了什么，但刚才一路奔逃都没有机会，看到谢雪莹这种陌生而疏离的眼神，他犹豫着是否该问一问，但没等到他开口，谢雪莹却已经说道，"我没事。缉尉营一定封锁了所有的码头，他们两个肯定下不来了。"

她的话提醒了张塞，他把眉头一皱。命运似乎总是偏向将王素和周远两人安排在一起，在当前这样的境况下，让张塞有一种很不好的预感。

谢雪莹从琉璃墙的反影中看到张塞的表情，"那位峨眉的仙子，就是王素吧？"

张塞吓了一跳，但他也知道谢雪莹已经详细查过自己和周远的底细，对燕子坞事件的主要当事人以及各种传闻恐怕也一清二楚。以刚才两人相处时的样子，实在不难猜出王素的身份。

张塞没有说话，算是默认了谢雪莹的猜测。

"明天谷雨节，她不是应该要和六皇子……"

"是的。"张塞点点头，"实在是令人担心啊。"

"一切仍然充满了变数……"谢雪莹说道。她仍然面对着琉璃墙，眼光随着河下漂动流转的灯火闪烁不定。

张塞忍不住转到谢雪莹的旁边看着她，这样的话，完全不是判断果决、意图坚定的谢雪莹的说话风格。像《武林日报》《江湖周刊》这些主流媒体即使没有把很多话直说出来，私下里也毫无例外都对这桩婚姻极其看重，认为对接下来立储的格局和朝武关系都至关重要。更何况谢雪莹不久前还曾那么激动地质问他为何庇护周远，现在末代大魔头正和王仙子在一起，她无论如何都应该表现得更加担忧和急迫才是，而不是像现在这样淡定地站在那里，说着也不知道是轻描淡写，还是有弦外之音的话。

第七章 月柳春福

"你难道不担心吗?"

"这个事情,不是你能够左右的。"谢雪莹又说。

这句话倒是说中了张塞的心思。过去半年来,他殚精竭虑,一边试图把周远封闭起来,一边拼命地研究黄教授的笔记,可是随意几个决定,就让事情立刻变得难以控制。这让张塞有一种深深的无力感。到底周远是失忆好,还是恢复记忆好,是永远不见王素好,还是最终见一面做一个了断好,他来姑苏城的宿命,究竟会对这座城市以及整个武林产生好还是坏的影响,张塞真的不知道答案。他渐渐觉得自己主动做任何事情其实都是白费力气,命运总是不紧不慢又分毫不差地按照自己的节奏步步推进。

"最早今晚,最晚明天,我们就能知道答案了……"谢雪莹又轻声说道。

张塞不知道谢雪莹怎么突然就变成这样,开始说起神神叨叨似是而非的话,她的这种语气神情,让张塞非常不解和担心。

他考虑着怎么向谢雪莹询问,但此时琉璃墙外,五色鱼群中间,一个琉璃柜顺着铁链缓缓降下。

"苏浙府不是已经把码头都封锁了吗?为什么还有人下来?"张塞警觉地问。

谢雪莹朝那琉璃柜看了看,一下子从恍惚迷离的状态中摆脱出来,迈步朝流花陌的另一端疾走起来,"我们去隐市!"

张塞看着谢雪莹的背影,当然更加奇怪。流花陌、隐市,这些都是他从潘曼丽那里听到,情急之下来试试运气的,但怎么谢雪莹却突然对这里变得熟门熟路了。

谢雪莹走到流花陌中间的一个休闲酒水摊,低声对掌柜的耳语了几句。

那掌柜上下打量了谢雪莹好久,才点了点头。谢雪莹又朝后面赶过来的张塞指了指。掌柜的撩开幕帘,将他们让进内屋,那是一个从河堤岩壁里凿出来的区域。

张塞走进去之前朝流花陌的两端都匆匆看了一眼,看到一边是吕泽风和方烈,另一边是两个安护镖局模样的人正快步追了过来。

酒水摊的内屋相当杂乱,灶台旁边堆叠着酒坛和箩筐。掌柜打开最里面一个大酒坛的盖子,谢雪莹探身一看,酒坛的底部是空的,有一道狭窄的台阶。

两人走下台阶,没过多久就听到哗哗的水声。很快两人进入了一个有四五丈高的隧洞,一条暗河从里面淌过,上面泊着几条小船。

谢雪莹和张塞随便找了一条上去，撑着船篙顺流而下。

"我们这是去隐市？"

谢雪莹点头。

"你怎么会知道如何去隐市的？"张塞终于问出心中的疑问。

"我本来就知道啊。"谢雪莹专心撑篙。

"你刚才连流花陌都不知道吧？"

"我只是不知道流花陌而已。但既然来了这里，我就能识别出隐市入口的标志，这就是专业采记和娱乐报纸采记的区别吧。"

谢雪莹这种嘲讽的语调和往日颇为相似，但张塞仍然将信将疑。

"那就请谢姑娘给我们小报采记普及一下隐市究竟是个什么地方。"

"江湖七大黑市之一，你真的不知道吗？"谢雪莹不屑地问。

"啊，江湖七大黑市！所以隐市就是那个传说中唯一在大都市中心的江湖黑市！"张塞激动起来。七大黑市是黄毓教授的《武林史·当代卷》里一个重要的未完成课题。

"后面好像有人追上来了。"谢雪莹倾听着水流声音的变化。

"是吕泽风和方烈，还有安护镖局的人。"

谢雪莹加大了撑篙的力量，小船顺流走了差不多好几里地，两人同时看到岸边石壁上的一扇黑漆大门。

两人下了船打开门，顺着往上的台阶走了十来级，又看到一扇黑漆大门。再打开这扇门后，眼前便是一条狭窄的小巷。不远处的巷口就是熙熙攘攘的人流。

"这里就是隐市？"张塞一脸兴奋。

谢雪莹带着张塞快速往人流里汇入，巷口一个只剩一条长满烂疮的残腿的乞丐沙哑地说道，"一个时辰。"

"啊？"张塞没听清楚想去询问，被谢雪莹一把拉走。

"我们在这里最多只能待一个时辰，否则这辈子就不能再离开。"

"为什么？"

"这就是隐市的规矩。"谢雪莹不耐烦地说，"你如果犯了事，可以躲在这里，但是一辈子就不能再出去，这就是付出的代价。"

张塞抬头看了看巷子两边屋舍的上空，"这个……好像不需要多高的轻功就能跳出去吧。"

"你可以试试。"谢雪莹讥讽地说。

"难道会飞出一百把飞刀把我射下来？"

"我不知道是不是一百把飞刀，但从来没有听说过有人能够违规离去。"谢雪莹说，"这种事情，其实归根结底是一种契约，一种承诺。这个隐市的历史比轩辕朝还要长，在这里混的大都是江湖的老人了。不需要一百把飞刀，大家也都会自觉地留在这里，这就是江湖最独特、最有意思的地方吧，也是和朝廷、世俗、商行、工坊最大的区别，一个信字，一句誓言，会置于个人利益，甚至生死之上……不过，这样的江湖传统，不知道还能延续多久。"

张塞从谢雪莹担忧的语气里重新又看到了往日的她，这让他放心了许多。

"那……按道理吕泽风、方烈那样官府的人就不能进来对不对？"张塞还是更关心比较实际的问题。

"是的，但如果他们知道这个月隐市的口令，就可以用武林中人的身份进来。"谢雪莹说。

"啊，那我们怎么办？"

"当然是赶紧找别的出口离开。"

两人一边说，一边在交错纵横的窄巷里疾走。

"哇，那里写着有'三迭香'的现货，那不是江武府规定的禁药嘛！"

"那边坐着的好像是江湖上消失了好多年的范老二……还有黑夜叉陆化，我以为他们都已经死了呢！"

张塞一边走一边好奇地左右观看，然后大惊小怪地低声跟谢雪莹说话。

谢雪莹并不理会他，她连着转了几条巷子，露出焦急的神情，不知道是忘记了其他的出口在哪里还是她原本就不知道。

待她走到一个巷口，突然猛地退了回来。张塞没反应过来，已经探了出去，顿时吓出一声冷汗，方烈和吕泽风带着安护镖局的两个人不知什么时候已经绕到了他们的前面。

方烈和吕泽风武功之高，张塞都亲眼见识过，知道自己和谢雪莹联手，只怕都无法胜过他们当中的一个，更何况还有两个镖师跟在后面。

谢雪莹把张塞拉了回来，两人转身就往回跑。

他们这种东张西望、撒腿乱跑的样子自然显得很异类，但周围的人要么无动于衷地从他们身边经过，连头都不抬一下，要么在旁边的楼上楼下叼着烟袋嗑着瓜子一副看热闹的样子。张塞想，隐市这种地方，打架寻仇的事情肯定很常见，对外面江湖的是非恩怨大概也已经麻木，恐怕不能指望有人来帮忙。

巷口的那边传来响动，显然方烈吕泽风已经发现了他们。

他们回退的那条巷子很长，左右都是一间间陌生的店铺，大多都闭着门。以张塞的轻功，等他跑到巷子另一端时，吕泽风他们估计就已经转过来追上他了。张塞边跑边着急，却不想突然横着从一间店铺里伸出一只手抓住他的衣襟，将他拖了进去。

那手的劲力又快又柔，将他拖进来时有一个卸力的手法，确保张塞不会受伤。这种细节自然都被谢雪莹看在眼里，所以她并不出手反击，而是跟着跃进了店里。

张塞看到将他拖进来的正是周云松。站在他旁边的是李青和毛俊峰。谢雪莹和毛俊峰在寒山盟的会议上见过一两次，相互微微点头致意。

"你们怎么也在隐市？"张塞看到这三个武功都不弱的武校生，大大松了一口气。

方烈和吕泽风旋风般转过街角，长街上人来人往，却没有看到谢雪莹和张塞。

尽管张塞只是一瞬间探出了身子，但是方烈和吕泽风这种眼力的人都立刻就发现了。他们也很清楚，以张塞的轻功根底，是不可能在他们转过街角之前就跑过了整条街的。

"他们一定是躲到哪家店铺里了！"方烈说，"我们一家家去搜。"

吕泽风拦住了他，无论是四大府监的排名，还是江湖经验，他都更高一等。

"这里是隐市，不能太放肆。"吕泽风说，"隐市里这些店铺，背景一间比一间复杂，岂会轻易让人躲进去，恐怕这里有认识他们的人。"

方烈点点头，他也知道，这隐市里藏龙卧虎，有好多前辈的前辈级的人物，贸然冲进去搜查，只怕有可能连死都不知道怎么死。

"那我们怎么办？"

吕泽风看了看天色，"时间来不及了，须弥芥子斛的事情先放一放，结界里的事情更重要，我们先赶回去。"

两人于是跟那两个安护镖局的镖师做了个手势，准备从原路折返。

可是这两个镖师似乎对吕泽风和方烈的决定很不屑，说道，"两位大人，咱们何必回那黑乎乎的隧道里，直接从这里走不就行了。"

两人说完各自腾空而起，方烈和吕泽风想阻拦已经来不及了。

第七章　月柳春福

安护镖局的这两人分别是北斗七坛里天玑、天璇两坛的镇坛，算是地位极高的人物，武功自然也了得。这一腾空而起，便直接掠过了屋檐，只要再一两个起落，就直向隐市之外而去。

而就在这时，只听到嗤嗤两声轻微的奇怪响声，然后这两个安护镖局的高手在跃到制高点后，身体都突然一颤，然后都像猛然撞上了什么一样失去了控制，直直地向下坠落。

小巷里所有不相干的人也都探身抬头，发出咦、啊的惊叹，这种景象在隐市里大概也很不多见。

然后恐怖的景象出现了，两人在坠落的过程中，突然手、臂、脚、腿、身体、头等各个部位分离了开来，散成了一块一块，啪啪地落到了屋檐和街道上，血直到这些残肢碎块在地上滚落后，才汩汩地流出来。可怜两个光华教的高手，就这样不明不白地死在了隐市里。

吕泽风和方烈也都倒吸一口凉气。他们倒不是在为两个镖师可惜，对血淋林的景象他们也都司空见惯。惊愕是因为他们一直警觉地观察着房檐屋顶，可是却完全没有看明白刚才的一切是怎么发生的。两人对望了一眼，匆匆地疾退，消失在了巷口。

这一切发生的时候，张塞正躲在店铺里偷偷朝外看。他之前向谢雪莹提出的疑问算是用最直截了当的方式得到了回答。

"我找到结界空间的入口了！"张塞回过身来对周云松他们说道，"我也找到周远了，他现在和王仙子……"

张塞说到"王仙子"这三个字时，看到周云松、李青和毛俊峰脸上全都一抽，表情都变得很奇怪。

张塞不知道他们为什么这样，但很快他就意识到这间店铺里似乎不光只有他们这几个人，一个修长的身影从他们后面的黑暗里隐隐浮现出来。

这个身影分开周云松和李青，走到张塞的面前。那是一个一身白衣、面容极美的女子。

"柳依仙子！"张塞张大了嘴巴。

"素素和那个魔头在一起？"柳依芸冰冷地问。

"这个……刚才……对……他们应该在月柳街拢翠阁。"张塞面对柳依芸就像做了什么亏心事一样结结巴巴地说。

"拢翠阁不是一个妓馆吗？"柳依芸脸上升起一股怒气。

"是因为……结界空间的入口就在月柳街的箫音馆。"张塞急忙解释,"缉尉营和安护镖局的人一起追捕我们……我们逃入了流花陌,他们两个没有来得及……"

"是那个魔头让她留下的吧?"柳依仙子当然不信,连张塞这种武功的人都逃出来了,王素岂有逃不出来的道理。

张塞不知道该怎么解释。

"所以从月柳街有通到这隐市的出入口?"柳依芸问。

"是的,需要经过流花陌。"周云松在旁边解释。

"带我去!"柳依芸二话不说,径直冲了出去。周云松他们,还有几个同样是峨眉剑校装扮的女子紧紧跟在她后面。

"柳依仙子,请等一下!"张塞突然高声叫道。

柳依芸显然很不高兴,但她知道张塞是黄毓的爱徒,还是勉强停下脚步回转身来。

"柳依仙子和叶大人相熟吧。"张塞知道自己非常冒昧,所以声音有些发抖,"叶大人当年真的和侯大人一起出使过蕃藏国吗?"

柳依芸完全不知道张塞为什么在这种时刻突然问出这样的问题,她想了想,"是的,侯瑞那时候是督使,叶大人是副督使。"

柳依芸说完就头也不回地冲了出去。

张塞听到这个答案,似乎浑身都颤抖了一下,他刚想跟着柳依芸追出去,却被谢雪莹一把拉住。

"须弥芥子斛还在你这里吧?"她问。

张塞一愣。

"就是我给你的那个黑色的方盒。"

张塞这才反应过来。但他不记得谢雪莹跟他说过这个黑盒子的名字叫作须弥芥子斛。

"当然!"张塞从怀里拿出那个黑色的方块递给谢雪莹。

"原来这东西叫须弥芥子斛。"他说,"它是做什么用的?"

谢雪莹接过须弥芥子斛,并不回张塞的话。她把盒子塞入衣兜里,然后在右手的食指和中指上聚集起了内力。

这是恒山剑校用于近身对攻的"悬空掌"里一招的预备。尽管谢雪莹很清楚张塞的武功,不要说偷袭,就算光明正大让他做足了准备,她也可以轻易在三招内将他制服，但她还是选择了恒山武功里比较高级的一套招式。

"谢姑娘，其实我要感谢你把这个东西交给我呢。"张塞这时候突然说道。

"嗯？"这下轮到谢雪莹没有听懂张塞的意思，惊讶之下手指上的内劲也随之收了回去。

"那一天如果不是因为你把这个东西托付给我，我肯定早就放弃了，早就让缉尉营的人抓走了。"张塞自嘲地说，"就是因为想努力保护这个东西，想有一天能够亲手还给你，我才一直坚持下来呢。这个盒子接近结界时，会发出蓝色的光芒，我就是靠它的指引才最终找到了你。我不知道盒子发光的原理是什么，或许是和你冥冥中的感应呢！"

谢雪莹诧异地抬头看着张塞。张塞一直以来总是刻意地和她保持着距离，从未用这样的语气对她说出如此抒情的话语。张塞也像是没想到自己突然会说出这样的话，脸涨得通红。

"那天分开后，我真的以为……我会再也见不到你了。我想过带着东西逃出城去，不过我很庆幸最后决定回过头去找你。"张塞鼓起勇气继续说道，"就是在那一天，我意识到，我不想再也见不到你……"

张塞说完这番话后，终于有一种如释重负的轻松。一直以来，他的心头背负了太多的压力。这些压力虽然一点都没有减小，但他却不想再像从前那样把岁月都在谨小慎微中蹉跎掉了。

刚才在流花陌里，看到一对对男女挽在一起悠然从他们两人身边经过，一起对着河中的美景指指点点，让张塞莫名有些羡慕，过去如果不是因为自己心头沉重的负担，他也想和谢雪莹这样在一起并肩而行，赏景交谈。虽然不会是月柳街这种地方，但他希望是在平安坊，观前街，北郊的虎丘或者城东的微澜谷。

如果你找到谢姑娘，就不要再离开她！

张塞想起王素曾经说过的话。王素和周远，中间有魔教预言和朝武联姻这种惊天动地的大事在阻隔着他们。相比之下，他真的没有理由再畏手畏脚。他怀念谢雪莹指挥着他做这做那，又对他各种嘲笑的样子。而之前在结界里一头扑到他的怀里，在画舫里挽着他的胳膊时难得一见的温柔更是让他难以忘怀。

谢雪莹看着张塞，突然喃喃地说道，"假若轮回里我们重逢，我不会再松开你的手……"

张塞听到这话，只感觉到好熟悉。想了一会儿，才想起来这是在微澜山庄听到的丁香月演唱的新宋风尚的散句。

他正想告诉谢雪莹他知道这句歌词，谢雪莹已经突然出手如电点中了他肩、胸、腹部的三处穴道。

张塞一下子如石化了一样一动不动张着嘴巴定在那里。

其实悬空掌的点穴只是让他整个躯干和下肢失去活动能力，正常的反应该是软软地摔倒。可是张塞由于太过惊讶，甚至是久久没有明白谢雪莹究竟对自己做了什么，因此竟就那么直挺挺地定在那里，连手、脸这些完全没有被点穴的地方也是一动不动。

"谢姑娘？"

"待在隐市里吧！"谢雪莹轻声对张塞说道，"很快外面就将腥风血雨，不会有你的容身之地。"

"不行啊！"张塞焦急地说，"还有好多事情要去查啊，比如叶大人……他也曾在蕃藏国出使，所以他也应该在李天道可能种植记忆的名单上……"

谢雪莹摇摇头，"你不要再想这些了。你就留在这里，用笔记录即将发生的惊天动地和激烈悲壮吧，这才是你最擅长的。很快这个世界会重新充满了谎言、欺骗、背叛和颠倒黑白。用笔记录下善良、忠诚、不屈和壮烈吧，把这些保存下来，留给后人！"

"谢姑娘，你说的是什么意思？"张塞愣愣地瞪视这谢雪莹，不理解她在说什么，也不理解她为什么这么做。他的表情从困惑转为了怀疑，最后定格在了悲伤。

"如果来生我们重逢，我不会再松开你的手！"谢雪莹说完在张塞的胸口一戳。张塞终于再也无法保持平衡，缓缓地软倒在了地上。

（三一）

倘若拢翠阁的储物阁楼里还有一个知情人，看见周远在姑苏城著名的妓馆里一脸兴奋地要求江湖第一美少女把衣裙脱下来的话，一定会觉得场面非常滑稽。

王素看着一脸认真的周远，又是羞涩，又是无奈。她想起在听香水榭岛上，周远为了证实她就是丁珊，将她点住穴道，然后在她身上又点又戳的情景，不仅恨不起来，反而满是甜蜜。

"我的衣服上可没有什么文字！"王素咬着嘴唇说道。

"你肯定？"周远显然没有意识到自己的行为换作另外一个人的话，脖子早就被倚天剑砍成两截了。

"我当然肯定，我穿的衣服，难道会不知道？"

周远有些失望地低下头，"不可能啊，我看到的文字肯定是不全的，那其他的文字会在哪里呢？"

王素这时把她的无袖夹袄脱下来，扔到周远面前，"你不相信就看一看，好死了心。"

周远接过这沾着好闻的香味的夹袄，翻过来一看，竟大叫起来，"有文字，真的有文字！"

王素怀疑地走过去一看，竟也呆住了。那橘红色的无袖夹袄的衬里上，竟真的写着密密麻麻细小的文字。

这套衣服，虽然不难看，但是样式毕竟过时，可是因为带着听琴双岛里的特殊经历，让王素对这套衣服非常珍视，但凡装扮成丁珊模样时，都会带上这套衣服。王素不止一次穿过洗过这套衣服，从未看到过这些文字，可是现在横竖勾点、一撇一捺却明明白白地都写在那里，难道这真的是天意？

王素细细一想，自己之前穿越慕容空间，是从箫音馆香闺的鱼池跳入，又从另一边的池塘里破水而出，难道是因为衣服沾湿了这慕容空间里的水，才显现出了文字？

王素的猜测和事实其实非常接近。这两套衣服是周远的父母周暮明和苏婉留下的，上面的文字原不显现。后来周远落入太湖，衣服被鬼蒿林里冲出的积郁千年的湖水浸透，这《慕容家书》最后一册的文字才显现出来。而王素刚才穿越慕容空间，衣服也被池塘的水浸湿。这沧浪亭的慕容空间，是在鬼蒿林解除封禁后，洪水冲击姑苏城，触发了慕容复设定的机关才形成的，因此池塘里的水也一样是那积郁千年的太湖水。

周远却毫不关心文字是如何出现的，他简单把文字扫了一遍，又叫嚷道，"丁姑娘，这夹袄里的文字也是不全的，快将内衫和裙子脱下来让我看看。"

王素的脸更加涨得通红。

周远似乎还在担心王素不愿意脱衣服的原因是不相信上面有文字，"丁姑娘，不会有错的，你反复出现在我的梦里，绝不会是偶然，你就是来指引我找到这些文字的！"

周远这套梦中人的说辞，一直让王素心生甜蜜，可是刚才这两句，却瞬间把气氛降到了冰点——弄了半天，原来这梦中人的角色，只不过就是一个衣架，可以把写着文字的这套衣服送到他面前而已！

可是王素望着周远这种坚定执着，纯净的毫无杂念的样子，竟是恨不起来，听琴双岛和燕子坞的一幕幕再次涌上心头。

王素于是把牙一咬，心道，好，我就脱给你看，看你这个书呆子会如何。

王素这样想着，便将自己的束身内衫和及膝布裙都脱了下来，扔给周远。可怜一代武林偶像恐怕做梦都不会想到，自己竟有一天会在一家妓馆里面对一个男生宽衣解带。

然而周远居然没有朝王素多看一眼，兴奋地将王素的内衫和裙子翻过来。衣衫里果然密密地写着文字，周远立刻贪婪地阅读起来。

王素不知道自己是该高兴还是恼怒，该欣慰还是失落，只能站到周远的身后也读着那些文字。

这可是传说中的《慕容家书》的最终册啊！

文字极为晦涩难懂，也不是按照书信的时间顺序书写，加上周远按照自己的节奏移动翻转着布料，王素完全无法对任何整体篇章有连贯的理解。尽管如此，她还是略微明白了一些文字里的内容。

周远花了差不多半个时辰把文字全部都读完。

这最后一册《慕容家书》，是把慕容公子写给阿碧的所有家书里面最深奥、最玄妙的部分抽出来编纂而成，而周远并没有看过前面三册，因此许多论述对他来说还是支离破碎，需要仔细地思索前因后果。

但周远越看表情越严肃，越看眉头皱的越紧。

王素正要询问，却突然听到有大队人马推开大门鱼贯而入的声音。这些人马一部分在底楼四下散开，另一部分则开始走上楼梯——缉尉营终于开始搜查拢翠阁了。

王素心中紧张，却并不慌乱。她双掌一翻，运起内力，掌面上丝丝热力升腾。然后她把手掌放到脸上一番揉搓。当她把手拿开后，周远吓得差点叫出声来。王素的面容已经完全改变，变成了一个相当难看的村姑气质的女子。

"别动！"王素喝令道，她的手上还沾着一些胶质，往周远脸上一拍，连捏带抹，顿时将周远的容貌也迅速做了一番乡土化的改变。

楼梯上的脚步声变得越来越近。王素只来得及抓过来一堆锦被床单盖到两人身上，储物阁楼的门就被一队缉尉打开了。

几个缉尉看到王素和周远都嘿嘿地笑起来。

一男一女两个下人躲在阁楼的一堆床单中间,在做什么是不言而喻的。

"快起来,穿上衣服,到楼下排好队!"领头的缉尉呵斥。

其余缉尉拿长枪往四周的旧报纸和破床单堆里一通乱扎,确认没有别人躲在里面后,就转到别的房间去搜查,只留下两个缉尉监视着他们俩。

王素等大多数缉尉下了阁楼楼梯后,就把床单一掀。

两个缉尉脸上原本带着不怀好意的笑容等着这一对鸳鸯起来穿衣服,可是床单突然那么一晃,两人甚至连叫喊都来不及,就感到脖颈一阵剧痛,然后歪歪斜斜昏倒在了地上。

周远看着瞬间施展完"芷若汀兰手"的王素,一脸疑惑,"丁姑娘,你这脸……"

王素在手掌上又运了运劲,从脸上把剩余的胶质彻底都抹掉,一张倾国倾城的美丽容颜显露了出来。

周远的面色瞬间变得通红,"王……王仙子?"

没有比这更美轮美奂的画面了。王素只穿着单薄的内衣婷婷地站在那里,香肩藕臂,玉腿纤腰,雪白的肌肤如白璧般无瑕。纵使周远再专心于《慕容家书》,此刻却也被这位武林第一美少女的美丽娇艳逼得喘不过气来。

"衣服上的文字你都看完了吗?"王素冷冷道,心想你现在终于想起来看我了。

周远呆呆地盯着王素看了许久,才愣愣说道,"可是,王仙子,为什么一直出现在我的梦中的,是你刚才乔妆后的样子?"

"因为那是我们初遇时,我装扮成的样子。"王素回答。她此时已经不再有最初轻解罗裳后的羞涩,而是坦然地站在周远面前,直视着他,希望从他的眼神里看到一丝对往昔的记忆。

周远的目光里似乎掠过一丝灼热,深埋在记忆深处的灰烬里燃起了几颗火星,但尚未变成火苗,就迅速黯淡了下去。

他突然急切地说道,"王仙子,我真的必须要回到沧浪亭结界里去,我已经从衣服上的文字里找到答案了,我现在已经全都明白了。"

王素的心底涌起一股难以承受的失望和委屈,甚至是羞耻。以她高傲的性格,像这样近乎赤裸地站在一个男孩面前,眼巴巴地等着他想起自己,已经超越了她的羞耻心和自尊心可以承受的极限,可是孟婆苓无情地在他们之间划下了一道难以逾越的沟堑，在沟堑的对面，是一点希望都没有的无动于衷。

王素一言不发地拿过她的衣裙，重新穿上。武校优等生的素养和责任感迫使她整理好心绪，努力把自己从难过失望中拉了回来。

"你找到什么答案了？"她问。

"慕容公子真的是一个天才，他找到方法了！"周远对王素的情绪完全视而不见，满脸都是对慕容复的钦佩之色，"他从蕃藏国的圣湖下找到了足够多的芥沙，也分解出了足够多的蓝沙。他还想出了办法，可以一次性地把所有蓝沙都激发出去，让蓝沙穿过刻印着完美人格的锆英板，撒向整个姑苏城，在一瞬之间改变所有姑苏人的人格！"

"所有的蓝沙？整个姑苏城？"王素不敢相信自己听到的，"这可能吗？那需要多大的力量啊？"

"需要难以想象的巨大力量。"

王素无法想象可以有什么办法能够爆发出如此巨大的力量。即使是她见识过的最强劲的内力——降龙掌法，也不过是可以摧毁沧浪亭里的一个幻术舞台而已。能够把蓝沙激射到整个姑苏城这种地域量级的力量，这世间真的会有吗？

王素静静地站在那里，等着周远给出答案。

"用普通的方法，不管是多么强大的内力，或者借助硫黄火药这些器物，都无法产生足够的力量。"周远说，"但是慕容公子却是有史以来第一个对自然力时空有深刻理解的人。"

"自然力时空？"

"是的，慕容公子想出了一个惊世骇俗的方法，那就是利用自然力时空的形变生成一个结界，然后利用这个结界形变复原时释放出来的巨大力量……"

"结界形变的复原……"周远的话，王素真的无法完全理解。

周远从一个储物架上拿起一个竹衣架，拗弯了，然后松开一端的手。衣架在绷直的瞬间"啪"的一声打在储物架上。

王素当然能够理解周远的演示，知道当衣架被拗弯时，这种被迫的形变积蓄了某种力量，而当造成这种形变的力量消失后，衣架就会恢复原来的形状，积蓄着的力量也同时被释放出来。

可是对衣架这种例子的理解完全无法帮助她举一反三地去联想到那种庞大的结界时空。在她看来，这完全是不同的两种东西，但是王素却突然想起了一个活生生的实例，那就是听琴双岛解除封禁的那个夜晚！听琴双岛就是一个结界空间，解除封禁时，喷涌而出的湖水几乎毁灭了整个燕子坞岛，把附近的官船冲出十几里远，周远把大家都带到巨阙阁上才逃过一劫，浓雾更是瞬间就把整个姑苏城都笼罩了起来……

"所以……这就是慕容公子在沧浪亭制造结界的原因？"

周远点点头，"在结界的实验堂屋中央，有一根巨大的石柱，顶端有一组齿轮和一个缓慢升高的红色指针。我之前没弄明白这个指针的用途，但是我现在知道了，这个指针用来标示形变空间里的能量是否已经达到足够的阀值。"

"如果达到阀值的话……沧浪亭的结界就会解除封禁？"

"是的，蓝沙就会像沙暴一样被释放出去，漫过整个姑苏城，穿过每一个姑苏人的头脑。"

"所以，慕容公子连时间都定好了？"

"是啊，神奇吧？"周远露出一种惺惺相惜的笑容，算是一个天才对另一个天才的致敬，"我想我的任务就是校正出方程系数，在锆英板上刻印出完美人格的图谱，然后，这神奇的时空就会接管一切。"

王素不知道该说什么。

她想象着慕容公子计划里沧浪亭结界终于解除封禁的那一刻，整个姑苏城一阵震颤，街道移位，房屋摇摆，人们惊慌失措，不知所以。然后大家突然感到一股劲的风袭来，从沧浪亭向四周吹出去，拂面而过，有心人或许会觉得风里似乎夹杂着什么，可是劲风过后，齿隙发间里，却又什么都没有留下。

然后……王素无法去想象这个然后。

或许所有的姑苏人都会觉得什么都没有发生，但是却像苏醒后的周远那样，总觉得心里多了一种难以名状的执念和冲动——去给那个诈收了钱的农夫退款，去向那个辜负了的女子道歉，去给那个无家可归的乞丐一碗热汤，去给久未探望的父母一声问候……

人们突然尽释前嫌，重修旧好，止息纷争，解除不公，并由衷地难以理解过去的那些可笑的矛盾，可憎的恶行都是如何发生的……

姑苏城从此看不到苦难，看不到争斗，官士商武，各谋其职，各尽其责，全城夜不闭户，路不拾遗，人们安居乐业，共享盛世繁华……

这便是慕容公子的理想，他的宏愿吧？是他穷尽思虑，费劲周折，遍访名山，上下求索后的顿悟，他传递千年，让轩辕朝的一个天才少年替他最终送给姑苏城的礼物。

可是这样的理想场景，真的是一种完美吗？

王素总觉得在内心的深处有一种强烈的抗拒。不过，眼下却还有一桩更为近切的事情让她担忧。

"所以，崔敏虬现在已经掌握了你演算出来的方程，那他岂不是可以……"

"是的。"周远显然也已经想到了，"崔敏虬可以往慕容公子在大石柱内留下的锆英板上刻印任何自己想要的人格图谱。"

"所以他可以把所有的姑苏人……"

"变成逆来顺受，不思自由的奴隶，或者变成毫不怜悯、毫无悔意的杀人机器，或者变成……"

王素不需要周远再列举下去。不用施展太多的想象力，就能让她对可能发生的事情感到不寒而栗。

"那……沧浪亭结界什么时候会解除封禁呢？"

"我当时对这个不知用途的计时装置有些好奇，所以花了点时间做了测算，解除封禁的时间，应该已经不到半个时辰了。"

"半个时辰！"王素几乎忘记了外面还有缉尉营的搜捕，忍不住大声惊叫。

"那是结界里的时间，对于外面来说，大约是半天不到，应该是明天的辰巳之交。"周远解释。

明天？明天不就是谷雨节吗？辰巳之交，那不就是她和六皇子在寒山寺进香还愿的吉时吗？谷雨节里，不仅姑苏城的老百姓很少会出远门，数以万计的人还会从姑苏近郊和相邻的市县赶过来欢庆佳节！

"所以我们必须赶回结界去，把崔敏虬构建的人格替换成完美的人格！"周远说。

"不！"王素摇摇头，"我会回到结界去，把里面所有的装置都毁灭！"

她看了一眼更漏，子时即将到来。她之前给六皇子捎去信息，今晚子时之前会回到寒山寺。她也在心里对自己承诺，今晚子时之前把从燕子坞湖滩开始的一切都做一个了断。

她现在已经找到了周远，戏剧性地从《慕容家书》的最后一册里得到了要找的答案。现在，终于到了可以了断的时候。

周远张嘴想表示反对，但是王素已经不会给他机会。她出手如电，芷若汀兰手转瞬之间就封住了周远身上所有行动言语的穴位。

周远没想到王素会突然动手，露出焦急、不甘和委屈混杂在一起的表情，但只能无可奈何地软软摔倒在地上。

就这样昏睡过去吧！

王素在心里说。她凝视着周远，做着最后的诀别。

但愿辰巳之交过去后，你头脑中的那些执念都会消散，让你恢复成一个聪颖却普通的男孩。但愿你永远都不会再记起半年前湖滩上的相遇，不会再想起我，从此无忧无虑，平平安安地度过一生。

永别了！

王素拉过一堆报纸和床单，盖到周远身上，将他掩埋起来，然后一纵身，冲破了阁楼上田字形的窗格，优雅地在空中转了两圈身，稳稳落到了月柳街上。

她从怀中拿出一个像烟花一般的小圆筒，左掌一运功，底部的火折和引线就燃烧起来，然后只听一声呼啸，这圆筒就直窜而上，然后"啪"的一声，在夜空中绽放开一个裁衣刀和剑交叠的图案——那是峨眉剑校的徽章。

第八章　谷雨梦醒乱姑苏

（三二）

寒山寺位于姑苏城西郊古运河畔，和杭州的灵隐寺，镇江的金山寺一起并称为江南三大名寺。三寺之中寒山寺建寺最晚，但是自张继写了著名的《枫桥夜泊》之后，便在整个中原闻名遐迩。

到了轩辕朝，金山寺逐渐演化为人们祈求功名利禄的地方，灵隐寺变成了人们祈求长寿安康的地方，而寒山寺，则成为了人们祈求爱情姻缘的地方。

去年钟离皇后带着六皇子轩辕晖来寒山寺进香，不到一年，六皇子已经和武林第一美少女王素订在七夕成婚。按照惯例，六皇子须在成婚前择日先到寒山寺还愿。

把还愿的日子定在谷雨节，是六皇子的决定。他很早就听说江南著名的四大庆典活动——绍兴梅山江的清明社戏、杭州西湖的元宵灯会、金陵的端午龙舟赛以及姑苏城的谷雨节。他之前去过其余的三个，唯独这个在轩辕朝才形成的庆典活动他还从未参加过。

早在三天前，寒山寺已经停止对香客和游客开放，专心布置修缮，只待六皇子殿下的到来。

寒山寺外，古运河边，从帝京城附近的青云店调来的江武营军士三步一岗、五步一哨，严格监控着周围的水陆通道，而寒山寺内，则由清商宫的高手们负责安全。

已近子时，在寒山寺正殿后面的一间僧舍内，典律部尚书汪政和江武府副总管胡德宏都还没有去休息，他们的脸上都带着一些不安。章大可坐在他们的下首，他的父亲章太医曾经给汪政治好了背伤，所以一家常去尚书府做客，天资聪颖的章大可从小就很得汪政的喜爱。章大可今天是想过来觐见他小时候的玩伴皇子晖，倘若皇子殿下对记忆移植的态度比较开明，章大可打算直接把明

第八章 谷雨梦醒乱姑苏

天的计划告诉他。毕竟如果得到六皇子的支持，明天的计划就会顺利很多。

"汪大人不必担心。"坐在他们对面的一个穿着黑色装束，袍带上绣着蓝色剑纹的官员说道，"你们都早些去休息吧，皇子晖殿下只是想去品味一下夜半钟声到客船的意境，枫桥一带江武营和清商宫卫队已经全部清场过，绝对安全。"

说话之人叫唐复，是六皇子的近侍，兼清商宫卫队的总管，他靠在椅背上，非常放松，显然对寒山寺的守卫非常自信。

"唐大人，我们只是担心皇子晖殿下歇息得太晚，明天一天进香还愿……只怕会非常劳顿。"汪政说。

唐复笑了，"皇子晖殿下和宫中其他的皇子可不一样，三年前带我们奔袭达坦国补给粮队，连续两天两夜都不休息，凌晨发起总攻时还身先士卒，奋战厮杀。这在舟中饮酒听钟，多流连一会儿，实在算不了啥。"

"唐大人说的有理。"汪政也笑了，只是这笑容中，还是隐隐有掩饰不住的担忧。

"汪大人还是在担心姑苏城有魔教出没吧？"唐复直截了当地问道。

汪政被唐复说破心中的担忧，露出苦笑。

"缉尉营刚才不是已经宣布成功将三位官救楷模和黄宗耀、程少斌、阿玛妮桑央等人解救了嘛。"唐复道。

"可是缉尉营对解救的过程却语焉不详。"汪政说，"似乎也没有捉拿到什么魔教分子，在沧浪亭大展淫威的魔教教主更是踪影全无，不知道在幕后酝酿什么大阴谋呢。"

"唉，反正我是力劝殿下等到局势稳定了一些后再来姑苏城的。"旁边的江武府副总管胡德宏也说，"七夕是成婚的好日子，改不得，可是这还愿的日子，却是无所谓的。"

"两位大人又不是不知道殿下的脾气。"唐复说，"大皇子殿下既然敢在这个时候来监理姑苏城，他又岂会因为有魔教分子出没而改行程？"

汪政和胡德宏在立储的立场上基本比较明了是支持六皇子的，所以三人一起说话时就会比较直接。

"说到这个事情，我就更担心了！"胡德宏道，"大皇子殿下虽然说来监理姑苏城，可是自始至终就没在城里露过面！我看一定也是担心魔教余烬未熄，所以才躲在城外安全的地方观察情况，皇子晖殿下又何苦在这种时候站到明处？"

"你说的这些，殿下岂能不知道，只怕殿下是偏要在这种时候让姑苏百姓看到他站在明处呢。"唐复说，"大皇子殿下刚来监理姑苏城，就迅速解救了被绑架的姑苏名人，大商会、大工坊还有老百姓都是一片欢呼，刚才出来的各大报纸的增刊也是大加赞扬。倘若他接下来果真将姑苏城治理得井井有条，那对接下来立储的民意，一定是很有影响啊。"

汪政还想说什么，却听门外的卫兵宣道，"皇子晖殿下回来了！"

四人立刻都站了起来。

一位身材挺拔，穿着宽松休闲的黑裤和白底对襟上衫的年轻男子快步走了进来。这男子自然就是当今圣上的第六位皇子，钟离皇后的独子轩辕晖。白底的上衫上用金线一左一右绣着两条龙，左胸上边则绣着一朵小小的藏红花。这是轩辕晖专门让观前街上阿玛妮总店的首席裁缝给他定做的。

六皇子身上散发着浓烈的酒气，表情郁郁寡欢。

所有人要跪下行礼，六皇子一挥手免了。他明显已经喝多，神情有些呆滞，但目光扫到章大可时，微微露出一丝欣喜。

"大可？你什么时候来的？"

"殿下！"

六皇子正要再说什么，脸色却突然又阴沉了下来，"还没有柳依仙子的消息吗？"

汪政和胡德宏相互看了一眼，都摇摇头，他们知道六皇子问柳依仙子的消息，实际上就是在问王素的行踪。据说王素三天前就已经到了姑苏城，本来也是说好了今晚要和殿下一起在枫桥饮酒听钟的，可是现在子时已过，却仍是踪影全无，明天辰巳之交前倘若这位武林美少女还不出现，那可不知道该怎么办了。

章大可当然也很焦急。周云松去隐市找毛俊峰，已经去了很久，却也一直没有传回消息。明天早上的行动风险很大，若没有周云松、李青、毛俊峰在，只怕根本就无法实施。

"子时已过，素素还没回来，我看明天的宴席也不必摆了，也不必还什么愿了。"六皇子恼怒地说道。

他转而又对章大可道，"你们江湖中人做事都是这么言而无信的吗？枉我在朝堂之上总是替武林说话！"

章大可听到六皇子如此严厉的话，虽然是带着七分醉意说出，却也是非常

第八章　谷雨梦醒乱姑苏

惶恐。六皇子如此的心情，显然没法跟他说明天的计划。

"殿下，王仙子一定是遇到什么事情耽搁了。"章大可试图解释。

"还有什么事情比还愿更重要吗？"这种解释似乎让六皇子更恼火。

"当然没有。"章大可赶紧说道，"王仙子私下一直对我说，与殿下的婚事是她最大的憧憬。"

章大可和王素从燕子坞一别到沧浪亭幻术台上重遇，中间压根未曾通信，更不要说谈论对婚姻的看法。这纯粹是章大可情急之下杜撰的。

"最大的憧憬？嘿嘿，只怕未必！"六皇子冷笑道，"我看她并不情愿，恐怕只是不敢违拗柳依芸的意思吧！"

六皇子说到这里，突然伸手将香案上的两个烛台哗地抹到了地上，同时身体一晃，脸上的表情已经从愤怒转为了悲伤，竟像是要流下泪来。

"殿下喝多了！"汪政赶忙走过来。

唐复早已赶在他前面一把扶住了六皇子。

"殿下，我扶你回去歇息吧。"

唐复搀着六皇子正要往内室走，却听到外面静谧的夜空里突然发出一声尖啸，接着是"啪"的一声像烟花般的爆响。

大家都是一惊，胡德宏和章大可抢先冲出门去，循着声响观瞧，发现姑苏城南的上空果然绽开了一圈彩色的烟花，中间是一个裁衣刀和剑交叠的图案。

空中的图案很远，很快就渐渐淡去，但是身为江武府副总管的胡德宏毕业于五岳嵩山剑校，他和章大可都已经清晰地辨认出来：这是峨眉剑校求援的信号！

崔敏虬盘腿坐在自己寝屋的中央打坐。

他凝望着面前墙上刻着的圆圈和一道道向外放射的长线。他已经记不得自己是什么时候第一次见到这个图案的。从他记事起，这个图案就已经无处不在，无论是先前在扬州，还是后来到青冈梁之后，无论是在饭厅寝屋里，还是在诵经的神堂，都可以看到这个象征着光明的图案。

收养了他的师父，也就是光华教上一代执教长老告诉他，这个图案反复出现在李天道教主的梦里，是光明神在人间的十七种幻象之一，是向光明祈愿和飞升的载体与通途。

崔敏虬从小笃信师父和李天道的教诲。他特别惧怕黑暗，在那个父母一去不回的清晨，当屋门关上时，将他笼罩起来的黑暗仿佛无边无际，也仿佛将延续到永恒。这黑暗包涵了他所有的痛苦体验，绝望、煎熬、苦涩、孤独……而光明最终刺破了黑暗，师父将奄奄一息的他抱起，他本能地伸出小手抓住师父的衣襟，看到了他脖子上挂着的刻着圆圈与放射长线的木牌。

月落日升，唯光明故！

崔敏虬于是打坐冥思、吟诵经诀、修悟参证、勤操苦练，成长为光华教最杰出的一代年轻弟子，立下远大的志愿和宏伟的抱负。即使到了光华教最危急的时刻，即使到了覆灭的边缘，他仍坚守不懈，未曾放弃。

然而他最终却发现这一切其实都毫无意义。师父惨死，李天道为了一己私欲而置全教的生死于不顾，所谓的光明神只是一个虚幻的故事，光华教只是一个被利用的载体……

信仰的破灭相比于其他的人生悲剧来说往往带来更深远更彻底的颠覆。一旦那曾奉为圭臬、深信不疑的信仰轰然倒塌，其他的荣誉气节、道德底线也会随之崩溃。

崔敏虬抬头看了看墙边挂着的更漏，离沧浪亭结界解除封禁只有不到半个时辰了。等这一切结束，属于他的时代就会开启，他就会超越慕容公子和李天道，达成从古至今都没有人可以做成的事情。

"总镖头，沈大人带着苏浙府的两个府监来了，在实验堂屋等着。"一个镖师在门外禀报，打破了崔敏虬的思绪。

崔敏虬的脸上掠过一丝古怪的表情，看不出究竟是高兴还是不悦。

他起身来到实验堂屋，六名苏浙缉尉一字排开站在门外。他们看到崔敏虬，左右一闪让开道路。

在堂屋中央来回检视着各种仪器的正是大皇子的侍卫沈峰和苏浙府的两大府监方烈和吕泽风。方烈和吕泽风原本在隐市追踪张塞和谢雪莹，想要夺回须弥芥子斛，但最后匆匆离开，原来却是要赶来这里。李大站在角落里，忐忑地看着朝廷的这三个官员。

看到崔敏虬进来，沈峰微笑着转过身来行礼。他和崔敏虬在帝京城的时候秘密会晤过两次，安护镖局事件发生后，还是第一次见。

"崔总镖头，你的装置都准备好了吗？"

"一切都准备就绪了。"崔敏虬笑道，"请皇子昊殿下放心，等辰巳之交一过，他就可以放心地进城了。"

沈峰点点头，"真是辛苦崔总镖头了，这装置的效果，你可以保证吗？"

"绝对没有问题。"崔敏虬说,"时间马上到了,到时候几位大人可以亲自出去检验。"

"我们待在这个结界里没有危险吧?"吕泽风问。他一边问,一边斜斜地往沈峰的右边挪了小小的一步。

"当然没问题。"崔敏虬又是一笑,"我不是也待在这里吗?"

"那我们就等总镖头大功告成了!"方烈说,他漫不经心地朝沈峰的左边走了两步。

当他的左脚的第二步刚刚放到地上时,他和沈峰、吕泽风三人突然就像说好一样蓦地飞速朝崔敏虬合围过去。

这三人要等到方烈迈出那两步后再一起行动,自然是因为到了那个方位上,三人就可以结成厉害的"三位一体"阵法。

方烈和吕泽风的武功都经过大司命府的磨砺,高深莫测。而沈峰能做到大皇子的近身侍卫,更是有着传奇的武功和经历。这三人一起结阵作战,而且是陡然偷袭,那简直是云疾雨骤、山呼海啸,一瞬间掌风拳影已经罩住了崔敏虬。一般人恐怕连半招都来不及防御就已经死于非命。

(三三)

实验堂屋外面站着的六名缉尉自然能清晰地听到里面动手的声音。

他们全都一动不动,脸上的表情也没有变化。他们得到的命令就是守在门口,不让任何安护镖局的镖师靠近实验堂屋。

屋内打斗的声音只持续了短短几瞬,突然就安静了下来。

最左边的那个缉尉仔细倾听了一会儿后,突然向后退了一步。

他旁边的缉尉吃了一惊,不明白他为何会有如此违抗命令的举动。但是他还没来得及有反应,那缉尉就已经快如闪电地用手背在他的后脑拍了一下,将他打晕。

另外四名缉尉惊觉有变,但是那出手的缉尉因为抢先往后撤了步,此时招招都是从身后攻来,这些缉尉武功都有限,对于防御背后的进攻都没有什么特别的办法,再加上出手的缉尉使用的是一套极为精妙的近身攻防的小擒拿手,更是难以防范,转瞬之间,又有三个被打昏过去。只有最右边的那个缉尉来得及转身，可是转身对于他来说也并不是什么好事，反而被趁隙在正面喉结处扫了一下，疼得在地上打滚，却什么声音都发不出来。

这名突然动手的缉尉正是王素装扮的。

她在月柳街上放出峨眉校徽的烟花，引发了整条街上路人的竞相观看，也立刻吸引了各处的缉尉朝拢翠阁围拢过来，但她却已经趁机往箫音馆方向绕了回去。

在离箫音馆不到一个街区的地方她打晕了一个站岗的缉尉，套上他的官服，快速将自己化装成那缉尉的模样，然后悄悄混入了一个在箫音馆附近巡逻的小队里。

因为要代替姑苏巡捕接管整个姑苏城的治安，苏浙府不得不从邻近城市调来许多缉尉增援，这些缉尉对姑苏城都不熟悉，因此只能和本城的缉尉混编在一起，虽说是个办法，但也导致一个编队里的人相互都不太熟悉。每个人都以为另外几个人是相识的，所以谁都没有起疑。

王素一边跟着缉尉小队四下巡逻，一边焦急地等待着增援的到来，她知道柳依校长和很多老师、师姐妹都会来参加寒山寺还愿仪式，此刻肯定都已经到姑苏城了，看到她施放的烟火一定会迅速赶来。

巡逻小队围着箫音馆绕了一圈，回到了月柳街上的正门口。这时吕泽风和方烈从湄长河边的码头走了过来。这两个府监都是一脸严肃，似乎之前的任务完成得并不顺利。他们直接朝巡逻队招了招手，"跟我们进去！"

王素这才发现自己混入的巡逻小队竟是由吕泽风、方烈所管辖。她略微一犹豫，立刻就跟在队伍里面，随着两个府监一起走进了箫音馆。

王素知道自己在做一件非常冒险的事情，这两大府监里的任何一人的武功可能都要比她更强，但眼下情况危急，她实在不愿意就这样干等着柳依仙子她们的到来。

吕泽风和方烈在箫音馆的门厅跟大皇子昊的近身侍卫沈峰汇合，三人领着他们六个缉尉直奔二楼画着梅枝明月的那间豪华香闺而去。

王素心中暗喜，他们果然是要进入结界。但她看到沈峰时心里也极为吃惊，她能够猜到崔敏虬必然和朝廷有勾结，但一直以为这种勾结最多只是到省府一级的层面，现在看来，竟还可能一直向上牵连……

王素进了结界后和其余缉尉一起奉命守在实验堂屋外面。听到里面打斗的声音时，王素虽不知发生了什么，却盼望着这是一个机会。等声音突然停止没了动静后，她终于忍不住，向后一撤步，从后面偷袭那五个缉尉，干净利落地将他们全部放倒。

王素快速冲进了堂屋，发现崔敏虬、沈峰、吕泽风和方烈四人竟然都已经不见了，只剩下李大心事重重地留在堂屋里。

吕泽风和方烈两人各自移动步伐，走向"三位一体"阵法方位时，崔敏虬一边镇定自若地回答问题，一边已经将这两个苏浙府监看似不经意的举动全都观察得一清二楚。所以当三人突然发动进攻的时候，崔敏虬也已经在一瞬间疾退，四人之间的相对距离竟然几乎没变，在一个旁观者看来，四个人之间就像是用木架子串了起来，被拎着一起移动，呈现出一种略显滑稽的效果。

崔敏虬后退的道路也是恰到好处，只用了两个起落就正好撞开了堂屋的一个侧门疾退而出。

沈峰的临敌经验不是一般的丰富，看到崔敏虬如此驱退，便知道他是做好了准备。从所受的训练来说，在自己对地形不熟，对方又有备而来的情况下，不应贸然追击。但是他此来是受了大皇子殿下的密令，务必要解决掉崔敏虬。

沈峰自己心里也知道，崔敏虬的存在，对大皇子始终是一种不利的牵连。原本燕子坞事件后，就应该将安护镖局彻底铲除，杀人灭口。但崔敏虬却在无意中找到了慕容公子在姑苏城留下的结界空间，打开了探索人格与记忆的大门。

轩辕昊当然立刻就意识到这条探索之路可以带来的巨大威力。通过控制人的人格与记忆，就可以控制任何由人组成的机构和团体，控制一座城市，进而控制整个轩辕朝，未来甚至能够更广阔的地域。

轩辕昊于是下令继续稳住崔敏虬，让他的研究继续。如今目的已经达到，自然就要卸磨杀驴了。

杀心既然已起，就绝不能让崔敏虬逃脱。沈峰也是对自己武功极度自负，怎么都没想到崔敏虬竟然能够在他们三人的阵法夹攻下脱身，一时也有些着急，毫不犹豫地就带着方烈和吕泽风穿过偏门追了出去。

偏门不宽，三人无法结阵，只能鱼贯而出。三人全都武功卓绝，眼力过人，穿过这门时，并没有看到有任何机关暗器，但是穿过之后，却都隐隐觉得好像有什么东西从面前飘忽而过。

三人都迅速调理气息，在经脉内运行周天，没有感到什么异样后，才放下心来。三人观察眼前情状，竟是来到了一间跟实验堂屋相连、像迷宫一样布满了石柱、只有一条条狭窄通道纵横相连的暗室里。

肯定是无法结阵了，沈峰心中咒骂崔敏虬的狡诈，但是他很快冷静下来，略一观察，发现这间暗室并没有第二个明显的出口。迷宫一样的通道虽然阻碍了他们结阵，也阻碍了崔敏虬逃跑。他于是手一挥，和吕泽风、方烈分三路包抄了过去。

崔敏虬确实也退得不快，很快在一边被方烈追上，两人匆匆过了两招，崔敏虬就一侧身从一条通道滑了开去，反而绕到了沈峰和吕泽风包围圈的外面。

沈峰却并不懊恼，如果崔敏虬开始跟他们玩起捉迷藏，就说明他黔驴技穷了。他于是和吕泽风回身，三人开始不紧不慢地再次围逼过去。

"停下！"崔敏虬一边后退一边吼道。

沈峰心中好笑，都到了这个地步，难道还能停手，还能容你分说吗？

这一次是吕泽风先抢攻，崔敏虬接了三招，又想故伎重演。沈峰和方烈这次都格外留神，一起调整步伐，要堵住崔敏虬向包围圈外移动的通路。

崔敏虬一边转身一边又吼了一声"停下"。这一次语气更为强硬，像是在命令一般。

沈峰心想你还没完没了了，怒气上冲，正想扑过去截住他彻底解决问题，却不知为什么脚下一僵。另一边的方烈也是手上一滞。

高手过招岂能有片刻的迟滞，崔敏虬迅速一跨步，竟是从沈峰和方烈中间穿了出去。

沈峰和方烈忍不住对望了一眼，两人都是又惊讶又迷惑，刚才明明稳操胜券，却一起莫名其妙地错失了胜机。两人都再次内力运行周天，仍是毫无异常。

沈峰稳住心神，再次观察这间暗室，"把他往那个角落逼！"

他发现这间屋子并非四四方方，于是迅速找了一个最狭窄的角落，要把崔敏虬往那里赶。

"这屋子有些邪乎，大家小心。"

三人都更加谨慎，招式也都更加严密。崔敏虬如同困兽一样左冲右突，却根本找不到突围的缝隙，只能被迫退向那个最小的角落，暗淡的光线里可以看到他露出狠劲的眼睛，听到他开始变得粗重的喘息。

"停下！"

崔敏虬再次喊道，声音里开始多了一些焦急和不安。

沈峰、方烈、吕泽风三人训练有素地逼近，收缩包围圈。

第八章 谷雨梦醒乱姑苏

"停下!"

崔敏虬已经没有出路,方烈和吕泽风一左一右缠住他,崔敏虬施展魔教绝学,力敌二人,竟是不落败。这中间几次险象环生,崔敏虬都妙到颠豪地化解了两大府监的攻势。

"停下!"

可是沈峰步步紧逼,他不紧不慢却毫无破绽,这一次,他要确保一击而中,一劳永逸地解决崔敏虬。他密切注意着三人的交手,找了一个崔敏虬绝对不可能再腾出手来的机会,从一个绝无风险的角度,用一套绝无反击余地的组合招式向崔敏虬绝对无法躲闪的要害部位攻去。

"停下!"崔敏虬嗓音里是嘶哑和绝望。

就在他这一声吼出后,沈峰、吕泽风和方烈三人竟然在这千钧一发之际停了下来。

三人僵在那里,眼睛都瞪得很圆,但眼神里却是放空的,就如同一下子失去了心神,被抽走了魂魄一样。

过了许久,三人突然齐齐地应道,"是。"

这景象充满了诡异。沈峰等三人刚才一路抢攻,完全是一副要置崔敏虬于死地的态度,可是在崔敏虬最后一句命令式的"停下"吼出后,三人竟全都真的停下了,并且还都一脸顺从地回答了"是"。

崔敏虬脚下一软,晃了一晃才立住。刚才这一下,也算是生死悬在了一线。他喘了几口气,看着面前三人恭敬的样子,脸上露出豪赌搏胜后得意的笑容。

崔敏虬对朝廷的警惕心,其实从来没有放松过,他也很清楚,当他校准了人格记忆的模型,研究出了随心所欲配置人格的方法后,自己对于朝廷的利用价值也基本结束了。所以他很早就开始准备应对皇子昊的过河拆桥。

一般人大概只能逃之夭夭,藏身天涯海角。但是崔敏虬的手上却握有一件威力无比的武器。

他于是在实验堂屋里开了一扇偏门,和旁边这间暗室相连。在偏门上他制作了一个机关,一旦启动,只要有人通过,芥沙就会被高速激发出来穿过刻印着奴性人格的锆英板,进而穿过通过偏门的人的头脑。可怜三位大司命府出来的朝廷高手,就这样成为了最初的奴性记忆移植的实验品。

崔敏虬的这套设计其实冒着极大的风险。首先要确保偏门上的机关准确发挥作用,但更关键的是人格记忆的改变要能够及时发生。刚才一战,倘若在沈峰、吕泽风和方烈头脑中的奴性人格晚一秒钟生效，崔敏虬或许就被三大高手打成肉泥了。

王素没时间去想为什么崔敏虬等人突然消失了，她看到只剩下李大一个人站在那里，便意识到这是一个天大的机会。

她顾不得去掂量有多少潜在的危险，直接抽出倚天剑，唰唰两剑将最近的一张石床上的锆英板和人脸刻像直接砍成了碎块。然后她聚起十成的内力，反手直接一剑劈向中央的大石柱。

以倚天剑削金断玉的锋利，这一剑应该直接将大石柱砍开一条大裂缝，可是只听一声脆响，火星四溅，那大石柱竟然丝毫没有受损，而王素手中的倚天剑脱手而出，直飞而起，插到了屋上的一根大梁上。

王素从虎口到上臂被震得几乎没有了知觉，她有些不知所措地看着中央的大柱子，不知道这东西究竟是由什么制成的。

李大原本只是觉得闯进来的缉尉太不懂规矩，正欲呵斥，却看到闪耀着青蓝色光芒的倚天剑出鞘，才反应过来眼前这个缉尉是谁。他赶忙一个纵跃抢到王素面前，两指并拢向她咽喉插去。李大就在不久之前被王素芷若汀兰手抢攻，吃过一次亏，此时自然想讨回来，所以一出手招数就极为狠毒。

王素失了倚天剑却并不惧怕，一撤步躲开李大的双指，仍用芷若汀兰手回击。李大这次有充分的时间腾挪，而他只要能够移动，相对武学的威力就显现出来了。失去了对李大位置的预判，王素的芷若汀兰手就无法连贯地压制他。不过王素此时也不求迅速战胜李大，一旦李大利用相对武学精妙的曲线移动脱开身，她就会趁机发几掌将堂屋里储存芥沙的柜子打破，或者将控制台上的一些装置捣毁。

李大看出来王素的目的就是要把实验堂屋里的仪器装置都毁掉，顿时很着急，顾不上自身的防御，咬着牙扑过去阻止王素。这一下王素就又占了上风，她虚晃一招，引诱李大去保护一个人脸刻像和齿轮，自己趁机纵身而上，抓住了插在梁上的倚天剑。

王素握住倚天剑并不是向后拔出来，而是直接向前送，然后往上一划，再向下一劈，整根屋梁就被斩断了。

这屋梁是堂屋的主梁之一，断梁轰地砸到一张石床上，将一整套人脸刻像和锆英板也一并砸毁，然后堂屋顶部一阵咔咔的声音，大约四分之一的屋顶一起断裂开来，整个坠落下来，将几乎半个控制台也都砸塌了。

第八章 谷雨梦醒乱姑苏

李大又惊又怕,一张脸几乎要哭出来。

王素围着大石柱转了一圈,腾身而起,握着倚天剑直向那红色的指针刺去。她完全不懂结界封禁和解禁的原理,也不知道这屋里每一个装置究竟是派什么用场,她只求最大限度地破坏里面的一切,希望这结界解禁的时候,蓝沙不会被激发出去。

但王素只腾身到了一半,就感到正后方和左右两边的侧面同时有三股强大的力量袭来。

这三股力量既快又强,无与伦比,王素不用回头就可以猜到是沈峰、吕泽风和方烈三人回来了。

王素心中禁不住感到懊恼和不甘。只要再多给她十秒钟,她或许就可以将整个堂屋破坏殆尽了,可是偏偏三大高手在这个时候不知从什么地方突然返回。

王素知道自己可能不是这三个人中任何一个的对手,在他们联手的夹攻下,要脱身的机会就更加渺茫。她一咬牙,身姿在空中一转,脚在大石柱上一点,返身朝右后方竭尽全力使出"弊绝风清"攻去。

王素分辨不出三个方位上究竟是谁,她心中期盼右后方的是方烈,这样她或许还能凭借着倚天剑的凌厉找寻出一点破绽。但事与愿违,等王素转过身来时,看到的正是吕泽风那张像风干了的橘皮一样的脸。

倚天剑和玄阴剑铮地一交,王素感到内力上极大的差距。她已经用尽了全力,但是虎口和手腕上强烈的震痛让她几乎无法继续握紧剑柄。如果是一对一的话,王素会将剑面斜过来从玄阴剑上滑转而过,这样既可以消解部分劲力,同时也可以借力腾挪,寻找机会使出"灭绝剑法"其余的杀招。但是沈峰和方烈早就从两边合围了过来。

"三位一体"原本就是极为优化的阵法,再加上他们三人是从背后偷袭,且王素已经人在空中,根本没有腾挪余地。王素只来得及象征性地变招挡开玄阴剑的后招,但是手腕和后背被沈峰和方烈分别击中。

他们下的都不是杀招,但也足够让倚天剑脱手而出,王素就像一只突然折断了翅膀的飞鸟从空中陡然跌落,在地上滚了两圈,重重撞在大石柱上。

"哼,峨眉剑校果然只是凭借着超一级兵器的威力而已。"吕泽风将落下的倚天剑接在手中后讥讽地说道。他在沧浪亭幻术舞台上吃了倚天剑的大亏,此时出了一口恶气,得意扬扬。

方烈却装模作样地朝王素行了一礼,"峨眉仙子,果然翩若惊鸿,如此臃肿的缉尉营制服都遮不住妙曼的身姿啊！"

王素躺在地上气血翻涌，有短暂的那么一瞬间几乎失去了意识。她自成名以来还从来没有输得如此彻底，心里又羞又愤。她挣扎着从地上站起来。身份肯定已经暴露，她于是脱去缉尉营的制服，同时也将脸上的妆卸除。

沈峰三人虽然早已猜到王素真实的身份，但真的看到江湖第一美少女的真容，也都禁不住一凛。

"你们既然知道我是谁，就立刻放下兵器，停止抵抗！"王素昂然说道，她一边说话一边努力运转内力调息抑制住气血的翻涌，"我在月柳街已经施放讯号，校长和老师们不久即会赶来，你们现在悬崖勒马，忏悔赎罪或许还来得及。"

沈峰三人没来得及再说话，身后已经传来一阵哈哈大笑。崔敏虬分开他们三人，一脸得意地走上前来。

"那样就太好了，我巴不得想等柳依仙子一起来，新仇旧恨可以一起清算！"他说。

的确，对于崔敏虬来说王素只是第一次见面的后辈，而柳依仙子却是当年朝廷清剿魔教时直接的死敌。

"你们三个身为朝廷命官，居然和魔教狼狈为奸，你们知道这么做的后果吗？你们不感到羞耻汗颜吗？"王素朝沈峰三人痛斥。

沈峰、吕泽风和方烈三人原本都对着王素面露嘲讽，可是看到崔敏虬走出来后，全都自觉地后退，此时既不愤怒，也不反驳，只是静静地站在那里，一副低眉顺眼的样子。

王素又是吃惊又是疑惑，吕泽风和方烈在姑苏城都是何等我行我素的人物，沈峰更是因为大皇子的关系，但凡在地方上行走，从来都是飞扬跋扈，连巡抚都要给他面子，可是现在这三人在崔敏虬的面前却像是他温驯的跟班和打手。就算他们是奉命跟魔教勾结，那也应该是相互利用、交换利益的关系，他又怎么会如此低三下四？

"王仙子这说的就不对了。"崔敏虬这时得意地笑道，"他们和我可不是狼狈为奸的关系，他们可都是我忠心不二的奴才啊！"

崔敏虬说完傲慢地朝沈峰三人看去。那三人看到崔敏虬的目光，全都立即朝崔敏虬躬身行礼，"我等谨遵崔长老的旨意，赴汤蹈火，万死不辞！"

王素的震惊可想而知。面对"奴才"这种侮辱性的言语，吕泽风他们这样的人物居然毫不犹豫地接纳，还迫不及待地说出那样肉麻的表忠心的话语，实在是太不可思议了。关键是他们这种样子和口气，完全和进来结界之前的趾高气扬判若两人，就像是突然中了邪一样。一旁的李大也是瞪大了眼睛，完全不知道发生了什么。

"嘿嘿，你们三个之前还想暗算我。"崔敏虬继续说道。

沈峰他们听了这话，立刻齐齐跪到地上，"属下罪该万死！"

"可是，你们并不懂这里的器具如何操作，倘若真的让你们得手了，那将来要怎样使用呢？"

"崔长老，属下该死，我们事先已经收买了李大。他答应帮助我们继续实验和操作这些仪器。"沈峰跪着恭敬地回答。

李大没等沈峰把话说完，就扑通一声跪到地上哀嚎起来，"总镖头饶命，总镖头饶命啊！"

崔敏虬看着惊慌失措、涕泪横流的李大冷笑道，"屋里的装置不会都让王仙子毁损得差不多了吧？"

李大见崔敏虬问起装置的情况，便觉有一丝活命的希望，"总镖头，我刚才查看过了，仅仅是部分受损，绝大部分主要功能都还可以使用。"

"是吗，那这真是天意啊！"崔敏虬一脸得意地瞟向王素，"王仙子，别说我没有给你机会，是你自己没有把握住。风水轮流转，这次老天爷看来是很照顾我啊。"

王素看着崔敏虬阴险得意的目光，突然像是醒悟了什么，一股阴冷和绝望顿时渗透到了全身。

"李大，只要你能将这位王仙子也变得像这三位大人一样对我俯首帖耳，我就饶了你的命！"崔敏虬说道。

王素感到一阵深深的后悔。

过去她也有因一时冲动而将自己置于险境的经历，但是这一次她却是真的希望自己可以重新做一遍决定。

吕泽风已经从侧翼陡然袭来。王素足下一点毫不犹豫地迎了上去，几乎是纵身直扑，脖子直直地朝吕泽风手中倚天剑的剑刃送过去。

吕泽风当然看出来王素想要自尽，但却没料到她速度竟然如此之快，情急之下索性一撒手将倚天剑扔了出去。

王素看一招不成，便朝吕泽风虚踢一腿，纵身往后腾身而去，想用头去撞屋子中央的大石柱。

但是沈峰和方烈早已经绕到她身后的两侧，形成了三位一体的阵法。王素原本就不是这三人结阵的对手，更何况她此时心绪已乱，招法也失去了严谨，只一招就被方烈用肘击中右肩，从空中跌落。

王素没来得及站起来，就被李大从身后用一根铁链缠住了脖子。李大自知背叛崔敏虬已经欠了一条命，此时是使上了吃奶的力气要尽力表现。王素奋力想挣扎，可是铁链紧紧勒入肌肤，让她呼吸都很困难。

"绑到石床上！"崔敏虬下令。

（三四）

拢翠阁的阁楼之上，王素将一堆报纸床单盖到周远身上，将他掩埋起来。报纸和床单随机地散乱开，交错地重叠，却仍露出了一条小小的缝隙。

周远透过这条缝隙看到王素走到窗边，最后一次朝他看了一眼。而这时，一缕月光正好从外面洒了进来，照到她的脸上……

这是一个很难言喻的瞬间。

周远的头脑一下子变成一片空白，就像潮水突然退去，只剩下连一片贝壳都没有的沙滩。一切都变得单调和同质，四面八方都是一个样子，毫无差别，无限延伸。过了很久以后，一道白白的水线才慢慢从远处铺卷过来，到了近前，浪花的形状才显现出来，浪潮的声音才越来越清晰，直到潮水重新将沙滩变得生动，直到天际线重新在远方露出，直到蓦然看见自己被潮水没过的脚踝……

一直以来梦里反复出现的丁珊的面容、沧浪亭陡然见到的王素的容颜与身姿、季菲与幻术师刀与剑的对决、张塞始终犹疑与矛盾的眼神，这一个一个的片段渐渐地都串成了线，开始从忘川的深处若隐若现，明灭不定。

王素冲破窗户纵身而出，绚丽的烟火冲天而起。

骤然一股疾风从窗外吹进来，在阁楼里打转，卷起一张张旧报纸在空中飞舞。其中一张转动着落下，盖在周远的脸上，借着窗外的月光与烟火，周远可以清晰地看到最中间的一篇关于燕子坞事件的报道。在报纸的中间，是一幅图画，画的是燕子坞三合堂主席台的侧壁，上面有拓印下来的一组完整的公式。

周远看着这组手写的公式，嘴角渐渐露出笑意，他感受到丹田一跳一跳的灼热，逐渐冲破了王素封住的穴道。

第八章　谷雨梦醒乱姑苏

箫音馆二楼那间豪华的闺房里早已没有了客人，但是洪四槐和罗标一左一右，站在鱼池的两旁。从缉尉营开始一幢青楼一间妓馆地搜查时，他们就回到了这里等待着——崔敏虬很明确地告诉他们，周远一定还会回来。

后来房间门被猛地推开时，两人都着实紧张了一番，却看到是沈峰、吕泽风和方烈带着一队缉尉进来。这帮人轮番跳进鱼池后，一切又都归为了宁静。

随着时间一分一秒地过去，两人变得越来越不安。他们都见识过周远在人格记忆研究中的神奇，也领教过他无与伦比的量子内力。

所以当他们看到周远真的推开门走了进来时，都忍不住微微向后退了半步。

"崔总镖头说你一定会回来的。"罗标说道，他一边说一边露怯地将软剑从腰间抽了出来。

"你们跟我去见崔敏虬。"周远说道。他的语气急切而坚决，俨然就像是在下命令，他的用词也不是"带我去见"，而是"跟我去见"。

"崔总镖头给我们的命令是……"

"不要浪费时间了，我现在要进去阻止崔敏虬，去完成本教一千年前赋予我的使命。"周远打断洪四槐的话。洪四槐和罗标都惊呆了，这是他们第一次听到周远使用"本教"这样的词语。

周远没等他们从惊讶中恢复过来就继续说道，"你们是无名教的使徒，追随我的脚步，跟从我的口谕，接受我的训示，遵守我的命令，这是你们此生都不能再舍弃的责任与本分。你们都曾在光明神面前立下重誓，背叛誓言，将会受到最严厉的惩罚。"

周远一边说一边往前走，很快已经进入到罗标软剑的攻击范围，但他却毫不为意。他此时的姿态和气度已经和之前完全不同，让罗标握剑的手禁不住颤抖起来。

"崔敏虬已经背叛了无名教，走上歧路，就像当年的李天道那样，他即将犯下不可饶恕的罪孽，而光明神会惩罚他和所有跟随他的人，让你们在蚀盲双眼的炫光中毁灭，堕入万劫不复的深渊，来生万世再也看不到光明……帮我去阻止他，这是你们唯一的选择，如果那样，我就能让你们得到救赎！看如所未见，听如所未闻，达如所未至，虑如所未思，因吾之证，诸象证悟，借吾之光，得见光华……"

周远这样的话语和口吻，显然不是请求，甚至已经不是命令，而是一个教主在宣示他的教义，在要求他教众的虔诚，特别是最后的四句话，分明已经是超越凡人的定位。

此时的周远，已经不再是燕子坞湖滩的书呆子少年，也不再是那个在茫然的记忆里寻觅求索的焦虑男孩，而俨然成为了那个历经千年，从火神教、流火教、太阳教、拜火教、月神教、明教、日月神教、赤焰教、光华教等一系列崇拜光明的宗教一路传延下来的无名教末代教主。

洪四槐和罗标听完周远这段布道式的话语，当然全都脸露惊诧和恐惧，都不由自主地朝后退了两步。

周远就这样一路走到洪四槐和罗标的面前，似是在等他们的表态。罗标哪里还敢动手，缓缓放下了他的软剑，和洪四槐一起看着周远，两人眼神里还是有着明显的矛盾和犹豫。

走廊的两头传来缉尉营的脚步声。他们应该是跟着周远一路从拢翠阁追来，正一间屋子一间屋子进行搜捕。

洪四槐和罗标一时都不知道该怎么办。就在缉尉们的脚步声已经来到门外时，周远双掌翻动，一招神龙摆尾已经如行云流水般发出。

那画着梅枝明月的门板立刻就被强大的内力击打得飞了起来，门外传来一连串缉尉痛苦的嚎叫。

洪四槐和罗标更是目瞪口呆。周远刚才这招降龙掌法使得从容连贯，完全不似之前沧浪亭陡然受攻时那么突兀，而且掌法的力度也控制在合理而有效的范围。

两人看着门口四散飞溅的木屑与碎砖再无犹豫，双双跪到地上，"教主！"

周远朝他们微微点了点头，一纵身跳入了鱼池里。

王素被李大用铁链紧紧勒住脖子，她的手脚渐渐失去了力气，意识也变得模糊。

就在这时候，实验堂屋的外面却传来一阵阵的惊呼和喧哗，紧接着是拳掌相交和有人倒地惨呼的声音。

崔敏虬皱了皱眉头。他示意方烈留在原地，自己带着沈峰和吕泽风两人走出堂屋查看。

他原本以为是峨眉剑校的人赶来驰援，却看到周远和洪四槐、罗标三人站在蝴蝶形的池塘边。

四五个镖师躺在地上痛苦呻吟，似是被周远打倒。其余的镖师围成了一圈都不敢轻举妄动。他们的表情有的惊恐，有的好奇，有的甚至隐隐带着期待。

崔敏虬看到周远后反而脸露笑容。

"我知道你会回来的，这是你的使命，你的执念。"他说，"我的确早就应该杀了你，我有很多这样的机会，可惜我没有。我不想你回来跟我捣乱，不过说实话，我心里又希望你能回来跟我一起见证历史。"

崔敏虬转头看了一眼远处屋梁上挂着的一个大更漏，"还有一刻多钟，中原历史上最伟大的时刻就会到来。没有人比你更有资格陪我见证这个历史。没有你的帮忙，这整个计划就不可能成功。"

"啊……对了，你可能并不知道。"崔敏虬的笑容转为自鸣得意，"我早就找到了一种神奇的方法，可以把你校正好的人格记忆方程，一瞬间运用到成千上万的人身上……"

"你要借助结界解除封禁时发出的力量，把人格记忆刻印到所有姑苏人的头脑里。"周远说。

崔敏虬的自鸣得意还没有充分展开就被迫收拢。他有些尴尬也有些不甘心，这个事情是他通过阅读结界里的手稿，费劲心力，琢磨了很久以后才弄懂的，以为天底下只有他一个人掌握，却没想到就这样被周远轻描淡写地说了出来。

"很好，很好。"他说道，"既然如此，那我们就一起来欣赏这个跨越一千年的宏伟计划的最后一幕吧！"

"你究竟合成了什么样的人格记忆？"周远问。

崔敏虬料到周远会问出这个问题，反问道，"你会合成什么样的？"

"应该会和你的很不一样。"周远说。

崔敏虬笑了，"我猜也是。古往今来，不少人都能够看到人性的弱点，也都能够预见到人最终会在物质的虚华和贪得无厌的本性中自我毁灭的结局。但是大家想出来的解决问题的办法却不尽相同。"

崔敏虬故意顿了一顿又说道，"比如其中最极端的，就是李天道教主试图用金蛊毒王散把扬州城整个毁灭……你们这些年轻人都没有去过那时的扬州啊，那种纸醉金迷，那种穷奢极欲，那种道德低下，那种人性沦丧，只怕连今天的姑苏城都无法比……"

"这种疯狂放毒的做法，才是最丑恶的人性吧！"崔敏虬的身后突然传来一声呵斥，王素握着倚天剑从实验堂屋里冲了出来。

方烈跟着跃了出来，满脸惊恐，害怕崔敏虬责怪。

原来等到实验堂屋里只剩下了李大和方烈后,王素终于等到了机会。她双手一运劲,被吕泽风扔到地上的倚天剑就像突然被一股力量吸起来那样朝王素飞了过去。

即使在峨眉剑校,柳依仙子也只传授了王素一人可以用这样的内功心法隔空驾驭倚天剑。王素这辈子也只在鬼蒿林里在周远和张塞的面前运用这招斩断了韩家宁的铁铐。

所以无论是方烈还是李大都完全没有预料到竟会发生如此奇变,王素将倚天剑接到手中,只轻轻一转,就将李大的两只手齐齐地斩断了。

崔敏虬转过头看到王素,倒不是很惊讶,也没有特别生气,反而一抬手制止了方烈、沈峰和吕泽风。

"王仙子说的很对,我其实也不是非常赞同李教主的做法。"崔敏虬诡笑着看着王素,"把拥有罪恶人性的个体成批消灭,固然非常过瘾,但问题是,这种罪恶原本就根植于人的内心,纵然杀光了扬州城的人,却还有姑苏城那么多人,还有长安、洛阳、帝京城那么多人……用金蛊毒王散放毒,的确是个事倍功半的傻办法。"

"既然你也这么想,那我们就应该合成忠诚善良的人格,用这种人格去取代人们内心中的邪恶!"周远道。

"你们两个都错了!"王素这时候说道,"根植在人内心中的恰恰是善,罪恶是人在遇到名利、爱恨的纠结时做出的错误选择,是误入的歧途。应该通过教育和感化来最大限度地遏制罪恶!"

周远看着站在远处的王素。她困苦疲惫,裙衫上沾满了尘土,白皙的脖颈上有一道红印,可是这种难得流露出来的脆弱却似乎更能映衬出王素的娇美和坚强,一如燕子坞湖滩上的初遇。可惜王素全神贯注在当下的危局里,竟没有发现周远看她的眼神已经完全不同。

崔敏虬哈哈大笑起来,"你看,这就是人性中的傲慢和自以为是。"

他指着王素对周远说道,"用毫无来由的自信和渺茫苍白的希冀去不负责任地断言罪恶只是表象,只是偶然,只是暂时。这就是这么多年来邪恶不仅从没有减少,反而与日俱增的原因。这根本就不是宽宥与慈悲,这恰恰是不愿正视自己缺陷的怯懦与傲慢!只有让这样的人先低下他们傲慢的头,让他们学会顺从,学会接受指令,学会服从管束,人性才能得到最终的救赎……这就是我合成的人格!"

第八章 谷雨梦醒乱姑苏

崔敏虬的这番话算是已经回答了周远的问题。

"这绝不是这片空间主人的本意！"周远摇头，"收起你的大义凛然，也不必装作忧心如焚，你的计划根本不是为了天下苍生，而只是找个理由来满足你自己的私欲而已！"

"我就是这片空间的主人！"崔敏虬厉声道，"我的意愿就是这片空间主人的意愿！"

"你没有这个资格！"周远同样严厉地回道，"李天道最起码曾是无名教的教主，而你什么都不是！"

崔敏虬脸露冷笑，"你是想来跟我谈预言论宿命吗？嘿嘿，我和李天道最大的相似之处，便是我们都不甘心屈从所谓的宿命！背叛也好，私欲也罢，我凭什么要按照写好的剧本来演出，我相信事在人为，我坚信可以凭借努力创造自己的命运！"

崔敏虬这番话换一个场合或许算是对自由意志的慷慨陈词，但此刻却充满了骄横与自负。

"我们不会让你得逞的。"周远说道。

"你们？"崔敏虬的眼光扫过周远，掠向他身后的洪四槐和罗标。

崔敏虬阴狠的目光让两人感到窒息般的威压，十几年来崔敏虬建立的威望并不会轻易地瓦解。

洪四槐犹豫了一会儿，终于鼓起勇气说道，"总镖头，你做这个事情，既不是为了救赎天下苍生，也不是为了挑战命运，你只是为了配合朝廷的统治而已。你给姑苏人刻印顺从和奴性的人格，就是为了配合大皇子的监理，等他成为太子后，你就可以换取更多的政治利益……你和侯大人说的话，我都听到了！"

在场所有的镖师听到洪四槐的话，都脸露惊讶，很多人忍不住开始交头接耳低声议论。

一旁的王素当然也很震惊。她虽然已经猜到崔敏虬和朝廷的勾结一直向上牵涉，却没有想到还有这样一层逻辑和因果。

原来大皇子之所以敢于在姑苏城如此动荡的时刻临危监理，就是因为早已定下了计划，倘若崔敏虬的阴谋实现，姑苏城十几万人全都变成了顺从的奴隶，那自然是动荡全无，罪案个数、审案速度等治理指标全都变得完美，这种力挽狂澜式的丰功伟绩，只怕确实能够超越久无边患、无硬仗可打的六皇子的军功,还真的极有可能得到满朝文武和圣上的赞赏,让大皇子顺利获得太子的地位……

"洪掌旗,你知道你已经犯下了叛教的死罪了吗？"崔敏虬脸现怒容,森然说道。

洪四槐看着崔敏虬,虽然没有退缩,身体却还是忍不住颤抖。

"洪掌旗是否叛教,不是由你说了算的。"周远这时候上前一步。

他转过头又面向着其余的镖师说道,"我才是李天道之后本教的教主！我现在是来履行创教祖师一千年前托付的使命,完成他的心愿。你们谁敢阻挡我,就是选择与光明神对立,就是选择了黑暗,将会堕入永不见光明的地狱！只有助我履行完使命,你们所有的人才能够得到救赎！因吾之证,诸象证悟,借吾之光,得见光华！"

王素站在那里怔怔地看着周远。她不知道周远只是想努力争取光华教教众的支持,还是真的已经与他预言里终将扮演的角色融为了一体。或许这都不再重要,他说出这番话时穆正庄严的样子,是那么自然,那么具有感染力,那么令人信服,让王素全身感到一层深深的寒意。

崔敏虬的脸色越来越难看。等周远最后说出那四句话时,他终于再也忍不住,一挥手一道强劲的内力直直地朝周远击发了出去。

周远一直严阵以待,看到崔敏虬动手,他也双掌回旋翻转,一招儿亢龙有悔直击了出去。

两股强劲的内力在空中剧烈地碰撞,让在场所有人的衣衫都是一鼓。崔敏虬和周远各自都朝后退了两步。

所有的镖师都惊讶地叫出声来,他们这辈子从未见到崔敏虬和人动手时被迫后退过。

"没错,他才是我们的教主,是李天道教主之后真正的传人！"洪四槐看到周远使出降龙掌法,也是信心大增,他上前一步对着所有的镖师喊道,"红日垂照,繁星满空,九龙啸天,乌龙入云,他就是千年预言里的命定之人！"

镖师当中开始出现了更大的骚动,有人来回望着周远和崔敏虬,有人开始三三两两大声议论,他们的脸上现出恐惧,疑惑,醒悟,膜拜等不同的表情。

"因汝之证,诸象证悟,借汝之光,得见光华！"隐隐有人在人群中吟诵起来。

"因汝之证,诸象证悟,借汝之光,得见光华！"洪四槐带领着大家吟诵。

渐渐地，有镖师走出来，站到洪四槐的背后，也有不少镖师走出来，站到罗标的身后。

（三五）

谷雨节辰时一刻。

天气极佳，过去十年来，姑苏城都没有遇到过如此风和日丽，气温适宜的农祭佳节。

从天蒙蒙亮的时候，姑苏城周边农庄、果园里的农户、佃户、长工、短工就早早全家人起来打扮一番，穿上鲜艳的新衣服，包上几盒昨晚煮好的卤蛋豆干、带上几篮瓜果，赶着车，骑着骡，坐着乌篷船向姑苏城进发了。

东西南北几条进城的主干道开始不断汇聚起人流，坐在车马上俊美的农家少年男女，和路两边最后一批尚未凋谢的春花相映成两道风景。几条最大的水路也是船头接着船尾，小孩们或扒着船舷呆望自己倒影，或在船舱里嬉戏追逐，或骑在父亲肩头挥手欢叫。

对很多孩子来说，谷雨节永远都是他们人生中第一次最自在欢畅的郊游体验，和寒冷的年节相比，春泥、青草和花香糅合在一起的气味更加清晰地印在他们初识人世的脑海里，平日里那种清贫、辛劳、独自在田野里徘徊的孤独被暂时忘却了，愁楚、叹息和疲惫也突然从父母的面容表情里消失，取而代之的是他们难得一见的笑容，当然还有他们已经成年的哥哥姐姐脸上洋溢着的那种好奇，渴望和憧憬。

但是对参加过多次谷雨节农祭的成年人来说，他们很快就能发觉今年的谷雨节和往年相比有着不少区别。

往年接近城门的道路上，会看到一队队不带兵器的姑苏巡捕摆着免费的茶水摊位，举着各色彩旗维持着秩序，指示着进城的道路。但是今年，道路两边全都是荷戟持刀穿着黑黄色制服的苏浙缉尉。

原本谷雨节大家最常去的城内景点就是沧浪亭，这一天整个园林必定摩肩接踵，小吃、表演、园艺游戏的摊前，都会排着长长的队伍。可是今年沧浪亭却被封锁了起来。虽然皇子昊殿下和苏浙省先后颁布诏谕和官文，宣布姑苏城系列绑架案成功告破，但沧浪亭因为遭受匪贼破坏，无法如期开放。

往年城外最受欢迎的景点则是寒山寺。这一次却也成为了禁地，原因自然是众所周知的六皇子与王仙子携手还愿。成千上百的人仍然聚集在东西南北各处的盘查关卡，从两三里地之外眺望寺庙黄色的院墙，倾听那天下闻名的钟声，想象着寺内英武的皇子和武林第一美少女的容姿。

往年农祭的高潮总是在卯时三刻，太守叶大人会亲自登上城南盘门的城楼，发表演说，感谢上天的风调雨顺，感谢大地的沃土滋养，感谢所有林农渔樵人家一年的辛勤劳作，最后敲响谷雨节的节气钟，宣布狂欢的开始。三百六十只纸鸢会被同时迎风放起，三百六十位少男少女组成的腰鼓队会在盘门外载歌载舞。

而今年的农祭仪式却格外简单，主持人也换成了苏浙省的侯大人。

侯瑞没有发表讲话，只是按照传统敲响了节气钟。之后就匆匆走下城楼，坐上轿子赶往寒山寺，谢元和吴桥舟两个府监骑着马跟随在后面。

盘门的锣鼓与狂欢声渐渐远去。侯瑞的嘴角露出冷笑，民众就是如此的愚昧和容易欺骗，只要苏浙省随便发一个案子告破的申明，他们就乐颠颠地涌出来狂欢，丝毫不担心街头巷尾仍在流传着的关于魔教教主的流言。即使是燕子坞事件那样惊天动地的大事，民众也只会恐慌一小会儿，只要有足够多的时间，只要有足够多的淡忘的理由，世俗世界的生活总是会迅速回到原先的那道深深的辙印里去。

侯瑞在辰时一刻来到了寒山寺大门口。

山门外的花园前，是最后一个盘查的关卡。所有官员和工坊首脑的副官和随从就只能跟随到这里。

七八十位参加六皇子还愿筵席的宾客已经通过了盘查，被引着走过花园小径，来到山门左手边的江枫阁上。这江枫阁是轩辕三年重修的，专为寒山寺接待宴请贵客所用。江枫阁极为奢华，二楼的水明厅装修得极为雅致，能容纳一百多位宾客同时赴宴，四面墙上都装裱着自张继以来古今多位文人墨客的诗词画卷。典律部尚书汪政、朝政部侍郎温凯、江武府副总管胡德宏、姑苏卫副都督华嵩等人已经在最中间一排的上首就坐，他们的对面坐着丐帮姑苏城总账房龙云康、海升平大掌柜东方醒、二掌柜东方醉、宝生钱庄姑苏总账房班厚生等帮派工坊的重要人物。

花园前盘检的负责人是岳衡。清商宫早在叶大人被革职之前就已经安排好姑苏巡捕来帮助负责寒山寺还愿的保卫工作。岳衡一边看着几个手下翻检着最

第八章 谷雨梦醒乱姑苏

后一批入寺的姑苏帮会和工坊高管的衣帽及随身物品,一边紧皱着眉头。

他踌躇半晌,还是转身走到站在花园小径前的清商宫卫队总管唐复面前,施了一礼说道,"唐总管,有件事情不知该讲不该讲,刚才进来的侯大人……下官发现他今天戴的官帽似乎比一般的官帽要重一些,虽然帽子四围平整,并无异物,可是我总觉得有些不妥……"

唐复看了看岳衡,露出不屑的笑容。唐复作为轩辕朝最精锐护卫部队之一的负责人,对这种地方护卫台、重案台的小角色自然不太瞧得上眼,加上清商宫自己的人在外面几处关卡已经严加盘查过了,所以岳衡这边的检查基本就是走走形式而已。

"你戴过从二品官员的帽子吗?又怎么知道比一般的要重一些?"唐复问道。

唐复的话明显语含讥讽,岳衡脸涨得通红,想了想还是说道,"下官自然没有戴过,不过从常识来讲……"

"侯大人的帽子里衬了一层金箔,是为了整束帽型。"唐复不耐烦地打断岳衡,"你以为这样的细节我们清商宫卫队没有注意到吗?"

岳衡当然知道官员有时会在官帽里衬垫东西让帽子的形状显得挺括一些,但是用金箔这样的金属,却是没有听说过。

"你不会是因为侯大人罢免了你们叶大人,心怀怨恨,所以要故意找茬吧?"

"下官不敢!"

"那你是想在我这儿刻意表现一下?"唐复仍是一脸不屑,"你若真是想逮住这次机会表现,我劝你还是赶紧做完你的盘查,把客人引上楼去。"

岳衡看到唐复最后说的几句话已经明显不耐烦,便不敢再多嘴,向唐复行了一礼,退了下去。

侯瑞过了关卡,整束完了帽衫,被一名清商宫的卫士引向了山门右手边的霜天阁。

"刚才那些大人们不是都去的江枫阁吗?"侯瑞问。

"侯大人,皇子晖殿下吩咐请你先移步江枫阁,殿下要亲自先与你叙话。"卫士答道。

"原来如此,下官三生有幸,感激不尽。"侯瑞说道。

皇子下到地方上,顺便找一省巡抚单独叙话倒并没有什么奇怪的。但是侯瑞是朝野众所周知大皇子的人，在当前立储之争一触即发的时刻，这样的召见就有些不寻常了。

侯瑞却并不怎么担心。大皇子昊已经监理了姑苏城，所以寒山寺现在是大皇子的辖区。大皇子来监理没几天，困扰了姑苏城多日的绑架案就成功告破，被劫持的道德楷模和工坊重要人物都被顺利解救，这在帝京城和中原各处都引起了极大的反响，太子之争的天平似乎已经缓缓倒向了大皇子那边。说不定六皇子今天找他是想联络一下感情，寻求支持。

当然侯瑞也知道叶伯仁是六皇子的人，将叶伯仁革职下狱一定让皇子晖很不满，很可能要拿此事斥责于他。但侯瑞却并不害怕，他抬头看一眼花园立柱上挂着的大更漏，离辰巳之交已经没有多少时间了。等那时候一过，什么叶伯仁，什么立储之争，一切都会变得无关紧要，一切便都会重新开始。

所有姑苏城的人，无论是出入豪宅的富豪，还是夜宿陋巷的下人，无论是满腹经纶的博士，还是目不识字的白丁，无论是此刻坐在江枫阁上的权贵，还是一早从周边乡村赶来过节狂欢的男女老幼，都将在那一瞬间后，在不自知、不自觉之中，被输入奴性的人格。

他们会对第一个向他发号施令的强权者言听计从，并认为这种屈服与顺从是天经地义，是他们与生俱来的秉性。不管屈从的代价有多么不公和耻辱，他们都不会感到怀疑和愤怒，更不用说要去挑战和反抗，即使是贵为皇子、从小被人侍奉的轩辕晖，即使是贵为武林天才少女、冷傲无双的王素，也都不能例外。

只有他侯瑞，靠着帽子里衬着的这层金箔，可以阻止芥沙的通过。只有他，才可以在这场史无前例的人格重塑中幸免。

侯瑞走到霜天阁上的流云厅落座，一个模样清秀的小和尚走进来给他上茶。侯瑞拿起茶杯，手忍不住开始微微颤抖，光是想象着这座城市里所有的人都即将跪到在自己的脚下，就已经让他权欲勃发，难以平静。他啜了一口杯中上等的茗茶，清香沁入脾肺，让他更加浑身舒畅。

在流云厅旁边的一个套间里，章大可和季菲从门缝里紧张地看着侯瑞饮下茶水。不用猜也知道，侯瑞的茶里已经被下了真言露。

昨夜当月柳街的夜空中升起峨眉的烟火徽章后，轩辕晖的酒总算醒了大半。他立刻让唐复派出一批清商宫的卫队去月柳街查个究竟。章大可也趁此机会和六皇子详细说了记忆移植的事情以及他们的冒险计划。

轩辕晖当然已经从杨冰川和龚一平两位教授那里听说过记忆移植的事情，

但是如此匪夷所思的事情任何人都不会轻易采信。

侯瑞是省府级的高官，是皇子昊的亲信，倘若下了药之后发现弄错了，轩辕晖是绝对无法向皇兄，向满朝文武和父皇交待的。

但反过来，假如侯瑞真的被证明是魔教的，是李天道惊天阴谋的延续，是姑苏城一系列罪案背后的真凶，那这毫无疑问将是对轩辕昊的致命一击，将把他刚刚在姑苏城建下的功勋一下子化为乌有，而他自己就将立刻成为姑苏城，成为整个中原和轩辕朝史诗般的英雄。

"皇子晖殿下到！"

门口的司仪官拖长了声音宣布。六皇子轩辕晖一身黄衫随着那长长的尾音走进了流云厅。

侯瑞立刻站起身来掸袍拍袖，跪下行礼。

"侯爱卿免礼！"轩辕晖一摆手。

侯瑞想站起来，头脑却忽地一滞，就如同车轮戛然而止那样一下子变成了一片空白。他就这样半跪着僵在了那里。

章大可和季菲从套间里一脸紧张地跑了出来。

"药性发作了吗？"轩辕晖问。

章大可查看了一番点点头。

"有把握吗？"

章大可的心剧烈地跳动着，成败就在此一举了。

（三六）

崔敏虬看着不断有手下开始吟诵光华教的经文，加入洪四槐和罗标的队伍，顿时怒不可遏。

"真没想到我安护镖局里面还真有这么多不忠且愚蠢的人！"崔敏虬惯常的凶狠里显露出嘲讽，"你们知道什么叫末代教主吗？末代教主就是我们光华教的掘墓人、送葬者！你们以为他在乎你们吗？你们以为他真的是来救赎你们的吗？他只是来完成他的使命，等使命完成，一切就会结束。"

崔敏虬的话对一部分人起了作用。他们停下脚步，疑惑地看着周远。确实，末代教主这种说法实在是太不祥了。大多数人都不喜欢这个概念，末代就意味着结束，而结束背后的寓意往往就是虚无甚至死亡。降龙掌法意味着强大，却也意味着毁灭。

周远面对着镖师们疑惑的目光，一时不知道应该如何回答。

"末代未必是坏事！"罗标这时说道，"末代未必就是结束，或许是新的开始！既然这是光明神的预言和安排，我们就不必怀疑，我们的生命本来就都会结束，只有获得救赎，我们才有可能获得新生！"

"新生？朝廷和武林一直残忍地屠杀我们，用毒药把我们的妻儿老小变成毒人，这些年来是谁保护你们，让你们获得尊严？这个所谓的末代教主能够做到吗？你们跟随着他，能获得什么？我能够让你们再也不被追杀，被屠戮，再过一刻钟，你们走出这里，就会成为这座城市的主人，未来成为整个中原的主人，这才是新的开始，这才是光华教存在的意义，这才是光明神的旨意！"

"这是谎言！"洪四槐说道，"朝廷或许是不会追杀我们了，但那是因为你选择和朝廷勾结在了一起！我们才不会是主人，我们会成为朝廷的鹰犬和奴隶！"

"你一个掌旗又如何能懂我深远的计划！"

"你即将犯下的是不可饶恕的罪行，你的计划再深远又有何用，光明神会惩罚你，就像惩罚李天道一样！"罗标说道。

崔敏虬和洪四槐、罗标的对话，震慑了一些人，也影响了一些人。

仍是有人陆陆续续走到洪四槐和罗标的身后，但始终还有超过一半的人一直站在原地没有动。

王素看到这情形，心中已然暗喜。如果洪四槐、罗标和她联手，对敌沈峰、吕泽风和方烈三人应该尚有希望。而更让她鼓舞的是周远竟然已经可以自如控制量子内力，此时的情势和之前自己孤军深入、惨陷绝境相比，已经好了太多。

"崔总镖头，对不起了！"罗标这时候大喝一声举起软剑，陡然朝崔敏虬扑过去。

王素看着罗标出招的线路，微微皱了皱眉，他划出的步伐，离洪四槐太近，不管洪四槐出不出手，必然要受到限制。但王素又想，或许魔教的武功就是这样的诡异。

等王素意识到有问题时，已经太晚了。

尽管罗标的眼神和声音是冲着崔敏虬而去，但他手中的软剑却在中途陡然变向，刺向洪四槐的后心。

第八章 谷雨梦醒乱姑苏

等洪四槐明白了罗标的真正意图时，只来得及向旁边稍稍移动了几寸，被罗标的软剑一下子刺透了右胸。

洪四槐竟是一点痛苦的哼声都没有发出，他猛地向前跨步，想摆脱罗标的剑，但罗标老道地跟着向前跨步。原本洪四槐还可以设法运功折断罗标的剑，但罗标使的恰恰是软剑，竟是无处着力。

在最后残留的意识里洪四槐明白一切都无可挽回——罗标背叛了他，或者说，罗标始终都是忠于崔敏虬的人。他应该是故意装作跟着他一起反抗崔敏虬，好将镖局里所有那些不坚定、对崔敏虬不忠诚的镖师都引诱出来。

洪四槐最后转头看了一眼周远，目光里说不清是求助，祈愿，还是别的什么。罗标把剑在洪四槐身体里拧过来，往左一划，削穿了他的心脏和整个左胸。

洪四槐无声地扑倒在地上，再也不动弹。不知道在他临终的那一刻，是否相信自己真的可以得到救赎。

罗标转过身来，脸上的表情变得凶狠而狰狞，他手中的软剑不断地颤动着，上面沾着的鲜血一滴滴四散飞溅。

"将这些安护镖局和光华教的叛徒全部剿灭！"他朝着所有聚集在洪四槐身后的镖师们一指。

罗标的手下和那些原本就没有站队的镖师就立刻一起抄起兵刃扑了过去。

那些跟随洪四槐的镖师们企图反抗，但是看到洪四槐惨死，双方力量对比又陡然变得悬殊，大部分人一下子就失去了斗志，很多人无助地抬眼去看周远，指望着他来拯救他们。

周远刚刚找回量子内力的记忆，原本运用得也不算特别纯熟，临敌的机变更是十分稚嫩。所以直到罗标大声喊完之后，他才匆忙出手。

罗标看到周远对自己动手心里也是发怵，但他显然对这个末代教主没有丝毫的信心，咬着牙挥动软剑向周远反攻回去。

那一边，王素在罗标刺死洪四槐之后已经一个纵跃朝崔敏虬扑去。她心中哀叹，自己原本以为的大好局面就这样一下子崩于无形。她只能拼尽全力去杀死崔敏虬，不论这件事有多不可能。

倚天剑发出青蓝色炫目的光芒。

沈峰等人要上去截住王素，崔敏虬却朝他们摆了摆手。他利用罗标清洗镖局叛徒的计谋已经得逞，现在局势尽在掌控，他想要亲自会一会这位峨眉仙子。

崔敏虬拔出身上的佩剑凌空而起，划出一道飘忽的弧线，使出看不出传承的凌厉剑招向王素攻去。

王素很清楚自己是在和魔教地位最高的执教长老对战，当然直接使出峨眉最强的"灭绝剑法"，在倚天剑的加持下，招法也是极尽凶狠。

崔敏虬的内力极强，超一级兵器带来的压力被他轻松化于无形，两柄剑几次铮铮的碰撞，反而是王素感觉到了虎口酸麻，几欲脱手。

"你是已经猜到了我要做的事情所以赶来的吧？"崔敏虬在激战中居然还能开口不紧不慢地问话。

王素全神贯注，并不答话。为了提防魔教武功的诡异弧线，她必须集中起十二分的注意力，处处留着进退的余地。这让她格外耗损内力，使一招，就像使五招那样费力，这让她根本无力在这激战中说话。

"你们新一代的武校生，真是幼稚得可爱！"崔敏虬继续说，"你不觉得跑回来很傻吗？如果我是你，我就连夜逃出姑苏城，逃得远远的，而你却想来拯救众生，真不愧是看戏文长大的一代……"

周远在一边看到王素完全处于下风，心里焦急。但是他和罗标对敌，虽然占据优势，却一时也找不到速胜的办法。

他虽然已经找回了量子内力的记忆，却不敢像在沧浪亭那样发出强力，因为经络承受不了，必定会再次昏厥过去。而罗标使用的软剑，又恰恰是克制刚猛无俦的降龙掌法的最佳武器。

"你这样送上门来，只会白白给我做棋子！"崔敏虬继续说道，"一会儿我会给你注入奴性的人格，再把你献给大皇子，你会成为我们在朝廷里最好的内应！"

崔敏虬说完，身形匪夷所思地做了几下腾挪闪动，让王素顿时完全失去了对崔敏虬攻击线路的预测，三招之后，防守已经破绽百出。

很显然崔敏虬之前没有使出全力，只是为了能够得意扬扬说完他那番话，而这三招之后，王素之所以还没有立即脆败，只是因为崔敏虬想活捉她。

周远这时候已经判明了当下的形势——王素因为对崔敏虬的魔教武功毫不理解，一点胜算都没有。而自己因为武学修为和临战经验尚浅，只怕费尽周折也未必能快速战胜罗标这样魔教掌旗级的人物。而那边沈峰、吕泽风和方烈这些明显很厉害的角色都还没有动手，让这场对决完全变成了一场毫无悬念的游戏。

周远知道几招之内王素就会被擒，情急之下，他回身看了看池塘旁边的那个奇怪的屋子，像是下定了决心一般对王素喊道，"王仙子，跟我来！"

潜意识里，王素似乎一直在等着这一刻。

自从半年前和周远相遇后，每当遇到困难，遇到难以化解的危局时，周远最后总能够想出脱困的办法，因此在王素已经凌乱了招法，完全失去了系统的防守，只是凭借本能反应见招拆招的状态，听到周远的这句叫喊，她没有任何犹豫。

王素娇叱一声，用倚天剑一左一右同时使出"弊绝风清"和"覆宗灭祀"两个灭绝剑法里的杀招。

一柄剑原则上是不可能同时使出两个剑招的，不管多快，在时间上总是要一前一后，先使完一招，再使第二招。

但是峨眉剑校自灭绝师太之后的历代高人，却苦心孤诣，把灭绝剑法里的十五个杀招都巧妙设计得可以分步轮流交替施展。也就是说可以先使出弊绝风清的前三分之一招式，再转而使覆宗灭祀的前三分之一招式，然后又巧妙连回到弊绝风清的中间三分之一招式，以此类推。如果剑速极快的话，看上去就像是同时在施展两个招数。

灭绝剑法的十五招，每一招都是杀招。杀招的意思就是不怎么理会对方的应对和反击，一杀到底，哪怕同归于尽。像王素这样同时使出两个剑招，不管剑速多快，从每一个剑招的角度来看，速度都是慢了一半。因此，最终导致两败俱伤的可能就更大。从这种剑招设计，也能看出峨眉剑校随时准备与多个强敌同归于尽的狠劲和决心。

崔敏虬瞬间就看到两三种突入王素招法的缝隙，可一剑将她致命，而自己只受轻伤的选择。但到了这种时候，他肯定是想活捉王素的，因此看到这种拼命的招数只能选择朝后面退闪。王素两边的招数都只使到三分之二，看到崔敏虬果然后退，立刻就把剑一收，疾步回撤。

周远同时一招亢龙有悔将罗标逼退，然后朝着那没有窗户的小屋一指，两人疾奔而去。

崔敏虬原本被王素用虚招晃了一下，虽然不爽，倒也不担心，但是看清两人的企图后，却大惊失色，脚下想硬生生从后退改为向前，不料反而一滑，已然追不上两人。

"那个屋子绝不能进去！"他高喊。

周远和王素哪里肯听，两人不由分说撞开了屋门就冲了进去。

崔敏虬和罗标赶到屋前，对望了一眼，竟都不敢追进去。

周远和王素冲进了那间没有窗户的小屋。

王素是毫不犹豫地跟着周远冲进去的。虽然他们此生在一起总共只有几天的时间，虽然王素对这间屋子一无所知，但她还是对周远有着一种近乎盲目的信赖。

然而周远却是怀着极忐忑的心情冲入那间屋子的。

他从第一眼看到这个屋子，心里就很不踏实，有一种莫名的不舒服，甚至可以说是恐惧。每次梦魇结尾的那种无尽的凄凉，难以排遣，无法挣脱的苍凉和绝望感就会浮现出来，仿佛这个小屋不仅是梦的尽头，也是世界的尽头。

他虽然好奇，却还远远没有做好心理准备，如果不是别无选择，他不会这么鲁莽地冲进来。

撞开的门无声地在身后合上了，然后眼前一下子变成了一片漆黑。

周远揉一揉眼睛，等待着视觉逐渐适应屋里的黑暗。然而过了好一会儿，眼前却仍然看不到任何东西，一种真正的伸手不见五指的黑暗包裹了他。

这非常古怪，因为这里并不是玄机谷那样的山体深处，而是和外界的光源只有一门之隔，但是当门关上之后，却连一丝微光都看不到了。这绝不可能是因为这扇门铸造得有多么的严丝合缝，而似乎是因为这小屋里有一股神秘的力量，能够把微小的光亮都吸纳吞噬了。

周远来不及去顾虑眼前的黑暗，因为他的身体迅速感受到彻骨的冰冷。这种冰冷的感觉比眼前的黑暗更加古怪，周远似乎并不觉得这间屋子本身有多冷，他也并未感觉到周围的寒气包裹住他的身体，透过他的衣衫由外及里地冰冻进去。周远感觉到的，仿佛是身体内部的热量正由里及外地在被快速抽离。

然而还有比四周的黑暗和身体的冰冷更为可怕的东西，那就是心里的那种无尽的苍凉感。如果说几次站在屋外感受到的那种凄绝苍凉还只是源自对梦境的记忆和回味的话，那么此刻却是真真切切地体会到了那种可怕的、一切都将失去、一切都将终结的绝望。所有的希望，所有的美好，所有的温情，所有的爱都被急速抽离躯壳，在冰冷的黑暗里被揉碎、消失。

周远忍不住踉跄地挥舞着两手，似是要从虚空中把希望与美好抓回来，却只是徒劳。他像一个落水者那样开始狂乱地挣扎，终于在黑暗中，触到了一只柔软温热的手。

那只手的热度也正在急剧地下降，但是在周围阴冷极寒的虚空的对比下，仍显得滚烫。

那是王素的手。而王素的手一和周远的手相触，就立刻紧紧地抓着，力气大得让周远感到疼痛。

"这里是什么地方？"周远听到王素气若游丝地问，语气里满是绝望，显然所有的温度和心中的希望与温情也同样快速地在从她的身体里被抽离。

周远无法回答。他心中也没有答案，只剩下了后悔。

他不应该贸然带着王素来这里，这里并不是一个可以庇护他们的所在。

这里是绝境，是死地。

两人都剧烈地颤抖起来，本能地紧紧抱在了一起。但是身体的温度只能很短暂地相互给予一些慰藉，心中的绝望、生命力的慢慢消散、被抽离成空虚躯壳的凄凉感让两人都无法动弹，也无力再言语。

王素试图调息吐纳，可是不管她如何努力，却都唤不起任何的内力。让她莫名惊异的是，这似乎并非因为她失去了气力，也不是因为无法聚集起丹田两端足够的阴阳差值，而是因为在这个地方，仿佛压根就没有阴和阳，根本就找不到自然力的回应。

两人相拥着瘫倒在地上，紧握的手渐渐无力，渐渐松开。

很快，他们就要在这极度的黑暗和寒冷中沉睡过去，慢慢变成两具冰冷的躯壳。

就在王素的意识渐渐要消失的时候，她突然感觉到周远的手又重新握紧了自己，然后他感到周远的手逐渐重新变得温热。

这种温热持续增长了好一会儿，王素才确定那不是自己临死前的幻觉。温热渐渐扩散，传递到王素的身体和四肢。

王素看不到周远的表情，但她能猜到，是临死的绝望唤起了周远身上的量子内力。她无力去思考为什么自己唤不起阴阳自然力而周远的量子内力可以在这个小屋中激发，只是紧紧地抱着周远，贪婪地享受着他身上的温热。

"我们……离开这里。"周远轻声说，他握着王素的手，两人挣扎着站起来，紧紧贴在一起，艰难地迈步。

但是两人都已经失去了方向感，只能凭着感觉前行，每走一步，一股阴冷的绝望感和生命力僵死的空虚就扑面袭来。周远咬紧牙关，让丹田灼热的跳动持续着，让强大的量子在自己的任督二脉不断地运行周天。

整个小屋并不大，但是周远和王素却感觉走过了永恒。

不知道过了多久，周远仿佛感觉跨过了某种界限。长时间在一片虚空里摸索，他几乎麻木了，但他还是清晰地感到跨过了某种界限。

因为一切仿佛在一瞬间就回来了。

温热的感觉，明媚的光亮，美好的记忆，希望，爱意……

四周仍然是漆黑一片，但是和刚才死寂般的黑暗却完全不可同日而语，屋顶瓦缝里露出来的那点点微光照射下来，让两人觉得就像是正午的阳光一般。

王素触碰到了一张桌子，摸到了上面的蜡烛和火折，点燃了灯火。

两人都闭上了眼睛，过了好一会儿，才适应了如此亮度的光线。

他们应该是走到了小屋的正中央，这里有一套桌椅和一张棕床，桌子上，放着一副象棋的残局。

王素和周远分头试探着去朝别的区域摸索，但只要一离开这片最中心的区域，刚才那种恐怖的虚空就又笼罩了过来。看起来只是中央这一片圆形的区域里，形成了一个温暖的保护地带。而外面这片恐怖的虚空暂时把他们和崔敏虬、罗标阻隔了开来。

"这里到底是什么地方？"王素略略舒了一口气。

周远摇摇头，他也没有答案。

"你觉得……那种寒冷，极度的冰冻的感觉，是真实的吗？"王素又问。

王素既然这样问，便意味着她对那寒冷感觉的真实性有疑问，而周远也有同感。小屋和外界最起码还隔着一道墙，但这片区域和虚空仅仅隔着一道虚无的界限，竟然可以有如此大的温差，这实在无法让人理解。即使是刚才全身冰冷，感觉就要死去的时候，周远仍然隐隐觉得，这种极度寒冷的感觉是一种幻觉，与其说是身体上的，不如说是心理上的。

第九章　寒山一愿终是空

（三七）

"你……叫什么名字？"章大可问道。

侯瑞把脸转向章大可，露出平淡而茫然的表情。

"我叫侯瑞。"他回答道。

章大可一下子就愣住了，这并不是他期待的答案。侯瑞的语调虽然显得呆板，但是却明显仍是他本人说话的语气。

半年前当杨益樵服下真言露后，他说话的样子立即就像完全变了一个人一样，而且清楚地说出自己是光华教玉衡坛的教使谭志。

"你……你是魔教的人吗？"章大可愣了好久才问出第二个问题。

"不是。"侯瑞毫不犹豫地回答。

"你是光华教的人吗？"季菲怕章大可用词不准确，又追问了一遍。

"不是。"

轩辕晖此时已经沉不住气了，"怎么会这样？你不是很有把握说他是魔教转世的吗？"

章大可涨红了脸，不知道该怎么回答。

"怎么会是这样？"季菲也惊讶得六神无主，"我是亲口听程少斌说侯大人患过脑病的啊！"

章大可低着头想了半天，对季菲惨然笑道，"也许……侯大人真的患的是脑病……也是真的被治好了。"

"你的意思是，你们搞错了？"轩辕晖黑着脸问道。

"殿下，这真言露的药性不会有错，如果侯大人回答他不是魔教的人，恐怕他确实不是魔教的人。"

轩辕晖摇着头，朝后退了两步，手在空中狠狠挥了一下，似乎是无处发泄心中的恼怒。

就在这时，从远处传来了寒山寺悠扬的钟声。

巳时已到。

轩辕晖刚准备说句什么话，整个霜天阁突然剧烈地颤抖起来，流云厅里桌椅上的盆栽、吊灯挂画纷纷晃动掉落，轩辕晖和章大可、季菲全都站立不住，纷纷扶住墙壁。外面的花园里也传出来各种惊叫，说明这晃动并不是只发生在霜天阁，而是覆盖了整个寒山寺区域。

轩辕晖和章大可互看了一眼，都是极为不安，不知道发生了什么。花园里的惊叫变得更响，一阵极强劲的风从姑苏城的方向吹来，一下子吹开了霜天阁所有的窗户……

王素和周远被困在黑屋中央的空间里，虽然暂时获得了安全，却也对外面的局势无能为力。

时间一分一秒地过去，过不了多久，奴性的人格就将被结界封禁解除的强大力量播撒向整个姑苏城。寒山寺里的六皇子、那些从帝京城来出席仪式的文武官员，姑苏城里的所有武校生和江湖人，那些工坊行会的东家、账房和雇员，那些打扮得花枝招展正庆祝着谷雨节的男男女女，都将在一瞬间永远变成不自知的奴仆。

王素不知道是扬州那样的八万人一起中毒哀嚎更残酷，还是姑苏城这样十几万人永远失去自由的意志，在奴役中浑浑噩噩度过余生更加可怕。

"不知道张塞和谢姑娘是否顺利地逃出去报信了……"周远似乎想说句安慰的话。

王素哼了一声，白了他一眼。谢雪莹她还不熟，但张塞是个多么靠不住的人，她比谁都清楚。从过去的经验看，托付给张塞的事情越是重要，他就越是成事不足败事有余。

周远在一旁看着王素这表情，整个人一下子都痴了。

半年前在听琴双岛上，王素一路嘲讽张塞，满脸都是这种娇俏的表情。那时候满心都想能够早日从鬼蒿林里出来，可现在想来，他宁愿一直待在那缓慢的时空里，永远看着王素那明艳动人的模样。

"我们不能一直在这里待下去。"王素处在穷尽一切智计寻找出路的状态中，竟是对周远的眼神毫无察觉，"你刚才可以用量子内力对抗这个诡异的空间，你能再试一试送我出去吗？"

"我们绝不是外面那五个人的对手。"周远提醒她。

"我知道，可是我们总不能就这样什么都不做，我最后再试一次，就算不成功，我也不会让他们活捉的。"王素说。她显然已经打定主意要为武校生的责任、为人格的自由做最后的一战，也已经做好了必死的准备。

周远看着王素，心中忍不住叹息。从燕子坞岛湖滩初遇开始，两人就连番被卷入一个又一个的阴谋和危难之中，几乎连一丝喘息都没有。他其实多么想能够和王素在这里静静地坐一会儿，告诉她自己已经回想起了一切。他多想能够为自己在试剑台上不顾一切的举动说一句抱歉，可是他知道眼下没有这样的奢侈。

他于是对王素说道，"王仙子，刚才我看你和崔敏虬动手，感觉你的武功招式其实非常精妙合理，起承转合的优化程度也很高，可为什么你在几个关键处总是犹疑不决，白白错过了机会？"

王素没想到周远居然还能记得武功招式优化这些东西，她叹了口气说道，"精妙优化又怎样，对于魔教那种怪异武功的原理，我一点都不懂，根本不知道该如何预测他们行进的线路，也无法确定我的招式会遭到怎样的反制，所以才只能处处留余地……"

"我猜也是这样。"周远说道，"我看崔敏虬还有洪掌旗他们所使的武功，应该就是相对武学，我倒是已经有了一些了解。"

王素吃了一惊，心想你研究出来的不是量子武学嘛，什么时候又变成相对武学的专家了。

周远看懂了王素的不解，"我衣服上的文字，也就是《慕容家书》里，本就有不少关于相对武学的论述，虽然支离破碎，我之前却已经有所研究，刚才看了你衣服上的文字后，突然觉得终于前后贯通起来，许多先前的疑惑也已经解开了。"

"真的吗！"王素的激动可想而知。因为执着于千年预言的真相，差点让她忘了《慕容家书》首先就是一部武功秘籍，魔教的武功，首先就是来源于这部奇书。当年慕容校长、黄毓教授、恩师柳依仙子、柳铭卿大人，还有周远的母亲苏婉潜入鬼蒿林里，一部分的目的也就是要找寻《慕容家书》，窥探其中的武学奥秘。

这相对武学，不知给多少黄张理论下熏陶出来的武校生带来了多少挫折和痛苦。当年即使是杨冰川教授、照月大师他们也无法真正逆推出这种武学的原理，只能凭借不断积累对敌经验，做相应的调整，方才能够与魔教的高手抗衡。现在周远已经从两套衣服上完整地读到了相对武学的描述，恐怕这世上，没有几个人比他更有能力去领悟其中的原理。

"你快告诉我！"王素冲到周远的面前，"相对武学的原理究竟是什么？"

周远看着离自己那么近的王素，一股好闻的体香飘来，突然又有些痴迷和惘然。

"你快说啊，剩下的时间已经不多了……"王素催促。

周远凝视着王素，过了一会儿脑海中的逻辑和思考才又返了回来。

他深吸了口气说道，"王仙子，黄裳张三丰体系想必你很了解。利用自然力阴阳有保持平衡的天然倾向，在丹田制造阴阳差，自然力就可以在经脉里高速运行，产生内力。可是，这并不是唯一可以产生力的方法。"

王素听着周远用惯有的语调平静地讲述，蓦然感到一种特有的熟悉和安宁。

"其实，空间的几何性质，也可以产生力的效果。"

"你是说……就像结界解除封禁时那样？"王素试探地问。

"对，这个显然是。"周远说，"但其实在更小尺度上的空间弯曲，都能够产生力。"

周远说着从桌上的残局上拿起了一枚象棋的棋子，走到床边。王素也站起来，好奇地跟过去。

"王仙子，所谓的力，本质是什么意思？"

王素试图回答，但是却发现自己一时半会儿想不好一个满意的答案。

"其实力的本质，不论最后是用来击打，还是用来抵挡，其本质，还是改变了物体，比如刀剑拳掌的移动速度或者方向，对不对？"

王素点点头，她不知道周远最终要把论述引向哪里，但是这种对力的表述不能说有什么不对。

周远把象棋子立起来，然后朝王素那边滚过去。象棋子顺着一条直线，滚到王素面前。王素伸手将棋子捏住。

"王仙子，请你再把象棋子滚回来。"

王素不知道把一枚棋子滚来滚去意义何在，但还是依言把象棋子滚了回去。

第九章　寒山—愿终是空

就在王素滚动象棋子的时候，周远突然握拳，在棕床的中心一按。棕丝受到压迫，整个棕床的床面向下凹陷下去。那棋子原本是按照直线滚动，因为床面发生了形变，立刻划出一道弧线来。

"王仙子你看，这棕床可以看作是那棋子运动的空间，我没有去碰那棋子，只是改变了其运动依托的空间的几何形状，那棋子的运动就发生了改变。从某种意义上来说，我岂不是已经对那棋子施加了力？慕容公子把这种方式产生的力，称作引势力。"

王素盯着那枚划出一个弧度、最终滚落到棕床边沿的棋子，心潮澎湃。她虽然没有周远那种数理的基本功，但是对于武学原理的直觉，却完完全全对得起她天才少女的称号。周远这样一个简单的演示，立即让王素明白了相对武学最基本的原理。

她忍不住叹了口气。那么多优秀的武校生在这种武学面前吃亏，对其变化百思不得其解，竟是因为这种武学根本不是建立在黄裳张三丰的武学体系之下。

"所以这种引势力，压根和自然力无关？"王素问。

"倒不能这么说。"周远摇头，"拳掌刀剑、枪棍暗器，包括我们自身，都是在自然力布成的空间里运动，这是引势力可以产生的前提。比如离开了这棕床，我也就无法对棋子施加力了。这棕床的床面可以类比为一个二维的自然力空间，当空间发生弯曲时，象棋子依然选择沿直线运动，也就是走两点之间最短的距离，但是对于二维平面上的观察者来说，却看到它划出了曲线……"

"可是……"王素突然觉得有些困惑，"这床面是一个二维平面，你刚才之所以可以将棕丝压弯，是因为存在第三个维度，二维平面可以向这第三个维度弯曲，而我们实际处在一个三维空间里……"

"没错。"周远赞赏地点头，他知道王素又更进一步接近了相对武学的真谛，"自然力空间，存在四个维度。"

王素虽然问出了一个极为深刻的问题，可是这个答案却让她更加困惑，她试图在头脑里想象一个三维空间向第四个维度发生弯曲的情形，却根本做不到。

"我完全想象不出来。"

"这个谁都想象不出来，"周远笑了，"但是算学却可以轻松表示任意的维度，并进行运算，即使是一千一万个维度都没问题。"

"可是这第四个维度，是什么呢？"

"慕容公子认为,这第四个维度是时间。"周远说,"所以当自然力空间发生弯曲时,时间的流逝也会加快或者变慢,所以自然力空间,准确而言,应该叫自然力时空。"

王素无法理解周远的话,但是她知道鬼蒿林,还有沧浪亭结界的内外都存在时间差。"山中方一日,世上已千年"的烂柯传说似乎也早已说明时间对不同的观察者可以是不一致的。鬼蒿林的只进不出,沧浪亭的只出不进,幻术舞台上的奇异体验,这些应该都是自然力时空在四维空间发生弯曲后的结果。

"那你告诉我,如何让自然力时空像那床面一样发生弯曲?"王素决意不再纠结相对武学的基础原理,转而问出实用层面的问题。

"通过产生'量质',就可以让自然力时空弯曲。"周远回答。

"量质?"

"对,这是慕容公子在家书里使用的词汇。"周远说,"你可以把'量质'想象成一个沉重的物体,放到棕床上,就会发生形变。其实万事万物,包括我们人自身,都具有量质,只不过这种量质对于自然力时空来说太过微小,形成的弯曲可以忽略不计。"

"那如何可以形成……巨大的量质呢?"王素追问。

"我不知道有没有其他的方法,但慕容公子发现,如果对阴阳力使用得法,就可以凝聚巨大的量质。"周远回答,"在黄张体系下,阴阳力通过丹田形成内力后,直接就成为改变物体运动的力量,而在相对武学体系下,阴阳力被用来凝聚量质,让自然力时空发生曲折,从而产生引势力去改变物体的运动。慕容公子做了一系列复杂的推导,证明两种方式最终产生的力的结果是等效的。但是,引势力可以带来更复杂的招式变化,甚至创造出在黄张体系下无法实现的高深武功。"

"那就好。"王素松了口气,她对所谓等效性的证明毫无兴趣,但既然阴阳力可以引发引势力,她就有自信能够学会相对武学,因为她对阴阳力和黄张体系是极为熟悉和擅长的。

"告诉我在自然力时空里凝聚量质的方法!"

周远点点头,把从《慕容家书》中领悟到的凝聚量质并弯曲自然力时空的方法一点点告诉王素。

这些方法无疑是深奥和晦涩的。从黄张体系的角度来看,这种运用自然力的方式是莫名其妙的,因为明显是自己在和自己较劲,对力的运用不仅低效甚

第九章 寒山—愿终是空

至会被抵消，因此这么多年来竟从未有人深入去研究这种做法的后果，连黄药师这样的武学奇才，也只是在他的名著《落英集》里简单地提到了有时可以通过阴阳力的对冲产生一种"凝结"，并记录了一些他称之为"有趣"的"弯曲"效应，之后也没有做进一步的深究。

而实际上黄药师的武学实验只要稍微更进一步，做两个稍微复杂一点的改变，就能在自然力空间内凝聚出足够的量质，从而引发足够引人注目的引势力。

一旦掌握了产生引势力的方法，难点就变成了量化地计算自然力时空的弯曲所产生的效果，并将之和黄张体系下的武学优化理论联系起来。

好在慕容公子已经研究得比较透彻，且发现了很多参照系变换口诀、助记法和快速计算的捷径，而周远恰恰是一位优秀的武学理论的解释者，王素是百年一遇的习武天才，竟然在不到一刻钟的时间里，硬是掌握了最基本的相对武学的原理和技巧。

周远站在角落，一颗一颗将象棋子从各个角度扔向王素。王素像个魔教高手那样挥动双手，并没有直接去碰这些棋子，但是这些棋子却有的被向外推开，有的被吸到王素手中，有的已经飞到王素身后，却划了条弧线转了回来……

"没有时间了。"王素的脸上洋溢着强烈的兴奋和喜悦，"我们现在要出去阻止崔敏虬！"

周远看着信心满满、斗志昂扬的王素，却没有那么兴奋。他想离开这里，又不想离开这里。他很清楚两人从这里出去后，等待他们的将是一场生死之战。他们很可能会一起死在崔敏虬手里，而如果他们侥幸能够力挽狂澜，战胜崔敏虬，王素也终将要赶去寒山寺，去履行她对江湖的义务。所以两人最终的结局，不是死别，就是生离……

他很早就知道这个结局是无法改变的，只是他还没有做好准备，还没有看够王素天资绝色的容颜，还没有把想说的话说完……可是如果结局已经注定，那么有些话其实不说也罢。

周远于是点点头，"王仙子，请你朝外面的方向制造一个时空的弯曲！"

王素依言双掌向内一翻，周远在同时右臂内弯，划了一个圆圈，一招"亢龙有悔"打出。

烛火照耀下的黑暗空间突然像是被罩上了透镜，猛地从中间鼓了出来，然后一股猛烈的力量直射而出，一路向外激发，竟是将小屋的大门整个掀开。原本黑沉沉的空间里，自内而外形成了一条微亮的光路。

"快，跟着光路冲出去！"周远说。

王素早已一纵身，跃了出去，周远紧跟在后面。

周远刚才之所以想到这么做，是从之前他在沧浪亭施发"神龙摆尾"时得到的启发。那时他用量子内力击打了幻术台上弯曲的慕容时空，随之引发了冲天而起的巨大力量。这次，他也是依样画葫芦，让王素帮助制造了弯曲的自然力时空，然后用"亢龙有悔"去冲击，果然也引发了一股更为巨大的力量。

两人都没有意识到，刚才是武学史上第一次有人实现了相对武学和量子武学的合璧！

（三八）

王素和周远挟着亢龙有悔被弯曲空间神秘叠加后的强大力量冲到了屋外。眼前的景象让两人惊讶不已。

结界空间里已经厮杀成了一片。

王素很快认出了周云松、毛俊峰、夏逸翔、林琛、汤敏淑等一群武校生，还有不少清商宫的卫兵，他们一起和沈峰、吕泽风、方烈，以及安护镖局的镖师们激烈地厮杀着。

终于找到了安护事件的元凶、武林真正的仇人，这让武校生们爆发出强烈的决战意志，但是以罗标为首的镖局的掌旗和镇坛们也并非泛泛之辈，利用相对武学的独特性，他们经常让武校生们措手不及，吃了大亏。

另一边，李青和一个容颜保持得极美的女子正合力跟崔敏虬大战。王素立刻认出来那是自己的恩师，峨眉剑校的校长柳依芸。

崔敏虬从容不迫地应战。他显然并不急于求胜，而是准备拖住两个对手，等到时辰一到，结界解禁，目的达成，再慢慢地来收拾这些人也不迟。

王素和周远随着一股强大的力量陡然出现，让结界里所有人都惊得停顿了片刻。

"素素！"柳依芸惊喜地叫喊，但看到周远跟着出来，脸色又阴沉了下来。

王素看了一眼更漏，发现时间已经只剩下不到一分钟。

她迅捷地朝实验堂屋冲去，崔敏虬这下真的急了，他跃到空中，反身划了个弧线，去堵截王素。柳依芸和李青完全没能估算到崔敏虬的这种移动方式，一下子被他远远甩开。

眼看崔敏虬就要凌空截住王素，没想到王素也突然一跃而起，前进轨迹也突然变成了弧线，竟是和崔敏虬相对交错而行，各划出了一个半圆。这种在黄张武学体系下绝对不可能出现的场景让柳依芸、李青还有其余的武校生都惊叫了起来。

而接下来的情景更加诡异。王素和崔敏虬各自划完半圆后，竟都没有下落，而是继续在空中对绕着旋转，就好像是有一根看不见的线分别拴住了他们的腰一样。

柳依芸难以掩饰自己的错愕。王素右手握着倚天剑使出灭绝剑法里的绝招，左手则不停地施发着阴阳力。她左手的发力看上去完全是在做着无用功，可是崔敏虬也在做着同样的事情。两人的每次剑招的碰撞都应该将两人推开，但是两人中间却好像始终有一股强烈的力量将两人吸住，让他们借着这股力在空中不断旋转着。

柳依芸几乎看呆了，她和其他的武校生都明白过来，王素正在用相对武学和崔敏虬对决。

李青想上去相助，但是只稍稍走近两人旋转的区域，前进的步伐就立刻会被带歪，让他不知所措。

与此同时，周远绕过崔敏虬和王素的激战，朝实验堂屋跑去。罗标在一边看到，一个纵跃过去，抓向周远的肩头。

周远往旁边一撤步，左手劈出一掌见龙在田去反攻罗标的肩部。

罗标划出一道曲线，右手软剑扫向周远的喉部。软剑确实很好地克制了见龙在田的刚猛，但周远却准确预判了罗标的移动，他于是往前斜进一步，一招亢龙有悔袭向罗标的手腕。

周远通过不断实战对降龙掌法的运用逐渐提高，刚才两招的衔接已经融入了更深的招式优化思想，方位和分寸拿捏得恰到好处，让罗标竟是不敢硬接，情急之下，只能弃了手中的软剑。罗标当然不肯就这样吃亏，爆喝一声，左手凌厉地一招抓向周远的咽喉。

周远之前已经和罗标激战许久，一直无法取胜，但看到罗标第二次使出这种"抓"的武功，突然明白过来，叫了一声"苍梧爪"，直直地用左手一架，右手"战龙在野"直击罗标的小腹。

罗标被喊破了自己的武功招式，心中一慌。

他这一招原本是苍梧爪里极其狠辣的"锁喉"。"锁喉"的厉害之处不在于这一招本身，而在于后招，只要对方选择躲闪腾挪，就有好多种设计精妙的后续进攻在等着。

但是为了把后招设计得难对付，招数本身就只能非常平庸，这是"风清扬不完备性定理"的必然推论——永远无法设计出本招和所有后招都完美的招式。

当然一般人看到如此狠辣的"锁喉"，本能地会选择迂回闪避，可是周远却因为在鬼蒿林里看过应长老使过苍梧爪，所以立刻识破，简单直接地格挡后，跟着就是一招战龙在野。

罗标慌乱中尽全力躲避，但如此近的距离被如此至刚至阳的招数直击，他的侧腹部还是被劲力带到，惨叫一声滚翻在地上。

周远脚下一运劲，三五个起落，人已经冲到了实验堂屋里。

这一边，崔敏虬和王素的对决也已经到了最关键的时刻。

崔敏虬整体的武功造诣显然是高过王素的。当年经营安护镖局的时候，他为了不暴露自己的身份，虽然从未利用相对武学，但在大江南北走镖也从未遇过一败。对武校这些年的武学进步和招式优化，他也都一直跟着进程，不断琢磨研究。

所以当他看到王素居然从那个能将生命的能量全都吸走的"死亡之屋"中走出来，而且还突然学会了相对武学时，虽然感到极大的震惊，但手中的招法却丝毫不乱。

他并不是只依靠相对武学的独具一格和武校的高手对抗，在人人都会点相对武学的光华教里，他当年也是年轻人中的佼佼者。

而且崔敏虬还具有另一个优势——他自己是从零开始学习相对武学的，因此完全了解学习相对武学从稚嫩到成熟的整个过程。不管在死亡之屋中发生了什么，王素对相对武学的掌握必然还只是初步和粗浅的。

崔敏虬于是马上想到了一个让王素犯错的办法。

就在两人像是围着一个龙卷风暴旋转时，他突然在王素使出"恩断义绝"这一招时，整个人一晃陡然朝王素贴近过去。

王素本能地认为崔敏虬终于抵挡不住先代祖师创下的这套狠辣又精妙的剑招，露出了破绽。她立刻剑尖一转，跟上了一招"弊绝风清"，准备利用崔敏虬的破绽一击制胜。灭绝剑法的特点就是绝不拖泥带水，一旦发现机会，就全力进击，给对方和自己都不留任何余地。然而，王素这一招却完全在崔敏虬的预料中，可以说是已经走入了他设下的陷阱。

王素的"弊绝风清"行云流水地使出，从完美的角度刺向崔敏虬的心脏。但就在王素刺出这一剑后，她突然感到全身一股冰凉。她突然意识到，这一剑，由于崔敏虬是直直地向自己贴过来，让她产生了错觉，事实上，两人所处的自然力空间早已不是平直的，而她这一剑"弊绝风清"却还是用黄张武学下的思维计算的角度，剑尖很快就划出弧线，绕向了崔敏虬的左肋。

在平直空间里最近的距离，在空间弯曲后，反而变成了绕远的路。

崔敏虬心中一喜，这便是他全部的谋算。

初学相对武学的人，在同时满足三个条件时，最容易犯错误。一是出现胜机时，二是连环使出最纯熟招法时，三是产生还在原武功体系的错觉时。

崔敏虬直直地朝王素贴过去，其实是需要计算曲率刻意为之的，却成功起到了让王素产生了直来直去错觉的目的。这一瞬间，那三个条件就全部同时满足了。

崔敏虬见王素中计，也是毫不迟疑，一剑锁向王素的咽喉。崔敏虬确保他的剑走的是弯曲空间下的最近的路线，能够在王素的剑从左胁刺入他心脏前就刺穿她的咽喉。这种情境下，他也已经顾不得要活捉王素了。

然而崔敏虬自以为天衣无缝的计划还是有三个小小的漏算。

两人中间的那个弯曲的自然力时空是依靠两人共同凝聚"量质"形成的，因此当王素产生错觉时，她左手对阴阳力的控制也发生了扭曲，两人所处的自然力空间也发生了微小的变化，这种变化让王素的那一剑并没有想象中绕得那么远，也让崔敏虬那一剑没有他以为的那么直。

事实上，即使崔敏虬考虑到这种因素，也只有周远那样的计算力，才能够在一刹那算清这种因素带来的准确影响。

崔敏虬的第二个小漏算，就是王素手中的并不是一把普通的剑，而是倚天剑。

倚天剑作为超一级兵器，不仅有无坚不摧的特性，也能够感应内力，在内力的灌注下，剑锋的攻击范围会陡然变大。也就是说，通过内力的灌注，倚天剑能够陡然变长两寸。

崔敏虬的第三个小漏算，就是他还是低估了武校最近几年最新的武学发展。在最近的一两年内，从武校的年轻人当中，突然流行开了一种称为"抛剑"的技术。

这种"抛剑"的创始人，就是武当年轻一代中的佼佼者，真武简最新的继承人赵耀。

作为常识，运剑出招时，要么开始就想好要把剑抛射出去，如果已经握剑出招，中途突然要改为抛射，是无法做到的。因为学武之人初学剑时，要掌握的第一件事，就是学会把剑变成自己手的延长，让内力自然地注入到剑里去，习练久了，这就会成为一种本能。周远在玄机谷里，就是在王素的指导下第一次学会了把内力灌注到剑里面。这种本能一旦形成，手中发力时，内力只会往剑里灌注，而无法去推动剑柄。

但是赵耀却刻意练习在运剑进击的过程中突然强迫自己忘记本能，让自己突然变成一个不会使剑的人，这样手上的内力就会不再灌注到剑里面，而是将剑突然弹射了出去。

这个事情其实是很难完成的，是违反很多人的本能的，就好比让人左手画圆右手画方，好不容易习惯后，突然一瞬间又让他左手画方右手画圆。这需要刻苦的习练，甚至很多人永远无法做到。

赵耀当时自己练习这种抛剑技术时，太清、太仓道长这些前辈都觉得这只是年轻人的胡闹，完全没有在意。用内力去弹射手中剑，基本没有准确性可言，而且弹出去之后也就没有后招了。

可是这种独树一帜的"抛剑"技术却在中原大地许多武校里流行了起来，深受年轻武校生的喜爱。半年前峨眉出访武当时，王素甚至当面和赵耀交流了这一"抛剑"的招式。她只是没有想到，有朝一日她居然会凭借这招"抛剑"，为武当师生报仇。

王素于是在意识到自己的失误后，凝神把更多的内力灌注到倚天剑里，倚天剑的光芒变成青紫色，同时剑尖陡然增加了两寸，然后她又使出"抛剑"技术，倚天剑向前急速弹射了出去。

崔敏虬做梦都没有想到王素在紧握长剑发力进击时，能够突然把手中剑这样抛射出来，又惊又悔，可是一切都晚了，长剑划过弧线，从崔敏虬的左胁插入，右胁穿出，刺穿了他的心脏。

崔敏虬惨叫一声松开了手上的剑，两人中间的自然力空间的弯曲也开始复原，两人旋转着朝外甩出去。崔敏虬像一片落叶一样被抛到了蝴蝶形池塘的边上，贯穿了他的尸身的倚天剑正好将他横着插在地上，微微晃动。

安护镖局的镖师们都呆住了，一个个或错愕，或惶恐地看着这难以置信的结局。

第九章　寒山一愿终是空

王素还是被崔敏虬的剑在雪白的粉颈上划出了一道血丝，然后她落到地上，就势优美地翻了两滚，站了起来。

柳依芸、李青和武校生们并不知道刚才最后一击所经历的惊险，都欢呼了起来。

王素凛凛地站在那里，这一幕被永远地载入了轩辕朝和武林的史册。王素作为武校毕业生第一次使出了相对武学，手刃崔敏虬——魔教最后一代执教长老，安护镖局的总镖头，毒攻少林武当、劫持峨眉燕子坞师生的背后的元凶，为几所千年武校和整个武林报了血海深仇。

张塞后来在《武林史·当代卷》里将这个时刻评价为不亚于杨冰川在孤鸿岭击杀李天道和周远在试剑台彻底终结李天道灵魂的又一个伟大时刻。

然而王素却没有时间享受胜利的喜悦，她转过身来急切地朝实验堂屋奔去。就在她刚好奔进堂屋里面的时候，突然感到全身猛烈地一晃，脚下突然一阵地动山摇，眼前一片飞沙走石。

时间已到，沧浪亭的慕容时空仿佛在一瞬间被卸去了凝结在核心的量质，终于解除了一千多年的封禁。

诡异的近乎不真实的形变从每个人的眼前掠过，畸形到了极致，又瞬间恢复了原貌。天空从一片苍白终于露出了辰巳之交的天色，原先池塘和园圃向外延伸的奇怪弧线也已经消失，竟陵子台，沧浪亭，还有更多的楼阁亭台也都在远处显出了轮廓。

柳依芸、李青、武校生和镖师们都站立不稳，摔倒在地上，或被强大的力量抛飞出去，地面的碎裂、挤压和晃动实在来得太快，太剧烈，没有人可以依靠轻功保持平衡。

沧浪亭就这样几乎在一刹那回复到了一千多年前北宋时的地貌。整个姑苏城在如此强大的时空形变下，以沧浪亭为中心向东西南北四个方向各崩开一条深深的地缝，分别延伸到了四面的城墙。如果有禽鸟从空中俯瞰下去，姑苏城就像被一把巨剑划下了一个十字，一如须弥芥子斛照耀下的黄毓教授的地图。

实验堂屋由于是在结界的中心，所以感受到的变动是最小的。王素倚住一张石床，站稳了身形，周远背对着她，呆呆地看着中央巨大的石柱。

"你……及时把崔敏虬的人格图板拿掉了吗？"王素问。

周远转过身来，点点头，指着地上一块破碎的锆英板。

王素舒出一口气，但是心中的不安却丝毫没有减少，"那你……还做了什么？"

王素当然是在问周远是否用了一个完美的人格去替代原来的锆英板，去帮助慕容公子实现拯救姑苏城的腐朽与堕落的宏愿。

周远露出迷惘的表情，仿佛不知道该怎么回答王素的这个问题。

这不就是一个是或者否的答案吗？王素在心里想。

"我不确定……那是不是我应该做的。"周远最后摇了摇头。

"所以，你并没有……"

"我没有。"周远说，"我把所有芥沙的通道都关闭了。"

王素听到这句回答，才真正把一颗悬着的心放了下来。

她何来对慕容公子的宏伟计划抱有深深的疑虑。

人会犯错，会堕落，会陷入邪恶的深渊不可自拔，姑苏城或许真的已经走上了一条难以回头的堕落之路，可是去剥夺人的自由意志，剥夺人犯错和迷失的权力，用一种千篇一律的完美品德去占据他的心智，这种做法，从某种程度上来说，和崔敏虬企图让每一个人变成言听计从的奴隶，又有多大的区别？

可是那毕竟是伟大的慕容公子的计划，王素又会想，或许他能够看到她这样的凡人看不到的深意，或许他跋山涉水，早就已经穷尽了所有的可能，或许他的目光穿透千年，早已看清了最后的结局……

但是现在慕容公子自己指定的传承者，却选择关闭了芥沙的通道，中断了他跨越千年的计划。

"所以你觉得……慕容公子的想法是错的？"王素问。

周远摇摇头，"我不知道……或许是我没有真正理解慕容公子的意思吧。"

"我想来想去觉得，人格记忆不应该是独立的。"他又说道，"人格记忆和经历记忆应该是相互关联的，一个人的人格会影响他的人生决定，一个人遭遇的经历也会倒过来影响他的人格……"

王素无法去分辨周远这句话的对错，但她知道武林史上有不少曾经善良的人因为一次重大的变故或者不公的对待而心生邪念，也有不少恶人因为一次以德报怨甚至一声婴儿的啼哭发出善心。所以人的秉性和人生遭际或许真的是能相互影响的吧。

"所以人格记忆不应该是一个独立的方程，人格记忆、经历记忆和知识记忆应该是一系列连立的方程组……"周远接着说。

王素心里觉得好笑，无论多么形而上的思考，周远最终都能够运用算学模型来表述，这正是慕容公子、周远这样的人的伟大之处，也是慕容公子、周远这样的人的可怕之处。好在周远最终做出了一个让她心安的抉择，而联结着这两个旷世天才的这场一千年的宿命，终于已经结束了。

王素看着周远，他的样貌神情都没有改变，一如半年前湖滩边的初遇。她真的无法想象一个如此清瘦苍白、诚挚单纯的男孩一路走来被迫承受了如此多的责任和负担，经历了难以想象的痛苦和委屈。而在失去了记忆，饱受梦境和头脑中幻象的折磨后，他仍然能够坚守自己的信念，最终做出了自己的选择。这算不算是一种让人突破算学模型、超越预言与宿命的自由意志？

王素想到这些，又想到自己一路来找寻周远的艰辛，泪水忍不住流了下来。

周远看到王素流泪，心中也是涌起难以抑制的悲伤。可是他却努力露出一个笑脸说道，"王仙子你别哭啊，你应该高兴才对。一切都结束了，姑苏城得救了。"

他看一眼梁上的更漏，又说，"现在已经是谷雨节的辰巳之交，王仙子是不是要去寒山寺和六皇子殿下一起还愿啦？"

王素看着周远脸上那种崇拜者式的笑容，泪水更是止不住流淌。

"是的呢。不过如果我和殿下去还愿，或许就再也见不到你了。"她说。

周远听到王素说出这句话，整个人仿佛瞬间又回到了刚才那间阴寒的冥室里，空荡荡的，感到失去了一切希望和活着的意义。

他贪婪地看着王素娇美的脸庞，无法想象就这样此生永不相见，就这样此生不会再有关系，就这样余生里只能从报纸、期刊上听到她成亲、生子的各种消息。

对于只有二十岁初识情爱苦涩的周远来说，他的心来承受如此的伤痛还太过稚嫩。

但是周远却仍努力保持着那种姑苏市民般的热切盼望王素和六皇子终成眷属的笑容。

"没有关系，和王仙子并肩走了这一程我已经很满足了。我现在觉得好累，只想回家美美睡一觉。"

王素看着周远单纯的笑容，心如刀割。在此生所见的最后一面，她却什么都不能说，不知道上天偏偏要以这种意犹未尽的方式让他们两人就此分开，究竟是残忍还是仁慈？

这时屋外有人在叫"素素"。

她回过头来，看到柳依芸从门外走了进来。柳依仙子显然已经跟武校生和清商宫的人一起合力将剩下的魔教分子都擒获了。她看到王素后眼光中满是疼爱和期盼。

"素素，我们该走了。你为武林报了大仇，所有人都会记住你今天所做的！"柳依芸说，"沈峰、吕泽风和方烈逃走了，但我们抓住了罗标，只要他招供侯瑞和魔教勾结的事实，就能够帮助叶大人扳倒苏浙府。而沈峰的介入，也一定会牵连到大皇子，这立储的事情终于出现重大转机了！"

王素点点头。她下意识地转回头去再看一眼，可是身后的堂屋里已经空无一人。

（三九）

江枫阁里弥漫着一片恐慌和焦灼的情绪。各路朝廷官员和工坊首脑议论纷纷，陷入了一片嘈杂。

不久之前的山摇地动，让所有人都吓出了一身冷汗。如此大规模的震动，影响显然不仅仅是在江枫阁，寒山寺地区，甚至是整个姑苏城。大家纷纷要下楼去查看个究竟，却被清商宫的守卫们阻止，说为了安全，在事情查明之前请所有人待在水明厅里。

因为是清商宫的命令，大家都不敢造次。但是时间慢慢过去，有些人就开始变得有些疑惑和焦虑。姑苏城这半年来一直不太平，燕子坞事件的余波，系列绑架案仍然是大家心底里一块不安的阴影。六皇子迟迟不露面，峨眉剑校的仙子们一个都未见到，种种异常让许多人开始坐不住了。他们都是位高权重之人，很快有人提出要求清商宫立即给出一个解释，有人则直接要求觐见六皇子殿下。

又过去了很久，眼看局势慢慢就要失控，清商宫卫队的总管唐复走进了江枫阁。绝大部分人都认识他，所以水明厅里一下子安静了下来。

"各位大人，各位财东、帮主、当家们，抱歉让大家久等了。"唐复的眼神从众人身上扫过，平静而威严地说道，"我们得到确认，沧浪亭刚才再次爆发出一股席卷全城的巨大力量，导致了姑苏城中心地带发生部分地面断裂、土层陷落、屋舍移位、墙壁倒塌的现象。我们估计这个事情和半年前听琴双岛封禁的解除类似，虽然还不知道具体的细节，但是经查证，城内并没有因此造成太多伤亡，城内各区的水质、空气也全都安全无害，所以请大家尽可放心！"

水明厅里的众人听到这番通告尽管震惊却也同时都舒了一口气。

"刚才之所以让大家一直在这里等待，是因为从昨晚开始，皇子晖殿下亲自在姑苏城内布置和指挥了一次特遣行动，这次行动一直进行到刚才巳时，才终于大功告成。下面我就把这次特遣行动的过程和结果跟各位大人和各位财东当家们通告一下。"

唐复这句话说完下面立即发出一片惊叹。大家都只知道皇子晖殿下是来寒山寺还愿，却没想到他竟然还亲自指挥了一次特遣行动。怪不得殿下迟迟不露面，怪不得昨晚听许多人说在烟火里看到了峨眉徽章。所有人都抬头盯着唐复，等着他说下去。

"昨天晚上，清商宫卫队、柳依仙子和王仙子率领的峨眉剑校师生以及一批志愿参加行动的武校生终于通过月柳街的线索发现了安护镖局余党盘踞的巢穴。"

水明厅里又是一阵惊呼。之前只听说了道德楷模和黄老板等人获救，对于安护镖局余党的下落等却没有任何说明。

"在和魔教余孽的激战中，王素仙子用倚天剑一剑绝杀执教长老崔敏虬，为少林、武当、燕子坞、峨眉四校报了血仇。这次行动还诛杀了安护镖局西南分局掌旗洪四槐，活捉东北分局掌旗罗标，另外还诛杀活捉了一大批镇坛和镖师……"

唐复的话没有来得及完全说完就被一片雷鸣般的欢呼和掌声淹没了。这样的消息实在是太令人振奋了，虽然大家没有在现场看到王素那惊险绝伦的一剑，但光是通过想象就足以让人热血沸腾。

唐复耐心地等待众人逐渐平复激动的情绪，等水明厅里稍稍安静了一些以后，他把脸一沉，改为严肃的语气继续说道，"通过对魔教余党的初步审讯，清商宫发现安护镖局之所以能够一直在姑苏城里为非作歹，是因为早已经和苏浙省勾结在了一起……"

这句话显然是更大的一个惊雷。水明厅里一百多人顿时鸦雀无声，猜到的，没猜到的，痛快解恨的，幸灾乐祸的，各种心情都有，但谁都不敢发出声音。

"清商宫已经将苏浙巡抚侯瑞控制起来，做进一步调查。同时也已经向朝廷奏请为姑苏太守叶伯仁平反昭雪。皇子晖殿下已经下令将叶大人从刑牢里放出，回到了大井巷休整，一会儿会特许他参加还愿仪式。"

江枫阁楼下传来一阵车马之声，过了一会儿一个传令官进来在唐复身旁耳语了几句。唐复点点头，用高昂的语调宣布，"皇子晖殿下、峨眉王素仙子到！"

整个水明厅里立刻一片桌椅挪动、整袍掸袖的声音，所有人一起跪下行礼。

轩辕晖拉着王素的手缓缓走了进来。

王素已经做了一番简单的梳洗，换上了一套阿玛妮白色长裙。她原本就肌肤白皙、娇容胜雪，配上这裁剪修身、曲线玲珑的白裙更显得端庄纯美，让人一见之下就再也移不开目光。轩辕晖的脸上也已经一扫之前的阴霾，洋溢着兴奋的喜悦。他紧紧拉着王素，全身上下都散发着完成大事又抱得美人归的志得意满。

大家行完礼，站起身来。虽然六皇子这样的皇家贵胄难得一见，但大部分人还是都目不转睛地盯着王素，一些胆子大的还朝她欢呼起来。

王素微笑着朝那些工坊首脑和帮会领袖挥手致意，她盈盈地依偎在六皇子的身边，既恰如其分地回应着大家的热情，却又不会遮掩六皇子的风采。

在场的这一百多个位高权重的人里，在立储问题上有的支持六皇子，有的支持大皇子，也有的中立，但是此刻所有的人都毫不怀疑，这场朝武联姻，是六皇子阵营绝妙的一笔。峨眉女校的教育果然名不虚传，如此美丽温柔、仪态万方又进退得体的王仙子俨然已经有了母仪天下的风范。再加上她刚刚力斩魔头，必将在朝堂、武林和民间都赢得更高的威望。

如果说大皇子之前祭出奇招，监理姑苏城，救出绑架案人质，把立储的天平倒向了他那边，此时此刻，六皇子已经毫无疑问握有了更大的胜机。

周远坐在沧浪亭里书写着顾枫事迹的碑前。

沧浪亭四周的商家和小贩早就在那天他施展神龙摆尾后被清场了，缉尉营控制了整个园林。而在今天的清晨，绝大部分的缉尉都被派往了其他的地方，只留下很少一些最初级的军士守在这里。而当沧浪亭发生地动山摇，整片园林的地面被挤压撕扯，彻底变形以后，这些军士无一例外都连滚带爬地逃到了园林的外面，没有人敢再进去查看这片"中了魔咒一样的地域"。

如此美丽雅致的一个大园林，难得地变得空旷而静谧，只有微风穿过林间树叶发出的簌簌声响。

周远望向亭外的石阶草地，游廊湖泊，感到难以名状的孤独。

失去记忆的时候他是孤独的，因为他想不起任何过去的人和事，天地间只有他孤零零的一个人从一条看不清来路的小径走来，向一条同样被迷雾遮蔽的

第九章 寒山一愿终是空

小路走去。

而此时当他恢复了记忆以后，他发现自己变得更加孤独。母亲不知所踪，那种往昔的温柔记忆反而让他更加难受，还不如不再想起。他唯一的朋友张塞也无处可寻，而过去半年里唯一让他温暖的记忆，那些和王素在一起的点点滴滴、片段画面却更加像一把利刃一样反复扎着他的心。

他无处可去，无家可回。他什么都不愿意去追想，也不愿意去设想未来。他不知道此生接下来还有什么意义，他就想这样一直呆呆地坐在此处，和这片风景一起直到凋零。

"你是什么时候恢复记忆的？"背后一个幽幽的声音突然响起。

周远着实被吓了一跳，他完全不知道竟然还有一个人在沧浪亭中。他回过头去，看见谢雪莹不知什么时候站在了亭内。

周远没有说话。他有些疑惑谢雪莹为什么会在这个时候出现在这里，但他已经无所谓，他不想再去思考这种前因后果，也没有任何想聊天的欲望。

"我能理解你现在的心情。"谢雪莹却不依不饶地说，"此生遇见的最美好的人，离你如此的近切，却又这样远去，那种想到此生将再不相见的苦痛……"

周远坐在那里望向亭外，不去理睬谢雪莹。

"你在听着的吧？"谢雪莹继续说，"你应该听着，因为我是给你带好消息来的，你和她的缘分只怕还远远没有完呢……"

这句话，终于还是让周远转过头来。

"事情并不是你以为的那样，一切还远没有结束呢！"她说。

"你怎么知道？"周远开口问道，语气里充满了嘲讽和不信任。

"我当然知道，我恐怕是这世上唯一知道的人！"谢雪莹的表情从漫不经心，突然变得严肃起来。

周远仍然不知道谢雪莹何以会说出这样的话，但是她那种陡然严肃的表情却让周远不由地暂时放下了嘲讽。

"我，就是那个你此生必须要见一次的人！"谢雪莹说。

周远浑身一怔，花了一些时间去把谢雪莹的话和之前的记忆联系起来，然后他突然就明白了。他忍不住去看亭子中间的那块刻写着顾枫名字的石碑，又抬头看一看谢雪莹，浑身毛骨悚然。

"你就是……"

"是的，我就是无名教第十七代传教长老。我现在就是以传教长老的身份来见你，告诉你此生的使命！"

整片园林变得更加静谧，连树叶的簌簌声似乎也临时停止，只为了让天地间这句话显得更加清晰。

周远的惊愕可想而知，他一直拒绝相信自己是所谓末代教主，后来失忆后又不自觉地来履行末代教主的使命，等恢复记忆后又觉得自己终于从宿命里走了出来。他是真的以为一切都结束了，《慕容家书》的最后一卷他已经从他和王素的衣衫里读到了，但凡能合乎逻辑地推理出来的他也都想明白了，千年预言，沧浪亭结界，事情的发展也和他判断的分毫不差，而最终，他还运用自己的自由意志，做出了自己的决定。

他是真的已经忘了还有传教长老这样一个角色，还要来见他一次，告知他此生使命这样一回事。

周远挣扎地从地上站起来，久坐后身体的酸麻让他有些踉跄，晃了一晃才最终站住。

"但你怎么会是……我以为……李天道已经把这种传承破坏掉了。"

"你说的或许是对的。"谢雪莹说，"因为李天道的缘故，你没有能够在鬼蒿林里成为教主，传教长老也没有能够找到你。如果不是机缘巧合，她或许真的到死都永远无法找到你。"

谢雪莹说到机缘巧合四个字时，表情里掠过一丝阴霾。

"她？"周远突然又有些听不懂谢雪莹的话了。

"真正的第十七代传教长老，是丁香月。"谢雪莹解释。

周远轻轻地"啊"了一声，这话倒是符合逻辑的。在微澜山庄，丁香月唱出的那些灵动又深奥的词句，让他隐隐然就有一种宿命的感觉，似乎已经远远超出了一般的戏曲词文，让他听了之后就有一种想去和她相见和交谈的冲动。

"所以后来是因为……"周远大致想到了后来发生的"机缘巧合"。

"后来，他们在我身上……做人格实验……结果似乎并不完全成功，不过却把丁香月的部分记忆，移植到了我的头脑中……"谢雪莹说，她平静的表情里压抑着苦痛，显然这段经历并不让她乐于记起，"我不知道这种事情究竟真的是巧合，还是本来就是命运的一部分……但我既然得到了这些记忆，我想我还是应该来告诉你。"

周远也禁不住在心里感叹这命运的神奇。如果说丁香月真的是传教长老，那么当她失落了末代教主的踪迹后，应该孜孜不倦地试图通过翠玲珑戏曲里包裹在新宋风尚里的词句，来呼唤末代教主和她相见吧。

事实上，她还真是遇到了末代教主，却不幸在表明身份之前就香消玉殒。可是李大、曾贵却偏偏选中她和谢雪莹做人格实验，竟在她死前将记忆传递给了谢雪莹。

"难道说，还有什么未完成的事情吗？"周远问道，他实在想不出，在沧浪亭已然解除封禁后，这跨越千年的大计划里，还有什么事情需要去做。

"以你的聪慧和缜密，难道不觉得慕容公子要花费千年的时间来积累播撒芥沙的力量，这种设计有些不符合常理吗？"谢雪莹问。

这句话一下子戳中了周远心中的疑问。他其实也想到过，以慕容公子的个性，既然已经发下宏愿，想要用芥沙去将完美人格激发到整个姑苏城，那么他一定会千方百计在他的有生之年实现。

"也许……因为慕容公子没能校正出人格记忆方程的正确形式吧……"

"慕容公子确实没有像你那样完整地解出整个方程。"谢雪莹说道，"不过他并不需要，他找到了当时姑苏城里公认的一位德才兼备的圣人，将他的人格全部拓印了下来。"

周远愣住了，他一想也对，圣人的人格或许无法达到理论上的完美，但是用来实现慕容公子消灭罪恶、贪婪、奢侈、淫邪，拯救姑苏城的目标或许已经够了。

"那……他为什么还要把解封时间设到一千年以后？"周远真的迷惘了。如果慕容公子什么都解决了，那何苦还要搞这个跨越千年、历经十七代教主的大计划。

"慕容公子不是故意要把解封时间设到一千年以后的。"谢雪莹摇摇头，"根据他的计算，那种规模的结界，只需要十年就可以积累足够的能量将芥沙激发到整个姑苏城，你难道没有验算过吗？"

周远轻轻"啊"了一声，低下头去。仅仅过了不到一分钟他就重新抬起头来，"好像的确只要十年就够了。"

谢雪莹笑了，"你算得真快啊。"

"可是结界里的指针却分明显示要到今天的辰巳之交才到那个限度，这到底是怎么一回事？"周远更加迷惑。

"慕容公子在封禁了沧浪亭结界后，才发现指针的指示，也就是实际能量的积累和他原本的计算不符。指针移动的速度比他预想的要慢，而且是越来越慢，按照这种速率，居然需要一千多年才能够积聚起足够的能量。这当然让慕容公子无法接受，但是他想破了脑袋，却始终想不出原因，他进行了几百次验算，却始终认为他的计算是正确的。"谢雪莹说，"而实际上他的计算就是正确的，你刚才也证实了这一点。"

"既然计算是正确的，结果没有道理会差这么多啊！"

"是啊。"谢雪莹点点头，"慕容公子并没有放弃，他凭着天才的直觉，意识到这里面或许隐藏着更深层次的奥秘。于是他再次离开了姑苏城，去找寻这个问题的答案。这就是他进行第二次云游的原因。"

谢雪莹说完看着周远，发现他低下了头，眼神逐渐涣散，竟是兀自开始思考这究竟是为什么。

"你还是不要去想了。慕容公子后来用了十年才想明白，你一时半会儿恐怕也找不到答案吧。"

周远抬起头有些尴尬地笑了笑，重新把目光集中到谢雪莹这里，"那答案究竟是什么？"

"慕容公子第二次出去云游，花了十年的时间，再次遍访名山大川，一边思考生死轮回这些深奥的问题，一边找寻这件事情的答案。但结果却是，他先想明白了自己试图将完美人格灌注到每个姑苏人头脑里的做法是错误的。"谢雪莹说到这里看了周远一眼，意思是一千年以后的你也同样明白了这一点。

"慕容公子想明白了人格记忆和经历记忆必须是联动的，二者都无法单独被强行改变，否则会因为人格混乱而癫狂，甚至死亡。"

周远听到这里也是充满了惊讶，没想到慕容公子早已经想明白了记忆联动这件事情。

"然后他意识到自己在姑苏城设下的定时装置会在千年以后产生灾难性的后果，但他发现自己没有办法去纠正这个错误了。因为沧浪亭那种结构的结界，一旦走出来以后，就再也进不去了……"

周远没有想到中间竟还有这么多的曲折。

"那段时间，大概是慕容公子最煎熬的日子了吧，想到千年以后，一个城市的人会因为自己的设计而全部癫狂和毁灭，这种负疚感是难以承受的……他穷尽思虑、绞尽脑汁，最后终于想出来一个办法……"

谢雪莹说道这里停下来，似乎又想看看周远是否能够猜到。

"听琴双岛？"周远问。

第九章 寒山一愿终是空

谢雪莹微笑着点了点头，"是的，慕容公子回到燕子坞，在听琴双岛制造了一个更大的结界空间，只有听琴双岛解封时的力量，才有可能打开沧浪亭结界的入口，然后进去关闭芥沙通道。可是，因为同样神秘的原因，听琴双岛这个更大的结界空间需要更长的时间才能够积聚足够的能量。但慕容公子巧妙地使用了另一种拓扑结构，一种一旦进去就再也出不来且结界里的时间流逝得比外面要慢的结构。利用这种结构，他勉强能够让听琴双岛在沧浪亭之前解封。然后他要做的，就是把这一切通过一片记忆传递到千年以后……"

周远听到这里才终于全都明白了。所谓跨越千年的预言，所谓无名教十七代教主的记忆传延，并不是为了让他去播撒完美的记忆、拯救姑苏城的堕落，而是为了让他能够在千年以后去弥补慕容公子犯下的错误。

"不过记忆传延到李天道那里还是出了差错。"谢雪莹接着说道，"然而不知道是天意还是巧合，你竟然在没有获得那段记忆的情况下还是在玄机谷里开启了机关，让听琴双岛按时解除了封禁，成功打开了沧浪亭结界的入口……"

周远听到这里禁不住叹了一口气。他原本以为自己最后通过思考，选择了终止播撒完美人格的计划，是一种自由意志的明证。可是现在才发现，慕容公子想传递给他的使命，本身就是去终止那个计划，那么之前他在实验堂屋里面所做出的抉择，究竟是自由意志，还是宿命使然，就又变得不是那么清晰了。

"那……我不是已经完成了我的使命了吗？"周远问。

谢雪莹摇头，"你别忘了还有那个结界能量积蓄比理论值要慢许多的谜题。"

"我没忘，不过那个应该就是个理论问题吧？"

谢雪莹露出苦笑，似乎在说如果只是个理论问题就好了。

"慕容公子为了找到一个方案去纠正自己的错误而费尽思虑，也差不多耗去了他最后的生命。等他封禁了听琴双岛后，就卧床不起了。直到生命的最后一年，他才在玄机谷悟到了结界能量积累谜题的答案……"

"他想明白为什么指针会比计算值更慢了？"周远的好奇和激动是不言而喻的。

"是的，慕容公子最终想明白，他的所有逻辑和计算的底层，都有一个最最基本的假设，那就是——自然力是恒定的！"

"难道不是吗？"周远脱口而出。

"所有的计算都准确无误，所有其他的基本假设和逻辑推导都颠扑不破，但结果却和计算的不符,那就只能推翻这个最基本的假设了。"

周远无法反驳谢雪莹的话,从寻找答案的角度来说,这种思考方式无疑是正确的。但他一时也想不明白推翻最基本的假设究竟意味着什么。

"慕容公子最后被迫得出结论,那就是自然力时空本身在衰减……"

周远忍不住张大了嘴巴,即使是他,也感到这样的陈述让人难以理解。

"具体的理论和计算我就不太懂了。"谢雪莹说,"但根据我头脑中的那段记忆,慕容公子描述自然力时空的方程,本身就有各种可能的解,慕容公子引入了一个表述自然力强度的变量,然后根据结界内指针的实际运动去倒推这个变量,他发现自然力的强度不仅在衰减,而且在加速衰减。根据慕容公子的计算,自然力的强度在他那时候达到了峰值,从那以后到现在,自然力大约衰减百分之十,但就是这百分之十的衰减,让他的结界能量计算从十年变成了一千年。在未来的七年里,自然力会再衰减百分之十,而在接下来的三年里,自然力将发生急剧衰减,直至完全消失!"

"完全消失?十年之内?"

"是的,听上去让人难以接受。但是慕容公子构筑的这个描述自然力的方程却和实际观察契合得很好。如果他的方程是对的,那么自然力就必将消失。"

"这怎么可能!"周远两手捂住自己的额头。他之前并没有特别仔细地去注意指针的减速运动,所以他无法去做计算和验证,但是他必须承认,自然力本身在衰减这个假设,的确可以解释结界实际积聚能量的时间和理论值的差别。

"可是,如果自然力消失了,那……岂不是就没有内力了?"周远问出了这个显而易见的问题。

谢雪莹点点头,"是啊,这个世界就会没有内力,这个世界就会不再有武功,这个世界,也就不再有江湖……"

周远呆立在那里,半晌说不出话来。他此时心中的情绪,已经完全不能用震动、惊惧之类的词来形容,而是完全的茫然和空白。过去也听到过"武林将遭灭顶之灾""江湖即将消亡"这种说法,但都是从魔教屠杀武林人士,或者世俗世界取代江湖生活方式这些角度来说的。但是此时谢雪莹嘴里说出来的"不再有江湖",那是从最底层,最本质,百分之一百没有任何修辞成分的角度来说的。那是一个真真正正没有自然力,没有内力,没有武功,没有江湖,也没有江湖儿女的世界。那是真正的江湖的终结!

"其实,自然力消失,带来的后果并不只是内力的消失。"谢雪莹却好像仍然觉得自己的话还不够震撼，又继续说道。

周远茫然地看着她。他从来不曾在一个没有自然力的世界存在过，自然无法知晓自然力消失还会带来什么后果。

"其实你是知道的。"谢雪莹能看懂周远的茫然，"你之前走进过那间屋子吧？"

周远略想了想，明白过来谢雪莹是在说那间死亡之屋，那间让他和王素感到生命的能量被全部吸走的冥室。

"慕容公子也是后来才弄明白，要制造沧浪亭那样一个封闭的自然力时空，就不可避免会在结界中央形成一个球状的自然力真空。"

"自然力真空？"

"对，就是没有自然力的地方。慕容公子发现后就在四周建了一个屋子研究。你既然进过那间屋子，就应该知道，待在一个没有自然力的地方，是一种怎样的体验……"

周远忍不住微微开始发抖，明明是在春日晴朗的清晨，他却感到一股深冬般的寒冷。他绝不愿意再回到那个死亡之屋里，哪怕只是待上一分一秒。

"所以，等到自然力消失的那一天，所有的人，都会死去？"周远问，对他来说，那间屋子里的感受真的就等同死亡。

谢雪莹摇头，"其实如果你当时在那个屋子里一直待下去，不一定会死。你的那种痛苦的感受，只是因为被剥夺了某一种情感……"

"某一种情感？"

"对，慕容公子通过反复实验发现自然力不仅是内力的来源，还是人类一种最重要情感的源泉。"谢雪莹说，"既然自然力是在加速衰减，那么倒推回去，就是衰减得越来越慢，直至回到自然力的最高点，而如果再往前倒推，则是又开始加速衰减。所以自然力不是亘古就存在的，而是在过去的某一刻产生，并且逐渐变强，最终在北宋的时候达到极值，然后又开始衰减，直至消失。而只有自然力产生后，才会有那种情感，那种情感，就是爱……"

周远回味着谢雪莹的这段话。

没错，他和王素当时在死亡之屋里都有同样的感觉，就是那种彻骨的寒冷并不真实。事实上当他们离开那片区域以后，就立刻恢复如初，并没有受到任何实质的伤害。现在他终于明白，他们是被剥夺了爱这种情感，所以才会有那种撕心裂肺，孤独无助，感到所有的温暖，所有的希望都离去的痛苦。

"诗言志，词言情，为什么在宋代词的艺术会到达高峰，就是因为那个时候可以催生爱这种情感的自然力时空的强度也是处于最高峰。"

"所以，十年后，自然力消失，这个世界不再有江湖，也不再有爱？"

"对，人们将失去爱的冲动，爱的愿望，爱的能力。父母将不知爱自己的孩子，孩子将不懂爱自己的父母，男女不会再相恋，而建筑在爱之上的同情和友情也将不复存在……"

"那样的世界里，人即使活着，还有什么意义？"周远听着听着就立刻开始摇头，"一定有办法阻止这种事情发生！"

谢雪莹带着意味深长的表情看着他说道，"你说的对，所以去阻止这种事情的发生，就是你此生的使命！"

"慕容公子想明白了这一切后，也已经走到了生命的尽头。"谢雪莹继续说道，她的神情突然显得有些疲惫，"于是阿碧姑娘想出来设置传教长老这样一个角色，也通过一个记忆片段传递下去，不仅确保每一任教主都回到玄机谷去传承记忆，也确保可以将拯救自然力这个使命传达到末代教主。因为阿碧姑娘的关系，每一代的传教长老都是一位女子……"

周远忍不住深深吸了一口气。原来无论如何，他还是躲不开这跨越千年的命运的纠缠，传教长老最终还是找到了末代教主，说出了他此生的使命。只是这个使命——阻止自然力的终结，阻止江湖的终结，阻止爱的终结——周远真的不知道是否是一个可能完成的任务。

"大家都担心末代教主是一个魔头，不外乎怕他会像李天道那样毒杀几万人，掀起武林几十年的动荡。"谢雪莹有些自嘲般说道，"如果大家知道真相，就会认识到，和自然力的衰亡相比，那些都只是微不足道的小事……"

周远从来没想过自己会认为几万人被毒杀是微不足道的小事，可是，相比谢雪莹刚才所描述的那种结果，谁又敢说不是呢？

"那……怎么才能够去阻止这种事情的发生呢？"周远问。

谢雪莹微微叹了口气，显得更加疲惫，"就像你没有完整地得到李天道的记忆片段，我也没有完整地得到丁香月的记忆片段，所以，我能够给你的帮助并不多。"

周远静静地听着，他知道"并不多"的意思，还是意味着会有一些。

"我只知道你必须去做三件事情。"谢雪莹说道，"第一，你必须去阻止王仙子和六皇子的婚事。"

第九章　寒山一愿终是空

"啊？"周远几乎不敢相信自己的耳朵。

"是的。"谢雪莹疲惫的脸上露出一丝笑容，"无论如何，你和王仙子的这段缘分不能被斩断，必须要维系下去。"

"可是……什么叫这段缘分必须要维系下去？"

"你不要问我，我也不知道答案。"谢雪莹摇头，"我只知道你和王仙子的这段缘分绝不是偶然，但你必须要阻止她和六皇子在一起，这样你们的缘分就能存续，解开自然力空间的奥秘才有可能。"

周远呆呆地听着。说实话，他不认为这番话有任何逻辑可言。

"第二，你必须要去找到光华教的谛教长老。"

"谛教长老？"周远回忆着《武林史》里写着的魔教知识，"谛教长老不是死在孤鸿岭上了吗？难道他已经有了传人？"

"不是。"谢雪莹说，"谛教长老庄子玉的确死在孤鸿岭，但是李天道却已经将他的记忆移植给了一位在仕途上即将一路晋升的朝廷青年才俊。"

"青年才俊？"

"你的'表哥'张塞研究出了一张可能被李天道种植记忆的人的名单，却唯独落下了这位朝廷青年才俊。"谢雪莹提到张塞名字时，目光里有难以言说的苦痛，"他就是姑苏太守叶伯仁。"

周远当然极为吃惊，没想到叶大人竟然也被种植了记忆。

谢雪莹从怀中拿出须弥芥子斛递给周远，"用这个东西，结合你的量子内力，就可以把蛰伏的记忆唤醒。"

"什么，要我去把谛教长老的记忆从叶大人的身上唤醒？"周远勃然变色，"这怎么可以！"

周远很清楚，唤醒谛教长老庄子玉的记忆，就等于杀死了叶大人。

"你必须那样做。"谢雪莹说，"无名教十七代的传延，前面的十五代都是没有任何意义的，可是第十六代也肩负了一项重要的使命，这个使命和破解自然力时空的秘密有着直接的联系。所以李天道会在玄机谷里得到《慕容家书》，家书本应帮助李天道去完成他的使命，结果却导致了他有足够的知识和能力去背叛他的使命。现在李天道已经死了，执教长老刚刚也死了，施教长老和镇教长老半年前死在了琅嬛玉洞，所以你唯一的希望，就是去找到谛教长老。"

"可是，一旦叶大人变成了魔教徒，岂不是会对朝廷构成威胁？"

"是的。"

"那岂不是会让很多好人遭难？"

"是的。"

"甚至造成杀戮，生灵涂炭？"

"是的，可是你没有选择。"谢雪莹目光坚定地看着周远。

"不行，我不能这么做。"

"如果你不那么做，你就无法破解自然力空间的秘密，就无法拯救江湖！这是阿碧姑娘跨越一千年要传递给你的话语！"谢雪莹有些着急，她说完一个趔趄，跌倒在地上。

周远忙去扶她，谢雪莹伸直了手，把须弥芥子斛递到他的眼前，"拿着……拿着！"

周远没有办法，只能伸手接过了须弥芥子斛，"那第三件事是什么？"

"第三件事……"谢雪莹挣扎着坐起来，她的的气息逐渐开始变弱，"就是你必须去重走慕容公子的求索之路……慕容公子最后一次求索之路，是从老一寺开始，到武林结束。"

"什么寺？"周远完全没有听说过这个古怪的名字。

"老一寺。"谢雪莹又重复了一遍。

"这个寺……在哪里？"

谢雪莹摇摇头，"我也不知道。我只是在流光陌里看到过这个落款，似乎许多精巧的机关都是在那里建造的……"

"到武林结束，又是什么意思？"

谢雪莹还是摇头，"我也不懂，可是这些……就是我所有记得的线索了。"

周远不得不在心里苦笑，去破坏一桩皇家姻缘，去复活一个魔教长老，去重走一条不知从何处开始也不知到何处结束的求索之路，这就是他要去拯救自然力、拯救武林、拯救爱所能依靠的所有线索！

"你觉得我们能成功吗？"他看着谢雪莹。

谢雪莹听到"我们"二字，无奈地笑了笑，"很抱歉，这个事情恐怕只能由你独自去完成了。你别忘了，我被人移植了一段人格记忆，这会跟我的经历记忆发生冲突，我……很快就会死去了……"

谢雪莹说到这里声音变得越来越轻。

"谢姑娘！"周远急忙握住谢雪莹的手脉，想传输一些内力给她，却发现她的心跳和气息运转都很正常。周远其实比任何人都更懂人格记忆和经历记忆的冲突，知道这种冲突靠普通的医术是根本无法解决的。

谢雪莹看着周远，目光逐渐变得呆滞和迷离。

"不要害怕……慕容公子选中你，自然有他的理由……"谢雪莹如呓语般地说道，"我越是即将离开这尘世，就越是留恋它的美好，就越是羡慕人们在尘世里相爱、相守……所以……请务必拯救这个世界……哪怕要跨越千山万水，走到世界的尽头……拜托了……"

"张塞……"她最后轻轻地叫了一声。

（四十）

寒山寺还愿仪式在大雄宝殿前宽大的露台上进行。寒山寺的各间殿房罕见地都缀满了鲜花丝带，标志着这不仅是一个非常宏大，而且将是十分浪漫的仪式。

一百多位朝廷官员、民间巨头和武林帮主们分列两边，见证着这个即将在轩辕朝的历史和政治都留下浓重一笔的时刻。

姑苏太守叶伯仁也来到了露台，站在江武府副总管胡德宏的旁边。叶伯仁脸上没有任何表情，也并不和旁边的任何人交谈，想来是还没有从含冤入狱的痛苦中恢复过来。

柳依仙子代表武林致辞完毕后，寒山寺的主持信觉大师宣布道，"下面请皇子晖殿下和王素仙子一起到大雄宝殿里面进香还愿！"

隆重的鼓乐奏起，轩辕晖和王素分别从左右两边走了出来，两人相视一笑，各伸一手拉在一起，缓缓向大雄宝殿走去。俊男美女、庙堂江湖，无论从哪一个角度看，这都是一幅完美动人的画面，露台上一片掌声雷动。

张塞后来在《武林史·当代卷》中关于"谷雨节之变"的章节里写道：

从寒山寺大殿露台的贵宾席到大雄宝殿门口大约一共要走三十步。

轩辕朝离一个朝武和谐、稳定富足的盛世也只差了三十步。

但是历史的发展很多时候总是遗憾得让人扼腕叹息。有时候，三十步的距离，偏偏会相隔永恒，明明近在咫尺的愿景，却会在转瞬间失之交臂……

就在轩辕晖和王素朝着大雄宝殿走去的时候，露台上突然发出阵阵惊呼。原来从叶大人的身后，不知什么时候走出来一个穿着粗麻长袍、戴着帽兜的人，竟擅自走到了露台中央。

"王仙子，请等一等！"那人说道。

轩辕晖和王素蓦然转过身来，轩辕晖脸上是愤怒夹着难以置信的表情。

寒山寺负责维护秩序的武僧和清商宫的卫兵立即从两边冲出来，但是那人两手一分，两股巨大的力量分别袭向左右，将武僧和卫兵全都冲击得翻滚到了地上。

现场有不少工坊首脑都是武林中人，看到竟然有人单枪匹马来搅乱皇子的还愿仪式，全都震惊不已，撸起袖子就准备出手。

可是那人拉下了帽兜，许多人立刻发出惊叫。这个站在露台中央的年轻男子，正是一直传言已然复活的魔教末代教主周远。

"等一下。"王素上前一步挥手制止了包括柳依仙子在内的即将冲上去擒拿周远的众人。

她也是惊讶得不敢相信自己看到的一切。她已经做好了所有的思想准备，将一切过往埋藏到记忆深处，将所有个人的心绪和愁情都抛到九霄云外，去承担自己的责任。她曾经痛恨周远将自己遗忘，现在又庆幸周远将自己遗忘。就像张塞说的，这样对周远、对她、对江湖或许都是最好的结局。

可是就在一切都将尘埃落定时，周远却突然出现在了这里。

"王姑娘！"周远开口说道，"请跟我走……请你……请你相信我……我真的有一个极重要、极重要的理由，需要你跟我走。"

周远明显非常紧张，说出这段话的时候都不停颤抖着。

露台上的这些人无论在朝在野，都是各方消息灵通的人。关于半年前在燕子坞三合堂流传出来的一些传闻也都有所耳闻。但是大家怎么都没有想到，就在王素即将跟六皇子携手还愿的节骨眼上，这位魔教教主竟真的只身赶来，想要带走王素。他们今天都是等着来看一场人人艳羡的历史盛会，却没有想到竟然还会加演这样一个刺激的桥段。

王素迎着周远的目光，意识到他已经恢复了记忆。蓦然间，她有许多往事想要叙说，许多在结界里未曾说出口的话想要对周远讲。但事到如今，什么都已经无法改变，做任何决定都无济于事了。

王素替周远感到心疼。他真的太痴、太傻了，这个地方如此危险，而他什么都挽回不了，为什么还要这样不顾一切地找来？

她看了看露台上朝廷、武林和民间的所有人，她看了看柳依仙子，然后对周远摇摇头,"我不能……我不能跟你走,你快离去吧。"

"快滚开!"

"快抓住他!"

"杀死他!"

人们纷纷叫起来。

"你来得正好!"轩辕晖这时候走到王素身边,一把将她搂入怀里,"今天正好将你这个魔头就地诛杀,我这趟姑苏之行就圆满了!"

"王姑娘,你相信我,这是为了整个武林,这是为了整个……人世!"周远焦急地补充。

周围的谴责声里又多了许多嘲笑。倘若周远真的完全是一个痴心情种倒也罢了,可是搬出武林作为拙劣的借口,这样的行为也实在太愚蠢可笑。就连王素看着周远说出如此苍白的话语,也是又难过又无奈。

周远面对人们的讥讽斥责脸涨得通红。他想放弃了,他想立刻就展开轻功逃得远远的,逃出寒山寺,逃出姑苏城,逃到天涯海角一个再没有人能找到的地方。他本来就不想来做这样的事情。

可是他又想起谢雪莹临死前的话语:你和王仙子的这段缘分不能断掉,这是阿碧姑娘跨越千年传过来的叮嘱。否则自然力时空的衰亡就无法阻止,整个江湖就会终结,这世上也不会再有爱……

周远抬头焦急地看着王素,她很痛苦但态度却很决绝。时间紧迫,他知道自己无法讲清楚前因后果去说服她,但他又必须阻止她和六皇子在一起。于是在那一瞬间,周远运用他那逻辑无与伦比清晰的头脑,想出了一个荒唐卑鄙,但又是唯一可行的办法。

"王姑娘,在月柳街拢翠阁里你既然已为我脱去衣裙……你就不应该……再跟皇子殿下去还愿了。"

周远把这句话一口气说完,自己都羞臊得满脸通红,想要找个地缝钻进去。

而整个大雄宝殿前的露台上所有的人都立即目瞪口呆。

魔教的大魔头在拙劣的伎俩行不通后,终于露出了他卑鄙无耻的面目,竟然说出了这样一句淫秽不堪的话!他这是在表明他已经和武林第一美少女、准皇子妃有了肌肤之亲吗?

"你胡说八道!"轩辕晖放开王素,愤怒地朝周远冲了几步。

他随即又转回来对着王素问道,"素素,有这样的事情吗?"

与此同时，柳依仙子也已经冲到王素旁边问出同样的问题，"素素，他说的是真的吗？"

王素涨红了脸，脑子一片空白，蒙得完全不知道该怎样回答。

周远说的，自然是事实。在拢翠阁的阁楼上，为了给周远看《慕容家书》的文字，她褪尽衣裙，几乎一丝不挂，但仅此而已。可是周远竟然在大庭广众之下将这件事情说了出来，他显然是要让人们以为发生了更多。

王素红着脸噎在那里的样子立即让露台上所有的人都更加震惊了。像这样的流言蜚语，本来就极富生命力，哪怕王素当即怒斥，恐怕也会继续流传很久，更不用说王素竟然呆立在那里，一句反驳的话都说不出。

轩辕晖和柳依仙子当即都是一颗心沉到了底。王素竟然无言以对，这自然说明确有其事。

王素看着满露台的人用各种异样的目光看着自己，看着柳依仙子伤心失望，看着轩辕晖愤怒绝望，她只感到天旋地转，无力站立。她一直是一个极坚强的女孩，不管遇到多大的事情都能咬牙坚持。可是今天对她做出如此卑鄙无耻的事情的人偏偏是周远，王素第一次像个小女孩一样跪倒在地上，捂着脸哭泣起来。

"我早就怀疑！"轩辕晖突然暴跳如雷地指着王素吼道，他双目圆睁，脸色铁青，就像一只受伤的猛兽，"你和他在鬼蒿林里就种下情根了是不是？订婚之后你就从来没有热情地对过我！你心里从来就没有情愿过！"

"殿下！"柳依仙子试图阻止轩辕晖在众目睽睽之下说出这些话。

但是这位年轻的皇子却已经因为极度的羞愤丧失了对自己的控制。

"你为什么要提前三天来姑苏城？你就是为了来找他是不是？"轩辕晖索性把自己一直以来的委屈、不满和怀疑都一股脑儿说了出来，"说好了要在枫桥一起听钟声，你把这个约定当过一回事吗？你宁可跑到月柳街这种风月之地，去跟魔头在一起！"

王素跪在地上，听着轩辕晖的这一大通指责，发现自己竟然一句都无法反驳。

王素这种默认的态度更加激起了轩辕晖的愤怒。他转头对柳依仙子吼道，"你们武林真的是一点信誉都没有！你们峨眉培养的就是这样的人吗？"

轩辕晖此时已经完全失去了理智，又加了一句说道，"你们峨眉就是培养这种淫贱的女子吗？"

第九章 寒山—愿终是空

他踉跄了几步，又转过来瞪着周远，"给我把他抓起来，我要把这个魔头碎尸万段！"

周远这时候转头去看叶伯仁。叶伯仁的眼神里已经完全没有原来的那种坚毅和仁慈，而是透着深深的狠辣和城府。他朝着周远阴森地点点头，似是在对他催促。

周远在心中长长地叹了一口气，从怀中取出须弥芥子斛。他将这黑色的方盒放到地上，然后右手聚起一股量子内力。须弥芥子斛如同感应到量子内力一般陡然发出蓝色的幽光。周远用力一掌拍到斛上，一下子一股巨大的力量向四周席卷而去，将冲上来准备捉拿他的清商宫卫兵和武林人士全都逼退了。

一股劲风从所有人头上刮过，朝政部侍郎温凯、斜塘驻军副都督华嵩、海升平二掌柜东方醉、丐帮姑苏分舵总账房龙云康等几十人全都痛苦地用手抱住脑袋颓然地昏倒在地上。

等所有的人将遮挡的手拿开，从地上爬起来后，周远已经没有了影踪。

轩辕晖仰天爆发出一声野兽般的怒吼，大步朝寒山寺外走去。

"殿下！"柳依芸从后面追过去。

"不要跟着我！"轩辕晖转过身来瞪着一对血红的眼睛，"我和那个贱人已经不再有婚约了！"

他说完朝着清商宫的卫兵们一挥手，头也不回地走出了寒山寺。

柳依芸呆呆地看着轩辕晖的背影消失在露台前的石阶，心中真是万念俱灰。她回过头来，看着仍旧孤零零跪在地上的王素。

她一身白衣在风中飘动着，她哀伤的面容仍是那样的绝美，可是在周围人的眼里，她却已经不再是那个千人宠爱、万人敬仰的江湖第一美少女，而成为了可耻的、令皇族蒙羞的、自甘堕落、失身给了魔头的淫贱女子。

柳依芸往回抢了几步，害怕王素会自绝经脉，但是她却只是一动不动地跪在那里，如同一座雕塑。

朝廷官员和工坊首脑的护卫家丁下属侍卫都纷纷赶了进来。他们有的赶忙将昏过去的温凯、华嵩、东方醉、龙云康等人抬到偏殿里治疗，有的则在他们的主人耳边轻声低语，或者将刚刚从信鸽驯雁那里接到的字条呈了过去。

但凡听到讯息或者看到字条的人全都震惊得说不出话来，其惊骇程度比起刚才王素那一幕有过之而无不及。

"发生了什么事？"柳依芸感到一定又出了什么大事。

一位峨眉的教师走到柳依芸的身边低声对她说道，"校长，我们刚刚得到确切的消息，朝武会议正式通过了决议，废除了《华山备忘录》……"

"什么！"柳依芸这下真的是惊得完全无法自持，"这怎么可能？《华山备忘录》是太祖先皇和武林神圣的约定，必须要朝武会议绝对多数通过且少林、武当、燕子坞、华山四校一致同意才能够修改！"

"朝武会议认定少林、武当、燕子坞三校目前或已经消亡或无法正常运转，所以只有华山能够代表武林。"那教师说道，"而华山剑校在会议上投票支持了废除《华山备忘录》的决议。"

柳依芸绝望地摇头，"风伯年，你怎么能够这么做？"

她感到一种深深的反讽，《华山备忘录》相约在华山，最后竟然也终结在华山派的手中。

她一个踉跄跌倒在地上。柳依芸虽然容颜保养得极好，但毕竟也是五十多岁的人，连续两个如此重大的打击，真的让她难以承受。

"皇子昊殿下现在已经调集了斜塘的军队和江武营，将姑苏城整个包围了起来。要在姑苏城实施《华山备忘录》的废除。"

"实施备忘录的废除？"柳依芸一时想不明白这意味着什么。备忘录赋予了武林太多的责权和尊严，已然根植在了所有江湖儿女的一切日常之中，她一时真的不知道备忘录废除这件事，究竟具体会涉及什么。

"比如所有的江湖人士都必须交出一级兵器，到缇尉营留存所会武功的内力图谱……比如所有江湖人士从此见到朝廷官员都必须要下跪，而不能只行江湖礼节……"

柳依芸边听边不停地摇头。她不需要那位教师再继续说下去了，如果《华山备忘录》将以这样的方式被废除，那就意味着朝廷和武林的彻底决裂。一定有无数的江湖儿女不愿接受备忘录废除后的种种限制和屈辱，他们一定会奋起反抗，等待朝廷和武林的将会是恒久不绝的冲突和暴力，其后果的严重程度将远远高于光华教二十年动乱的悲剧。

柳依芸绝望地去想是不是还有任何挽回的余地，如果朝武会议已经通过的话，唯一的办法就只有让当今圣上钦命驳回了，但是皇族里原本最有力的武林支持者六皇子却已经带着对武林无比的怨恨离去了，武林让皇族蒙受了这么大的羞耻，只怕一切真的已经无法挽回了。

柳依芸抬头仰天，远处不知何时已经聚起了滚滚的黑云，沉沉地压过来。

即使是对未来最悲观地预计，她都从来没有想到《华山备忘录》会被废除。这是轩辕朝立国的基石啊，这是这个江湖之所以繁盛美好、充满生机的根源啊。

然而一切真的就这样在转瞬间崩塌了。

一切都将不同了。

叶伯仁这时候跟汪政和胡德宏行了一礼，示意他们到偏殿里叙话。

"我也不知道会变成这样。"身为江武府副总管的胡德宏也很惊讶，他等叶伯仁把偏殿的门关上之后说道，"因为安护镖局崛起和最近寒山盟攻打苏浙府的事情，要求废除备忘录的声音是越来越多，超过绝对多数也有可能，但谁又能想到风伯年会投票支持废除呢……"

"这一定是皇子昊殿下早就谋划好的，用来对付皇子晖殿下的朝武联姻。"汪政说，"消息才刚传来，他就已经准备好了军队。"

"那我们现在怎么办？皇子晖殿下已经……"胡德宏的话说到一半猛地戛然而止，叶伯仁手中的一把匕首已经从后面扎穿了他的心脏。

"叶伯仁，你这是……"汪政惊恐地后退。

叶伯仁露出狰狞的笑容，一个纵跃就用匕首划穿了汪政的喉咙。

他用汪政的官袍将匕首的血迹擦干，然后来到了隔壁的偏殿里。温凯、华嵩、东方醉、龙云康等数十人已经醒来，正呆呆地坐在床上。

叶伯仁走到他们的面前说道，"因汝之证，诸象证悟，借汝之光，得见光华，千微教理，日夜思谛，万妙教义，朝暮诵习……"

这番话一下子就让那几十人全都浑身一震，他们急忙都从床上下来，围到了叶伯仁的身边一齐跪了下来。

（四一）

斜塘姑苏卫十万军队将姑苏城四面都封锁了起来。江武营、缉尉营和三山堂里应外合开始对姑苏城所有的武林人士实行"弃誓"的程序。

所谓的弃誓，就是让武林人士跪在一名朝廷官员或者军官的面前，交出自己的兵器，同时表明接受《华山备忘录》的废除，放弃作为一名武林人士所有的权利，从此以后将和民间人士一样，见到朝廷官员下跪磕头，在拘捕和审讯流程里也不再享有特别的豁免，不再担负调查武林相关罪案的责任，无权对朝廷官员的清廉进行监督,也不再有用武林规矩解决争端和纠纷的权力……

如果武林人士拒绝"弃誓",则立即被拘捕,投入刑牢,挑断手脚筋脉,强迫服下毒毁任督二脉的刑药。

如果说姑苏城原本还有一批武林有识之士意识到为了整个轩辕朝的社稷,为了武林自己的利益,仍应当坚持平和的立场,力争从律法和帝京城申诉的层面来试图解决问题的话,如此苛刻和带有羞辱性质的"弃誓"程序就彻底将这种和解的可能直接扼杀了。

就这样,在轩辕一七五年的谷雨节,姑苏城就这样转瞬之间陷入了血腥与暴力、狂乱与魔障。

张塞在《武林史·当代卷》里把这一天的事件称为了"谷雨节之变"。谷雨节本就是春天的最后一个节气,似乎正好隐喻了江湖之春的凋零。

许多受人尊敬的江湖世家的门被粗暴地敲开,老少家人一起被揪出来要求向一群狂妄粗鲁的军士下跪弃誓。一旦不从就弓箭齐发,刀剑相加,满门遭屠。

帮会里,工坊里,钱庄里,商行里,那些一直以来中正善良的有武林背景的人士突如其来地就成为了众矢之的,被下属告发,被同僚揪斗,被官府拘捕。平日里的好友被迫反目,甚至有时连父与子都被迫划清界限。

在大街小巷随处都可以看到武林人士施展轻功躲避追捕,但被三山堂、缉尉营或者江武营的军士使用三位一体围攻,被制服,被打碎膝盖,被迫跪下,或被直接杀死。江湖儿女开始奔走相告,联手自卫,或者合力向缉尉营、江武营、城安军反击。杀戮与复仇此起彼伏,在平安坊、观前街、太监弄、富仁坊集到处都可以看到残忍的厮杀,东西南北的水陆城门更是持续着疯狂的群斗。庙宇屋舍、园林集市全都燃起熊熊大火,滚滚的黑烟布满了姑苏城的天空。

也有很多武林中人选择了"弃誓"。他们不是不珍视武林的权益,也不是不感到屈辱,他们只是无力抗拒。在这场从朝廷自上而下的浩劫当中,任何个人都是渺小的。在三十年的和平岁月里他们从来都没有见过这样的场面,小时候看过的大战魔教的戏文和残酷的现实比起来完全就不是一回事,下跪虽然丢人可耻,可这是覆巢之下唯一可以求得安全的办法。就算有人武功高强,可以在重重包围中杀出一条血路,他们也还有苍老的父母、娇弱的妻子、年幼的子女需要保护,所以他们只能选择默默地承受屈辱,换来全家的安全。

周云松在嘶喊震天浓烟滚滚的小巷里小心翼翼地前行,躲避开缉尉营拉网式的围捕。

再有两个街口他就可以回到周府，但是在很远的地方他就已经看到自己家里火光四起了。

他观察了一番，陡然施展开轻功暴起疾行。几个缉尉发现了他，但是等他们转过街角时周云松已经无影无踪。

周云松就这样使用燕子坞最高心法的轻功疾奔了两条街，翻过高高的围墙回到家中，但宅内的景象却让他仰天长啸、捶胸顿足。

家中的所有的院落都燃着熊熊大火，他的奶奶、叔伯姨婶、堂兄表妹的遗体散落在门廊、小径和天井各处。许多是在奔跑中被弓箭从身后射中，许多则是并排跪着被处决。

周云松在家宅正门口照壁前的血泊里找到了父亲周乾坤。他哭嚎着抱起父亲，拼命将自己最纯最厚的内力输到父亲的体内。

周乾坤微微睁开眼睛，看到周云松后，露出弥留之际的笑容。

"我要把他们都杀光，把他们都杀光！"周云松握紧拳头怒吼。

周乾坤吃力地摇摇头，"我已经给他们跪下了，但他们还是动手了……他们是故意的，就是为了激起武林的愤怒，让我们丧失理智……这是他们的目的……"

"我不管，他们要我愤怒，我会把我所有的愤怒都给他们。"

周乾坤紧紧抓住儿子的手，"我这辈子选择了经商，为的是给你们一个更好的生活，但我心里其实一直想去浪迹天涯呢，所以我从不指望你来继承家业，而是把你送去了燕子坞……听爹的话，逃出去……活下来……不要想着报仇……武林即将回到长烟落日、古道西风的时代……去享受那青衫磊落和绿水长流吧……去做一个真正的江湖儿女……"

周乾坤说完这番话后溘然而逝。

周云松只感到悲痛与悔恨如旋流般将自己吞噬。燕子坞事件后他回到家中，难得可以和父母相聚，但因为调查记忆移植，每天几乎都只是回家睡个觉，很少能够再像儿时那样跟父亲谈心，昨日在林记，他拿到轩辕璧后只想着尽快赶去隐市，他能感受到背后父亲关切的目光，却仍没有停下匆匆的脚步，此时竟发现，这一生已经再没有和父亲喝酒言欢、纵论武林的机会了。

三个缉尉翻墙进来，呼喝着来捉拿周云松。

周云松将父亲放到地上，猛然回身，闪耀着双燕徽章的燕子坞佩剑赫然出鞘。

三个缉尉行进中准备摆起三位一体的阵法，力图再抓捕一个武校生，立上一功。但是却惊恐地发现眼前这个武校生来得好快。

燕来剑法根本就不给他们布阵的机会，周云松身如疾风、剑如流星地卷入三人的中心，只用了一招就连削带刺一瞬间将这三人一个个全部刺穿。

三个缉尉全部受了重伤，惨叫呻吟，很快就会气绝，但是周云松手中的剑却没有停，他怒吼一声直接一剑将三人的头颅如同切瓜般斩落了下来。

周云松之前从来不会这么做，武校的教育也绝不允许这样的行为，但是周云松却感到一种复仇的快意。

他匆匆将父母埋葬。在大火将整个宅院都吞噬之前，周云松从火中跃出来，回到街上。

太监弄上尸横遍野，令人不忍直视。林记低调的门面已经被彻底焚毁，门前倒着许多美丽少女的尸体，她们全都衣衫凌乱，惨遭虐杀，其中就有一直为周云松引路点菜的小香。

身后的巷口传来打斗之声，周云松转过来，看到季菲左支右绌地被三个缉尉围攻。

周云松正愁无处发泄他的愤怒，清啸一声，两个起落已经赶到季菲身边。三位一体的阵法虽然厉害，但却是一种只能用来对付一人的简化阵法，要对敌两个武校生时，必须要六个人才能维持阵法同样的威力。周云松一旦加入，三个缉尉就立刻不是他们的对手，周云松长剑直进，燕来剑法杀招连环而出，转瞬之间又将三个缉尉的脑袋全都砍了下来。

季菲从来没有看到过周云松如此残忍地杀人，也是很骇然。

"周大哥，你接到家人了吗？"她摸着仍未痊愈的肩膀问道。

周云松没有说话，竟是主动往巷口冲出去，正撞上一个江武营的军士，又是连着两个杀招，将那军士刺死。

季菲看到周云松两眼血红、杀性如炽，料想他的家人一定遭到了不幸，不敢再问，追过去说道，"周大哥，我们还是赶去齐门和叶大人汇合吧。"

就在柳依仙子等武林人士收到《华山备忘录》被废除的消息后不久，大皇子就指挥斜塘军队向寒山寺包围过来，大家被迫逃回城里。叶伯仁让姑苏巡捕悄悄给所有的武林人士传话，凡是不愿意弃誓的，都可以到北面的齐门汇合，他会让姑苏巡捕偷偷开启一条逃生的通道，同时他还传书给燕子坞等城外各地的老师和武林人士，让他们一起到齐门接应。

但是周云松冲出巷口已经引起了注意，八个江武营的军士从路两边迅速包抄过来。

江武营军士的武功远远比缉尉营的士兵要强，战术素养也高许多。周云松虽然凭着悲愤剑法里多出来三分狠辣，但是面对环绕的强敌也是无法迅速制胜，一旦陷入多回合拉锯，剑法狠辣之下的破绽也显露出来。

季菲因为受伤更是没法充分施展精妙的刀法，很快就被两个江武营的军士逼得节节败退。

周云松为了多替季菲分担，施展轻功左突右冲，同时缠住了六个对手，但很快被一个军士从身后绕过来突袭。江武营的军士都从武林招收，虽然都经过统一严格的武功再塑，多少还是能看出一些传承。这个突袭的军士这一掌就明显是崆峒派的路子。

周云松看上去并没有注意到身后的偷袭，眼看要被击中，却没想到他竟骤然转回来发出一模一样的一掌，直接打在来人的颈侧。那军士连惨叫都来不及脑袋直接挂到了胸前一命归西。

以彼之道还施彼身。

"斗转星移！"其余江武营军士也都喊了出来。他们知道遇到了燕子坞的优等生，全都向后撤了半步，招法都变得更加谨慎。

周云松虽然凭借燕子坞绝学击毙了一个对手，但是面对这些紧守门户，脚踏阵法的江武营军士，他也知道很难取胜。更何况附近一定还有很多江武营和缉尉营的军士，一旦更多的人集结过来，他就没有任何抗衡的余地。

想到即将就这样死在姑苏城的街头，周云松满心的不甘和悲凉。他就读武校时心中充溢着满腔热血，想去追随杨冰川、黄毓那样的前辈，去维护正义，为武林和朝廷建功立业，却没有想到，整个世界就这样在一瞬间天翻地覆，正义、邪恶、盟友、敌人，所有的主张和价值就这样变得一片混乱。

那一边季菲也明白即将被无情地杀害，她含泪对围攻她的两个江武营军士喊道，"你们也曾经是武校生，你们的双手却沾满了江湖人的血，你们于心何忍！"

两个军士手上的招数似乎略微慢了一下，但是很快又更加迅猛地夹攻过来。他们也许曾经是江湖人，但是他们现在是朝廷的军士。

就在这时候，两个人影不知何时也不知从何处突然闪入了战局之中。

结阵作战时，一个很关键的要素就是节奏感。没有节奏感，用武学术语来讲，就是"抗扰系数"会很低。刚才五个江武营军士结阵缠住周云松，相互已经默契地根据周云松的武功高低形成了节奏。这样当然让他们的阵法很凌厉，但是他们最害怕的就是阵里突然出现一个节奏完全不同的高手。

突然闪进来的两个人影的武功全都明显高于周云松和季菲，他们一个使一柄一面黑一面白的粗重大刀，抡起来飞沙走石，另一个空手，右手两指叉开，招招直指要害。两人因为速度极快，那些步调一致的江武营军士在他们的面前就像是在表演慢动作演练一样，瞬间就有两人在刀和指下死于非命。

周云松在燕子坞系统学习过阵法学，当然立刻就看出了江武营阵法的种种破绽，他于是施展开燕来剑法，很快也刺倒了一个军士。

剩下的几个军士全都害怕了，想要逃走，但已经来不及，七八招之后，就被周云松、季菲以及那两个陡然出现的人影合力杀死了。

周云松和季菲死里逃生，惊魂甫定，但是看着眼前的两人，脸上的表情似乎更加惊异。

他们从没见过这两人，但是却都能猜到这两人就是传说中的断魂刀范老二和黑夜叉陆化。这两人十几年前都是江湖上轰动一时的人物。

范老二曾是轩辕一五七年第一百一十二届华山论剑的刀术冠军。从第一百零三届华山论剑，也就是轩辕朝的第四届华山论剑开始，江武府别出心裁地安排当年的剑术冠军和刀术冠军进行刀剑对决。之后的九届华山论剑，剑术以七比二的绝对优势领先，但是范老二却凭借自创的刀法战胜了科班出身的武当真武简继承人，创造了奇迹，让所有使刀的江湖人扬眉吐气。但后来范老二一个人拿着断魂刀将祁连山庄从庄主到下面的十八剑客再到下面的三百门客一夜之间全部杀光，成为了被江武府通缉的重犯。至今没有人知道范老二为什么那么做。

而黑夜叉陆化同样也是一身武功不知传承于何处。所有见过他习武的人都说他的招数看上去光明正大，但就是有一股说不出的阴冷邪恶。武校不愿录取他，帮会工坊也不愿录用他，他就索性自甘堕落，成年后就四处打家劫舍，最让江湖记住的就是他曾经截了威远和震远镖局联合保的一支重镖，并杀死了两个镖局的总镖头。两大镖局花了不少时间才重新振作起来，后来安护镖局可以轻易地崛起，其中也有这一层原因。

"多谢……范前辈，陆前辈……"周云松和季菲双双行礼，但也不敢表现得太热情，毕竟这两人都是在江湖上欠下无数血债的重犯。

这下轮到范老二和陆化惊讶。

"没想到你们这些年轻后生居然还能认出我们！"范老二冷笑。

他不知道他们的故事其实一直存在于皮影戏和连环画中，周云松、季菲从小就对黑白两面的断魂刀和二指叉的夺命武功耳熟能详。

"你是燕子坞的吧，刚才看你使出了斗转星移。"陆化问。

"是。"周云松点头。

"嘿嘿，你们这些武校生，没想到有一天会落到这种下场吧？"陆化一副幸灾乐祸的表情，他显然对朝廷和武校都很痛恨，看到两边相互残杀，简直喜不自胜。

周云松和季菲面对陆化的嘲讽，都说不出话来。

"你们两个都欠我一条命！"范老二说道，"你们等着，我随时会来找你们索债！"

两人说完就又如风一般从街角飘走了，留下周云松和季菲面面相觑。他们都在想范老二和陆化难道不是都应该在隐市里面吗？难道连隐市这种地方也出事了？

他们正想着，听到街角传来脚步声。二人立即摆出燕子坞刀剑的起手式，严阵以待，却看到从街角小心翼翼转过来的人是张塞。

第十章　却不如相忘江湖

（四二）

　　张塞身上的穴道慢慢自行解开的时候，时间早就过去了两个时辰。谢雪莹出手时对力度的拿捏，就是为了能够确保这一点。

　　门口那个看上去有一百多岁的老太婆之前就已经让那个打杂的小男孩把张塞扶到了一个竹榻上。隐市里各个铺面总的来说都缺少能踏踏实实干活的杂工，所以收容一个留在隐市里的人，给予一份生计是比较容易的事情。不过那老太婆还是嘟嘟囔囔有些抱怨，之前的毛俊峰拥有修暗器的好手艺，而现在这个男生目光呆滞，明显受了情伤，估计派不上什么大用场。

　　张塞从竹榻上坐起来，满心的绝望和难过，他实在想不通谢雪莹为什么会突然这样做。他看了看自己所在的这间铺子，四墙霉烂、家具破旧，散发着一股浓浓的陈腐的气息，忍不住有一种想逃出隐市的冲动。当然，他并不敢真的那样做，他是亲眼看到安护镖局的那两个镖师惨死的，他不想被卸成十七八块。但他也无法去想象自己的余生就这样在这个地方度过，姑苏城当下正危机四伏，许多悬念也都还没有解开，可是一切都跟他没有关系了，他最多只能作为一个旁观者参与到江湖接下来的风起云涌中去了。但让他更沮丧的是就这样永远无法再见到谢雪莹。

　　张塞不吃也不喝浑浑噩噩躺到第二天的早上，然后猛地被一阵嘈杂惊醒。

　　隐市里的人总的来说见惯了风雨，比外面有着更加淡定的气质，但是谷雨节的这天早上连这些老江湖们似乎都坐不住了。

　　张塞心灰意懒地走到门口的台阶上坐下，从叼着蒿草杆子的小男孩屁股底下抽出一张《江湖人物》。

　　正反两个大版面全都是王素剑诛崔敏虬、皇子与武林美女携手现身寒山寺的报道。

第十章 却不如相忘江湖

可是张塞甚至都没有来得及读完王素用相对武学险胜崖敏虬的过程，《姑苏晚报》的号外就到了，上面赫然印着的竟是王素背叛六皇子、堕落失身给魔教教主令皇室蒙羞的惊天新闻。

无论是数量还是篇幅，无论标题还是配图，这份娱乐报纸全都迸发出了前所未有的激情，张塞看到他的同行们的叙事技巧、白描手法、情节臆测和场景想象全都达到了一个新的巅峰，将对俗媚与香艳的追求推向了极致。和王素的这轮报道的洪流奔腾相比，丁香月那些根本都只是山涧里孱弱的小溪。

张塞在过去半年担惊受怕的岁月里一直没有停止过对周远可能以什么方式伤害这个江湖的猜测。微澜谷走散后，他更是害怕末代教主的预言会随时成真，即使是周远在沧浪亭发出那惊天的一击后，张塞仍然觉得这未必就是这出千年戏剧的高潮，但是他怎么都想不到，周远最后竟然会是以这样的方式登上了轩辕朝所有报纸期刊的头版头条。

张塞替王素感到难过，在心里他始终把王素看作是有着出生入死情谊的朋友，他无法去想象王素此时正承受的屈辱和悲伤绝望。

当然他更加替朝武联盟和轩辕朝的未来担忧，只不过这种担忧很快就变得多余。各大报纸新一轮的增刊开始铺天盖地地袭来，上面全都是关于《华山备忘录》的废止和大皇子在姑苏城发动的弃誓行动。

在那一瞬间，张塞才终于明白了谢雪莹点住他穴道以后对他说的那些奇怪的话。

他所受过的一流史学训练让他比一般人更能够理解《华山备忘录》被废止这件事将会对武林和轩辕朝带来什么样的影响，不光是谷雨节这一天，也不光是未来几个月，而是未来几年、几十年甚至更长。

他想起黄毓教授笔记里的结论和临终前对自己的嘱托，感到难以释怀的悔恨。他曾有机会阻止命运的车轮转动到这一步，但却辜负了恩师，辜负了这个江湖。

他也部分地明白了谢雪莹的用心良苦，接下来的江湖，绝不是他这样的人能够容身的，躲在隐市里，用史学家的笔去记录下发生的一切，显然更加适合他。但他很后悔没有机会去告诉谢雪莹，他虽然武功低微，临事慌乱，但却有着一颗江湖儿女不屈的心，他宁愿和她在一起，去共同经历血与火的一切……

整个隐市里当然也是一片震惊，有不少刚刚因为不同原因躲进隐市来的人还流露出一些幸灾乐祸，因为大家都知道，江湖马上就会是一片腥风血雨。如果外面是一个狂乱的世界，那么一辈子被困在隐市里也就没有那么遗憾了。

可是，这些幸灾乐祸的人还是低估了这次事件所能够产生的影响。

不愿意弃誓的武林人士和缉尉营、江武营在姑苏城的各个地方爆发了剧烈的冲突，在太监弄附近的厮杀尤为激烈。武林人士最终无法抵御不断增援的缉尉，有些人被迫退入了"林记"，又进而通过"林记"闯入了隐市，杀红了眼的缉尉也从前门一直追杀到后院，跟着闯了进去。因为没有口令，坏了规矩，所有的闯入者都很快被隐市里看不见的高手杀死了。

缉尉营里那些缺乏江湖知识的指挥官立即得出结论认为那地方是武林反抗人士的一个核心据点，于是叫来更多的增援，姑苏卫甚至调来了"雷火箭队"和几十台"暗器云车"。

在太监弄上呈扇形摆开的暗器云车连续发射了三轮"暗器云"，随着震耳欲聋的火药爆响，成千上万大小形状各异的暗器从一个个圆管里激射出去，在空中形成了朵朵黑云，向后街上的整个区域落下去。之后是雷火箭队连射三轮带火和雷管炸药的箭头。如此几轮的反复后，隐市里的许多房屋都开始起火。因为暗器云的致命覆盖，没有人能够及时救火，而隐市里的楼房本来就间距极小排列紧密，大火很快就蔓延到了整个隐市，变得再也无法控制。

当张塞慌张地冲到街上察看时，四面八方已经全都烈火熊熊，天空也被黑烟遮盖，一副世界末日的景象。人们被迫逃到街上，但时不时就会有一阵暗器云倾泻下来，将一批武功不济的人钉死在地上，一批绝望的人开始不顾一切地纵身向外跃去，穿过浓烟，消失在了燃烧着的房屋的上空。没有听到惨叫，也没有破碎的肢体坠落，他们的尝试鼓励了更多的人，大家开始纷纷往隐市的外面纵跳奔逃，隐市一千多年的规矩和传统似乎就这样终结了。

张塞同样也看到有不少人在屋里一动不动坐着或站着，任凭火焰慢慢将房屋烧着，将他们吞噬。张塞看不清他们的面目，也猜不透他们究竟是固执地谨守着隐市的誓约，还是对外面的世界已经失去了向往和信心。

张塞回过身来，自己所住的那个铺面也已经着火了。那个小伙计早已不知跑去了哪里，张塞冲到门口去扶坐在门口的那个老太婆，却发现老太婆原本浑浊的眼睛里不知何时已经发出了异样的光彩。

"终于来了，一切终于要开始了。"她喃喃地说道。

张塞不知道这话是因为神志不清还是明确有所指，他将老太婆扶起来，"老婆婆，我知道有条路可以逦到流花陌……"

老太婆没有等张塞把话说完就扣住他的手腕腾空而起。

张塞曾经被谢雪莹，也被王素施展轻功粗暴地拉来拽去过，但是和这个老太婆相比那简直就是相当温柔。张塞只感到整个人一瞬间被剧烈地拉伸，全身的骨头似乎都要立刻散架，风声在耳边呼啸，眼前的事物一片模糊。他隐隐看到前方的天空绽开了一朵黑色的暗器云，朝着自己迅速逼近，但他还没来得及恐惧地叫喊，这朵黑云的中间却突然炸出了一片白色，老太婆揪着他从黑云的中间穿过，然后落到了一条堆满了尸体的小巷上。张塞只感到胃里翻江倒海，俯下身子就干呕了起来。

老太婆显然真的是多年没有离开过隐市，激动地在巷子里来回踱步，注视着周围的街景，过了一会儿才嫌弃地看着张塞，"你好些没？这里不能久留。"

张塞抬起头，"老婆婆……"

他想了想，又改口道，"老前辈……多谢你把我从隐市里带出来，接下来我还要去找我的朋友，就不跟你走啦。"

"你的朋友已经死了。"老太婆说，"你先跟着我走，我有话要对你说，你碰到我不是偶然，这是命数。"

"我知道城里现在很乱。"张塞看着满地的尸体，"不过我朋友机智聪明，应该能找到脱困的办法，我一定要去找到她。"

"我不是说了吗，她已经死了。"老太婆用一种不耐烦又冷漠的语气说道，"你的朋友，谢雪莹，她已经死了。"

张塞听老太婆居然说出谢雪莹的名字，又惊又怕，"你怎么知道我说的是她？你到底是谁？"

老太婆阴阴地笑了，"我到底是谁？说出来怕吓到你。"

张塞看到老太婆那种满脸皱褶里散发出来的诡异，更加惊惧，站在那里竟不敢再问。

"在我还没有进隐市之前，江湖上都叫我孟婆……"老太婆慢悠悠地说道。

张塞听到这话着实吓得不轻，噔噔噔往后退了三步。

孟婆这个名号张塞当然听说过，但他从来就不认为这个人物是真实存在的。孟婆在神话传说里是那个守在奈何桥头给每个黄泉路上的人喝下一碗忘却前尘旧事的孟婆汤的幽冥之神。顶着如此名号的人物在江湖上被认为极其神秘，都说这个孟婆武功卓绝且擅长奇术，传说中的"孟婆苓"，也就是让周远失去记忆的那款神药就是她调制的，有的说孟婆已经活了两百多岁，有的说她虽然仍能在世间走动但其实早就已经是死人，还有的说得更加离谱，让人根本无法相信，可是张塞没有想到自己竟然有一天会碰到这个孟婆，而且这个传说中游走在生死之间的神秘人物竟然肯定地告诉他谢雪莹已经死了。

"跟我走吧，这都是命数。"孟婆催促他。

"我不相信你说的！"张塞摇头，他绝对无法接受谢雪莹的死讯，"你怎么知道她已经死了？"

"我是孟婆，每一个人死了我都知道。"孟婆这句话说得极为阴森恐怖。

张塞愣愣地看着她，咬牙说道，"你带我去找她！不找到她，我是不会跟你走的。"

孟婆一张苍老的脸上很是不耐烦，"现在这种情形是找人的时候吗？"

"我不管，你不是孟婆吗？"

孟婆当年在江湖上显然是说一不二的人物，不过大概是因为在隐市里待得太久，被张塞这样一句话顶回来，竟是愣住了。她看着张塞坚决的样子，叹了口气，伸手揪住他的后颈，再次腾空而起……

沧浪亭早已变得面目全非。

满园的树林、小径、假山、流瀑全都破损断裂，仅仅只过去了很短的时间，整个园林突然已经被一股衰败的气息所笼罩，就好像结界空间的屈伸，将这片土地里的养分突然全部都抽干和释放了出去。

张塞颤抖着站在沧浪亭旁边小花园里的一个新起的坟堆旁边。

薄土上刻画着一个三曲一直的图案。张塞深谙魔教的历史，他知道这是光华教五行教义中代表"木"的符号。金木水火土，执传施谛镇，"木"是属于传教长老的符印。

他不顾一切地扒开覆土，谢雪莹苍白的面容显露了出来。

张塞的泪水止不住地流了下来，他抱住谢雪莹毫无生气的身体，贴住她冰冷的脸颊放声痛哭。

孟婆对这种场面完全无动于衷，她闭上眼睛，凝神站在那里，仿佛是在感知这片区域里残留的能量。

过了好一会儿，孟婆突然睁开了眼睛。那一边张塞仍然在抽抽噎噎。

"该走了。"

"我不走，我哪里也不想去！"张塞嘶哑地喊，"武林已死，江湖就要灭亡了，还有什么地方可去，活着还有什么意义？"

第十章　却不如相忘江湖

"你不是研究历史的吗？她不是让你去把这些历史都书写下来吗？"孟婆说。

张塞知道谢雪莹点住他穴道的时候孟婆应该都偷偷看到听到了，"可是谢姑娘已经死了，我做什么都没有意义了。"

孟婆围着坟堆绕了一圈，深深吸了一口气，然后露出一种意味深长的表情，"你的谢姑娘死的时候，须弥芥子斛应该就在现场……"

张塞抬起头，不知道她这话是什么意思。

"人死的时候，人格记忆、经历记忆和知识记忆化为碎尘，绝大部分都会回归于这世界最基本的单位。通俗的说法就是尘归尘、土归土。"孟婆说，"但是须弥芥子斛是一种特别神奇的工具，能够捕捉到附近即将消散的记忆并完整地映射下来……"

张塞猛地站起来。他其实并没有怎么听懂孟婆的话，但是他奔到孟婆的面前扑通跪了下来，"孟前辈，请你把谢姑娘复活吧！"

一般人听到这样的请求，肯定是哭笑不得，可是孟婆站在那里看着张塞渴求的模样竟是不置可否。

"孟前辈，你一定可以的。李天道不是也复活了吗？你是孟婆啊，不要让谢姑娘喝下那碗汤，让她回来，求求你了！"张塞说到这里已经泣不成声。

孟婆露出诡异的笑容，"要我孟婆做事，从来都是有条件的！"

"只要能够让谢姑娘复活，什么条件我都可以答应。"张塞几乎是不假思索地说。

"很好，那你去找到周远，从他那里把须弥芥子斛拿来给我。"

"周远？"张塞没想到孟婆提出的条件竟然是和周远有关。他同时也很疑惑，因为须弥芥子斛本该是在谢雪莹那里的。

"为什么须弥芥子斛在周远那里？为什么谢姑娘的坟上有魔教的印记？"他连续问道。

"你还没想明白吗，你的谢姑娘就是无名教的传教长老。"孟婆回答，"她死前把无名教的圣器给了她的教主。"

"这……怎么可能？"张塞怎么都无法相信谢雪莹竟然是无名教最为神秘的传教长老，但是想到隐市里她反常的言语举动和坟上的印记却又不得不感到蹊跷。他痛苦地用手抓头，"那谢姑娘是怎么死的？和周远有关系吗？我应该杀了他的，我早就应该那么做……"

"这恐怕不行。"孟婆摇头，"谢雪莹的死和周远没有关系，你也不能去杀了周远，至少现在还不是时候。"

张塞抬头看着孟婆，现在还不是时候？那什么时候才是时候？

他真的感到很茫然，他完全不知道周远接下来还会继续把动荡的江湖带向何方，更不知道自己究竟应该怎么做才算正确。

"你不仅不能杀了他，还需要保护他。"孟婆露出神秘又诡异的表情，"我当年以为蛊惑了李天道就可以破坏掉慕容复预言的传承，却没有想到一切终究还是开始了。慕容复的确是发现了一个惊天的危机，可是却并不知道为了应对这个惊天的危机，需要对自然力做深入研究，而那样做反而会引发更加灾难性的后果。事已至此，我们每个人都已经无法置身事外了，只能让周远一路走下去，还有王素那个小丫头，他们两人维系着的那份微妙的缘分纠缠是这人世最大的希望，不过无论如何我都要守住生死的秘密……"

张塞脸上挂着未干的泪痕呆呆地看着孟婆，完全听不懂她这番话的意思。

孟婆显然没有指望张塞能够听明白，"一会儿我把你带到你武校同学的身边，找到周远，把须弥芥子斛带来给我！"

（四三）

周云松和季菲看到张塞忙迎了上去。说实话，他们对张塞能够在姑苏城如此恶劣的环境下独自坚持到现在都暗暗感到诧异。

"你们知道周远在哪里吗？"张塞上来就问。

季菲一脸愤怒地摇头，"天知道他在哪里，寒山寺他说完那些无耻的话之后就消失了。"

"学长，现在情势危急，我们还是先突围再说。"周云松道。

张塞很是失望，但也知道周围危机四伏，没有时间多叙闲话，只能跟着周云松和季菲一起小心谨慎地往齐门疾奔。

他们现在是在姑苏城最中心的地段，到齐门还有很长一段路。街道上基本只剩下了逃亡的武林人士和追杀他们的缉尉营、江武营、三山堂和姑苏卫，普通市民人家全都紧紧闭起了门户。

在这一次朝廷和江湖的大冲撞中，世俗世界选择了沉默。

三人低伏潜行，拐过一个街角，看到在一座深宅大院的门前站着一群护卫。

第十章　却不如相忘江湖

季菲认识这个地方是程氏医堂。这些护卫的右臂上都带着一个黄黑相间的袖套，和缉尉营的官府一致。很显然，程氏医堂的这些有武林背景的家丁护卫全部都已经弃誓了。

两边相互对望。季菲他们的眼神里带着不屑，而那些护卫们则带着讥讽，仿佛在说你们尽可以对我们不屑，但很快你们就会为了那么点江湖儿女的高傲而付出生命的代价。

周云松三人继续前行，又拐过两个街角，看到章大可一脸血污地疾奔过来。

"大可，谢天谢地你没事，快跟我们走。"周云松忙过去一把拉住他。

"我是特意……赶回来……通知你们的！"章大可上气不接下气，泪水已经将脸上的血污冲花，"齐门……齐门那边有好多缉尉和江武营军士，城墙上也都是他们的人，你们千万别去齐门了，那里已经被层层包围。"

周云松将一股内力从手上传输过去，帮助章大可平复情绪。

"一定是他们识破了叶大人的计划，调了缉尉营和江武营过去增援了。"

"缉尉营已经把齐门水陆两条通道的千斤闸都放下来了，没有人能够逃出去！"章大可完全控制不住地浑身颤抖，"俊峰……俊峰他也死了。"

周云松、季菲和张塞陡然听到这样的噩耗，全都呆住了，过了好几秒钟，泪水才止不住流下来。

"埋伏在城墙上的弓箭手居高临下，所有人一点机会都没有，俊峰奋不顾身地冲出去，只有他能够用暗器反击。"章大可更是泣不成声，"他几乎把半个城墙的弓箭手都打下来了，可是那吴桥舟却从身后偷袭他，冷不防一剑就刺穿了他的身体……直到最后死的时候，他都一直咬牙站着……"

周云松无法抑制心中的悲伤，喃喃地说着，"吴桥舟……吴桥舟……"

"大家先别难过了，我们找一个偏僻点的角落，想想接下来怎么办。"张塞这时说道。

周云松强忍悲痛，点了点头，可是章大可却缓缓地向后退了一步，他看着周云松他们三人，眼神里既难过又有些尴尬。

"云松、菲菲、学长，请你们原谅我，我不跟你们一起走了。"他低下头说。

"不行啊，大可你振作一些，我们只有在一起才有逃出去的希望……"

"我……我已经弃誓了……"章大可打断季菲。他脸涨得通红，表情里满是羞愧，但是目光却没有躲闪。

周云松三人怎么都没有想到章大可竟会说出这样一句话，一下子都沉默了。

"我会跟着桑央小姐她们一家北上,去帝京城找我的父亲……"章大可又轻声说道。

周云松看着章大可,过了好一会才真正明白他到底是做了一个什么样的决定。周云松心中并没有愤怒,也没有鄙夷,只是感到深深的失落。

"对不起云松。"章大可说,"我坚持不下去了,我不想和桑央小姐分开。"

"云松、菲菲、学长……或许你们也应该考虑先活下去。"他又说道,"这一次,真的不同了。鬼蒿林里虽然恐怖,但是我们还可以努力逃出来,但这一次没有'逃出来'了。龙长老已经率领丐帮姑苏分舵集体弃誓了,海升平的大当家不愿意弃誓已经惨遭杀害,二当家东方醉为保全产业被迫宣布弃誓,还有很多很多其他的帮派和工坊……这不仅是姑苏城啊,杭州,金陵,长安,洛阳,整个中原,所有的地方……天下将再没有江湖儿女的容身之处。"

周云松静静地听章大可说完,他脸上的表情没再有什么变化,他抬手对章大可行了一个非常正式的江湖礼节,"大可,那我们就此别过吧。"

他说完转过身去。

章大可看着周云松瞬间变得冷漠的样子,没有再说话。他既然已经下了决心,也就已经做好了去面对同学和朋友的心理准备。

"大可,你保重啊!"季菲却泪流满面地扑过去和章大可拥抱。

"菲菲,你也保重!"章大可哭得更凶,他们彼此都明白,这一别,可能此生就再没有机会相见了。

章大可最后和张塞拥抱告别之后,就一路朝观前街的阿玛妮成衣铺跑去。

周云松三人站在街角,突然都感到难以名状的孤独。那么繁华的平安坊,曾经是最显赫的武林帮派和工坊的聚集地,现在这些帮派却就这样在纷纷宣布弃誓后从江湖离去。毛俊峰惨死,章大可失去了信念,而原本齐门这个唯一突围的希望也已经被朝廷封死,三个人站在那里就像是汹涌波涛里的一叶小舟,完全失去了方向。

"菲菲,你和学长去找个偏僻的地方躲一躲,我去齐门那边看看到底是什么情况。"周云松说。

"我跟你一起去!"菲菲哪里肯和周云松分开,她知道周云松这个提议完全就是想自己去齐门和缉尉营拼个同归于尽。

"你们等一下,我有个办法。"张塞这时候突然说道,"你们跟我来。"

他说完带头领路跑起来。周云松和季菲不知道张塞想要干什么,跟着他穿过了几条曲折的小弄堂，来到一个堆满了垃圾的后巷里。

张塞朝一扇窗户指了指，然后用力震断了插销，翻身爬了进去。周云松和季菲对望了一眼，也跟着翻进了窗户。

屋子里面空间很大，四周围是一排排的办公桌椅，中央有一块巨大的黑色墙壁，上面有六十四块木牌正不断翻动着。屋子里人声鼎沸，忙碌的小工们推着一车车的报纸来回奔走。

周云松和季菲都明白过来这里就是张塞上班的《武林传奇》报社。在这个注定要载入史册的日子里，轩辕朝所有的报社和杂志社应该都是忙得不可开交。

张塞熟门熟路地绕过新闻分拣室，来到靠近大门的一间办公室门口，一个身材发胖、脸上涂着过重面霜和胭脂的女人坐在里面，正是潘曼丽。

张塞深吸一口气，冲了进去，"潘编审，对不起了，我要……我要借新闻墙一用！"

过去在这里工作的半年里，他从来没有如此主动地冲进这间办公室过。

潘曼丽抬起头蓦然看到张塞，竟是非常镇定，她没好气地说道，"上一次缉尉营把这里翻了个底朝天，这次你又要演哪出？"

周云松和季菲跟着闪了进来，两人的手都按在各自的兵器上。

"不许通知缉尉营，也不许让报社其他人知道！"张塞想尽量表现得镇定果决一些，但是面对着这个在过去半年里驳回了他无数选题的编审，他始终有些发怵。

潘曼丽看了看周云松和季菲这两个随时准备动手的武校生，完全没有一丝害怕。

这时，新闻墙那边一个女子似乎注意到了办公室这里的异样，刷地抽出剑冲了过来。周云松知道已经被发现，本能地要拔剑先发制人，却认出冲过来的女子正是那日在沧浪亭一起对敌吕泽风的寒山盟成员汤敏淑。

汤敏淑也认出了周云松，把剑放了下来。

"你们怎么会在这里？"

"我们原本准备去齐门，但听说那里已经被缉尉营和姑苏卫团团包围了。"周云松说。

汤敏淑点点头，"幸好你们没有去，那里一直就是斜塘重兵埋伏的地方，是一个陷阱。"

她又看了看季菲和张塞，有些好奇地问，"你们是怎么认识潘君子的？"

"潘君子？"张塞瞪大了眼睛。

"你们果然并不知道。"汤敏淑笑了，她伸手朝着潘曼丽介绍道，"这是我们蓼莪社十二君子之一的潘君子。"

张塞惊得咣当一声撞在门上。

他的震惊可想而知。蓼莪社是江湖上一个极其秘密的女子社团，由一群武艺精深、才高气傲的女子组成。黄毓教授托付给他的《武林史》末卷中关于江湖帮派的传记里，蓼莪社是一个很大的空白，因为社里的成员极少在江湖上现身，只知道她们在入社前都会立下终生不婚的誓言。蓼莪社的宗旨据说是追求女性的独立，社里武功最高的十二个成员自称为十二君子。张塞以为这些人一定常年都隐匿于桃源山林，却没想到十二君子之一竟然一直在姑苏城闹市的一家娱乐报刊里面做编审，每天以驳回稿件和解雇员工为乐，这和他心目中蓼莪社的形象差别实在太大了。

张塞这时候朝外看去，才注意到报社虽然看上去仍是一片忙碌，但氛围和之前工作时已经很不一样。社里面多了许多陌生面孔，不少人站在新闻墙前目不转睛地盯着那六十四块木牌，木牌上已经看不见绯闻和娱乐消息，全都是关于斜塘军队、江武营和缉尉营调动的信息。还有不少人围着几张铺着姑苏城地图的桌子，正在上面用笔画着各种箭头，这些人一看就是武林中人。

"你不是要来借新闻墙用吗？"潘曼丽没好气地问道。

"潘编审，那些新来的人……都是？"

"他们都是寒山盟成员和姑苏城各处不愿弃誓的江湖人。"潘曼丽说道，"我从新闻墙上发现齐门有重兵把守时，就通过报社的新闻网络发出了通知，可惜……已经有些晚了。"

张塞注意到新闻分拣室里不仅和往常那样从四面八方飞来的信鸽身上获取信息，同时也在通过这些信鸽向四面八方传递着信息。

张塞大喜过望。他深知这套轩辕朝最为先进的新闻分拣系统的威力，这就是他带着周云松和季菲来这里的原因。他只是做梦都没有想到，这套用来追踪艺伎绯闻的系统竟然有一天可以成为武林向朝廷反抗的利器。大皇子和斜塘的指挥官在他们的指挥营帐中是肯定得不到如此全面的线报的。

"潘编审，那我……可以用新闻墙吗？"张塞小心翼翼地问。

潘曼丽哼了一声道，"看到你我别提有多失望了，这种时候，我盼着能来几个武功好一点的人帮忙，不过看在你一直是我最喜爱的采记的分上，就凑合着让你用用吧……"

张塞早已经习惯了被潘曼丽嘲讽，毫不为意。他快速冲到了新闻分拣室里，找到之前已经显示过的信息看了起来。

张塞对这套系统的熟悉程度，以及通过这些纷繁破碎的信息进行归纳梳理的能力自然远远超过寒山盟成员和其他武校生。他看了大概一刻钟后，就冲到了新闻墙的前面，一边看，一边就随手在旁边的地图上画起来。

其余的江湖人先是一脸迷惑地看着这个新来的奇怪之人，但很快，张塞就在桌上巨大的姑苏城地图上慢慢地将姑苏卫、江武营、三山堂和缉尉营的布防和调动勾勒了出来。所有人都停下手中的工作，惊奇地围了过来。到后来连潘曼丽也从办公室里走了出来，站到了张塞的身后。

"江武营的包围圈在这里，这是姑苏卫所有暗器云车的位置，这八个是雷火箭队……"张塞一边画一边嘴里轻声说着，"所以我们应该……应该……"

他虽然分析军队动向的速度很快，但是说到接下来该怎么办时，他却有些噎住了，脑子里拼命开始回忆看过的兵书和在史书里读到过的重大战役。

不过周围却有着许多有着丰富的作战和军事经验的人。

"桃花苑的这个暗器云车队落单了，我们有机会从这里绕过去夺下来！"

季菲认出来说话的是她刀法系的学长凌琛。

"没错，齐门那边还在恶战，姑苏卫先调了最快的骑兵和步兵过去增援。"说这话的是夏逸翔。

"我们能够联系到的还有多少江湖人？"潘曼丽这时候问，"如果能够把这几个地方全都分割击溃，把这些暗器云车夺到手，我们完全有可能去反包围齐门，救出被围困的武林同仁！"

"保守估计城内应该还有三千多个不愿弃誓的武校生……"

"如果能够统一调度的话，这么多人足够发起一次绝地反击了！"

"太好了，那我们快行动吧！"

所有人这一天里都是沉浸在憋屈、难过和绝望中，听说可以向朝廷发出反击，全都摩拳擦掌，跃跃欲试。

潘曼丽凝视着地图，想了一会儿说道，"我们不仅需要抢夺暗器云车这些重型武器，还需要用声东击西的战术把城内各处的缉尉营、姑苏卫主力吸引开去……"

潘曼丽停顿了一下又说道，"不过这些负责吸引主力的同仁，逃出城去的希望就不大了……"

"潘君子，这你就不用担心了，我愿意去担负吸引敌人的任务。"一个身材不高却很健硕的男子站出来说道。

"老马，这个你还不够格吧，我轻功比你好，这个任务应该我去。"一个身材瘦高的人抢到他前面。

他虽然话语里带着讥讽，但众人都知道他其实是抢着去赴死，心中都颇为感动。

"我愿意去吸引缉尉营！"又有好几个人站出来。

"大家也别抢了，潘君子，你就下命令吧，我们大伙儿遵照执行就是！"一个年长一些的人说道。他应当在寒山盟里有些地位，周围很多人立刻就点头附和他的话。

潘曼丽点点头，开始一个接一个发出清晰的指令，新闻分拣室里的白鸽展开翅膀，开始扑扑地飞向姑苏城的四面八方。

所有人都领受了指令，分批从后巷的窗口跃出，去完成各自分割包围、抢夺武器或者吸引敌军的战术任务。

"潘君子，你也一块儿走吧，城里会越来越不安全。"周云松这时说道。

潘曼丽指了指新闻墙，"我走了，谁来负责这里？缉尉营会不断改变动向，我们需要根据他们的动向不断调整战术。你们就到齐门替我多杀几个缉尉吧！"

张塞这时候也说道，"云松、菲菲，咱们各自保重，后会有期！"

他这话的意思竟是要一起留下来继续帮着潘曼丽分析新闻墙上的军事信息。

潘曼丽转过身来看了张塞一眼，竟难得地对他行了一个江湖礼节。

张塞第一次被潘曼丽如此平等尊重地对待，反而很不习惯，他现在知道潘曼丽粗暴的外表下其实藏着一颗炽热的江湖儿女的心，于是也对她满满还了一礼，两人相视一笑。

（四四）

在大井巷姑苏府内宅的客厅里，姑苏太守叶伯仁坐在正中的椅子上。他的面容与眼神里已经完全看不到叶太守原本的刚正与仁慈，取而代之的是完全的陌生和疏离。

第十章　却不如相忘江湖

在他的两边坐着温凯、华嵩、东方醉、龙云康等人。在他们的面前，站着一个清瘦苍白的年轻人，正是周远。

"你怎么可以做出这样的事情？"周远恼怒地斥责，"我帮助你们复活记忆，不是为了让你们可以祸害武林的。"

"教主，外面的事情可不能怪到我们头上。"叶伯仁说道。此时说话的，其实已经是在叶伯仁的体内复活过来的光华教谛教长老庄子玉。他虽然口称教主，但是却大摇大摆地坐在那里，其对待末代教主的态度和立场便已经很清楚了，"轩辕昊为这件事情已经准备了好多年，他是铁了心要废除《华山备忘录》，他利用崔长老毁灭了少林、武当、燕子坞，最后成功策反了华山，每一步都在他的计划中……"

"那齐门呢？你明知道那里是陷阱，为什么要让武林中人去自投罗网？"

庄子玉嘿嘿冷笑起来，"托教主的福，六皇子在立储之争中已经基本没戏了，我不立几桩功劳，又怎么能投靠到大皇子的阵营里呢？"

周远听庄子玉提到六皇子，脸上一红，"你为什么要去投靠大皇子？"

"以朝廷栋梁的身份转生，这是李天道教主当年定下的大计，现在一切进展顺利，我们自然要好好利用这重珍贵的身份，非得把朝廷和武林耍弄得天翻地覆才能报当年的大仇……"

庄子玉说完这番狠话，和其余光华教众人相视哈哈大笑起来。

周远站在那里浑身颤抖。他知道是自己将这些魔教的成员复活，他们以后犯下的所有罪孽，荼毒的所有生命，都将是自己的过错。

"教主是不是想现在就施展降龙掌法把我们都诛杀了？"庄子玉看着周远冷笑，"你可别忘了，离开了我们，你就永远不能完整拼出李天道教主关于生死奥秘的遗命啦！所以在那之前，你要保全我们的性命才是！"

庄子玉虽然说得可怜兮兮，但实际上完全是在有恃无恐地威胁。

周远虽然气愤，却一点办法都没有。要是现在可以把他们都杀了，当初也就不需要将他们复活。

"你们又何必执着于过去的恩怨？"他只能说道，"你们应该跟我一起去拯救自然力，那是我们无名教真正的使命！"

庄子玉笑着摇头，"教主，那是你的使命！无名教一千多年十七代传延，除了你和李教主，我们其他人都是无关紧要的，不是吗？"

周远没有办法反驳。

"教主你放心，答应你的事情我们一定会帮着做，毕竟我们也希望自然力能够被拯救，内力能够延续。"庄子玉又说，"可是谁也不能阻止我们去向朝廷和武林复仇！"

"你们要复仇，朝廷和武校未来还要找你们复仇，这样什么时候是个尽头？"

"教主，你这话轻描淡写听上去很有哲理。"龙云康这时候上前一步说道，"可是我想请问教主，你有任何亲人曾被朝廷屠杀吗？你看到过妻子和女儿的头被军士割下来插在木桩上吗？你经历过看着自己的挚友身中剧毒，变成人不像人鬼不像鬼的怪物吗？如果没有的话，就不要随便来跟我们讲冤冤相报何时了的道理！"

周远面对这样的诘问完全说不出话来，他知道凭自己根本无法劝说眼前的这批人。这世上大多数人面对仇怨都很难解脱，更何况眼前这些被李天道亲自选中来执行复仇使命的死士。

他感到一股特别的无助感，此刻外面朝廷和武林已经厮杀成了一片，每一刀每一剑都是在种下仇恨，这些仇恨在未来十年、二十年，甚至更长的时间里都将难以化解，不断循环。

凌琛、夏逸翔、汤敏淑、周云松、季菲、五人被编成一组，负责去桃花苑偷袭那里的暗器云车队。

凭借着从新闻墙上分析出来的精准信息，他们得以避开缉尉营和姑苏卫巡逻的主要线路。路上如果偶然遇到零星的小分队，这些武校生立刻就在他们还来不及发出求救之前就迅速地将他们解决了。

五个人推进得很快，期间不断地有零散的武校生加入他们，全都是得到了潘曼丽的传讯，大家相互做了几个手势，就知道是自己人。

就在大家快来到桃花苑附近时，凌琛却突然放慢了脚步，在一个街角停了下来。

"刚才一路走来，越到后面似乎遇到的缉尉就越少呢。"凌琛对夏逸翔说道。

"那不是因为我们得到了新闻墙线索的指引吗？"夏逸翔似乎对凌琛突然停下很是不满。

凌琛摇摇头，"新闻墙线索只能让我们避开主要的巡逻队伍，碰到零星的小分队是在所难免的，可是我们走到后来连小分队也碰到得越来越少，似乎缉尉营故意给我们让开了一条路，让我们一路畅通无阻地去桃花苑呢。"

"你什么意思，难道是在说桃花苑和齐门一样是个圈套？"夏逸翔道，"这可是你们那位朋友从新闻墙上分析出来的！"

"和他没有关系。"汤敏淑这时候说道，"是有人在出来以后给朝廷发去了信息。"

"真的吗？"夏逸翔一脸惊讶，"你怎么知道？"

"寒山盟里一直有叛徒。"凌琛说道，"我们很多秘密的接头地点不断被缉尉营破获，那天攻打苏浙府，也是因为受到了故意的误导……"

"潘君子之前就已经开始怀疑你了，所以这次让我们特别留意你。"汤敏淑这时用剑指着夏逸翔说。

"我？"夏逸翔一副不可思议的模样，"为什么怀疑我，就因为我是华山剑校毕业的？就因为风校长投票赞同废除备忘录，你们就连以前的毕业生都要一起报复？外面还有那么多等着围捕我们的缉尉和军士，你们居然还要迫不及待地自相残杀？"

"你就不要再装了！"汤敏淑说，"我们刚才都看到了，你在躲避几个巡逻小队时偷偷用小飞镖给他们传递了信息。"

周云松和季菲虽然完全不知情，此时也已经看出来凌琛和汤敏淑是早有准备。关于寒山盟里有奸细的事情毛俊峰之前就说过，他们也早就有所怀疑。寒山盟攻打苏浙府衙的行为，可以说是直接为废除《华山备忘录》落下了口实，现在看来，背后一定是有人在故意误导。

所以两人不约而同地向两边走了几步，堵住了夏逸翔两条明显的退路。其余的武校生也都一起把夏逸翔围住，等着他给个说法。

夏逸翔看到自己已经被识破，便索性不再掩饰，冷笑道，"你们醒悟得实在太晚了，江武营马上就会把这里包围，你们谁也跑不出去，《武林传奇》报社也很快就会被围剿，姓潘的胖女人也会被乱刀分尸！"

众武校生看到夏逸翔居然就这样承认，都是又惊讶又愤怒。

"果然是叛徒，太可恨了！"

"我早就说过，华山的人不能信任。"

"是啊，华山那可是出过岳不群、鲜于通的地方啊！"

"大伙一起上，杀了他！"

这时一只白色的信鸽扑腾着翅膀落到凌琛的手里。他打开系在鸽子腿上的字条略微看了一眼后连条子带鸽子一起递给季菲，"缉尉营和姑苏卫果然已经开始把重兵往桃花苑这边调动，潘君子发来了新的指示，就请学妹带着大家往那里行进吧。"

季菲满脸惊讶，凌琛用指甲在字条上划了几个记号，然后让季菲放飞鸽子。季菲一松手，鸽子扑扑地飞走。

"这只信鸽已经认识你了，接下来会直接把讯息带给你。"凌琛说。

"可是学长，我们应该先一起收拾了这个叛徒！"

"来不及了，这里就交给我和敏淑吧。"凌琛平淡地说，"我们有许多账要和他算，也正想领教一下《晓生评论》上一直排名第一的华山剑法。"

他说完便和汤敏淑一起对着夏逸翔各自摆出了起手式。

在场的武校生中有很多是寒山盟的成员，在攻打苏浙府时都有很多朋友惨死在里面，他们全都希望冲上去将夏逸翔这个叛徒千刀万剐，但是他们也明白，如果留下来杀这个叛徒，那么一会儿姑苏卫大军包围过来也就很难逃出去了。

"快走，这是命令！"凌琛手握长刀凝神聚势，同时催促季菲。

季菲强忍住泪水对着凌琛行了一礼，然后一挥手带着其余众人按照潘曼丽新的指示朝北面平门附近的敬文坊而去。

一行人逃出了姑苏卫向桃花苑调遣过去的大军，顺利来到了敬文坊，果然看到一个落单的装备着十二台暗器云车的编队，一共只有不到一百个军士护卫。

季菲和周云松立刻举刀挥剑带着武校生们杀了进去，这个编队里剩下的军士都不是精锐，也完全没有料到会突然遭遇这样的偷袭，一下子就全部乱了阵脚。

"快毁掉暗器云车，别让寒山盟抢去！"领头的校尉情急之下大吼。

季菲和周云松自然不肯，施展开燕子坞绝学抢攻。大约一炷香的时间之后，所有的军士都被剿灭，可是十二台暗器云车里还是有十台的车座和轮毂已经完全被破坏了。周云松惋惜地直跺脚。

这时一只白鸽扑扑地飞到季菲手上，季菲打开纸卷读完，眼泪就忍不住掉了下来。

"菲菲，怎么了？"

"潘君子让所有人一刻钟后到齐门各自约定的方位上，一起发起反攻。"季菲说。

第十章　却不如相忘江湖

周云松点点头，但还是不明白季菲为何落泪。

"潘君子在字条最后说，这是她的最后一条讯息……抱歉不能够再给大家更多指引了……很荣幸能与各位江湖儿女并肩作战，大家各自保重，后会有期。"

周云松和其他武校生才都听明白了。这最后一条发出来的讯息，一定是潘曼丽和张塞坚守到缇尉营攻进《武林传奇》报社的前一刻发出的，后会有期，实际是后会无期了。

此时此刻，在姑苏城的不同地方，那些正把缇尉营主力往错误的方向吸引的武校生，那些正分割包围抢夺武器的武林同仁，那些一起努力朝着齐门包抄过去的江湖儿女，一定都陆续收到了潘曼丽从《武林传奇》报社发出的这最后一条讯息，泪水一定都湿了所有人的眼眶。

"我们只有两台暗器云车可以用，肯定是不够的。"周云松强忍住悲伤说道。

季菲想了想说，"周大哥，你们先带着能用的两台车赶过去，我随后想办法带着剩下十台车去支援。"

"你能想什么办法？"周云松瞪大眼睛。

"我自有办法的，你放心！"季菲信心满满地说，"时间紧迫，反攻快要开始了，两台车总比没有强！"

周云松显然不能放心，他知道季菲因为擅自收留周远并带他去沧浪亭的事情一直非常内疚，他担心这种内疚会让季菲不顾一切想要去纠正自己的错误。但是现在情势危急，如果他们不能及时赶到预定好的位置，会让整个反击的阵型出现漏洞。

他焦急中也没有更好的办法，只能对季菲点点头，"我在齐门等你，你一定要赶来！"

周云松于是和众武校生推着两台暗器云车往齐门赶去。越是接近齐门，街上武林人士和缇尉营、姑苏卫军士的尸体就堆积得越多，让人不忍直视。

很快他们赶到了预定的地点，可以看到远处姑苏卫旌旗林立，把一连串的街口全部都封锁了起来。在齐门两边的城墙上，也全都是姑苏卫的军士，他们正用雷火箭和暗器云车居高临下地攻击。

众人一起赶紧调准炮口，装填暗器。大家的心里都很忐忑，不知道其余的那些分队是否也已经赶到了预定的地点，《武林传奇》报社已经被攻陷，不会再有熟悉的白鸽扑扑飞来带来新的讯息统一协调大家发起进攻了。

就在这时候，两个街角以外的拙政园的一座塔阁上，一个男子突然打开窗子爬到了挑檐的上面，他举起一个银色的圆管，随着一声爆响，一束火花直窜上天空，绽开了一朵七叶草的图案——这正是蓼莪社的徽章。

大家都认出来，爬出来的男子是张塞，他竟然还活着。

"这是信号！快发射暗器云！"

一时间姑苏城的东北面连续爆发出几十声炮响。

空中的七叶草渐渐淡去，却迅速被几十朵高低错落的暗器云取代。这些密集的暗器阵列以迅雷不及掩耳之势朝着齐门外围和城墙上的朝廷军队猛烈地袭去。

在齐门联合作战的缉尉营、三山堂、姑苏卫和江武营完全没有料到武林中人竟然会从他们的身后发起反击。许多指挥官到死都不知道这些武校生是从哪里冒出来的，为什么他们能够一路避开所有的巡逻，为什么他们能够拥有暗器云车，为什么他们对朝廷在齐门的部署情况如此了解，为什么他们可以如此协调一致地联手攻击。

朝廷军队整个被如暴雨般的暗器所笼罩，一时间人仰马翻，哭喊震天。很快，第二轮、第三轮的暗器雨倾泻而下，武校生们努力把奇袭的功效发挥到极致，最大限度地趁着对手搞不清状况的时候将他们成批剿灭。待到截获的所有暗器云车的所有暗器都全部发完后，武校生们各自抽出兵刃，向齐门杀去。

缉尉营、三山堂和姑苏卫军队全都遭到了重创，被彻底冲散，再也无法做任何集结。这些散兵游勇遇到燃烧着炽热的复仇欲望的武校生完全没有任何还手之力，几乎是以一刀一个的方式被杀死。

周云松那边的两台暗器云车早就射光了暗器。他手执燕子坞佩剑最早杀入朝廷的军阵中，突破了几道防线后很快就冲到了齐门附近。

但是他很快发现，在那些相对较弱的缉尉营和姑苏卫军士的后面，有一支部队仍然保持着稳固的队形，有条不紊地围歼着原先被围困在齐门的武校生，同时也已经调拨了一半的人马，回过头来对抗武校生的反击。

这支部队就是江武营。

武校生们被奇袭的胜利所鼓舞，都盼着能够一鼓作气将朝廷军队全歼，救出齐门前被困的武林同仁，三千多人陆续从三面巷口冲杀了出来。然而江武营看明白了武校生冲出来的方向后，反而镇定了下来，冷静地结成阵法，前后形成几道防线，相互照应，相互支援。三千多武校生浩浩荡荡地冲杀过去，竟然就像洪水撞上了坚固的堤坝，被硬生生阻住了，一些武功稍弱一些的，很快陷入重围，惨遭杀害。

周云松想号召大家也集结起来，不要像这样铺成面去冲击江武营，而应该找几个薄弱处重点突破。但是这些武校生中的大多数在今天之前相互都不认识，都在不同的武校、工坊、商会里工作，从来没有受过军事训练，失去了潘曼丽的统一调度后，全都各顾各地去拼斗和复仇，根本无法进行统一指挥了。

周云松自己也立即被三个江武营的高手缠住，但他凭借斗转星移，出其不意地占据了上风，将三人依次打倒。他抬眼看了看城门前，发现包括柳依仙子和燕子坞陶昂、童京南等教授在内的几十人被江武营死死地围困在通往齐门水城门的挹秀河和结界解封形成的那道地裂之间的平地上。前辈和老师们全都已经血染袍服，不同程度地受了伤。

周云松心里着急，知道两边必须冲破江武营的阻隔，汇合在一起才行。但是江武营组成的防线训练有素、张弛有度、进退得当，看上去根本无法突破。

（四五）

太阳开始缓缓向西边的地平线坠落，仿佛在昭示着武林即将走向日暮黄昏。

周云松咬着牙冲入阵中，力图杀出一条血路，可是他每打倒或刺中一个江武营军士，就会有两个、三个军士围上来。很快，他发现自己已经深陷在了江武营的重围之中，他用余光看到前后左右不少武校同仁也都在奋力厮杀，可是因为对阵法没有化解的良策，体力渐渐不支，最后纷纷重伤倒地。

周云松心中焦急，然而这一急也让他内力运转不再从容不迫，渐渐也开始感到疲惫。

围攻周云松的江武营军士当然能觉察到他手上速度渐缓，知道他的体力吃紧，全都使出更加狠辣的招数，逼迫他出错。

周云松心中悲哀，大家齐心合力冲到了姑苏城的城门口，最终却还是没有办法突围，不过他并不畏惧死亡，能够与家人在另一个世界重逢，也是一种慰藉，只不过想到这么多守着最后一份尊严的武林同伴就这样一起屈辱地被屠杀，还是感到很不甘心。就在这时，身后一个江武营军士冷不防又是刁钻地一剑刺来，周云松难以全身而退，只能避开要害，让肩头去承受这一剑。

周云松等待着剧痛的到来，可是那剑尖却在行进中突然转向，划出一道曲线绕开了周云松的肩膀。这显然不是那军士故意为之，因为他当即奇怪地发出一声惊叫。周云松用余光扫去，看到一个苗条修长的身影从斜刺里掠过来，手中发出青蓝色光芒的长剑一下子就将那仍在惊奇中的军士刺穿。

周云松知道是王素挟着相对武学的神奇和倚天剑之锋利赶到了。

王素的脸色极为苍白，表情比平时更为冰冷。原本娱乐报刊就喜欢用"冷傲无双"这样的词汇形容她，而此时她的冷傲里更是带着不食人间烟火的凄绝，真是美得让人喘不过气。

已经被冲垮的三山堂、缉尉营和姑苏卫的残兵败将们此时都围在外圈，等着派往桃花苑的部队赶回来增援，他们自然都听说了寒山寺发生的那戏剧性的一幕，全都屏住呼吸、目不转睛地盯着这位已经屈辱地跌落了凡尘的仙子。就连激战中的武林中人和江武营军士也忍不住慢下了手中的招式，偷偷朝王素瞥去一眼。

王素自然能够感受到周围异样的目光，不管她做足了多少思想准备，此时都感到难以解脱的羞耻。她没有跟周云松打招呼，她的关切全都在城门口的柳依仙子身上。她娇叱一声，施展开与相对武学相结合的灭绝剑法向江武营的封锁冲过去。另一边，李青不知从何处突然出现，也杀入了江武营的阵中。

王素的出现引起了所有人的瞩目，可是对战局来说，却难以有本质的改变。在江武营的夹缠攻击下，三千多武林中人一下子就折损了好几百人。

周云松、王素、李青几人联合在一起，不断地试图寻找江武营防线的薄弱之处，一次一次发起冲击。可是江武营军士们这种前后两排、斜方相隔的队形，可以在任何一处都组成一个三人的微型阵法，竟牢牢地抵抗住了这些最优秀的武校生们的冲击。

大家心中都明白，江武营这种三角链式防御早已经过多年的优化，仅凭借武功的精妙是难以突破的，唯有依靠极强大的力量才有希望能撕扯开。

而就在这时，一个清瘦的人影倏然飘至，手上发出至刚至阳的强大掌法向江武营的防线冲去。

如此阳刚的掌法只可能是降龙掌法，而那清瘦的人影只可能是周远。

在场所有武林中人和朝廷军士都感到很恐惧，说实话，此时没有一个人能真正确信这位传说中的末代魔教教主究竟站在哪一边。

第十章　却不如相忘江湖

周远连续使出见龙在田、飞龙在天和亢龙有悔集中向江武营链式阵型的一段猛攻，这三招是降龙掌法里最刚猛无俦的招式。江武营再训练有素，也无法抵御这种更接近自然力本质的强大内力，防线终于被撕开了一个缺口。

链式防御一旦出现了破缺，其余的地方也就失去了韧性，变得不再牢固，纷纷也都露出破绽。王素原本已经可以直突而入，可是一看到周远，竟是骤然一个身法回旋，提着倚天剑就向他掠过去。

"周远小心！"旁边冲出来一个人大声提醒周远，正是张塞。

他之前在缉尉营攻陷《武林传奇》报社后，被孟婆及时救出，带到了拙政园里。

周远听到张塞提醒转过身来，往斜后方闪动身形。王素转头朝张塞狠狠瞪了一眼，吓得他往后退了两步。

周远看着王素，她的面容里有无尽的哀伤和委屈，让他心疼。

"王姑娘，我现在还不能让你杀我。"周远说道，"等我完成了要做的事情，你可以随便……"

"完成什么事情，难道是你所谓的拯救武林吗？"王素用倚天剑指着四周遍地的武校生遗体讥讽地问。

"对……差不多就是这个意思。"周远知道王素还无法理解他所说的"拯救武林"是在何种意义上，"为了达到这个目的，我不能让你跟六皇子殿下走，我们需要……维系我们的缘分。"

如果周远不是用那样卑鄙下流的方式，如果一切没有发展到现在这样的地步，王素或许会觉得周远此时此刻说出这样的话是一种痴情。

"周远，你知道我有多失望吗？"王素悲哀地说，"自从我认识你以后，无论遇到多大的困难，无论陷入多绝望的处境，你总是能够凭借你的智慧化险为夷，我总是那么相信你，即使后来有那些关于魔教的预言，我在心底里也一直相信你，相信你的善良正直，相信你最终会拨开历史的云雾，给武林一个晴朗的未来……可是，我现在才发现自己是如此愚蠢，一切都已经挽回不了了，一切都结束了，一切都没有意义了……"

王素说到这里举起倚天剑决绝地指着周远，"所有这一切全都怪你！今天姑苏城，明天整个中原，每一个被朝廷迫害的江湖儿女都是因为你！我这辈子永远都不会原谅你，我们之间也永远都不会再维系什么缘分！"

周远迎着倚天剑的剑尖，面对着王素无情的指责，竟没有试图解释，"王姑娘，我们之间究竟还会不会维系缘分不是你说了算的……"

王素没有想到周远居然会用近乎耍无赖的方式这样回答，一时竟被噎在那里不知如何回应。她瞪圆了一双美目，却发现怎么都看不清眼前这个男孩。他站在那里袍袖飘然，他的身上负载着绝世武功，他的头脑可以透析记忆与人格，可是他的眼神里看不出是正是邪，一举一动却牵动着整个江湖。她应该恨他入骨，然而从燕子坞的湖滩开始，她发现自己却时常拿这个男孩一点办法都没有，总是对他无可奈何。从长大到现在，从来没有一个人可以让她有这种感觉。

"王姑娘，"周远这时又说道，"这所谓的千年预言和使命，从来非我所求，却忽然之间背负到我的身上。我从不知道这预言到底是对是错，是真是假，然而却已经永远逃避不了世人因此对我的非议与评判。失去记忆的那段时光，虽然总是因梦境而焦灼，可是相比恢复记忆后要承受的这一切，反而显得舒坦轻松，有时候我真就想抛开一切，不再去管什么预言，什么使命，我只想一个人跑到天涯海角，听风看水，孤独终老，只不过命运并不会给予我这样的奢侈。可是我现在已经做出了选择，我已经选择去接受命运的安排，去完成我的使命，哪怕因此要欠下累累血债，哪怕因此要与整个世界为敌！"

"我之所以这样做，并非是因为我屈从于预言、放弃了选择的权利。"周远继续说道，"而是因为我最终意识到自己有这个能力，去接受这份对江湖的责任。我母亲用含辛茹苦洗衣服存下来的所有积蓄把我送去燕子坞，一心希望我可以成为一个侠客。我现在明白了，她一定因为某种原因知道我注定不会平凡。拥有力量就是拥有了责任，如果我现在选择放弃，我害怕有一天我会后悔，所以无论前路有多少困难，哪怕需要移星换月、颠倒阴阳，我都只有义无反顾地走下去……"

王素静静地听着周远把这段话说完，"你可以选择接受你的命运，你也可以义无反顾地踏上你的征程，可是你命运的剧本里已经不会再有我的演出，你的前路里也永远不会有我同行！"

王素一口气说出这番狠话，感到一种发泄的快意，可是在内心深处，她自己似乎也并不那么肯定。

这两个还很青涩的男孩和女孩就这样站在雄伟的姑苏城门前谈论着命运、责任与情感，远方各处滚滚的浓烟已经遮蔽了大半个天空，火光映红了他们年轻的面庞。

张塞无奈地看着他们两人，他想起孟婆对他说过的话，是不是为了成全一段爱情，有时被迫要倾覆一整座城市……

"呃，我不是故意要打扰你们的谈话。"张塞最后走过来颤巍巍地往前一指，"不过那边有一队江武营的人朝我们冲过来了……"

王素转过身来，左手一伸，周围的自然力时空立刻弯曲了起来。而周远仿佛是心领神会那样一步踏到王素的身后，一招亢龙有悔击出。两人并没有交流，却像在结界冥室里那样一气呵成地完成了合力一击。

相对武学与量子武学这两种神奇的武学叠加在一起，一股强大的劲力沿着自然力时空蔓延激荡而去，将冲过来的那队江武营一下子全都打得左右横飞。

在场的无论是武校生还是江武营的军士，许多都是顶尖的武学行家，看到这两种神奇的武功叠加在一起可以发出如此惊人的威力，都不由自主地感叹折服。大家都想当然地认为，将二者结合在一起，必将是武学未来发展的趋势，能够同时掌握这两种武学的人，就可以成为独步天下的武林霸主。

然而事情的发展却没有这么简单，在未来很长一段时间内，朝廷和江湖不同部门、不同势力的人出于各种原因都尝试将"量子武学"和"相对武学"统一到一个融洽的理论体系下，可是大家很快发现，这种尝试竟是极其困难，甚至显得有些不可能。而对两种武学底层奥秘的不懈研究也直接导致了更多新的理论和武学的诞生，这些全新的武学体系和衍生出来匪夷所思的武功最终都会在六年后的轩辕朝第十五届华山论剑上一决高下……

江武营的防线在周远与王素的联手攻击下终于被全线突破，两千多武校生冲到了城门口，和原本被困在里面的几十人汇合了在一起。

王素冲过去扶住已经身中六七剑奄奄一息的柳依仙子。

"素素……素素……你一定要活下去。"柳依芸用微弱的声音说，"不要放弃……我们在朝中还有认识的人……去找六皇子……一定还有挽回的可能……"

周云松则在一堆武校生的遗体当中找到了毛俊峰。他的左胸被刺穿，全身上下中了几十支不同大小的羽箭和暗器。他的身体早已经冰凉，两眼却依然怒睁着，暗淡的眼神里仍然能够看到不甘心。

于此同时，武校生们开始成群结队地去冲击齐门。

可是齐门已经放下的千斤闸，根本没有任何办法可以打破或者抬起，通往城墙上的台阶极窄，每次只能通过一人，要想这样冲上防守严密的城墙完全不可能。

不断有轻功上佳、武功高强的武校生尝试登上城墙，有几个几乎冲到了一半的地方，但最终还是被密集的箭雨或者暗器射中，坠落下来。

大家都开始着急，如果冲不出城去，那么之前取得的胜利全都会变成徒劳，三千江湖人士最终还是会被全部屠杀在这里。

而江武营这时再次展现出来他们的训练有素。他们没有像缉尉营和姑苏卫那样一旦被冲散就溃不成军，而是迅速地重新集结，再次将所有武林中人全部都围困了起来。一边是结界解封后形成的那道向北延伸的地裂，一边是通往水城门的挹秀河，一边是城墙，一边是江武营。两千多江湖人就这样被围堵在这片区域里。

城墙上面，羽箭和暗器完成了补给，一时间又如暴雨般倾泻下来。

江湖人士们只能依托一些破损的车辆、棚屋、石堆躲避箭雨，居高临下和自下而上的区别实在太大，他们只能很有限地对城墙上的军士发起反击。

"周远……你能把齐门的千斤闸打穿吗？"张塞躲在一块坍塌的木棚板后面问道。

"我只能试试……"周远说，他同时看了王素一眼。

王素放下柳依仙子，冲到了外面。

"掩护他们！"周云松喊道。

武校生们从各个掩护物后面冲了出来，捡起地上的羽箭或暗器朝城墙上掷去。他们中大多数虽然都没有毛俊峰的精准，但是所有人一起这样向上反击，也立刻将城墙上的军士成批成批地打下来。当然，因为把自己暴露在外面，也让几十个武校生瞬间就被箭雨射中。

王素把倚天剑插回剑鞘，双掌相对运劲，最大限度地将附近的自然力时空弯曲起来。周远运气凝神，发出一招儿亢龙有悔。

强劲的气浪在地面上掀起了一股沙尘，直直地朝城门千斤闸扫过去。

城墙上的军士看着一股强力这样袭来，都发出一连串惊恐的叫声。

只听一声轰响，整个城门，包括整段城墙都剧烈地晃动起来。有不少站在箭垛口向下射击的军士站立不稳，全都惨叫着摔了下去。

可是城门仍然稳固地屹立在那里。

周远表情痛苦地跪到地上。巨大的量子内力的遂穿让他的经络无法承受，虽然不至于像在沧浪亭那样昏倒，但是经络的剧痛还是让他像虚脱一样全身无力。

张塞将周远拉到了掩体的后面。

"力……没有办法集中。"周远喘息着说。

大家也都看到了。周远和王素合力发出的力量无比强大，但是却被巨大的城门分散到了整个面上，被两边的城墙一起承受了下来。

要想直接打穿两尺多厚的千斤闸是无法做到的，而要想把整个城门连同两边宏伟的城墙一起震塌也是绝无可能。

城墙上的箭雨逐渐减缓下来。与此同时，江武营开始向前推进，缩小包围圈。大家知道，朝廷要发起最后的进攻了。

两边再次短兵相接，缠斗在一起。武校生中的绝大多数已经放弃了冲出城去的希望，他们都想着能杀死一个是一个，能坚持多久是多久。

一旦做好了赴死的准备，大家也就不再焦急，反而变得从容镇定。不少江湖同仁，不管相熟的不相熟的，甚至彼此轻松地开起玩笑来。

"这位大哥掌法甚是精奇，要是早认识，肯定要跟你讨教啊。"

"没关系，要不就现在教你两招，你注意看啊，这招叫'怒打鹰犬'……"

"咦，包哥，原来你还没死啊，别忘了还欠我一顿饭。"

"别捣乱，我这儿忙着杀人呢。"

"杜掌柜，一会儿我死了，麻烦你补上两刀，把我剁碎。朝廷这帮孙子肯定要把咱们悬尸示众，我人太胖，挂着不好看。"

"我还想我死后，你把我眼珠挖出来放城门上，看着朝廷灭亡的那一天呢……"

这些江湖中人，很多已经负伤累累、奄奄一息，却一边努力支撑，一边谈笑。越来越多的人受到了鼓舞，原本哀伤绝望的，愤怒不甘的，心情也都渐渐平静下来。如果这谷雨节就是武林的夕阳落日，那也要画下一抹最美的晚霞，武林人的呼吸可以停止、身躯可以倒下，但是武林人的无畏与豪迈，却将永远在齐门下留存。

（四六）

时间渐渐流逝，武林人的生命也逐渐消逝，自冲开江武营的防线后，差不多又有一半的江湖同仁重伤而死。

江武营以及缉尉营中的几个高手开始针对性地诛杀剩下的武校生当中武功最强的人。

一个缉尉营的高手连续杀死了五六个武校生后，朝柳依仙子走去。

王素手执倚天剑拦在前面。她已然辜负了恩师的期望，唯一能做的，就是至死守护她。

但这时一个身影倏然飘到了那缉尉营高手的身后。

"王仙子，请把这人交给我。我要为我朋友报仇！"

来人正是周云松，而那个缉尉营的高手，正是四大府监之一的吴桥舟。

王素点点头，纵身和另一个府监谢元缠斗到了一起。

吴桥舟转身看看周云松，露出冷笑，突然如鬼魅般地向他掠去。

周云松全神贯注地准备着，也立即闪动身形，两剑相交，瞬间已经急速地交换了三轮攻守。

周云松和王素就这样分别和苏浙府的两大府监对战，周云松在地裂的边缘，而王素则在挹秀河岸边。

两人都迅速落了下风。论实力，两个府监都高出他们一大截，但是两人都毫不畏惧，使出各自最精妙的武艺，为了毛俊峰、为了柳依校长、为了武校的荣誉拼死力战。

谢元试图快速地结束战斗，他用高明但看不出传承的剑法将王素逼向河岸，让她逐渐失去回旋的余地。王素则施展开灭绝剑法、坚守不退。

谢元心中冷笑，王素这样兀自坚持是完全行不通的。即便灭绝剑法凶狠精妙，但是一旦进退腾挪的区域受限，后续的招法套路就很容易被人算透。

谢元看准时机，剑速陡然加快，朝王素疾风骤雨地笼罩过去。

王素一时看不清谢元剑法里的虚实，只能被迫后退，但是身后已经就是挹秀河。

谢元露出得意的笑容，这种情形下，他已然胜券在握。

但是王素居然直直朝后退了一大步。

谢元一时不解。退出这么大一步，自然暂时摆脱了自己剑法的笼罩，为各种反击腾出了余地，可是一脚踏进河水里，又有什么反击可言。

然后谢元像是突然想到了什么，"哎呀"一声惊叫了出来。

他还是醒悟得太迟了。王素后退时，湖面上突然波澜骤起，形成了一个圆形的凹陷，而当王素踩上湖面时，这凹陷却又反弹而起，激起阵阵涟漪，荡漾开去。而王素却从水面上扶摇直上，身姿妙曼地旋转，瞬间已经飘到了谢元的侧后方。

所有正在对敌的人，不论是武林中人还是江武营军士，全都慢下了手中的招法，凝视着这凌波微步。

这种武功仿佛就是为王素这样的美人设计的，翩若惊鸿，矫若游龙，映波锁澜，水影流光。

三种无法用黄裳张三丰体系解释的武功中，降龙掌法和凌波微步就这样在两种全新的武学体系的支持下地被当代武校生展示了出来。

就在所有人惊叹相对武学的神奇时，倚天剑青蓝色的光芒一闪，谢元的人头就如切菜一样被砍了下来。

另一边，周云松已经几次险象环生，但是李青摆脱了几个江武营军士的纠缠后，加入了战局，而王素斩杀了谢元后，也过来帮忙，三人合战吴桥舟。

张塞曾经在微澜山庄看到过洪四槐等人使出凌波微步，他们使用完相对武学后，都需要停下来喘息，而王素并没有，相对武学与常规武功结合得行云流水、天衣无缝，可见像王素这样的武校天才一旦真正掌握了相对武学的原理，就已经超过了魔教中的高手。

吴桥舟原来以为几招之内就可以轻松拿下周云松，但是很快发现这个燕子坞毕业生的燕来剑法里竟充满了一种极强烈的意念。

在张三丰的严谨宏大的武学体系里，一切阐释都是建立在客观的阴阳力相互作用的定理之上，尽管很多武林中人都有"强大的意念可以让招式变得格外强大"的主观感受，但这种感受在张三丰理论中是找不到依据的，只有即将全面兴起的量子武学理论才能够试图将这种主观感受包容进去。

而吴桥舟的确是感受到燕来剑法里的这种难以用客观的张三丰定理解释的张力和韧劲，虽然他占尽优势，可是几次必胜的杀招却硬生生被周云松的剑法粘滞住，没有发挥出应有的效力，再加上周云松时不时还会使出一招半式的"斗转星移"，竟是让吴桥舟在优势下打了三四十个回合仍未取胜。

而等到李青和王素加入战局以后，吴桥舟也有些害怕了。王素的倚天剑尚可以用内力相抗，可是她那高深莫测的相对武学和那惊鸿一瞥的凌波微步却让所有人胆寒。

这位自负的苏浙省府监就这样被三个武校生逼到了裂缝边缘。江武营有几个军士想过去救援，但是其余的武校生们就像是有默契般前仆后继地将江武营纠缠住，为周云松三人争取更多的时间。

吴桥舟在三个武校生严密的招法下竭尽全力抵抗，却没能够找到破绽，最终被周云松一剑刺穿了心脏，坠落到了地裂中。

周云松仰天一声清啸，如虚脱般跪到在地上，刚才凝聚了所有意志的复仇之战调用了他几乎所有的内力，在为毛俊峰报仇后，他感到疲倦如潮水般袭来，让他难以站立。

周围的武校生爆发出雷鸣般的喝彩。

但是大家都知道，这只是黑暗前的最后一缕暮光。越来越多的江武营军士杀死了纠缠他们的武校生，朝周云松三人扑来。

周云松、王素和李青三人背对着地裂站成一排，迎接着这最后一战。

周远这时候略微恢复了一些体力，重新站了起来。

"你如果还有什么办法的话，就赶快说。"张塞看着他道。

周云松、王素和李青也不由自主地转过头看着他，不管他之前做了什么，不管他究竟站在哪一边，这种时候，大家还是盼望着这个一生之中遇到的最神奇的男生再一次给他们带来奇迹。

"我想到一个办法。"周远说，他的语气镇定得就像大家一起在姑苏园林里面散步。

"这道结界解封时产生的地裂已经几乎快延伸到城墙下了。"他指了指王素她们身后，"如果我们能够再加一把力的话，或许可以借用这道地裂往前把城墙撑碎。"

"那我们再合一次力！"王素说，这个计划听上去要比刚才直接想击穿千斤闸的可能性似乎要大一些。

"恐怕我们的力量仍然不够。"周远说，"不知道这边的武林人士中有没有人会少林须弥山掌、武当翠山绵掌、华山气宗排山倒海之类的武功，只有连续发出几波内力，连续叠加，才有可能积累足够的力量。"

张塞听到这里，立刻就准备大声对着所有幸存的武校生询问。

王素却转过身看着李青，"你准备什么时候才亮明身份呢？"

李青微微一笑，对着几人行了一礼，"在下少林深慧，因怕引起朝廷注意，一直不敢表露身份，请各位见谅。"

所有人当然都很吃惊，周云松更是苦笑。他之前一直怀疑李青的身份，却没有想到他居然就是少林达摩堂首座最得意的弟子。王素因为之前出访少林时和他比过武,所以认识。

如果武当真武简的传人赵耀在这里的话,那么当今武校年轻一代中最优秀几人就差不多聚齐了,吴桥舟其实输得不冤。

此时大家已经没有空去寻问他是如何能够从少林出来的,以及少林达摩堂、戒律院的前辈们是否都安好。既然深慧在这里,须弥山掌就一定不是问题。

可就在这个时候,他们的背后传来了滚滚的步伐和车轮的声响。大家转过头来,看到一大队姑苏卫的军士近逼了过来。他们应该就是之前收到夏逸翔传递的信息后去桃花苑准备围剿武林中人的精锐之师,现在他们终于赶回到了齐门。

所有人都感到一阵绝望。江武营已经让大家难于应付,如此数量众多的姑苏卫的精锐之师再加入战局的话,一切可能很快就结束了。

嘭嘭嘭一阵连续的炮响。

还幸存着的江湖人纷纷找掩体躲避,他们没想到姑苏卫竟然会不顾江武营友军的安危直接开始使用"暗器云车"。

十朵暗器云升上了天空,又骤然如雨般倾泻而下。

武林中人低下头去,但是很快却发现,这些密集的暗器竟不是向他们袭来,而是直接覆盖到了新来增援的姑苏卫精锐头上。

这支精锐之师的军士们一下子完全都蒙了,搞不清这是怎么一回事,一时间鬼哭狼嚎、丢盔弃甲、四散奔逃。

"是菲菲,一定是菲菲赶来了!"周云松激动地说。

"快!"王素这时候说道,她双掌相对,在地缝内制造了一个弯曲的自然力时空。

周远上前几步一招"亢龙有悔"拍向那弯曲的时空,而深慧则是一招"须弥山掌"紧紧依附着"亢龙有悔"向前送去。

整条地缝一阵激荡发出咔咔的巨响。

"继续!"深慧说。

王素于是再次用相对武学弯曲时空,周远在深慧的指挥下按照节奏拍出第二掌,然后深慧又继续用须弥山掌附着在量子内力后面前送。

两招须弥山掌前后波峰叠加,卷起了翻倍的劲力,同时也带动了其附着的量子内力的叠加。

周远看到效果后大喜。他原本有些担心量子内力因为其离散的特点,无法和须弥山掌这种以波的原理叠加的传统武功相融合，现在看来他的担心是多余的。当然，他后来从理论层面上意识到其实量子内力也具有波的特性，武学界最终把这种自然力基本单位的奇特性质称为"波粒二象性"。

"继续！"深慧又喊。三人于是再一次叠加了一波强劲的内力击向地缝。

整个地面剧烈地颤抖起来。地面和城墙上的姑苏卫、江武营军士害怕地左右观瞧，不知道将要发生什么。

又一次叠加。

地缝终于咔咔地开裂变宽，向着城墙继续撕裂而去。

又一次叠加。

地缝撕扯到了墙根，整面城墙剧烈地晃动起来，细小的碎裂沿着墙砖往上延伸。城墙上的许多军士惊叫起来，有的竟开始不顾一切地想冲下去。

"最后一次！"深慧高喊。

又一次叠加。

整条地面的裂缝终于完全将城墙崩开，延伸到了城外。厚厚的城墙被挤压变形，最终分崩离析。

一阵巨大的轰鸣，一阵山崩地裂的颤抖，姑苏城齐门的城楼，连同两边的两段城墙一起轰然倒塌。城楼和城墙上的缉尉营、姑苏卫的军士惨叫着和残垣碎石一起坠落，扬起的烟尘扶摇直上，遮蔽了北城的天空，也盖过了城市其余各处的火光和黑烟。

尾声

大约八百多位幸存的武林中人最终穿越了北面的城墙，逃出了姑苏城。

他们当时并不知道大家一起努力创造了一个奇迹，也不知道会一起成为隐没江湖里的一个特殊称谓——"姑苏八百侠客"。

在之后的几个月里，《华山备忘录》的废止和"弃誓"行动在整个中原所有大大小小的城市里陆续尘埃落定。所有的城市都有激烈的反抗，但是无一例外都遭到了残酷的镇压。每个城市里几乎都有那么一个地方，最后一批不愿意弃誓的江湖儿女被集中屠杀，他们或相互携手，或背靠背地死去，目光里都带着无尽的不甘和悲愤。

只有姑苏城，有幸存的武林中人成功地逃脱。只有姑苏城，是轩辕昊所代表的朝廷势力试图震慑武林，彻底把江湖重新打回其从属、边缘和弱势地位遭到挫折的地方。

齐门的断壁残垣无声地诉说着那最后一战的惨烈，而那一道深深的、一直向城外延伸到广茂幽密的树林里的地裂，也预示着所有不愿弃誓的江湖儿女即将踏上的孤独、无助，甚至是绝望的流放之路。

但是姑苏城武林人士成功的绝地反击仍然让朝廷感到担忧和不安，这场反击发生在轩辕昊亲自监理和负责军事指挥的城市更加让他感到恼怒和沮丧。他很清楚，八百侠客里的每一位都将是一粒种子，虽然随风起落、飘零无依、在冷硬的山石和不毛之地间流浪，可是只要遇到的合适的土壤，这些种子就会生根发芽，开出各色的花朵，从孤绝的高山蔓延到广阔的原野，直到远方的地平线和碧蓝的天空相接之处……

那些在姑苏城内负责吸引缉尉营兵力、打乱姑苏卫部署的武林中人绝大多数都没有能够活着看到齐门那冲天而起的烟尘，只有极少数欣慰地知道自己的牺牲没有白费，他们在最后死前都望着北面，眼光里送去对江湖未来的托付与祝福。

潘曼丽倒在已经破碎的新闻墙前，大火将《武林传奇》的三层小木楼缓缓吞噬；凌琛和汤敏淑都身中十几箭倒在地上，但是他们手中的刀和剑，都分别刺穿了夏逸翔的心脏和咽喉。

季菲站在平安坊程氏医堂的门口，医堂的家丁和护卫乔装帮助她发射完暗器云后已经悄悄都隐匿了行踪。

她婷婷地立在那里，裙衫随风飘摆，脸上的泥尘已经和着泪水一起风干。她手提日月双刀的飒爽和健美远比民间的漂亮女孩更加充满了吸引力。

程少斌站在她的对面，贪婪地欣赏着季菲的美丽。

"菲菲果然说话算数！"他得意地笑着，"我们快些准备，还来得及赶上七夕成婚呢。"

八百多个武林人士冲入姑苏城北面的山林。

他们知道追兵即将杀过来，他们必须分头逃遁，才有更大的存活概率。

这么多刚刚一起出生入死的兄弟姐妹，转眼就要各奔东西，踏上艰辛孤独的亡命之路。大家都来不及相识，只能低声地相互行礼，努力记住对方的面容，默默地在心底期盼还有重逢的那一天。

王素始终没有和周云松他们打招呼，她只是匆匆走到周云松面前，递给了他一个纸卷。

周云松打开来一看，发现竟然是关于相对武学原理的实用描述和一系列运功口诀。当他惊讶地抬起头来时，王素已经扶着柳依仙子离去了。

柳依芸没有能够坚持很久。王素扶着她逃出三四里路之后，她就伤重而逝。

临终前，她全身颤抖，已经无法说话，她只是看着王素，她的目光里没有责怪，只有怜惜。直到生命的光彩从她眼睛里消失，她仍是充满了担忧，武林已经一去不回，而王素也已经从人人爱慕崇拜的翩翩仙子跌坠到了失节的泥淖之中，她不知道在那样一个世界里，这个她最最疼爱的女孩，将怎样继续她的人生之路。

王素只来得及匆匆地将柳依仙子掩埋，然后用倚天剑在附近的三株树干上分别做了不易被觉察的记号。她跪在坟前轻声地诉说着，晶莹的泪水沿着她粉白的脸颊滴落。直到身后响起追兵的脚步，她才闪动修长娇美的身形，消失在了一片绿丛之中。

周远因为连续拼尽全力施展量子内力，最后一击后，已经筋脉剧痛难以动弹。

张塞背起他，爬过一堆堆的乱石，冲出城外，连续奔跑了两三里地才气喘吁吁地和周远一起倒在一棵大树之下。

周远看着张塞，两人从燕子坞饭堂一起打工的清苦，到曼陀山庄每日一起吃饭笑谈的闲适，到被迫卷入了安护镖局事件的洪涛骇浪，之后两人毫无选择地随着急流倾泻而下，一路就这样来到了日暮黄昏的姑苏城外，这是这两个出身清贫低微的男孩做梦都没有预料到的。

周远想对张塞说一句感激的话，可是张塞却一脸紧张地左右张望。他最后转过来很奇怪地看了周远一眼，把手伸到他的怀里颤颤巍巍地拿出了须弥芥子斛。

张塞如同着魔一样盯着这个黑色的方盒，然后塞进自己的兜里，跌跌撞撞地奔逃开去。

周远目瞪口呆地盯着张塞做完这一系列动作，看到他竟一言不发地就要离去，忍不住喊道，"喂，连一句解释都没有吗？"

张塞停下脚步，但没有回头，"谢姑娘，她是怎么死的？"

"光华教把她和丁香月对换了人格记忆，却把传教长老的记忆传给了她……这种记忆移植……是无法持续的……"

张塞叹了口气，摇晃着手中的须弥芥子斛，"这个东西对我很重要，我需要这个东西……我要去救谢姑娘……"

周远当然认为张塞是伤心得糊涂了。谢雪莹是他亲手埋葬的，死人是无法去救的。

"你要去哪里？"周远担忧地问。

"我也不知道。"

张塞说完再也不理睬周远，撒开了腿向前跑去。周远隐隐约约看到前方的树林深处，似乎站着一个身材矮小、满脸皱褶、浑身散发着一股阴冷之气的老太婆……

周远想追过去看个究竟，但是等他经络终于有所舒缓，能够挣扎着站起来时，张塞早就已经跑得没有了踪影。

远处追兵的声音逐渐响起，周远叹了口气，强忍着疼痛迈步。这时，一个身影忽地来到他的旁边，正是深慧。

"叶大人……他是不是……"深慧没有把话说完，但显然是在向周远询问。

周远点点头，"我唤醒了他头脑里魔教的记忆，他现在已经是光华教谛教长老庄子玉了……"

周远说完这话后等待着深慧的反应，他做好了用降龙掌法去会一会须弥山掌的准备。

但是深慧的表情并没有什么变化，"那叶大人自己的记忆……是已经被毁灭了，还是只是被压制了？"

周远知道深慧这个问题的实质就是，叶大人是否还有复活的可能。

"我不知道……"周远确实没有答案。

深慧少有地叹了口气，"叶大人与我的家人有恩，这是我来姑苏城后选择助他一臂之力的原因……"

周远不知道该说什么。有那么一瞬间，他想说一句对不起，但很快就抑制了这种冲动。

道歉不仅无用，也毫无意义。他既然已经选择走上这条路，就只有独自去承受所有的后果。

"但是我来姑苏城的原因，首先是为了等你出现……"深慧却又接着说道，"照月大师告诉我，你会在姑苏城出现。"

周远露出苦笑，他最近遇到的每一个人，都喜欢带着谜一样的表情对他说出看似奥妙深刻实则没头没尾、似是而非的话。

"怎么，难道照月大师也给我安排了什么任务吗？"周远的语气里带着由衷的嘲讽。

"照月大师说，你会走上一条孤独而艰难的路……他说，或许我可以给你提供一些帮助……"

深慧一边说，一边示意周远跟他一起前行，身后追兵的呼喝变得更加清晰。

"帮助？可以啊。"周远跟上深慧的脚步，"你能告诉我老一寺在哪里吗？"

深慧愣了一愣，说道，"我从没有听说老一寺这个名字。"

周远自然失望。深慧出身佛门，如果连他都没有听说过，那所谓重走慕容公子的路，根本就无从开始。

"轩辕朝一共只有不到三万座寺庙，如果我们问足够多的人，总能找到的吧。"深慧说，"我想，这个老一寺，作为你求索的开端，应该是恰如其分的。"

周远看一眼深慧，不知道他说的"恰如其分"是什么意思。

"量子武学的不连续性假设自然是一个惊世骇俗的突破。"深慧解释，"不过，其实有一门古老的哲学，很早就把极小的微粒作为世间一切的最基本单位了……"

"佛学？"

"是啊。"深慧微笑点头,"微尘、芥子、恒河沙……佛学是几大哲理体系中唯一使用离散的粒子来构建宇宙万物的不是吗？"

周远明白了深慧的意思。

阳光照耀下的微尘正是他创建量子武学的重要启发,测量内力的"佛沙琉璃盏"以及慕容公子对记忆与生死的探索也都是基于组成恒河沙的微粒,而他和王素必须要维系的所谓的"缘",这些都是佛经里面反复提到的概念。所以在他接下来这场起点不清、终点不明、毫无头绪的求索中,佛学一定有着不言而喻的重要性。

深慧和周远一前一后,施展开轻功在山林中一路远去。

自有人世以来,对世界的起源、对自然力、对生死、对情感、对武学最为深刻的一次求索就这样正式拉开了序幕。这场延续十年的求索,将陆续联结起几十位横跨不同学科、不同领域、不同哲理体系的旷世天才,牵动中原四邻、朝野工商各方势力,引发惊天动地的阴谋与瑰丽无双的对决,并发现与创造出过去所有的世代加起来都无法想象、难以企及的深刻认知与辉煌思想。

而此刻,姑苏城外金色的夕阳正从虎丘擂碑的旁边沉沉落下……

（全文完）